The Bucket List

HEART PLAYERS 1

Alice DesMerveilles

The Bucket List

Heart Players 1

Plumes du Web

82700 Montech
www.plumesduweb.com
978-2-38151-128-3

À mon père...
(Par pitié... ne va pas plus loin !)

1

Lily

— T'es sûre de ne pas pouvoir annuler ?

Derrière ses horribles lunettes rondes aux verres épais, Sarah bat des cils et m'offre son fameux regard de chien battu auquel je ne résiste jamais – ou presque.

Alors que je ramasse les affaires qui traînent sur mon petit bureau pour la dernière fois de l'année scolaire, je laisse échapper un soupir, mi-exaspérée, mi-amusée.

— Inutile de me sortir le grand jeu, S. Tante Jenna a insisté pour qu'on dîne tous ensemble, et même si rien ne me ferait plus plaisir que de déguster une bonne vieille bière tiède en faisant la fête avec des étudiants shootés aux hormones, tu sais à quel point les réunions de famille sont sacrées chez les Johnson !

Elle lève les yeux au ciel et range son ordinateur portable dans son sac à dos fétiche, celui sur lequel elle a peint des arcs-en-ciel.

Sarah McCartney est un paradoxe ambulant. Si sa coupe au carré et ses lunettes rondes lui confèrent un look de première de la classe, ses vêtements colorés et sa fâcheuse tendance à troquer les révisions contre une séance de dessin nous prouvent qu'elle est loin d'être l'étudiante studieuse qu'on imagine au premier abord. Une boîte de crayons de couleur, de la peinture à l'huile et une toile vierge, voilà ce qui fait le bonheur de ma meilleure amie. C'est à se demander ce qu'elle fiche avec moi en première année de médecine.

— Tu te trouves des excuses, L. Tu parles comme si je ne connaissais pas Avery. Tu sais ce qu'elle te dirait si tu lui demandais de sécher ta soi-disant sacrée réunion de famille ?

— Non, je ne sais p...

— Elle te dirait : « Va déguster une bonne vieille bière tiède et file t'éclater avec des jeunes de ton âge, ma grande ! », m'interrompt-elle, le regard sévère. On pourrait même se faire des amis, qui sait ?

Avery, c'est ma mère. Et même si ça m'embête de l'admettre et que je ne le dirai jamais à voix haute, Sarah a raison. Entre la fac, les répétitions de danse et mon travail de bénévole à l'hôpital, j'avoue avoir délaissé le côté « m'éclater avec des jeunes de mon âge », qu'un bon nombre d'étudiants vient pourtant rechercher en intégrant la faculté.

Maman n'arrête pas de me répéter que je gaspille les plus belles années de ma vie et que j'agis trop en adulte.

Qui a décidé qu'on pouvait être *trop* adulte ? Je suis une bonne élève, cardio-chirurgienne en devenir, je ne grignote pas entre les repas et je suis engagée dans des causes qui me tiennent à cœur. Quel mal y a-t-il à être responsable ? Ma mère me reproche de manquer d'insouciance, mais ce n'est quand même pas ma faute si les drogues et les concerts de rock ne m'intéressent pas, bon sang !

— Depuis que Maxwell t'a larguée, on ne sort plus du tout, me reproche Sarah.

— On ne sortait pas beaucoup avant non plus..., grommelé-je.

Son regard assassin me fait soupirer.

— D'accord, d'accord, c'est pas faux. Il n'empêche qu'il ne m'a pas larguée. Je l'ai quitté quand je l'ai surpris la tête entre les jambes d'une autre, à l'une de ces soirées étudiantes auxquelles tu as tant envie de participer, tout à coup...

Nous nous faufilons dans la foule d'étudiants qui cherchent à sortir de l'amphithéâtre le plus rapidement possible.

Et moi, je les observe. Je scrute tous ces visages heureux et excités, tous ces futurs adultes qui respirent l'insouciance. Je me demande, rien qu'un quart de fraction de seconde... si ma mère et mon amie d'enfance n'ont pas raison à mon sujet. Mais comme tout ce qui m'inquiète, je chasse cette pensée de ma tête et prétends qu'elle n'a jamais existé.

– Maxwell est un connard, Lily. Je maintiens qu'on devrait sortir plus souvent ! Sérieux, regarde-nous !

Elle passe un bras en travers de mes épaules.

– Deux étudiantes, belles comme des cœurs, qui s'apprêtent à passer l'été le plus chaud de leur vie. T'as été chiante toute l'année et t'auras tout le temps de l'être l'année prochaine. Accorde-nous au moins ça ! L'été de notre vie, Lily... penses-y !

Je la dévisage, sceptique mais néanmoins amusée par son comportement, à l'opposé de celui de la jeune femme réservée qu'elle a toujours adopté.

– Dit la nana qui est si timide qu'on la prend pour une muette...

– Tu ne me lâcheras jamais avec cette histoire ?

– Jamais, confirmé-je avec un grand sourire.

Il y a un peu plus d'un mois, alors qu'on révisait à la bibliothèque universitaire, j'ai surpris le regard d'un étudiant de deuxième année se poser sur Sarah. Évidemment, les grosses lunettes de la petite brune à la peau mate ne lui ont servi à rien, puisqu'elle n'y a vu que du feu. Je lui ai fait un signe discret de la main pour l'inviter à nous rejoindre, ce qui l'a finalement motivé à venir lui parler. Il s'est retrouvé bien embêté lorsque les joues de Sarah se sont enflammées et qu'elle a été incapable de prononcer le moindre mot, se contentant d'agiter les mains pour exprimer sa détresse. Le mec – Thomas, me semble-t-il – a supposé qu'elle était sourde et muette, et lorsqu'il a tenté de communiquer avec elle en langue des signes, j'ai bien cru que j'allais me faire pipi dessus. Mais la cerise sur le gâteau, c'est quand il s'est mis à articuler chacun de ses mots pour qu'elle puisse le comprendre. Bien sûr, j'ai dû lui expliquer que mon amie était simplement une timide maladive. On n'a plus jamais entendu parler du pauvre Thomas – super canon, soit dit en passant.

Enfin, ce n'est pas comme si Sarah s'en souciait, elle est amoureuse de mon grand frère depuis toujours. Amour à sens unique, puisqu'elle n'a jamais rien échangé de plus avec Kyllian que des joues cramoisies et des phrases inaudibles entrecoupées de bégaiements timides.

— Tu n'es qu'une pétasse…, dit-elle en articulant exagérément pour imiter Thomas, ce qui me fait mourir de rire.

Arrivées sur le parking, on monte à bord de ma superbe Mini Cooper, avant de dire au revoir aux bâtiments que nous ne reverrons plus avant septembre prochain.

— Comment va Avery ? me demande-t-elle plus sérieusement tandis que je m'engage sur l'autoroute.

Un long soupir m'échappe.

— Elle tient le coup, comme toujours. Ma mère est une battante, tu la connais.

Alors qu'elle remet une mèche de cheveux derrière son oreille, je remarque sa moue attristée. J'en ressens un petit pincement au cœur. Après tout, la mort de Papa l'a affectée, elle aussi. On se connaît depuis si longtemps qu'il faisait partie de sa famille…

— Attrape mon sac à main et sors mon agenda, on va se fixer quelques dates, déclaré-je d'un ton faussement enthousiaste pour casser l'atmosphère pesante qui s'est installée.

Elle sort un bloc rose bonbon de mon sac et pousse un cri exagérément aigu en découvrant les pages.

— T'es tellement organisée que ça me fout les jetons !

— Ne fais pas comme si t'étais surprise, c'est pas nouveau.

— Je suis horrifiée de constater que ça empire avec les années. Tu vas finir en véritable maniaque du contrôle. Merde ! Tu planifiais même tes « moments câlins romantiques » avec Maxwell ? s'étrangle-t-elle en feuilletant mon carnet.

— Je ne planifiais pas vraiment... c'était juste pour que je sache à quel moment j'avais le temps de...

— T'envoyer en l'air ?

Avec le recul, je me rends compte de l'absurdité de la situation. J'ai toujours aimé que les choses soient à leur place, c'est tout. Je n'aime pas – non, je déteste – les imprévus. Mais je dois bien avouer qu'à la mort de mon père, mes névroses se sont légèrement amplifiées. J'avais besoin de garder l'esprit occupé, et je ne voulais surtout plus me laisser surprendre par la vie.

— OK, Potter. Fais la maligne, mais moi, au moins, je suis capable d'aligner plus de deux mots en présence du sexe opposé.

— Ne m'appelle pas comme ça, grogne-t-elle, les dents serrées.

— Pourquoi ? Kyllian est le seul à pouvoir te donner ce surnom ? *Le* Kyllian que tu kiffes depuis la maternelle et qui ne sait même pas qu'il te plaît parce qu'il n'a jamais entendu le son de ta voix ?

Sarah lève les bras, résignée.

— T'abuses, Lily ! Je lui ai déjà demandé de me passer le sel.

Je me gare devant sa maison, mais ne coupe pas le moteur. Un sourire qui montre qu'elle a une idée derrière la tête étire ses lèvres pleines.

— OK, faisons un pacte. Je travaille sur ma timidité et toi, tu oublies d'être névrosée. Que dirais-tu d'une *bucket list* que nous rédigerions l'une pour l'autre ?

— Une *bucket list* ? demandé-je, intriguée.

— Ouais, tu sais, une liste de cases à cocher, avec des défis à relever qui nous sortiraient de notre zone de confort.

— Tu penses vraiment que c'est une bonne idée de me donner une nouvelle liste, *à moi* ? Ne vient-on pas d'établir que j'étais une « maniaque du contrôle » ?

Elle rit et remonte ses lunettes sur son nez.

— Celle-là sera pleine de tâches ridicules et insouciantes.

Alors, t'es partante ? On a jusqu'à la fin de l'été pour en cocher toutes les cases.

Je suis tentée de dire oui, son enthousiasme est contagieux et je dois admettre que ça nous ferait du bien à toutes les deux. Cependant, je sors d'une rupture douloureuse et je dois ménager mon petit cœur brisé, c'est pourquoi je m'interroge :

— Est-ce qu'on se fixe des limites ? Genre, pour s'épargner un peu...

— Si c'est trop facile, ça ne sert à rien. Bouscule-moi, sors-moi de cette timidité qui me ronge, et j'essayerai de t'empêcher de finir comme Bree Van De Kamp.

OK, de toute façon, hormis mon côté borné et mon esprit compétitif, rien ne m'obligera à cocher les cases que je n'ai vraiment pas envie de cocher. Sortir de ma zone de confort, pourquoi pas... Me retrouver à faire une partouze avec des inconnus, absolument pas ! Mais connaissant Sarah, elle n'oserait pas me donner de gages plus difficiles à réaliser que ceux qu'on donne à des enfants de douze ans lors d'une partie de « Action ou Vérité ».

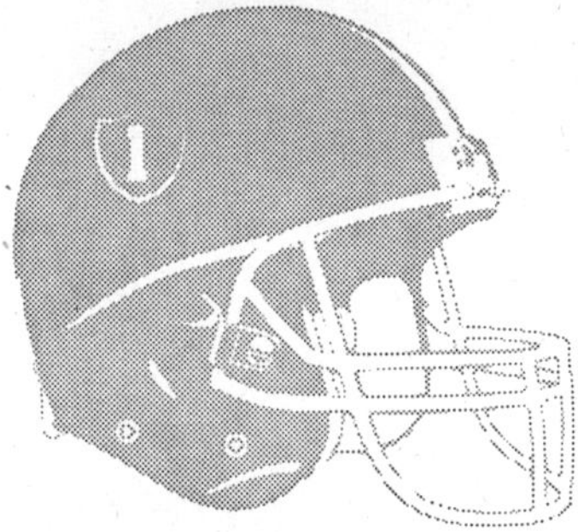

2

Lily

C'est une catastrophe.

Voilà ce que je me répète depuis cinq minutes.

Une serviette enroulée autour de mes cheveux blonds, une autre autour de mon corps, je fixe l'écran de mon ordinateur et le fichier « Bucket List » que m'a envoyé Sarah.

Deux évidences s'imposent à moi :

Premièrement, Sarah n'a pas perdu de temps. Il lui aura fallu un peu moins d'une demi-heure pour me pondre cette horreur. À croire qu'elle planifiait ça depuis toujours...

Deuxièmement, je viens de décréter que ma meilleure amie ne m'aime pas tant que ça, finalement, puisqu'elle veut ma mort.

Je retire ce que j'ai dit tout à l'heure : je préfère la partouze avec des inconnus plutôt que de cocher l'une de ces cases.

Regarder un porno, voler un rouge à lèvres chez Mac, se faire une fausse carte d'identité et jouer à un jeu d'alcool, ça passe encore. En revanche, bloquer Maxwell de tous les réseaux sociaux, tomber amoureuse, rouler à plus de 130 miles/h[1] et faire un saut en parachute – même si c'est avec ma meilleure amie –, c'est absolument hors de question.

---

[1] Dans le système métrique, cela représente environ 209 km/h.

Lorsque Maxwell m'a trompée, mon cœur s'est brisé.

Étrangement, ce n'est pas tant son infidélité, mais plutôt le fait de mettre un terme à notre amitié qui m'a fait du mal. À la mort de Papa, lui et moi étions amis, et je dois admettre qu'il m'a beaucoup aidée à faire mon deuil. Petit à petit, nous nous sommes rapprochés et c'est ainsi qu'il est devenu mon premier vrai petit ami. Qu'est-ce qu'il y a de si dramatique à regarder sa story Instagram de temps en temps ?

Merde, Sarah !

Je n'ai aucune envie de tomber amoureuse, encore moins de crier haut et fort les trois petits mots qu'aucun homme – à part mon père – n'a jamais mérité d'entendre de ma bouche. J'ai pourtant failli dire « je t'aime » à Maxwell à plusieurs reprises. Les mots sont toujours restés bloqués dans ma gorge et je n'ai pas voulu insister. Il faut croire que j'ai eu raison.

Quant au saut en parachute, j'ai perdu mon père lorsque son avion s'est écrasé dans l'océan Atlantique. Si avant, je n'étais pas à l'aise avec tout ce qui vole, c'est encore pire depuis le crash.

En plus, je trouve ça ridicule.

Qui voudrait abandonner la terre ferme pour la rejoindre exactement là où il l'a quittée quelques minutes plus tard ? Quel intérêt ?

Pour finir, Sarah a un vertige monstre, alors pourquoi voudrait-elle soudainement faire un saut en parachute avec moi ? *Ça n'a pas de sens...*

Je me torture quelques minutes supplémentaires en fixant cette fichue liste que je me sens tout bonnement incapable de réaliser et me promets d'ajouter quelques actions supplémentaires qui, je le sais, feront pâlir ma meilleure amie.

Sarah McCartney, tu ne perds rien pour attendre...

— Alors, ma chère Avery, tu as enfin rencontré quelqu'un ? Ça va faire un an que le drame s'est produit, tu ne penses pas qu'il est temps que tu refasses ta vie ?

Je hais la sœur de mon père presque autant que je déteste sa mère.

Tante Jenna et Grand-mère observent Maman de leurs visages durcis au botox. Malheureusement pour elles, l'acide hyaluronique comble moins bien la méchanceté que les rides.

Les vingt-cinq années que ma mère a passées à côtoyer la famille de mon père lui ont appris à ne pas entrer dans leur jeu mesquin. Grâce à sa carapace solide et à son calme olympien, Maman ne se laisse pas démonter.

Elle se sert un verre d'eau, sûrement pour se laisser le temps de répondre.

— Jonathan est pour moi irremplaçable, j'en ai bien peur.

Malgré son ton assuré, je ne manque pas le léger tremblement de ses mains. La voir lutter contre sa peine me brise le cœur et remplit mes yeux de petites larmes que je chasse en fermant fort les paupières.

— Il aurait aimé que tu refasses ta vie, insiste tante Jenna en posant une main – aux ongles dont le vernis s'écaille – sur celle de Maman.

J'ai horreur de toutes ces personnes qui pensent connaître les dernières volontés des morts. Comme si Papa lui chuchotait dans son sommeil ce qui était bon pour ma mère.

— Oh, parce qu'il te l'a dit ? demandé-je avec sarcasme.

— Allyson ! Surveille le ton que tu emploies, m'accuse ma grand-mère.

Allyson.

Plus personne ne m'appelle comme ça. Mais il faut croire qu'il est trop difficile pour elle d'utiliser mon surnom, au risque de paraître trop informelle avec sa petite-fille.

Elles sont froides comme la glace, et leurs sourires hypocrites ne parviennent pas à masquer l'aversion qu'elles ressentent pour nous. En particulier pour ma mère, avec qui elles n'ont jamais fait le moindre effort d'intégration au sein de la famille Johnson.

Papa était au summum de son succès professionnel lorsqu'il

est décédé. La grande chaîne hôtelière *John & Johnson,* qu'il a créée avec son père et qu'il laisse à présent derrière lui, est là pour le prouver. Je me souviens avoir entendu ma grand-mère souffler à l'oreille de son fils qu'Avery n'était là que pour son argent et qu'elle finirait par le décevoir.

Raté.

C'est lui et mon grand-père qui sont partis trop tôt, et Maman est toujours là pour affronter leurs langues de vipères alors que rien ne l'y oblige, si ce n'est son sens de la morale qui résiste à toute épreuve.

En réalité, je pense que si tante Jenna est si pressée que ma mère refasse sa vie, c'est pour se débarrasser des obligations qu'elle pense avoir envers nous sous prétexte qu'on porte le même nom de famille.

Bon sang ! Où est mon frère quand j'ai besoin de lui ?

Discrètement, je tapote sur l'écran de mon téléphone pour envoyer un message à Kyllian sous la table.

[T'es où ?! T'es carrément en retard.]

[J'ai un empêchement. Embrasse Maman pour moi.]

Je serre mon téléphone si fort que les jointures de mes doigts blanchissent. Je bois une gorgée d'eau, mais rien n'y fait : je n'arrive pas à effacer l'amertume que son message impersonnel me laisse sur la langue.

C'est comme ça depuis des mois.

Il a commencé à s'éloigner lorsque Papa est mort, et chaque jour qui passe fait grandir le fossé qui se creuse entre nous.

[T'avais promis.]

Il ne me répond pas, pourtant le petit « Lu » à la suite de mon message est là pour me prouver qu'il m'ignore délibérément. Et lorsqu'il s'agit de Kyllian, l'ignorance est une réponse.

— Lily, pas de téléphone à table, me réprimande gentiment ma mère.

Le dîner se termine de façon lugubre, dans un silence entrecoupé de bruits de fourchettes et de soupirs qui en disent plus long que les mots ne le feront jamais.

[C'est quoi ton excuse, cette fois ?]
[Arrête de me casser les couilles.]

– Si tu continues à froncer les sourcils comme ça, tu vas te faire des rides prématurées, ma chérie.

– Kyllian vient de me dire que je lui cassais les couilles.

– Lily !

Ma mère porte la main à sa bouche en prétendant être choquée, mais elle ne dissimule pas son air taquin. Ses yeux quittent la route une seconde pour se poser sur moi, et son inattention suffit à faire battre mon cœur plus rapidement.

J'ai développé une peur irrationnelle.

J'ai peur quand je suis dans une voiture, je refuse de remonter dans un avion, et je suis devenue incapable de prendre des risques inutiles. Voyant que je me suis crispée, elle reporte son attention sur la route.

– Ton frère est très occupé, tu ne peux pas lui en vouloir.

– Bien sûr que si ! Je lui en veux, et n'essaye pas de lui trouver des excuses cette fois-ci, parce qu'il n'en a pas. Je suis sur sa page Instagram en ce moment même, et tu sais ce qu'il fait ?

Ma mère soupire, néanmoins amusée par mon comportement.

– Il est à *l'Empire*, Maman ! *L'Empire* ! C'est ça, son empêchement ?! Pendant qu'on se coltine les vipères de la famille, lui, il se commande des bouteilles hors de prix dans le club le plus prisé de New York !

Elle s'engage sur le chemin qui mène à la maison puis, une fois garée, elle coupe le moteur et me caresse affectueusement les cheveux.

– Chacun gère son deuil à sa façon, mon cœur. Que tu le veuilles ou non et qu'ils te plaisent ou non, il a de nouveaux amis. Laisse-le vivre...

– Ils ne me plaisent pas, soufflé-je, affichant mon air contrarié habituel.

Je rafraîchis sa page Instagram toutes les trois secondes depuis mon retour à la maison. Lorsqu'une nouvelle story apparaît, mon cœur rate un battement.

C'est une vidéo sur laquelle on ne le voit pas. Aucune trace de ses cheveux blonds ou de son teint de surfeur. S'il ne trouve pas le temps de me répondre, il le passe à filmer le carré VIP dont les tables tremblent sous la puissance des basses. Une bouteille d'alcool est apportée par une barmaid. Derrière elle, je distingue un couple qui s'embrasse sur les canapés en vinyle rouge. Les jambes de la fille s'enroulent autour du bassin de son copain et la vidéo se coupe alors que je remarque une main tatouée qui remonte sous sa jupe. Main tatouée que je reconnais immédiatement, éclairée par les lumières aveuglantes des stroboscopes.

Maël Gellman.

Quarterback de l'équipe des Giants, coéquipier de mon frère depuis que Kyllian a rejoint l'équipe, et accessoirement le nouveau fléau de mon existence.

La première chose que Kyllian m'a dite en intégrant les Giants, c'est qu'il ne supportait pas leur capitaine. Il m'a décrit Maël comme un joueur arrogant qui se défonce à l'adrénaline, alliant drogues, alcools et comportements à risque.

En somme, tout ce que je déteste !

Les journaux, lorsqu'ils parlent d'autre chose que de ses plans cul, décrivent le jeune homme comme une star capricieuse à qui la célébrité serait montée à la tête. Cependant, son talent sur le terrain n'est jamais remis en question. C'est un excellent quarterback et il le sait. D'ailleurs, les quelques millions d'abonnés que comptabilise son compte Instagram sont là pour le prouver.

Malgré ses antécédents violents et toxiques parfois détaillés par la presse, les femmes le vénèrent et les fanatiques de football l'adulent. Tout ça parce qu'il a une belle gueule et qu'il joue super bien !

Laissez-moi vomir !

Oui, j'ai fouiné. Parce qu'à mon grand regret, Maël et trois autres de ses coéquipiers sont à présent les colocataires de mon frère.

Depuis, il passe tout son temps avec eux, ne nous donne plus signe de vie et je ne suis pas sûre que ma mère sache vraiment ce que « faire la fête » signifie pour lui. En fait, je ne dis pas tout à Maman. Ainsi, elle ignore que son fils boit, puis enchaîne les conquêtes et les soirées arrosées. Et encore, je ne vois que ce qu'il veut bien montrer sur les réseaux sociaux, parce que je me doute que ce n'est que la partie émergée de l'iceberg.

Mon frère multiplie les conneries avec ses nouveaux meilleurs amis, et je les déteste. Je déteste ces joueurs arrogants et superficiels. Surtout, j'exècre leur quarterback et capitaine, qui n'a pas la moindre idée de qui je suis.

Il ne sait pas que je m'apprête à lui laisser un énième commentaire sous le pseudonyme ridicule de @MaëlLaPoubelle. Sauf que j'en ai marre de faire des gamineries qui ne servent à rien et qui ne me rendront pas mon frère.

Il est temps de prendre les choses en main.

— Comment était ton dîner avec les duchesses ? demande ma meilleure amie lorsqu'elle décroche.

— Absolument désastreux, comme je m'y attendais. Mais ce n'est pas pour ça que je t'appelle.

— Mmmmh ?

— Tu te souviens, quand tu disais qu'on devait faire des trucs de jeunes et toutes ces conneries ?

— Ouiiii ? demande-t-elle, intéressée.

— Je suis prête à cocher une case. Tu sors ?

— Laquelle ?

— Se servir d'une fausse carte d'identité.

Après avoir ajouté quelques défis pour Sarah, j'imprime la liste que je fourre dans ma petite pochette noire.

3

Lily

Perchée sur mes hauts talons, je bombe le torse pour faire ressortir ma poitrine qui étouffe dans ce petit top en cuir. Face à nous, le videur croise les bras sur son torse. Mon angoisse redouble lorsqu'il lorgne sur ma fausse carte d'identité, fraîchement imprimée.

À côté de moi, Sarah se tend imperceptiblement. Pas étonnant qu'elle angoisse, c'est elle qui nous les a fabriquées.

Après de longues secondes, le molosse aux sourcils froncés nous laisse finalement passer en refermant derrière nous la grande porte métallique.

Il fait une chaleur à crever dans ce club et l'odeur acide de la transpiration s'infiltre dans mes narines tandis que je retiens un haut-le-cœur. Mon ensemble me colle à la peau, ça sent l'alcool bon marché que le club revend au prix d'un rein, Sarah et moi avons été bousculées plusieurs fois et je n'entends plus que le bruit assourdissant des basses qui se répercutent jusque dans nos cages thoraciques.

Je déteste ça.

— Surtout, dis-moi quand tu repères mon blondinet de frère, soufflé-je à l'oreille de mon amie afin qu'elle puisse m'entendre.

— Pour qui tu me prends ? Bien sûr que je l'ai déjà trouvé, me répond-elle, le regard ancré sur le carré VIP, ou plutôt sur la personne qui s'y trouve.

Kyllian.

Adossé contre la rambarde, je repère sa chevelure négligée qui lui retombe dans les yeux. Un sourire espiègle étire ses lèvres alors qu'il discute avec une fille aux cheveux bouclés. Il enfonce la paille dans sa bouche en détaillant son corps de haut en bas.

À côté de moi, Sarah le fusille du regard comme si ses yeux noisette étaient capables de proférer des menaces. C'est un peu injuste en soi, mon grand frère ne lui doit rien, mais il paraît que le cœur a ses raisons... et celui de Sarah n'a de place que pour Kyllian.

— Allez, S. On va lui remettre les pieds sur terre, déclaré-je en la tirant par la main pour la sortir de sa transe.

Je monte les quelques marches qui nous séparent du carré VIP, cependant le garde du corps de l'équipe se dresse devant moi pour m'empêcher de passer.

— Cet abruti est mon grand frère, dis-je en pointant Kyllian du doigt.

L'agent de sécurité hausse un sourcil interrogateur. Son air sceptique me hérisse le poil, et si le brouhaha ambiant ne diminuait pas mon audition, je serais capable d'entendre le rire caustique qu'il m'offre.

— Ouais, et je suis le frère caché de Will Smith. Allez, fichez le camp avant que je vous mette dehors !

Embarrassée, Sarah me tire le bras en murmurant un inaudible « laisse tomber ! ».

C'est absolument hors de question !

— Je vous dis que Kyllian Johnson est mon frère !

Mes exclamations attirent l'attention de plusieurs joueurs du coin VIP que je reconnais aussitôt. Il y a le grand et baraqué Ted Greyson, à la peau brune et recouverte de tatouages, le gentil Chris Stanford, aux abdominaux d'acier et au sourire charmeur, l'insupportable Max O'Donnel, dont les innombrables conquêtes font la une de la presse à scandale, et enfin Maël Gellman.

À cause du manque de lumière, ses yeux noisette paraissent aussi noirs que deux puits sans fonds. Ils se plantent dans les miens tandis que son visage se fend d'un sourire mesquin. À travers mon regard, j'espère lui communiquer toute la haine que m'inspire celui qui m'a volé mon grand frère.

Grand frère qui fait soudain irruption derrière son garde du corps, m'arrachant à la contemplation du célèbre quarterback dont le regard pèse toujours sur mes épaules.

— Elles disent qu'elles te connaissent, crache le bulldog énervé.

Kyllian nous détaille de haut en bas. Un petit sourire satisfait étire mes lèvres quand je pense qu'il va prendre ma défense.

— Jamais vu ces filles de ma vie.

Je lutte pour ne pas ouvrir grand la bouche, plus choquée par son indifférence que par son mensonge éhonté.

Un éclair de lucidité semble traverser sa caboche malgré l'alcool qu'il a ingurgité lorsqu'il ajoute :

— Elles n'ont pas l'âge d'être ici.

Furieuse, je sors la carte d'identité de ma pochette et la tends fièrement.

— Comment tu le saurais, puisque tu viens de dire qu'on ne se connaissait pas ?

Son regard navigue entre Sarah et la carte d'identité que je tiens fermement dans mes mains. Sa mâchoire se serre imperceptiblement.

À côté de lui, Maël pose un bras en travers de ses épaules sans me quitter du regard. Il murmure quelque chose à l'oreille de Kyllian et ça ne lui plaît pas, si l'on considère son expression crispée et sa mâchoire contractée.

— Elle n'a que dix-neuf ans, réplique mon frère.

Maël ignore son commentaire et plante son regard dans le mien.

— Qu'est-ce que tu veux, bébé ?

La condescendance du surnom qu'il m'offre me donne envie

de vomir. J'ai horreur de tous ces mecs qui pensent obtenir tout ce qu'ils veulent sous prétexte qu'ils sont beaux et riches.

— Je veux en coller une à mon grand frère, si tu n'y vois pas d'objection, *bébé,* craché-je, les dents serrées.

Il hausse un sourcil, amusé.

— Vu comment tu me regardes, j'ai plutôt l'impression que c'est à moi que tu rêverais d'en coller une, mais je n'ai pas encore compris pourquoi.

Merde, il a vraiment un beau sourire. Les connards dans son genre ne devraient pas avoir le droit de posséder une dentition blanche et parfaite.

— Si ton garde du corps nous laisse passer, je te l'expliquerai peut-être.

Il hausse les épaules, ignore les avertissements de mon frère et dit simplement :

— Laisse-la passer, Ben.

Le pittbull grognon numéro deux s'exécute aussitôt en retirant le petit cordon rouge.

— On est un *matching-set*[2], connard, déclaré-je en tirant Sarah par le bras, sans manquer d'offrir un regard dédaigneux à Ben.

D'une démarche de coq, je fonce droit sur Kyllian, un index pointé sur sa poitrine.

— Alors c'est ça, ton « empêchement » ? J'espère que la petite brune que tu dévorais du regard en valait la peine ! m'exclamé-je.

Il accuse le coup, la paille calée dans un coin de sa bouche. Autour de lui, j'entends quelques-uns de ses amis s'amuser de sa situation.

— Qu'est-ce que tu fous là, Lily ? Ça ne te ressemble pas de fabriquer de faux papiers pour venir en boîte.

Ses yeux sont injectés de sang et la façon qu'il a de laisser

---

2 *Matching-set* : deux pièces de vêtements destinées à être portées ensemble à la façon d'un puzzle de mode.

traîner les mots – comme si sa langue pesait une tonne à cause de l'alcool – ne m'échappe pas.

— Parce que tout ça, dis-je en désignant le club des mains, c'est toi ? Je dois être dans l'illégalité pour espérer passer un peu de temps avec toi.

Ma voix se brise sur la fin et je suis gênée de constater que son rejet me fait plus de mal que ce que je pensais. Ma vue se brouille de larmes que je refuse de laisser couler.

Ses épaules se tendent imperceptiblement et il détourne ses yeux verts de mon visage peiné comme si je lui faisais honte.

— Qu'est-ce que j'ai bien pu te faire pour que tu me détestes ?

La question n'a pas eu le temps de s'arrêter sur mes lèvres que mes mots lui ont été jetés au visage.

Il plante ses yeux dans les miens.

— Tu penses que je te déteste ?

Une larme m'échappe, dévale le long de ma joue et vient mourir sur mes lèvres tandis que je renifle bruyamment en hochant la tête.

— Tu n'y es pas du tout. Écoute...

Il arrête de parler un instant, son regard happé par quelque chose qui se trame derrière mon dos.

— Je suis déchiré et ta copine est à deux doigts de tomber dans les pommes.

Je fais volte-face pour constater que ses amis ont encerclé Sarah, qui rougit comme une tomate pendant qu'ils la bombardent de questions.

— Je t'interdis de jouer la carte de la culpabilité pour te débarrasser de moi ! dis-je, tiraillée entre mon envie de sauver ma meilleure amie et celle d'en découdre avec Kyllian.

Ses lèvres s'étirent en un petit sourire en coin tandis qu'il comprend qu'il a visé juste.

— Je ne la laisserais pas seule avec eux, si j'étais toi... Regarde-la, on dirait une petite biche coincée dans les phares d'un camion.

— Va te faire foutre.

Mais il a raison.

Je connais Sarah McCartney comme si je l'avais faite. Les interactions sociales l'angoissent comme la peste et ces grands gaillards aux sourires charmeurs vont bel et bien finir par lui provoquer un malaise vagal.

– Tu ne les connais pas, ajoute-t-il. Mais moi oui, et crois moi...

Je n'entends pas la fin de sa phrase car je suis déjà partie, furieuse de constater que son stratagème pour se débarrasser de moi a parfaitement fonctionné.

4

Maël

La plupart des gens rêvent de devenir célèbres, jusqu'à ce qu'ils le deviennent. Tout est reluisant en surface : les paillettes et les strass, les shootings photo, les interviews, les soirées VIP, les vêtements de marque et les caisses hors de prix.

Jusqu'à ce que l'on comprenne que la célébrité n'est qu'une cage dorée de laquelle on peine à s'échapper.

Nos gestes sont épiés, on se retrouve trop souvent coincés entre un mur et les flashs des paparazzis qui vivent tapis dans l'ombre, attendant patiemment qu'un scandale nous éclate en pleine tronche.

En un claquement de doigts, on devient la célébrité la plus détestée du pays. Et on tente d'ignorer la vague de haine qui se jette droit sur nous, prétendant que ça ne nous atteint pas. On essaie de sortir la tête de l'eau en regagnant l'amour d'un public qui s'endort parce qu'il n'en a plus rien à foutre de nous. On calcule nos pas, on réfléchit avant de parler, on se donne une image qui sera appréciée. Et tout ça, c'est rien qu'un ramassis de conneries, parce qu'on finit par oublier qui on est vraiment.

— Qu'est-ce que c'est ? me demande Virginia en se dandinant sur mes genoux.

Une mèche de la jolie rouquine vient chatouiller mon visage. Son parfum fruité et entêtant me file la migraine, et je ne supporte plus l'odeur de cigarette froide qui ne quitte jamais ses lèvres trop charnues pour être naturelles.

En toute honnêteté, je ne supporte plus grand-chose chez Virginia.

Mais il paraît que les fans aiment bien nous voir ensemble, et la fausse sympathie de la mannequin Victoria's Secret fait l'unanimité dans les cœurs de l'opinion publique. Alors je m'affiche avec elle, comme ce soir, et je la laisse gesticuler sur mes genoux.

— C'est une *bucket list*, apparemment, dis-je doucement.

La petite sœur de Kyllian Johnson ne s'est pas rendu compte qu'en sortant les faux papiers de sa petite pochette, elle avait fait tomber sa liste, pliée en quatre.

J'ai les yeux rivés sur elle depuis que je l'ai aperçue.

Elle est belle, avec ses cheveux blonds qui retombent en cascade dans son dos. Son ensemble en cuir lui colle à la peau et je ne peux pas m'empêcher de lorgner sur son petit cul bombé, sur ses seins qui menacent de s'échapper de son haut trop serré.

— C'est qui, elle ?

Virginia aurait dû investir en thérapie les quatre cents dollars qu'elle a dépensés en piqûres d'acide hyaluronique ce mois-ci. Sa jalousie malvenue trahit plus son manque de confiance en elle que l'intérêt qu'elle pense me porter.

— La petite sœur de Johnson.

— Qu'est-ce qu'elle fiche ici ?

Un petit sourire étire mes lèvres tandis que je lis l'une des cases à cocher de sa liste. L'insouciance qui se dégage de ce morceau de papier me fait ressentir une pointe de jalousie.

C'est injuste, elle n'y est pour rien si je me suis perdu en devenant célèbre.

Pourtant, j'ai l'impression qu'on a volé des années de ma vie, qu'on m'a volé l'occasion de rédiger une *bucket list* avec mes potes, comme si rien d'autre n'avait d'importance que de s'amuser un peu.

Les gages qui y sont inscrits me font doucement sourire. Max O'Donnel, mon meilleur ami, en coche toutes les cases chaque lundi matin.

— Elle est habillée comme une pute, crache-t-elle de son haleine alcoolisée.

Je me crispe soudainement. Il n'y a rien que je déteste plus que la jalousie entre femmes. Les mots qui s'échappent de sa bouche sont plus piquants les uns que les autres, je réalise que j'en ai ma claque de Virginia et ses conneries.

Les mots « pute » et « salope » ne devraient être prononcés que dans la chambre à coucher, si on en a l'envie, mais ce n'est que mon avis, et je m'éloigne du sujet principal qui pèse de plus en plus lourd sur mes genoux.

— Tu me gaves, Virginia.

Elle fronce les sourcils tandis que j'écarte les jambes pour la faire descendre. Ses ongles pointus se plantent dans ma chair tatouée, comme une menace silencieuse pour le moins explicite.

« Ne me rejette pas, ou je ferai de ta vie un enfer… » Voilà ce que ses yeux noisette me disent.

— T'es sérieux ? s'agace-t-elle.

Je hoche la tête.

— N'espère plus me voir après les matchs et ne m'invite plus aux défilés.

— Qu'est-ce que ça veut dire ? me demande-t-elle, les yeux révulsés par la colère.

— T'as très bien compris ce que je voulais dire. Toi et moi, on met fin à cette supercherie.

Elle me fusille du regard et je remarque qu'elle contient sa colère en serrant les poings.

— Tu vas le regretter, connard ! crache-t-elle en faisant claquer ses talons sur le parquet ciré du carré VIP.

C'est la deuxième fois qu'on me traite de connard ce soir, je commence à en avoir ras-le-bol de me faire insulter alors que je ne l'ai pas mérité.

— Plus je te connais, plus je me dis que ta vie est un calvaire..., souffle Liam, une paille calée entre les lèvres. C'est vrai quoi, toutes ces filles qui ne rêvent que de grimper sur ta bite pour obtenir un peu de popularité... Quelle horreur !

Je me détends imperceptiblement lorsque ma meilleure amie me taquine.

— T'es jalouse, avoue-le. Tu crèverais d'être à ma place.

Ses longues boucles brunes et sa taille de guêpe ne laissent pourtant personne indifférent.

— Évidemment que je rêve que toutes ces filles me grimpent dessus !

Son rire de cochon ravive ma bonne humeur. Elle s'installe sur le canapé en vinyle rouge à côté de moi.

— Ah, tu ne viens pas sur mes genoux ? Ma bite pourrait te faire changer d'avis, qui sait ?

Elle me met une tape à l'arrière du crâne tandis que je laisse échapper un petit rire.

— C'est homophobe de dire ça à une lesbienne, connard !

— Merci, j'avais besoin de le mériter au moins une fois ce soir, plaisanté-je.

Bien sûr que c'est homophobe de dire à une lesbienne que goûter à une bite lui ferait changer d'avis sur sa sexualité. Et si nous n'étions pas si proches, je ne me serais jamais permis un commentaire aussi limite et déplacé.

Sans m'en rendre compte, je cherche la blonde du regard. À côté de son amie à lunettes qui semble vouloir être partout sauf ici, elle fouille frénétiquement dans sa petite pochette.

— La sœur de Johnson a perdu quelque chose ?

Sans un mot, je tends le morceau de papier que je tiens toujours fermement entre mes doigts – comme si ma vie en dépendait – à mon amie. Liam observe la liste avec une curiosité qu'elle ne prend pas la peine de cacher. Un rictus amusé étire à présent ses lèvres rouges.

— Tu lui as volé ?

— Non, je l'ai ramassé lorsqu'elle l'a fait tomber, *nuance*.

— T'es vraiment qu'un connard, plaisante-t-elle en me rendant le bout de papier.

— Il serait temps d'innover dans les insultes, tu ne crois pas ? Y a genre... un million d'autres noms d'oiseaux, et c'est la quatrième fois qu'on utilise « connard » pour me définir ce soir !

Elle lève les yeux au ciel et termine son verre de vodka Redbull, qu'elle laisse reposer sur la table.

— Et tu comptes lui rendre, *petit con* ?

Je dévisage nos deux invitées quelques instants supplémentaires, avant de décider que je ne suis pas un si gros connard que ça.

— Ouais, dis-je en me levant pour les rejoindre.

Assises sur des tabourets de bar, elles reluquent toutes les deux Kyllian qui ne leur donne pas l'attention qu'elles espèrent.

Les deux frangins se ressemblent vraiment. Grands yeux verts, cheveux blonds et caractères de merde.

Je ne sais pas trop ce qu'il se passe entre eux. Kyllian ne parle jamais de lui, et ce n'est pas faute d'avoir essayé de lui tirer les vers du nez. Cependant, je remarque ses coups d'œil indiscrets et l'attention particulière qu'il porte à la petite brune.

Tiens, il en pince pour la copine de sa sœur ?

C'est la première fois que je vois de la tendresse dans le regard de Kyllian Johnson et ma curiosité me pousse à creuser du côté des filles pour en savoir un peu plus sur mon cornerback.

Je me racle la gorge pour attirer leur attention. Perchées sur leurs tabourets, je les dépasse toujours d'une bonne tête et demie. Les épaules de la brune se tendent dès lors qu'elle me remarque.

Merde, je lui fais peur ?

Sa réaction est celle d'un petit animal apeuré. Sa respiration se saccade et elle n'arrête pas d'entortiller ses doigts, trahissant sa nervosité.

— Euh... ça va ?

Elle hoche doucement la tête, sans prononcer le moindre

mot, tandis que la sœur de Kyllian croise les bras sur sa poitrine en me fusillant du regard.

Si ça se trouve, elles vont penser que je leur fais du rentre-dedans, alors que je ne suis absolument pas venu pour ça. D'ailleurs, je me souviens subitement de la raison qui m'a poussé à les rejoindre et sors le petit papier de ma poche avant de le poser sur le comptoir.

— T'as fait tomber ça, tout à l'heure.

— Tu l'as lu ? demande-t-elle aussitôt en me l'arrachant des mains.

— Ouais... c'est qui, Maxwell ?

Elle ouvre la bouche, stupéfaite et certainement très en colère. Pour être honnête, j'en ai un peu rien à foutre qu'elle soit remontée contre moi. Je ne lui ai rien fait.

— T'es un vrai petit rayon de soleil, on te l'a déjà dit ? C'est de famille, cette attitude joviale ?

Bien qu'elle m'ignore complètement, la brune m'offre un sourire compatissant. Au moins, elle, elle a l'air sympa.

Mal à l'aise, je décide finalement de lui tendre une main pour me présenter en bonne et due forme.

— Maël, dis-je doucement, tandis qu'elle me serre la pince.

— Je sais qui tu es, réplique-t-elle, amusée, d'une voix si faible que je dois me pencher pour l'entendre.

— Ah. C'est bon signe, genre, t'aimes le football et t'es fan des Giants, ou carrément mauvais signe dans le genre tu lis ce que raconte la presse à mon sujet ?

Un petit rire lui échappe et je la trouve... *adorable ?*

— Les deux, avoue-t-elle.

— Et toi, du coup ? Mon cerveau de la taille d'un pois chiche ne me permet pas de lire ce que dit la presse people à ton sujet, plaisanté-je.

— Sarah, lâche-t-elle dans un petit rire. Oh, et la blonde grognon, c'est Lily.

Il faut croire que Sarah a décidé de me faire confiance. Mes épaules se détendent imperceptiblement. J'ai presque envie de lâcher un soupir de soulagement ou de faire la danse de la victoire.

— Et la blonde grognon ici présente ne t'aime pas beaucoup, complète Lily d'un sourire parfaitement hypocrite.

— Nous y voilà... Moi, ce que j'aimerais savoir, c'est pourquoi ?

Et je me demande si les raisons de sa rancœur sont liées à ce que les autres pensent de moi, si c'est carrément injustifié ou si elle a une personnalité.

Il y a bon nombre de raisons qui justifieraient qu'on me déteste, mais tout le monde semble me juger pour les mauvaises...

5

Maël

Lily ignore ma question. Je n'ai jamais rencontré de femme de son âge avec un air aussi aigri. Heureusement que Sarah est là pour me sauver la mise et discuter gentiment avec moi. Elle me raconte qu'elle et Lily viennent de valider leur première année de médecine. Ça m'étonne un peu, je voyais bien sa copine faire un métier qui requiert un froncement de sourcils permanent, dans le genre... secrétaire médicale.

— En tout cas, je suis loin d'être un pro, mais elle est super bien faite, cette carte d'identité.

Sarah rougit violemment en la rangeant dans son sac.

— C'est moi qui les ai confectionnées, m'avoue-t-elle.

Je vais de surprise en surprise et je suis à peu près certain que ça se voit sur mon visage.

Maintenant qu'elle est à l'aise, je la trouve vraiment sympa. Sérieux, les gars qui ne prennent pas le temps de découvrir la personnalité qui se cache derrière sa timidité ne savent pas ce qu'ils ratent.

En parlant de gars qui se comportent comme des cons, je repère Kyllian en train de plaisanter avec Max. Sarah n'arrête pas de le zieuter derrière les verres épais de ses lunettes en cul de bouteille.

— Tu le kiffes, hein ?

— Quoi ?! Non...

Mais son regard énamouré ne trompe personne et je vois bien qu'elle rêve de plaisanter avec lui, elle aussi.

— Tu devrais lui parler.

— T'essayes de pousser Sarah dans les bras de mon frère alors qu'il est complètement à la masse ? m'interrompt Lily.

J'ignore la version en colère de Barbie et reporte mon attention sur Sarah.

— Justement, s'il est bourré, il ne se rappellera rien demain matin. T'auras même pas besoin de réfléchir à quoi lui dire, l'encouragé-je.

— Tu crois ? demande-t-elle timidement.

Je hoche la tête.

— Ouais... Johnson ne se rappelle jamais grand-chose, les lendemains matins. Vas-y, bébé, t'es une bombe !

Elle rit doucement et j'aperçois du coin de l'œil l'ombre d'un sourire se dessiner sur les lèvres de Madame Grognon. Elle lui offre un sourire d'encouragement et dit :

— C'est toi qui voulais qu'on sorte de notre zone de confort, non ?

Sarah hésite et baisse plusieurs fois le regard sur sa tenue d'écolière à la jupe plissée.

— J'y arriverai jamais, se lamente-t-elle.

Je peux l'adopter ?

Lily et moi échangeons un regard complice et je crois que nous le réalisons au même moment parce qu'elle détourne les yeux, gênée, tandis que je me racle la gorge.

Je place mon majeur et mon pouce entre mes lèvres avant de siffler un bon coup. Max relève la tête aussitôt et déboule devant moi. Ses cheveux châtains retombent un peu sur ses yeux gris. Le taux d'alcool dans son sang doit battre des records, du moins c'est ce que je me dis lorsque mon meilleur ami me serre dans ses bras comme si nous venions de nous retrouver après la guerre.

— Oui, capitaine ? Tu siffles, j'accours.

Je lève les yeux au ciel.

— Je te présente Sarah. Je ne sais pas de quoi vous parliez avec Johnson, mais elle serait ravie de participer à la conversation.

Je place mes grandes mains sur les épaules menues de la brune avant de la pousser dans les bras de Max, qui la rattrape doucement.

Comme on étudie une œuvre d'art, il la fait tourner sur elle-même, puis l'approuve d'un signe de la tête.

Il ne se gêne pas pour ôter ses grosses lunettes et les essayer. Un petit rire m'échappe alors que ses yeux gris doublent de volume sous les verres épais.

— La vache, t'es myope comme une taupe, meuf !

— Rends-les-moi..., se plaint Sarah en levant haut les bras pour tenter de les attraper.

Max sourit et les lui tend enfin, ce qui la fait éclater de rire.

C'est l'effet Max O'Donnel, ma belle. De grands sourires et des bêtises à ne plus savoir qu'en faire, mon meilleur ami est capable de vous faire avaler votre cœur brisé avec une gorgée de vodka.

— J'essayais de convaincre Johnson que l'orgasme prostatique valait le détour. Tu veux participer à la conversation, bébé ?

Sarah écarquille les yeux tandis que Lily se plaque une main sur la bouche.

— L'orgasme... *quoi* ?

— Prostatique. Un doigt dans le cul, quoi...

Je mords dans ma lèvre inférieure pour me retenir de rire. Elle est étudiante en médecine, si elle ne sait pas où se trouve la prostate, je m'inquiète pour ses futurs patients.

— Bon alors, c'est quoi le problème ? demande Max en appuyant son coude sur l'épaule de Lily.

Cette dernière le chasse d'un geste de la main comme on se débarrasse d'un insecte envahissant.

— Elle n'ose pas aborder le blondinet, dis-je en trahissant la confiance de Sarah, qui me foudroie à présent du regard.

— Sérieux ? T'as peur qu'il te mange ou quoi ? Allez, pas de cinéma avec moi, *Potter*. Et si tu te demandes comment je connais ce surnom… tu ne le sauras jamais si tu ne vas pas lui demander.

Max joue des sourcils pour la taquiner, passe derrière le comptoir, attrape un verre comme si le club lui appartenait, puis se saisit d'une bouteille de vodka avant de lancer à la barmaid : « Rajoute ça sur la note de Gellman ! »

Je hausse les épaules et murmure face à une Sarah cramoisie :

— Tout ce qui est à toi est à moi…

Max verse un peu de liquide dans un verre et reprend là où il s'était arrêté quelques instants plus tôt :

— Tu connais Ted Greyson ?

Sarah a tout juste le temps de hocher la tête qu'il poursuit.

— Cet idiot n'arrête pas de nous répéter : « Si tes pensées font trop de bruit, noie-les ! » Alors, vas-y, et fonce t'amuser !

Hésitante, elle se saisit du verre de vodka-orange que Max vient de lui préparer, puis boit une longue gorgée.

— OK, les gars… Souhaitez-moi bonne chance !

Elle vide son verre d'une traite et réajuste ses grosses lunettes qui lui tombent sur le nez d'un air déterminé.

— Oh… euh… Maël ? Tu peux répéter ce que tu m'as dit tout à l'heure ? Pour me donner un peu de courage…

C'est décidé, je l'adopte.

Muni d'un sourire que je veux encourageant, je répète doucement :

— Vas-y, bébé, t'es une bombe !

Le petit oiseau tout juste envolé, Max et Lily se disputent à propos de la stratégie adoptée lors du dernier match. Ça ne devrait pas me surprendre qu'elle s'intéresse au football, étant donné que son frère est dans l'équipe, mais les commentaires avisés qui pourraient sortir tout droit de la bouche du coach Hawkins forcent l'admiration. Alors que Max et elle semblent sur le point de s'étriper, elle m'étonne en revenant s'installer à côté de moi, les bras croisés et les sourcils froncés.

À vrai dire, elle n'a pas arrêté de m'adresser ce regard depuis qu'elle est arrivée, je me demande même si Lily Johnson n'est pas née les sourcils froncés.

— Si ma meilleure amie revient avec une gueule de bois, un cœur brisé ou ne serait-ce qu'une éraflure, je t'en tiendrai pour responsable, annonce-t-elle.

Elle est si proche de moi que ses ondulations blondes caressent la peau de mes bras. Elle sent la lessive et une pointe de jasmin.

Ses yeux verts me lancent des éclairs alors qu'elle me fusille du regard.

— C'est ma faute si ton frère joue au con ?

— Parfaitement.

Je ne sais pas pourquoi, mais quelque chose dans son attitude de gamine capricieuse, égoïste et mauvaise me donne envie de creuser.

— C'est quoi ton problème avec moi ? demandé-je sans préambule.

Elle soupire, mais je remarque le léger rictus amusé qui danse sur ses lèvres roses.

— Il va me falloir un verre si tu veux avoir cette conversation.

— Dommage, pas d'alcool pour toi ce soir, rétorqué-je aussi sec.

Elle fronce encore plus les sourcils, si tant est que ce soit possible.

— Mais tu as dit à Sarah que...

— Sarah est gentille avec moi, *elle*.

— Je fais rarement semblant, me dit-elle simplement.

Je crois que c'est ce qui me plaît un peu, bien qu'elle soit insupportable. Dans un monde où l'hypocrisie et les faux sourires sont monnaie courante, un peu d'honnêteté, même si elle fait mal, c'est une bouffée d'air frais.

Un silence gêné s'installe entre nous et je me concentre sur les basses qui se répercutent dans ma cage thoracique. Partout autour de nous, les gens dansent, flirtent et se font des promesses qui n'auront plus la moindre importance lorsqu'ils se réveilleront avec une gueule de bois, dans un lit qu'ils ne reconnaîtront pas.

J'accorde à mes colocataires et coéquipiers ce moment de répit et d'insouciance bien mérité, car après ce week-end, je ne tolérerai plus le moindre écart de leur part. Le match que nous jouons samedi prochain est bien trop important.

— Alors... Qu'est-ce que tu as coché sur ta liste ce soir ?

J'essaye de détendre l'atmosphère pesante qui s'est installée, mais... Silence.

— Pourquoi tu me détestes ?

Nouveau silence.

— T'as des seins incroyables...

Elle soupire d'agacement, néanmoins j'obtiens au moins une réponse.

— Merci, *bébé*. Je suis flattée. Je n'ai coché que la case fausse pièce d'identité, mais comme mes nichons ont l'air de te convaincre, on pourrait peut-être le faire sur cette banquette ? me provoque-t-elle en pointant le canapé d'angle. Tu sais, pour cocher la case « baise dans un endroit insolite ».

J'esquisse un petit sourire.

— Non merci, mais je maintiens que tes seins sont incroyables. Cela dit... je ne pense pas que Kyllian approuverait ta façon de me parler, Lily.

Kyllian Johnson n'approuve jamais grand-chose, de toute façon, et je commence à croire qu'elle a hérité du même trait de caractère que son frère.

— T'as peur que ton micropénis ne soit pas de taille ?

Cette fois, c'est trop. Je pouffe de rire. Elle est aussi belle qu'elle est exécrable et pourtant, je m'amuse comme un fou. Je dois dire que ça fait longtemps que je n'ai pas passé un aussi bon moment avec une femme sans qu'on se serve de mon pénis

– qui est loin d'être micro, justement.

Elle a tout du cliché de l'Américaine pétée de fric. Je suis presque sûr qu'elle roule en Fiat 500 et qu'elle a joué la doublure de la blonde dans *Lolita malgré moi*.

— Qu'est-ce que tu veux boire ?

— Tu sais que je plaisantais, pas vrai ? Je préférerais me brûler les yeux à l'acide plutôt que de coucher avec toi.

Elle a beau me déverser sa haine, j'ai l'impression que ça ne m'est pas vraiment destiné. Je ne sais toujours pas ce que je lui ai fait, mais je suis de plus en plus certain qu'elle me prend pour son bouc émissaire.

Pas de problème, j'ai pas mal besoin de me défouler, moi aussi.

— J'aimerais bien voir ça... tu le veux ton verre, ou pas ?

Un peu surprise, elle écarquille les yeux avant d'afficher un sourire victorieux.

— Un mojito ? J'en sais rien, je ne bois jamais, m'avoue-t-elle. Je reviens, je vais au p'tit coin.

Je lève les yeux au ciel alors qu'elle descend de son tabouret de bar. Son téléphone traîne sur le comptoir et je m'en saisis pour le lui rendre, mais elle est déjà loin et... il est déverrouillé.

Je crois avoir entendu quelque part que la morale était un concept inventé par les êtres humains. De toute façon, j'ai été traité de connard un nombre incalculable de fois. J'ai gagné le droit de me comporter comme tel.

C'est alors qu'une notification Instagram manque de me faire décrocher la mâchoire. Son compte est destiné à déverser sa haine à mon sujet et je reconnais le pseudonyme pourri qu'elle a choisi.

Je m'esclaffe franchement et pars dans un fou rire que j'ai du mal à contrôler. Inquiète, Liam avance vers moi d'un pas déterminé.

— On a mis quelque chose dans ton verre ? T'as pris un truc pas clair ?

Je ris tellement que je n'arrive pas à lui répondre tout de suite. Face à son regard inquiet, je parviens à maîtriser mon hilarité et lui tends le téléphone.

Elle plaque une main sur sa bouche.

— Le gamin qui te souhaitait une crise d'hémorroïdes... C'est elle ?

Je hoche la tête, des larmes au coin des yeux.

— Tu te souviens quand on pensait qu'il s'agissait d'un geek adolescent et boutonneux ? Putain, c'est trop bon !

Liam se met à rire avec moi.

— Je crois que la sœur de Johnson nous fait sa crise d'ado... Ne dis rien quand elle reviendra, je veux voir son visage se décomposer quand elle comprendra que je sais. Surtout, je veux savoir pourquoi !

— T'as au moins baisé avec sa grand-mère pour qu'elle te déteste à ce point !

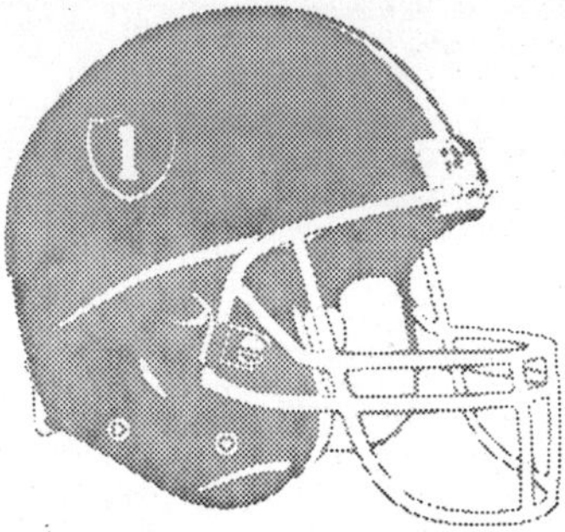

6

Lily

Les mains en appui contre la crédence blanche du lavabo des petites cabines de toilettes du club, j'observe mon reflet comme on observe un inconnu pour la première fois. Quelques-uns de mes cheveux blonds collent à la peau de mon visage moite. J'ai tellement chaud. Et quelque part, je me dis que mon état n'est pas seulement dû à la chaleur étouffante qui règne entre les murs de *l'Empire*.

Maël Gellman.

Nier qu'il est canon reviendrait à balancer un mensonge auquel personne ne croirait. Yeux charbonneux, muscles noueux, sourire étincelant... Et cette voix...

Bon sang, sa voix ! Rauque, légèrement éraillée. Il a le timbre de celui qui murmure des promesses interdites au creux de votre oreille.

Un frisson dévale le long de ma colonne vertébrale.

Agacée de ne pas être aussi insensible que je le prétends, je serre les poings à m'en enfoncer les ongles dans les paumes de mes mains.

La vérité, c'est que je suis arrivée ici avec la certitude que je le détesterais et, bien que campée sur mes positions, je n'arrive pas à me rappeler pourquoi. Parce qu'il se montre tout sauf détestable, et son petit sourire en coin – qui n'est pas pour me déplaire – me fait perdre la raison. Mais c'est un jeu, n'est-ce pas ? Son comportement de gentleman, je n'y crois pas une seconde. Comme le prédateur qui séduit sa proie, il se montre gentil pour mieux planter ses crocs dans ma carotide, pas vrai ?

Je devrais parler avec la jolie rousse qui s'est enfuie de ses genoux tout à l'heure. Elle sait certainement de quoi je parle, elle.

Lorsque je passe à côté du molosse qui surveille le coin VIP, je ne peux pas m'empêcher de réprimer le petit sourire satisfait qui étire mes lèvres.

Alors, c'est ça qu'on ressent quand on ne vous dit jamais non ?

Je suis un peu surprise de ne pas retrouver Maël où je l'ai laissé, à savoir : à côté du bar. J'observe les alentours pour découvrir Sarah, les joues rosies et les cheveux en pagaille, adossée contre la barrière de sécurité tandis qu'elle discute avec mon frère. Je suis contente pour elle et je n'ai pas envie de gâcher son petit moment privilégié juste parce que je me sens seule.

Pour m'occuper les mains et masquer ma gêne, je glisse les doigts dans ma petite pochette à la recherche de mon téléphone. Sauf qu'il n'y est pas.

Horreur !

Le sang reflue vers mon visage, mon cœur se met à battre plus vite. Comme 90 % de la population, j'ai toute ma vie à l'intérieur de mon téléphone, et je m'en veux d'être si paniquée à l'idée de perdre un objet aussi remplaçable. Oui, mais... ce qui m'inquiète le plus, c'est que je n'ai jamais supprimé les messages que Maxwell m'envoyait, et je ne suis toujours pas prête à tirer un trait sur nous. Elle est là, l'abominable vérité.

Alors que je me fustige mentalement, mon regard croise celui de Maël. Avachi sur un canapé, il m'offre un sourire carnassier qui ne me dit rien qui vaille. À côté de lui, une belle brune aux boucles souples.

Bien sûr, comment pourrait-il en être autrement ?

— C'est ça que tu cherches ?

Mon sang ne fait qu'un tour lorsque je le vois brandir mon téléphone d'un air satisfait. Poussée par une colère sourde, j'avance jusqu'au canapé d'un pas déterminé. Alors que je tente de lui arracher des mains, il le glisse dans sa poche, provocateur.

— Très drôle. Maintenant, rends-le-moi !

Taquin, il passe lentement la langue sur sa lèvre inférieure.

— Je ne te pensais pas si attachée à ton portable. Un peu paradoxal pour quelqu'un qui l'a laissé traîner sur le comptoir.

— Je ne lui suis pas, réponds-je, les dents serrées, agacée qu'il me pense aussi superficielle.

— Ah non ? Des choses à cacher, dans ce cas ? demande-t-il en battant des cils.

— Allez, rends-lui et arrête de la torturer ! s'exclame la brune aux boucles souples qui fricotait avec mon frère tout à l'heure.

Il lui lance un regard complice et c'est le moment qu'il choisit pour me rendre mon précieux téléphone. Je m'en veux aussitôt de ressentir un soulagement si intense que mes épaules s'affaissent lorsque je le glisse dans ma pochette.

— Liam, se présente la brune en me tendant la main.

— Lily. Tu es mannequin ?

Perchée sur de hauts talons, elle doit mesurer pas loin d'un mètre quatre-vingts. Ses longues boucles brunes effleurent la courbe sensuelle de ses hanches marquées dans sa petite robe rouge qui sublime son teint hâlé. Dotée d'une dentition parfaite pour tourner dans une pub de dentifrice et de petites taches de rousseur qui parsèment son visage d'une jolie Voie lactée, je ne serais pas surprise qu'elle travaille pour une grande enseigne de mode.

— Meuf, je t'aime ! plaisante-t-elle. T'es toujours aussi gentille ?

Maël lève les yeux au ciel tandis qu'un rire nasal lui échappe.

— Demande à ton copain, je suis sûre qu'il a une opinion intéressante à mon sujet, dis-je en le fusillant du regard.

— Pourquoi ? Je te trouve pourtant très agréable depuis le début de la soirée, réplique l'intéressé d'un ton où perce l'ironie.

Feignant d'être vexée, je place une main sur ma poitrine, à l'endroit symbolique du cœur.

— On est pratiquement meilleurs amis !

Un petit rire lui échappe et ses yeux s'illuminent d'une lueur taquine. Il lève la main vers la barmaid, puis commande pour moi un mojito qui ne tarde pas à arriver.

— Ça doit être agréable... dis-je en sirotant une première gorgée de mon cocktail.

Au lieu de me répondre, il hausse un sourcil interrogateur.

— ... de n'avoir qu'à lever la main pour obtenir tout ce qu'on veut. D'avoir un million de fans prêts à se montrer gentils avec toi pour obtenir un sourire de ta part.

— Ça l'est, avoue-t-il avec une honnêteté qui me déconcerte un peu. Jusqu'à ce que ça ne le soit plus, ajoute-t-il, plus léger. Tu vois, on parlait justement de ceux qui ne sont pas toujours très sympas avec moi.

Sa moue boudeuse et enfantine me fait rire. Je me plaque une main sur la bouche comme si je venais de jurer à voix haute.

— Ouais, il y a ce compte Instagram qui le harcèle depuis quelque temps..., explique Liam.

Je me mets à rougir de la racine des cheveux jusqu'à la pointe de mes orteils. Pour dissimuler la gêne que je ressens, je bois une grosse gorgée de mon cocktail.

— Mmmh, c'est vraiment super bon !

Ma piètre tentative pour changer de sujet tombe lamentablement à l'eau !

— J'ai porté plainte, les autorités ne devraient plus tarder à trouver qui se cache derrière ce compte. Comment c'est, déjà, son pseudo ?

J'ai la tête qui tourne, la gorge en feu, et j'angoisse tellement que je me mets à croquer les glaçons qui collent au fond de mon verre vide.

— Je peux en avoir un autre ? demandé-je.

Maël se laisse retomber en arrière sur le canapé, les bras

croisés sur sa poitrine. Il porte sur moi un regard à la fois inquiet et amusé.

— Doucement, bébé, ou Kyllian va me casser la gueule...

Pour donner du poids à ses dires, il désigne mon frère d'un signe de la tête.

Complètement absorbé par ma meilleure amie, il ne me prête aucune attention. Et ça m'agace plus que je ne veux bien l'admettre. Parce qu'il n'en a rien à foutre que je me saoule avec l'un de ses coéquipiers, quelle que soit la mauvaise réputation qui lui colle à la peau. Inconsciemment, mes doigts se resserrent autour de mon verre.

La tête légèrement penchée sur le côté comme s'il tentait de lire en moi, Maël semble réfléchir. L'instant d'après, il se redresse pour s'approcher de moi. Si proche que je sens son haleine mentholée me caresser la joue.

— OK. Si tu demandes *très* gentiment.

Surprise, et l'esprit un peu embrumé par l'alcool que je viens d'ingurgiter, je cligne plusieurs fois des yeux.

— S'il te plaît ?

Un sourire satisfait étire ses lèvres et l'instant d'après, on m'apporte un mojito tout neuf que je m'empresse de siroter.

Je n'ai pas l'habitude de boire, car l'alcool est trop souvent synonyme de perte de contrôle et *j'ai horreur de perdre le contrôle*. Cependant, je dois bien admettre que cette sensation de légèreté n'est pas pour me déplaire. J'ai la tête qui tourne, mais pas de manière désagréable. Un peu comme si je flottais au-dessus de mon corps, et pour être tout à fait honnête, je n'ai pas envie que ça s'arrête.

— Ah, ça y est, je me souviens ! s'exclame-t-il. Le compte qui me harcèle depuis des mois, c'est MaëlLaPoubelle. Tu te rends compte à quel point c'est nul ?

Paniquée, je siffle mon verre à la vitesse de l'éclair sous son regard ahuri. La paranoïa me frappe aussi fort que si on venait de me gifler. Je m'imagine les pires scénarios dans lesquels je finis en prison, sans emploi et misérable jusqu'à la fin de mes jours, parce que j'ai été stupide au point de déverser ma haine injustifiée sur les réseaux sociaux. Ma mère va me déshériter si elle l'apprend, c'est certain.

Et Kyllian ? Oh, bon sang ! Kyllian ne m'adressera plus jamais la parole. Mon pauvre père doit se retourner dans sa tombe à l'heure qu'il est !

Honteuse, je baisse la tête, incapable d'affronter son regard.

— C'est moi.

— Excuse-moi, je n'ai pas bien entendu ?

Je m'apprête à siroter le troisième verre qu'on m'a apporté – je n'avais même pas remarqué – quand Maël pose une main sur la mienne pour m'empêcher de m'en saisir. Ses doigts chauds restent un instant de trop sur les miens et une boule de chaleur se met à grandir dans mon ventre. Comme s'il s'en était rendu compte, il retire vivement sa main en se raclant la gorge.

— Je pense que tu devrais *vraiment* ralentir.

— C'est moi derrière ce compte débile, répété-je, toujours aussi honteuse.

Au lieu de s'énerver comme je m'y attendais, il m'offre un petit sourire amusé. En fait, il n'a même pas l'air surpris. Détendu, il a passé son avant-bras tatoué derrière moi, qu'il laisse reposer sur le dossier du canapé en vinyle.

— Je savais que c'était toi, avoue-t-il. Tu ne m'as pas laissé aller au bout de la blague. J'avais prévu de te lire les commentaires les plus gênants jusqu'à ce que tu craques. Je voulais te torturer jusqu'à ce que tu me supplies d'arrêter.

Stupéfaite, je ne trouve rien à répondre.

Alors il le savait ? Depuis le début ?

— T'as fouillé dans mon téléphone ?

— Je voulais comprendre pourquoi tu me détestais, et comme tu m'as traité de connard, j'ai pris ce droit. Et puis, je souhaitais choper ton compte Instagram, c'est chose faite ! plaisante-t-il en m'envoyant un clin d'œil séducteur.

— Alors… tu n'as pas vraiment porté plainte ?

Je déteste l'espoir qui pointe dans ma voix.

— Non. Mais je pourrais, j'imagine. Tu comptes m'éclairer ? Pourquoi t'as fait ça ?

Je n'ai pas d'explications rationnelles qui justifieraient mon comportement immature et puéril. Alors que je me perds dans le brun magnifique de ses yeux, je tente de réfléchir à ce que je pourrais lui dire. Quelque chose qui rendrait la situation moins embarrassante. Mais je ne trouve rien. Parce que la vérité, c'est que Maël ne m'a rien fait et que je me suis comportée comme une gamine pourrie gâtée.

— T'es énervé à quel point ? demandé-je à la place.

— Je ne suis pas *énervé*, juste curieux.

— Pourquoi ? À ta place, je serais furieuse…

Je dois me rendre à l'évidence, je me suis montrée odieuse avec lui toute la soirée, pourtant son petit sourire ne l'a jamais quitté. L'homme au tempérament violent et ingérable que décrit la presse n'est visiblement pas celui qui est assis à côté de moi. D'ailleurs, je ne l'ai pas vu boire une seule goutte d'alcool et j'en suis la première étonnée.

Kyllian, en revanche… est complètement à la masse, et mon cœur se fracasse en mille morceaux à l'intérieur de ma poitrine.

— J'en sais rien, m'avoue Maël dans un soupir. Ça me change, je suppose ? C'est pas tous les jours qu'on a la chance d'être assis à côté d'un *hater*. Et franchement, ça m'a bien fait rire.

— Je n'ai pas d'explications à te fournir.

Et je compte bien me servir de cette justification bancale comme d'une excuse.

— Pas la peine, *Barbie*, je t'ai cernée !

Mon sang ne fait qu'un tour.

— Ah oui ? Dis-moi tout !

À côté de nous, Liam se racle la gorge, mal à l'aise.

— Ouais. Allez, c'est marqué sur ton visage de petite princesse. T'étais la reine du lycée, t'as grandi dans une famille où tu n'as jamais manqué de rien, et sans s'en rendre compte, tes parents t'ont transformée en éternelle insatisfaite, gâtée et capricieuse qu'un rien agace. Je suis pratiquement sûr que tu frappes du pied par terre quand ça ne va pas !

— Hypocrite de la part de celui qui n'a qu'à lever la main pour obtenir tout ce qu'il veut. Qu'est-ce qui t'arrive ? T'es pas heureux sous les feux des projecteurs ? Qui est le plus capricieux de nous deux, finalement ?

Un silence tendu s'éternise entre nous tandis qu'il croise les bras sur sa poitrine. Un jeu de regards, quelques insultes silencieuses et, en fin de compte, on éclate d'un rire gêné.

— Je veux que mon frère revienne à la maison, avoué-je. Prends-moi pour une gamine capricieuse si tu veux...

— Et tu penses que je vais le mettre à la porte parce que t'as de jolis yeux ?

— Pour être honnête, oui.

Il me fusille du regard, néanmoins amusé.

— C'est quoi le problème avec Johnson, au juste ? demande Liam, qui sirote un cocktail à l'ananas.

— Le problème, c'est qu'il ne la calcule plus et Barbie n'est pas contente, me provoque Maël.

Il m'énerve parce qu'il a raison, je ne peux même pas le nier.

La paille calée dans un coin de sa bouche, Liam sourit d'un air espiègle. Elle pose son verre sur la petite table basse, puis se redresse et vient se placer entre mes jambes où elle s'accroupit.

— À quel point il est protecteur, ton frère ? questionne-t-elle.

Je cligne plusieurs fois des yeux sous le coup de l'incompréhension. À côté de moi, Maël se renfrogne.

— C'est mort ! balance-t-il, comme s'il savait où elle voulait en venir.

Elle l'ignore et reporte son attention sur moi. Les mains en appui sur mes genoux, elle s'approche de mon visage, ses boucles souples viennent effleurer la pointe de mes seins. Elle sent la noix de coco, les îles tropicales et les cocktails aux fruits.

— Si j'exigeais que tu m'embrasses, tu trouverais ça bizarre ? Si elle est surprise par ma question, elle ne laisse rien transparaître.

— Carrément chelou. C'est quoi ton délire ?

— J'ai une *bucket list* à cocher. Embrasser une fille en fait partie, et tu sens bon...

C'est la dernière fois que je bois, je le jure !

Elle rit doucement, plus attendrie que moqueuse.

— Si ce n'est que ça..., dit-elle en s'approchant encore de quelques centimètres, jusqu'à ce que nos lèvres se frôlent.

Elle soulève mon menton de son index manucuré, attrape un glaçon dans le verre de soda de Maël et me le fourre entre les lèvres. Le froid de la glace contraste avec la chaleur de son souffle qui fait fondre le glaçon. Du bout de sa langue experte, elle lèche la goutte d'eau glacée qui dévale mon menton avant de remonter vers mes lèvres où elle se saisit du glaçon qu'elle fait craquer entre ses dents.

Tout contre ma bouche, elle articule :

— Demande-le-moi demain. Ce n'est pas du jeu si tu coches des cases seulement quand t'es bourrée.

Et là, elle me laisse pantelante, l'estomac en vrac et le cœur battant.

— Grimpe sur les genoux de Maël, déclare-t-elle comme si elle se souvenait de ce qu'elle voulait faire à la base.

— Pardon ?!

Elle lève les yeux au ciel.

— Tu veux que ton frère se réveille, oui ou merde ?

Sur le coup, ça me semble être une très mauvaise idée. Surtout lorsque je remarque Maël, qui fait non de la tête, les yeux écarquillés comme si je n'étais pas capable de voir ses gestes indiscrets et sa détresse perceptible.

Toutefois...

— Ne fais pas ton enfant, Maël Gellman !

Je monte à califourchon sur ses genoux. Il se tend

imperceptiblement, les bras ballants le long de son corps comme s'il avait peur de me toucher. Il me fusille du regard, déglutit bruyamment et balance de jolis noms d'oiseaux à Liam qui éclate de rire.

— Je parie que Johnson va rappliquer dans moins d'une minute, et vous ? demande-t-elle en s'éloignant.

— C'est ridicule, bordel ! T'es ridicule, insiste-t-il en me foudroyant de ses yeux noisette.

Sa réplique me fait l'effet d'un coup de poignard dans le cœur. Pas parce qu'il est méchant, mais parce qu'il a raison. Toutes les décisions que je prends ces derniers temps sont d'un ridicule sans nom.

Entrer dans un club à l'aide de fausses cartes d'identité ? *Check.*

Laisser ma meilleure amie entre les griffes de mon frère ? *Check.*

Grimper sur les genoux de celui que je dis détester ? *Check.*

Alors que je m'apprête à retourner à ma place, il pose ses mains sur mes hanches avant de soupirer, résigné.

— Une minute, c'est optimiste. Il lui faudra au moins trente secondes pour réaliser ce qu'il se passe avec tout l'alcool qu'il a ingurgité...

Surprise, je rentre dans son jeu et pose mes mains sur son torse musclé. Le souffle court, je parviens à articuler du bout des lèvres :

— ... et au moins une minute de plus pour marcher jusqu'ici d'un pas titubant.

Ses mains descendent doucement le long de mon corps d'une caresse assurée, bien qu'il ne fasse que m'effleurer, puis se posent sur mes cuisses.

— Dix secondes supplémentaires pour te faire descendre de là.

— Dix secondes, seulement si je ne proteste pas, évidemment.

Maël ajuste sa position inconfortable en soulevant les hanches. Quelque chose de dur et de chaud effleure mon intimité.

— Dis-moi que ton micropénis est caché sous un énorme porte-monnaie, Maël.

Un sourire amusé étire ses lèvres pleines.

— Pas de porte-monnaie, bébé… Désolé de te décevoir.

Un petit rire m'échappe et j'oublie pourquoi je le déteste. Sarah est obnubilée par mon frère Kyllian, qui ne m'adresse pas la parole. Toutes les personnes auxquelles je tiens m'ont laissée seule et mon seul allié ce soir s'avère être celui contre qui je suis injustement venue me battre.

— Dis-moi, c'est sincère ? La façon dont tu te comportes ce soir, c'est vraiment toi ?

Il hoche la tête.

— Je ne sais pas ce que tu penses savoir à mon sujet, mais tu ne sais rien, se renfrogne-t-il.

À mon tour de hocher la tête.

— On pourrait peut-être… faire une trêve ? Et se détester demain ?

— Ouais… on se détestera demain, acquiesce-t-il.

Sa poigne se resserre sur mes cuisses, ses doigts s'enfoncent dans ma chair.

— Cinq secondes, bébé.

— Quoi ?

— Quatre… trois… deux…

L'ombre de mon frère apparaît au-dessus de moi. Pas la peine de lever les yeux, je reconnais son parfum ambré.

Paraît qu'on va se faire gronder… et peut-être l'avons-nous un peu cherché…

7

Maël

Alors c'est ça, son putain de problème ?

Un grand frère un peu absent et la voilà aussi chamboulée que si elle était suspendue au bord d'un précipice.

Sur mes genoux, Lily se tend imperceptiblement, tandis que son frère nous surplombe de toute sa hauteur, prêt à nous tomber dessus. Ses grands yeux verts plongent dans les miens pour m'offrir un regard lourd de sous-entendus.

La main de Kyllian s'enroule autour du poignet frêle de sa sœur, qui écarquille aussitôt les yeux sous le coup de la surprise.

— On s'en va, grogne-t-il, les dents serrées.

Étonnamment, elle retire son poignet et fait non de la tête.

C'est pourtant ce qu'elle voulait, non ? À chaque fois que je pense savoir ce que veut une femme, cette dernière me prouve le contraire, et Lily ne fait pas exception à la règle.

— Non.

Ouais... mais je commence à me sentir mal à l'aise de la sentir se dandiner sur ma queue. Honnêtement, j'ai déjà pas mal poussé le bouchon en la prenant sur mes genoux. Mais bander pour la petite sœur de mon coéquipier, c'est carrément déplacé.

Cette fois, c'est par les cheveux qu'il l'attrape. J'interviens sans m'en rendre compte en attrapant l'avant-bras de Kyllian, que je serre un peu trop fort à son goût si j'en crois son expression douloureuse.

— Elle a compris, dis-je d'un ton plus ferme que je ne l'aurais souhaité.

Voilà exactement pourquoi je ne me mêle pas de la vie privée de mes coéquipiers et pourquoi passer la soirée avec elle était une idée désastreuse.

— C'est ma sœur. Évidemment que je ne vais pas lui faire de mal, se justifie-t-il.

Après avoir jeté un coup d'œil à l'intéressée, qui affiche un petit sourire satisfait, je relâche son poignet et pousse un soupir exaspéré. J'écarte les cuisses, provoquant la chute de Lily qui tombe sur les fesses.

— Allez régler vos problèmes ailleurs que sous mon nez.

Après quelques protestations de la part de cette fille, qui clame haut et fort que je ne suis qu'un homme et que je n'ai pas à lui dire quoi faire, elle finit par suivre son frère, qui l'emmène un peu plus loin en la tirant par la main.

— Ils font toujours ça, m'annonce Sarah, dont la voix frêle me fait sursauter.

Elle est tellement discrète que je ne l'ai ni vue ni entendue arriver.

— Tu n'as ni frère ni sœur, n'est-ce pas ?

D'un point de vue purement biologique, je suis fils unique. Dans la réalité, j'ai passé plus de temps avec Max qu'avec mon propre père, et ma mère est devenue la sienne lorsque sa maman a sombré dans l'alcool, délaissant son fils dès le plus jeune âge.

— Non, réponds-je après un moment.

— Ils se chamaillent, c'est tout. Ça veut dire qu'ils s'aiment, au fond.

Sarah est d'une naïveté effrayante. Cela dit, Max et moi nous sommes battus un nombre incalculable de fois. Et je ne parle pas d'une simple claque derrière la tête. Certaines de nos cicatrices sont là pour attester de la violence de nos querelles.

Pensif, j'observe mes phalanges abîmées, plongé dans des souvenirs que je préférerais oublier.

Mais elle a raison.

J'aime mon frère plus que tout, qu'importe qu'on partage ou non le même sang, et tant pis si on s'étripe parfois. Je suppose qu'il en est de même pour ces deux-là.

Je n'entends pas ce qu'ils se disent, mais je vois leurs bouches s'ouvrir et se refermer, leurs sourcils se froncer d'une manière quasi identique.

Leurs ressemblances sont aussi comiques que surprenantes.

— Alors... il a été gentil avec toi ? demandé-je finalement pour changer de sujet.

Sarah m'offre un petit sourire en coin.

— Il passe son temps à me traiter comme l'agaçante copine de sa petite sœur, alors non, il n'est pas vraiment gentil.

— Il te taquine, c'est tout...

Elle soupire longuement tandis qu'elle enfonce la paille dans sa bouche.

— C'est chiant, les étiquettes. J'veux dire... C'était pas dérangeant d'être « la petite Sarah », au début, mais quand est-ce qu'on va cesser de me traiter... comme « la petite Sarah » ? J'ai l'impression de n'être plus que ça ! Excuse-moi, je crois que j'ai un peu trop bu pour une première..., dit-elle timidement.

Elle se lève, plisse les yeux pour se repérer dans l'obscurité et tente de mettre un pied devant l'autre, mais titube violemment. D'instinct, je me lève pour la rattraper alors qu'elle perd l'équilibre.

— Tu veux que j'aille te chercher un verre d'eau ?

Ses yeux sont un peu rouges derrière ses lunettes rondes, pourtant elle n'a pas l'air complètement saoule. Je sais de quoi je parle, j'ai ramassé mes deux meilleurs amis à de nombreuses reprises et je peux reconnaître quelqu'un qui souffre d'une cuite aiguë, merci bien ! Or, ce n'est pas le cas de Sarah.

— Je vais juste m'asseoir un peu, me rassure-t-elle.

Du coin de l'œil, Kyllian a remarqué la scène qui vient de se produire et je constate qu'il n'écoute plus que d'une oreille peu attentive ce que lui raconte sa petite sœur.

— Je vois ce que tu veux dire… au sujet des étiquettes, expliqué-je. J'en ai un peu marre, moi aussi, que tout le monde pense savoir ce que je vaux, mieux que moi.

Sarah hoche doucement la tête, pensive.

— Peut-être qu'on devrait se l'arracher un bon coup.

— C'est pour ça que t'as décidé de rédiger une *bucket list* ? Pour arracher ton étiquette ?

Elle hausse les épaules en ignorant mon regard.

— Entre autres.

— Et… ta copine ? C'est quel genre d'étiquette qui lui colle à la peau ? demandé-je en feignant l'innocence.

— Lily est… Disons simplement que l'étiquette qui lui colle à la peau lui va bien. Je crois que ça lui plaît bien et qu'elle entretient l'image qu'on lui donne. Un peu comme une protection. Pourquoi voudrait-elle se débarrasser de son armure ?

Je ne devrais pas interroger son amie éméchée, c'est pas vraiment cool de ma part. Mais bordel, j'ai tellement envie d'en savoir plus sur cette Barbie qui joue les pestes pour se protéger ! Et se protéger de quoi, au fond ?

D'ailleurs elle se met à hurler sur son frère qui se pince l'arête du nez, excédé.

Elle a beau se donner en spectacle, sa comédie cache une vive douleur qu'elle ne peut pas retenir plus longtemps. Je discerne au coin de ses yeux verts de petites larmes qu'elle essuie d'un revers de la manche. Furieuse, elle fait demi-tour et quitte le coin VIP.

À côté de moi, Sarah semble de plus en plus pâle.

— T'es certaine de ne pas vouloir un verre d'eau ?

Elle hoche doucement la tête. Kyllian rapplique aussitôt, affichant un air inquiet que je ne lui connaissais pas, lui qui est toujours si froid et distant.

— Merde ! Tu lui as donné quelque chose ? m'accuse-t-il, comme si c'était dans mes habitudes.

— Qu'est-ce que tu crois ? Elle n'a bu qu'un verre tout à l'heure.

Kyllian regarde autour de lui, à la recherche d'une solution. Il s'installe à côté de Sarah, sort son téléphone de sa poche et tente d'appeler Lily.

— Elle ne répond pas ! Il faut qu'elle ramène sa copine !

— Je ne suis pas en sucre…, dit doucement Sarah, qui n'est récompensée que d'un regard noir et désapprobateur.

Il a l'air inquiet, semble peser le pour et le contre et marmonne entre ses dents :

— Si seulement elle n'était pas si têtue !

Nerveux, il tape du pied une centaine de fois contre le parquet, les yeux rivés sur son téléphone, avant de se lever en passant une main dans ses cheveux.

— Je vais la déposer chez elle. Je peux te demander de garder un œil sur Lily ?

Je le jauge avec un dédain non dissimulé. Leurs querelles de famille ne me regardent pas, mais je ne suis pas certain que laisser sa sœur toute seule soit une solution qui réglera quoi que ce soit.

— Je ne pars pas sans elle…, geint Sarah, les lèvres sèches.

OK, il faut vraiment qu'elle rentre, et peut-être même qu'elle voie un médecin. L'espace d'un instant, je me demande si quelqu'un n'a pas glissé quelque chose dans son verre. Elle a bu trop peu pour être dans un état aussi fébrile que le sien. Puis, je me souviens que Max est celui qui l'a servie et qu'il serait incapable de faire une chose pareille. Il a d'ailleurs bu dans le même verre.

Et il va bien, Dieu merci.

— Tu ne couverais pas quelque chose ? Rentre, t'inquiète. Je m'occupe d'elle, dis-je.

Sarah hoche doucement la tête, semble peser le pour et le

contre, et décide finalement qu'elle est trop mal pour insister. Kyllian me remercie d'un signe de la tête tandis qu'il l'aide à se lever.

Dès qu'ils sont partis, je me mets à chercher la furie blonde qui a décidé de me pourrir la soirée.

Je quitte ma zone sécurisée en descendant les marches du carré VIP sous le regard moralisateur de Ben, notre garde du corps. Je dois jouer des coudes pour traverser la foule de corps moites et d'esprits alcoolisés. Lorsqu'une main agrippe mon avant-bras pour m'inviter à danser, je refuse poliment. J'ai beau mesurer un mètre quatre-vingt-dix, je peine à la repérer. Des blondes aux sourcils froncés, ce n'est vraiment pas ce qui manque à *l'Empire* !

Après dix minutes de recherches intensives, je suis sur le point de jeter l'éponge. Jusqu'à ce que je la remarque, avachie dans un coin sombre, le visage baigné de larmes éclairé par la lumière de son téléphone qu'elle ne quitte pas du regard.

Mal à l'aise, je me racle la gorge pour la forcer à rencontrer mon regard. Elle sèche ses pleurs du dos de la main, étalant du mascara sur ses joues rougies.

— Qu'est-ce que tu me veux ? Tu viens m'humilier ?

Donnez-moi la force de ne pas lui donner la fessée qu'elle mérite, cette sale gosse pourrie gâtée !

— Ton frère m'a demandé de te prévenir qu'il ramenait Sarah. Elle se sentait super mal.

Un éclair d'inquiétude traverse l'émeraude de ses yeux humides.

— Elle va bien ?

— Ouais.

Enfin, je crois...

— Oh, mon Dieu... Je suis la pire amie du monde ! geint-elle, plus pour elle que pour moi.

Je lève les yeux au ciel.

— OK, alors... tu devrais peut-être appeler un taxi ?

— Ouais, je vais faire ça, déclare-t-elle avant de reporter son attention sur l'écran de son téléphone.

Je la dévisage quelques secondes. Les mains tremblantes, elle ouvre la story Instagram d'un blondinet aux yeux bleus qui roule un patin à sa copine. Les doigts de Lily se resserrent sur le téléphone au point que ses jointures blanchissent. J'ai tout juste le temps de lire le nom du propriétaire du compte : Maxwell Kane.

Le fameux Maxwell que Sarah a cité dans la bucket list*, évidemment !*

— Autre chose ? demande-t-elle, agacée.

— Nope ! Je te laisse retourner à... ta dépression.

— Trop aimable de ta part !

Un rire excédé s'échappe d'entre mes lèvres et je lui tourne le dos, bien décidé à ne plus jamais lui parler.

Il est quatre heures du matin quand je déclare forfait. Mon humeur était déjà bien entachée lorsque Lily m'a traité d'égoïste et d'irresponsable à demi-mot.

Max est encore plus déchiré que d'habitude, ses yeux sont injectés de sang, au point qu'on discerne à peine le gris de ses iris. Ted le tombeur a quitté la boîte avec une fille il y a un peu plus de dix minutes et Chris est endormi sur le canapé, ronflant paisiblement comme si le brouhaha incessant était incapable de déranger son sommeil imperturbable.

— Tu t'en vas ? me demande Liam, la paille greffée à ses lèvres.

— Ouais, fini les bêtises ! Il faut que je me prépare pour le match de samedi prochain et les entraînements s'annoncent intenses. Hawkins est à fleur de peau depuis qu'il sait qu'on joue contre les Rams.

C'est un match plus important que les autres puisqu'il déterminera si, oui ou non, les Giants seront qualifiés pour le Super Bowl. On a un avantage conséquent, puisque l'équipe des

Rams de Los Angeles vient jouer à domicile.

— Qui va s'occuper de la gamine ? demande-t-elle, sourire aux lèvres.

— Qui donc ?

— Lily !

— Elle a appelé un taxi il y a un peu plus d'une heure.

Liam lève un sourcil interrogateur.

— Ah bon ? Elle doit avoir une jumelle cachée ou un clone maléfique, dans ce cas !

Liam, munie de son irrésistible petit sourire en coin, désigne le fond de la boîte d'un geste de la tête. Je n'ai pas besoin de chercher bien longtemps ce qu'elle me montre – et je ne dis pas ça parce que je la trouve belle –, Lily est debout sur le bar, tenant une bouteille de gin qu'elle verse dans les bouches de parfaits inconnus qui ne demandent qu'à baver sur ses seins ronds et fermes lorsqu'elle se penche sur eux.

Un homme qui pourrait tout aussi bien avoir l'âge de son père lui met une claque sur les fesses. D'abord surprise, elle se met à rire à gorge déployée.

Bordel ! Elle est complètement saoule ! Mais ça ne me regarde pas, pas vrai ?

C'est elle qui a quitté le confort et la sécurité que lui offrait le coin VIP. C'est elle aussi qui a décidé de ne pas rentrer. Toujours elle qui s'est mise à boire, alors qu'elle est seule dans une boîte qu'elle ne connaît pas...

La voix de ma conscience me murmure que j'ai promis à son grand frère de garder un œil sur elle.

— Elle a l'air de bien s'amuser, me provoque Liam.

Lily avale un shooter offert par le barman. Elle titube, manque de s'étaler sur le sol, mais quelqu'un a la gentillesse de la redresser en lui empoignant les fesses.

Je serre les poings et pousse un soupir résigné.

Quelle garce !

Quelle abominable et sublime garce !

— Je vais la chercher.

Johnson, tu m'en dois une, mon pote !

L'attroupement de mâles en chaleur devant le bar bondé me fait lever les yeux au ciel. Toujours les deux pieds ancrés sur le comptoir, elle se trémousse et remue des hanches en rythme sur la musique. Enfin, je suppose que c'est ce qu'elle pense faire, parce que vu d'ici, elle se dandine avec la grâce d'un asticot, et si je n'étais pas aussi remonté contre elle, je crois bien que ça me ferait rire.

— Le spectacle est terminé ! dis-je en passant devant l'un de ces mecs qui empestent la testostérone et les hormones – qu'il s'injecte certainement pour faire gonfler ses pectoraux aux proportions inhumaines.

Lily écarquille les yeux en me voyant et lâche un cri de stupeur lorsque je l'attrape par les deux jambes pour la balancer sur mon épaule à la manière d'un sac de pommes de terre.

— Aaaahhhh ! Au secours ! On m'enlève ! hurle-t-elle tandis que je traverse le club à grandes enjambées.

Elle est encore plus saoule que je ne le pensais.

Barbie Alcoolique redresse la tête, les jambes pendouillant dans le vide, et croise mon regard.

— Oh, c'est toi ! Qu'est-ce que tu fiches ? Tu boudes toujours ?

Si je boude ?!

Je cligne plusieurs fois des yeux avant de laisser échapper un petit rire amusé. Elle penche la tête sur le côté pour m'étudier, l'air sérieux.

— Et toi ? Qu'est-ce que tu fous à te dandiner sur le bar, Lily ? Je pensais que t'avais appelé un taxi !

Je la dépose doucement sur le sol quand on arrive aux vestiaires.

— Tu trouves que je suis chiante ? demande-t-elle d'une petite voix à vous fendre le cœur en deux.

Ouais, putain !

— Non… Donne-moi ton adresse, je vais te ramener.

Elle ignore complètement ma question et laisse échapper un long et douloureux soupir.

— Maxwell dit que je suis chiante, avoue-t-elle en baissant les yeux.

J'ai l'horrible sensation que je vais encore en entendre parler lorsque je la conduirai chez elle.

Faites qu'elle se taise, je n'ai pas signé pour jouer les psys ou les grands frères de substitution...

— Mmmh..., réponds-je d'un ton las.

— Il dit que je me comporte comme une adulte trop responsable, que je prends la vie trop au sérieux.

Tu m'étonnes !

— Maxwell a dû louper le moment où tu bouges ton cul sur le bar comme si t'avais une carrière de stripteaseuse en perspective.

— Mais tu sais, si je me prends trop au sérieux, c'est seulement parce que j'ai envie de réussir ! Être la meilleure en danse, obtenir mes diplômes, devenir médecin, rendre Papa et Maman fiers...

Mon cœur se serre à l'évocation de son père. Je sais que Kyllian l'a perdu il y a un an, et j'imagine que sa mort a aussi laissé une empreinte douloureuse sur l'âme de sa petite sœur.

Je suis bon lorsqu'il s'agit d'avoir des conversations légères et détendues, bon pour les petites conversations après le sexe, et je suis même carrément excellent lorsqu'il faut parler de football américain. Mais les conversations sérieuses et larmoyantes, très peu pour moi, merci bien !

— Ton adresse, Lily...

Toujours dans les vestiaires, elle se met à se trémousser sur la musique qu'on entend résonner au loin. J'ignore si elle fait exprès d'ignorer mes questions ou si elle trop saoule pour se rappeler qu'elle n'est pas vraiment seule.

— Youhouhou ! C'est bien trop chouette ici ! Eh, Maël ! T'as déjà fait un *cake paf* ? Euh... un *take caf* ? glousse-t-elle.

OK. Deuxième option. Elle est torchée, et pas qu'un peu...

— Une teq paf ?

— Ouais ! C'est trop bon ! On s'en commande une ? T'arrêteras de bouder, comme ça !

Je fais non de la tête, mais j'avoue ne plus être tout à fait en colère contre elle. Il faut dire qu'elle est nettement plus agréable avec moi lorsqu'elle est bourrée.

— Je pense que t'as assez bu, bébé.

— Je ne pars pas d'ici sans un dernier machin chouette ! s'exclame-t-elle en croisant les bras sur sa poitrine.

Alors que je tends le ticket à l'employée qui se charge des vestiaires, je me penche en avant et lui souffle au creux de l'oreille :

— Tu crois pouvoir nous apporter deux teq paf ? Avec de l'eau, pas de tequila. Juste pour donner l'illusion...

J'ai conscience d'être un beau connard en utilisant ma notoriété pour obtenir ce que je veux, mais...

On nous apporte sur un plateau d'argent deux shooters à l'eau. Je lui tends le petit verre, elle renverse la moitié sur son top en cuir et je déglutis face à la vision de ses seins trempés.

— D'abord, le sel ! s'exclame-t-elle, joyeuse. Oh, tu peux me filmer ? C'est pour montrer à Maxwell que je suis cool !

En sortant son téléphone de sa poche, elle le fait tomber par terre. Et quand elle se penche pour le ramasser, elle s'écroule de tout son long, renversant au passage le petit verre qui se brise juste sous son nez.

— Oh, mince..., gémit-elle, alors que je l'aide à se redresser sur ses deux jambes.

Dans les vestiaires, plusieurs personnes me fusillent d'un regard désapprobateur. Dans un coin de la pièce, je remarque Max, adossé contre un mur. Les yeux vitreux, il nous observe, tandis que Chris récupère ses affaires.

Je lui offre mon shooter, elle me remercie comme si j'étais un être divin. Elle a toutes les peines du monde à verser un peu de sel sur sa peau, alors je le fais à sa place. Elle lèche le sel sur le dos de sa main, avale le shooter d'eau claire, et croque dans le citron en m'offrant une grimace qui m'attendrit plus que je ne le voudrais. Des gouttes acidulées s'écoulent le long de son menton et d'instinct, je les essuie avec mon pouce.

— Félicitations, mec ! T'es le père de l'année, me taquine Max en me fichant un petit coup de coude dans les côtes.

Sa boutade pourrait paraître inoffensive si je ne connaissais pas la possessivité maladive de mon meilleur ami...

— Tu veux bien qu'on fasse une photo ? me demande Lily.

— Pourquoi ?

— Maxwell... mon ex... il euh... il est fan des Giants. Et t'es leur quarterback, alors...

— Je suis fatigué, Lily...

L'air frais lorsqu'on franchit la grosse porte du club me fait un bien fou. J'avais la douloureuse sensation d'étouffer, à l'intérieur.

J'ouvre la portière de ma voiture lorsque Lily darde sur moi ses grands yeux verts qui se remplissent de larmes.

Ne me dites pas qu'elle va se mettre à chialer ?!

Si. Elle le fait.

Elle fond en larmes, passe ses bras autour de mon cou et enroule ses jambes autour de ma taille. Les gros sanglots qui secouent son corps se répercutent contre ma cage thoracique et je ne trouve rien de mieux à faire que de rester immobile, crispé et carrément dépassé.

En fait, je ne sais pas si j'ai envie de rire ou de pleurer avec elle parce qu'elle m'a pourri la soirée.

L'idée immature qui me traverse l'esprit me semble plutôt bonne lorsque je me saisis de son téléphone et ouvre l'appareil photo. Je lève le téléphone au-dessus de nous et commence à filmer cette scène surréaliste. C'est une petite vengeance, si l'on considère tout ce qu'elle me fait vivre depuis le début de la soirée, et je paierais cher pour voir sa tête se décomposer lorsqu'elle la découvrira demain matin.

— Allons... sèche-moi tes larmes de crocodile, Lily... Tu peux nous dire pourquoi tu pleures ?

Sans prendre la peine de relever la tête de mon cou, elle marmonne :

— Parce que tu refuses de prendre une photo avec moi, alors que mon ex serait fou de jalousie...

Je coupe la vidéo sur cet aveu bancal. Bien qu'amusé par la stupidité de ses agissements, je me mets à réfléchir. C'est précisément à cause de ça que je refuse les relations amoureuses. Si je devais retenir une seule chose de Lily ce soir, ce serait celle-ci : être amoureux, ça vous fait faire des trucs à la con. Comme vouloir prendre une photo avec l'idole de son ex dans l'unique but de le faire réagir.

C'est d'une débilité sans nom.

Toutefois...

— Allez, viens ! On va la prendre, cette photo.

Un grand sourire se dessine sur son visage baigné de larmes.

— C'est vrai ?

Je hoche la tête.

— Mais oui... Viens-là, gros bébé.

Je la dépose sur le sol et la voilà qui nous mitraille de photos. Je ne sais pas de quoi on a l'air, mais elle est suffisamment satisfaite pour l'envoyer à son Maxwell.

Incapable de me donner son adresse, j'ai bien été obligé de ramener Lily avec moi au penthouse. Si elle n'est pas capable de formuler la moindre pensée cohérente, elle excelle dans l'art de me casser les couilles !

« Ralentis », « clignotant », « feu rouge ! » et « attention ! » ont ponctué notre trajet.

Oh, et bien sûr, elle a vomi.

Dans ma putain de voiture !

C'est à ce moment que j'ai pris une seconde vidéo avec son téléphone, parce qu'il est hors de question qu'elle s'en sorte sans éprouver une once de remords au réveil.

En plus, elle n'a pas de code de déverrouillage.

Qui laisse son téléphone sans y mettre un putain de code ?

Assise sur le rebord de la baignoire de ma salle de bains, elle a le regard vide et peine à se tenir droite. Si Lily n'était pas la petite sœur de Kyllian, je crois que je l'aurais forcée à prendre un bain. Néanmoins, si je la laissais seule dans l'eau, elle serait capable de se noyer !

Je fais glisser le pantalon en cuir le long de ses cuisses fuselées à la peau dorée en prenant garde de ne pas la toucher. Je la force à lever les bras au-dessus de sa tête tandis que je lui passe mon maillot de football par-dessus le top assorti que je refuse de lui enlever.

Et enfin, je lui brosse les dents.

Au secours...

Du dentifrice coule le long de son menton et ça l'amuse de s'essuyer sur mon torse nu. Je prends une autre photo.

Je lui démêle les cheveux, parce qu'elle s'est débrouillée pour se coller un chewing-gum entre deux grosses mèches.

Hors de question qu'elle en mette partout sur mon canapé !

Dix minutes de démêlage intensif – et inutile – plus tard, je lorgne sur la paire de ciseaux qui traîne sur un coin du lavabo.

Et si je coupais la mèche ? Elle s'en remettrait, non ?

Alors que je m'apprête à commettre l'irréparable, un cri d'effroi s'échappe d'entre ses lèvres.

— Mais qu'est-ce que tu fais ? Ça va pas ?!

Je soupire.

OK, Barbie. J'ai compris, on ne coupe pas.

C'est avec un verre d'eau et un comprimé de paracétamol que je la couche sur le canapé, où elle s'assoupit presque instantanément.

Kyllian Johnson pourrait me sucer qu'il ne rembourserait pas la dette qu'il a envers moi.

Profondément endormie, son visage est détendu, sa poitrine se soulève à chacune de ses respirations. Ses cheveux blonds sont étalés partout autour d'elle, sur mon maillot de football et sur mon canapé.

Soulagé d'en avoir fini avec elle, je souffle.

Elle a une gueule d'ange, mais c'est un sacré petit démon...

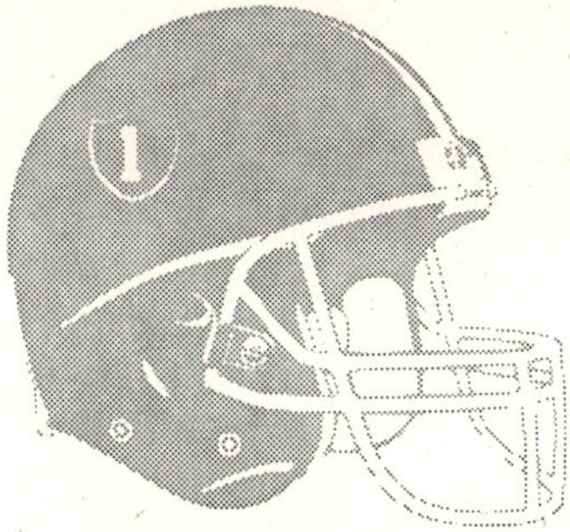

8

Lily

Je cligne des yeux avec la sensation d'avoir été renversée par un camion. Ma langue pèse lourd dans ma bouche sèche et je meurs de soif comme le baroudeur qui rentre de son périple dans le désert.

Des bribes de souvenirs s'imposent à moi sous forme de flashbacks, tous plus embarrassants les uns que les autres.

C'est une catastrophe, un désastre sans nom, un bouleversement planétaire : j'ai la gueule de bois ! Moi, Allyson, étudiante studieuse à qui on rabâche de moins se prendre au sérieux, j'ai la migraine des lendemains de soirées arrosées…

— Bien dormi ?

Max O'Donnel, l'insupportable joueur des Giants, est allongé en caleçon à côté de moi. Son odeur de pin frais s'infiltre sous mes narines pour agrémenter mon début de migraine.

Qu'est-ce qu'il fout à moitié nu à côté de moi, et pourquoi nos jambes sont-elles enchevêtrées ?!

Je baisse les yeux sur ma tenue et constate que je porte toujours ma culotte – heureusement ! – ainsi que le maillot de football à manches longues du quarterback, suffisamment long pour me couvrir le haut des cuisses.

— Oh, mon Dieu ! m'exclamé-je, tandis que l'humiliation de la veille me revient en mémoire.

— C'est moi que t'appelles « mon Dieu » ? Ça me plaît, déclare-t-il en jouant des sourcils.

Je lui mets un gros coup de coude dans les côtes. Il sourit d'un air mauvais, révélant la petite fossette qui creuse sa joue gauche.

Une sueur froide dévale ma colonne vertébrale. Je suis morte de peur à l'idée d'avoir perdu les pédales, d'avoir couché avec lui et de n'en garder aucun souvenir. La gorge serrée par le stress, je pose la question qui me brûle les lèvres.

— Est-ce qu'on a...

— Baisé ? Ouais... C'était incroyablement bon, d'ailleurs.

Mon sang se fige dans mes veines et se transforme en glace. Je m'immobilise, incapable de respirer.

— Tu tailles les meilleures pipes, ma belle...

C'est Ted Greyson qui vient de murmurer ces paroles obscènes, empreintes d'un poison qui me donne envie de vomir. Assis en tailleur sur le tapis à côté de nous, il est torse nu, à l'instar de Max, dévoilant sa peau brune couverte de tatouages.

C'est un cauchemar, je vais me réveiller...

Chris Stanford apparaît à son tour, une tasse de café fumant à la main.

— Le clou du spectacle, c'est quand on t'a pris tous les deux, Maël et moi. J'ai bien cru que cette pauvre table basse ne tiendrait pas le choc...

Le ricanement rauque de Maël me force à tourner la tête vers lui. Une chaleur diffuse se répand dans mon bas-ventre tandis que mon regard se perd sur sa peau lisse et parfaite au teint mat. Son jogging est si bas sur ses hanches que j'entrevois le joli petit V formé par ses muscles taillés dans de l'acier. Des tatouages à l'encre noire tapissent son bras gauche, du bout des doigts jusqu'à la base de son cou. Ses cheveux foncés sont en bataille et une barbe de trois jours recouvre sa mâchoire carrée. Un sourire espiègle étire ses lèvres lorsqu'il s'approche de moi d'une démarche féline.

— Ta chatte était tellement bonne, bébé...

Il s'accroupit pour se mettre à hauteur de mon visage. Son souffle chaud caresse le bout de mes lèvres.

— Mais quand j'ai pris ton petit cul, j'ai atteint le paradis...

Je reviens, je vais me tailler les veines !

Je suis partagée entre l'envie de fondre en larmes et celle de vomir le contenu de mon estomac.

Face à mon air paniqué, Max mord dans sa lèvre inférieure et craque en éclatant d'un rire si contagieux que les autres le rejoignent. Si l'envie de les étrangler les uns après les autres me tiraille, le soulagement que je ressens lorsque je comprends qu'ils m'ont fait une *très* mauvaise blague me force à relâcher mes épaules tendues.

— Ça va, on plaisante ! Tu devrais voir ta tronche..., insiste Max.

Et les revoilà partis dans un fou rire qui ne m'amuse absolument pas.

Je déteste la mesquinerie de Max, l'arrogance de Ted, la nonchalance de Chris et par-dessus tout, je déteste l'insolence de Maël. Je les déteste tous, ces joueurs de football, beaux comme des dieux et à qui on ne refuse jamais rien.

Ted, le grand métis tatoué des pieds à la tête, se lève pour se faire couler un café.

— Désolé, meuf, c'était l'idée de Gellman.

— En même temps, j'ai entendu que tu l'avais bien mérité et que tu lui en avais fait voir de toutes les couleurs, hier soir ! poursuit Chris.

— Dommage qu'en vrai, je n'ai même pas eu droit à un câlin..., poursuit Max avec une moue boudeuse tandis qu'il m'ouvre une paire de bras que j'ignore.

Soulagée, je pousse un soupir et pique la tasse de café de Maël avant d'en boire une gorgée pour apaiser ma soif et masquer ma gêne. Le sourcil haussé, il me dévisage par dessous ses épais cils noirs.

— Considère que c'est ta punition pour avoir gerbé partout

dans ma Bentley, Barbie, lance-t-il en croisant les bras sur son torse nu.

Bon sang ! Ne peuvent-ils pas enfiler un tee-shirt ?

J'ai horreur qu'il me surnomme comme une poupée dont le seul but est d'être jolie et d'avoir les ongles assortis à ses chaussures. Je suis indépendante, intelligente, drôle, et j'ai tellement d'autres qualités qui méritent qu'on s'intéresse à qui je suis vraiment ! J'ai passé ma vie à façonner mon image jusqu'à m'éloigner de celle de la blonde écervelée, alors ce surnom réveille en moi de bas instincts qu'il vaut mieux que je réprime.

J'ai honte, tellement honte. Parce qu'avoir vomi sur les sièges de sa superbe voiture ne fait même pas partie du top 3 des choses les plus stupides que j'ai faites hier soir !

— Où est Kyllian, et comment va Sarah ?

Voilà ce qui compte vraiment et ce sur quoi je devrais me concentrer.

Maël me tend mon téléphone.

— Il n'arrêtait pas de sonner, je l'ai mis en mode avion, explique-t-il.

Un éclair de panique traverse mon regard alors que je lui arrache mon téléphone des mains. Dès lors que j'enlève le mode hors ligne, il se met à vibrer en permanence.

Des dizaines de messages de mon frère s'affichent sur l'écran, ainsi que des appels manqués d'Isobel, l'infirmière un peu aigrie, gérante de l'association de l'hôpital pour lequel je travaille en tant que bénévole.

Merde, merde, merde !

Voilà pourquoi il ne faut pas perdre ses moyens ! C'est en faisant du grand n'importe quoi qu'on s'endort bourrée sur un canapé inconnu en oubliant de mettre un réveil, bien qu'on bosse le lendemain.

Je bondis du canapé sous le regard curieux des garçons qui me dévisagent comme s'il venait de me pousser une troisième tête. J'attache mes cheveux imprégnés d'une vieille odeur d'alcool et de cigarette en un chignon rapide.

Je baisse les yeux sur ma tenue avant de réaliser que le maillot aux couleurs de l'équipe ne fera pas l'affaire.

— L'un de vous aurait une robe à me prêter ?

— Elle est encore bourrée, vous pensez ? demande Max.

— J'en sais rien, O'Donnel. Tu portes des robes, parfois ? réplique Maël, amusé.

Frustrée, j'émets un gémissement plaintif.

— Je vous demande si l'un de vos plans cul n'aurait pas oublié une robe, un pantalon, un kimono ou un putain de déguisement pour que je puisse m'habiller et aller travailler !

Si je retourne chez moi en transports en commun, j'aurai bien plus qu'une heure de retard.

Finalement, c'est Chris qui me dépanne. Sa petite sœur de quinze ans est passée la semaine dernière et a laissé un jogging.

L'ensemble rose bonbon au logo Hello Kitty me confère une allure ridicule, mais c'est toujours mieux que mon pantalon en cuir recouvert de vomi et au moins mille fois moins humiliant que d'y aller en culotte.

Maël m'accompagne jusqu'aux portes de l'ascenseur qui donnent directement sur leur salon. Son sourire espiègle ne le quitte pas lorsque les portes se referment sur moi. Je l'entends dire :

— À jamais, Barbie !

Argh ! C'est ça ! Bon vent et que nos routes ne se croisent plus...

— La collecte de fonds aura lieu samedi prochain. Comme d'habitude, j'attends de Sonia qu'elle prépare sa fameuse limonade. Karen, tu t'occupes du stand de bonbons et Lily, trouve de quoi distraire les enfants.

Chaque année, l'association « Tous pour eux » organise une grande récolte de fonds. Tombola, stands de jeux et churros, nous tentons de rendre la journée ludique et divertissante afin d'attirer un maximum de monde et les inviter à faire des dons.

Comme Isobel est une téméraire qui ne se laisse pas marcher sur les pieds, investie jusqu'au bout des ongles, elle est parvenue à faire en sorte qu'on soit au cœur de Central Park, là où il y a énormément de passage en été.

— Qu'est-ce que tu as prévu cette année pour amuser nos petits monstres, d'ailleurs ?

Fière comme un coq, je bombe le torse et souris pour affronter le regard sévère d'Isobel, qui me dévisage sous d'épais sourcils froncés.

— Des poneys ! J'ai contacté un poney-club et la gérante a accepté de venir bénévolement avec l'un de ses Shetlands.

— Bien. Vous fixez un prix ?

— Cinq dollars pour un petit tour en longe de dix minutes, ça me semble correct.

Ses lèvres charnues s'étirent dans un demi-sourire satisfait. Elle poursuit son discours en donnant des instructions pour la journée à chacun des bénévoles présents à la réunion.

— T'as une sale tronche, aujourd'hui. Et pouah ! T'empestes !

Hannah me dévisage d'un air amusé. Ses grands yeux bleus m'épient avec un intérêt qu'elle ne cherche pas à dissimuler.

— Je t'assure, tu ne veux pas savoir !

Elle plisse les yeux et décide de se taire pour le moment. Je connais suffisamment bien cette gamine de quatorze ans au tempérament de feu, elle ne me fichera pas la paix aussi facilement.

Lorsque j'ai rencontré Hannah, elle était à l'hôpital en tant que patiente. Atteinte d'une leucémie, ce n'est que très récemment qu'elle m'a annoncé la bonne nouvelle : elle est en rémission. Son crâne chauve commence à se recouvrir d'un fin duvet blond et mon cœur se remplit de joie.

Comme Hannah a le privilège d'être la petite protégée d'Isobel, elle est autorisée à participer aux réunions et aux récoltes de fonds organisées par l'association pour lutter contre les cancers infantiles.

— J'arrive pas à y croire... Maël Gellman ? Vraiment ?! demande Hannah en croquant dans un morceau de pain rassis qu'elle a piqué à la cafétéria.

— Moins fort ! la réprimandé-je en posant une salade sur mon plateau.

— Et tu as vomi ? À cause de l'alcool ? T'es certaine que tu vas bien ?

Je lève les yeux au ciel, amusée par son comportement aussi taquin qu'à son habitude.

— Tu as rencontré Ted Greyson ? Le seul, l'unique ?

Hannah nourrit une obsession malsaine pour le grand joueur ténébreux des Giants depuis qu'elle l'a aperçu dans une publicité pour la grande marque de sport dont le logo représente une virgule à l'horizontale.

— Mmmhhh.

— Et comment il est ? Il a un sourire aussi blanc en vrai ou c'est du Photoshop ? Et ses abdos ? T'as pu les toucher ?

Amusée, je remue la tête de gauche à droite. C'est fou comme un peu de testostérone fonctionne bien sur les gamines de son âge.

Et sur les plus grandes..., murmure ma conscience qui me rappelle que la taille de géant de Maël Gellman ne me laisse pas indifférente...

Mon téléphone vibre dans ma poche et je me décide enfin à lire les SMS ignorés depuis ce matin. Avec une heure de retard, je n'ai pas eu le temps de m'y pencher.

Kyllian m'a littéralement harcelée pour savoir si j'allais bien et si j'étais rentrée saine et sauve. Sarah aussi semble inquiète dans ses messages. Je leur envoie un texto en retour pour leur faire savoir que tout va bien.

Et puis je lorgne sur le message qui me fout la boule au ventre.

Maxwell.

Hier soir, je suis tombée sur une vidéo dans laquelle il

embrassait Leyla, celle avec qui il m'a trompée. Regards énamourés, mèche derrière l'oreille et baisers passionnés. S'ils ne sont pas en train de filer le parfait amour, je ne sais pas à quoi ça ressemble.

Quand il m'a trahie, je me souviens m'être demandé pourquoi. Qu'est-ce que j'avais bien pu faire de mal ? Qu'est-ce que j'aurais pu faire de plus, ou de moins, pour que ça n'arrive pas ?

J'ai commencé à culpabiliser, à me dire que c'était ma faute, que je n'étais simplement pas... *assez*.

Et si ça n'avait été qu'un coup d'un soir, j'aurais pu m'en remettre, mais les voir ensemble m'a confortée dans l'idée que le problème venait bel et bien de moi, et ça a déchiré quelque chose à l'intérieur pour de bon.

[Je t'avais dit qu'il était cool ! C'est sympa de sa part d'avoir accepté de prendre une photo avec toi.]

J'ai envie de vomir et de pleurer alternativement jusqu'à la fin de mes jours. J'ai été bête de lui envoyer cette photo en pensant que ça le ferait enrager de me voir aux côtés de son joueur préféré.

Comme pour mieux me torturer, le profil de Leyla est dans mes suggestions d'amis et mon cœur, masochiste et avide de sensations fortes, me pousse à cliquer sur la petite icône qui me propulse directement sur son profil.

Horreur !

Voilà que sa dernière photo apparaît. Eux deux, en train de se balader main dans la main dans les rues bondées de Chinatown.

Je fais défiler les images de son profil et tombe sur une autre qui termine de me laminer le moral.

Sur celle-ci, elle mange une crêpe au sucre glace tandis qu'il dépose un baiser sur son front. Le moment est immortalisé sur internet, et malheureusement dans ma mémoire.

J'ai lu quelque part qu'un baiser sur le front signifiait respect et amour. Seulement voilà, je me souviens parfaitement des lèvres de Maxwell qui effleuraient mon front d'un baiser léger tandis que mes joues rougissaient d'un amour que j'étais apparemment la seule à ressentir...

Respect et amour, mon cul !

— Tu pourras lui demander de me faire une dédicace au prochain match ?

Je déglutis bruyamment, alors que je joue avec ma salade qui a l'air en aussi bonne forme que moi.

— Je ne les reverrai pas de sitôt, Hannah.

Elle semble si déçue que j'en ai le cœur brisé...

Si on devait retenir une leçon de mon état, ce serait la suivante : ne pas boire si on est encore amoureuse, au risque d'envoyer un message à son ex à trois heures du mat' et de le regretter amèrement le lendemain matin...

Je hais Maxwell ! Et j'emmerde mon cœur qui me souffle le contraire...

Au moins, j'ai réussi à attirer l'attention de Kyllian ! Il me bombarde de SMS malgré ma réponse rassurante.

[Dis à Maman que je mange avec vous ce soir, il faut qu'on parle.]

On dirait qu'il y a un peu de bon à faire n'importe quoi, finalement...

9

Lily

L'odeur de la mozzarella fondue titille mes narines et je me mets à saliver alors que je croque à pleines dents dans une grosse part de pizza. À côté de moi, Kyllian retire une à une les olives qui recouvrent la sienne. L'ambiance entre mon frère et moi n'a jamais été aussi tendue, et pour cause ! Je lui en veux de me délaisser, et lui est furieux de m'avoir vue « fricoter » avec Maël hier soir.

Toutefois, je n'arrive plus tout à fait à lui en vouloir, parce que Kyllian déteste les olives et pourtant, il n'a pas demandé à les enlever lors de la commande. Il ne le fait jamais, parce qu'il sait que je les lui pique. Et cette pensée réchauffe mon cœur tandis que je plante ma fourchette dans le petit tas qui traîne sur le rebord de son assiette.

— C'est malpoli, ma grande, déclare-t-il en me mettant une petite tape sur le dos de la main.

L'ombre d'un sourire se dessine sur son visage fermé et je crois bien que je souris, moi aussi.

— Tu veux dire, presque aussi malpoli que lorsque tu ignores mes SMS ? le provoqué-je en battant des cils d'un air innocent.

Mon frère m'offre un vilain geste du doigt, et je prétends être offusquée en cherchant l'aide de ma mère du regard. C'est ainsi qu'on a toujours fonctionné tous les deux : on fait des bêtises, je l'accuse, il se fait punir.

Mais on a bien grandi depuis l'époque des punitions... et au lieu de nous sanctionner d'un regard sévère, Maman a les larmes aux yeux.

— C'est rien..., commence-t-elle en reniflant bruyamment sous nos regards interrogateurs. C'est juste que... ça m'avait manqué d'assister à vos chamailleries.

Et finalement, voir sa mère pleurer est le pire des châtiments. La culpabilité grandit dans le creux de mon ventre jusqu'à me couper l'appétit.

Mon grand frère est du genre à ne pas vouloir se remettre en question. Mal à l'aise lorsqu'on le met au pied du mur, il cherche à fuir par tous les moyens. Aujourd'hui, il décide de détourner la conversation qu'il n'a pas envie d'avoir.

— Tu savais que ta fille fabriquait de faux papiers d'identité pour entrer dans des clubs où elle n'a pas l'âge d'aller ?

J'ouvre la bouche, sous le choc, avant de rincer ma culpabilité à l'aide d'une gorgée de Coca Cherry, la boisson qui soigne tous les maux.

— Tu m'aides à débarrasser ? À moins que ce soit une tâche trop ingrate pour la superstar que tu es devenue.

À mon tour d'essayer de détourner la conversation et de masquer mes joues rougies par la honte. Impassible, Kyllian croise les bras sur sa poitrine tout en me toisant d'un regard mauvais.

— Tu n'avais pourtant pas l'air d'avoir un problème avec les superstars, hier soir.

Mes mains se crispent sur le carton de pizza que je balance à la poubelle.

— Qu'est-ce que vous racontez, tous les deux ? Lily ? Tu n'étais pas chez les McCartney ?

— Si... bien sûr ! Tu peux même téléphoner à la mère de Sarah si ça te chante. Kyllian essaye de détourner ton attention du fait que c'est un abruti, c'est tout.

Sceptique, ma mère hausse un sourcil. Tout ce qu'il me reste pour me sortir de cette affaire, c'est un regard innocent et de jolis mensonges sur le bout de la langue.

Elle qui souhaitait que je prenne la vie moins au sérieux... Elle serait servie si elle apprenait ce qu'on a fait hier soir, Sarah et moi.

Dès que ma mère a le dos tourné, j'attrape Kyllian par le bras et le tire dans les escaliers pour le guider jusqu'à ma chambre. Je referme la porte derrière nous et le fusille d'un regard accusateur.

— Elle a suffisamment de problèmes sans que tu lui en rajoutes ! Tu ne diras rien à Maman.

Ses poings se serrent si fort que des veines ressortent sur ses avant-bras.

— Elle a justement assez de problèmes sans que *tu* en rajoutes d'autres. Il ne peut y avoir qu'un sale gosse par famille, Lily.

D'ordinaire, je lui crierais dessus jusqu'à perdre la voix, je taperais des pieds, grincerais des dents et peut-être même que je m'arracherais les cheveux. Mais une crise d'hystérie ne servirait à rien, sinon à alimenter l'image de sombre garce pourrie gâtée qui me colle à la peau.

Je gonfle mes poumons d'air en inspirant aussi fort que je le peux pour conserver mon calme.

— Il ne s'est rien passé entre moi et tes coéquipiers, si c'est ce qui t'inquiète. Tu le saurais, si tu avais été là ce matin ! T'étais où, d'ailleurs ?

Il hausse un sourcil et se met à jeter les huit petits coussins décoratifs qui ornent mon lit... sur le sol. Je serre les dents et me mets à les ramasser pour les placer dans la petite caisse prévue à cet effet tandis que mon grand frère s'affale sur le lit, les mains sous la tête.

— Après avoir raccompagné ta copine hier soir, je suis retourné au penthouse pour te trouver endormie sur *mon* canapé, vêtue du maillot de *mon* pote !

Son reproche couvert d'un cynisme qui me hérisse le poil ne m'échappe pas. C'est évident : il n'aime pas me voir traîner là où je n'ai pas ma place. Je tente de dissimuler mon petit sourire en coin en croisant les bras sur ma poitrine.

— Ça ne te plaît pas que je m'entende bien avec ton quarterback ? demandé-je avec un petit air innocent en battant des cils.

Évidemment, dire que Maël et moi nous entendons bien est légèrement exagéré. J'ai passé la soirée à tenter de le détester de toutes mes forces pour quelque chose qu'il n'a pas commis, tandis qu'il a fait du baby-sitting. Si j'admets m'être trompée sur lui en lui collant l'étiquette du parfait connard, ça ne veut pas dire que son insupportable tendance à me remettre à ma place ne m'exaspère pas au plus haut point. De plus, sa mauvaise blague de ce matin me reste en travers de la gorge.

Mais ça, Kyllian n'a pas besoin de le savoir, et son expression crispée me dit que j'ai visé juste.

— Tu peux jouer à ce jeu-là si ça te chante, Lily. Mais n'oublie jamais que je suis ton grand frère. C'est moi qui t'ai appris comment jouer avec les nerfs de l'autre.

J'ouvre la bouche pour protester, l'envie furieuse de lui ôter son petit sourire en coin, lorsqu'il reprend :

— Par exemple... J'ai pas mal discuté avec ta copine, hier soir. Potter avait l'air super emballée par tout ce que je lui racontais...

— Qu'est-ce que...

— Elle buvait mes paroles comme s'il s'agissait d'un liquide divin. Il serait si facile pour moi de briser ce petit cœur amoureux...

Mon sang se glace dans mes veines, gelé par la menace que je me dois de prendre au sérieux.

— Tu ne ferais pas le moindre mal à Sarah, dis-je d'un ton qui trahit ma nervosité.

Sarah McCartney est mon roc, mon ying, mon pilier et ma sœur. Elle est la personne que j'aime le plus au monde. Celle qui me tient la main depuis la maternelle, celle avec qui j'ai partagé mes premières fois, mes premières larmes, mon premier chagrin d'amour. Celle qui était à côté de moi lorsqu'on m'a annoncé la mort de mon père, et celle qui a partagé mes nuits agitées de cauchemars dans lesquels je le voyais mourir. Patiente, bienveillante, elle a toujours collé un petit pansement sur mon cœur lorsque j'en avais besoin et supporté mes névroses sans broncher.

Et tout ça, Kyllian le sait ! Je n'arrive pas à croire qu'il sous-entende de lui faire du mal pour se venger. *Pour me blesser.*

— Reste loin de mes amis, Lily.

Je n'ai pas d'autre choix, je courbe l'échine. Je ne suis qu'un tas de peau fragile lorsqu'on s'en prend à ceux que j'aime, et je sais choisir mes batailles.

Il me scrute de ses grands yeux verts dans lesquels j'ai du mal à reconnaître mon grand frère. On a souffert tous les deux, pourtant jamais je ne pourrais le blesser comme il le fait.

Un long soupir s'échappe d'entre ses lèvres. Quelques-unes de ses mèches blondes tombent négligemment sur son front.

— Je n'en reviens pas que t'aies des caisses pour ranger tes oreillers, taquine-t-il. T'as clairement un problème !

De rage, j'attrape un ours en peluche que je lui balance au visage. Il sourit, dévoilant les fossettes qui lui confèrent la bouille d'ange qu'il ne mérite définitivement pas.

— Ferme-la, tu veux ? Quand tout est toujours à la bonne place, on ne perd jamais rien.

Cette fois, c'est un sourire attendri qu'il m'offre et j'en ai presque les larmes aux yeux tant cette version de lui m'avait manqué. Et puis, je me remets à le détester lorsqu'il commence à fouiner partout dans ma chambre, à jeter les oreillers, les peluches... Il défait la couette et moi, je ramasse tout petit à petit, les dents serrées.

— Complètement tarée... C'est encore plus grave que ce que je pensais, déclare-t-il calmement, en appui sur son avant-bras.

Après quelques secondes à se jeter des regards noirs, on éclate de rire.

Il m'ouvre les bras et je ne me fais pas prier pour m'y blottir. L'odeur de mandarine qui se dégage de lui m'enferme aussitôt dans une bulle rassurante. C'est l'odeur de mon grand frère, l'odeur que je préfère au monde, *juste après celle du Coca Cherry*.

Avachie à côté de lui sur mon lit, j'entortille mes doigts, un peu gênée d'avoir à lui poser la question :

— Tu veux bien qu'on regarde un film, comme à l'époque ?

Il hausse les épaules, sourit et allume la télé accrochée au mur.

— Un film de Noël ! m'exclamé-je.

— On est en plein mois de juin, Lily..., soupire-t-il.

— Et alors ?! Il y a une règle qui dit qu'on ne peut pas regarder un film de Noël en plein été ? C'est interdit ? J'ai lu quelque part que mater ce genre de film augmenterait l'espérance de vie de dix pour cent !

Là je plaide ma cause, parce que les comédies romantiques, spécialement celles qui se passent à Noël, sont mes préférées. De toute façon, Kyllian ne m'écoute déjà plus et abdique en lançant l'un des nombreux films de ma playlist de décembre.

— Et dire que tu seras un jour médecin...

— Chut ! le réprimandé-je tandis que le générique commence.

Mes yeux se perdent sur les flocons et les routes enneigées, les guirlandes lumineuses et les sapins décorés. La mélodie de *Mon beau sapin* traverse l'écran pour murmurer une chanson apaisante que je connais par cœur. Mes muscles se détendent aussitôt et une boule de chaleur, de bien-être et de tranquillité grandit dans mon ventre.

Là, je me sens bien. Perdue dans un univers où je sais que les fins heureuses sont la seule possibilité. *Et si ça finit mal, c'est que ce n'est pas la fin*. Là où personne ne meurt jamais, où tous les problèmes trouvent des solutions, où les angoisses et les dépressions sont des légendes urbaines.

— Je n'ai jamais vu cette merde, et pourtant je peux te dire que Brenda et Kevin finissent par baiser comme des lapins.

Et voilà ! Ma bulle de tranquillité vient d'éclater comme un ballon de baudruche dans lequel on aurait planté une aiguille.

— Ton jugement est un peu hâtif. Le film vient de commencer il y a à peine dix minutes !

— C'est téléphoné ! Ils finissent ensemble et je suis prêt à parier que leur premier baiser aura lieu sous la neige.

Vexée qu'il ait raison, je croise les bras sur ma poitrine. Kevin et Brenda finissent bel et bien ensemble et oui, ils s'embrassent pour la première fois sous une tempête de neige, le soir du réveillon de Noël.

— *Spoiler alert*, mec ! Tout le monde meurt à la fin, déclaré-je d'un ton excédé.

— Ah ouais ? Cool !

— Une attaque de zombies qui tourne mal. Tu verras, c'est palpitant !

Un rire nasal lui échappe et il cale sa tête sur un coussin à côté de la mienne.

— Cool ! répète-t-il.

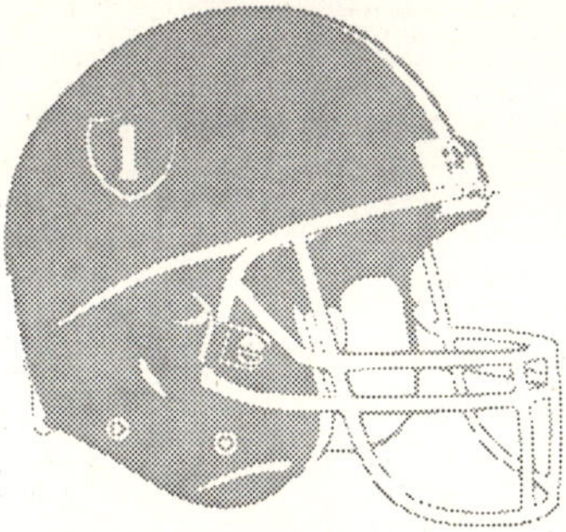

10

Maël

La jolie brune découvre mon érection matinale en baissant mon caleçon tandis que je soulève les hanches pour lui faciliter la tâche. Elle empoigne aussitôt mon sexe de ses mains habiles et se met à me caresser sur toute ma longueur, son regard lubrique planté dans le mien.

— T'es si dur pour moi, murmure-t-elle juste avant de m'avaler aussi loin qu'elle le peut.

Ouaip ! Enfouir sa queue dans la bouche d'une femme est définitivement la meilleure façon de commencer la journée.

— Je devrais peut-être appeler une copine, j'ai bien peur de ne pas réussir à m'occuper de toi toute seule..., me provoque-t-elle d'une voix teintée d'excitation.

Alors qu'elle continue de me sucer, elle glisse une main entre ses cuisses pour se caresser et cette vision érotique me force à pencher la tête en arrière pour retrouver mes esprits. Elle lèche, avale et suce de plus en plus vite et de plus en plus fort, tandis qu'elle gémit comme si c'était la meilleure chose au monde.

Elle a beau être belle – et ne nous le cachons pas, carrément excitante –, j'ai du mal à me laisser aller lorsque ses cris résonnent derrière mes tempes. Elle joue pourtant la comédie à merveille, cette belle actrice à la voix aiguë.

Trop aiguë, putain ! Bon sang, ce qu'elle est insupportable.

Sentant mon membre se ramollir, je ferme les yeux en ignorant les cris de la jolie brune. Jolie brune dont l'image se métamorphose sous mes paupières sans que je puisse contrôler quoi que ce soit.

Elle est blonde, à présent, et ses cheveux ondulés retombent en cascade le long de ses hanches moites de sueur. C'est avec hésitation et timidité qu'elle saisit mon sexe. Pas effrayée, mais curieuse, elle lèche le pourtour de mon gland du bout de sa langue avant de l'enfoncer délicatement entre ses lèvres roses. Comme pour chercher mon approbation, elle plante ses yeux vert émeraude dans les miens.

Attendez... quoi ?! Qu'est-ce que la petite sœur de Kyllian vient faire ici ?!

Troublé, j'ouvre les yeux pour me concentrer sur la brune dont les gémissements gutturaux ne faiblissent pas. J'agrippe les draps que je froisse entre mes doigts, redouble d'efforts pour chasser le vilain fantasme que mon esprit a créé de toutes pièces.

Peine perdue.

À la seconde où je ferme les yeux, Lily refait son apparition sous mes paupières closes. Ma queue entre les mains, elle m'offre l'un de ces petits sourires insolents qui vous mettent à genoux. Elle gémit doucement lorsqu'elle me goûte, et ce son me propulse au bord du précipice. Alors que je suis sur le point de jouir, la voix nasillarde de mon plan cul m'arrache à mes rêveries.

— Dis mon nom, montre-moi à quel point tu me veux...

Merde !

— Dis mon nom comme je crie le tien à chaque fois que je me caresse...

Voilà, maintenant, je culpabilise. Parce qu'en plus de n'avoir aucune idée de comment elle s'appelle, je pensais à une autre, alors qu'elle fait tout son possible pour me satisfaire.

— Dis-le ? insiste-t-elle, une lueur de doute dans la voix.

Franchement, si je balance un nom comme ça au hasard, quelles sont mes chances de tomber sur le bon ?

Elle s'immobilise, la main enroulée autour de ma queue. L'appétit que je lisais dans ses yeux a disparu pour laisser place au doute et à l'agacement. Elle est vexée et énervée. Or, ce n'est franchement pas l'émotion que j'aime lire sur le visage d'une femme qui avait ma queue en bouche moins d'une minute plus tôt.

Je couche rarement – voire jamais – avec la même personne deux fois de suite. Question de principe. J'ai trop souvent fait l'expérience de femmes qui disaient vouloir la même chose que moi et qui devenaient jalouses ou possessives. J'aime autant m'éviter ce genre de situations embarrassantes, merci bien !

— Camille ?

À propos des statistiques, je pense qu'on doit être à quelque chose comme une chance sur un milliard. Et je n'ai pas décroché le jackpot, parce qu'elle me foudroie du regard. J'ai l'impression qu'elle va me mordre la queue.

Elle se lève précipitamment, puis se rhabille à la vitesse de l'éclair.

Argh !

Je ne vais pas lui courir après. On était deux adultes consentants hier soir, et elle était encore *très* consentante ce matin, jusqu'à ce qu'elle me demande de chanter son prénom pour flatter son ego.

— Je te laisse mon numéro, au cas où tu voudrais te rattraper ?

Mal à l'aise, je remonte mon jogging sur mes hanches avant de passer une main dans mes cheveux pour les remettre en place.

— Désolé si je t'ai vexée, ma belle... C'était vraiment pas le but. Mais, euh... je ne te rappellerai pas, alors...

— Ouais. C'est Clarisse, au fait.

J'avais au moins le « C », mais je me retiens de le lui dire pour m'éviter une gifle que j'aurais sûrement méritée.

— Tu sais ce qu'il y a de cool, quand tu vexes les femmes avec qui tu couches ? me demande Liam, un sourire perfide aux lèvres et les bras chargés de vêtements afin d'alimenter sa garde-robe trop fournie pour une seule personne.

— Dis-moi.

J'aimerais vraiment savoir ce qu'il y a de cool à voir une femme avec qui on a passé la nuit faire le *walk of shame* au petit matin, parce qu'elle est embarrassée d'avoir couché avec un homme qui ne se souvient plus de son putain de prénom ! Non, vraiment, j'ai beau me triturer les méninges, je ne vois pas ce qu'il y a de « cool » dans cette situation merdique qui me rend morose.

— C'est que je peux les consoler ! plaisante-t-elle en me faisant un clin d'œil pendant qu'on se dirige vers les caisses.

Malgré moi, j'esquisse un sourire timide. Sa piètre tentative pour me remonter le moral fonctionne à peu près, et je remercie intérieurement ma meilleure amie de me connaître aussi bien.

— Allez, arrête de bouder ! ordonne-t-elle en m'envoyant une grosse tape dans le dos avant de dégainer sa carte de crédit.

« Tu boudes toujours ? », m'a demandé Lily ce fameux soir, et mes poings se serrent tandis que je pense à elle pour la deuxième fois de la journée.

Cette fois, au moins, c'est de manière appropriée.

Bon sang, si Kyllian Johnson savait ce que j'avais en tête ce matin, il aurait raison de me pendre par les couilles. Je crois même que je le laisserais faire.

Je rabats la capuche de mon sweat sur ma tête et on sort de la boutique pour poursuivre notre route sur la 5e avenue, bondée de touristes à cette période de l'année. Liam zigzague entre les passants comme un papillon de nuit un peu distrait, et je tente tant bien que mal d'éviter les regards. Malgré mes efforts pour passer inaperçu, un couple m'arrête entre le McDonald's et le Starbucks pour me demander une photo qu'ils présenteront comme une anecdote à la prochaine réunion de famille.

Je n'ai rien contre, j'adore ce que je fais, et il y a plus à plaindre que moi, c'est juste que parfois... j'aimerais supporter l'addiction au shopping de ma meilleure amie sans avoir en plus à me soucier de l'image que je renvoie.

– Une dernière ! J'ai absolument besoin de ce fard à paupières ! geint Liam alors qu'elle me traîne à l'intérieur de la boutique Mac, spécialisée dans le maquillage.

Irrité, j'enfonce les mains dans mes poches. Mon amie, quant à elle, zieute plus la vendeuse qu'un quelconque outil de ravalement de façade.

Évidemment...

Lorsque je repère soudain une masse de cheveux blonds ondulés, je suis persuadé d'avoir une nouvelle hallucination. Aussitôt, mes poings se serrent et j'ai dû mal à trouver la raison de mon agacement.

Qu'est-ce qu'elle fout ici, et qu'est-ce qu'elle faisait dans ma tête ce matin quand je me faisais sucer ?!

– On ne devrait pas faire ça, murmure-t-elle à l'intention de Sarah.

Mes yeux s'attardent sur son visage que je découvre pour la première fois à la lumière du jour. Pommettes et lèvres roses, peau dorée par le soleil, quelques petites taches de rousseur sur le bout de son nez légèrement en trompette. Tout chez elle est lisse, de ses vêtements repassés à ses ongles soignés, recouverts d'une petite couche de vernis rose. Je l'observe sans vergogne et m'attarde sur le pantalon en lin clair qui moule son petit cul galbé.

En vérité, j'essaye surtout de comprendre ce que mon inconscient trouve à cette nana égoïste et insolente au look de reine des pom-pom girls.

Mais je me voile la face, parce que j'ai déjà craqué pour ce style de fille dont l'aura a la couleur des rayons d'un soleil de midi. Et je l'ai amèrement regretté.

Le genre de filles qui brillent toujours plus fort pour aveugler et tromper les autres, de sorte qu'on se rende compte trop tard que ce qu'elles cachent à l'intérieur ne vaut pas le détour.

— Juste un rouge à lèvres et on s'en va, insiste Sarah.

Sarah, elle, porte une petite jupe plissée et des collants rayés multicolores. Drôle de style qui, je dois l'admettre, lui va plutôt bien.

Elle fait glisser son sac à dos arc-en-ciel sur son épaule tandis que Lily attrape un gloss qu'elle fourre dans le sac de son amie avant de regarder partout autour d'elle, l'air plus coupable qu'elle ne le devrait.

Un rictus amusé recourbe mes lèvres dès lors que nos regards s'accrochent. Elle écarquille les yeux, et je peux presque lire à l'intérieur de ses iris verts le débat interne qu'elle se livre. Elle se demande si je l'ai prise en flagrant délit de vol.

Ouais, je t'ai vue, petite voleuse... et j'ai bien envie de m'amuser avec toi, de torturer ta conscience...

Ses joues rougissent violemment. Elle tire Sarah par le bras et se dirige d'un pas rapide en direction de la sortie du magasin. Sauf que la vendeuse les regarde d'un œil mauvais et je la soupçonne de les avoir vues chiper le rouge à lèvres, elle aussi.

— Attendez ! crie-t-elle à l'intention des deux filles qui pressent le pas et se mettent à courir.

L'employée s'apprête à partir à leur poursuite et avant que je ne me rende compte de ce que je suis en train de faire, je la retiens par le bras. Surprise, elle fait volte-face, les yeux écarquillés, jusqu'à ce qu'elle réalise qui je suis.

Du moins, qui elle pense que je suis.

Un sourire aussi faux que la couche de cils noirs et épais qui recouvrent ses paupières étire ses lèvres.

— Elles ont volé dans mon magasin, explique-t-elle, sans pour autant se dégager de ma prise.

J'aspire ma lèvre inférieure que je mords doucement pour me laisser le temps de réfléchir. Liam, trop occupée jusqu'ici par ses achats et la prochaine victime qu'elle balancera dans son lit, m'offre un coup d'œil intrigué. Mon regard alterne entre ma meilleure amie et la vendeuse qui attend que je lui fournisse une réponse.

— Mon amie compte dépenser trois fois le chiffre d'affaires que vous faites en une journée. Vous n'allez tout de même pas perdre une aussi bonne cliente pour partir à la recherche d'un pauvre rouge à lèvres, pas vrai ?

Liam affiche un petit sourire en coin et je sais qu'elle va rentrer dans mon jeu. Elle passe une main dans ses cheveux bouclés et désorganisés.

— J'ai absolument horreur qu'on me fasse attendre...

Elle se saisit d'un panier qu'elle se met à remplir de palettes de maquillage, de rouges à lèvres et de gloss de toutes les couleurs.

— Vraiment... vraiment horreur qu'on me fasse attendre, insiste-t-elle, jouant à merveille le rôle de la cliente trop gâtée et capricieuse, à l'opposé de sa personnalité.

C'est avec six sacs cartonnés et un total de 940 $ que nous sortons finalement du magasin. Mon cœur se met à battre plus rapidement dans ma poitrine au moment où je repère des journalistes qui se bousculent devant la boutique.

— Maël Gellmann ! Qu'avez-vous à dire concernant les accusations de Virginia Law ?

— Est-il vrai que vous l'avez droguée ?

— Quelle genre de drogue avez-vous mise dans son verre ?

Les questions des journalistes s'agitent et se bousculent dans ma tête. Je sais comment réagir dans ce type de situation où la seule bonne réponse est de ne pas en donner. Les scandales, les rumeurs et les situations catastrophiques, ça me connaît. Pourtant… j'ai la nausée et une sueur froide dévale le long de mon dos.

Je fourre les mains dans mes poches tandis que Liam s'agrippe à mon bras et leur demande de dégager le passage.

— Répondez-nous ! Vous avez été vexé qu'elle mette fin à votre relation, c'est pour ça que vous avez drogué la célèbre mannequin avant d'abuser d'elle ?

Une boule de la taille d'une balle de golf se loge dans ma gorge.

Au fond, j'aurais dû m'y attendre. Virginia n'a pas apprécié de se faire jeter et m'avait prévenu que je lui paierais. Plus rapidement que je ne le pensais, apparemment.

Les accusations pleuvent sur moi comme une averse torrentielle, creusant des sillons sous ma peau pour y laisser des marques indélébiles. Peu importe que ce dont Virginia m'accuse soit faux, ses paroles empoisonnées sèment le doute dans la tête de centaines de personnes. J'ai soudain envie de gerber pour toutes ces fois où je l'ai laissée caresser ma peau, toutes ces fois où j'ai caressé la sienne, comme si je trouvais une âme aussi esseulée que la mienne, quelqu'un qui comprenait, ne serait-ce qu'un peu ce que ça fait… de n'être qu'un produit de consommation.

— Ils font chier ! s'exclame Liam en claquant la portière de la voiture lorsqu'elle s'installe côté passager.

Le moteur de ma voiture rugit et je me dis que se tromper de nom n'était pas le pire qui pouvait m'arriver aujourd'hui.

Mon téléphone n'arrête pas de vibrer. Mon agent, mon coach, mes coéquipiers… Comme à chaque fois qu'un nouveau scandale éclate, la terre entière tente de me joindre. C'est finalement à Max que je réponds en utilisant le kit mains libres tandis que je m'engage sur l'autoroute. Après tout, qui d'autre que le roi du scandale pour m'aider à me sortir de cette situation de merde ?

Et dire que la journée avait si bien commencé...

— J'ai contacté ton avocate, annonce-t-il sans préambule. Elle a dit, et je cite : « S'il n'a rien fait, il sera innocenté d'ici la semaine prochaine. » Putain, mec ! La semaine prochaine ? Qu'est-ce que t'as foutu pour la mettre autant en colère ?

Je serre les dents, les mains crispées sur le volant.

— J'en avais marre de jouer la comédie avec elle, ça ne lui a pas plu.

Un long soupir s'échappe de la bouche de mon meilleur ami, que j'imagine encore plus inquiet pour moi que je ne le suis.

— Les gars savent que j'ai rien fait, hein ?

— Évidemment ! T'es un putain de nounours, on sait tous que t'as pas drogué cette vipère. Et *je* suis bien placé pour savoir que tu ne lui as jamais rien fait de plus que des câlins, même quand elle te suppliait de son regard lubrique de ch...

— OK, osé-je l'interrompre. Dis aux gars de ne pas parler aux journalistes. On se voit à l'entraînement.

Un silence, puis c'est la voix de Chris qui rugit dans les haut-parleurs.

— Attends... Tu comptes venir à l'entraînement malgré tout ?

— Mec, tu l'as déjà vu en louper un ? Même malade comme un chien, il n'en loupe jamais, réplique Max à ma place. OK, à tout', Gellman.

L'odeur du bois et de la sueur s'infiltre sous mes narines dès lors que je pousse la porte des vestiaires où il règne un silence de mort. Mes pas résonnent entre les murs de cet espace cloisonné, où chacun de mes coéquipiers sur le qui-vive marche sur des œufs.

— Qu'elle aille brûler en enfer, s'emporte Ted qui finit par rompre le silence, déclenchant les paroles agitées de tous les autres.

— C'est qu'une pute ! déclare Vlad, dont la voix graveleuse se détache du reste du groupe.

Mon poing s'abat avec force sur l'un des casiers en bois afin de faire cesser le brouhaha général.

— On ne va pas s'abaisser à son niveau, on vaut mieux que ça, les gars ! Merde, concentrez-vous sur le jeu au lieu de vous arrêter sur le dernier scandale. On joue contre les Rams, samedi, je dois vous le rappeler ?

— Ouais, mais...

— Mais rien du tout, putain ! Théo, travaille tes passes décisives, aujourd'hui. Je veux que tes balles fusent comme des météores ! Greyson, la stratégie de leur rentrer dedans a plutôt bien fonctionné la semaine dernière, on poursuit ! O'Donnel...

— Tu ne joueras pas samedi.

L'entrée fracassante du coach Hawkins fait cesser mon discours habituel. Le silence devient lourd comme l'air qui s'épaissit lorsqu'un orage se prépare. Et c'est ce qui s'apprête à me tomber sur la tête : une putain de tempête tropicale !

Mal à l'aise, je passe une main dans mes cheveux avant de m'éclaircir la gorge.

— Coach, je...

— Ferme-la, Gellman ! Bien sûr que t'as rien fait, là n'est pas la question.

Le soupir qui s'échappe de ma bouche trahit le grand soulagement que les paroles de mon entraîneur m'apportent. Savoir que toutes les personnes assez proches de moi pour me connaître ne doutent pas de ma parole est d'un réconfort inestimable.

D'ailleurs... si ma mère tombe sur ce nouveau scandale, elle va paniquer sévère ! Il faut que je l'appelle...

— Le problème, c'est qu'une enquête va être ouverte. C'est ta parole contre la sienne, et tant que tu n'auras pas été innocenté publiquement par cette... Virginia, c'est ça ? Je ne peux pas te laisser courir !

— On n'a aucune chance contre les Rams si Gellman ne joue pas, Coach, intervient Kyllian Johnson.

Adossé contre l'un des casiers, il enfile son maillot avec sa nonchalance habituelle. Ses cheveux blonds décoiffés collent un peu à son front moite de sueur et ses sourcils froncés trahissent son agacement. Kyllian et moi avons parfois des différends, mais au moins, il est lucide ! Sans moi, les Giants n'ont aucune chance, et je dis ça en toute humilité.

— Ça, c'est votre problème ! Ce sont vos conneries d'ados prépubères qui ne savent plus quoi faire de leurs hormones qui provoquent ce genre de situations de merde !

Je n'ai pourtant rien fait pour déclencher ça, pas même de loin ! Mais je me retiens de le lui dire, parce que ça ne servirait à rien, mais surtout parce que je ne l'ai jamais vu dans cet état. Ses joues cramoisies donnent l'impression que son visage est sur le point d'exploser.

— Le seul moyen pour que tu joues, c'est qu'elle avoue avoir menti, reprend le coach Hawkins.

— Sauf que s'il l'approche, il aura l'air carrément coupable, réplique Max.

— Je peux essayer de lui faire peur, réplique Ted Greyson, un sourire en coin.

Du haut de son mètre quatre-vingt-dix-sept, le corps presque entièrement recouvert de tatouages, je ne doute pas de ses capacités à lui faire peur.

— On ne fait peur à personne, bordel ! Il doit bien y avoir un moyen de...

— Qu'est-ce que tu lui as fait, à cette nana ? Je croyais que tout roulait entre vous ? demande Hawkins, dont la curiosité traverse le regard.

Max pose le coude sur l'épaule de l'entraîneur, l'observant par dessous ses longs cils, muni de son air taquin habituel.

— Ils n'ont jamais été ensemble, c'était pour se donner une image. Vous êtes *has-been* ou quoi ?

Celui-ci lui colle un coup de coude dans les côtes tandis que mon meilleur ami fait mine de se plier de douleur.

— J'en ai marre que tout le monde me demande ce que je lui ai fait pour la mettre en rogne. La dernière fois que je l'ai vue, c'était vendredi soir quand je l'ai gentiment envoyée se faire foutre. Après ça, je ne l'ai plus jamais croisée puisque j'étais occupé à tenir les cheveux d'une meuf qui vomissait dans ma voiture !

Toutes les têtes se tournent vers moi, alors qu'un sourire incurve mes lèvres. Seul Kyllian semble comprendre l'éclair de génie qui vient de transpercer ma boîte crânienne.

— Gellman... Tu n'arranges pas ton cas, mon garçon. Vos histoires de cul sont...

— C'est pas ça, Coach ! Vous comprenez pas ! J'ai passé la soirée avec cette meuf, et ne me demandez pas pourquoi, j'ai pris des photos et des vidéos avec son téléphone. Des vidéos sur lesquelles on me voit et qui peuvent m'innocenter ! Si je la retrouve et que j'envoie tout ça à Virginia, elle sera obligée d'avouer et je pourrai jouer samedi !

— À condition qu'elle veuille bien t'aider..., grommelle Chris. Après le coup qu'on lui a joué l'autre matin...

— Tu plaisantes ? l'interromps-je. Je l'ai laissée vomir dans ma caisse et je lui ai brossé les dents. On est pratiquement meilleurs amis, à ce stade !

— Qu'est-ce que vous lui avez fait, l'autre matin ? De quoi vous parlez ? s'emporte Kyllian en serrant les poings, prêt à en découdre.

Je pince les lèvres pour ne pas rire. Sérieux, me battre avec le frère de la petite garce capable de me sauver les fesses n'est pas l'idée du siècle.

— J'avoue que le coup de la partouze lui reste peut-être en travers de la gorge... sans mauvais jeu de mots, réplique Max de son sourire en coin qui creuse une fossette dans sa joue.

Kyllian écarquille les yeux si fort que je crains qu'ils ne sortent de leurs orbites. Sa colère n'arrange rien à l'impulsivité qui le décrit depuis que je le connais, et il avance vers mon meilleur ami, poings serrés, prêt à lui donner la correction que Max mériterait peut-être s'il n'en faisait pas des tonnes pour l'emmerder.

Je me souviens de l'air triste qu'avait Kyllian Johnson lorsqu'il est arrivé dans l'équipe. L'air paumé, les cheveux en bataille et cette indescriptible colère qui transpirait par tous les pores de sa peau m'ont donné envie de creuser. Appelez ça le syndrome du sauveur si vous voulez, j'ai ressenti le besoin d'épauler celui qui reste toujours aussi secret des mois plus tard.

Mais Max est mon frère et je m'interpose entre eux, faisant barrage entre leurs corps sans avoir pris le temps d'y réfléchir. J'esquive de justesse le coup de poing de Kyllian, le saisit par le col de son tee-shirt et lui plaque le dos contre la rangée de casiers en bois.

— C'est comme ça que tu « gardes un œil » sur ma petite sœur, hein ? demande-t-il à bout de souffle, l'œil mauvais.

— Personne n'a touché à un seul cheveu de ta sœur, dis-je d'une voix plus calme. Si tu veux te battre, on peut se battre, mais sache que je ne l'ai approchée que pour démêler ses mèches pleines de chewing-gum et l'enlever des bras de sales types dont tu n'as même pas envie d'entendre parler. Toi et ta sœur, vous avez un sérieux problème à vouloir me remettre vos malheurs sur le dos.

Je relâche le col de son tee-shirt aux couleurs de notre équipe tandis qu'il hoche doucement la tête en reprenant ses esprits.

— Ce que Gellman essaye de te dire... c'est qu'il a pris soin de ta sœur pendant que tu baisais sa copine, dit Max, tendant devant lui la main de la paix.

Kyllian serre sa main, sans pour autant arrêter de le fusiller du regard alors que Max éclate de rire.

— Je te fais chier, c'est tout, poursuit-il. Personne n'a baisé personne, ce soir-là.

— Pas même toi ? La mauvaise isolation de ta putain de chambre me raconte une autre histoire, provoque Ted, qui occupe la chambre voisine à celle de Max.

— Attendez... *Sarah* ? T'as passé la nuit avec Sarah ? m'étranglé-je.

Ce que je veux dire par là c'est plutôt... *la douce et timide Sarah a couché avec Kyllian ?!*

— Je l'ai raccompagnée chez elle, c'est tout, et on a un peu parlé, réplique-t-il en haussant les épaules.

Le coach Hawkins souffle un coup de sifflet qui fait cesser notre conversation.

— Bordel, mais c'est les putains de *Feux de l'Amour* au penthouse de Gellman et compagnie ! Je dois vous dire à quel point j'en ai rien à foutre de vos histoires de cul ? Moi, ce que je veux, c'est que Maël règle cette histoire. Les autres, sur le terrain.

— Oui, Coach..., réplique l'équipe au complet.

— Maintenant, bande de merdes molles ! Gellman, offre-lui des fleurs, un voyage, une putain de voiture ou un rein si ça lui chante, mais règle-moi cette histoire, et vite !

Alors que tous sortent du vestiaire, Kyllian me donne le numéro de Lily et m'explique qu'elle est à son cours de danse classique.

— Si tu veux qu'on s'entende, tu ne l'approcheras plus après ça. Je veux ma sœur en dehors de nos vies, c'est clair ? La prendre sur tes genoux l'autre soir, pire idée du siècle.

Je lève les yeux au ciel.

— Pour commencer, c'est *elle* qui a grimpé sur mes genoux.

Ensuite, elle ne serait jamais venue si tu ne la rendais pas triste. Et pour terminer...

J'avance en lui mettant un coup d'épaule.

— Je suis gentil, Johnson. Mais ne me menace plus jamais, ou je pourrais bien décider qu'elle est mignonne.

J'ouvre la porte du vestiaire et lance un dernier coup d'œil par-dessus mon épaule.

— Une dernière chose. Et je te dis ça en tant que Maël, et non en tant que capitaine : si tu fais du mal à Sarah, c'est avec *moi* que t'auras un problème.

Je n'attends pas sa réponse et quitte le vestiaire avant de claquer la porte.

En sortant mon téléphone de la poche centrale de mon sweat-shirt, un message Instagram attire mon attention. Il provient de Sarah McCartney, la meilleure amie de la garce capable de me sauver les fesses.

[J'ai vu ce qu'on racontait sur toi, je suis désolée que ça t'arrive. J'espère que tout s'arrangera au plus vite.

Ps : Merci pour le rouge à lèvres ce matin. Grâce à toi, on a coché une case sans passer par celle de la prison !]

Un sourire étire mes lèvres. C'est agréable de se dire qu'une fille avec qui j'ai échangé quelques mots préfère croire le peu qu'elle connaît de moi plutôt que de se fier aux rumeurs.

Je suis remonté contre Virginia, qui décrédibilise les victimes d'agressions sexuelles. C'est en partie à cause de nanas comme elle que certains vrais agresseurs restent impunis. Et j'en ai la gerbe.

« Bonjour, vous êtes bien sur le répondeur d'Allyson Johnson, je suis à la danse, au boulot ou à la fac, mais vous pouvez me laisser un message. »

Je grogne en entendant la messagerie insupportable de Lily pour la dix-septième fois. Bordel ! Je n'ai jamais été du genre insistant, mais c'est sûr que quand elle réalisera le nombre d'appels qu'elle a manqués, elle pensera que quelqu'un la harcèle. Et si je lui envoie simplement un message pour lui demander de me rappeler, elle va bloquer mon numéro.

OK... J'inspire pour calmer mes nerfs, j'expire pour calmer les battements erratiques de mon cœur.

Qui donne autant de détails sur sa vie privée ? J'ai plus appris sur elle en écoutant sa boîte vocale qu'en passant la soirée à ses côtés !

Allyson...

J'ignorais que Lily n'était qu'un surnom, et ça lui va tellement bien... Allyson à la moue boudeuse qui m'en fait voir de toutes les couleurs...

J'envoie un message à sa meilleure amie en lui expliquant la situation pour répondre à son message, et lorsque je lui dis que Lily est en mesure de m'aider, elle me communique l'adresse aussitôt. Je ne résiste pas à l'envie de lui envoyer un autre message pour lui demander si, oui ou merde, elle s'est envoyée en l'air avec mon coéquipier.

Sans grande surprise, elle ne répond pas.

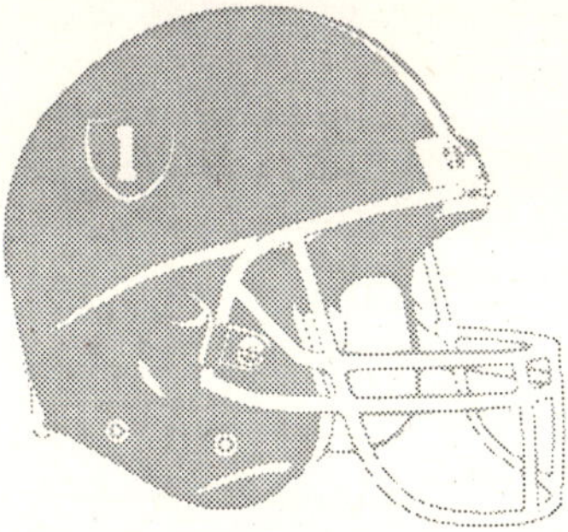

II

Lily

Mon père disait : « Que ceux qui ne le méritent pas n'aient jamais accès au trésor qui bat dans ta poitrine. »

J'ai merdé, Papa...

Je ne suis pas simplement secouée ou attristée par ma séparation, je suis en train d'en mourir. Mains moites, teint cadavérique, battements douloureux et irréguliers, fourmis dans les doigts. Ma rupture amoureuse me provoque les mêmes symptômes qu'un putain d'infarctus.

— Lily ! Tiens-toi droite. Bon sang, tes pointes ! gronde Irina.

Mais comme depuis le commencement du cours, je ne l'écoute pas. Parce que j'ai mal, et c'est tout ce à quoi je suis capable de penser.

C'est étrange, car je n'ai jamais eu l'impression d'être vraiment amoureuse ou dépendante de Maxwell. Comme un pansement sur mon cœur après la mort de mon père, il a contribué à rendre sa perte moins douloureuse. C'était facile, logique, presque téléphoné. Loin d'être passionnelle, notre histoire était rassurante.

Alors pourquoi, des semaines après notre rupture, j'ai l'impression d'en crever ?

— Pas chassé, Lily !

Je trébuche dans les bras d'Eliot, mon partenaire, qui me

rattrape de justesse en pouffant de rire. Il y en a au moins un qui juge ma maladresse inhabituelle amusante, et ce n'est pas l'ancienne étoile qui me donne des cours qui me trouve rigolote.

— On va faire une pause, chérie... Va boire un coup d'eau et on reprend, d'accord ? me demande-t-elle d'une voix plus douce, ce qui tranche avec son fort accent russe.

Peut-être que je suis jalouse. Parce qu'il est amoureux de quelqu'un d'autre. Quelqu'un qui a ce petit truc en plus que je n'ai pas. Le petit truc qui le rend fou au point de changer son statut Facebook et de lui offrir des baisers sur le front.

Ma bouteille d'eau traîne au fond de mon sac de sport, à côté de mon vieux journal intime, duquel je ne me sépare jamais. Sans rire, j'ai déclaré ma flamme aux One Direction un paquet de fois là-dedans ! Je me souviens même du poème que j'avais composé pour Zayn Malik... et non, vous n'avez pas envie de le lire.

À bien y réfléchir, il y a un tas de choses desquelles je refuse de me séparer, mais il faut croire que la vie s'entête à me les arracher.

Non, ce n'est pas juste Maxwell et l'officialisation de son couple sur les réseaux sociaux qui me mettent dans cet état. C'est tout ce qui tremble et s'écroule, tout ce qui change et tout ce qui s'éloigne de moi. Mon père, mon frère, ma meilleure amie... et moi, aussi, peut-être, qui fais n'importe quoi. Je ne me reconnais pas.

J'ai l'impression que ma flamme s'est éteinte avec toi, Papa.

J'observe mon reflet dans le miroir et resserre mon chignon avant d'afficher un sourire aussi vrai que la boule logée au creux de mon estomac me permet de feindre.

Personne ne remarquera que je suis faible si je souris assez fort, pas vrai ?

— Prête à reprendre là où on s'est arrêtés ? me demande Irina.

Alors qu'Eliot me tend une main encourageante et m'invite à danser, je prends une grande inspiration en fermant les yeux.

J'en profite pour ranger les mauvaises pensées qui m'écrasent la poitrine – et font de moi une mauvaise danseuse – dans de petites cases que je ferme à double tour.

La reine de l'organisation, hein ? Pourtant, j'ai l'impression que c'est le bordel dans ma tête ! Mais j'ai beau balayer et trier sans relâche, tout finit par s'écrouler.

Eliot effectue les mouvements avec grâce et ne se trompe pas une seule fois dans la chorégraphie. Lorsqu'il me soulève, je perds mon équilibre et m'efforce de courber le dos de manière élégante, mais avec la douloureuse impression d'avoir l'air d'un morse qui s'étire sur la banquise.

Je n'ai jamais entendu personne dire de quelqu'un qu'il avait la grâce d'un morse !

— On va s'arrêter là pour aujourd'hui, soupire Irina.

Quelques applaudissements retentissent dans la salle, me rappelant que nous ne sommes pas seuls. Absolument tout le monde a pu assister à mes maladresses ! Je devrais pourtant être habituée au public qui vient assister à nos répétitions.

— Tu ne te sens pas bien, aujourd'hui ? me demande Eliot.

Sa question me hérisse le poil. Ça m'agace que tout le monde le remarque, et plus encore que mes sentiments interfèrent avec mes performances.

— Je suis un peu barbouillée.

C'est un demi-mensonge, en vérité. Je suis bel et bien atteinte d'une maladie dont les symptômes ne disparaîtront pas avec un cachet d'aspirine.

— Ça me rassure ! intervient Irina. J'ai eu peur que tu sois devenue mauvaise, tout à coup ! Toi qui étais si prometteuse, j'étais à ça de te remplacer par la concierge pour le gala de danse !

Manuela, la femme de ménage qui assiste toujours à nos répétitions, souffle dans son coin.

— Ne le prends pas mal, Manu ! Tu aurais été bien meilleure que Lily ne l'a été aujourd'hui, renchérit Irina avec un clin d'œil.

— Moi, j'ai trouvé ça très bien.

Le spot de lumière blanche braqué sur moi ne me permet de discerner que les silhouettes des quelques personnes restantes dans le public. Pourtant, je reconnaîtrais entre mille la voix rauque et suave de l'insupportable quarterback des Giants. Si notre rencontre ce matin était un hasard, il est évident que le destin n'y est pour rien s'il se retrouve ici, face à moi, lorsqu'il grimpe sur la scène.

Il porte un jogging gris au logo Nike effacé par les lavages et un tee-shirt blanc, ample comme ceux que portent les grands sportifs et au travers duquel je discerne l'encre noire qui recouvre certains endroits de son corps. Mes yeux suivent les tracés qui marquent sa peau, partant du bout de ses doigts jusqu'à la base de son cou. Les dessins se fondent entre eux et sur sa peau dans des ombrages qui ne font qu'amplifier son *sex appeal*.

— Eh bien... je ne savais pas que tu avais un nouveau petit ami, lance Irina, qui m'arrache à ma contemplation. Tu nous présentes ?

Je me fige et croise les bras sur ma poitrine. Irina ne se gêne pas pour détailler le footballeur de haut en bas, sans dissimuler son sourire équivoque. Face à elle, Maël tend une main à ma prof de danse.

— Maël. Je suis enchanté de...

— Ce n'est pas mon nouveau mec ! coupé-je sèchement. On se voit dans deux jours !

Je pourrais trouver sexy le fait qu'il n'en fasse pas des tonnes, juste parce qu'il est une star. Il a l'air de s'en ficher que ni Irina ni Eliot ne soient intéressés par le football et ne sachent pas qui il est. Mais je suis agacée et honteuse de le croiser ici après ce qu'il s'est passé ce matin. En plus de m'avoir vue voler, Maël m'a aussi évité un moment gênant face à la vendeuse qui nous a pris la main dans le sac. Littéralement.

Il m'a sauvé la mise et maintenant, il vient chercher sa récompense sous peine de me balancer à ma mère, à mon frère ou pire, aux autorités !

Foutue *bucket list*, foutue Sarah et foutu syndrome de revirement de personnalité duquel elle semble être atteinte !

Je récupère le sac de sport que je balance sur mon épaule en accélérant le pas, Maël sur les talons.

— Qu'est-ce que tu fais là ?

— Peut-être que tu me manquais. Tout le monde était si méchant avec moi aujourd'hui, j'avais besoin de ta chaleur habituelle, me taquine-t-il.

Je roule des yeux si fort que je suis surprise de ne pas me froisser un muscle.

Ses grandes jambes fuselées ne peinent pas à me rattraper, peu importe à quel point je tente de les fuir, lui et sa bonne humeur ambulante. Quoi qu'il me veuille, je n'ai pas la force de jouer avec lui, aujourd'hui.

En fait, il est si grand qu'il ne tarde pas à marcher plus vite que moi et doit sans cesse caler son allure sur la mienne. Sérieux, c'est quoi leur problème ? Ils ont bouffé des hormones de croissance au petit déj' pour être aussi… *géants* ? Je risque le torticolis à chaque fois que je regarde son visage, et je mesure tout de même un mètre soixante-dix !

Je me mets à trottiner dans l'espoir vain de parvenir à le semer sur le trottoir.

— Tu sais que si tu te mets à courir, les gens vont penser que je te suis ? demande-t-il, amusé, alors que je lui passe devant en mode footing.

— C'est ce que t'es en train de faire ! Et je t'ai vu mater mes fesses, espèce de pervers !

Un rire nasal lui échappe.

— Personne ne peut dire qui de ton cul ou du legging a capté mon regard le premier.

Lorsque je m'arrête net, son torse percute mon dos. Je fais volte-face pour affronter son regard ténébreux.

— OK, mec. Je ne suis vraiment pas d'humeur, alors dis-moi

ce que tu me veux, et rapidement.

Malgré le petit sourire en coin qu'il tente d'afficher, la main qu'il passe dans ses cheveux trahit sa nervosité. La première pensée qui me vient en tête est qu'il est arrivé quelque chose à mon frère. L'inquiétude doit se lire dans mon regard, parce qu'il fait écho à mes pensées :

— Kyllian va bien, c'est toujours le même petit con, mais il va bien. Et je n'ai rien dit pour ce matin. Si c'est ce qui t'inquiète... euh... on peut s'asseoir cinq minutes ? demande-t-il en désignant la terrasse d'un petit restaurant qui fait l'angle de la rue.

Je fronce les sourcils, curieuse et intéressée, je l'avoue. Du peu que je connais ce mec, il n'est jamais hésitant ou mal à l'aise. Alors forcément, j'ai envie de savoir. Et puis, il a l'air en détresse, et ça ferait vraiment de moi la reine des connasses si je l'envoyais se faire voir maintenant, pas vrai ?

J'acquiesce en me dirigeant vers la terrasse.

— Cinq minutes.

Les fleurs bleues.

J'aime beaucoup l'ambiance de ce restaurant en briques rouges recouvertes de lierre. Pour créer de l'ombre, ils ont opté pour un ciel de fleurs et le sol en faux gazon est moelleux sous mes baskets. En fait, l'endroit est bien trop chic pour la façon dont nous sommes vêtus, mais Maël, à l'instar de ses tatouages, se fond parfaitement dans tous les décors.

Alors que je m'apprête à m'installer, il tire ma chaise pour m'inviter à le faire. Je lève les yeux au ciel, un sourire amusé flottant sur mes lèvres.

— Mmmh... C'est grave à ce point-là, hein ?

Il se mord la lèvre, retient un rire avant de s'asseoir face à moi.

— Tu te souviens, l'autre soir, quand je me suis occupé de toi et que t'es tombée super amoureuse, au point que tu ne me refuseras jamais rien ? demande-t-il en papillonnant des cils d'un air faussement innocent.

— Évidemment, bébé. Comment l'oublier ? Tout comme je

n'oublierai jamais comment toi et tes colocataires avez profité de ma gueule de bois pour me faire avaler que j'avais couché avec la moitié de l'équipe des Giants ! répliqué-je, cinglante.

Évidemment, c'est le moment que choisit la serveuse qui a entendu un bout de notre conversation pour se racler la gorge, légèrement mal à l'aise, et peut-être un brin amusée, tout comme Maël dont les yeux pétillent de malice.

Arghhh !

— C'était juste une petite blague, bébé..., se justifie-t-il d'une moue boudeuse. Ma petite femme n'est pas d'humeur, aujourd'hui, elle a échappé de peu à la prison, chuchote-t-il sur le ton de la confidence à notre serveuse.

J'observe la jeune femme dans son pantalon noir et sa chemise blanche. Elle pouffe comme une adolescente et bouffe Maël du regard comme si je n'étais pas là. *Ça m'agace, bon sang !* On n'est pas ensemble, mais on le pourrait, et la façon qu'elle a de se retenir de lui baver dessus est tout à fait intolérable !

Dans un geste de possessivité malvenue, je pose ma main sur celle du quarterback. Mes ongles d'un rose pâle contrastent avec sa peau bronzée.

Il hausse un sourcil interrogateur, mais ne retire pas sa main. Au contraire, il se met à caresser le dos de la mienne de son pouce, faisant naître de petits picotements qui descendent le long de ma colonne vertébrale.

— On va vous prendre deux boissons détox, déclaré-je.

— Euh, non, je vais plutôt vous prendre une...

— Une boisson détox, insisté-je, avant de me pencher pour rapprocher mes lèvres de l'oreille de Maël, consciente que notre serveuse est capable d'entendre. Le gingembre est un aphrodisiaque, chéri. Ça aidera peut-être avec... tu sais... tes petits problèmes, terminé-je en lui offrant un clin d'œil.

Il pince les lèvres, plus amusé que vexé. Et je réalise que peu de choses sont capables d'ébranler sa confiance en lui ou son ego démesuré.

— C’est la deuxième fois que tu parles de ma queue, je commence à me dire qu’elle t’intéresse, déclare-t-il, satisfait.

Je serre les dents tandis que notre serveuse s’éloigne pour préparer notre commande.

— Bon, alors ? Tu comptes tourner autour du pot encore longtemps ?

— Tu es pressée ? réplique-t-il aussitôt, tandis que je retire ma main de la sienne.

— J’ai d’autres choses à faire.

— Comme quoi ?

— Planifier ma semaine.

Un rire nasal lui échappe.

— Ça t’arrive souvent de perdre ton temps à planifier ? Tu planifies aussi les moments où tu planifies ?

Je ne peux pas réprimer le petit rire qui s’échappe d’entre mes lèvres. Je lui offre aussitôt un vilain geste du doigt.

— Tu n’as pas ouvert la galerie photo de ton téléphone depuis vendredi, souffle-t-il.

Ce n’est pas une question.

— Les vidéos que j’ai prises avec ton téléphone, précise-t-il.

Intriguée, j’ouvre ma galerie d’images pour y trouver des dizaines de vidéos et de photos sur lesquelles on me voit dans des positions plus humiliantes les unes que les autres. Moi qui vomis, moi étalée sur le sol, Maël qui me brosse les dents, Maël qui s’amuse à me faire des coiffures ridicules…

Les mains tremblantes, je refuse d’appuyer sur « Play », sous peine de mourir d’humiliation.

Je ne me souvenais pas des photos. En revanche, je me rappelle avoir ri à en avoir mal au ventre, et c’est un moment que je préférerais oublier si je veux continuer à détester l’homme assis face à moi.

— Tu t’es dit que je ne me sentais pas assez coupable après cette soirée, alors t’es venu remuer le couteau dans la plaie ?

— Quoi ? Non ! T'es amoureuse, t'as pas le droit de m'en vouloir, hein ?

— Mmmh.

Le feu me monte aux joues, une boule d'angoisse grandit dans mon ventre et j'ai soudain beaucoup trop chaud. Je suis morte de honte, c'est écrit sur mon visage.

— J'ai besoin de ces vidéos, dit-il le plus sérieusement du monde.

Un silence, puis mon rire qui éclate entre nous. Le genre de rire qui veut dire : « Jamais, tu peux toujours courir ! »

Agacé par mon hilarité, il croise les bras sur sa poitrine avant de se laisser aller contre le dossier de sa chaise.

— Attends, t'es sérieux ?

— Ouais.

— C'est hors de question. Merci d'être passé, c'était cool de te revoir ! lâché-je, cynique.

Il soupire bruyamment tandis que Sophie, puisque je lis le nom inscrit sur son badge, dépose nos boissons détox sur la table. Maël se saisit aussitôt de son verre avant d'en boire une gorgée qui lui arrache une grimace que j'aurais pu trouver adorable dans d'autres circonstances...

— C'est immonde, ce truc !

— Non, c'est plein de bonnes vitamines !

À mon tour de boire une gorgée, mais je me retiens de recracher dans mon verre. Il a raison, c'est immonde. Néanmoins, je ferai semblant de trouver ça délicieux pour ne pas lui donner raison.

Jusqu'à ce qu'il s'en aille et que je commande autre chose...

— Je te jure que si j'avais le choix, je ne serais pas là, devant toi. Je te trouve insupportable et tu n'es pas la compagnie la plus agréable au monde, OK ?

— Tu sais comment parler aux femmes, toi...

— Ce que je veux dire... c'est que j'en ai *vraiment* besoin.

— Tu vas devoir me donner de meilleurs arguments si tu

cherches à me convaincre !

Il m'explique alors qu'il se retrouve au centre d'un nouveau scandale. Il me précise que tout ce que Virginia raconte est absolument faux et qu'il ne ferait jamais le moindre mal à une femme. Il a beau m'exaspérer, je le crois. En plus, j'étais avec lui, alors je sais que cette fille est une menteuse. Il s'étonne que je n'aie pas vu un seul article et je lui réponds que je ne m'intéresse pas à la presse people, sauf quand ça concerne mon frère.

— Tu ne t'es pas demandé pourquoi elle lançait cette rumeur ?

Les traits de son visage se durcissent tandis qu'il serre son poing sur la table.

— Je commence à en avoir marre qu'on me fasse comprendre que j'ai sûrement mérité un truc aussi tordu.

— Merde ! C'est pas ce que je voulais dire du tout... Je me demandais seulement si tu savais pourquoi, elle, elle faisait ça. Dans quel but ? Une quête de popularité ?

Maël hausse les épaules avant de soupirer bruyamment.

— J'en sais rien... et je m'en fous de ce que Virginia a derrière la tête. Je ne serais même pas surpris qu'elle ait fait ça simplement parce que je l'ai vexée. Les gens font parfois des trucs débiles. Comme voler dans un magasin sous les yeux de la vendeuse, me taquine-t-il de son sourire en coin habituel.

J'assimile ses paroles pendant qu'il boit une nouvelle gorgée de sa boisson au gingembre et se met à tousser.

— J'ai jamais rien bu d'aussi dégueulasse !

Pourquoi continuer à se faire du mal, dans ce cas ? Ce truc a le goût du détergent, et je suis presque certaine que ça en a l'efficacité aussi...

— Je ne peux pas t'envoyer ces vidéos. Je comprends que tu veuilles jouer samedi, mais ces accusations sont infondées, tu finiras par être innocenté. Tu m'as filmée à mon insu, puis humiliée le lendemain matin. Et voilà que tu me demandes de me ridiculiser à nouveau, en utilisant des vidéos de moi que cette nana à qui il manque clairement une case pourra visionner et utiliser à sa guise ?

— Allez, Barbie... Arrête un peu de faire ta garce ! Je te le demande gentiment.

Je serre les dents.

— Et je refuse *gentiment*. Tu vois ? On est deux adultes qui se sont mis d'accord pour ne pas être d'accord.

— Je ne suis pas d'accord pour que tu ne sois pas d'accord, réplique-t-il, boudeur.

Je soupire d'exaspération, bien qu'amusée et peut-être un peu admirative de sa ténacité. Ce mec n'abandonnera pas aussi facilement. Malheureusement pour lui, je suis très têtue, moi aussi.

Je ne suis pas née sous le signe du taureau pour rien !

— Je n'ai vu que les miniatures des vidéos, mais si j'en visionne une, là maintenant... à combien je serai gênée ? Sur une échelle de 1 à 10 ?

Il mord dans sa lèvre inférieure et se retient de rire tout en m'offrant un regard désolé.

— Onze ? Allez, c'est pas si grave. Tu ne la connais même pas. En échange, je ferai ce que tu veux.

— Vire mon frère de ton appartement, déclaré-je en bondissant aussitôt sur l'opportunité.

— Tout, sauf ça. Je suis peut-être désespéré, mais il me reste quelques valeurs que je ne suis pas prêt à jeter par la fenêtre.

— Dans ce cas, je ne peux rien pour toi.

Il soupire en se passant la main dans les cheveux, avant de baisser les yeux sur son verre qu'il vide d'une traite. Sa pomme d'Adam monte et descend à mesure qu'il avale et je me surprends à trouver ça... *sexy* ? Lorsqu'il plante ses yeux noisette dans les miens, je suis étonnée de constater que l'arrogant quarterback des Giants a le regard triste et fatigué.

Le genre de regard qui rouvre une fissure dans mon petit cœur.

— C'est pas juste le match de samedi le problème, hein ?

Curieux, il arque un sourcil.

— Tu t'inquiètes pour ton image. Tu as peur des dégâts que sa fausse déclaration pourrait te causer. C'est pour ça que tu veux en finir avec cette histoire au plus vite ?

Maël m'offre un demi-sourire avant de désigner ma boisson d'un signe de la tête en ignorant ma question.

— Tu vas finir ça ?

Je fais non de la tête, alors il s'en empare.

— Je croyais que tu n'avais jamais rien goûté d'aussi dégueulasse ?

— Une fois qu'on a la bouche et l'estomac anesthésiés par la brûlure du gingembre, on se met à en apprécier le goût.

Je lutte quelques instants, mais je finis par éclater de rire. Que les choses soient claires : je nierai si quelqu'un affirme m'avoir vue rire avec lui !

— Les Giants ne peuvent vraiment pas se passer de leur capitaine pour un match ? demandé-je.

Hélas, je connaissais la réponse à cette question avant même de la poser. J'assiste à toutes les rencontres depuis que Kyllian a rejoint l'équipe, et si je ne le peux pas, je télécharge les rediffusions pour ne pas en perdre une miette. C'est une vieille habitude que j'ai gardée. C'était notre rituel à mon frère, Papa et moi. On regardait les matchs de l'équipe new-yorkaise depuis le canapé de notre salon, de la pizza dans les mains, une moustache de sauce tomate autour de la bouche. Un vieux rêve, devenu réalité pour mon grand frère, mais qui aura fini par nous séparer...

— Ça risque d'être compliqué..., avoue-t-il. Le coach m'a même demandé de t'offrir une voiture en échange de ton aide !

Un sourire amusé incurve ses lèvres pleines.

— J'ai déjà une magnifique Mini Cooper, je n'ai pas besoin d'une nouvelle voiture.

Agacé pour je ne sais quelle raison, il lève les yeux au ciel avant de s'appuyer sur ses avant-bras collés à la table, pour rapprocher son visage du mien.

— Pourquoi ça ne m'étonne pas que Barbie roule en Mini Cooper ?

— Pourquoi ça ne m'étonne pas que Playboy se retrouve dans une situation de merde à cause d'une conquête insatisfaite ?

S'il mord, je peux sortir les griffes. Un point partout, balle au centre ! Puisqu'il veut tirer sur ma corde sensible, je peux tirer sur la sienne. Nos étiquettes, aussi rassurantes soient-elles, sont a priori nos pires ennemies, à lui, comme à moi.

— T'es vraiment... insupportable ! Pas étonnant que ton frère veuille prendre ses distances...

Je suis sur le point de lui rétorquer un truc bien senti qui lui remettrait les pieds sur terre, mais je suis interrompue par le torrent d'émotions qui me tombe dessus dès lors que je repère les cheveux blonds trop bien coiffés de mon ex qui s'installe à la table juste derrière Maël.

Et il n'est pas seul, puisque Leyla l'accompagne.

Les battements anarchiques de mon cœur résonnent jusque sous mes tempes, le rouge me monte aux joues et je peine à respirer.

— Lily ? Désolé... j'aurais pas dû dire ça, je... Tu vas bien ? me demande Maël, l'air inquiet.

Non.

Mais je hoche la tête et force un sourire sur mes lèvres.

Il s'aperçoit certainement que je fixe quelque chose dans son dos et entreprend de se retourner, mais je l'en empêche en posant une main sur la sienne, l'implorant du regard.

Les sourcils froncés, il étudie mon expression avant de retourner ma main pour caresser ma paume moite.

— On dirait que t'as vu un fantôme...

Si tu savais, à quel point j'aurais préféré...

— Ton ex est derrière moi, c'est ça ?

J'approuve silencieusement.

— Tu faisais la même tête, en boîte, alors j'ai deviné... Il est accompagné ?

Nouveau hochement de tête. Je le fusille du regard pour qu'il baisse d'un ton tandis qu'il soupire bruyamment.

Je me déteste de renvoyer l'image de la fille faible et pathétique pour qui le monde s'effondre à cause d'un homme. Seulement, je n'y peux rien si, quand elle éclate d'un rire mélodieux, j'ai la sensation qu'on m'arrache le cœur de la poitrine.

J'ai mal, tellement, tellement mal lorsque ma propre vie échappe à mon contrôle... Et il n'y a rien que je puisse faire pour retrouver les choses qui sont perdues à jamais.

— Je te jure que si tu te mets à chialer, je...

Trop tard. Une larme salée roule sur ma joue et vient mourir sur mes lèvres. Honteuse, au bord du gouffre, paumée, je me lève d'un bond en faisant grincer la chaise sur mon passage, attirant quelques regards curieux qui se posent sur moi.

Mais je n'ai pas la force de vérifier s'*ils* m'ont vue et cours me réfugier dans les toilettes du restaurant.

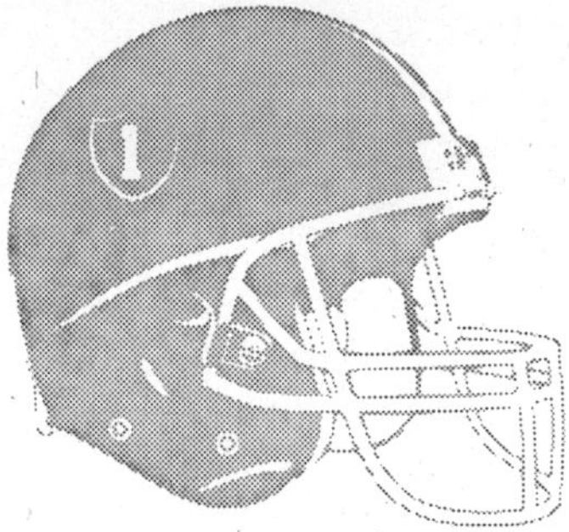

12

Lily

Jolie poupée au teint de pêche, pourquoi es-tu toute décoiffée ?

Je tente de retrouver une contenance, de calmer les battements irréguliers de mon cœur, de replacer les mèches blondes échappées de mon chignon de danseuse en les glissant derrière mes oreilles.

Jolie poupée au teint de pêche, dans quel état as-tu mis ton cœur ?

Je passe un peu d'eau sur mon visage pour amoindrir le rouge de mes joues et faire dégonfler mes yeux bouffis.

Jolie poupée au teint de pêche, pourquoi mords-tu si fort dans ta jolie lèvre rose ?

Pour éviter de me noyer dans mes propres larmes.

Mais les jolies poupées au teint de pêche ne pleurent pas, n'est-ce pas ?

Les poupées Barbie passent simplement à autre chose quand Ken s'enfuit avec une autre. Les jolies poupées sont ordonnées, organisées, toujours souriantes, et elles ne se laissent pas surprendre par la vie. Elles excellent dans tous les domaines, ne connaissent ni les échecs, ni les angoisses, ni la douleur que cause un cœur brisé.

Jolie poupée au teint de pêche, ton cœur n'est pas fait de plastique... parce que tu n'es pas la poupée que les autres pensent que tu es...

Je serre les poings, assez fort pour laisser de petites marques en forme de croissant de lune dans mes paumes. Lorsque mes yeux sont suffisamment secs, mes respirations assez régulières et que mes joues ont repris une couleur normale, je décide qu'il est temps de sortir de ma cachette et de retrouver le monde réel, bien loin de celui que j'imaginais quand j'étais petite.

Avec un peu de chance, Maxwell et sa petite copine seront partis, pas vrai ?

L'univers a une curieuse façon de se foutre de ma gueule, comme à chaque fois que je me surprends à dire : « Ça ne peut pas être pire ! », il se fait un malin plaisir de me prouver le contraire. Et alors que je me fais la réflexion qu'il n'y a pas pire que de croiser son ex par hasard quand on a la tête dans le cul, l'univers ricane méchamment.

— Je trouve que ton jeu s'améliore de match en match. Sérieux, c'est dingue ! J'ai observé tes statistiques et elles se rapprochent de celles de Tom Brady, le meilleur quarterback de tous les temps !

Derrière les vitres teintées du restaurant, j'observe mon ex qui a délaissé la pauvre Leyla pour s'installer à la table de Maël. Et il s'en donne à cœur joie pour vanter les qualités du joueur qu'il idolâtre.

— Je n'irais pas jusque-là, mais j'accepte le compliment, répond modestement Maël, muni d'un sourire timide à en faire fondre les cœurs.

— Tu veux bien qu'on prenne une photo ensemble ?

Le sportif se tend imperceptiblement, mais Maxwell ne lui laisse pas le temps de répondre, dégainant son téléphone, plus rapide que l'éclair.

— Ça m'a vachement surpris de vous voir ensemble, avec Lily. Quand elle m'a envoyé la photo, je pensais qu'elle avait fait la queue pour l'avoir, ou un truc dans le genre. Je ne me doutais pas que vous étiez amis.

Ennuyé, Maël ne se donne pas la peine de répondre à sa question. Il tapote ses longs doigts tatoués sur la table face à lui, un demi-sourire forcé flottant sur ses lèvres.

— Merci pour la photo ! Je vais l'accrocher au-dessus de mon lit, mec !

Cette fois, une lueur d'amusement naît au fond des yeux du joueur de football et je peux presque lire dans le fond de ses iris noisette la bêtise qu'il se retient de dire.

— Alors… C'est son frère qui vous a présentés ?

— Si on veut, ouais…, répond Maël d'un ton las.

— Comment elle va ? Elle n'a pas l'air de digérer notre rupture…

Mon cœur se met à marteler contre ma cage thoracique. Avec la chance que j'ai, il va lui raconter à quel point je suis pathétique. Peut-être même qu'il va lui dire que je me suis enfuie pour pleurer dans les toilettes du restaurant.

— Ah ouais ? Je n'avais jamais entendu parler de toi avant aujourd'hui, alors peut-être qu'elle le vit mieux que tu ne le penses ?

Je n'arrive pas à croire que Maël mente pour m'éviter une humiliation supplémentaire. Je pourrais croire qu'il le fait dans l'unique but que je lui sois redevable, mais il ignore que je suis en train de les écouter tous les deux.

— Ah… bon.

À en juger par la mine déconfite que fait Maxwell, je jurerais presque qu'il est déçu.

— Attends… vous n'êtes pas genre… ensemble, tous les deux ?

Cette fois, Maël ne ment pas et se contente de faire non de la tête, l'air toujours aussi ennuyé, voire agacé. Il n'arrête pas de jeter des coups d'œil à sa montre hors de prix, comme si le temps s'écoulait soudain trop lentement à son goût.

— Je me disais aussi que vous n'aviez rien à voir tous les deux. Sans vouloir t'offenser ! T'es du genre à ne rien prendre au sérieux, tandis que Lily... enfin, tu vois ce que je veux dire, plaisante Maxwell.

Un sourire mauvais étire à présent les lèvres de Maël.

— En fait, non. Je ne vois pas, déclare-t-il en croisant les bras sur sa poitrine.

Même avachi sur sa chaise d'une façon qui trahit sa nonchalance et son ennui certain, il domine par sa présence. À côté de lui, Maxwell semble minuscule et insignifiant. Cette pensée fait naître en moi un sentiment de satisfaction que j'ai du mal à expliquer.

— On parle bien de la même Lily ? Celle qui calcule et prévoit sa vie dans les moindres détails ? Qui déteste les imprévus et ne couche que tous les trente-six du mois ?

Maël le dévisage, mauvais, l'air carrément énervé cette fois. Il se redresse sur sa chaise et le regarde de haut, affichant sa supériorité sans se soucier de ce que Maxwell pensera de lui.

Le sexe était désastreux, et ce n'est pas faute d'avoir essayé. Six mois de relation et je n'ai jamais été capable de jouir, pas même une fois. En fait, c'était terrible au point qu'il m'a fait culpabiliser en me convainquant que j'avais un problème, parce que ça ne lui était soi-disant jamais arrivé avec personne avant moi.

La boule qui obstruait ma gorge semble prendre de plus en plus de place, m'empêchant de respirer. Alors que je pense fondre en larmes, déçue et choquée par le comportement de mon ancien petit ami qui expose notre vie intime à un parfait étranger, la voix chaude de Maël me tire de mes pensées.

— J'ai du mal à croire qu'on parle de la même Lily. Celle que j'ai surveillée toute une soirée pour m'assurer qu'elle ne fasse pas de bêtises. Quant au sexe... je n'ai jamais eu le moindre problème avec elle. Il faut croire que tu ne savais pas t'y prendre.

Il sort un stylo de sa poche, puis gribouille quelque chose sur une serviette en papier qui traîne sur la table.

— Tiens, mon numéro. Au cas où t'aurais besoin de conseils pour faire jouir ta copine. Si tu t'occupes d'elle aussi bien au lit qu'à l'époque... l'histoire risque de se répéter.

Il se lève de sa chaise, dépose un billet de cinquante dollars sur la table afin de payer la note, et juste avant de partir, se penche vers Maxwell pour lui dire plus doucement :

— Et ça serait vraiment dommage que j'aie à m'occuper de ta nouvelle copine *aussi,* histoire qu'elle oublie à quel point t'as été un amant de merde.

Maël passe les baies vitrées teintées et m'aperçoit, planquée derrière l'une d'entre elles. Il soupire doucement lorsqu'il réalise que j'ai entendu leur conversation, jette un dernier coup d'œil en arrière vers mon ex, puis observe mes joues mouillées des larmes qui m'ont honteusement échappé.

Son bras est en suspens, comme la respiration que je retiens dans ma cage thoracique quand le dos de sa main effleure ma joue. Hésitant, le regard alternant entre mes yeux humides et mes lèvres gonflées de les avoir trop mordues, il finit par chasser mes larmes de son pouce avant de souffler doucement :

— Ton ex est un con, il te ressemble tellement qu'il pourrait être ton cousin, et je connais mille bonnes façons de te faire pleurer qui n'incluent pas ton cœur brisé.

Sa main glisse le long de ma mâchoire, descend vers mon épaule puis mon bras nu, qu'il caresse jusqu'au bout de mes doigts avant d'y entrelacer les siens.

Il me tire vers la sortie et je garde la tête baissée, honteuse, fracassée...

Ce n'est que lorsqu'il s'arrête face à la terrasse du restaurant que je relève la tête vers lui et ses yeux coléreux dans lesquels je jurerais voir danser des flammes. D'un geste assuré, il saisit mes hanches pour me ramener à lui. Ses doigts s'enfoncent si fort dans ma chair tendre que c'en est presque douloureux, tout comme son regard fiévreux qui risque de foutre le feu à mon bas-ventre si je ne détourne pas les yeux.

Seulement, je suis incapable de regarder ailleurs. Alors que sa main reste fermement agrippée à ma hanche, l'autre soulève mon menton tandis qu'un rictus étire ses lèvres.

— Tu sais ce qu'il va se passer, Barbie ?

Je suis incapable de prononcer le moindre mot lorsqu'il murmure contre mes lèvres, son haleine chaude et mentholée, et je me contente de hocher la tête.

— Fais-moi suffisamment confiance pour ça, murmure-t-il une dernière fois avant d'écraser sa bouche sur la mienne.

Ses lèvres sont aussi incandescentes que le brasier ardent que son baiser fait naître dans le creux de mon ventre. Experte, la pointe de sa langue vient taquiner mes lèvres qui s'ouvrent pour la laisser passer. Douce et habile, elle taquine la mienne, nos souffles courts et nos salives se mélangent. Je gémis contre sa bouche... et j'en viens à oublier que mon ex est à quelques mètres de nous, que ce baiser n'est qu'une supercherie sans nom.

Pourtant, j'ai envie de croire à ce mensonge aussi sûrement que je crois que le ciel est bleu. Je suis déçue lorsqu'il s'arrête et que nos lèvres se séparent. Je ne descends pas, je chute du petit nuage sur lequel je me trouvais pour retomber en morceaux de chair qui s'éparpillent et s'abîment sur la terre ferme.

Je retrouve mon souffle.

Je retrouve mes esprits.

Maël semble tout aussi surpris que moi, et l'énervement déforme à présent ses traits virils, même si je ne comprends pas bien pourquoi...

Il se met à marcher, si vite que je trottine derrière lui.

Quand est-ce qu'on a échangé les rôles ? Et pourquoi suis-je en train de le suivre ?

— Je... tu t'en vas ?

— Où est ta voiture ? demande-t-il, ignorant ma question sans m'accorder le moindre regard.

— J'ai pris le métro, mais euh... tu m'expliques ? Pourquoi t'as fait ça ?

Il soupire bruyamment et ralentit l'allure pour que je puisse me caler sur la sienne.

— Parce qu'il parlait de toi comme s'il n'avait rien perdu, et c'est un abruti de penser ça.

Sa révélation me coupe le souffle. Je m'arrête une seconde tandis qu'il me distance.

— Bon, tu viens ? Je te ramène, s'agace-t-il lorsqu'il doit ralentir pour m'attendre.

Je le suis en silence, incapable de comprendre ce changement si soudain d'attitude. Il n'a plus rien du Maël lumineux et un brin arrogant de tout à l'heure. Tout son corps est tendu, chacun de ses soupirs est empreint d'une colère noire et j'ai du mal à comprendre ce que j'ai bien pu faire pour qu'il m'en veuille autant tout à coup, alors qu'il m'embrassait la seconde d'avant.

Sa voiture est garée dans un parking souterrain dont les murs en béton sont tagués à la bombe de peinture. L'air moite envahit mes poumons, m'empêche de respirer correctement. L'odeur d'eau croupie et de renfermé s'infiltre dans mes narines, me provoquant un haut-le-cœur. J'ai presque envie d'enfouir mon nez dans le tee-shirt du quarterback pour humer son odeur fraîche et masculine de menthe poivrée.

— T'es en colère contre moi ? demandé-je finalement.

Il arque un sourcil, me détaille de haut en bas avant de souffler :

— Non, Allyson, je ne suis pas en colère contre toi.

Au lieu de s'installer au volant de sa voiture, il avance dans ma direction, jusqu'à ce que je me retrouve acculée contre ce mur humide que je refuse de toucher, même avec mon dos.

— Alors... quoi ?

— Je suis fou de rage... contre moi.

Je déglutis bruyamment tandis que mon rythme cardiaque accélère. En fait, mon cœur tape si fort dans ma poitrine que je crains que Maël n'entende les battements qui trahissent ce que ma bouche ne dit pas.

Son baiser m'a fait de l'effet, et je déteste que ce soit le cas !

Il est si proche de moi que je ne sens plus que son parfum et son souffle chaud sur mon visage, comme une caresse délicate.

— Parce que je t'ai embrassée, termine-t-il, la colère émanant de tous ses pores.

Et ça me vexe plus que je ne veux bien l'admettre, de le dégoûter au point qu'il soit révolté par ce qu'il vient de se passer. Irritée, je me racle la gorge et détourne les yeux de son regard trop intense pour le commun des mortels.

— Je ne dirai rien à Kyllian, t'inquiète. C'était juste un baiser, c'est déjà oublié.

Un rire nasal lui échappe quand il lape sa lèvre inférieure pour l'humidifier.

— Je porte encore ton goût sur mes lèvres, Lily...

Son index se cale sous mon menton pour pencher ma tête en arrière.

— Et j'y penserai chaque fois que je regarderai ta bouche avec l'envie d'y goûter une nouvelle fois.

Son souffle brûlant me fait tellement tourner la tête que je ne sais plus où j'en suis. Ses lèvres frôlent les miennes et j'ai la sensation que le sol se dérobe sous mes pieds.

— Je m'en branle que tu le racontes à ton frère. Le problème, c'est que j'ai aimé ça.

Il quitte mes lèvres pour murmurer dans le creux de mon oreille :

— Et ça me donne envie de te faire des choses bien plus scandaleuses qu'un simple baiser. Le genre de choses que tu n'oserais jamais raconter à ton grand frère de toute façon.

Si je suis entièrement honnête avec moi-même, je n'ai jamais ressenti ça en dix-neuf ans d'existence. Personne ne m'a jamais coupé le souffle d'un simple baiser au point que le sol se dérobe sous mes pieds. Décontenancée par la chaleur que provoquent nos deux corps lorsqu'ils sont si proches, je me racle la gorge en le repoussant doucement.

— Tu as vraiment donné ton numéro de téléphone à mon ex ?

Un sourire malicieux naît sur son visage aux traits parfaits.

— C'est le numéro de Max O'Donnel que je lui ai refilé.

— Il ne va pas t'en vouloir pour cette mauvaise blague ?

Maël hausse les épaules en déverrouillant les portières de sa voiture.

— Il change de numéro à chaque fois qu'un de ses plans culs devient un peu trop insistant, alors...

Il démarre le moteur et je souffle en m'installant à côté de lui, côté passager. L'odeur de cuir neuf se mélange à celle du footballeur et je ferme les yeux une seconde pour reprendre contenance.

— Les hommes n'ouvrent plus jamais les portières, de nos jours ? soufflé-je en refermant ladite portière.

— Bien sûr que si ! Comment tu crois que je suis entré ? En ouvrant la portière !

L'ambiance est à présent plus légère et détendue entre nous. Le défilé de taxis jaunes qui se pavanent dans les rues new-yorkaises attire mon regard et je laisse retomber ma tête sur le dossier de mon siège, me laissant bercer par la conduite souple et maîtrisée de mon chauffeur. J'ai le cœur triste et je suis fatiguée.

Je lutte pour garder les yeux ouverts en observant Maël sous toutes les coutures. Mâchoires carrées recouvertes d'une fine barbe de trois jours, cheveux noirs plus longs sur le sommet de son crâne, bouche pulpeuse et peau bronzée qu'il doit certainement à des origines latines.

Mon regard se promène ensuite sur ses bras musclés, puis sur sa main gauche qui tient le volant. Sous cet angle, je distingue quelques-uns de ses tatouages, comme ce fil barbelé qui semble remonter le long de son bras, zigzaguant entre plusieurs autres dessins qui se fondent dans des ombrages superbement effectués. La tête de Médusa est tatouée sur l'intérieur de son avant-bras.

Je me demande pourquoi Maël Gellman a décidé de se tatouer ce monstre aux cheveux de serpents capable de vous transformer en pierre d'un seul regard.

Je me surprends surtout à me poser des questions sur la vie privée de celui que j'ai jugé bien trop vite. Peut-être que dans une autre vie, un univers parallèle où Kyllian n'aurait pas intégré l'équipe des Giants, Maël et moi aurions pu être amis.

— Merci, finis-je par dire, les yeux baissés sur mes doigts que je triture. Pour tout à l'heure. Tu n'avais pas à mentir à Maxwell, mais tu l'as fait quand même. Et… merci pour le rouge à lèvres ce matin.

Amusé, Maël pince les lèvres pour réprimer le sourire qui se reflète dans ses yeux.

— J'ai pas bien entendu… Tu veux répéter ?

— Merci, espèce d'abruti !

— Je suis vraiment désolé, le moteur de ma super voiture est trop puissant, je n'entends rien du tout !

Je suis agacée, mais amusée.

— J'ai dit : va te faire foutre, mec !

Un rire léger lui échappe tandis qu'il s'insère sur la voie rapide. Crispée et tendue, je me redresse pour m'accrocher au siège dans lequel j'enfonce mes ongles.

— Tu m'as fait peur, plaisante-t-il en se tenant la poitrine à la place symbolique du cœur. J'ai cru que tu commençais à m'apprécier !

— Ne t'en fais pas, c'est pas près d'arriver. T'es toujours dans le top 3 des personnes que je déteste le plus au monde.

Tu viens juste de céder la première place à Trump, il te reste encore un long chemin à parcourir.

Il arque un sourcil avant de lever les yeux au ciel en riant doucement. Le moteur rugit tandis qu'il double. Les yeux rivés sur le compteur, je sens les battements de mon cœur accélérer au même rythme que la voiture qui file de plus en plus vite sur la route.

Quatre-vingt-dix...

Cent...

Malgré l'envie de cocher une nouvelle case de ma *bucket list*, ma raison et ma peur sont plus fortes. Mes ongles sont profondément enfoncés dans le cuir, mes membres crispés, mon cœur sur le point de bondir hors de ma poitrine.

— Tu veux bien ralentir ? S'il te plaît.

L'espace d'une seconde, je le vois froncer les sourcils en observant ma mine apeurée. J'ai certainement le teint blafard, pourtant Maël m'a déjà vue dans de pires états que la plupart des gens qui me connaissent depuis des années. Il ralentit aussitôt en murmurant un « ouais, pas de soucis ».

Encore une fois, je me demande si sa gentillesse est sincère, mais plus je passe de moments seule avec lui, plus je réalise que j'avais tout faux sur ce mec... et que les rumeurs sur lui sont souvent infondées.

Je respire un bon coup, croise les bras sur ma poitrine et, faisant abstraction de ma fierté, finis par souffler :

— De combien de vidéos as-tu besoin ?

Surpris, il hausse un sourcil.

— J'ai besoin de *toutes* les vidéos. Pour pouvoir faire comprendre à Virginia que j'ai toutes les preuves en ma possession pour être innocenté devant un tribunal si elle ne se ravise pas. Et puis... à titre personnel, pour me fendre la poire à chaque fois que j'aurai un coup de mou.

Je le fusille du regard tandis que son éternel petit sourire satisfait étire ses lèvres.

— Ça fait six vidéos humiliantes ! m'exclamé-je.

— Ouaip !

Après le coup que lui et ses colocataires m'ont fait l'autre matin et son insupportable tendance à m'emmerder, j'ai bien envie de le titiller un peu afin de voir jusqu'où il serait prêt à aller pour obtenir de moi ce qu'il veut...

— Étant donné que tu m'as sauvé la mise ce matin avec le rouge à lèvres et que tu ne diras jamais rien à mon frère, disons que tu en mérites une. Tu es prêt à quoi pour le reste ?

Un petit soupir s'échappe d'entre ses lèvres. Il me lance un regard en biais, certainement pour juger si oui ou non je suis sérieuse.

— Pour être honnête, je suis prêt à presque tout. N'oublions pas que je t'ai embrassée devant ton ex pour lui prouver que tu l'avais oublié, alors que tu chialais comme un bébé derrière les vitres teintées... On peut dire que je mérite une deuxième vidéo, non ?

— Tu m'as embrassée parce que je suis irrésistible et que t'en avais envie, ça ne compte pas, le taquiné-je.

— Ça reste à prouver... Bon, très bien. Qu'est-ce que tu veux ?

Je sens un sourire mesquin s'inviter sur mes lèvres.

— Tu pourrais me verser ton salaire du mois... J'ai bien besoin d'une nouvelle garde-robe !

Il mord dans ses lèvres charnues pour réprimer son sourire.

— Je serai déçu que ce soit aussi facile...

— Je pourrais te forcer à sortir avec l'une de mes collègues... Isobel serait ravie de se faire un petit jeune plein aux as !

— Si ça te chante... mais je ne vois pas en quoi...

— Tais-toi ! J'essaye de tester tes limites, dis-je en réfléchissant sérieusement à quelque chose d'assez agaçant pour l'embêter.

— J'ai grandi avec Max et Liam, je n'ai pas beaucoup de limites, plaisante-t-il.

Sa révélation sur le ton de la plaisanterie semble cacher tellement plus que de simples anecdotes... Ça me donne envie d'en savoir plus. Jusqu'où ai-je le droit de creuser ? Et pourquoi ai-je envie de le faire ?

Parce que j'ai besoin de juger qui sont les fréquentations de mon frère.

— Et tu n'aimes pas qu'on t'impose des limites ? demandé-je innocemment en espérant qu'il se dévoile.

— Tu connais des personnes qui aiment qu'on leur dise quoi faire ?

— Moi ! m'exclamé-je. J'aime avoir un cadre, je trouve ça rassurant. Les règles, les limites à ne pas franchir. J'ai besoin qu'on me dise *quoi* faire et *comment* le faire pour ne pas me sentir perdue !

Cette fois, mordre dans sa lèvre inférieure ne suffit pas à masquer son sourire taquin.

— Je te jure que ta bouche dit des choses que mon cerveau interprète d'une façon qui te ferait flipper...

Je sens le rouge me monter aux joues et je détourne la tête pour cacher ma gêne en regardant le paysage défiler par la fenêtre.

— À quel point Maël Gellman, la super star, accepterait d'être restreint..., marmonné-je, plus pour moi que pour lui.

— On parle bien de sexe, là ?

— Voilà ce que je te propose : puisque tu refuses de virer Kyllian du penthouse, tu comprendras qu'il faut que je garde un œil sur lui. Alors, voyons si je peux garder les inséparables en cage pendant disons... un mois !

— C'est-à-dire ? demande-t-il, intéressé.

Si j'ôte à Kyllian tout ce qui l'a fait s'éloigner de sa famille en premier lieu, peut-être reviendra-t-il à la raison ?

Convaincue que c'est une excellente idée, j'énumère :

— Plus de boîte, de carré VIP, ni de club branché.

— OK, réplique-t-il aussitôt.

— Plus d'alcool.

— Pas une seule goutte d'alcool en un mois ? Les gars n'accepteront jamais un truc pareil.

Renfrognée, je réfléchis une seconde.

— Disons que je contrôlerai qui boit quoi et en quelle quantité.

— OK pour moi, mais comment tu comptes contrôler...

— Plus de plans cul, sex-friends, sextoys, masturbation, enfin... plus rien de tout ça. T'as saisi où je voulais en venir ?

Ses doigts se crispent autour du volant qu'il tient fermement entre ses mains.

Aurais-je enfin trouvé son point faible ? Le sexe ? C'est aussi prévisible que cliché. C'en est risible.

— On t'a déjà dit que t'avais un sérieux problème à vouloir tout contrôler ? Que tu veuilles gérer ses consommations de drogue et d'alcool, je peux comprendre... à la limite. Mais tu sais que te mêler de la vie sexuelle de ton frère va l'envoyer tout droit chez le psy ? Et toi, t'as déjà pensé à consulter ?

Je ne parviens plus à retenir le sourire qui déforme mon visage. Je souris si fort que j'en ai mal aux joues.

— Cette condition est là juste pour vous faire chier. Alors, marché conclu ? Je croyais que t'étais prêt à tout pour obtenir ces vidéos...

Maël serre les dents et finit par acquiescer.

— Oh et... je sais que tu dois certainement avoir du mal à compter, mais il te reste encore une vidéo à marchander, et son prix est le plus élevé de tous...

— Plus rien ne me surprend, je t'écoute...

— Sarah et moi, on emménage ! Histoire de garder un œil sur vous.

Après quelques instants de silence, il finit par soupirer.

— Tu devrais *vraiment* penser à consulter. Si tu veux que l'ensemble du penthouse approuve, tu vas devoir les convaincre.

— Pas de problème !

Ses lèvres se retroussent, ça lui donne un air mesquin.

— Qu'est-ce qui te fait rire ?

Il mord dans sa lèvre inférieure pour réprimer son sourire.

— Tu vas priver des mecs accros au sexe de ce qu'ils aiment le plus et t'insistes pour leur mettre de la chair fraîche sous le nez ? C'est comme poser un verre de vin face à un ex-alcoolique.

Ça ne me fait pas peur.

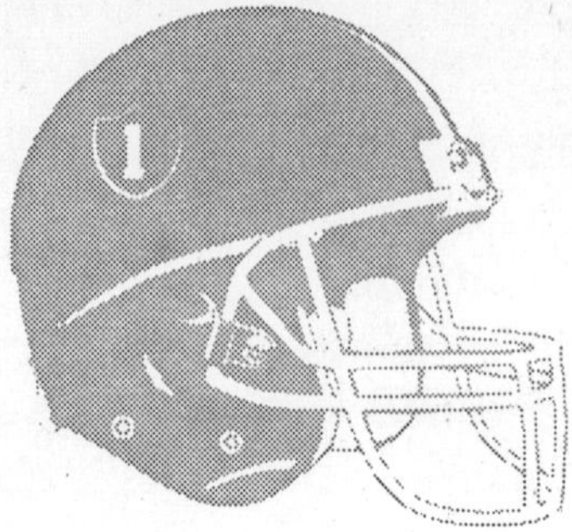

13

Maël

Allyson Johnson est la personne la plus têtue, grincheuse, insupportable et difficile à convaincre que je connaisse. Intelligente, droite dans ses baskets et intransigeante au point qu'elle ne supporte pas le bruit de sa propre respiration, je n'arrive pas à croire qu'elle soit sortie avec cet abruti rencontré à la terrasse de ce restaurant.

Pire encore, qu'elle en soit tombée amoureuse et qu'il ait été capable de lui briser le cœur.

Je suis pourtant bien placé pour savoir qu'on ne juge pas un type qu'on ne connaît ni d'Eve ni d'Adam à l'apparence ou à la première rencontre, mais... bon sang, quel con !

— Arrête de faire autant de bruit quand tu mâches ton chewing-gum, merde ! me réprimande Lily, alors que nous montons dans l'ascenseur.

Je hausse les épaules d'un air nonchalant, un rictus provocateur sur les lèvres, et mâche deux fois plus fort rien que pour avoir le plaisir de voir ses yeux sortir de leurs orbites.

C'est plus fort que moi, j'adore la faire chier ! Et elle me le rend bien...

Nous nous fusillons du regard sans flancher durant l'ascension jusqu'au dernier étage. L'air est chargé en électricité et je remarque la chair de poule qui se dresse sur ses bras.

Elle est la première à fuir mon regard. Moi, je continue de la dévisager, mes yeux déviant sur ses lèvres roses, desquelles j'ai eu toutes les peines du monde à me détacher. Malgré moi, je sens encore le goût sucré et parfumé au jasmin qui traînait sur le bout de sa langue chaude. Même le chewing-gum à la menthe que je mâche depuis tout à l'heure n'est pas parvenu à me le faire oublier.

La mélodie caractéristique de l'ascenseur lorsque les portes s'ouvrent sur mon salon me sort de ma torpeur.

Avachis sur le canapé : mes colocs au complet, accompagnés d'Ashley Hawkins, la fille du coach, qui squatte les genoux de Kyllian.

— C'est qui, elle ?! s'exclame Lily, les yeux rivés sur celle qu'elle considère sûrement comme sa nouvelle concurrente.

Elle devrait vraiment penser à consulter…

Peu impressionnée et habituée à ce genre de réaction, Ashley hausse un sourcil en direction de Lily.

Il faut dire que la blonde ne connaît pas encore le phénomène Ashley Hawkins, celle qui adore se faire sauter dans les vestiaires et sort uniquement avec les joueurs de l'équipe qu'entraîne son père dans l'espoir d'attirer l'attention qu'il ne lui octroie jamais ou presque. De ses cheveux noirs parsemés de mèches rouges aux tatouages qui marquent sa peau, en passant par son look, tout chez elle indique un besoin obsessionnel de se faire remarquer.

Aujourd'hui, elle porte une mini-jupe écossaise avec des bas résille et un *crop top* noir sur lequel elle a collé le logo de Metallica. Un collier noir et des bottines assorties viennent agrémenter son style de poupée un peu trash qui attire forcément le regard.

— Un problème ? demande Ashley en se détendant contre le torse de Kyllian, qui prend soin de garder ses bras le long de son corps.

On ne peut pas lui en vouloir de rester sur ses gardes avec elle. Ashley est tombée amoureuse de tous les mecs qu'elle a fréquentés. En fait, du moment que le type joue au football américain, il peut être sûr qu'elle acceptera de l'épouser. Si ça ne fait pas d'elle un cas d'étude, je ne sais pas ce qu'il faut aux étudiants en psycho.

— Le problème, c'est que je peux voir ta culotte, alors que je suis à un mètre de toi, et les poupées gothiques n'ont pas leur place sur les genoux de Kyllian ! crache Lily avec un dédain non dissimulé, fusillant son frère de son regard émeraude.

Cette fois, Ashley a l'air surprise et entrouvre la bouche un quart de seconde avant de se lever. Elle se précipite vers Lily, qui croise les bras sur sa poitrine pour se donner une contenance.

C'est le moment que je choisis pour m'asseoir sur le canapé, à côté de Max, qui jubile en se délectant du spectacle.

— Poupée gothique, hein... et tu me craches ça à la figure comme si c'était la pire insulte de ton répertoire ?

— C'est qui, ça ? insiste Lily en dévisageant son frère, ignorant Ashley qui claque une bulle de son chewing-gum rose sous le nez de la blonde.

— Tu viens sérieusement de dire « ça » en parlant d'un être humain ? Du même sexe que toi, en plus ? Bravo le féminisme...

Comme la lionne qui contourne sa proie avant d'attaquer, Ashley marche autour de Lily, analysant chacun des mouvements de son ennemie, se délectant de la peur qu'elle fait naître chez elle. Derrière Lily, elle plante ses griffes dans ses épaules avant de murmurer au creux de son oreille :

— T'es vexée qu'il ne t'ait pas rappelée, c'est ça ? demande Ashley en désignant Kyllian d'un signe de la tête. Tu vas t'en remettre, t'inquiète... Il ne m'a jamais rappelée, moi non plus.

Lily écarquille les yeux tandis que son frère pouffe de rire.

— C'est ma p'tite sœur, Ash.

Le visage d'Ashley se détend imperceptiblement. Les épaules de Lily s'affaissent et tout le monde éclate de rire.

— Bon, alors... qu'est-ce que tu fous là ? demande Kyllian pour changer de sujet.

Un rictus amusé étire les lèvres de sa petite sœur.

Et l'explication qui suit mortifie tout le groupe.

— Je t'en supplie, convaincs ta copine le démon de changer d'avis..., geint Max, à genoux devant Sarah.

Amusée, notre nouvelle arrivante affiche un petit sourire navré.

— Essayer de convaincre Lily revient à demander à une montagne de se mettre à marcher, désolée...

Dévasté et un brin dramatique, Max laisse retomber sa tête sur les genoux de Sarah, qui se met à lui caresser les cheveux comme on caresserait un gros chat.

— Je croyais qu'on était copains, toi et moi..., se lamente-t-il encore.

— Allons, allons... tout va bien se passer, réplique-t-elle, amusée par son comportement.

Les visages déconfits de mes colocataires sont à mourir de rire. On pourrait croire qu'on s'apprête à enterrer quelqu'un.

— T'en penses quoi, toi ? Est-ce que ta sœur cherche à nous castrer ? demandé-je en m'adressant à Kyllian.

— Elle veut aussi nous forcer à faire une désintox' à la maison..., renchérit Ted.

— Elle veut nous enlever tout ce qu'on aime... tout ! pleurniche Max avant de se tourner vers Lily. Toi, t'as été créée dans les entrailles de l'enfer, et t'as été trop cuite.

Lily lève théâtralement les yeux au ciel pour qu'on ne manque pas son agacement.

— Vous chialez vraiment pour pas grand-chose... à croire qu'elle vous a demandé un rein chacun..., commente Ashley.

— Je croyais qu'on se détestait, t'as changé de camp ? demande Lily.

— Oh non, je te déteste toujours. Ça n'enlève rien au fait que ce sont de gros bébés..., réplique-t-elle, un rictus amusé sur les lèvres.

Agacée, Lily pousse un long soupir. Comme d'habitude, elle

en fait des tonnes. Elle encourage ensuite Sarah à la suivre vers les portes de l'ascenseur.

— Je vous laisse vous lamenter jusqu'à minuit. Après, je supprimerai les vidéos, crache-t-elle en m'envoyant un regard lourd de sous-entendus.

Le pouvoir est entre ses mains et elle le sait pertinemment. Quoi qu'elle dise, quoi qu'elle réclame, je courberai l'échine et lui donnerai ce qu'elle veut en échange de ces putains de fichiers.

Et je la déteste pour ça. J'ai envie de lui faire payer le contrôle qu'elle exerce sur moi.

Une douleur familière m'oppresse la poitrine. La peur creuse ses sillons sous ma peau tatouée pour réveiller la crise d'angoisse qui sommeille dans le creux de mon estomac. Je me perds dans le méandre de mes pensées sombres, tandis que je regarde ma solution m'échapper comme de l'eau qui coule entre les doigts. Si Lily ne m'aide pas sur ce coup-là, je vivrai en permanence avec l'image erronée que les gens ont de moi. J'ai de très bons avocats, je ne doute pas une seconde que je sortirai de cette affaire indemne aux yeux de la loi. Mais quand je verrai planer le doute dans les yeux de tous ceux qui penseront que j'ai acheté le juge, que restera-t-il de mon image ?

— Mec ?

La voix d'Ashley me tire de mes pensées. Et elle n'a pas idée à quel point je l'en remercie.

— C'est pas grave, je trouverai un moyen.

Mon ton est léger, mon sourire sincère. Je n'ai jamais été du genre à me lamenter, mais dernièrement, la pression des médias, les articles de presse, les interviews et les scandales pèsent sur mes épaules comme une enclume. Ils m'écrasent, me déforment... Malgré moi, je finis par devenir celui qu'ils décrivent, et j'ai horreur de ça.

Chris, de son habituelle bonne humeur, me tend une bière fraîche.

— Maintenant qu'on est entre couilles... qu'est-ce qu'on fait de ce merdier, les gars ?

— Tu vois une paire de couilles cachée quelque part sous ma jupe, Stanford ? le taquine Ashley.

La blancheur du sourire carnassier de Ted contraste avec sa peau brun clair. Le métis saisit la perche et s'en sert pour frapper Ashley.

— C'est sûr que tu n'as pas de couilles, tout le monde ici peut en attester, crache-t-il, mauvais.

Tout le monde, sauf lui. Voilà des mois que la fille tente de mettre le grappin sur Ted Greyson qui semble imperméable aux charmes de la jolie brune au tempérament de feu. Pire que ça, il lui voue une haine injustifiée.

Sans s'offusquer du venin qu'il lui projette à la figure, Ashley réplique :

— T'en sais rien. Tu veux peut-être le vérifier par toi-même ?

— Non, merci. O'Donnel t'a sûrement refilé des chlamydiae avec tout ce qu'il s'enfile, se défend-il, acerbe.

Mon meilleur ami affiche un rictus amusé.

— Désolé, Ash. Avec tous les joints qu'il fume, Ted a dû louper l'invention du préservatif.

— Bon, ça suffit ! s'exclame Chris. On doit prendre une décision, et rapidement ! Vous avez regardé par la fenêtre ? La rue est bondée de paparazzis à la con. Plus vite cette histoire sera réglée, plus vite ils disparaîtront, plus vite on retrouvera la joie et la bonne humeur de notre capitaine !

Son intervention me fait sourire. Toutes les têtes se tournent vers moi. Ils s'attendent à ce que je dise quelque chose de sensé, de logique. Après tout, je suis celui qui a toujours gardé la tête sur les épaules. Ils ne peuvent pas deviner que je débloque en ce moment, et grave !

— Je ne peux pas vous imposer le jeu pervers de cette petite garce. Désolé, mec..., ajouté-je à l'intention de Kyllian, qui hausse les épaules. Je propose qu'on vote.

— Moi, je suis partant. Ça fait des mois qu'on fait la fête, nous calmer un peu ne nous fera pas de mal, déclare Chris.

Un sur quatre, c'est un bon début...

— Tu nous fais quoi là, mec ? Une cure de désintox' à la tisane ? Tu te recentres sur ton « moi intérieur » ? C'est hors de question, putain ! s'exclame Max.

— Je ne joue que pour gagner, et je vous parie ce que vous voulez qu'on perdra le match de samedi sans notre quarterback. Un mois, ça passe vite..., ajoute Ted.

Et de deux...

— Quoi ?! C'est du foutage de gueule ? Tu empestes la weed et tu vas me faire croire que tu peux t'en passer pendant un mois ?! J'ai dit : c'est hors de question !

— Le Super Bowl avant tout. Et je refuse qu'on loupe le match de qualification, gros malin, renchérit Ted.

Peu importe la décision de Kyllian, avec ma voix, on remporte le vote. Néanmoins, je me tourne vers lui et sa mine renfrognée.

— Tu peux pas savoir à quel point ça me fait chier de me faire manipuler par ma petite sœur... Pour le principe, je suis obligé de dire non. Mais comme de toute façon les dés sont jetés...

De son air dramatique habituel, Max se tient les cheveux, l'air dévasté comme si on venait de lui apprendre la mort d'un proche. Ses yeux gris se posent sur moi. Tel un ultime appel à l'aide, il me supplie du même regard dont il a usé un millier de fois pour me faire abdiquer. Sauf qu'aujourd'hui, je ne flancherai pas.

Lorsqu'il le comprend, il soupire bruyamment.

— Bon... je crois que je vais vous laisser. Vous avez l'air d'avoir des problèmes de famille à régler, intervient Ashley, restée silencieuse jusqu'ici.

— Tu connais le chemin de la sortie, réplique Ted d'un air faussement innocent.

Furieuse, elle se redresse en faisant claquer ses bottes noires sur le sol.

— Un jour, tu seras à genoux devant moi, Ted Greyson, lâche-t-elle alors que les portes de l'ascenseur se referment sur elle.

— Ouais, si tu me tires une balle dans la jambe, grogne-t-il entre ses dents serrées.

C'est quoi son problème avec cette meuf, à la fin ? Je n'ai pas le temps de lui poser la question que Max se lève d'un bond.

— Avant que notre vie ne vole en éclats, j'aimerais vous faire part de mes arguments. Sachez que vous pouvez encore faire marche arrière !

— Ce n'est que pour un tout petit mois..., précise Chris.

— Mes frères ! reprend-il d'un ton des plus solennels, la mine sérieuse. Je m'adresse à vous, mes fidèles compagnons depuis tant d'années, car je ne peux pas imaginer une vie sans vous.

— Ça fait tout juste un an qu'on se connaît..., grogne Kyllian, exaspéré par le numéro de mon meilleur ami.

— J'ai accompagné chacune de vos soirées arrosées. Croisé un nombre incalculable de vos plans cul dans ce couloir. On en a même partagé certains..., ajoute-t-il en offrant un clin d'œil à Chris, qui se retient de pouffer de rire. J'ai fumé avec Ted, baisé avec Chris et porté Maël jusqu'à son lit quand il était trop défoncé pour mettre un pied devant l'autre !

Je mords dans ma lèvre inférieure pour ne pas rire.

— Dans mes souvenirs, c'est toi qui titubais après avoir fumé un joint ultra corsé, et moi qui t'accompagnais jusque dans ton lit...

— OK. J'ai laissé Maël me porter jusqu'à mon lit parce que j'étais trop défoncé pour mettre un pied devant l'autre, rectifie-t-il. Quant à l'antipathique de service...

— C'est moi, l'antipathique ? demande Kyllian, qui fait mine d'être vexé.

— Mec, ne l'interromps pas ! Là, il est à fond ! répliqué-je.

— Donc... Kyllian... ah oui ! Je l'ai consolé des centaines de fois quand il était triste et je lui ai même laissé cette serveuse pour lui faire plaisir, alors qu'elle était totalement folle de moi.

Cette fois, on éclate tous de rire parce qu'on se souvient très bien de cette soirée où Kyllian et Max se sont battus pour mettre la fameuse serveuse dans leur lit. Lorsqu'elle a expliqué à Max qu'elle était lesbienne, il a simplement dit à Kyllian : « Je te la laisse ! », sans lui expliquer que son pénis serait un obstacle conséquent... Max est un excellent orateur et il adore se donner en spectacle. Néanmoins, tout ce qui sort de sa bouche est un ramassis de conneries. Mais il nous fait rire. Et c'est pour ça qu'on l'aime.

Contrairement à moi, il sait parfaitement feindre le plus beau des sourires, ou éclater d'un rire mélodieux pour que personne ne sache qu'à l'intérieur... tout est en train de pourrir.

— Tout ça pour dire... Allons-nous vraiment faire une croix sur toutes nos bêtises ? Nous priver de passer d'excellents moments pendant un putain de mois ?! Pire encore... Allons-nous réellement laisser des nanas contrôler nos queues ? s'étrangle-t-il, à bout de souffle.

— Parce que t'as déjà laissé autre chose qu'une meuf contrôler ta bite ? demandé-je, sourire en coin.

— Putain, mec ! Un mois ! Je vais craquer. Je vais finir par sucer l'un de vous, et je suis presque sûr de faire ça super mal !

Sa dernière boutade déclenche l'hilarité générale. Lorsque les rires se tarissent, c'est Ted qui reprend :

— Alors, on fait quoi ? Son p'tit discours t'a fait changer d'avis ?

— Nope...

— Mais tu t'entends ? T'as vraiment envie que j'te suce, Gellman ?! s'étrangle mon meilleur ami.

— Ouais, tu devrais y réfléchir, mec. Paraît-il qu'il fait ça super mal..., renchérit Kyllian, un sourire amusé sur les lèvres.

— Désolé, les gars... on en ressortira plus forts ! tenté-je de les motiver.

Des soupirs, puis un silence pesant tandis que nous nous terrons dans nos pensées, reflets du futur proche et chaotique qui nous attend certainement. Soudain, les lèvres de Kyllian s'étirent en un sourire carnassier.

— Vous savez... il suffit de les faire fuir pour qu'elles ne puissent plus nous surveiller.

— Mec, t'es un génie ! s'exclame Max, dont le regard s'illumine d'espoir.

— Si elles partent, aucun moyen de savoir qui on fume et ce qu'on baise ! renchérit Chris.

— Tu veux dire ce qu'on fume et qui on baise, non ? demande Ted, au bord de l'hilarité.

Il hausse les épaules.

— Heureusement pour nous, j'ai passé la majeure partie de ma vie avec ma sœur. Je connais ses peurs, ses passions, mais surtout, je sais exactement comment lui faire péter les plombs. Faites-moi confiance, elle et sa copine ne resteront pas plus d'une semaine, conclut Kyllian.

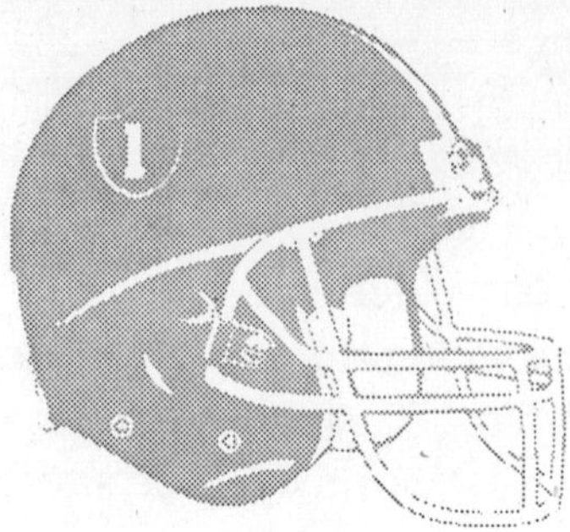

14

Lily

J'ai la boule au ventre, la respiration hachée et les mains moites tandis que j'observe le bâtiment luxueux aux grandes baies vitrées qui abrite le penthouse des garçons.

C'est insensé. Je le sens jusque dans mon estomac qui me hurle de rebrousser chemin, de défaire mon sac de sport et de me coucher dans mes draps de satin que je parfume au jasmin. Cette colocation qui s'avère des plus étranges est la pire idée que j'aie jamais eue. Pourtant, je n'arrive pas à me résoudre à abandonner.

Ça doit être mon côté têtue comme une mule qui refuse de céder la victoire. Hors de question que je flanche. Peu importe qu'ils soient bruyants, désordonnés, inconscients et imbus d'eux-mêmes. Je survivrai trente-et-un jours, puis je reviendrai chez moi, la tête haute et le menton relevé.

Accompagnée de Kyllian, que je compte bien convaincre !

— Bon, alors ? Ça fait dix minutes qu'on traîne sur le trottoir... Tu comptes te décider ? me taquine Sarah.

— À en juger par l'enthousiasme que je décèle dans ta voix, on croirait presque que t'es excitée à l'idée de passer un mois avec cinq mecs.

Mon amie rougit violemment avant de détourner la tête.

— Tu dis n'importe quoi !

Elle ne devrait pas être aussi heureuse de cohabiter avec mon frère. Parce que c'est bien de là que vient son excitation à fleur de peau. Kyllian m'a pourtant promis de briser le cœur de Sarah si jamais je m'approchais un peu trop de ses copains de débauche ! Et difficile de faire plus proche qu'une cohabitation forcée.

Le cœur lourd, comme coincé dans un étau de fer, j'observe ma meilleure amie se dandiner sur place tandis que l'ascenseur se met en mouvement. Ses joues sont rouges, ses doigts entortillés. Et je n'ai pas envie d'en rajouter une couche en lui faisant part des menaces de mon frère la concernant.

17 h 30.

Les portes de l'ascenseur s'ouvrent sur l'appartement des cinq terreurs. Cependant, personne n'est là pour nous accueillir. Nous avons peut-être une demi-heure d'avance, mais quand même, j'attendais de leur part un minimum d'efforts !

Figée dans l'immense salon au parquet ciré, je cherche à me rassurer en attrapant la main de Sarah qui entrelace nos doigts : une habitude qui ne nous a jamais quittées depuis l'époque où on se rangeait deux par deux sous les ordres de la maîtresse.

Timide, réservée et surprotégée par ses parents depuis sa naissance, ma meilleure amie a tendance à se laisser marcher dessus et ce, depuis son plus jeune âge. Je me souviens qu'en primaire, elle hochait la tête, victime de son harcèlement en silence. Quoi qu'il en soit, j'ai toujours été pire que la reine des pestes, et puisqu'elle n'était pas capable de se rebeller, je me suis construit une carapace assez large pour nous abriter toutes les deux. J'ai sculpté ma langue de bois, aiguisé mes défenses...

— Mmmh, mais ça, c'est pas mon problème, Virginia.

Je reconnais la voix rauque de Maël Gellman avant même qu'il n'entre dans mon champ de vision. Torse nu, sa peau beige aux reflets caramel agrippe les rayons du soleil que laisse filtrer la grande baie vitrée. Je redécouvre ses abdominaux serrés, ses muscles définis et sa peau qui semble aussi douce que de la soie. Ses cheveux foncés rappellent l'encre des tatouages qui noircissent son bras, posé nonchalamment sur le dossier du canapé. Malgré moi, mon regard descend plus bas sur son corps, vers l'élastique de son jogging noir. Lorsqu'il relève les yeux vers moi, je rougis violemment et détourne le regard après avoir assisté à son présomptueux petit sourire en coin.

Il salue Sarah d'un mouvement de la tête, puis enfile un sweat assorti à son pantalon de sport. Son téléphone est abandonné sur la petite table basse en mode haut-parleur.

— Quand je serai sous antidépresseurs et que la presse parlera de moi comme d'une malade mentale, ça ne sera toujours pas ton problème ?

— En quoi ça serait mon problème ? demande-t-il en arquant un sourcil.

Son visage exprime un mélange d'ennui mêlé à une pointe de colère que je remarque lorsqu'il retrousse ses manches, dévoilant de jolies veines qui trahissent son énervement.

— On est sortis ensemble, toi et moi. Tu n'aimerais pas que ma réputation entache la tienne, n'est-ce pas ?

Un soupir, à mi-chemin entre l'agacement et la pitié s'échappe d'entre ses lèvres charnues.

— Non, Virginia. On a *laissé croire* aux autres qu'on sortait ensemble. Parce que tu pensais que ça propulserait ta carrière dans le mannequinat. Quant à ma réputation, tu t'occupes très bien de la ruiner à chaque fois que ton ego en prend un coup.

La rousse grogne. Littéralement.

— Très bien. Je vais trouver quelque chose.

— Fais vite, lâche-t-il avant de raccrocher.

Maël reporte son attention sur Sarah et lui offre un sourire des plus lumineux.

— Bonjour, mademoiselle McCartney. Ravi de vous compter parmi nous.

Je me racle bruyamment la gorge.

— Et tu es là, toi aussi..., souffle-t-il d'un ton ennuyé.

Je le fusille du regard.

— Cache ta joie ! Tu n'es pas content d'avoir une nouvelle

colocataire ? le nargué-je.

Il hausse les épaules, un sourire en coin déformant ses lèvres tandis qu'il se laisse retomber sur le canapé, les yeux rivés sur son téléphone.

— On a quelques machines en retard, tu ferais bien de t'y mettre tout de suite. Sépare bien le blanc des couleurs, et n'oublie pas d'ajouter l'adoucissant, Chris a la peau sensible. Pour le café, je le prendrai avec une pointe de lait. Sans sucre.

Scandalisée qu'il me prenne pour sa bonne à tout faire, j'ouvre la bouche, prête à lui balancer une ribambelle d'insultes, mais il relève les yeux de son téléphone pour les planter dans les miens et ajoute :

— T'es en avance.

Sarah étouffe un rire dans la manche de son pull multicolore.

— Tu n'es qu'une espèce de...

— *Dios mío* ! jure mon amie à côté de moi en se cachant les yeux.

Un coup d'œil dans sa direction et je constate que ses joues ont pris une teinte cramoisie. Curieuse de savoir ce qui la met dans cet état, je regarde face à moi et surprends Max O'Donnel qui se dandine cul nu dans la cuisine en fredonnant l'air de la *Reine des neiges*. Absorbé par le café qu'il se fait couler, il ne nous a pas encore remarquées.

— *« Libéré... délivré... Lily et Sarah ne reviendront plus jamais... »*

À mon tour, je ferme les yeux en laissant échapper un cri d'effroi. À côté de moi, Maël pouffe de rire.

— Bordel, mais vous êtes déjà là ?! s'étrangle Max.

— Qu'est-ce que tu fous à poil, merde ! m'époumoné-je tout en détournant le regard vers le quarterback, là où je suis en sécurité, ou du moins, là où les fesses de son meilleur ami n'entrent pas dans mon champ de vision.

— Max a décidé qu'il avait droit à une conditionnelle jusqu'à ce que vous emménagiez. Il a passé la nuit à boire, fumer et baiser. Au fond, c'est nous les plus à plaindre... On n'a pas fermé l'œil de la nuit. Ses couilles ressemblent à de vieux sachets de thé et... t'es en avance, explique Maël, avec un sourire en coin provocateur.

— Ouais, putain ! Le quart d'heure de politesse, t'en fais quoi ?! Salut, Sarah, ajoute Max d'un ton plus amical.

Sans le regarder, elle lève une main qu'elle agite pour le saluer.

— Max... Tu reviens au lit ? J'ai une petite surprise pour... euh... salut ?

Vêtue d'une nuisette légère, la nouvelle nana de Max fait son irruption dans la cuisine. Un peu gênée lorsqu'elle remarque notre présence, elle rougit légèrement.

— Attends-moi dans la chambre, j'arrive, lui lance-t-il avec un clin d'œil.

Au moins, il a pris la peine d'enrouler une serviette autour de ses hanches...

— Et notre accord ?! m'offusqué-je.

— Commence dans vingt-et-une minutes. Et t'es en avance ! grogne-t-il avant d'avaler son café d'une traite.

J'entends la porte claquer lorsqu'il atteint sa chambre et soudain, une musique assourdissante retentit entre les murs de l'appartement.

— Tu n'es pas heureuse d'avoir de nouveaux colocataires ? me nargue Maël en utilisant ma réplique contre lui.

— Ferme-la et porte nos affaires jusqu'à la chambre qu'on occupera, Sarah et moi.

Je m'attends à ce qu'il m'envoie bouler. Au lieu de quoi, il m'offre un sourire narquois, se lève du canapé pour mettre mon sac en bandoulière sur son épaule et porte la petite valise de Sarah. Il dépose le tout face au canapé.

— Et voilà ! Bienvenue chez vous, déclare-t-il d'un ton doucereux.

Sous le coup de l'incompréhension, j'écarquille les yeux.

— Je crois qu'on ne s'est pas compris. Je voulais dire... jusqu'à *notre* chambre ! Tu sais ? La chambre d'amis inoccupée ?

Son sourire malicieux ne me dit rien qui vaille. À côté de moi, Sarah garde le silence.

— De quelle chambre d'amis tu parles ?

— Celle qui était encore là hier ? grogné-je, les dents serrées.

Maël feint de réfléchir avant de mordre dans sa lèvre pour masquer son sourire perfide.

— Oh... Tu parles peut-être de notre salle de jeux ?

Furibonde, je me dirige vers la porte fermée de la fameuse chambre d'amis. Je me souviens bien y avoir repéré un lit double et deux petites commodes placées de chaque côté. Je sais que je ne l'ai pas rêvé, je suis tombée dessus en cherchant les toilettes le lendemain de cette soirée humiliante...

Déterminée à ne pas dormir sur le canapé, aussi confortable soit-il, j'abaisse la poignée et...

Horreur !

Chaque recoin de la petite chambre est métamorphosé. Des écrans d'ordinateur aux proportions immenses, des chaises pour le *gaming*, des manettes, des consoles Xbox et PlayStation... Il y en a partout, et tellement que je ne sais pas où regarder. Sur un canapé qui trône au milieu de la pièce, les garçons sont confortablement installés, les yeux rivés sur leurs écrans, des manettes entre les mains et des casques sur les oreilles. Les lumières des Leds de couleur bleue se reflètent sur leurs visages concentrés.

Mais où est passé ce putain de lit douillet supposé nous accueillir, Sarah et moi ?

Kyllian fait glisser son casque en arrière afin qu'il repose sur ses épaules. Un sourire provocateur étire ses lèvres tandis qu'il met le jeu en pause, provoquant les soupirs irrités de ses coéquipiers.

— Ça vous plaît, les filles ? On a eu l'idée hier, après votre départ. On s'est dit que ça ne vous gênerait pas trop de dormir sur le canapé.

Mes poings se serrent et la colère gronde dans mon ventre. Je foudroie mon frère du regard. Le vicieux sait très bien que je déteste les jeux vidéo. Le bruit des mitraillettes, les clics incessants, les lumières aveuglantes, et pour couronner le tout... les Leds de couleur. À deux doigts de la crise d'épilepsie, je peux presque sentir ma paupière tressauter, comme un tic nerveux qui signerait le début de ma fin.

Toutefois, je ne suis pas née de la dernière pluie et je sais reconnaître dans leurs sourires perfides la stratégie qu'ils tentent de mettre en place. Alors, faisant preuve d'un sang-froid exceptionnel, je force un sourire sur mon visage crispé par la colère que je parviens à peine à leur dissimuler.

— Top ! Et vous avez fait tout ça en moins de vingt-quatre heures ? Je suis impressionnée !

— Tu veux peut-être faire une partie avec nous ? me provoque encore Kyllian.

Je hausse les épaules afin de me donner un air détaché assez crédible pour qu'ils pensent avoir échoué dans leur mission ridicule.

— Sans façon, amusez-vous bien.

— Vous avez *Call of Duty* ? s'exclame Sarah, dont l'enthousiasme transparaît dans la voix.

Impossible cette fois de cacher mon effarement, lorsque je perçois l'excitation dans les yeux en amande de cette traîtresse.

— C'est plutôt cool, je t'assure..., se justifie-t-elle, l'air gênée.

Elle peut être gênée, bon sang ! On est deux à mener cette grande guerre froide, et la voilà qui pactise avec l'ennemi, quelques minutes après notre arrivée.

— Tu veux faire une partie contre moi, Potter ? demande mon frère d'une voix doucereuse.

— Pourquoi pas ?

Je me visualise comme dans ces vieux dessins animés : rouge de colère, une veine disproportionnée palpitant sur mon front.

Alors que Sarah, raide comme un piquet, s'installe à côté de

Kyllian, il place un bras innocent sur le dossier du canapé, frôlant sa nuque au passage.

C'est une menace silencieuse qu'il m'adresse personnellement et ma gorge se noue.

— Tu rentres ou tu sors, mais on aimerait bien reprendre le jeu, nous ! me gronde Chris.

Fâchée, je tourne les talons sans manquer de claquer la porte. D'un pas furieux, je me dirige vers Maël qui vient d'assister à la scène, adossé contre un mur du couloir. Face à lui, je ne me laisse pas distraire. Ni par son odeur virile ni par son charisme teinté d'insolence.

Muni de son sourire en coin habituel, il se penche à mon oreille, dont il effleure le lobe avec ses lèvres tandis qu'il murmure :

— Bienvenue chez toi, Barbie.

Je déglutis, recule d'un pas et croise les bras sur ma poitrine pour me donner une contenance.

— Je sais ce que vous faites, je ne suis pas dupe.

Amusé, il penche la tête sur le côté.

— Ah ouais ?

— Vous pensiez vraiment que me faire dormir sur un canapé allait réussir à me faire fuir ?

— On est rien que des footballeurs, Lily... C'est bien connu qu'on ne pense pas, me provoque-t-il.

— Je ne craquerai pas. Je suis déterminée à tenir et je repartirai avec mon frère. C'est plutôt vous... qui allez finir par nous supplier de partir.

Sur ces mots, je me dirige vers le salon, prête à déballer mes affaires, lorsque sa voix m'interpelle dans mon dos.

— Tu penses qu'on n'est pas capables de se contenir pendant un mois ?

Figée, un sourire incurve mes lèvres.

— Je suis Allyson Johnson. Je ne pense pas, je *sais* que vous ne tiendrez pas. Max est actuellement en train de faire le marathon du sexe parce qu'il juge que ça lui fera sa dose. Je ne vous donne pas une semaine avant de ramper devant moi pour me supplier de revenir sur mes conditions.

— Et si on faisait un petit pari, toi et moi ?

L'arrogance dans sa voix me hérisse le poil. Le défi qu'il me lance réveille le feu qui crépite dans mon ventre.

— Quel genre de pari ? demandé-je sur le même ton.

— Le premier qui craque obtient ce qu'il désire le plus de l'autre...

Sa proposition est aussi alléchante qu'inquiétante. Mon cœur tambourine contre ma cage thoracique.

— Tu vires mon frère d'ici si je gagne.

Mais ce qui m'inquiète le plus... c'est ce qu'il veut, lui.

Bien que prête à tout et d'une détermination à toute épreuve, j'avoue être terrifiée par ce qu'il attend de moi.

Maël m'offre son inséparable sourire moqueur avant de me tendre la main pour sceller notre marché.

— Tu ne m'as pas dit ce que tu veux si jamais je perds !

— Ça ne devrait pas avoir d'importance, puisque tu es certaine de gagner, pas vrai ?

— Ma mère m'a appris à ne jamais signer un contrat sans le lire.

— Dis plutôt que t'as peur de prendre le moindre risque.

Sa provocation achève de me décider. Furieuse, j'attrape sa main pour sceller notre pari. Je peux presque voir la flamme qui danse à l'intérieur de ses iris foncés.

Mes yeux plantés dans ses prunelles espiègles, je tente de retirer ma main d'entre ses doigts chauds, mais il me maintient fermement par le poignet.

— Ta mère a raison, Allyson qui ne pense pas, mais qui sait..., commence-t-il, joueur.

Mon cœur fait une embardée, mon souffle se coince quelque part dans ma cage thoracique.

— On ne signe pas un contrat sans en avoir lu chaque ligne !

achève-t-il en portant le dos de ma main à sa bouche, sans jamais décrocher son regard du mien.

Je frémis au contact de ses lèvres douces contre ma peau, puis tente de retrouver mes esprits en lui arrachant ma main et fais demi-tour vers le salon pendant qu'il ricane dans mon dos.

Faire craquer l'un de ces idiots ne devrait pas être difficile. Je n'ai pas à m'inquiéter.

15

Maël

C’est l’anniversaire de la mort de mon père. Trois ans plus tôt, je montais dans le premier avion pour Londres. Vêtu d’un costume onéreux – parce que c’est ce qu’il convenait de faire –, j’écoutais des gens que je ne connaissais pas chanter les louanges d’un homme que j’avais à peine connu. Accro à l’alcool, il s’est séparé de ma mère lorsqu’il était au plus bas. Maman s’est simplement levée un matin en découvrant qu’il avait disparu, laissant derrière lui une femme et un gosse de quatre ans. Je ne me souviens que de son air perdu, de ses doigts froids à cause d’une mauvaise circulation sanguine et de son haleine alcoolisée. Pas très joyeux, en effet. Pour autant, je ne pense pas qu’il ait été une mauvaise personne.

Juste un type un peu paumé dont Maman refuse toujours de me parler.

On n’a pas eu de nouvelles de lui durant des années. Silence radio jusqu’au jour où elle a découvert un virement important sur son compte en banque. C’est là qu’on a compris qu’il avait refait sa vie en Angleterre, où il s’était fait un nom dans le milieu de l’immobilier.

Depuis ce jour et jusqu’à celui, fatidique, où il a perdu la vie, il n’a plus jamais manqué un virement.

Une cirrhose, mais il paraît que c’était prévisible. Maman n’a pas été surprise qu'il ait noyé son foie dans l'alcool.

Je n'éprouve ni haine ni rancœur vis-à-vis de mon géniteur, c'est juste que sa mort a laissé l'arrière-goût amer du regret sur ma langue. Je me disais que j'avais le temps, que je pourrais lui poser des questions quand je me sentirais prêt. J'aurais voulu lui demander pourquoi il avait continué de nous entretenir, ma mère et moi, alors même que cette dernière avait refait sa vie avec un homme respectable qui, malgré lui, s'est retrouvé à devoir jouer le père du gosse qu'il avait abandonné.

J'aimerais aussi lui poser une question : pourquoi, bordel de merde, ne m'a-t-il pas déshérité ?! Parce qu'à sa mort, j'ai hérité d'un paquet de fric à ne plus savoir quoi en faire, et je compte bien dépenser jusqu'au dernier centime de cet héritage non mérité avant de crever à mon tour.

Il y a des questions qui n'obtiendront jamais de réponses et mon père a été enterré avec.

Trois ans ont passé, mais chaque année, les regrets s'invitent dans mon esprit pour me rappeler qu'il est parti sans que je puisse le confronter. En d'autres termes, je suis souvent d'une humeur massacrante lorsque la date fatidique de sa mort approche.

— Non, je refuse cette information. Tu n'as pas nommé ton pénis !

Bizarrement, aujourd'hui, je suis moins morose que d'habitude. Parce qu'il y a de l'animation dans mon appartement. Max et Lily, quand ils s'engueulent, sont plus efficaces qu'une plaquette d'antidépresseurs.

— Bien sûr que si ! s'offusque Max. Même qu'il s'appelle Maximax !

Depuis que sa copine de baise bruyante et endurante – on ne peut pas le lui enlever – s'est cassée, ces deux-là n'arrêtent pas de se chamailler. Comme chien et chat, ils se hurlent dessus, se balançant au visage les pires horreurs et les quelques torchons qui ont le malheur de se mettre en travers de leur chemin. Ils déclenchent l'hilarité générale. J'ai même surpris Kyllian en train d'étouffer quelques gloussements.

— T'es encore plus débile que ton... Maximax ! grogne Lily.

— Alors là, tu vas me le payer ! Insulte-moi tant que tu veux, mais ne traite pas ma bite comme si elle était stupide !

D'un pas décidé, Max contourne l'îlot central derrière lequel Lily se cache. Vêtue d'une combinaison de pyjama qui imite le pelage d'un panda, je la trouve ridicule. Elle a même une capuche munie de petites oreilles et une queue dans son dos.

— Parce que tu crois que ça la rend triste ?

— Ouaip. T'as foutu ma queue en dépression, j'espère que t'es fière de toi !

Lily effectue un pas sur la gauche, Max en fait de même. Un pas sur la droite, même scénario. Finalement, il la rejoint en deux enjambées.

— Au secours ! À l'aide ! On m'agresse ! Que quelqu'un fasse quelque chose ! hurle-t-elle en agitant ses bras dans les airs tandis que mon meilleur ami l'agrippe par la taille.

Ce dernier lève les yeux au ciel avant de la chatouiller. Lily se tord dans tous les sens, ne parvenant plus à maîtriser ses éclats de rire. Elle finit à genoux devant lui, essoufflée, décoiffée, les joues rougies et le regard brillant d'avoir trop ri. C'est alors que Max empoigne sa chevelure et dit :

— Maintenant, répète après moi : « Pardonnez-moi, grand maître supérieur, d'avoir offensé votre pénis majestueux. »

Kyllian intervient enfin et imite Max en attrapant une poignée de ses cheveux.

— Lily est *mon* esclave depuis la naissance, laisse-la tranquille, plaisante-t-il.

Heureusement – ou malheureusement pour nous tous –, cette scène épique est interrompue par le livreur de pizzas qui vient de sonner à l'interphone.

— De l'ananas. Vous mangez de la pizza à l'ananas, constate Lily quand elle soulève une part de sa propre pizza, affichant le visage dégoûté de quelqu'un qui s'apprête à vomir.

C'était l'idée de Kyllian, qui nous a raconté que Lily était allergique à ce fruit exotique. Pas allergique au point de la faire gonfler comme un ballon, mais suffisamment pour que ça la démange de partout. C'est pourquoi, malgré le fait qu'aucun de nous n'aime la pizza à l'ananas, on en a commandé sept.

À l'instar de Lily, nous tentons de masquer nos mines écœurées. Assise à côté de son frère, elle le dévisage d'un air mauvais.

— Trois possibilités : un, tu essayes de m'affamer, parce qu'il est hors de question que je mange une part de cette horreur. Deux, tu as oublié que j'étais allergique à l'ananas et dans ce cas, tu es pardonné... ou alors trois, tu t'en souviens très bien et tu tentes de te débarrasser de moi.

Le coin de la bouche de Kyllian se soulève tandis qu'il croque dans une part de pizza. L'expression de dégoût qu'il affiche n'échappe à personne.

— T'exagères. La dernière fois que t'en as mangé, c'était dans un cocktail sans alcool sur une plage de Punta Cana. T'as eu quelques boutons, ça ne va pas te tuer...

— Donc, tu t'en souviens ! l'accuse-t-elle.

Elle souffle, mécontente, puis fixe sa pizza comme si elle avait peur de se faire engloutir, et non l'inverse.

— Tu n'aimes même pas l'ananas..., couine-t-elle avant de relever les yeux sur la tablée. J'en reviens pas ! Aucun de vous n'aime ce genre de pizza !

Sauf Chris, apparemment, qui engloutit sa sixième part, un air affamé collé au visage. Compte tenu de ses sessions occasionnelles à la salle de sport et de son alimentation discutable, c'est un miracle que ce mec parvienne à conserver des abdominaux d'acier. À lui seul, le métabolisme de Chris Stanford défie les lois de la physique.

Déterminé à lui prouver le contraire, je mords dans ma part. La mozzarella fondue se mélange au jus d'ananas et... c'est encore pire que ce que je pensais !

Sarah glousse face à mon expression dégoûtée.

— Je n'ai jamais ravalé mon vomi, mais je suis certain que ça doit avoir à peu près ce goût-là.

— S, aide-moi. Je vais craquer. Je ne peux décemment pas cohabiter avec des adultes qui pensent que leur pénis est vivant et qui commandent de la pizza à l'ananas !

— Quel dommage ! Tu n'auras pas tenu vingt-quatre heures... T'étais pourtant si bien, ici. T'as même réussi à amoindrir l'humeur maussade de Gellman..., raille Max.

Lily se tourne alors vers moi, prête à me mordre. La tête en appui sur mon poing fermé, j'attends qu'elle attaque.

— Qu'est-ce qui te rend triste ? De devoir croiser mon visage tous les jours ou de devoir la garder dans ton pantalon ?

Je m'apprête à lui répliquer que c'est un peu des deux, et surtout que je n'ai pas envie de vomir tous les matins en croisant son visage de sorcière, mais Max prend les devants.

— Ou alors, c'est parce que son père est mort il y a trois ans et que tu ferais mieux de t'excuser d'en rajouter une couche, crache-t-il, mauvais.

Mes yeux s'écarquillent, je suis ébahi. Ça jette un froid, plus personne n'ose parler ou faire le moindre bruit. Les joues de Lily prennent une teinte cramoisie. Mortifiée, elle baisse les yeux sur sa part de pizza et mord l'intérieur de sa joue.

— Eh bah... c'est le malaise le plus gênant de toute l'histoire du malaise, putain ! gronde Kyllian en fusillant Max du regard.

Mais qu'est-ce qui lui a pris de lui lâcher ça dans l'unique but qu'elle se sente mal pour moi ? Il sait pourtant que je n'étais pas attaché à mon père biologique, et en disant ça, Lily va penser qu'elle m'a vexé ! Je lance à mon meilleur ami un regard noir qu'il soutient alors que le coin de ses lèvres se soulève pour m'offrir un rictus mauvais.

— Je commence à en avoir marre de tes conneries, O'Donnel...

S'il y a bien quelque chose que j'ai appris au sujet de la petite sœur de Kyllian, c'est qu'elle ne se laisse pas abattre aussi facilement. Elle pousse un long soupir et se saisit d'une part de pizza dans laquelle elle croque à pleines dents. Je fais les yeux ronds, à l'instar de mes coéquipiers, qui la dévisagent comme s'il venait de lui pousser une deuxième tête. Elle grimace lorsqu'elle avale, rince sa bouche avec un peu d'eau, puis attrape le carton de Sarah avant de manger tous les morceaux d'ananas que cette dernière a mis sur le côté.

— Quelqu'un d'autre ici n'aime pas l'ananas sur sa pizza, que je l'en débarrasse ?

— Euh... Lily ? l'interpelle Kyllian.

Elle pique ensuite les morceaux de fruit sur la pizza de Ted.

— Je crois qu'elle est gênée. Vous pensez qu'il s'agit d'une pulsion suicidaire ou un délire du genre ? questionne Chris.

En trente secondes, elle a englouti tous les bouts d'ananas présents à cette table. Et je me retiens de pouffer de rire.

Amusé et interloqué, je l'interroge :

— Qu'est-ce que tu fous ?

— Bah, je t'ai blessé ? J'ai lu quelque part que pour se faire pardonner quand on blesse quelqu'un, il faut se faire un peu mal aussi, explique-t-elle.

Je remarque quelques rougeurs qui viennent entacher sa peau dorée par le soleil. Elle retrousse les manches de son pyjama ridicule pour se gratter frénétiquement. Bientôt, quelques boutons apparaissent autour de sa bouche et elle s'alarme :

— Ma langue picote, vous pensez que je vais mourir ?

Je pince mes lèvres pour ne pas éclater de rire. C'est d'un ridicule sans nom et putain, j'ai envie qu'elle bouffe de l'ananas dans un pyjama panda à chaque fois que j'ai un coup de mou. Puis je réalise ce à quoi je viens de penser et à quel point ça n'a pas de sens.

— Tu ne m'as pas blessé, avoué-je finalement. Max est un con, j'ai à peine connu mon père.

À présent rouge comme une tomate, elle me dévisage, moitié

soulagée, moitié folle de rage.

— Et tu ne pouvais pas me le dire avant que j'engloutisse un kilo d'ananas ?

Mon visage se fend d'un sourire taquin et finalement, je craque. J'éclate d'un rire de gorge, vrai et salvateur. Les autres ne tardent pas à me suivre, ricanant jusqu'à ce qu'on en ait mal au bide.

Je ne sais pas comment fonctionne le cerveau tordu de cette meuf qui vient de transformer une situation malaisante en un passage comique qui restera à jamais gravé dans nos mémoires.

— Je te jure, dans ces moments-là, je réalise à quel point mon abrutie de sœur manque à ma vie, déclare Kyllian. Par contre... tu devrais peut-être prendre quelque chose, tu commences à faire vraiment peur.

— Plus que d'habitude, il veut dire, la taquiné-je. Allez, viens, j'ai des antihistaminiques dans ma chambre.

— C'est le nouveau « j'ai des bonbons dans ma camionnette » ?

— La ferme, O'Donnel, réplique Kyllian.

Résignée, Lily finit par se lever. On s'éloigne de la table où les conversations reprennent, ce moment étrange déjà oublié.

— T'as des allergies, toi aussi ? demande-t-elle d'une voix intéressée, sans arrêter de se gratter les avant-bras.

— Ouais. Aux casse-couilles et aux Barbie dans ton genre. T'es doublement dangereuse, tu ferais mieux de prendre tes distances.

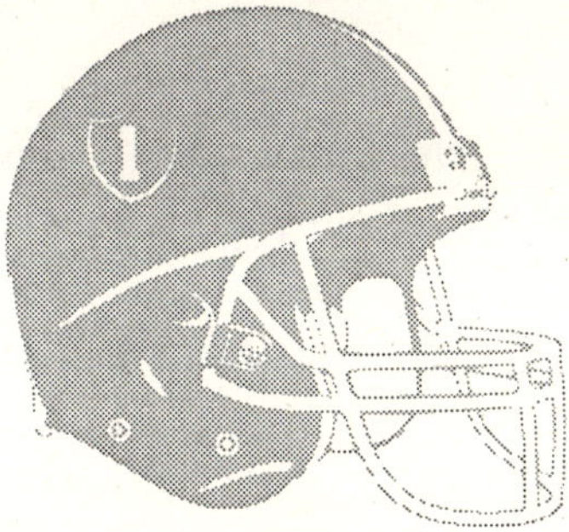

16

Lily

Les lumières sont éteintes, mais il ne fait pas sombre pour autant. Les buildings de la ville polluée ont remplacé les étoiles de New York. Ils illuminent la pièce à travers les grandes baies vitrées. C'est une vue incroyable, je n'ai pas envie de m'en priver en fermant les volets.

Après l'incident de l'ananas – dont je ne veux plus jamais entendre parler –, j'ai englouti le médicament et mes symptômes se sont amoindris jusqu'à disparaître totalement.

Dégoûté par sa pizza froide, sucrée au jus d'ananas, Kyllian a proposé à Sarah et moi de manger dehors.

Je travaille tôt demain, alors j'ai refusé. De toute façon, je n'avais plus faim. J'ai bien remarqué les yeux de merlan frit que m'offrait Sarah et à quel point elle rêvait de son moment privilégié avec mon frère. Elle a eu beau insister pour rester avec moi, je savais que le cœur n'y était pas. Alors, je l'ai poussée à accepter.

Les autres sont partis se coucher, me voilà seule sur le canapé, emmitouflée dans une couverture toute douce.

Notre *bucket list* dans les mains, je dévisage ses cases à cocher, celles qui sont vides et qui le resteront certainement pour toujours.

— Et tu vois, je me demande si c'est pas ça, le sens de la vie :

des cases à cocher. Celles qu'on espère remplir au plus vite, celles qu'on regrette d'avoir faites, et celles qu'on regrettera de ne pas avoir...

Un raclement de gorge interrompt le discours que je tiens à un morceau de papier. Je me rends compte du ridicule de la situation, mais je m'en fiche.

– Ne t'interromps surtout pas pour moi. Fais comme si je n'étais pas là. Retourne à ta... *conversation* ?

Torse nu et vêtu d'un pantalon de jogging noir, Maël se sert un verre d'eau qu'il engloutit rapidement.

– Dis-moi, t'as déjà couché dans un endroit insolite ?

Ma question le prend de court, il recrache un peu de son eau en s'étouffant.

– Ce qui est insolite pour toi ne l'est peut-être pas pour moi ? tente-t-il.

Je ne devrais pas interroger l'ami de mon grand frère sur ce genre de sujet. Ce n'est pas approprié, pourtant je ne peux pas m'en empêcher. Maël n'a rien à voir avec les mecs que j'ai fréquentés. Il n'a rien à voir avec Maxwell. Du haut de ses vingt-quatre ans, il a l'air d'avoir tout vu, tout fait. Sûr de lui, il n'a rien à prouver à personne. C'est un homme qui doit trouver ma liste ridicule.

Je l'envie un peu.

– Et fumé un joint ? Volé dans un magasin ? Sauté en parachute ? Embrassé une fille ? Enfin... un homme, dans ton cas ? Joué au jeu de la bouteille ?

Absorbée par ma *bucket list* et mes questionnements incessants, je n'ai même pas remarqué qu'il s'était rapproché. À présent derrière moi, ses bras sont en appui sur le dossier du canapé. Je n'ai qu'à pencher la tête en arrière pour observer son visage qui me surplombe.

– C'est une interview pour le *New York Times* ou t'es juste fan de moi ? me taquine-t-il.

J'ignore sa réplique et plie ma liste avant de m'allonger sur le côté, prétendant qu'il n'existe pas. Un rire nasal lui échappe.

Je sens un côté du canapé s'affaisser tandis qu'il s'installe à côté de moi.

— C'est quoi le problème ? demande-t-il d'un ton étonnamment doux.

— Je n'arrive pas à voir l'intérêt de cette liste. Aucun de ces gages ne me donne envie ! J'en sais rien, je suis peut-être bizarre.

Repoussant les couvertures, je me redresse pour le regarder en face. Les lumières tamisées rendent justice à sa peau mate et tatouée. Mais qu'est-ce qui ne rend pas justice à ce mec, de toute façon ?

Avachi contre le dossier du canapé, il se saisit de ma liste qu'il déplie avant d'en étudier chaque case.

— Si t'en as pas envie, pourquoi tu t'entêtes ?

— Je sais pas, avoué-je. Pour Sarah. Ça a l'air de lui tenir à cœur.

— Et où est Sarah ?

— Avec... mon frère.

Un léger rictus étire ses lèvres.

— Mmmh, Sarah a l'air de cocher les cases qui lui font envie, elle.

— Qu'est-ce que tu racontes ?

Il arque un sourcil et m'offre un sourire en coin provocateur.

— Dis-moi, t'es naïve ou juste stupide ?

Furieuse, je ne contrôle pas ma main qui fend l'air pour atterrir sur sa joue. Sauf que ce moment n'arrive jamais, parce qu'il attrape mon poignet au passage. À présent, je me retrouve sur les genoux, à quelques centimètres de lui. Nos regards s'accrochent. Seul le bruit de ma respiration hachée comble le silence qui s'éternise jusqu'à ce que je me décide à ouvrir la bouche, retirant mon poignet de sa prise.

— Kyllian la considère comme une petite sœur. Elle a toujours été avec nous, et même s'il me menace de jouer avec son cœur, je sais qu'il ne se passera jamais rien entre les deux. Quant à

Sarah, elle n'éprouve pour lui qu'une attirance ridicule comme beaucoup en ressentent pour les grands frères de leur meilleure amie.

Maël mord dans sa lèvre inférieure comme pour retenir le sourire mesquin qui menace de me faire perdre pied.

— Ni l'un ni l'autre, en fait. Tu vis simplement dans le déni.

Agacée, je soupire et replie les genoux contre ma poitrine. Un bras calé sur le dossier du canapé, juste derrière ma tête, Maël me dévisage par-dessous ses longs cils noirs de cet air capable de me retourner le ventre.

Je n'aime pas ce qu'il me fait ressentir. Ce mélange de haine, de jalousie et d'une pointe de quelque chose sur quoi je préfère ne pas me pencher.

— Il est minuit passé, tu penses vraiment qu'ils ne font que manger un bout tous les deux ?

Il m'agace et j'ai envie qu'il se taise.

— Ferme-la, s'il te plaît.

Mais il enfonce le couteau un peu plus profondément dans la plaie.

— Tu n'as pas vu comment il la regarde ? Comme s'il rêvait de la dévorer toute crue. C'est quoi qui t'ennuie vraiment ? T'as peur qu'il fasse du mal à ta meilleure amie ? Qu'il la blesse ? Ou le contraire ?

Les yeux ancrés sur les points lumineux des voitures qui paraissent ridiculement petites au travers des grandes baies vitrées, je serre les dents, ignorant ses commentaires destinés à me faire sortir de mes gonds. Il s'est encore rapproché de moi, je sens son souffle chaud caresser la peau de mon visage.

— Sois un peu honnête. T'en as rien à foutre que l'un ou l'autre se fasse du mal...

— Tais-toi ! Je te jure que si tu ne la fermes pas, tu vas le regretter !

Ses yeux tombent sur mes lèvres, assez longtemps pour que je le remarque, avant qu'il ne plonge ses yeux noisette dans les miens.

— T'as juste peur qu'en se mettant ensemble, ils t'abandonnent, balance-t-il dans un murmure.

Ses mots tranchent l'air d'une vérité enfouie au plus profond de moi. Une vérité cachée derrière de grands discours hypocrites, de la meilleure amie inquiète qu'il lui arrive du mal. Depuis ma plus tendre enfance, je déteste les voir ensemble. Je n'aimais pas la façon dont Kyllian s'inquiétait de Sarah, la manière discrète qu'il avait de fourrer quelques gâteaux dans son sac à dos pour être certain qu'elle ait quelque chose à manger. J'ai toujours prétendu que ça venait de moi, je ne voulais pas alimenter quelque chose qui ne devait pas exister entre eux. Mon frère et Sarah n'avaient le droit d'aimer que moi.

C'est une vérité empoisonnée qui me brûle le cœur et me ravage de l'intérieur. Maël semble l'avoir compris, et j'ai horreur de ça. Au point que ça me retourne le ventre et me donne envie de vomir.

— Tu veux savoir ce que je pense de toi ?

— S'il te plaît, tais-toi maintenant, ou je te jure que...

— Tu n'es qu'une égoïste doublée d'une hypocri...

Ses mots m'achèvent et me coupent le souffle. Mon corps réagit pour moi lorsque je me jette sur lui, faisant basculer nos deux corps sur le canapé. Sans réfléchir, j'écrase mes lèvres sur les siennes pour le museler.

C'est un acte absurde, irréfléchi, dans l'unique but de lui voler ces mots tranchants qui viennent mourir entre nos lèvres scellées.

Je m'attends à ce qu'il me repousse, qu'il s'énerve contre moi et me rejette.

Il ne le fait pas, mais c'est pire encore. Pire que l'humiliation d'un rejet, il reste de marbre. Ma bouche collée à ses lèvres chaudes et immobiles, c'est la douche glacée qu'il me fallait.

Ça ne veut pas dire que je n'en souffre pas.

Honte et frustration grandissent dans mon ventre jusqu'à me

mettre dans une colère noire. Lorsque je décolle mes lèvres des siennes, il me lance à peu près le même regard haineux.

Je l'ai surpris et ça ne lui plaît pas.

Je cherche à me détacher de son corps pour mettre fin à ce supplice, mais l'une de ses mains se pose sur ma hanche. L'autre remonte doucement vers ma nuque. Nos yeux expriment toute l'aversion que nous avons l'un pour l'autre. Une haine injuste et injustifiée qui nous consume et nous libère à la fois. Chacune de nos joutes verbales, taquineries et mesquineries exprime nos mal-être profonds. Nous sommes le défouloir de l'autre et nous n'avons pas besoin de nous justifier. Je suis son bouc émissaire, il est le mien.

Et ça nous convient bien, jusqu'à ce que l'un d'entre nous se mette à lire dans la tête de l'autre. Son regard se pose sur mes lèvres entrouvertes et il ne fait rien pour s'en cacher. Sa prise sur ma nuque se resserre. Sous la paume de ma main posée contre son torse, je sens son cœur s'emballer si fort que le feu me monte aux joues.

Yeux, lèvres, yeux, lèvres. Son regard ne sait plus où se poser.

— Tu me fais chier, finit-il par dire avant de m'attirer à lui pour plaquer ses lèvres sur les miennes.

Il me donne le baiser qu'il me refusait quelques instants plus tôt. Ses lèvres sont douces et chaudes, un gémissement s'échappe de ma bouche pour mourir dans la sienne. Sa prise sur ma hanche se resserre, comme si ce baiser lui était douloureux. La rage crépite dans mon ventre, ce n'est pas un baiser passionné : c'est une déclaration de guerre. Sa langue s'insère dans ma bouche pour caresser la mienne. Son odeur masculine est partout autour de moi, *sur moi*... Sa chaleur est étouffante, *réconfortante, aussi*... Ses caresses sont telles des lames aiguisées, *mais c'est tellement agréable*.

Sa peau est chaude et douce, ses muscles sont serrés et... *qu'est-ce qu'on est en train de foutre tous les deux ?!*

Je le déteste de me voler mon souffle et mes secrets de cette façon. Personne ne devrait savoir ce qu'il se passe dans ma tête lorsque je me montre égoïste avec mes proches. Il n'a pas le droit de me cerner aussi facilement et d'appuyer là où ça fait mal.

J'aspire sa lèvre inférieure et la mords bien trop fort pour que ce soit anodin. Il passe sa main dans mes cheveux, tire doucement dessus et nous retourne d'un coup sur le canapé, inversant nos positions. Ses hanches sur les miennes, je ressens à quel point il est excité et j'aime lire la confusion que ça fait naître dans ses iris foncés. Pantelant, il se détache de mes lèvres et son souffle erratique résonne comme une musique envoûtante à mes oreilles.

— Merde ! grogne-t-il en se redressant.

Assis sur le canapé, il passe une main nerveuse dans ses cheveux en bataille. Il semble tout aussi surpris que moi par cette fièvre qui nous tombe dessus à chaque fois qu'on se touche.

Mais le moment est passé, la flamme s'est éteinte tandis que nous récupérons nos souffles.

— Tu ne peux pas faire ça, putain !

Je ne trouve rien à répondre. Il n'est pas en colère, du moins pas contre moi. Comme la fois où il m'a embrassée en face de cette terrasse, il a la même expression meurtrière, mais j'ai appris à reconnaître lorsqu'elle ne m'est pas destinée.

Enfin, je crois.

— Si t'as les hormones en feu, tu ferais bien de trouver quelqu'un de ton âge. Quelqu'un qui ne boit pas des coups avec ton grand frère ou qui ne dort pas au même endroit que lui, d'ailleurs.

Sa réplique jette un froid. Je le dévisage.

Mais il ne m'accorde pas un seul regard lorsqu'il se lève pour retourner dans sa chambre avant d'en claquer la porte abruptement.

Mon cœur refuse de se calmer et je ne trouve pas le sommeil jusqu'au retour de Sarah et Kyllian. Je n'aurais pas la force d'affronter ses questionnements si elle remarquait que quelque chose ne va pas, alors je ferme les yeux et allonge mes respirations pour prétendre être endormie. Je la sens se pencher sur moi et hume son odeur de fraise Tagada.

— On est allés manger une pizza, une vraie ! Et il m'a invitée. Je n'ai rougi qu'une ou deux fois, tu aurais été fière de moi. J'ai même réussi à le faire rire, chuchote-t-elle avant de déposer un petit baiser sur mon front. Je te raconterai tout ça demain, j'étais juste trop excitée pour ne rien te dire... Fais de beaux rêves, L.

Je ressens une pointe dans le cœur, comme un picot de glace qui se serait planté dans ma chair palpitante.

Pour la deuxième fois de ma vie, je suis en retard au boulot. Une heure de retard, mais le blâme revient entièrement à Maël et à ses petits copains. L'un d'entre eux a trouvé le moyen de désactiver mon réveil, et ça me rappelle que je ferais bien d'y mettre un code pour que ce genre de choses ne se reproduise plus jamais. Ça ne me dérange pas qu'on se cherche des noises, qu'on se tape sur les nerfs, ou même qu'on monte sur le ring s'il le faut. Mais qu'ils interfèrent avec ma vie professionnelle et privée ? *Ça, ils vont me le payer !*

Mon ensemble composé d'un veston et d'un petit pantalon en coton assorti est tout froissé : je n'ai pas eu le temps de le repasser. Je porte une queue-de-cheval haute et mes cheveux sont emmêlés jusqu'aux pointes. J'ai encore moins eu le temps de me maquiller et j'aurais bien eu besoin d'un p'tit coup d'anticernes pour cacher les ravages de ma courte nuit.

Un soupir m'échappe, je tente de relâcher la pression, mais surtout de me débarrasser de cette boule qui grandit dans mon ventre depuis que Maël et moi nous sommes embrassés. Pour la deuxième fois...

J'aimerais oublier qu'il détient l'un de mes plus honteux secrets, seulement chaque fois que je parviens à chasser cette idée de ma tête, quelque chose me ramène à lui. Là, par exemple, c'est son odeur qui a imprégné ma peau. Au programme de ce soir : une bonne douche au savon de Marseille.

Perdue dans mes pensées, j'ai failli manquer l'ascenseur. De justesse, la personne à l'intérieur de la cabine a eu la politesse de coincer sa main entre les deux portes en métal afin de me laisser entrer.

— Merci, soufflé-je d'une voix lointaine tout en époussetant ma tenue.

J'ai horreur des plis, putain !

— Rendez-vous important ? me demande l'homme sur lequel je lève les yeux pour la première fois. Vous avez l'air stressée..., se justifie-t-il.

Arrêt. Du. Cœur.

Ce mec... non, cet *homme* a les yeux les plus bleus que j'aie vus de ma vie. D'un bleu si intense qu'on aimerait s'y noyer pour de bon. Un médecin, si j'en crois sa blouse blanche et le stéthoscope qui repose sur ses épaules. Mes yeux dérivent vers son badge en métal, accroché sur sa blouse.

Dr. Moore.

— Vous êtes certaine que tout va bien ? m'interroge-t-il, inquiet face à mon mutisme gênant.

Tu m'étonnes que je disjoncte, le mec a un charisme impressionnant. Et pourtant, je côtoie des joueurs de football adulés qui tournent dans des publicités pour gel douche, alors je m'y connais en charisme !

— J'ai loupé mon réveil, je n'aime pas être en retard.

— Vous travaillez ici ? C'est la première fois que je vous croise !

— Je ne suis que bénévole au service infantile, pour l'instant. Mais je fais des études de médecine, j'aimerais devenir cardiologue.

Un sourire incurve ses lèvres parfaites marquées par un joli arc de cupidon. Lorsqu'il parle, sa voix grave résonne dans le petit habitacle et m'envoie des frissons dans tout le corps.

— Vous parlez d'une coïncidence, je suis moi-même cardiologue, me dévoile-t-il.

Je n'ai pas le temps de lui répondre que l'ascenseur se fige en pleine ascension. Les lumières clignotent et puis... plus rien.

C'est bien ma journée ! De rage, je tape du plat de la main contre la paroi de la cabine. Je sors mon téléphone de mon petit sac à main pour découvrir que je n'ai aucun signal, donc aucun moyen de prévenir Isobel que mon retard sera encore plus important que prévu.

— Vous n'aimez vraiment pas être en retard... Ne vous inquiétez pas, je suis certain qu'ils vont nous sortir d'ici en moins d'une minute.

Je lui souris poliment, mais je n'y crois pas une seconde, et dix minutes plus tard, nous sommes toujours coincés entre deux étages.

— Vous avez des frères et sœurs ? demandé-je pour faire la conversation.

Le sourire qu'il m'offre est à tomber.

— Je n'ai malheureusement pas cette chance. Et vous ?

Je hoche la tête.

— J'en ai un. Un vrai sale gosse depuis toujours, mais je l'adore, même si je ne lui avouerai jamais. Dernièrement, il s'est multiplié par cinq ! Je me retrouve en colocation avec lui et quatre de ses amis, bruyants et tout aussi immatures. C'est l'un d'eux qui a désactivé mon réveil, et plus les minutes défilent, plus je rêve de leur faire payer cet affront.

Waouh ! Ça fait un bien fou de se plaindre. Merci, Dr. Moore, vous tombez à pic !

Mon interlocuteur penche la tête sur le côté comme si j'étais un genre d'énigme impossible à résoudre. Amusé, il mord dans sa lèvre inférieure pour réprimer un rire.

— Je ne comprends pas tout, mais vous êtes adorable.

Il écarquille les yeux lorsqu'il se rend compte de ce qu'il vient de dire. Ses joues rosissent légèrement et je le trouve adorable, moi aussi.

— Vous croyez au destin ? me questionne-t-il, certainement pour changer de sujet et alléger l'atmosphère.

— J'en sais trop rien...

— Moi, oui. Prenons comme exemple vous et moi : de toute évidence, vous détestez arriver en retard. D'habitude, je ne prends jamais l'ascenseur. Et voilà que deux passionnés du cœur se retrouvent coincés ici, au même moment. Alors... destin ou chance ?

Son hypothèse réussit à faire fondre mon cœur. La cabine se remet soudainement en marche et j'admets être un peu déçue de ne pas pouvoir poursuivre cette conversation. Lorsque l'ascenseur s'arrête à son étage, il en tient les portes de la même manière qu'il l'a fait pour me permettre de grimper avec lui tout à l'heure. Un peu gêné, il m'offre un petit sourire avant de se décider :

— Quelles est la probabilité pour que vous glissiez votre numéro dans mon portable ? demande-t-il.

Mon cœur s'emballe. C'est la première fois qu'un homme de cette classe me drague. Mais quelque chose me retient, m'empêche d'aller au bout de cette idée.

« Donner son numéro a un inconnu » me revient en tête et je chasse mes appréhensions en attrapant son téléphone où j'entre mon contact dans son répertoire. Ce soir, je cocherai une nouvelle case de ma *bucket list.*

— Ne m'appelez pas, précisé-je. J'aime bien cette idée que vous vous faites du destin.

Il hausse les sourcils, surpris.

— Mais, je...

— Allez, jouez le jeu ! Promettez-moi que vous ne m'appellerez pas à moins qu'on se croise à nouveau par hasard. Que le « destin » nous rapproche, dis-je en lui rendant son portable.

Il sourit en lisant mon nom sur son écran.

— C'est d'accord, Lily. Mais si c'est le cas, vous devrez accepter mon invitation à dîner. Marché conclu ?

Avec un rictus, je hoche la tête.

— Au revoir, Docteur Moore. À bientôt, peut-être ?

— Je vous en prie, appelez-moi Alexandre, lance-t-il juste avant que les portes ne se referment.

Lorsque je pose une main sur mon cœur, ses battements sont insupportablement rapides.

Pourtant, je décide d'ignorer le pressentiment qui flotte dans un coin de ma tête. Ras-le-bol d'être toujours trop prudente !

On dit que quand on commence une journée les deux pieds dans la merde, on la termine engouffrée jusqu'au cou. Et ce dicton foireux est en train de se confirmer tandis que je fais défiler l'écran de mon ordinateur pour lire la suite du mail qui vient de m'être envoyé.

Bla-bla-bla Je suis au regret de vous annoncer que Petit Tonnerre et moi ne pourrons pas être présents samedi, bla-bla-bla.

Et voilà, mon projet tombe à l'eau. Je n'ai plus rien à proposer pour la récolte de fonds de mon association. Je n'ai plus qu'à trouver un plan B qui tienne la route et je suis désespérée. Apparemment, le shetland qui devait être présent s'est foulé la patte et l'éleveuse n'en a pas d'autres de disponibles.

Tu fais chier, Petit Tonnerre !

J'aimais l'idée de proposer un petit tour à cheval. C'était attractif, ça plaisait aux enfants, et ça aurait rapporté un peu d'argent à l'association...

Je suis dévastée, et le mot est faible.

— Un problème, Lily ? m'interroge Isobel en voyant mon visage décomposé.

— Absolument aucun, tout baigne !

Peu convaincue, elle fronce ses sourcils noirs. Comme pour en remettre une couche, elle enchaîne :

— J'aime beaucoup l'idée des tours à dos de poneys. Si ça fonctionne bien, on pourra la recycler l'année prochaine !

Nerveuse, je me racle la gorge. À côté de moi, Hannah, qui vient de lire le mail, se retient de pouffer de rire.

— Ouais... je suis sûre que ça va fonctionner ! dis-je d'un ton enthousiaste.

Lorsqu'elle s'éloigne, Hannah et moi nous dévisageons. Moi avec horreur, elle avec une pointe de malice dans ses grands yeux bleus.

— Comment tu comptes t'en sortir ? T'es douée pour marcher à quatre pattes ? Parce que c'est ce qu'il va se passer si tu ne trouves pas très vite une solution. Isobel va te greffer une queue et des oreilles et en route, Arc-en-ciel !

Alors qu'elle pouffe face à sa blague douteuse, j'envisage sérieusement d'enfiler un déguisement de poney.

— Tu n'es pas drôle, Hannah..., grondé-je, alors qu'elle se tient le ventre pour maîtriser ses éclats de rire.

— Au contraire, je suis hilarante. C'est parce que ça te concerne que tu boudes. Allez, fais pas la tête. On va trouver une autre idée.

Après dix minutes de brainstorming où absolument tout, de la vente de petits gâteaux au *car washing* a été envisagé, je soupire.

— Je n'ai plus le choix, je vais demander aux garçons de se déguiser en poneys.

Soudain, Hannah écarquille les yeux, comme si un éclair de génie venait de traverser son petit crâne au duvet blond.

— Quoi ? T'as trouvé quelque chose ?

Un sourire malicieux se dessine sur ses lèvres et je comprends où elle veut en venir.

— Séance photo avec les plus populaires des Giants, quarterback en prime ! On pourrait faire payer les photos, disons... un dollar la photo ?

— Ils jouent leur premier match de qualification le soir même, c'est sûr qu'il y aura une foule de participants ! On pourrait même organiser une tombola qui permettrait de remporter un *date* avec leur joueur préféré !

Excitées comme des puces, nous frappons dans nos mains.

— Encore faut-il qu'ils acceptent... Nous ne sommes pas vraiment les meilleurs amis du monde..., avoué-je.

— Je vais t'accompagner. Ne sous-estime pas les pouvoirs de persuasion d'une ado cancéreuse en rémission, ajoute-t-elle en jouant des sourcils.

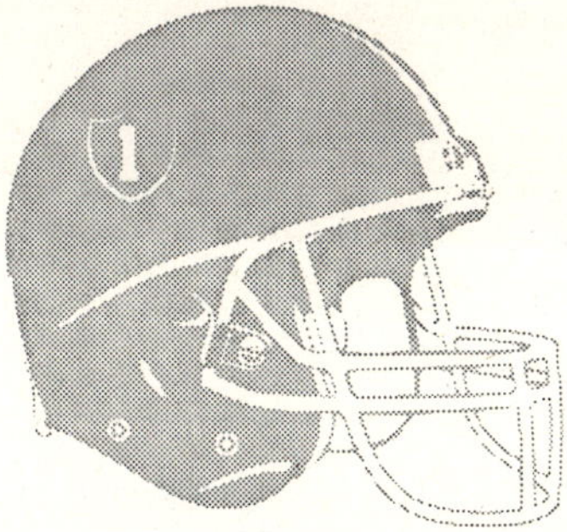

17

Maël

Un esprit sain dans un corps sain ! C'est ce que je me répète à chaque fois que mes muscles deviennent douloureux au point que je peine à supporter le poids de mon corps. Ça tire, ça brûle, et si ça ne me provoque pas des courbatures, je ne suis pas satisfait.

C'est surtout la dernière fois que je peux m'entraîner avant le match contre les Rams. Si j'ai le corps courbaturé samedi, mes performances en seront altérées, et il en est absolument hors de question ! Alors, je profite et me défonce aux endorphines que mon corps libère après chaque effort.

— Putain, mec ! Moi j'en peux plus, je lâche l'affaire, m'annonce Chris, à bout de souffle après sa séance de développé-couché infructueuse puisqu'il n'arrêtait pas de faire des pauses au téléphone.

Un miracle qu'il conserve ses abdominaux. Ça m'épate.

— Salut, les garçons ! nous lance joyeusement Elisa.

J'ai rencontré Elisa la semaine dernière. Cette grande blonde plantureuse d'un mètre quatre-vingts semblait perdue parmi les machines de sport. Alors, en tant que preux chevalier et gentleman, j'ai proposé de la guider un peu. J'avoue avoir trouvé ses courbes sensuelles affriolantes. La confiance qu'elle dégageait, vêtue d'un legging de sport qui marquait chacun de ses morceaux de chair, m'a mis l'eau à la bouche. En discutant, j'ai appris qu'elle vivait dans l'immeuble, un étage au-dessous du nôtre, qu'elle venait de se faire larguer par son mec et qu'elle souhaitait « se remettre en forme ».

Je lui ai dit qu'elle était très bien comme ça, ce à quoi elle m'a répondu qu'elle ne souhaitait pas perdre le moindre gramme.

« Je pèse quatre-vingt-dix kilos pour un mètre quatre-vingts, j'ai un cul d'enfer, alors que ceux qui n'aiment pas les bourrelets aillent se faire foutre ! J'aimerais surtout muscler mon cœur, en fait... », m'a-t-elle alors avoué.

Sa langue bien pendue m'a tout de suite plu et je me suis dit qu'on pourrait devenir amis. Elle a quand même tenté de me draguer en me demandant si j'étais disponible pour un resto, je lui ai expliqué que j'étais plutôt branché relations sans lendemain et qu'elle n'avait pas l'air d'être ce genre de fille.

Elle a acquiescé, s'est amusée de ma réplique qu'elle trouvait « clichée » et a carrément éclaté de rire lorsque, de fil en aiguille, j'en suis venu à lui confier que la petite sœur de l'un de mes coéquipiers nous privait de sexe, de toute façon.

Finalement, je la croise assez souvent à la salle et j'aime bien qu'il n'y ait aucune ambiguïté entre nous. C'est agréable et libérateur de parler à une fille – non, une femme – sans avoir à calculer tout ce qu'on dit. Ni plan cul ni histoire, juste quelqu'un avec qui bavarder de tout et de rien.

Aujourd'hui, Chris et Max bavent sévèrement sur l'arrondi de ses fesses.

— Je t'ai vu, Stanford ! Tu lorgnais encore sur mon cul ! O'Donnel, est-ce que je vais encore devoir user de ma salive pour te rappeler à l'ordre ?

Max lui envoie son fameux sourire en coin, celui qui révèle la fossette qui creuse sa joue gauche.

— Rectification, on lorgnait *très* respectueusement ! balance Chris en lui offrant un clin d'œil. Pas vrai, mec ?

— Avec le plus grand des respects et nos salutations

distinguées, madame ! réplique mon meilleur ami.

Je lève les yeux au ciel tandis que ces deux idiots se frappent dans la main, comme s'ils avaient de quoi être fiers.

Max et Chris se bagarrent en entrant dans l'appartement. Comme des gamins, ils se poursuivent en courant et sont tellement absorbés par leurs conneries qu'ils ne font pas attention à Lily, qui est sur le canapé, les yeux rougis. À peine arrivés, ils se réfugient dans leur chambre.

Moi, j'avais prévu de prendre une douche, et j'ai très envie de faire comme si je n'avais pas remarqué son visage baigné de larmes, qu'elle sèche en utilisant le revers de sa manche.

Ce n'est pas mon problème... Du moins, je tente de m'en convaincre.

Depuis le baiser qu'elle m'a volé, j'essaye du mieux que je peux de ne pas la croiser. Difficile quand on vit ensemble et que les mecs passent leur temps à faire des blagues douteuses qui ne sont pas toujours du goût de nos nouvelles colocataires. Chaque matin, j'ai le droit à des disputes entre mes amis et les filles qui se livrent une bataille acharnée.

Je dois dire que j'ai trouvé ça drôle, quand Lily a versé un pot de colorant rose dans la machine. Toutes nos chemises blanches ont changé de couleur, mais comme de toute façon, on n'en avait rien à foutre de ressembler à une armée de barbes à papa, on a simplement continué de les porter. C'était poilant aussi quand Lily et Sarah se sont retrouvées enfermées dans la salle de bains, la nuit dernière, parce que Max a « malencontreusement » cassé la poignée.

Mais il faut se rendre à l'évidence, aucun des deux camps n'est prêt à céder. Il va falloir passer à la vitesse supérieure.

Toutefois, Lily et moi nous sommes contentés de nous faire la guerre. Aucun de nous n'a adressé la parole à l'autre depuis ce moment-là, même lorsqu'il y a deux jours, elle et son amie Hannah sont venues nous convaincre de participer à la récolte de fonds pour une association.

Étrangement, et malgré les tensions qui règnent au penthouse entre les filles et les garçons, nous n'avons pas eu le cœur de refuser. On va devoir se lever tôt et manquer le dernier entraînement avant le match, mais ça ne fait rien. On est prêts. Un entraînement de plus ou de moins ne changera rien, de toute façon, et c'est celui qui n'en loupe jamais un qui le dit.

Lily tient un petit carnet rose en appui sur ses genoux repliés contre sa poitrine. Malgré ses efforts pour chasser ses larmes, elles continuent à ruisseler sur ses joues.

Soupir de résignation... *Et merde !*

J'avance vers le canapé sur lequel je m'installe, imitant sa position. Elle me jette un petit coup d'œil avant de renifler bruyamment et de prétexter que les allergies lui font couler les yeux.

— T'as encore essayé de te liquider à coup d'ananas ? tenté-je de plaisanter.

Mais je ne parviens à lui arracher qu'un pauvre sourire qui n'atteint même pas ses yeux émeraude.

Nouveau soupir. Je n'ai jamais été très doué pour remonter le moral – ni pour avoir des conversations sérieuses, d'ailleurs.

— Laisse-moi deviner... Maxwell se marie !

— Quoi ?! Mais non !

— Merde ! Maxwell a mis sa nouvelle copine enceinte ?! Il va être papa ?

— Ne sois pas ridicule..., réplique-t-elle, son sourire un peu plus convaincant que le précédent.

— Ne me dis pas que Maxwell va faire de la prison ?!

Un rire, un tout petit rire s'échappe d'entre ses lèvres avant que son air morose ne refasse surface sur son visage mouillé de larmes.

— Tout ne tourne pas autour de mon ex, tu sais ? plaisante-t-elle en me mettant un petit coup de poing dans l'épaule.

Je préfère la savoir en colère que triste. Je n'aime pas

beaucoup voir les femmes pleurer.

— Ah ouais ? Mais si ça peut te remonter le moral, il m'a dit qu'il accrocherait au-dessus de son lit la photo qu'on a prise tous les deux. Et je suis pratiquement sûr qu'il pense à moi quand il se masturbe.

Elle affiche une grimace dégoûtée avant de rire à nouveau.

— Tu me mets de ces images dans la tête… beurk ! achève-t-elle en secouant la tête, comme pour chasser ses pensées parasites. Je te déteste ! ajoute-t-elle avec un petit sourire.

Peut-être, mais tes larmes ne s'entassent plus au coin de tes yeux, bébé…

— Dis-moi quelque chose que je ne sais pas déjà…, répliqué-je dans un soupir.

C'est alors qu'elle relève les yeux vers moi, prend une grande inspiration et ouvre son petit carnet qui s'avère être un agenda.

— Il est tombé de mon sac aujourd'hui. Il s'est écrasé dans une flaque d'eau et… Enfin, ce n'est pas le plus important, il va bien.

Un peu confus, je fronce les sourcils en attendant patiemment qu'elle termine.

— Le truc, c'est qu'il s'est ouvert à cette page.

Elle me montre la page en question et je comprends ce qui lui retourne le cœur. Je ne l'ai pas connu et pourtant, je me sens triste pour elle.

Ballet de danse avec papa.

Paris, tu es à nous.

J'observe la courbe de ses lettres italiques, les petites fleurs qu'elle s'amuse à dessiner au-dessus de ses « i », et ça me fait sourire.

— Il avait promis de m'emmener. On avait réservé les billets pour le ballet *Casse-Noisette* qui se déroule au grand Casino de Paris. On aurait dû être au premier rang. Il m'a toujours soutenue lorsque je lui parlais de ma passion pour la danse. Je n'ai jamais voulu devenir une étoile, je n'ai pas cette prétention. Mais en faire mon hobby et avoir un pied dans la danse classique c'était…

enfin, je suppose que t'en as rien à foutre, se renfrogne-t-elle.

J'ai envie de lui dire que ça ne m'ennuie pas le moins du monde. Qu'étrangement, j'aime en apprendre un peu plus sur elle. Que j'aime bien la manière dont ses yeux verts s'illuminent lorsqu'elle parle de sa passion. Que je pourrais peut-être même l'écouter des heures sans voir le temps passer.

Cependant, j'ai peur qu'elle se fasse de fausses idées. Et je crains surtout de révéler quelque chose que je ne comprends pas bien moi-même.

Au lieu de quoi, je me contente de faire non de la tête.

— Continue... s'il te plaît.

Une chaleur diffuse se répand dans mon bas-ventre et mes joues s'échauffent sous l'intensité du regard qu'elle me lance. Je crois que je suis gêné, et c'est bien une première.

— Enfin, si ça peut te permettre d'arrêter de renifler à tout-va, alors vas-y.

Elle souffle par le nez, comme pour me montrer son agacement.

— Je t'en prie, ne me dis pas que je vais devoir manger des cacahuètes pour te remonter le moral, ajouté-je.

Elle rit.

— C'est aux cacahuètes que t'es allergique, alors ?

— Si je meurs, tout le monde saura que ça vient de toi !

— Mais personne ne pourra le prouver, réplique-t-elle avec un petit sourire en coin.

Voilà. Là, je nous retrouve bien. Dans les joutes verbales et les provocations. Ça, c'est nous.

— Du coup, ça m'a fait penser à sa mort. Au fait que je ne le reverrai jamais et que je n'ai plus la moindre envie d'assister à ce ballet. C'est bien trop déprimant.

— Sarah ne peut pas t'accompagner ?

— Sarah s'intéresse autant à la danse que je m'intéresse à ses dessins. Ça nous barbe l'une et l'autre. Elle s'est proposée, bien sûr... mais je crois que je n'en ai pas envie.

— Alors, tu vas juste renoncer ?

— Je ne devrais pas ?

Son ton est teinté de tristesse. Je hausse simplement les épaules en guise de réponse évasive.

Merde, je ne suis vraiment pas doué pour ça...

Je cherche une échappatoire en regardant partout autour de moi, quelque chose, n'importe quoi qui me permettrait de détourner la conversation. Et je tombe sur sa *bucket list* qui dépasse de l'une des pages de son agenda. D'un geste rapide, je m'en saisis et lui vole son stylo des mains en ignorant ses protestations.

— Qu'est-ce que tu...

— Tiens, je t'ai ajouté une case à cocher.

« Assister au ballet à Paris. »

Elle écarquille les yeux, ouvre la bouche pour protester, mais je ne lui en laisse pas le temps, tiquant sur autre chose qui attire mon attention.

— Tu as chopé le numéro d'un inconnu ? m'étonné-je, lorsque je remarque une nouvelle case cochée.

Fière comme pas deux, elle sourit à pleines dents.

— Ouais ! Et pas n'importe qui ! Alexandre Moore, un cardiologue qui a le pouvoir de réparer mon cœur !

Je la dévisage, dubitatif, les sourcils froncés.

— Un médecin ? Mais il a quel âge ?

Elle hausse les épaules.

— J'en sais rien... la trentaine ?

Ouais, au moins !

— Et ton frère, il en pense quoi qu'un médecin trentenaire ait ton numéro ? Et comment tu l'as obtenu, d'ailleurs ? Il t'a appelée ?

Un sourire incurve ses lèvres roses et charnues.

— C'est pour le *New York Times* ou t'es juste fan de moi ?

— Je plaisante pas, Lily. Ton frère est au courant ?

Face à mon air sérieux, elle souffle.

— Non, mais il n'est pas au courant que tu m'as embrassée non plus. Deux fois, si ma mémoire est bonne. Alors, ne t'avise pas de lui raconter quoi que ce soit.

Son ton est menaçant, son visage fermé, ses mâchoires serrées. Et si ça l'agace autant, c'est parce qu'elle est pleinement consciente qu'elle est en train de faire une bêtise.

— C'est une menace ? demandé-je, peu intimidé.

Furieuse, elle se lève du canapé et se dirige vers la salle de bains. Dos à moi, elle ne remarque même pas que je l'ai déjà rattrapée lorsqu'elle lance :

— Mêle-toi de ce qui te regarde, foutu Maël Gellman !

Elle sursaute lorsque je l'attrape par le poignet. Surprise par notre soudaine proximité, elle recule d'un pas. Mais je suis déterminé à ne pas la laisser m'échapper et j'avance à mon tour. Mon bras en appui contre le mur, je la surplombe de ma hauteur, incline sa tête pour qu'elle me regarde. Je suis soudain très conscient de son corps qui est si proche du mien que je sens la chaleur qui s'en dégage.

— Je ne suis bon qu'à te consoler ou à te servir de diversion, mmmh ?

Son regard est fuyant, ses joues rosissent légèrement. Je me penche encore, lui volant sa respiration qu'elle bloque dans sa cage thoracique pour murmurer à son oreille :

— Et qu'est-ce que tu lui dirais, à ton frère ?

Inconsciemment, elle penche la tête en arrière, comme pour me donner libre accès à son cou. Je ne devrais pas penser à y déposer mes lèvres. L'idée de lui dérober des gémissements ne devrait pas me plaire. Et elle a raison, son frère n'apprécierait pas de savoir ce que je lui fais.

— J'attendrais la dernière minute. Juste avant le match, pour que mes mots aient un vrai impact, me provoque-t-elle de sa voix tremblante, alors que mes lèvres frôlent la peau fine de son cou.

— Et tu lui raconterais quoi ? demandé-je en l'effleurant de mes lèvres.

Elle déglutit.

— Que tu m'as embrassée. Deux fois.

Elle joue avec ma corde sensible, et elle le sait ! Perturber mes joueurs samedi aurait des répercussions terribles sur le match. Pire, ses révélations pourraient même engendrer une bagarre, et je ne suis pas certain qu'elle ait envie que je fasse du mal à son précieux grand frère.

La rage explose dans mon ventre, j'ai envie de lui faire payer son insolence.

Mes lèvres se posent sur sa peau douce que j'aspire sans prévenir. Un gémissement étouffé lui échappe, elle tremble entre mes mains. Je suce, mordille et abîme sa peau trop parfaite de caresses qui la font frémir. Lorsque je me détache d'elle, elle est pantelante, la respiration hachée, et elle me fusille du regard.

Moi non plus, je n'aime pas quand tu me fais cet effet-là.

Le goût du sang envahit ma bouche et une jolie marque rouge aux contours bleus et violets marque à présent la peau de son cou. Un sourire perfide incurve mes lèvres tandis que j'observe mon œuvre, satisfait.

— Maintenant, explique ça à ton grand frère.

Je tourne les talons, quand sa main s'enroule autour de mon poignet. Lorsque je me retourne, elle a le regard suppliant.

— Tu ne lui diras rien... pour Alexandre Moore. Je peux te faire confiance, pas vrai ?

Je la fusille du regard, sans rien dire. J'ai besoin d'une douche brûlante pour délier mes muscles noueux et me changer les idées.

Je n'aime pas la façon qu'elle a de me regarder, comme si j'étais responsable de toute la misère qui s'abat sur ses épaules. Paradoxalement, je n'aime pas non plus lorsqu'elle me regarde avec ses grands yeux verts de la couleur des forêts de sapins, et surtout qu'elle me parle comme si nous étions amis, comme si elle ne me détestait pas. Je n'aime pas cette façon qu'elle a d'attendre que je la protège, et cette façon qu'elle a de fuir quand je le fais. Par-dessus tout, je déteste le besoin que j'ai de le faire.

Merde… Elle joue avec mes nerfs et je suis sur le point de craquer, de lui demander de quitter mon appartement. Mais je ne peux pas perdre.

Alors, je laisse l'eau couler le long de mon corps, laver ce qu'il reste de ma colère, et je reviens dans le salon quelques instants plus tard, une serviette enroulée autour de ma taille.

Lily est à nouveau assise sur ce foutu canapé. Elle relève les yeux vers moi et tente un petit sourire. Je remarque aussi qu'elle a placé un petit foulard rose pâle autour de son cou frêle. Ça me fait sourire qu'elle aussi veuille apaiser cette tension que je ne comprends pas tout à fait, qui sort de je ne-sais-où et grandit entre nous, jour après jour.

Je profite qu'on soit encore seuls dans le salon pour débiter ce que j'ai à dire.

— N'essaye pas de m'amadouer avec tes grands yeux, ça ne sert à rien. Je ne dirai rien à Kyllian par rapport à ton médecin, parce que ça ne me regarde pas.

Ses yeux s'illuminent d'un espoir qui me tord le ventre.

— Alexandre Moore, c'est un nom de psychopathe. Et je ne dis pas ça parce qu'il a certainement la trentaine passée et que pour un mec de son âge, c'est super bizarre de s'intéresser à une gamine de dix-neuf ans. Il existe deux catégories de personnes qui font ça : les mecs avec des délires chelous, et ceux qui recherchent une fille naïve. Dans les deux cas, ça fait flipper.

— Il n'était pas…

Je lève la main pour l'empêcher de poursuivre.

— Ça me ferait chier que tu finisses dans l'un de ces reportages ultra glauques dans lesquels la fille se fait découper à l'arrière d'une voiture parce qu'elle a été trop crédule. Alors, réfléchis-y, si jamais il t'appelle.

Je marque un temps de pause afin qu'elle puisse digérer toutes mes paroles.

— Ensuite, c'est cool de cocher des cases sur ta liste, mais tu persistes à ne pas cocher les bonnes. Tu prends des risques inutiles, alors que tu détestes ça, et tu ne te protèges pas. T'as toujours pas bloqué ton ex, pourtant ça te prend littéralement deux secondes ! Qu'est-ce qui cloche chez toi ?

— T'es jaloux, Gellman ?

Elle obtient un rire cynique en réponse à sa question.

— Bien essayé, mais non. J'aime juste te rappeler à quel point t'es immature.

— Je ne suis pas...

— Maël. La. Poubelle, dis-je en prétendant une quinte de toux.

Elle me pulvérise de ses beaux yeux. S'ils étaient capables de tuer, elle m'aurait déjà réduit en poussière. Comme pour me prouver quelque chose, elle saisit son téléphone portable et bloque le numéro de son ex avant de griffonner sur sa *bucket list*.

— Voilà, content ? Pourquoi tu fais ça ?

— Parce que tu aimes qu'on te dise quoi faire, sinon t'es paumée. C'est toi qui me l'as dit, tu te souviens ? Je commence à te croire.

Elle souffle, agacée, quoiqu'un brin amusée, si j'en crois la lueur qui brille dans ses yeux. J'en sais rien, en fait, elle est putain de difficile à déchiffrer.

— Autre chose, *Papa* ?

Un sourire incurve mes lèvres. Je le réprime en aspirant ma lèvre inférieure.

— Ouais. Et celle-ci, rentre-la dans ton crâne.

Curieuse, elle penche la tête sur le côté. Son foulard glisse légèrement de son cou, révélant le suçon dont je suis responsable. Ça me désarçonne une seconde, mais je me reprends vite.

— On s'est embrassés deux fois, toi et moi. Une fois pour cacher tes larmes à ton ex, et une autre fois parce que tu refusais d'entendre la vérité de ma bouche. Ne t'imagine pas des choses, et ne va surtout pas croire que Kyllian m'intimide. T'aurais plus à perdre en lui révélant quoi que ce soit. Le football, c'est toute ma vie. Alors, si tu t'immisces sur mon territoire, tu l'auras, ta guerre.

Lily reste interdite une seconde, la bouche entrouverte.

— Tu n'es pas bête, bébé. Et contrairement à ce que tu penses, je ne suis pas une mauvaise personne. Mais je peux très vite le devenir, t'en as l'exemple devant toi. Alors, fais les bons choix.

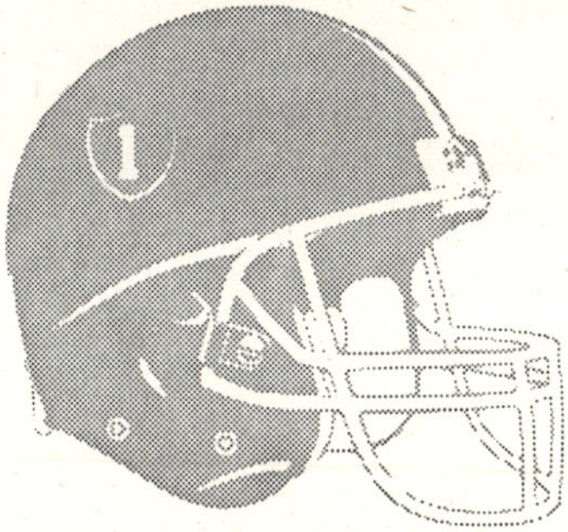

18

Lily

J'ai la gorge en feu d'avoir passé la soirée à pleurer. Mes yeux me brûlent et je suis épuisée. Pour couronner le tout, ma meilleure amie n'est même pas là pour me soutenir. Elle m'a dit avoir un rendez-vous important chez l'ophtalmologue demain. Je lui ai proposé de l'y conduire, mais elle a insisté pour y aller seule. Je connais très bien sa mère, et lorsqu'il s'agit de la santé de Sarah, elle veut être là. Même si c'est pour changer les verres de ses montures qui ne sont plus adaptées à sa vue. Comme tout le monde l'adore, les garçons ont accepté qu'elle passe la nuit ailleurs.

Je suis donc condamnée à subir leurs attaques incessantes. À cause de ce qu'il s'est passé avec Maël tout à l'heure, mon seuil de tolérance frôle les pâquerettes. Je n'ai définitivement plus la patience nécessaire pour affronter les conneries de Max.

— O'Donnel..., grogné-je.

Ce connard joue de la trompette en tournant autour du canapé sur lequel j'essaye de dormir. J'ouvre péniblement les yeux afin de vérifier l'heure sur mon téléphone portable.

1 h 00.

— Qu'est-ce que tu fous, putain !

En faisant un boucan pareil, il ne va pas réussir à me faire perdre mon pari, mais ses colocataires risquent fortement de le balancer par la fenêtre. Deux questions me viennent en tête : d'où sort-il cette putain de trompette et où a-t-il appris à jouer ? Parce qu'il n'y a absolument rien de mélodieux dans ce qu'il fait.

— Oh, excuse-moi. J'avais oublié que t'étais là. Je m'entraîne, je vais bientôt rejoindre un orchestre.

— Tu te fous de moi ?!

— Ouais, mais je pensais que c'était évident...

Je rabats la capuche de mon pyjama tigre sur mes oreilles en espérant atténuer le bruit assourdissant de l'instrument dont il ne sait même pas se servir. J'entends ses pas se rapprocher, puis... un coup de trompette soufflé juste à côté de mon oreille.

Ça suffit. Je vais le tuer.

De tous les joueurs, Max est le plus difficile à cerner. Tantôt joyeux et plaisantin, tantôt en colère, d'une humeur massacrante, mais toujours insolent, je n'ai pas encore compris comment il fonctionne. Il semble souvent énervé contre moi, j'ai l'impression que je l'insupporte. Il m'agace aussi et j'espère bien qu'il le sait !

Quoi qu'il en soit, j'en ai marre de ses conneries et je crois bien qu'il vient de me crever le tympan : j'ai des acouphènes désagréables depuis trente secondes.

Sans prévenir, je bondis du canapé en hurlant et lui saute dessus. Il est si surpris qu'il écarquille les yeux. Dans mon élan, je parviens à le faire basculer en arrière. Un réflexe inconscient le pousse à se rattraper à quelque chose, et c'est sur mon bras que ça tombe. Il m'emporte avec lui, je manque de me fracasser le crâne, lorsqu'il m'attrape dans ses bras pour amortir ma chute.

C'est dans ces moments-là que j'ai du mal à le comprendre. Il me regarde comme s'il souhaitait que je parte en combustion spontanée et l'instant d'après, il me sauve la mise.

Au passage, la trompette métallique produit un bruit sourd. Si les autres n'ont pas été réveillés lorsqu'il soufflait dans son instrument, ce bruit-là ne manquera pas de le faire.

Ils peuvent aller se faire foutre ! Tous, même Kyllian, qui ne s'intéresse pas assez à sa petite sœur pour remarquer que tout s'effondre autour d'elle. Lorsqu'il a vu mon foulard, il a haussé un sourcil interrogateur. J'ai prétexté un mal de gorge et il n'y a vu que du feu. Je n'ai pas pu m'empêcher de me demander s'il en serait de même si quelqu'un me faisait du mal. Je joue à un jeu dangereux avec Maël, et Kyllian ne capte *rien du tout* !

Coincé sous mon corps, Max respire rapidement. *Trop rapidement.* Sa poitrine monte et descend si vite que je n'arrive pas à compter ses respirations. Le médecin en moi s'inquiète et je soulève ses bras au-dessus de sa tête pour permettre à l'air de passer plus facilement dans ses poumons. Il est étonnamment docile, un rictus amusé sur les lèvres.

— Fallait le dire, si tu voulais juste me baiser.

Chacun de ses mots a l'air de lui coûter. Ils semblent peser lourd sur sa langue, et ce n'est que maintenant que je remarque sa peau pâle recouverte d'une fine couche de sueur.

Malgré ça, il conserve son visage parfait.

— Max, est-ce que tout va bien ? demandé-je, la voix teintée d'inquiétude.

Il déglutit, puis remue la tête de gauche à droite.

— Ouais.

Son corps dit des choses que sa bouche nie en bloc.

Ses yeux se posent sur un point dans mon cou. La colère se lit aussitôt sur ses traits tandis qu'il étire son sourire mauvais. Celui qui annonce les prémices de quelque chose qui risque de faire mal.

— Et bah, tu faisais pourtant bien semblant de le détester. Vous êtes bons acteurs, tous les deux.

Réalisant à quoi il fait allusion, je comprends que mon foulard a encore glissé, dévoilant la marque violacée.

— Je ne vois pas de quoi tu parles, mens-je.

Mais Max est loin d'être bête, contrairement à ce qu'il laisse paraître.

— T'as écarté les cuisses bien vite. Tu caches bien ton jeu, sous tes airs de sainte-nitouche.

C'en est trop, je n'en peux plus, mes nerfs lâchent sous le poids de ces paroles acerbes et injustifiées. Il veut me faire mal et il atteint sa cible. En plein dans le mille. Je craque, me penche sur lui et mords de toutes mes forces dans sa clavicule jusqu'à ce que le goût du sang envahisse ma bouche.

Un hurlement s'échappe d'entre ses lèvres.

Il ne faut qu'un quart de seconde à son corps musclé et athlétique pour me soulever dans les airs et me balancer sur son épaule. Malgré le tissu molletonné de mon pyjama, je ressens la morsure de la fessée qu'il m'assène.

— Aïe ! gémis-je. T'as perdu la tête !

— Aïe ?! Tu m'as arraché un morceau de peau, putain !

Il exagère. Je n'ai qu'à lever les yeux sur son torse nu pour voir que ma morsure n'est pas si profonde que ça. Mais je mentirais si je disais que je ne suis pas fière de lui avoir fait mal.

— Pose-la par terre, gronde une voix rauque que je reconnaîtrais entre mille.

Comme par enchantement, Max fait ce que lui dit son ami d'enfance. Néanmoins, je ne manque pas le regard provocateur qu'il lance à Maël lorsqu'il me laisse retomber sur le sol comme une pierre.

Mes pauvres fesses morflent pour la deuxième fois. Je les masse doucement pour soulager la douleur.

— Elle m'a mordu.

— Ferme-la, O'Donnel.

Le regard de Maël glace mon sang dans mes veines. Une colère sourde déforme les traits de son visage, je ne l'ai jamais vu comme ça, avec cet air effrayant. Ses cheveux sont en bataille sur sa tête, signe qu'il a dû enfiler son sweat-shirt à la va-vite. Si mon cœur ne frappait pas aussi fort dans ma poitrine, je trouverais sûrement son air dangereux un poil sexy.

Je n'ai aucune idée de ce que Max vient de faire, j'étais trop occupée à contempler son meilleur pote. Mais je regrette de ne pas le savoir, maintenant que Maël fonce droit sur lui. Il plaque son meilleur ami contre le mur, le bras en travers de sa gorge pour le coincer.

Mon cœur bat à un rythme effréné. Je suis ébahie et tétanisée par la scène qui se joue devant moi, d'une violence à vous couper le souffle. Pourtant, en y regardant bien, aucun des deux ne lève la main sur l'autre. Maël se contente de bloquer Max, qui reste les bras ballants le long de son corps.

C'est presque tragique, à quel point il ne se défend pas. À quel point la lueur provocatrice ne ternit pas. C'est presque comme si... il n'attendait que ça. De se faire défigurer. Comme s'il demandait à se faire battre pour se punir de quelque chose. Mais Maël ne bouge pas, collant son front au sien.

Je me racle la gorge.

— C'était juste une petite blague, je... il ne m'a même pas fait mal. Sauf quand je suis tombée par terre. Mais ça, c'est...

— Dans ma chambre !

Le ton de Maël est sec et sans appel lorsqu'il m'interrompt.

— Mais...

— Maintenant, Allyson ! insiste-t-il sans jamais détourner le regard de Max.

Ni l'un ni l'autre ne me regarde, d'ailleurs.

Pour la première fois, je n'ai pas envie de discuter ses ordres ou de le provoquer. Cependant, j'ai peur pour Max et je m'inquiète de la pâleur de son visage.

— Je vais bien, me rassure ce dernier, comme s'il lisait dans mes pensées.

Et c'est le sourire le plus faux que j'aie jamais vu.

— Fais ce qu'il te dit.

Je m'éloigne à reculons à contrecœur. Arrivée dans la chambre de Maël, je ne résiste pas à tendre l'oreille. Mon cœur pompe si fort que je crains qu'il ne me trahisse. J'ai l'impression que la force de ses battements pourrait réveiller l'immeuble.

— T'es calmé ? demande finalement Maël.

Max ne répond pas. Peut-être qu'il hoche la tête, je ne les vois pas d'où je suis.

— Tu ne peux pas continuer à passer tes nerfs sur elle.

— Elle m'a pris tout ce qui me permettait de me défouler. Je fais comment pour gérer les crises, maintenant ?

— C'est juste un pari stupide. Si t'as tellement besoin de ça pour te vider la tête, libre à toi. Je serai le dernier à t'en empêcher. Rien à foutre de Johnson, si je dois faire un choix. Alors vas-y, va retrouver ce qui te manque tant. Personne ne le remarquera.

— Tu me laisses seul, dit-il finalement de son timbre qui se brise.

Et qui fracasse un morceau de moi au passage. Il a la voix d'un appel S.O.S. lancé en vain dans le désert, et ça n'a pas le moindre sens que je ne le remarque que maintenant.

— Jamais.

— Tu m'avais promis que...

— Dis-moi quand, dans ta putain de vie, je t'ai laissé tomber ?! Dis-moi quand j'ai arrêté de prendre soin de toi ? Je veille sur toi depuis toujours, même quand ça me ronge. Alors, arrête un peu ta comédie. Et surtout, tu ne lèves plus jamais la main sur elle !

— Elle m'a mordu, putain !

— J'ai entendu ce que tu lui as dit. Ne me fais pas croire que ce n'était pas mérité.

— Je ne voulais pas lui faire mal ! Je paniquais, et elle m'a... mordu. C'était juste...

— Juste quoi ? J'ai vu ton regard, Max. Je connais ce regard. Ce n'était pas une fessée amicale. Je suis sûr qu'elle s'en fout, mais moi je sais ce que t'avais dans la tête.

J'entends le cœur de Max se briser, et c'est une mélodie tellement triste à écouter.

— Je ne voulais pas... Je ne veux pas...

Sa voix, légèrement éraillée, se casse sur la fin de sa phrase. Et mon palpitant en fait de même. Tout ça parce qu'on s'est un peu disputés ? Pour des enfantillages ?

— Je ne suis pas comme mon père. Je ne ferai jamais de mal à une femme, tu le sais. C'est juste...

J'ai l'impression d'assister aux excuses d'un enfant qui se justifie auprès de ses parents après s'être fait gronder. Un gamin triste et en colère qui regrette d'avoir agi sans réfléchir. Et un père qui avertit, donne une leçon de vie.

— Je sais, tempère Maël d'une voix plus douce. T'essayes de noyer tes démons comme tu peux et Lily t'empêche de te foutre en l'air sans le vouloir. Il te fallait une coupable, mais ce n'est pas elle.

Je me pose un millier de questions. Aucune d'entre elles ne trouve une réponse convenable. Je me demande si ça a toujours été comme ça entre eux, et aussi ce qu'ils ont vécu tous les deux. Par quel genre d'épreuves ils sont passés pour devenir le pilier l'un de l'autre.

— Je ne suis pas mon père... Mec, je te jure que jamais, jamais, jamais... je ne ferai du mal à une femme. Tu me connais, hein ? Tu le sais...

Il se répète, comme un vieux disque rayé. Et chacun de ses mots dépose une marque indélébile sur mon âme. C'est surtout sa voix et les sanglots qu'elle cache qui me laminent le cœur.

— Vous vous disputez comme des enfants. Ça ne me dérange pas que tu veuilles lui casser les couilles. Le coup de la trompette, c'était plutôt mignon. Mais si ça te met dans cet état, j'arrête tout, et je lui dis de se barrer.

— Ouais... elle est un peu...

— C'est une Johnson, qu'est-ce que tu croyais ?

Un rire s'échappe de la gorge de Max.

— Je ne suis pas certain d'avoir envie qu'elles se barrent. Je... je te jure que ça ne se reproduira plus.

— OK. Je peux dormir, maintenant ? Parce qu'on a entraînement dans... deux heures, et j'aimerais bien profiter de mon lit encore un peu sans avoir à t'entendre jouer d'un quelconque instrument. Enfin, si on peut appeler ça jouer. Où t'as trouvé une trompette, putain ?

Max rit, mais je n'entends pas sa réponse. Il est évident que ces deux-là se connaissent depuis longtemps. Il n'y a que de véritables amis pour s'embrouiller et se réconcilier aussi vite.

Maël entre dans sa chambre et me surprend derrière la porte. Il laisse échapper un long soupir, puis rive ses yeux noisette aux miens.

— À quel point t'as entendu cette conversation ?

Il étudie mon regard et je n'ai pas besoin de le lui dire pour qu'il comprenne.

— Pour le bien de tous, tu veux bien faire comme si t'avais pas assisté à ce qui vient de se passer ?

Je ne dirai jamais rien à qui que ce soit. Pas même à Sarah. J'emporterai dans ma tombe l'épisode de Max et de la trompette avec moi.

— J'ai déjà oublié de quoi on parlait.

Les lèvres de Maël s'incurvent en un sourire satisfait tandis qu'il retourne se coucher.

— Je suis désolée... Je ne veux pas créer de tensions entre vous.

Maël hausse un sourcil.

— Ce que je lui ai dit, ça vaut pour toi aussi. Ne lui fais pas de mal, il est fragile. C'est un con, parfois... et pour une fois, t'y es pour rien. Ça va mieux ?

Je hoche la tête. Il acquiesce en retour et nous restons silencieux quelques instants.

En retournant dans le salon, je trouve Max assis sur le canapé. Je rencontre son regard triste, mais je me force à faire comme si une partie de son passé ne venait pas de lui être volée. Je n'aurais pas dû entendre cette conversation et je m'en veux.

Je m'installe à côté de lui et il caresse la queue de mon pyjama tigre d'un air amusé.

Max a le regard triste.

C'est la première fois que je m'en rends compte. Il joue tellement bien l'idiot en permanence que la plupart des gens finissent par y croire.

Maël Gellman a le regard sincère, et Max O'Donnel a le regard triste.

— Tu vas me le payer d'avoir fait ça, Max.

Il rit doucement, mais ça sonne un peu faux.

— J'espère bien que t'as prévu de quoi te venger, parce que j'en ai encore plein en stock pour te faire fuir.

— Pitié, ne me dis pas que t'as un orchestre caché dans ta chambre...

Il pouffe.

— Ça ferait trop blague réchauffée. Je suis bien meilleur que ça, se défend-il en prenant un air outré.

— J'en doute. Mais bon, amuse-toi bien, parce que je ne partirai pas avant d'avoir gagné.

— Je n'en doute pas, suppôt de Satan.

— Je te manquerai quand je partirai. Tu me supplieras de revenir vivre avec toi, tu verras.

Ses lèvres se fendent d'un sourire en coin. Pas étonnant que je n'aie jamais réussi à le cerner, Max O'Donnel est un putain d'acteur.

19

Lily

— Tout le monde a bu son smoothie ? demandé-je en entrant dans la cuisine, où les garçons m'attendent tous en cercle, autour de l'îlot central sur lequel reposent leurs verres vides.

Pour les remercier de m'aider avec l'association pour laquelle je suis bénévole, j'ai décidé de me montrer gentille en leur préparant un smoothie hyper protéiné. Un mélange de bananes, d'épinards, de poudre de pois et d'un tas d'ingrédients excellents pour leur santé. Ils ont tiré la tronche, mais j'ose espérer que ce que contenait leur verre a terminé dans leurs estomacs.

— Oui, chef ! me répondent-ils en chœur.

— Tout le monde a bien dormi ? Vous avez la tête bien reposée ?

— Oui, chef ! enchaînent-ils de la même façon.

— Enfin, jusqu'à ce que tu te mettes à mixer ton cocktail de la mort, en tout cas..., plaisante Max.

— Prêts à utiliser vos belles gueules afin de récolter un maximum d'argent pour l'association ?

— Elle vient de nous faire un compliment ou je rêve ? s'étonne Ted.

Les fesses en appui contre l'îlot central, j'observe le métis à la peau tatouée. Il affiche un petit sourire en coin satisfait et les traits de son visage sont détendus. De tous ceux qui habitent ici,

Ted est celui que je croise le moins souvent. Il sort quand je me couche, et il dort quand je me lève. Parfois, il laisse de grosses traces de boue lorsqu'il rentre de ses soirées secrètes. Quand je lui ai posé la question, il m'a dit que je n'avais pas envie de savoir. J'ai insisté, alors il a proposé de m'emmener avec lui, un sourire énigmatique collé à son visage qui pue l'insolence. J'y ai réfléchi, mais quand il m'a demandé si j'avais une bonne assurance vie, j'ai poliment refusé.

Quoi qu'il en soit, je crois que je ne saurai jamais vraiment ce que fabrique le joueur mystérieux des Giants la nuit, ni comment il fait pour tenir le rythme. Entre ses sorties nocturnes, les entraînements de football, les matchs et le reste, j'ignore où il arrive à trouver le temps de vivre.

Quelquefois, je sens l'odeur du cannabis qui plane sur lui et je prétends ne rien remarquer. Parce qu'après tout, tout le monde a des problèmes.

— Alors, c'est parti !

Le lendemain de la dispute qui a éclaté entre Max et moi, Maël a organisé une réunion dans le salon. Il a ordonné une trêve et nous a fait signer un contrat stipulant que nous devions cesser le feu deux jours avant chacun de leurs matchs. Les coups de crasses peuvent reprendre après la fin de ces derniers.

Un grand malade qui tient sincèrement au bien-être de son équipe, on ne peut pas le lui enlever.

En parlant du loup, il se glisse derrière moi pour poser son verre dans l'évier. Sa main se pose innocemment dans le creux de mon dos, là où mon *crop top* laisse ma peau découverte.

— Excuse-moi, t'es dans le passage, souffle-t-il au-dessus de mon épaule.

Son haleine chaude caresse ma nuque, dressant quelques cheveux sur ma tête. Incapable de lui cacher la chair de poule qu'il fait naître sur mes bras, je le fusille du regard en rencontrant son petit rictus satisfait.

Depuis cette trêve qui a le goût doucereux de l'hypocrisie, il n'arrête pas de me frôler. Les effleurements n'ont pourtant rien d'accidentel. Il me provoque, cherche à savoir à quel point il m'impacte psychologiquement, et moi... je me contente de serrer les dents en feignant l'ignorance.

Je prétends aussi avoir oublié la sensation de sa langue sur ma peau, celle de ses dents lorsqu'il a mordu dans ma chair, et la chaleur que j'ai sentie me monter aux joues lorsqu'il a déposé sa marque sur moi. C'était pour lui un moyen de me faire flancher, et il y est presque parvenu.

Mais je soutiens que je n'ai pas aimé ça, et je le déteste de m'obliger à me mentir à moi-même. La vérité, c'est que j'ai les nerfs à vif à chaque fois qu'on respire le même air. Pour couronner le tout, il se permet toujours de me frôler lorsque mon frère est dans les parages, montrant ainsi qu'il maîtrise parfaitement la situation.

Et il a raison : j'ai bien plus à perdre que lui si Kyllian apprend que le capitaine de son équipe et moi jouons avec le feu.

— Si tu ne vas pas mieux demain, je t'emmène chez le médecin, lance Kyllian à côté de moi.

J'arque un sourcil interrogateur, pas certaine d'avoir compris là où il voulait en venir.

— Ta gorge, explique-t-il. Tu portes encore ton foulard, ça ne va pas mieux ? Tu devrais l'enlever, il fait une chaleur à crever.

Je n'ai pas le temps de comprendre ce qui se passe qu'il saisit un pan de mon foulard pour me l'ôter. Mon cœur cesse de battre, ma respiration se bloque dans ma cage thoracique. Ses yeux se posent tout de suite là où ils ne devraient pas.

Tout le monde retient son souffle face au regard colérique que mon grand frère me lance. Tous, sauf Maël, qui cache un sourire arrogant derrière cet air sérieux qu'il tente de se donner.

— Est-ce que t'as la moindre idée... à quel point Maman me casse les couilles pour s'assurer que sa petite princesse va bien ?

Je reste muette, les mots ne me viennent pas pour me défendre. Je n'ose plus relever la tête de mes chaussures.

— Et qu'est-ce que tu fais ? Qui t'a fait ça, Lily ?! T'as une seconde pour me répondre. Et regarde-moi !

Ses cheveux blonds tombent dans ses yeux. C'est peut-être mieux ainsi, ça masque à peine le dégoût que je lui inspire.

— Je... Ce n'est pas... C'est pas ce que tu crois.

— C'est moi ! intervient Sarah.

Je me retourne vers elle en espérant que la surprise ne se lit pas sur mon visage.

— C'est à cause de cette fichue *bucket list*. C'était l'un de mes gages. Pas la peine de paniquer, tout va bien...

Un sourire s'incruste sur mes lèvres, mon visage est moins crispé, mes épaules se détendent. Sarah vient de me sauver les fesses, et en beauté ! Alors même qu'elle n'a pas la moindre idée de qui m'a fait ça, elle me prouve une nouvelle fois qu'elle est une amie sur qui on peut compter.

— Ouais... mais j'avais un peu honte, alors... voilà. Maintenant, rends-moi ce foulard ! dis-je en arrachant le tissu des mains de mon frère avant de l'enrouler autour de mon cou pour cacher cette horreur.

Kyllian m'observe par dessous ses longs cils, les sourcils froncés comme s'il doutait de ma parole. Il se tourne ensuite vers Sarah, qu'il transperce de ses yeux verts.

— Tu caches bien ton jeu, Potter.

— Euh... les gars ? On devrait peut-être se bouger le cul plutôt que de se soucier de ce que font Sarah et Lily sur le canapé quand on ne regarde pas, déclare Max qui, pour une fois, dit quelque chose de plutôt intelligent.

Et pourtant, il est le seul, hormis Maël et moi, à savoir d'où provient véritablement ce suçon dans mon cou. Et il ne lâche rien. Il garde la bouche fermée et ne me lance même pas l'un de ses sourires sarcastiques pour me mettre en mauvaise posture. Il ferme simplement la bouche et concentre notre attention sur ce qui compte vraiment.

— On s'en fout, non ? Mais les gosses comme Hannah

attendent qu'on ramasse un paquet de fric pour eux, alors...

On le dévisage. Sidérés.

Il enfonce les mains dans les poches de son jean. Ted se penche en avant pour murmurer près de Maël :

— Tu crois qu'il a décidé de sauver son âme ?

Il lève exagérément les yeux au ciel avant de saisir les clefs de sa voiture sur le comptoir.

— Qui m'aime me suive, bande d'enfoirés !

Et juste comme ça, mon malaise prend fin.

Le soleil brille haut dans le ciel, tant et si bien que les grands arbres de Central Park ne sont plus capables de le cacher derrière leurs feuillages touffus. Dans le centre-ville, il règne une chaleur étouffante. Ici, les rayons du soleil sont agréables lorsqu'ils me caressent la peau. Je vis à New York et je me désole de ne pas venir m'aérer la tête plus souvent, là où les bruits parasites des moteurs et des coups de klaxons disparaissent totalement.

J'inspire une grande bouffée d'oxygène en fermant les yeux, appréciant les bruits des oisillons qui chantent, de la brise légère dans les arbres et...

— Je ne sais pas ce qui me vexe le plus. Que tu refuses de me dire qui t'a fait ça, où que tu n'aies pas couru pour m'en parler à la seconde où c'est arrivé.

... et de la voix criarde de ma meilleure amie lorsqu'elle me fait la leçon. À l'ombre d'un arbre, on sirote une limonade fraîche.

— Et toi ? Tu passes du temps avec mon frère et tu ne me dis rien. Il se passe quelque chose entre vous ?

J'aurais aimé que ma voix ne soit pas teintée de jalousie. J'aurais aimé ne pas être jalouse du tout, en vérité. Heureusement, Sarah est trop occupée à rougir pour le remarquer.

— On s'est embrassés.

Je manque de m'étouffer avec un morceau de glaçon qui passe de justesse du bon côté. Mon cerveau refuse l'information, je suis en plein bug.

— Par accident ? Genre, vous avez voulu vous faire la bise et ça a dérapé ?

Sarah croise ses bras fins comme des brindilles sur son torse. C'est curieux, j'ai l'impression qu'elle a encore perdu du poids. Je ravale mon inquiétude pour me concentrer sur les étoiles qui s'allument dans son regard dès lors que je mentionne Kyllian.

Oh, putain ! Non, non et non ! Mon frère et ma meilleure amie ? Ça n'arrivera jamais !

— Non, comme un vrai baiser romantique. Kyllian a été...

— Je t'en supplie, c'est de la torture ! dis-je en plaquant mes deux mains sur mes oreilles. Si tu veux poursuivre ton histoire, appelle-le monsieur Smith.

Un gloussement s'échappe d'entre ses lèvres, que son gloss à la fraise a colorées de rouge.

— OK... monsieur Smith... T'es certaine que je dois utiliser ce nom ? Ça me met un peu mal à l'aise.

Je la fusille du regard, elle lève les bras en signe de résignation.

— OK. OK. J'ai compris ! C'est arrivé quand il m'a ramenée de la boîte. Et ça s'est reproduit quand on est allés manger une pizza tous les deux.

Une bile acide remonte le long de mon œsophage, je suis à deux doigts de vomir.

— Je pensais qu'on se disait tout, et tu ne me parles même pas de ton premier baiser avec ce Smith. Qui doit se sentir vexée, maintenant ?

Sarah se dandine d'un pied sur l'autre dans sa robe qui imite les rayures jaunes et noires des guêpes. Elle finit par relever la tête pour affronter mon regard et m'offrir une moue boudeuse.

— Tu as dit que ça ne te plaisait pas ! Et puis d'ailleurs, tu ne m'en avais jamais fait part une seule fois. Pendant toutes ces années où je fantasmais sur ton frère...

— Monsieur Smith ! l'interromps-je.

— Bref, tu n'as jamais rien dit ! me gronde-t-elle sur un ton de reproche.

— Merde, Sarah ! Évidemment que je n'ai jamais rien dit. Pour moi, c'était un crush débile d'adolescente ! Et surtout, je n'aurais jamais pensé qu'il s'intéresserait à toi en retour !

Les mots m'ont échappé pour venir poignarder ma meilleure amie en plein dans le cœur, et il est trop tard pour plaquer une main sur ma bouche comme si j'étais capable de les retenir.

La bombe est lâchée, les yeux de Sarah se remplissent de larmes.

— Ce n'est pas dans ce sens-là que je voulais...

Et merde ! Elle part en courant dans la direction opposée à la mienne. Son manque de confiance en elle et mon manque de tact lui ont fait comprendre la phrase à l'envers. La culpabilité m'enserre la gorge, j'ai du mal à respirer, mes mains sont moites et une boule désagréable s'incruste dans mon ventre.

En fait, les émotions humaines font toujours le même effet qu'une putain d'armée de bactéries, et je n'ai pas l'antibiotique qui me permettrait d'arrêter de me sentir coupable.

Je jette un coup d'œil vers la foule.

La séance photo est un franc succès. Des files entières de femmes prêtes à tout pour prendre un souvenir avec leur idole. Qui aurait cru qu'autant de nanas s'intéressaient au football ?

Qui pourrait les blâmer ?

Comme un véritable *bodyguard*, Hannah s'occupe de gérer le temps que chacun passe en compagnie de son joueur favori. En réalité, elle chasse surtout celles qui s'approchent un peu trop de Ted Greyson.

La tombola aussi était une bonne idée. Cinq dollars le ticket pour espérer remporter un rendez-vous avec son chouchou. Max O'Donnel l'a fait jurer à ses coéquipiers : on me collera un procès au cul si l'un d'eux vient à disparaître après ce fameux rendez-vous.

Kyllian est en train de discuter avec un jeune fan vêtu d'un maillot qui porte son numéro. C'est la première fois que je vois mon frère aussi souriant depuis longtemps. Je n'entends pas ce qu'ils se disent, mais je lis à ses traits adoucis que la conversation est à la fois légère et plaisante. Comme s'il avait senti mon regard sur lui, il s'excuse auprès du jeune garçon et coupe court à leur discussion.

Lorsqu'il arrive en face de moi, il m'ébouriffe les cheveux avec son poing, un sourire en coin flottant sur ses lèvres.

— C'était une bonne idée, admet-il après un moment. D'utiliser notre notoriété pour récolter des fonds.

Je hausse les épaules, boudeuse.

— C'était surtout l'idée d'Hannah. Moi, je voulais vous déguiser en poneys.

Il laisse échapper un soupir, puis regarde au loin, là où ma collègue organise une pêche aux canards en plastique dans une petite piscine gonflable. C'est un échec cuisant, tout le monde s'en fiche, surtout quand il y a les Giants dans le coin.

— Tu m'en veux.

Ce n'est pas une question, alors je ne réponds rien. J'observe ses cheveux blonds qu'une brise de vent soulève. Il a l'air pensif.

— Pour ce matin ? Je ne pouvais pas deviner que toi et Pott... Sarah jouiez à ce genre de jeu.

— Tu aurais simplement pu me poser la question. Me faire confiance !

C'est tellement hypocrite de ma part. D'une injustice qui me retourne le ventre et me coupe les tripes en deux. Mais je suis partie trop loin, je suis déjà bien engagée sur l'autoroute du mensonge et je ne peux plus faire demi-tour. Dire la vérité sur la raison de mon mépris ne ferait qu'ajouter une couche à cette culpabilité qui me fait tourner la tête. Je me fiche qu'il ait été un peu surprotecteur, et si je suis vraiment honnête avec moi, ça m'a touchée en plein cœur de voir qu'il tenait encore suffisamment à moi pour jouer au grand frère. Mais c'est l'excuse convenable, bien moins problématique que d'admettre qu'on préfère garder ceux qu'on aime pour soi.

— Elle est où d'ailleurs, ta copine ?

Dans un souffle, je lui avoue :

— On s'est disputées. Enfin... j'ai dit quelque chose qui l'a vexée.

Il s'apprête à parler, mais s'abstient lorsqu'il fixe un point derrière moi. Sa bouche s'étire d'un petit sourire arrogant.

— Je n'ai pas l'impression qu'elle soit trop fâchée.

Curieuse, je me retourne pour découvrir Sarah dans mon dos, deux canettes de Coca Cherry dans les mains. Elle sait que c'est ma boisson préférée ! Sans un mot, elle me tend l'une des canettes ouvertes.

— Merci d'avoir veillé sur elle, j'ai bien cru qu'elle allait pleurer, me taquine-t-elle.

Kyllian hausse les épaules.

— Ça ne serait pas la première fois que vous chialez pour rien. Je me souviens quand vous vous êtes pris la tête pour la première fois, en primaire. Lily a fait la grève de la faim, elle voulait se laisser mourir !

Le souvenir est tellement intact dans ma tête que je peux presque le toucher.

— Elle avait tenu deux jours, jusqu'à ce que Jonathan me supplie de me réconcilier avec elle !

— Ouais... Papa s'inquiétait que je ne mange plus jamais. En vérité, on se goinfrait de bonbons avec Kyllian quand les parents partaient se coucher... J'aurais pu tenir comme ça longtemps.

Tour à tour, nous nous dévisageons avant d'éclater de rire. Sarah et Kyllian font partie de mon passé, de mon présent et de mon futur. Il est hors de question qu'ils m'abandonnent comme si je ne comptais pas à leurs yeux. Toutefois, je me mets à envisager la possibilité d'une relation amoureuse entre les deux. Malgré ma nausée persistante lorsque je les imagine ensemble, je me dis qu'il pourrait y avoir du bon dans cette relation. Sarah apporte à Kyllian l'apaisement dont il a besoin, et puisque j'ai de plus en plus de mal à le cerner, peut-être y arrivera-t-elle ?

— J'y retourne, faites attention et... Lily ? T'as été trouvée dans une poubelle. Ta mère n'est pas ta mère.

Je le fusille du regard lorsqu'il me balance sa blague recyclée qui n'a jamais fait rire que lui. Sérieux, vous n'imaginez pas les traumatismes que ça a engendrés !

Je ravale ma fierté avec une gorgée de Coca Cherry avant de river mes yeux dans le regard noisette de ma meilleure amie.

— Vous êtes quasiment de la même famille, et c'est dégueulasse ! Je suis presque sûre que c'est considéré comme de l'inceste dans certains pays.

Sarah écarquille les yeux et ouvre la bouche pour répliquer quelque chose, mais je ne lui en laisse pas le temps.

— C'est pour ça que je pensais qu'il ne s'intéresserait jamais à toi en retour. Pas parce que je ne te trouvais pas assez bien pour lui, ou une connerie dans le genre.

Elle baisse les yeux sur ses Converse jaunes, assorties aux petites rayures de sa robe, pour cacher ses joues rougissantes.

— Sérieux, tu t'es regardée dans un miroir récemment ? On dirait Eva Longoria avec une coupe au carré ! Et elle est sacrément sexy.

Un petit sourire étire ses lèvres.

— Avant sa chirurgie plastique, j'espère !

— Eva Longoria a fait de la chirurgie ?

— Elles en font toutes, non ?

Je secoue la tête, amusée.

— Excuse-moi de te blesser parfois. Si un jour… toi et monsieur Smith décidez d'officialiser, alors… je ne dis pas que je vous donne ma bénédiction, mais je fermerai les yeux sur votre relation incestueuse…

Sans que je m'y attende, elle fond dans mes bras et me serre fort contre elle. Sa joue se colle contre ma poitrine et je souris face à notre différence de taille. On ne pourrait pas être plus différentes l'une de l'autre, mais je crois bien que c'est pour ça que je l'adore.

— Au moins, ça reste dans la famille, me taquine-t-elle.

— Je vais vomir…

Lorsqu'elle se détache finalement de mon corps tendu aux bras ballants, je souffle :

— Au fait, l'appeler monsieur Smith n'a pas aidé.

Elle lève les yeux au ciel.

— Et toi, tu comptes enfin me dire qui t'a fait ça ? Ça a pris une couleur horrible.

Je souffle.

— Je ne peux pas… pour l'instant. Mais je promets de t'en parler bientôt. J'ai encore du mal à digérer ce qui m'arrive.

Elle me dévisage un long moment et finit par acquiescer.

— OK, du moment que tu ne te mets pas en danger…

Ce qu'elle ne sait pas, c'est que Maël *est* le danger. Un bon gros panneau rouge !

Max fait signe à Sarah de le rejoindre. Elle court vers lui tandis qu'il délaisse l'une de ses fans pour lui ouvrir grand les bras et la faire tourner dans les airs. Leur amitié naissante me réchauffe le cœur. Pour une raison ou une autre, ma meilleure amie a décidé de lui faire confiance, et la voir aussi à l'aise avec des hommes qu'elle connaît à peine, ça doit vouloir dire qu'il y a un peu de bon en eux…

— Je ne savais pas que vous étiez fan des Giants, lance une voix qui me fait sursauter.

Voix grave, yeux bleus, cheveux bruns et charisme affolant. Alexandre Moore. Je place une main sur mon cœur pour calmer ses battements affolés.

— Vous, ici ? finis-je par dire avec un sourire.

— Destin ou probabilité ? réplique-t-il.

— Malhonnêteté, je dirais. Qui avez-vous soudoyé pour me retrouver ?

Son sourire s'élargit, m'indiquant que j'ai visé juste.

— Il faut parfois chercher un peu le destin. Provoquer sa chance, voyez-vous ?

— Ça n'enlève pas tout au concept même du destin ? le

taquiné-je en penchant la tête sur le côté.

Il chasse mon questionnement d'un geste de la main.

— J'avais envie de vous revoir. Alors... un dîner ?

— C'est madame Cortez que vous avez dû convaincre ? insisté-je en ignorant sa question.

Des images de la secrétaire sévère s'invitent dans ma tête et ça me fait sourire. Quelque chose derrière lui attire mon regard. Maël est adossé contre le vieux tronc d'un arbre, une bouteille d'eau à la main. C'est la jolie femme à ses côtés qui envoie dans mon cœur une pointe de jalousie malvenue. Elle porte une robe à fleurs légère au décolleté important, et ça me fait mal de dire que je la trouve incroyable. Du genre qu'on est obligé de regarder lorsqu'elle passe devant nous. En lui offrant le plus joli et le plus grand des sourires, elle lui tend un morceau de papier. Certainement son numéro.

Je serre si fort les mâchoires que je manque de me briser une molaire. Et je suis d'autant plus énervée que ça ne devrait pas m'agacer qu'il se fasse draguer.

— Vous êtes toujours avec moi ?

Je remue la tête pour me remettre les idées en place.

— Oui, vous disiez ?

Un sourire étire ses lèvres parfaites et je suis à deux doigts de me baver dessus.

— Que vous aviez vu juste à propos de madame Cortez, plaisante-t-il.

— Oh, oui. Et que lui avez-vous promis ?

Il envahit soudain mon espace personnel. Cette petite bulle plus ou moins grande dont il est si facile d'éclater les bords. Il me vole mon oxygène tandis qu'il se penche à mon oreille pour me murmurer quelque chose. Je rougis malgré moi.

— Une nuit torride.

Mon cœur dégringole dans mon estomac. Cet homme respire l'assurance et la confiance en soi. Un brin d'arrogance et de fierté mal placée, mais j'ignore ces derniers détails. Je me sens intimidée, minuscule et tellement inexpérimentée à côté de lui.

– Nous avions un marché, j'ai désormais le droit de vous téléphoner. Alors... à très vite ! me lance-t-il avec un clin d'œil, certain que je vais décrocher s'il se décide à m'appeler.

J'ai ce foutu pressentiment dans un coin de ma tête, cette mauvaise intuition, ce petit quelque chose qu'on ne saurait expliquer, mais qu'on a très envie de croire. Et pourtant, je ne l'écoute pas, parce que Maël rit à présent avec Madame Parfaite. Et je ne sais pas ce qui me prend, mais j'ai hâte qu'Alexandre me téléphone.

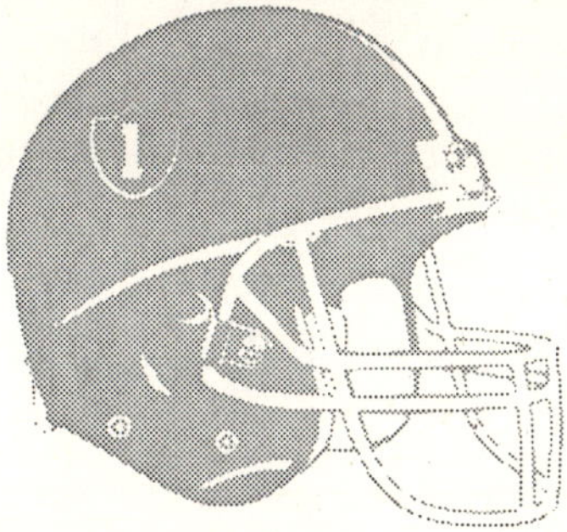

20

Lily

— Comment ça, tu dois faire un détour par le penthouse ? grondé-je.

— J'ai oublié mon porte-bonheur ! Je ne peux pas jouer sans mon porte-bonheur ! m'explique Kyllian.

L'objet dont il parle est le premier maillot de football que Papa lui a offert lorsqu'il avait trois ans. Normalement, il le laisse toujours dans son sac de sport, mais il le lave de temps en temps. Il l'aurait oublié sur le sèche-linge. Mon frère a l'air affolé !

— Je viens avec toi, déclaré-je.

— J'ai pas le temps ! Et je vais rouler un peu vite...

— C'est pas grave, vous pouvez monter avec nous, intervient Chris. On se répartit dans deux voitures.

Sans même nous demander notre avis, Kyllian hoche la tête et fonce en direction du parking. Je reste interdite, les bras ballants, complètement désespérée.

— Mais, c'est pas vrai ! Cette journée est interminable...

— Hey ! Cache ta joie ! On est vraiment cool, figure-toi. Plus cool que Johnson, se défend Chris. Pas vrai, Sarah ? Tu nous aimes bien toi, hein ?

Il a l'air vexé pour de vrai, ça me fait sourire.

— Ouais, t'es vraiment trop négative. Il faut savoir prendre les choses du bon côté ! Ce n'est pas parce qu'on t'offre un cactus que t'es obligée de t'asseoir dessus, me dit Max, dont la réplique fait pouffer ses camarades.

— Excuse-moi ?

— Bah, un cactus... ça a des épines. Si tu t'assois dessus, ça fait mal.

— J'avais compris la première fois. Elle sort d'où, cette expression ?

Il hausse les épaules.

Maël affiche un petit rictus, comme s'il avait une idée derrière la tête.

— Je prends Lily, sans mauvais jeu de mots. On se retrouve dans les vestiaires. Prenez soin de Sarah !

Il m'attrape par la main et me traîne jusqu'à sa voiture de luxe à la peinture noire et mate. Maël peut dire ce qu'il veut, il profite des avantages que la vie lui offre.

— T'as prévu de me faire du mal, c'est ça ? Oh, mon Dieu, tu vas m'attacher et m'enfermer dans ton coffre pour te débarrasser de moi juste après ton match !

Il lève théâtralement les yeux vers le ciel.

— Monte, idiote. On va cocher une case.

Le rouge me monte aux joues tandis que je m'installe sur le siège côté passager. L'espace d'un instant, c'est la mauvaise case qui m'a traversé l'esprit et je me suis imaginée en train de faire quelque chose d'indécent avec le quarterback.

Qu'est-ce qui ne tourne pas rond chez moi en ce moment ?

Il insère la clef dans le contact et fait rugir le moteur. J'ai le cœur qui bat à cent à l'heure.

— Pourquoi tu voudrais m'aider à cocher une case ?

— Parce que c'est dans mes cordes, répond-il naturellement. Et t'es la petite sœur de mon pote, faut bien qu'on finisse par s'entendre.

C'est la réplique de trop, je serre les poings.

— Et tu oses dire ça après ce que ton « pote » a failli découvrir ce matin ? Wahou ! Ça donne vraiment envie d'être ami avec toi.

Un rictus mauvais apparaît sur son visage. Il place une main sur sa poitrine, comme si je venais de le blesser profondément.

— J'essayais de faire connaissance, se justifie-t-il.

— En me suçant la peau ? T'as les mêmes moyens de communication qu'un animal sauvage !

Il hausse les sourcils de manière dubitative, puis éclate de rire. Je cache ma bouche dans mon poing pour qu'il ne voie pas mon sourire.

— Allez, arrête de me faire la gueule. T'es toujours ma meilleure ennemie, balance-t-il en me mettant un petit coup de poing dans l'épaule.

Je me renfrogne, repliant les genoux contre ma poitrine.

— C'est la jolie fille de tout à l'heure qui te met de si bonne humeur ?

Les yeux rivés sur la route alors qu'il double un camion, il fronce les sourcils comme s'il réfléchissait. Soudain, il éclate de rire.

— Tu me fais quoi, là ? T'es jalouse ?

— Absolument pas. Je trouve simplement que ton humeur est aussi changeante et instable que les prévisions météo. Et ça ne me surprend pas qu'une paire de seins suffise à te faire sourire.

— Hmm, je vois. Heureusement que tu n'es pas jalouse, je vais pouvoir te raconter tout ce qu'on a prévu de faire, elle et moi...

Je le fusille du regard.

— Oh, mais fais-toi plaisir ! Tu vas perdre notre pari et tu seras obligé de me donner ce que je veux.

Il penche la tête sur le côté et m'offre un sourire compatissant.

— Je ne comptais pas perdre. Tu n'as pas idée à quel point je suis déterminé.

Mes yeux sont rivés sur le compteur de vitesse. Pour l'instant, il respecte les limitations. Sa conduite est fluide et agréable, je n'ai aucune raison d'angoisser. Et pourtant, dès lors qu'on dépasse les 70 miles/h, mon cœur chute dans mon estomac, une moiteur s'installe dans le creux de mes paumes.

— Tu sais combien d'argent cette belle gueule a permis de récolter ? demande-t-il, fier comme un coq.

— Presque dix mille dollars. C'était vraiment une bonne idée, réponds-je sur le même ton. Vous avez assuré, merci.

— Hannah est un sacré personnage. Je suis sûr qu'elle a truqué la tombola pour remporter son *date* avec Greyson.

— Évidemment ! Les murs de sa chambre sont couverts de photos de lui. Je te jure, ça fait flipper...

Un petit rire s'échappe d'entre ses lèvres. Il porte des lunettes de soleil, aujourd'hui. Le genre vintage lui va comme un gant et intensifie son look de mauvais garçon, qui contraste tant avec sa personnalité. Il augmente les décibels de la musique et remue la tête d'avant en arrière, en rythme avec *Billie Jean* de Michael Jackson.

— *She's just a girl, who claims that I am the one !*

Je mords dans ma lèvre inférieure pour réprimer mon sourire idiot.

— Mais qu'est-ce qui te met de si bonne humeur ? Arrête tout de suite, ça te rendrait presque moins détestable.

Il joue des sourcils et prend un air taquin.

— C'est le match. L'adrénaline. L'euphorie du public qui m'attend. J'en sais rien, mais putain, j'adore ça !

— C'est un peu ce que je ressentais avant un gala quand j'étais petite.

Il m'offre une moue mi-attendrie, mi-espiègle et dit :

— C'est sûr ! Quel suspense, on se demande qui va gagner, quels petits chaussons seront les moins abîmés et qui va se casser la gueule devant tout le monde lors de la première !

— La danse, c'est bien plus que ça ! Des émotions fortes retranscrites par une chorégraphie de mouvements que chacune interprète à sa façon. Douleur, tristesse, colère... On peut absolument tout faire passer dans nos gestes fluides, et certaines personnes trouvent ça bouleversant.

— Comme quand on joue un match de football. Il y a

beaucoup de douleur..., plaisante-t-il.

— C'est parce que vous êtes de gros bourrins et que vous n'arrêtez pas de vous rentrer dedans !

Il rit.

— Mais t'aimes bien ça, pas vrai ? Enfin, t'avais l'air de t'y connaître quand tu parlais stratégie avec Max.

Sa réplique me met un peu de baume au cœur. C'est surtout le fait qu'il retienne ce genre de détails. Et puis, je me souviens que je ne suis pas censée l'apprécier.

— Je crois que j'essayais d'attirer l'attention de Papa et de Kyllian quand j'étais petite. Alors, je regardais tous les matchs à la télé, j'accompagnais mon frère à ses entraînements, et de fil en aiguille, je me suis mise à apprécier ce sport. Mais ça reste un sport de brutes !

Amusé, il lève les yeux au ciel, puis il appuie sur la pédale d'accélération et se replace sur la file de gauche. Mon cœur rate un battement.

— Bon, on la coche cette case ? Est-ce que je peux *enfin* me mettre à rouler ?

Je déglutis bruyamment et enfonce mes ongles dans l'assise du siège en cuir. Le simple fait qu'il me pose la question prouve que je peux lui faire confiance. Néanmoins, j'utilise l'humour pour me dérober.

— Tu faisais quoi, jusqu'à présent ? Du patin à glace ?

Une nouvelle fois, il lève les yeux au ciel.

— J'attends tes ordres, Barbie.

Je ferme les yeux un instant, prends une grande inspiration et, poussée par l'euphorie du moment, je finis par dire :

— Allez, roule, *bébé*.

Un petit sourire en coin incurve ses lèvres. Il ne me laisse pas le temps de changer d'avis et enfonce la pédale.

— J'ai cru que t'allais jamais me le demander !

Je bloque l'air dans mes poumons, me concentre sur le bruit du moteur qui rugit sous le coup de l'accélération. Mes ongles s'enfoncent un peu plus dans le cuir, je suis aussi tendue qu'une crampe. La vitesse augmente rapidement, de même que les battements de mon cœur.

Cent-dix.

Je suis à peu près certaine que mon palpitant va finir par me lâcher s'il continue d'accélérer. Je suis sur le point de lui demander de ralentir, d'abandonner, lorsque sa main se pose doucement sur ma cuisse. La chaleur de sa peau contre la mienne me force à baisser les yeux sur mes jambes, détachant mon regard du compteur sur le tableau de bord. Sa peau mate contraste avec la mienne. Il exerce une légère pression sur ma chair en resserrant sa prise.

— Je sais que j'ai l'air d'un con en te disant ça, mais je sais ce que je fais.

— Les cimetières sont bondés de mecs qui « savaient ce qu'ils faisaient », répliqué-je.

— Mais moi, je sais *vraiment* ce que je fais. Tu ne risques rien, ferme les yeux si tu veux, et fais-moi confiance.

Son ton n'est ni moqueur ni mauvais. Empreint d'une douceur que je n'avais encore jamais entendue chez lui. À sa manière, il tente de me rassurer. Et ça fonctionne ! Je me détends contre le dossier et ferme les yeux comme il me l'a conseillé.

— Concentre-toi sur tout ce qui est agréable, Lily.

— Genre, sur le bruit du moteur et la mort imminente qui nous attend au bout de la route ?

Pour me punir gentiment, il me pince la cuisse.

— Comme le vent chaud qui caresse ton visage et le sentiment de liberté qui ne tardera pas à arriver si tu te laisses un peu aller.

Je suis ses conseils pour me concentrer sur le vent qui fait virevolter mes cheveux blonds partout autour de moi. Michael Jackson a laissé sa place à Sam Tinnesz qui chante *Play with Fire* de sa voix éraillée au timbre particulier.

J'ai toujours aimé jouer avec le feu. C'est ce que dit le chanteur aux tendances pyromanes. Les paroles résonnent en moi et le fameux sentiment de liberté dont parlait Maël s'empare doucement de mon être. Je sens un sourire étirer mes lèvres tandis que l'angoisse et la peur se sont transformées en shooters d'adrénaline.

L'effet Maël Gellman, peut-être...

Lorsque je rouvre les yeux, je jurerais discerner une lueur de fierté au fond de ses iris sombres. Mais je n'en suis pas certaine.

Je l'imagine peut-être...

— Cent-quarante, bébé. Sois fière de toi, je ne peux pas aller plus vite.

Mon cœur rate un battement, et ça n'a rien à voir avec la vitesse, cette fois. C'est l'électricité et la tension palpable qui règnent entre lui et moi, mais aussi sa façon de me regarder comme s'il se retenait de me manger.

Il m'offre l'un de mes plus beaux futurs souvenirs, et j'ai tout sauf envie de le détester, finalement.

Pas même une seconde...

Pas même un tout petit peu...

Oui, moi aussi... j'aime bien jouer avec le feu.

Le MetLife Stadium a la capacité d'accueillir plus de quatre-vingt mille personnes. Pour espérer avoir une place rapprochée du stade à l'herbe synthétique, il faut être prêt à se battre. Sarah, ma mère et moi avons dû jouer des coudes pour obtenir un siège au milieu des gradins, juste derrière un grand chauve qui n'arrête pas de s'agiter dans tous les sens. Plusieurs personnes portent les couleurs des Giants. Certains arborent même le maillot de leur joueur préféré, une manière de les encourager de loin. Je remarque des spectateurs munis de banderoles, de drapeaux, de pancartes.

Face à nous, les supporters de l'équipe des Rams de Los Angeles. Malheureusement pour eux, les Giants ont la chance de jouer ce premier match de qualification à domicile, ce qui leur donne un avantage conséquent : nos gradins sont bien plus remplis que les leurs. On sous-estime souvent l'impact d'un public investi sur le jeu. Quand les supporters sont euphoriques, les joueurs le ressentent. Lorsqu'ils sont déçus, c'est la même chose. Il arrive souvent qu'un joueur soit reboosté par les cris et les acclamations de son public.

— Devine qui c'est ! lance une voix dans mon oreille, tandis qu'on plaque deux mains sur mes yeux.

Je reconnais Liam à sa voix et son odeur sucrée qui me rappelle celle qu'on retrouve sur ces îles du Pacifique : un mélange de noix de coco et de fruits exotiques. Maël m'a dit qu'elle saurait nous retrouver, car elle ne rate jamais un de ses matchs.

Je me retourne pour saluer la sublime meilleure amie de mon insupportable nouveau colocataire. Son teint de pêche aux reflets bruns rappelle ses origines maghrébines. Sa peau lumineuse parsemée de petites taches de rousseur ici et là serait capable de faire vendre la crème qu'elle utilise et de la mettre en rupture de stock si elle en faisait la promotion. Ses boucles brunes sont souples, quoiqu'un peu emmêlées, et lui retombent sur les épaules. C'est le petit anneau doré qu'elle porte à son nez qui attire mon attention.

— Tu t'es fait piercer ?! m'exclamé-je.

— Oh, ça ? demande-t-elle en pointant le bijou accroché à sa narine. J'y tenais pas particulièrement, mais ma mère s'est mise à critiquer une fille qui en portait un, et comme j'aime bien la contredire... J'avais un peu trop bu, Ashley avait des aiguilles dans son kit de couture et elle m'a convaincue que c'était une bonne idée.

Je la dévisage une seconde, incapable de savoir si elle plaisante ou non. Lorsque je constate qu'elle ne se met pas à rire de mon expression effarée, je dois me rendre à l'évidence : elle dit la vérité.

Mes mâchoires se contractent dès lors que je repense à la brune aux mèches rouges, celle que j'ai nommée « la poupée gothique démoniaque ». Je ne saurais dire ce qui m'agace vraiment chez cette fille... Elle dégage une aura effrayante. Ça se voit tout de suite dans son regard qu'elle est du genre à foutre le feu à la baraque si elle n'est pas contente.

— Ça te va bien, dit Sarah à qui Liam répond d'un clin d'œil satisfait.

— Elle l'a désinfecté son aiguille, au moins ? De toute façon, le mal est fait.

— On l'a trempée une seconde dans de la vodka, répond-elle en haussant les épaules.

À côté de moi, ma mère éclate d'un rire qui fait ressortir les petites pattes d'oie au coin de ses yeux. Glissée dans l'un des maillots de Kyllian trop grand pour elle, elle paraît plus jeune qu'elle ne l'est vraiment. De toute façon, Maman a toujours été du genre à vouloir avoir l'air cool. C'était assez embarrassant quand j'étais gamine, mais aujourd'hui, je ne l'échangerais pour rien au monde.

— Allez, Lily ! Respire ! C'est ce genre de conneries que font les jeunes normaux, me taquine-t-elle.

— Merci, mais non merci. Si risquer de choper le tétanos est considéré comme « normal », je préfère être chiante jusqu'à la fin de ma vie.

— Fais pas attention, Liam. Lily a été adoptée !

Liam éclate de rire.

— Elle est vachement mieux que ma mère. Est-ce qu'on peut échanger ?

— Est-ce que ta mère lance des phrases du genre « Salut meuf, ça baigne ? » pour se donner l'air cool ?

— Euh... non ?

— Alors, *deal* ! m'écrié-je en lui serrant la main.

Des hurlements de joie éclatent partout autour de moi, les Giants viennent d'entrer sur le terrain. Le brouhaha est perpétué par ceux qui crient le nom de leur chouchou, ceux qui pleurent, bouleversés par une émotion que je ne comprendrai jamais, et ceux qui discutent comme si de rien n'était, faisant des prévisions sur le match avant même qu'il n'ait commencé. Quoi qu'il en soit, nous avons tous les yeux rivés dans une même direction.

Les cinquante-trois joueurs de chaque équipe sont alignés les uns derrière les autres. Mon frère fait partie de l'équipe des défenseurs. Maël, le quarterback, fait évidemment partie des attaquants.

La sentence est tombée, les Rams commenceront par attaquer, tandis que les Giants devront défendre.

Pour ceux qui ne s'y connaissent pas, le football américain peut paraître un peu complexe. C'est vrai que toutes ces lignes blanches qui séparent le terrain pour délimiter les zones, les changements incessants des joueurs et les différentes phases de jeu, entrecoupées par de longues pauses... ça peut sembler incompréhensible et barbant. Moi, ce que j'adore, c'est tout le côté stratégique du jeu.

Le but de l'équipe attaquante est de marquer dans la zone adverse. Et celui de l'équipe qui défend est évidemment de les en empêcher. Jusqu'ici, tout va bien.

Pour pouvoir marquer, il faut gagner du terrain. Les lignes blanches sont justement là pour délimiter les zones qu'on appelle « yards ». Les attaquants disposent de quatre chances pour franchir dix yards. À chaque nouvelle chance, ils tentent de gagner du terrain en se faisant une passe ou en fonçant droit vers l'en-but adverse. Si au premier coup, les attaquants parviennent à franchir deux yards, ça veut dire qu'il leur reste trois chances pour atteindre les huit suivants. S'ils échouent, on échange les rôles : les attaquants deviennent défenseurs, et vice-versa. S'ils parviennent à parcourir les dix yards en quatre coups, ils peuvent continuer ainsi, jusqu'à parvenir à marquer un *touchdown*.

La tension est à son comble. L'un des joueurs des Giants donne un grand coup de pied dans le ballon pour l'envoyer le plus loin possible, l'objectif étant de les éloigner de l'en-but afin que l'équipe attaquante ait le plus de yards à couvrir. Pas de chance, le quarterback adverse attrape le ballon et se met à foncer comme un taureau vers nos joueurs. Il réussit à franchir trois yards avant de se faire plaquer au sol par Ted Greyson.

Une goutte de sueur perle sur mon front. À côté de moi, Liam hurle quelque chose comme : « Go, bad bitch ! »

OK, trois yards en un coup, c'est pas mal. C'est même beaucoup trop bien. Il va falloir que les Giants assurent s'ils ne veulent pas se faire dépasser. Heureusement, lors des tours suivants, ils n'arrivent à avancer que d'un yard à chaque fois. À la fin de leurs quatre chances, ils n'ont avancé que de six yards, c'est donc au tour des Giants de passer à l'offensive.

La fin du match est marquée par le *touchdown* du quarterback. Un final en apothéose, qui signe le terme d'un match où la tension était à son comble. Les cris hystériques et les applaudissements explosent partout dans les gradins. Maman, Liam, Sarah et moi nous étreignons !

Je suis fière d'eux et soulagée qu'ils aient remporté la partie, mais surtout qu'ils se qualifient pour le Superbowl !

Entre eux, les joueurs se câlinent, se frappent dans les mains et se félicitent. Les fans hystériques acclament leurs idoles et les supporters des Rams boudent.

— Si on se saute dans les bras, ça doit vouloir dire qu'ils ont gagné ? demande Liam en tirant sur sa cigarette électronique.

— Tu plaisantes ?

Elle hausse les sourcils et m'envoie un sourire taquin.

— J'ai jamais vraiment compris les règles, m'avoue-t-elle. Je crois que je commence à saisir les bases, n'empêche !

— Ça fait combien d'années que tu côtoies Maël ? demande Sarah, aussi stupéfiée que moi.

— Depuis le lycée. Je l'ai rencontré quand je suis rentrée en terminale. Pourquoi ?

— Comme ça..., réplique-t-elle, dépitée.

Alors que nous jouons des coudes pour sortir des gradins, ma mère pose un bras en travers de mes épaules.

— Cette colocation a l'air de vous faire du bien à toutes les deux. Vous êtes lumineuses, Sarah et toi. Vous semblez croquer la vie à pleines dents. Il était temps !

— Si tu savais, Maman... à quel point ils me rendent tous la vie impossible ! L'autre matin, ils ont carrément mélangé mes céréales avec des morceaux de cailloux. J'ai failli y laisser une dent !

Je ne m'attends pas franchement à ce qu'elle compatisse, mais j'aurais préféré qu'elle masque son hilarité.

— Tu verras, quand t'auras mon âge, t'y penseras et tu seras nostalgique. Vous allez devenir amis pour la vie, je le sens !

Son enthousiasme serait presque mignon si je ne la connaissais pas aussi bien.

— On n'est pas vraiment amis... mais tu ne m'écoutes pas, de toute façon.

Un rictus mesquin incurve ses lèvres.

— C'est peut-être justement parce qu'ils sont différents de ceux que tu apprécies en général qu'ils sont exactement ce qu'il te faut ?

— Ils sont violents, ils n'arrêtent jamais de parler, ils adorent m'embêter et ils sont tellement bordéliques que j'en ai des plaques d'eczéma. Regarde ! Je me fais violence chaque jour pour ne pas ramasser derrière eux, parce que sinon ils vont me prendre pour leur bonne. Mais si je continue comme ça, je vais me faire un ulcère...

— Hmm. Et l'un d'entre eux t'a fait un suçon ?

Je me fige. Mon visage retranscrit un mélange de panique et de gêne intense. Spontanément, je resserre les pans de mon foulard autour de mon cou. Ma mère éclate de rire.

— Sarah t'a balancée en échange d'un morceau de tarte aux pommes. Mais, c'est moi qui ai deviné d'où il venait.

Sous le choc, je l'attrape par les épaules et la secoue

doucement.

— Qu'est-ce que tu as dit à Sarah ?

— Rien du tout, chérie. Je sais garder vos secrets. Elle pense que tu vois un mec de ta fac en douce. C'est mignon.

Je reste silencieuse pendant que nous marchons vers la sortie, perdue dans mes pensées.

Comme on fait partie de la famille, la sécurité nous permet de passer à l'arrière, là où les joueurs sortiront pour être plus tranquilles.

Alors que j'emprunte la grande porte à battants, quelqu'un me fonce dedans et je tombe sur les fesses. Un peu sonnée, je mets un moment avant de réaliser que la personne qui vient de me rentrer dedans ne m'est pas inconnue et qu'elle est au sol, elle aussi.

— Toi ! attaqué-je.

— La fille des vidéos, accuse-t-elle en retour, affichant un sourire perfide.

Sa longue chevelure rousse retombe sur l'une de ses épaules. Elle porte le maillot jaune et bleu, celui aux couleurs de l'équipe de Los Angeles. J'attrape la main que Maman me tend et époussette mon short en jean en me relevant. Virginia me fusille du regard.

— Vous vous connaissez, toutes les deux ? demande ma mère, toujours ravie de rencontrer mes nouvelles amies.

Seulement, je voue une haine incommensurable à cette grosse menteuse qui n'a aucun scrupule à détruire la réputation d'un joueur qui ne lui a jamais fait le moindre mal.

J'ai vu son post qui disait que les médicaments pour sa dépression altéraient ses souvenirs et que tout s'était mélangé dans sa tête lorsqu'elle l'a accusé de quelque chose qu'il n'avait pas commis. Elle s'est à peine excusée avant de s'apitoyer sur son sort pour attiser la pitié de ses fans. Le problème avec ce genre de personnes qui mentent comme elles respirent, c'est qu'on finit par ne plus croire un seul mot de ce qu'elles racontent.

— Non, pas vraiment, répliqué-je.

— Je suppose que t'es là pour attendre Maël ? Après tout, t'es son nouvel accessoire de mode, cingle-t-elle en me détaillant de bas en haut.

Surprise, ma mère écarquille les yeux et hausse les sourcils. Moi, je tente de me dérober en m'éloignant de quelques pas, mais Virginia me rattrape.

Que Kyllian se dépêche, je ne peux vraiment pas la voir !

— Qu'est-ce que tu me veux ? Tu cherches une nouvelle cible ? Un nouveau jouet avec lequel t'amuser ?

Un rire mauvais s'échappe d'entre ses lèvres gonflées à l'acide hyaluronique. Je reconnais bien l'ourlet familier de sa lèvre supérieure, le genre de truc qui ne s'obtient qu'avec une piqûre.

— J'attends mon copain. Tu le connais peut-être... c'est Justin Wallet, le quarterback de l'équipe des Rams.

Tout s'explique...

Les pièces du puzzle s'assemblent dans ma tête pour me fournir la réponse à l'énigme que j'attendais. Un sourire perfide se dessine sur mes lèvres et je croise les bras sur ma poitrine, fière d'avoir tout compris.

— C'est pour lui que t'as lancé ce scandale, pas vrai ? Peut-être même que Justin t'a lui-même soufflé l'idée. Celle de faire passer Maël pour un criminel ! Tu savais qu'il pourrait ne pas jouer après tes fausses accusations, et par conséquent, que ça impacterait son équipe.

Je ricane tandis que Virginia se décompose.

— Ton mec est tellement mauvais, c'est tout ce qu'il a trouvé pour espérer la victoire ? J'espère que tu réalises à quel point vous êtes pa-thé-ti-ques.

Je détache chaque syllabe de mon dernier mot, sans me départir de mon sourire arrogant. Regarder les autres de haut, passer une main dans mes cheveux avant de les poser sur mes hanches en jouant à la poupée trop gâtée, je l'ai fait toute ma vie. Virginia ne devait pas s'attendre à ce que je sois une meilleure garce qu'elle.

J'entreprends de rejoindre mes colocataires lorsqu'une main aux ongles crochus m'agrippe le bras. Je me fige et dévisage ses longs doigts comme s'ils étaient recouverts de boue et qu'elle venait de me tacher.

— Lâche. Moi. Immédiatement.

— Sinon quoi ? Tu vas tout raconter à Maël ? Tu penses qu'il s'intéresse à toi ? Il te manipule, et t'es trop naïve pour te rendre compte que la seule chose qu'il désire, c'est que t'écartes les cuisses pour lui.

— Peut-être bien que c'est déjà fait, mens-je.

La surprise se lit sur son visage un court instant, mais Virginia sait se ressaisir à temps.

— Avec ou sans drogues diluées dans ton verre ?

À peine sa phrase achevée, mon poing serré s'écrase sur sa figure. J'entends le cartilage de son nez craquer avant qu'elle ne le cache de ses mains. Dommage pour elle, je vois rouge et je ne compte lui laisser aucun répit. J'agrippe sa tignasse rousse pour approcher son visage de mon genou et je frappe plusieurs fois contre sa mâchoire. De rage, elle me repousse de ses deux mains, faisant basculer nos deux corps qui s'écroulent sur le béton. Placée au-dessus de moi, elle a repris l'avantage et en profite pour me gifler. La brûlure que son coup me prodigue ne parvient qu'à intensifier la rage qui gronde dans mon ventre.

— Tu sais ce qu'il y a de cool ? demandé-je, à bout de souffle, tandis qu'elle tente de me gifler une nouvelle fois.

J'attrape son poignet en vol et le serre de toutes mes forces.

— J'ai un grand frère qui ne m'a jamais épargnée quand on jouait à la bagarre...

Je tords son articulation, elle gémit de douleur.

— Et il m'a appris à me battre ! déclaré-je, avant de la repousser d'un coup brutal des deux pieds dans son ventre moelleux.

Au moment où je m'apprête à lui bondir dessus, deux bras

encerclent ma taille et je me retrouve plaquée contre un torse dur et chaud à l'odeur familière. Je m'agite, tremble et gesticule dans ses bras, mais il reste de marbre, refusant de me laisser partir.

Alors que Virginia me fonce dessus, Max s'interpose, formant un mur d'acier entre moi et l'objet de ma colère.

— Nope, la blonde est avec nous, déclare-t-il de son insolence habituelle.

Mes respirations sont saccadées, j'ai le cœur qui bat à mille à l'heure et je ne parviens pas à me calmer, ignorant le monde qui m'entoure. J'ai des œillères, et tout ce à quoi je suis capable de penser, c'est à Max, qui ferait mieux de se pousser, et à Maël, qui devrait me laisser terminer ce que j'ai commencé.

Mais ses bras sont trop puissants pour que je me défasse de sa prise d'acier. Il me soulève, mes pieds gesticulants dans les airs comme deux asticots accrochés à un hameçon.

Malgré mes protestations, il m'éloigne de Virginia et m'emmène dans un coin isolé, derrière un mur du grand stade.

— Ça va aller, bébé..., dit-il d'une voix douce, son souffle contre mon oreille. Calme-toi, elle ne peut plus te faire de mal.

Son ton se veut apaisant, mais je ne parviens pas à redescendre. Je suis montée trop vite et trop haut. Pourtant, il reste là, à me tenir fort contre lui, jusqu'à ce que mes respirations se calent sur les siennes. Lorsqu'il le réalise, il desserre sa prise... à peine.

— Elle m'a balancé des horreurs ! Elle... elle te fait passer pour un putain de violeur !

La pression qu'il exerce sur mon corps s'intensifie et je ne saurais pas expliquer comment ni pourquoi ça m'apaise.

— On s'en fout, souffle-t-il dans un murmure emporté par le vent.

Sa tête repose à présent sur le sommet de mon crâne. On reste comme ça plusieurs minutes, peut-être même des heures ou un petit bout d'éternité. J'en sais rien, je suis trop chamboulée.

Je suis plus calme à présent, le brouillard qui m'enveloppait se disperse et je prends conscience de son corps collé contre le mien, de la chaleur qu'il dégage.

— Joli *touchdown*, finis-je par dire.

— Joli crochet du droit, réplique-t-il sur le même ton.

Un rire nasal m'échappe. Je laisse reposer ma tête contre son torse. Tant que je n'ai pas à affronter son regard, je peux me laisser aller.

Doucement, d'une lenteur qui me fait languir d'impatience et me fauche les jambes, il caresse mon bras là où je sens les boursouflures des griffures de la rousse.

— Les autres t'attendent. Quand tu seras prête, on y retournera.

— Je veux rester là un moment, tranquille, sans bruit, sans qu'on me pose des questions inutiles ou qu'on remarque que mon monde est en train de voler en éclats.

Ses doigts se figent sur mon bras, puis il laisse les siens retomber le long de son corps. Son contact manque aussitôt à ma peau et je réprime un frisson.

— OK, je te laisse…

Cependant, je me retourne pour affronter son regard. Dans les bras du géant, je me sens minuscule et protégée du monde extérieur. J'ai la sensation que plus rien d'autre n'existe. Son regard tombe sur mes lèvres. Juste assez longtemps pour que je le remarque. Et l'espace d'un instant, je crois qu'il va m'embrasser.

Pourtant, il ne le fait pas et je le regrette.

— C'est bizarre si je te demande de rester un peu avec moi ?

— Hmm. Mais tu sais ce qu'on dit : sois proche de tes ennemis…

Je lui mets une gentille tape sur l'épaule, juste pour lui faire comprendre qu'il est agaçant, à ne jamais rien prendre au sérieux.

Sa main remonte le long de mon bras, puis se pose sur ma

joue. Du bout du pouce, il caresse une griffure fraîche et sanguinolente.

— C'est vraiment pas bien ce que tu fais, Allyson.

Je cligne doucement des yeux sous le coup de l'incompréhension.

— T'adores qu'on soit à l'écart des autres pour que je t'embrasse. Que je te caresse. C'est plus facile de prétendre que rien de tout ça n'est arrivé quand on revient à la vie réelle, pas vrai ?

Sa réflexion me coupe le souffle. Il finit par s'éloigner de moi et je suis obligée de rejoindre les autres à mon tour.

Max me frappe dans la main et me dit que je viens de grimper dans son estime, Kyllian inspecte mon visage à la recherche de la moindre égratignure, Sarah me bombarde de questions, Ted veut carrément m'épouser parce que, je cite, « T'es trop bad ass ! », quant à ma mère, elle semble juste inquiète.

Et moi, je cherche un certain quarterback qui a disparu.

21

Lily

Assise sur le rebord de la baignoire en marbre blanc, j'observe Kyllian s'accroupir face à moi pour nettoyer mes plaies. Deux jours sont passés depuis l'incident, mais la griffure qui part de mon œil et traverse mon visage est encore à vif. Chaque jour, mon grand frère s'occupe de la désinfecter, puis de me coller un pansement.

— J'espère que tu ne vas pas nous faire une putain d'infection ! grogne-t-il alors qu'il me pique avec son coton imbibé d'alcool.

— Aïe ! Ce n'est qu'une griffure, pourquoi t'en fais tout un plat ?

Comme une gamine contente d'obtenir un peu d'attention, je balance mes pieds d'avant en arrière sans prendre la peine de masquer mon contentement. Kyllian me fusille du regard et pose un bras sur mes cuisses pour me maintenir immobile.

— Il fallait y penser avant de te battre, si tu n'aimes pas quand ça brûle !

— Hé ! Tu crois que j'avais prévu ce qu'il s'est passé samedi ?

— T'as raison ! Je suis con. C'est le jeudi que tu te bats, d'habitude. J'arrive pas à croire que t'aies pas suivi ton foutu agenda ! Qu'est-ce qui te prend, Lily ? D'abord tu te mets complètement saoule, puis tu débarques ici en imposant tes règles débiles, et maintenant tu te bats ? J'ai du mal à te reconnaître.

L'inquiétude transperce son ton habituellement neutre. Son masque de glace est toujours bien plaqué sur son visage, mais je commence à entrevoir quelques fêlures et je suis bien déterminée à le lui fracturer pour de bon.

— C'est drôle, c'est exactement ce que je me dis à ton sujet depuis la mort de papa.

Le simple fait d'évoquer la tragédie qui a chamboulé notre vie me noue la gorge. Un soupir s'échappe d'entre ses lèvres tandis qu'il me colle un petit pansement sur la joue.

— J'ai toujours été un p'tit con, c'est pas nouveau...

— Oui, mais tu passais du temps avec nous, *avant*. T'étais notre petit con à nous...

— Lâche-moi avec ça, OK ? déclare-t-il en se levant.

Il adopte à nouveau cette attitude que je déteste. Il planque la tête dans sa carapace et devient blessant.

— Qu'est-ce qui a changé ? Qu'est-ce qu'on t'a fait, bon sang ?!

Dos à moi, il se fige près de la porte, les poings serrés.

— Mais rien, putain ! Je ne vous supporte plus. Toi, Maman, Sarah... Vos niaiseries ridicules et votre trop-plein d'amour dégoulinant... ça m'écœure ! Vous me donnez envie de vomir.

C'est comme s'il venait de scier mon cœur en deux par ses paroles cruelles. Les larmes me montent aux yeux, mais je refuse de les laisser couler.

— Tu mens !

— Ouais, si tu veux. T'as toujours aimé te raconter des conneries pour te rassurer.

Il a brisé mon cœur et il écrase maintenant les derniers morceaux qui s'éparpillent entre ses doigts.

— Tu crois que le problème vient des gars ? De cette colocation ? Tu penses que c'est à cause de mes amis si je ne peux plus te regarder en face ?!

— T'es qu'un putain de menteur ! répété-je en sautant de la baignoire.

Je le secoue en l'attrapant par les épaules, il reste stoïque, les bras ballants le long de son corps. Il finit par pincer ses lèvres fines, comme pour retenir la vérité qui le dérange tant. L'émotion lui monte aux yeux et je ne sais plus trop s'il me déteste ou s'il se déteste lui-même. Moi, je lui hurle dessus, le secoue, lui frappe le ventre.

Finalement, il fond sur moi et me serre dans ses bras. Je suis tellement surprise par son étreinte que je ne peux plus respirer.

— C'est pas toi le problème. Ça n'a jamais été toi. La vérité, c'est que je ne supporterais pas de vous perdre, et que je suis mort de peur à l'idée que ça arrive.

Il dit ça, la tête calée sur mon épaule, incapable de me regarder en face.

— J'ai plus envie, Lily. Plus envie de rien. Je ne veux plus jouer au football, je ne veux pas récupérer l'entreprise de Papa... Tout ça, c'étaient ses rêves à lui. Ça n'a jamais été moi.

Ses révélations me coupent le souffle.

— Et j'ai peur... de vous décevoir. Je ne veux pas que vous m'en vouliez parce que je ne fais pas ce qu'il aurait aimé faire. J'ai honte, j'me sens comme une merde, et je ne sais même plus ce que je veux faire de ma putain de vie.

John & Johnson, je peux m'en occuper ! J'ai les épaules pour gérer un business. Il n'a pas à s'en inquiéter. Après mes études, j'assumerai cette responsabilité.

Le football ? Personne n'en a rien à foutre. S'il veut claquer des milliers de dollars, le cul posé dans un canapé, qu'il en soit ainsi... Il a amassé assez d'argent pour être peinard toute sa vie !

— Je n'aurai jamais honte de toi, affirmé-je.

Il relève le visage de mon épaule et me dévisage avec une moue dubitative.

— Tu sais pourquoi Papa a pris cet avion privé et non le vol de la veille ? Je ne te l'ai jamais dit, hein ? C'est parce que j'ai fait un caprice ! Un putain de caprice pour qu'il assiste à mon gala de danse, parce qu'il n'en a jamais loupé un, et que j'avais promis de lui faire la misère s'il osait manquer celui-là. Papa a emprunté un jet privé parce que j'ai fait un caprice. Alors les regrets, ça me connaît.

Kyllian me dévisage, interdit.

— Il est mort à cause de moi, alors arrête un peu de te lamenter et bouge-toi le cul pour vivre ta vie comme tu l'entends. Papa s'en fichait complètement que tu reprennes le flambeau ou que tu deviennes un dieu du football. Tout ce qu'il voulait, c'était qu'on soit heureux et tu le sais !

— Il passait son temps à m'entraîner et à me motiver parce qu'il...

— Parce qu'il croyait que ça te plaisait, merde ! Si t'avais été fan de claquettes, il t'en aurait offert une paire et aurait fait de toi le roi de la scène !

Un petit rire lui échappe, son corps est secoué par de légers tremblements.

— Il aurait même enfilé une paire lui-même et aurait regardé des tutos sur YouTube !

— C'est certain. Et il aurait même été bon, achevé-je en resserrant mon étreinte tandis que je renifle son tee-shirt.

Nous restons comme ça quelques minutes supplémentaires avant de trouver le moment super gênant et de nous séparer en même temps.

— Beurk, lâchons-nous d'une même voix, ce qui nous fait rire.

— Lily ? demande-t-il avant de quitter la salle de bains pour de bon. C'était pas ta faute. C'était la faute de personne.

— Hmm...

Comme le dirait si bien Alexandre Moore, « destin ou probabilité, personne ne pourra jamais le prouver ».

C'est l'anniversaire de Sarah – et accessoirement, celui de Maël, puisque j'ai appris qu'ils étaient nés le même jour. Au programme de ce soir, restaurant gastronomique, virée au musée, puis films à l'eau de rose dans la chambre de Maël, qui a gracieusement accepté de nous la prêter à condition qu'il puisse toujours donner sa fête, prévue depuis des mois. Tant qu'on se fait discrètes, il nous laissera nous goinfrer de pop-corn dans son lit. Je compte bien laisser des miettes sous sa couette pour qu'il passe une terrible nuit après notre passage.

Seulement voilà, après être rentrée d'une soirée filles extraordinaire, le ventre repu, alors que je m'apprêtais à enfiler l'une de mes combinaisons pyjamas, je me suis aperçue qu'elles avaient toutes disparu. Pas la moindre trace de mes accoutrements tout doux aux pelages d'animaux rigolos. Ni oreilles ni queues à l'horizon.

Me voilà donc en sous-vêtements, en train de ronchonner contre la terre entière, tandis que je fouille dans l'armoire de Maël à la recherche de quelque chose à me mettre.

— Tu es certaine de les avoir laissés là ? me demande Sarah, déjà vêtue de son pyjama, elle.

Je hoche la tête.

— Ouais ! Certaine. Et tu sais que je ne perds jamais rien. Le mauvais bougre s'en est débarrassé pour me faire chier, c'est sûr !

Assise en tailleur sur le lit moelleux aux dimensions king size de Maël, Sarah affiche un petit sourire en coin, comme si elle avait une nouvelle idée derrière la tête.

— Ça fait un moment qu'on n'a plus rien fait pour les embêter, tu ne trouves pas ? Depuis le coup de la teinture rose dans la machine, on les a plutôt épargnés, et ils gagnent du terrain...

— Merde ! J'crois que t'as raison.

Je m'installe à côté d'elle sur le lit, réfléchissant à quelque chose pour les faire craquer. Finalement, ces mecs sont de vrais durs à cuire. Plus résistants que je ne le pensais. Mais sont-ils indestructibles pour autant ?

— Laissez passer, laissez passer... Oh ! Je crois que je me suis... trompée de chambre, lance Ashley en ouvrant violemment la porte.

D'instinct, je couvre mon corps pour masquer ma seminudité. Et puis, je me souviens que cette nana est rarement assez consciente pour s'en soucier, de toute façon.

Gobelet rouge à la main, lunettes de soleil qui lui mangent la moitié du visage et démarche approximative, c'est bien Ashley Hawkins. Apparemment, les invités ont commencé à arriver.

Et pas les meilleurs…

Comme à mon habitude, je la toise et juge sa tenue d'un œil mauvais. Nos styles sont tellement à l'opposé l'un de l'autre que je ne peux pas m'en empêcher. De toute manière, elle me dévisage toujours à peu près de la même façon.

Aujourd'hui, elle porte un jean noir oversize déchiré sur les genoux, de grosses Dr. Martens compensées et un tee-shirt rouge pétant si moulant que je discerne les piercings à ses tétons.

— J'te plais, princesse ? me demande-t-elle lorsqu'elle remarque mon regard appuyé.

Elle s'adosse contre le mur pour ne pas perdre l'équilibre et boit une gorgée de son mélange alcoolisé.

Ashley a toujours l'air de tenir en équilibre sur un fil, de toute façon.

Elle avale la dernière goutte de son cocktail et tangue sévèrement en arrière, à tel point que je pense qu'elle va tomber.

Bon sang, elle vient tout juste d'arriver et la voilà à deux doigts du coma éthylique.

D'instinct, je me lève pour la soutenir et l'aider à s'asseoir sur le lit. Elle se laisse retomber bruyamment sur le dos, puis écarte les bras pour prendre toute la place sur le matelas. Sarah et moi nous dévisageons, inquiètes lorsqu'elle nous offre un sourire qui ne nous dit rien qui vaille.

— Vous foutez quoi ici, alors que la fête bat son plein derrière la porte ?

— Ça ne te regarde pas.

— On cherche un moyen de les rendre fous, me trahit Sarah, qui répond en même temps que moi.

Ses grosses lunettes de soleil reposent maintenant sur le bout de son nez, dévoilant ses jolis yeux noisette, dont elle gâche la couleur en traçant cet énorme trait d'eye-liner qui lui mange le regard. Ashley est aussi belle qu'une peinture esquintée, et je ne sais pas pourquoi elle se donne tout ce mal pour avoir l'air aussi… *fracassée.*

— T'es une femme, Sarah. Sers-toi de ce superpouvoir, ça ne devrait pas être trop difficile, dit-elle en lui offrant un clin d'œil. Ce que ce lit est moelleux, putain ! Je l'avais presque oublié.

Une boule vient se loger dans ma gorge dès l'instant où la jeune femme évoque le fait qu'elle et Maël ont déjà couché ensemble. Ça m'ennuie, alors que ça ne devrait pas.

— Ouh… Je connais ce genre de réaction, dit-elle en laissant traîner les mots sur sa langue pâteuse. Tu te tapes le quarterback ?

Je reste de marbre, mais intérieurement, je pulvérise Ashley de mille et une façons. Je la démembre, la fais brûler, l'empoisonne, la réduis en poussière…

— Maël et Lily ne peuvent pas se voir en peinture, déclare Sarah, amusée par la suggestion d'Ashley.

Comme si lui et moi, c'était l'idée la plus absurde au monde.

Ashley m'offre un sourire en coin dans lequel je discerne toute la mesquinerie dont elle peut faire preuve. Elle roule sur le côté pour me faire face, s'appuie sur son avant-bras pour se redresser et murmure à mon oreille :

— Et quand personne ne regarde, c'est ce que tu ressens aussi, princesse ?

À en juger par sa moue suffisante, cette maudite sorcière prend mon silence pour une réponse.

— Vous savez quoi ? J'ai un plan, déclaré-je en me levant brusquement. Hawkins a raison, pour une fois. On est des femmes, et c'est suffisant pour faire péter les plombs de cinq mecs privés de sexe depuis aussi longtemps. Je leur ai peut-être autorisé l'alcool pour ce soir, mais le reste du marché tient toujours.

Sarah frappe dans ses mains, ne cachant pas son excitation flagrante.

— T'es un génie, L.

— Ouais, enfin... je lui ai un peu soufflé l'idée ! geint Ashley avant de plonger dans les draps de Maël pour faire un somme. Oh, et... si jamais je me lève pour draguer quelqu'un... pitié, faites en sorte que je garde mon string. On ne s'aime peut-être pas beaucoup, mais la solidarité féminine passe avant tout.

À peine ses paroles prononcées, sa respiration devient plus profonde. Elle est tellement saoule qu'elle s'est endormie en une fraction de seconde, ses lunettes de soleil toujours sur le nez.

Alors que Sarah file à la douche, je ne peux m'empêcher de les lui enlever discrètement. Et puis, je la dévisage un instant. Il y a quelque chose en elle qui pourrit, une plaie purulente qui sent mauvais.

C'est peut-être ce qui la rend aussi effrayante...

Je fixe mon reflet dans le miroir de la salle de bains sans trop me reconnaître. Ma robe noire en satin est décolletée jusqu'au nombril, fendue sur un côté de ma jambe jusqu'en haut de ma hanche. J'ai bouclé mes cheveux blonds sur les pointes et Sarah m'a aidée à tracer un léger trait d'eye-liner. Seul le petit pansement que Kyllian a collé sur ma joue gâche un peu le côté sophistiqué de mon maquillage.

Je suis beaucoup moins certaine de mon choix, maintenant qu'il est temps de passer la porte. Je suis trop habillée pour l'occasion. Sarah n'en a pas fait autant, elle s'est contentée d'enfiler une petite jupe noire et un chemisier assorti. C'est rare de la voir aussi peu colorée, mais elle est à tomber, surtout maintenant qu'elle a barbouillé ses lèvres avec le rouge à lèvres carmin que nous avons volé chez MAC.

Ashley dort toujours à poings fermés et dans son état, elle ne risque pas de se réveiller. Que je la déteste n'a pas la moindre importance, puisque j'en fais une affaire personnelle : aucun homme ne passera cette porte tant qu'elle sera paisiblement endormie. J'ai entendu trop d'histoires sordides qui commençaient de cette manière.

La musique est si forte qu'elle me vrille les tympans à la seconde où nous quittons la chambre.

Adieu la soirée entre filles et les films à l'eau de rose. Bonjour l'enfer !

« Participer à une soirée étudiante. »

Je m'autorise à cocher cette case pour aujourd'hui, parce qu'une soirée avec les rois du péché et de la luxure est une épreuve plus grande encore que celle de traîner avec des étudiants bourrés aux hormones et aux Heineken à peine fraîches.

Nous longeons le couloir et nous nous arrêtons en reconnaissant les voix de Max et Maël, en pleine discussion. Je place un index sur ma bouche et fais signe à Sarah de ne pas faire de bruit pour tenter de saisir ce qu'ils se racontent de l'autre côté du mur.

— Un *touchdown* digne d'entrer dans la légende du football américain, mec. Je suis fou amoureux de toi ! plaisante Max O'Donnel.

— Je t'ai dit mille fois que je refusais de gâcher notre amitié pour du cul, réplique Maël sur le même ton.

— Mec, tu te rends pas compte ? Je te propose un truc sérieux, là. On vivra tous les deux dans une grande baraque à Hollywood. Le genre de baraques qu'on voit à des kilomètres tant elles sont grandes. On adoptera un... non, deux enfants. Je te ferai à bouffer et tu me suceras pour me remercier.

Sarah mord dans son poing pour se retenir d'éclater de rire, et j'avoue ne pas lutter pour réprimer le petit sourire qui s'invite sur mes lèvres.

— OK. Tu m'as eu. Épouse-moi, dit finalement Maël.

— Ça sera incroyable, tu verras. Je propose Marbella pour notre nuit de noces.

— Hmm… l'Espagne ?

— Ouais, les meufs sont chaudes, là-bas.

Un rire un peu étouffé *et tellement sexy* échappe à Maël avant qu'il ne réplique :

— Pas encore mariés et tu penses déjà à me tromper ?

— Relation libre, mec !

C'est le moment que je choisis pour faire mon apparition dans le salon. J'entraîne Sarah par le bras, plus de retour en arrière, la machine est lancée.

La pièce est bondée de personnes que je ne connais pas et je remarque le malaise de Sarah qui a horreur d'attirer l'attention ou de débarquer dans ce genre de soirées. Enfin, c'était avant son dédoublement de personnalité, parce qu'elle sourit, l'air de rien, et lâche ma main pour aller se servir dans le frigo.

Maël plaisante toujours avec Max, une bouteille de bière calée sous la lèvre. Il s'apprête à boire, s'arrête brusquement dans sa lancée, à tel point qu'une petite goutte d'alcool coule le long de son menton.

Nos regards s'accrochent et c'est comme si le monde cessait soudainement de tourner. Mes œillères se remettent en place, je ne vois que lui, et cette tension palpable qui naît entre nous. Mon cœur bat si fort qu'il tambourine contre mes tempes. Sa chemise noire est entrouverte et je ne suis même plus surprise de le reluquer sans vergogne. Je me fais l'effet de ces pervers qui sifflent les jolies filles dans la rue. Je suis dégoûtante !

Remuant la tête de gauche à droite pour chasser mes pensées parasites, je me concentre sur mon objectif premier, faire craquer cette bande d'idiots qui nous mène la vie dure.

Max, lui, joue sa comédie habituelle. Comme dans tout ce qu'il fait, il exagère. Sa mâchoire est sur le point de se décrocher alors qu'il me détaille de haut en bas, un filet de bave au bord des lèvres.

Je finis par me racler la gorge tandis que Maël m'offre un petit sourire.

— Vous cherchez quelque chose ? L'intérêt d'une soirée

pyjama, c'est pas *justement* d'être en pyjama ? me nargue-t-il.

J'ai conscience de ses yeux qui descendent sur ma poitrine et du dilemme qui se joue certainement dans sa tête à chaque fois qu'il le réalise.

— Figure-toi qu'un connard me les a planqués quelque part, répliqué-je en me penchant exagérément en avant pour récupérer une olive dans un bol qui repose sur l'îlot central.

Ses mâchoires se serrent, sa pomme d'Adam monte et descend quand il déglutit fortement.

— On ne t'a pas dit ? On a été cambriolés. Apparemment, ils n'ont pris que les pyjamas.

Je le fusille du regard, une lueur assassine au cœur de mes iris verts. Comme pour me provoquer, il lève sa bouteille à la manière dont on porte un toast avant d'amener le goulot à ses lèvres.

— Bon, eh bien... si vous n'avez rien à nous dire... vous pouvez retourner à vos films de merde ! crache-t-il.

Je suis à fleur de peau et il joue avec mes nerfs.

— On ne va nulle part, lance Sarah d'une voix moins assurée que lorsqu'on se trouve en petit comité. J'ai changé de programme, on reste. Après tout... c'est aussi mon anniversaire, et j'ai bien envie de faire la fête, lance-t-elle en m'offrant un clin d'œil complice.

Maël se crispe violemment, les mâchoires si contractées que je crains qu'il ne se casse une dent. Les manches retroussées de sa chemise dévoilent ses tatouages, mais surtout les veines que ses poings serrés font ressortir. Des flammes dévastatrices flottent au fond de ses prunelles sombres, mais je soutiens son regard. Sa colère est palpable et je ne comprends pas vraiment pourquoi.

— Non, dit-il simplement sans me lâcher du regard.

— Non ? s'étonne Sarah. Mais on a déjà invité des copines...

Celles dont elle parle ne sont autres que des filles qui fréquentent mon école de danse. J'en ai appelé une vingtaine, toutes célibataires et affamées. Si l'un d'entre eux ne craque pas avec ça, je jette l'éponge pour de bon.

Ou pas.

— Ça ne vous dérange pas, j'espère, dis-je, un sourire perfide collé aux lèvres.

— Putain, non ! lance Max, qui semble avoir oublié les modalités de notre pari.

Ou peut-être qu'il s'en fiche, finalement, ça ne me surprendrait même pas.

— Tu peux rester, Sarah, mais *elle* retourne dans ma chambre.

Ébahie, je m'apprête à lui répliquer un truc bien senti qu'il n'est pas près d'oublier, lorsqu'il fonce droit sur moi, attrape mon bras et me traîne dans le couloir, peu importe à quel point je tente de lui résister.

— Excusez-nous une seconde, lâche-t-il entre ses dents serrées.

D'une main, il ouvre sa chambre et me jette à l'intérieur sans la moindre délicatesse. Il me plaque contre la porte, qui se ferme sous le poids de mon corps, et envahit mon espace personnel sans vergogne en calant une main derrière mon dos, l'autre posée au-dessus de ma tête pour garder ses appuis.

Sa colère émane par tous les pores de sa peau et sa brutalité me laisse le souffle coupé.

— Tu joues à quoi, là ? accuse-t-il.

— Je ne sais pas de quoi tu parles, réponds-je d'un air innocent. Et lâche-moi, s'il te plaît.

Un rire nasal lui échappe, pourtant il est loin de trouver la situation amusante. Il pousse dans mon dos pour me ramener à lui et j'écarquille les yeux lorsque je sens sa masculinité cogner contre mon ventre. Un rictus satisfait lui échappe.

— Ouais, c'est ça. Si tu veux participer à cette soirée, enfile autre chose. Je suis même prêt à te rendre l'un de tes stupides pyjamas !

Son regard noir m'incendie et je me consume dans ses bras. Bientôt, il ne restera plus qu'un petit tas de cendres derrière la porte de sa chambre.

— Je te demande pardon ? On peut savoir d'où te vient ce comportement de mâle alpha, et pour qui tu te prends, au juste ?

Ses doigts quittent mon dos pour venir effleurer ma joue de leur rugosité. Mon souffle est erratique, je ne sais plus comment faire pour respirer, et il ne se prive pas pour consommer tout l'oxygène de la pièce. Ce corps-à-corps aura ma peau, et peut-être même que Maël aura aussi le droit d'y goûter.

— Tu n'as pas ton putain de mot à dire !

— Provoque-moi et je t'assure que je l'enlève, ma robe ! Sans doute que Max et les autres apprécieront le...

Je ne peux terminer ma phrase, il plaque sa main calleuse contre mes lèvres. Son souffle est aussi incertain que le mien, et je me mets soudain à imaginer un millier de façons de le lui voler. Je veux le priver du précieux oxygène comme il le fait avec moi, sans avoir besoin de faire le moindre effort. Et c'est ce qui me tue ! Il n'a qu'à m'effleurer de sa peau brûlante pour que mes jambes commencent à trembler.

— Tu tiens vraiment à ce que je te dévore du regard comme si je m'apprêtais à te bouffer, Allyson ? Dis-moi, t'as envie que mes lèvres effleurent chaque parcelle de ton corps que je déteste ?

À chaque mot, sa bouche frôle la peau fine de mon cou. Une chaleur diffuse se répand dans mon ventre, chacune de mes respirations, de mes tremblements, et même la chair de poule qu'il fait naître sur mes bras lui appartiennent. Il prend ce qu'il a à prendre et me laisse frustrée de ne rien obtenir de *lui*.

À chaque fois...

— Tu veux que ton frère remarque que je bande pour sa petite sœur avant, ou après qu'on a commis l'irréparable ?

Je ne suis qu'un tas de chair destiné à se faire manger. Mais ça m'importe peu, du moment que c'est par lui.

— Nope ! Absolument hors de question ! Vous ne ferez pas vos cochonneries devant moi.

Nos yeux s'arrondissent comme des soucoupes tandis que nous nous détachons brusquement l'un de l'autre.

Ashley vient d'émerger de la couette sous laquelle elle était cachée. Elle titube, enfile ses lunettes et ramasse son sac à main.

– J'adore quand tu me prouves que j'ai raison, me dit-elle en m'adressant un clin d'œil. Ne vous inquiétez pas, votre vilain petit secret est bien gardé !

Je profite de sa sortie théâtrale pour m'éclipser moi aussi de cette chambre. Le feu me monte aux joues, j'ai la tête qui tourne et le cœur qui frise la tachycardie.

Cette fois, Maël ne parvient pas à me rattraper et mon poignet lui glisse des mains.

Enfin, Dieu merci, parce que s'il l'avait fait, je sais qu'il aurait pu obtenir tout ce qu'il voulait de moi.

Moi aussi, je veux goûter à sa peau et le haïr, parce que j'adorerai ça...

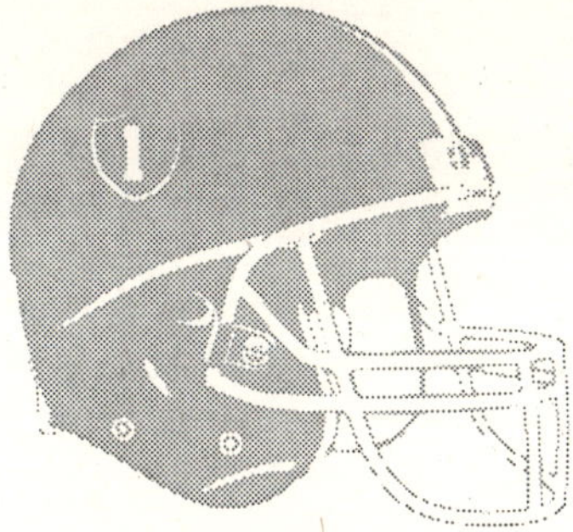

22

Maël

Les canettes de bière et les gobelets rouges s'entassent dans chaque recoin de mon appartement. Une fumée opaque stagne sous le plafond pour camoufler la lueur des lumières tamisées. Le penthouse empeste l'alcool, le tapis à l'entrée en est imbibé. Les vestiges d'un gâteau d'anniversaire aux trois chocolats traînent sur la table, je n'y ai même pas touché. Max a soufflé les bougies à ma place, et inutile de préciser que cet égoïste a certainement souhaité des centaines de soirées dépravées comme celle-ci. Son vœu est lancé, plus qu'à attendre qu'il se réalise.

Joyeux anniversaire et à l'année prochaine pour afficher les mêmes conneries sur les réseaux sociaux !

Le genre de photos et de vidéos qui vendent du rêve à ceux qui aimeraient être à notre place.

Ça me débecte. C'est Max qui a insisté pour que je fête mon anniversaire. Pour lui, tous les moyens sont bons pour éteindre son cerveau. Il n'en a rien à foutre du reste, cette soirée n'est qu'un prétexte parmi tant d'autres afin de se mettre la tête à l'envers.

La fête est terminée, seuls les plus éméchés refusent de quitter les lieux, malgré les lumières allumées et la musique coupée depuis un bail. Défoncés à l'alcool et à la coke, ils ne peuvent se résoudre à partir, soit par peur de retomber dans leur réalité pénible, soit parce qu'ils n'ont plus la force de se lever.

J'enjambe le corps inerte d'une fille en robe rose fuchsia que je ne connais même pas. Elle est peut-être morte, pour ce que j'en sais... Ma conscience me pousse tout de même à vérifier son souffle : son ventre se soulève, elle respire toujours.

Sarah est partie se coucher dès lors qu'une migraine lui est tombée dessus. Ça m'a surpris de voir que Max avait pris la peine de lui apporter une petite bougie, histoire qu'elle aussi puisse la souffler. Kyllian l'a rejointe quelque temps après, il était trop inquiet pour poursuivre la soirée, et Chris s'est assoupi après son troisième verre de vodka - Red Bull. Il ne supporte vraiment pas l'alcool.

Rassemblées sur les canapés, il y a le coin des âmes brisées. Celles qui finissent toujours par se reconnaître et se retrouver lors des soirées alcoolisées. Liam, Max, Ted et Ashley. Ils font partie de ceux qui refusent de retourner à une réalité trop lourde et pénible pour leurs épaules. Ils traînent un boulet à leur pied, cachent des cadavres dans leur placard ou se noient sous des torrents de tristesse qu'ils camouflent derrière des sourires qui mentent mieux qu'ils ne le font eux-mêmes. Je choisis bien mes amis, ils sont pour la plupart complètement paumés.

Et il y a Lily, qui fait des allers-retours entre la chambre de Kyllian et le salon parce qu'elle est trop inquiète pour son amie. Je crois surtout qu'elle a peur qu'il se passe quelque chose de sérieux entre Sarah et son frère, plus qu'elle ne se préoccupe du mal de crâne de la brune aux lunettes rondes. Mais il y a cinq minutes, Kyllian a fermé à clef parce qu'il n'en pouvait plus des allées et venues de sa petite sœur. Elle est revenue dans le salon plus frustrée et agacée qu'en début de soirée, quand tout a failli déraper entre nous. À présent munie d'un sac poubelle et de gants en plastique, elle ramasse les vestiges d'une énième soirée pourrie où mon appartement a fini sens dessus dessous. C'est drôle comme le bordel lui colle des allergies. Elle n'arrête pas de se gratter la peau – Dieu sait qu'elle en dévoile de la peau dans cette robe affriolante ! – et elle n'arrêtera pas tant que l'appartement ne sera pas *clean*.

Moi, ça m'arrange si ça peut épargner à la femme de ménage un nettoyage dont elle se passerait bien.

— C'est l'histoire d'un pingouin qui respire par les fesses. Un jour, il s'assoit et il meurt.

La blague de Max me fait sourire, les autres éclatent de rire, les lèvres de Lily frémissent légèrement, mais j'ignore si c'est à cause de l'histoire drôle ou simplement parce qu'il caille. J'ai monté la climatisation au maximum, il fait treize degrés dans l'appartement. J'ai tout fait pour qu'elle enfile un pull, mais elle refuse de céder, même si elle doit choper une pneumonie au passage.

— OK, j'en ai une autre ! Quel est le point commun entre le sexe et les mathématiques ? Plus il y a d'inconnus, plus c'est chaud.

— Tu devrais aller dormir, O'Donnel. Y a qu'un cerveau comme le tien pour comprendre une blague scientifique, lancé-je.

Vexé, il croise les bras sur sa poitrine.

— Moi je l'ai comprise ! se vante Ashley.

— Bon, j'en ai marre ! souffle Lily qui laisse tomber son sac poubelle plein à craquer sur le sol.

Les têtes de mes amis se tournent vers elle. Ils la dévisagent tandis qu'elle jette ses gants en plastique sur le sol. Elle ne résiste pas à l'envie de se laver les mains. Une seconde plus tard, la voilà qui enjambe le canapé pour se placer entre Liam et Ashley.

— OK, apprenez-moi. Vous êtes tous torchés parce que je vous y ai autorisés, maintenant je veux apprendre à boire comme vous pour oublier.

— Qu'est-ce que tu cherches à oublier, ma belle ? la questionne Liam en remettant une mèche de cheveux derrière son oreille.

Je connais ce regard qu'elle lui lance et je la rappelle à l'ordre en me raclant la gorge. J'avais prévu de me coucher, mais ma conscience me pousse à m'installer sur le canapé.

Je devrais n'en avoir rien à foutre qu'elle traîne avec le

groupe et qu'ils la fassent boire, pourtant ce n'est pas le cas. Habillée comme ça, l'un d'entre eux va sûrement tenter de la mettre dans son lit, et je ne peux même pas compter sur Liam et Ashley, qui sont tout aussi dangereuses. Le seul à être innocent est endormi dans un coin de la pièce, sa tête à côté d'une flaque d'alcool, et ça ne dérange pas Chris – qui ronfle joyeusement – une seule seconde.

— Ouais, qu'est-ce que tu cherches à oublier ? T'as rien à foutre dans le clan des paumés, princesse ! réplique Ashley.

Les yeux de Barbie dévient sur moi pour la première fois depuis qu'on a quitté ma chambre. Elle me fusille de son regard vert sapin et ne s'en cache même pas.

— Un parasite.

Mes lèvres s'incurvent en un sourire en coin provocateur.

Moi aussi, j'aimerais bien t'oublier avec une lampée d'alcool !

Max lui tend une bouteille de vodka, qu'elle dévisage avec un air dégoûté.

— Bienvenue au club, lui lance-t-il avec un sourire hypocrite.

Lily semble incertaine quant à ce qu'elle va faire.

— Si tes pensées font trop de bruit, noie-les ! lâche Ted en levant son verre.

Résignée, elle soupire. Elle ne va pas boire de la vodka pure. Je vois dans son regard perdu qu'elle regrette déjà d'avoir lancé l'idée.

— Vous connaissez des jeux d'alcool ?

Cette petite maligne joint l'utile à l'agréable en cochant une à une les cases de cette liste que pourtant elle déteste. Je commence à comprendre à quel point elle est têtue. Impossible pour elle d'abandonner, quitte à faire des conneries. Peut-être qu'au fond, elle est incapable de la moindre bêtise si on ne lui dit pas de la faire.

J'ai surpris sa conversation avec Kyllian, tout à l'heure. Elle se sent responsable de la mort de son père. En bouleversant son agenda, elle pense avoir provoqué le crash de son avion.

Alors, elle se dit que si les idées ne viennent pas d'elle, elle ne sera pas tenue pour responsable de ses actions. Ça explique un peu ses névroses. Enfin, en partie. Pour le reste, elle est juste cinglée.

— *Je n'ai jamais...*, propose Max, dont le sourire perfide annonce toujours quelque chose de mauvais.

— Qu'est-ce que tu n'as jamais fait ? demande Lily.

— Pas grand-chose, répond Ted à sa place. C'est le jeu. Tu cites quelque chose que t'as jamais fait, et celui qui l'a déjà fait, boit. Par exemple, je n'ai jamais passé Noël en famille.

Max et moi levons nos verres avant de trinquer ensemble en disant : « J'ai ! », pour signifier que c'est quelque chose que nous avons déjà fait.

— Oh, j'ai compris ! dit Lily en levant la bouteille avant de boire une grosse gorgée de vodka.

— Je n'ai jamais couché avec un homme, avoue Liam, qui entre dans le vif du sujet.

Ashley et Lily boivent une gorgée chacune.

— Je n'ai jamais couché avec une femme, réplique Lily, qui taquine Liam en lui retournant la monnaie de sa pièce.

On lève tous nos verres dans la foulée. Lily vient de faire un *strike*. Et elle sourit, victorieuse.

— Je n'ai jamais baisé la petite sœur d'un pote, lance Max.

Il me scrute, analyse la moindre de mes réactions, espérant sans doute déceler une vérité qui n'existe que dans sa tête.

Il lève lui-même son verre et trinque avec Ashley et Liam, qui ne prétendent même pas éprouver une once de remords.

Les verres continuent de se remplir sous les révélations plus ou moins malsaines dont nous ne parlons jamais vraiment, passant à la question suivante comme si rien ne comptait. Le contenu de la bouteille de vodka diminue à mesure que l'alcool s'imprègne en nous, délie nos langues et annihile, peu à peu, les limites qu'on s'impose.

Soudain, Lily se lève du canapé pour relancer la musique.

Long way 2 go s'élève dans l'air et un rictus satisfait remplace son expression boudeuse. Elle commence à se déhancher de façon innocente, entraînée par la musique dont elle boit les paroles. Comme s'il venait de se prendre un seau d'eau glacé sur la tête, Chris ouvre les yeux d'un seul coup. Elle fait un petit mouvement d'épaule et remue la tête, faisant balancer ses boucles blondes dont la pointe affleure le sommet de ses fesses.

Chris se redresse, lui attrape la main et la fait tourner sur elle-même tandis qu'elle rit à gorge déployée, manquant de trébucher du haut de ses talons aiguilles.

– Quelqu'un connaît cette meuf ? Elle est super cool ! balance-t-il.

Elle lui met une petite tape sur l'épaule et Chris annonce qu'il va se coucher. On ferait bien d'en faire de même, mais Lily semble décidée à poursuivre la fête et mes amis la rejoignent sur la piste improvisée, au milieu des déchets et des gobelets dans lesquels flottent quelques mégots. Max grimpe sur la table, le poing fermé en guise de micro. Ashley fume une cigarette qu'elle coince entre ses lèvres, puis secoue frénétiquement la tête, imitant un joueur de guitare électrique. Ted me dévisage, l'air de dire : « Mais qu'est-ce qui est en train de se passer ? » Je hausse les épaules au moment où Liam m'attrape par la main et me tire de toutes ses forces pour que je lève mon cul du canapé.

C'est idiot, ça n'a pas le moindre sens, mais un sourire fend mes lèvres dès lors que je rencontre les leurs. À côté de leurs problèmes, ceux de Lily paraissent dérisoires, presque trop petits pour qu'on y fasse attention. L'innocence brille dans son regard tandis qu'elle danse et ils l'imitent, oubliant que parfois, ils sont trop malheureux pour s'amuser. Mais pas ce soir. Ce soir, ils n'ont rien à prouver à personne, le clan des paumés n'existe plus. Seuls la musique, les rires et les taquineries occupent leurs esprits, et ça fait du bien, putain !

Le dos de Lily entre en collision avec mon torse. Ça la fait rire lorsque je la rattrape de justesse avant qu'elle ne se fracasse la tête contre la table basse. C'est moins drôle lorsqu'on tombe tous les deux sur le canapé, et elle sur mes genoux.

C'est à croire qu'elle le fait exprès, je ne manque pas son sourire espiègle.

Son téléphone vibre, elle ne le remarque pas, trop occupée à se déhancher sur mes jambes en bougeant les bras comme une hystérique, bien décidée à ne pas s'arrêter de danser.

Le message attise ma curiosité.

[J'ai eu une dure semaine, j'ai dû opérer à répétition, mais je suis enfin libre. Alors voilà, je prends mon courage à deux mains et décide de vous écrire. Alexandre]

Mes mâchoires se crispent, mes poings se resserrent et une sensation étrange me retourne les tripes, un mélange de dégoût et de frustration. Ce n'est pas de la jalousie, c'est de la possessivité et un curieux besoin de la protéger. Certainement parce que c'est la petite sœur de Kyllian, je me sens un peu responsable.

Tout le monde s'est rassis sur le canapé, leur morosité ayant complètement disparu.

Lily se laisse aller dans un soupir, son dos contre mon torse. Elle s'est tellement donnée qu'elle est essoufflée et ses joues ont pris une jolie teinte rosée. Danser et boire l'ont réchauffée malgré l'air froid que souffle ma clim'.

Elle attrape le téléphone sur la table basse et arrondit les yeux lorsqu'elle découvre le message. J'imagine le dilemme qui se joue dans sa tête en ce moment même, lorsque ses doigts parcourent le clavier de son portable. Elle écrit, efface, recommence, puis souffle d'exaspération.

[Ça a l'air épuisant de réparer les cœurs à longueur de temps...]

Sa réponse ne tarde pas à arriver.

[Vous n'avez pas idée. Vous êtes libre samedi prochain ? Pour provoquer le destin ?]

Est-il possible d'être aussi ringard ? Et elle, aussi naïve ? J'ai envie de gerber rien que de l'imaginer avec ce mec, et je ne sais même pas à quoi il ressemble.

Elle ne répond rien, repose le téléphone, mais il insiste.

[Je suis un très bon cuisinier. Et mon salon est joliment décoré.]

Je ne peux plus me retenir, je craque.

— Tu vas lui dire que tu préfères un endroit public. Et tu ne vas pas chez un mec que tu connais à peine, ordonné-je.

Surprise, elle cligne des yeux.

— Pourquoi ? Je vis bien chez toi ! Et puis, c'est malpoli de lire au-dessus de l'épaule de ses amis.

Amis !? On est amis, maintenant ? Elle se fout vraiment de ma gueule.

— C'est malpoli de gigoter sur la queue de ses *amis*, répliqué-je en insistant sur le dernier mot.

Choquée, elle ouvre la bouche et s'empourpre violemment. Elle tente de se mettre sur le côté, mais je la retiens par les hanches, lui plaquant les fesses contre mon érection naissante.

— Je n'ai pas dit que ça me gênait...

Elle rougit plus encore, si tant est que cela soit possible.

— Où est-ce... où est-ce que je devrais le voir, selon toi ?

Lily a une double face intéressante. Tantôt provocante, elle porte son insolence comme une seconde peau, plus particulièrement quand elle est en ma présence. D'autres fois, elle assume sa part un peu immature et admet ne pas avoir toutes les réponses. C'est rare, mais lorsqu'elle le fait de sa voix incertaine, baissant les décibels pour que personne d'autre que moi ne l'entende, je ne peux pas m'empêcher d'être un peu attendri et de lui répondre avec douceur.

Même si j'ai envie de faire bouffer à ce cardiologue son propre cœur.

— Au restaurant ? Au musée ? Quelque part où il ne pourra pas planquer ton cadavre aussi facilement que si t'étais seule avec lui.

— Alors toi, tu n'as jamais invité une fille le premier soir ? me demande-t-elle, une pointe de jugement dans la voix.

— C'est pas pareil. D'abord, j'exprime clairement mes intentions, moi. Elles savent que je veux baiser et que je ne les inviterai pas à dîner.

— Pourquoi ?

— Parce que je n'ai pas envie d'avoir une relation ?

— Pourquoi ?

— Tu me fais chier avec tes « pourquoi » !

Vexée, elle soupire bruyamment et se saisit de son téléphone qui vibre une nouvelle fois au moment où elle s'apprête à répondre.

[Et un restaurant ? J'en connais un super !]

Je la sens se crisper sur mes genoux. Son teint est livide et ses mains tremblent un peu.

— Personne ne t'oblige à...

— C'est toi qui m'as dit que je n'osais rien faire. Et t'as raison. Si je continue à avoir peur de tout, il ne m'arrivera jamais rien de bien.

Mais pourquoi j'ai dit un truc aussi débile ? Je ne pouvais pas fermer ma grande gueule ? Voilà qu'elle cherche à se prouver des choses, maintenant...

Je n'ai pas le temps de lire ce qu'elle lui envoie. Une chose est sûre, le mec est emballé.

— Ne fais rien que tu ne sois pas prête à assumer, c'est tout.

— Qu'est-ce que tu veux dire ?!

— Je veux dire que le mec veut simplement te baiser ! Et de toute évidence, il a trouvé le moyen de te mettre une pression psychologique assez importante pour que tu te sentes obligée d'accepter de dîner avec lui.

Mon honnêteté lui déplaît, elle se renfrogne. J'ai parlé assez fort pour attirer l'attention de Max, qui hausse un sourcil dans ma direction. Je le rassure d'un signe de la tête et il reprend sa discussion avec Ashley.

— Je ne suis pas une gamine ! Il ne me manipule pas ! J'ai dix-neuf ans et je suis tout à fait capable d'assumer un rendez-vous. Même un coup d'un soir, si je le veux !

Je souffle par les narines comme un taureau qui s'apprête à charger. Elle m'agace tellement quand elle joue à la plus maligne.

— Très bien, Lily. Alors, s'il te fait du pied sous la table, s'il te demande de le sucer ou juste de le suivre chez lui, tu sauras lui dire non ?

— Et si j'avais envie de lui dire oui ? me provoque-t-elle.

[J'ai hâte de voir ce que vous choisirez de porter.]

Ses joues s'enflamment, un rictus mauvais s'incruste sur mes lèvres. Ce n'est pas son rentre-dedans pourri qui me fait sourire, mais la réaction de Lily qui me prouve que j'ai raison.

— T'es même pas capable de lui dire que son comportement te met mal à l'aise. Et ce n'est qu'un échange de SMS !

— C'est... faux.

— Il ne sait même pas comment s'y prendre pour faire rougir une femme de la bonne façon, murmuré-je contre sa nuque qui se raidit.

Elle regarde droit devant elle, de sorte à me cacher son visage. Pourtant, je sens la chaleur qui se dégage de son corps et le sang battre dans ses artères tandis que son cœur accélère.

— Et comment tu ferais, toi... pour faire rougir une femme à distance ?

J'humidifie mes lèvres de la pointe de ma langue. C'est déjà assez risqué qu'elle soit sur mes genoux devant mes amis. Heureusement, ils sont tous trop à l'ouest pour comprendre qu'il n'y a absolument rien d'innocent entre nous. On joue avec le feu et on attend de voir lequel se fera consumer le premier par l'autre. Ce soir, Lily laisse ma flamme l'effleurer, flirtant avec ses propres limites.

Le problème, avec les limites, c'est qu'elles sont souvent très fines, et une fois qu'on passe de l'autre côté, il est bien plus difficile de revenir là où on a pied.

— Je ne lui parlerais pas de sa tenue, en tout cas, elle ne la garderait pas longtemps.

— Parce que tu la lui enlèverais à la seconde où elle franchirait la porte ? demande-t-elle, le feu aux joues.

Je fais non de la tête, mon nez frôle sa nuque qui se couvre de chair de poule.

— Parce que je l'aurais rendue tellement impatiente qu'elle n'aurait plus envie que de ça. Je ne suis pas du genre à arracher les vêtements, je préfère les regarder faire, attendre le bon moment, les laisser se languir juste assez pour qu'elles me supplient de les prendre.

Sa main posée sur sa cuisse attrape le tissu de sa robe en satin, qu'elle froisse entre ses doigts. L'arrière de sa tête retombe sur mon épaule, son parfum au jasmin me retourne le cerveau tandis qu'une chaleur diffuse se répand dans mon ventre.

— Pourquoi elle le ferait ? T'es si bon que ça ?

— Meilleur encore que tu ne le croies. Je lui dirais comment je la toucherais et ce que je lui ferais. Je la pousserais à me dire ce qu'elle préfère et *comment* elle le préfère, pour que quand le moment arrive enfin, elle soit désespérée de sentir ma queue en elle. Je lui volerais un orgasme si intense que ça lui ferait mal. Le genre de douleur dont on ne peut plus se passer une fois qu'on y a goûté.

Un gémissement étouffé s'échappe d'entre ses lèvres avant qu'elle ne morde dedans. Mon sexe réagit au quart de tour et je me demande quels bruits elle m'offrirait si je la caressais. Je me demande aussi où elle aime être caressée, si elle préfère quand c'est doux ou quand c'est sauvage... Son souffle est erratique, la limite est sur le point d'être franchie.

— Et... à une fille qui n'a jamais eu d'orgasme avec un homme, tu lui dirais quoi ?

Elle fracasse la fine barrière de glace qui définit ce qui est convenable et ce qui est carrément indécent. La réalité me frappe, comme un coup en plein dans l'abdomen. La petite sœur de mon pote me demande implicitement si je serais capable de la faire jouir alors qu'elle rougit sur mes genoux.

— Lily..., grondé-je d'un timbre menaçant.

Mais je n'y crois plus non plus, mes dernières défenses se sont cassé la gueule à l'instant où j'ai vu ses tétons durcir sous le tissu fin de cette robe.

— C'est juste une question, Gellman. Comment tu peux être certain qu'aucune de tes conquêtes n'a jamais simulé pendant l'acte ? Peut-être que certaines voulaient en finir au plus vite ?

— Il faudrait qu'elles le fassent très bien...

Sa tête repose toujours sur mon épaule et je sens son souffle chaud caresser la peau fine de mon cou, que ses lèvres frôlent lorsqu'elle articule :

— J'en connais qui jouent très bien la comédie. Je peux te montrer, si tu veux... Je parie que tu n'arriverais pas à me faire jouir...

C'est un putain de miracle qu'aucun de mes potes n'ait encore remarqué ce qu'il se passe sous leurs putains d'yeux. Il faut dire que nos murmures sont étouffés par la musique et leurs conversations. Nous ne nous touchons jamais vraiment, nos contacts peuvent paraître innocents pour ceux qui regardent de l'extérieur.

Mais ça ne l'est pas.

Ma bouche s'assèche lorsqu'elle se presse un peu plus contre mon érection. J'ai la queue tellement dure que c'en est douloureux.

Je passe un bras autour de ses épaules, comme si je voulais simplement la serrer contre moi, de sorte à cacher aux autres derrière nous ce que je m'apprête à lui faire. Elle sursaute lorsque j'attrape sa main que je fais glisser le long de sa jambe.

Elle retient son souffle.

Je guide ses doigts jusqu'à l'intérieur de ses cuisses, là où son corps brûle de me sentir la toucher.

— Combien de temps t'es restée avec l'autre con, déjà ? demandé-je, tandis qu'elle se tend d'appréhension contre mon corps.

— Six mois..., lâche-t-elle dans un souffle. C'est pathétique, hein ? De ne pas être capable de jouir avec...

Elle expulse tout l'air de ses poumons dès lors que je guide sa main sur sa féminité. Je n'y reste pas longtemps, juste assez pour la faire se languir.

— C'est lui qui était pathétique.

Elle pince les lèvres pour retenir ses gémissements de frustration. Je frôle ses parties sensibles de ses doigts sans jamais la toucher là où elle le désire vraiment.

— Putain ! me gronde-t-elle.

Elle mordille la peau de mon cou.

— Tu n'as pas l'air contente. Tu veux quelque chose ? la provoqué-je d'un air innocent.

Mais elle n'est pas en mesure de le dire, tout comme je suis incapable de la toucher autrement qu'à travers ses mains. Le faire serait admettre quelque chose qui nous effraye, qu'on est loin d'être prêts à assumer à voix haute. Comme toujours, c'est à celui qui fera craquer l'autre le premier.

— Si tu le veux, demande-le, soufflé-je, effleurant son clitoris par-dessus le tissu de sa robe en satin.

Elle ne porte pas de sous-vêtements, alors l'imaginer trempée et aussi accessible me fait vriller le cerveau. Elle mord si fort dans sa lèvre inférieure que je crains qu'elle ne se blesse. C'est comme si sa part raisonnable luttait de toutes ses putains de forces pour que les mots ne franchissent pas la barrière de ses lèvres.

Je veux qu'elle cède et je crève de la toucher. Comme une caresse innocente, je frôle son intimité du bout de mes propres doigts. Son corps réagit aussitôt et elle se cambre contre moi.

— S'il te plaît, craque-t-elle. S'il te plaît, montre-moi comment tu fais pour les faire jouir. Fais-moi jouir, aussi... juste une fois. Et on prétendra que ça n'est jamais arrivé...

J'ai l'impression de n'être qu'un tas de nerfs ultra-sensibles. Si elle continue, je vais imploser, finir par la prendre et foutre en l'air notre unique chance de revenir en arrière.

À contrecœur, je me redresse brusquement, installant un climat glacial entre nous. Mon rejet lui fait l'effet d'une douche froide, elle écarquille les yeux et se ressaisit en plaçant des mèches de cheveux derrière ses oreilles.

– Tu vas où ? me demande-t-elle.

– Évacuer la pression avant de te faire quelque chose que tu regretteras demain, bébé.

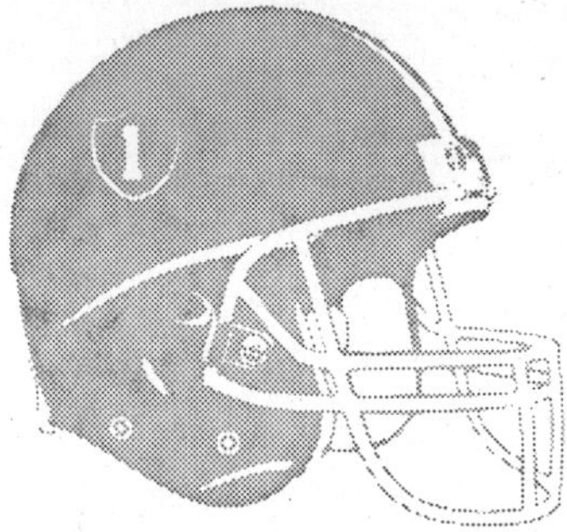

23

Lily

Cette soirée est un désastre monumental. C'est presque aussi tragique que l'état dans lequel se trouve le salon. Un bordel sans nom, si grand qu'on ne sait même pas par quel coin commencer. C'est exactement à ça que ressemble l'intérieur de ma tête. Et tout ce bazar me donne envie de me gratter jusqu'au sang.

Sarah souffre d'une migraine si violente qu'elle m'a lâchée pour se reposer. J'essaye d'oublier que mon frère est à ses côtés. Néanmoins, et malgré les menaces qu'il m'a jetées au visage, je commence à comprendre qu'il est absolument incapable de lui faire le moindre mal. Finalement, je regrette que la soirée d'anniversaire de ma meilleure amie se soit terminée comme ça.

Notre mission pour faire craquer les grands casse-pieds s'est soldée par un échec cuisant, même les élèves d'Irina n'y sont pas parvenues. Et pour être tout à fait honnête, j'ai passé un bon moment avec eux, en fin de soirée. Je ne dirais pas que je commence à les apprécier, mais il se pourrait que l'envie de les écarteler jusqu'à ce que démembrement s'ensuive se soit quelque peu dissipée.

Assise sur le canapé, je rumine en boucle ce qu'il s'est passé. Ma langue pèse lourd dans ma bouche et je sens encore les effets de l'alcool au goût de désinfectant. Tout le monde est parti se coucher, me voilà seule dans le salon, mais il est absolument hors de question que je dorme ici, au milieu de tout ce bazar et des bactéries.

La bouteille de Belvedere[3] m'appelle, je la scrute avec attention.

— Je n'ai jamais demandé à un Giant de me faire jouir… et je ne me suis jamais fait rejeter ! murmuré-je dans un soupir avant de porter la bouteille à mes lèvres.

Un raclement de gorge m'empêche d'effectuer le moindre mouvement, je suis pétrifiée.

— T'inquiète, je n'ai rien entendu ! me dit Ted Greyson alors qu'il enfile un sweat-shirt.

Il sort de la salle de bains, embaumant le gel douche et le parfum pour homme. Ça tranche avec l'odeur âcre et nauséabonde du tabac froid.

Objectivement, Ted est vraiment très beau. Si on aime le genre qui pue le mauvais garçon à des kilomètres. Le genre qui respire les problèmes à plein nez. Et le type qu'on ne présente pas à papa et maman lors d'un dîner de famille. Sûr de lui, il dégage une pointe de danger qui, j'en suis certaine, fait fondre un millier de filles. Pour les froussardes comme moi, il aurait plutôt tendance à les faire fuir.

— Tu t'en vas encore à l'une de ces soirées dont tu refuses de me parler ? Est-ce que quelqu'un ici sait ce que tu fous toutes les nuits ? Et bon sang, quand est-ce que tu trouves le temps de dormir ?

Un sourire en coin étire ses lèvres. Nous sommes aux antipodes l'un de l'autre, il doit avoir du mal à me déchiffrer, lui aussi. De toute façon, je ne comprendrai jamais ce qu'ils ont tous à se shooter à l'adrénaline, comme si la vie n'était pas déjà suffisamment angoissante. Et puis, je me souviens de ce que j'ai ressenti avec Maël lorsqu'il fusait sur l'autoroute. Je suis sûre

---

3 Belvedere est une marque de vodka élaborée dans l'une des plus anciennes distilleries continuellement en activité en Pologne, qui produit de la vodka depuis 1910.

que Ted rirait doucement de moi si je lui racontais. Mais au fond, il me trouve amusante. Je le sais parce que nos rituels sont un peu plus longs à chaque fois. Puisque je dors sur le canapé, il est obligé de me croiser lorsqu'il part en virée nocturne. Au début, il ne se forçait même pas à faire la conversation. Je crois qu'il n'en a pas grand-chose à foutre des politesses et du savoir-vivre qu'on attend de lui.

Alors, je ne peux pas m'empêcher d'être touchée lorsqu'il prend une minute pour discuter, ne serait-ce que pour me souhaiter une bonne soirée. Parce qu'il n'est pas du genre à se forcer à faire quelque chose dont il n'a pas envie.

— Je dormirai quand je serai mort. Ça va, toi ? T'étais sur le point de suivre mes conseils et de noyer tes pensées, me taquine-t-il tandis qu'il sort un joint de sa poche.

Je le dévisage avec de grands yeux, il se contente de m'offrir un sourire carnassier en s'installant à côté de moi. Le canapé s'affaisse sous le poids de l'immense joueur de football.

— Ne fais pas la meuf qui est surprise, tu savais très bien qu'on continuait avec nos conneries. Tout ce qui t'importe, c'est que ton frérot soit en sécurité, non ?

La question a été posée sans la moindre trace de jugement.

— O'Donnel continue de s'en mettre plein le nez, Stanford baise comme il respire et je fais des trucs qui te feraient bugger. Mais tu vas continuer à la fermer parce que je détiens un truc sur toi, maintenant, lance-t-il en m'envoyant un clin d'œil insolent.

Je serre les dents sous le coup de l'impact. *Et merde !*

— Dire que je commençais à te tolérer !

Un rire nasal lui échappe. Lorsqu'il allume son joint, la lumière orangée de la flamme éclaire ses tatouages. Il y en a tellement que j'ai du mal à en trouver un sur lequel poser mon regard.

— Mais moi aussi, j'adore que tu sois là, parce que j'ai tendance à perdre mes putains de chaussettes ! Et tu sais quoi ? Je les retrouve toutes depuis que tu t'occupes du linge ! C'est quoi ton secret ?

— Facile, je les attache ensemble pour que... OK, c'était ironique, c'est ça ?

Il pouffe doucement et me met une tape amicale sur l'épaule.

— T'es marrante. Alors, qu'est-ce qui te tracasse ? demande-t-il en crachant sa fumée dans les airs.

Un millier de choses, en vérité. Mais surtout, je me sens humiliée de m'être fait repousser de cette façon. À chaque fois que j'y repense, un malaise m'étreint la poitrine et me noue la gorge. J'ai honte de m'être montrée aussi audacieuse, mon sens de la raison annihilé par les grosses gorgées d'alcool ingurgitées au cours de la soirée.

— Tu tires vraiment une sale gueule ! S'il faut cacher un corps, ne compte pas sur moi. Je suis trop distrait, je serais capable d'oublier mon passeport sur le lieu du crime...

— Ça fait de toi l'acolyte parfait, du coup !

Il m'offre un petit sourire.

— Alors ?

— Tu sais garder les secrets, Ted ?

Son regard me fuit pour se poser sur l'immense écran plat. Son moment d'égarement ne dure qu'un instant, mais suffisamment pour que j'entrevoie l'une de ses failles sans avoir le temps d'en saisir la profondeur.

— Un peu trop bien, si tu veux mon avis, souffle-t-il dans un nuage de fumée opaque.

— Qu'est-ce que tu ferais si la personne avec qui t'as envie de coucher te rejetait ?

— Je la laisserais tranquille, à moins de vouloir finir en prison ! plaisante-t-il.

Je lève les yeux au ciel, néanmoins amusée.

Pile-poil quand j'ai l'impression que les choses s'améliorent entre Maël et moi, je viens tout gâcher avec mon comportement déplorable. Pour une fois que je ne me souciais pas des conséquences de mes actions, je paye la facture, putain ! Tout ça parce que j'ai mal interprété les signaux qu'il m'envoie. Je pensais qu'on ressentait ce truc que je ne saurais expliquer, mais j'étais la seule. À chaque fois qu'il me touchait, me murmurait des paroles chaudes à l'oreille, c'était simplement un moyen de me pousser à bout. Maël n'a jamais quitté des yeux son objectif, à savoir me faire perdre le pari.

— Les choses risquent d'être étranges, entre nous...

Ted ne prend pas la peine de me mentir, et c'est peut-être ce que j'apprécie le plus chez lui. Il se contente de hausser les épaules, les yeux rivés à l'écran sur lequel il pianote.

— Donc... t'as demandé à Maël de te baiser. Je croyais que vous vous détestiez, tous les deux ? s'étonne-t-il en relevant les yeux de son téléphone.

— Moins fort ! le grondé-je. Si mon frère entend ça, je suis foutue !

— Alors, tu ferais bien de ne plus grimper sur ses genoux devant tout le monde, réplique-t-il du tac au tac.

Le feu me monte aux joues et je ne suis vraiment pas loin de terminer la bouteille pour oublier ma gêne. *Pour la noyer*, comme dirait Ted.

— C'est le cas, on se déteste.

Du moins, c'est ce que je me répète à chaque fois que son regard trop intense réveille les papillons qui s'envolent dans mon ventre.

— Et ça t'arrive souvent de baiser les gens que tu détestes ? Parce que si c'est le cas, sache que j'ai jamais pu te saquer..., plaisante-t-il.

Je lui plante mon majeur sous le nez, mais je me demande si c'est une bonne idée de le provoquer. Je suis certaine qu'il pourrait me broyer le crâne d'une main tout en pianotant sur son téléphone de l'autre.

— Je comprends mieux pourquoi il est allé s'enfermer..., lâche-t-il d'un ton énigmatique.

— D'ailleurs, il faut que j'aille lui parler, décidé-je. Si j'attends demain, les choses seront encore plus bizarres et j'aurai perdu l'assurance que me donne la vodka.

Un sourire étrange déforme son visage de mauvais garçon.

— Tu devrais attendre qu'il revienne, enfin c'est juste un conseil.

Curieuse, j'arque un sourcil interrogateur.

— Si ça se trouve, il va s'endormir.

— Hmm, j'en doute. Tu devrais vraiment attendre quelques minutes...

Il ne termine pas sa phrase, quelque chose semble l'amuser.

— Tu sais quoi ? Vas-y. Tu me raconteras, hein ? demande-t-il de son sourire en coin qui ne me dit rien qui vaille.

— Euh... t'as raison. J'y vais ! Il faut que je lui dise que tout est « cool » entre nous. Pas de malaise. Mais il faut battre le fer tant qu'il est encore chaud.

— Crois-moi, il est chaud ! Fais gaffe à pas te brûler, lâche-t-il tandis que je me lève, déterminée.

Je me sens idiote, maintenant que je me trouve devant sa porte. Avant de perdre mon semblant de courage, je toque.

Une fois.

Deux fois.

Trois fois.

Il ne me répond pas. Ma tête se met à tourner un peu vite, alors je m'appuie contre le mur pour garder mon équilibre.

OK, je suis plus éméchée que ce que je pensais...

Je prends une grande inspiration avant d'abaisser la poignée. Son lit est vide et les draps défaits de la même façon qu'ils l'étaient quand Ashley les a quittés. J'avance avec prudence, perchée sur la pointe de mes pieds pour éviter que mes talons ne claquent sur le sol.

Il serait sorti sans que je m'en rende compte ? C'est possible, je suis étourdie. J'ai les oreilles qui bourdonnent et j'ai passé quinze minutes à ruminer, alors que les derniers invités quittaient le penthouse après que Maël s'est terré dans sa chambre.

Qui fuit sa propre soirée d'anniversaire sans dire au revoir, sérieux ?

— Maël ?!

— Ouais ? répond-il d'une voix étranglée qui provient de la salle de bains.

Sa chambre est monumentale, aménagée à la manière d'une suite parentale. Évidemment, il est le seul à disposer à la fois d'un dressing *et* d'une salle de bains.

— J'aimerais discuter. C'est assez urgent, ajouté-je.

Je suis collée contre la fine porte coulissante qui sépare la salle d'eau du reste de la pièce.

— Et tu ne peux pas attendre cinq minutes ?

— Euh... si. Enfin, non. Je dois te parler maintenant.

Une plainte étouffée s'échappe de sa bouche. Son grognement m'envoie des frissons qui remontent le long de ma colonne vertébrale.

— Qu'est-ce que tu fous là-dedans ? insisté-je lorsqu'il ne me répond pas.

— À ton avis, putain ! Je prends ma douche ?

— Sans eau ?

À peine ai-je posé la question que l'eau jaillit et ruisselle sur le sol en pierre. Il est en train de m'éviter, c'est certain. Et il se paye ma tête par la même occasion. Poussée par une détermination douteuse due au malaise qui règne entre nous et dont je ne suis pas encore tout à fait remise, je fais coulisser la porte et me fige sur le palier.

De la vapeur d'eau remplit la pièce, une buée épaisse recouvre le grand miroir face aux doubles vasques. L'air est si chaud que j'ai l'impression de me retrouver dans un hammam.

Maël est sous l'immense douche italienne, adossé contre le mur de petites pierres blanches tandis que l'eau ruisselle le long de son corps tonique. Les reflets caramel de sa peau mate sont exacerbés par la chaleur des lumières orangées, et je reste interdite face à la perfection de son corps, comme sculpté dans le marbre. Il a la tête légèrement penchée en arrière, les yeux mi-clos et les joues un peu rougies par la morsure de l'eau brûlante. Son expression est légèrement douloureuse tandis qu'il aspire sa lèvre inférieure entre ses dents pour étouffer ses gémissements.

Je suis paralysée, le cœur battant, et j'étouffe. Mes yeux dérivent sur la main qui empoigne son sexe, épais et dur. Maël termine de me faire griller les neurones dès lors que son regard rencontre le mien.

J'en ai le souffle coupé – et j'avais déjà du mal à respirer.

— Tu vas rester là à me regarder, ou tu veux participer ? me demande-t-il, insolent.

Il n'est pas gêné le moins du monde par ce qui est en train de se passer. J'essaye d'articuler quelque chose, mais je suis incapable de trouver les mots qu'il faut. Je me sens coincée avec lui dans ce nuage de vapeur d'eau, enveloppée dans une odeur de gel douche et de sexe.

Rien ni personne ne m'oblige à rester là, pourtant je n'ai pas envie de partir, encore moins de quitter des yeux le corps de ce dieu grec. Musclé, mais pas gonflé comme un bodybuilder – ce que je déteste –, je compte six abdominaux sur lesquels ruissellent des gouttes d'eau. Ses tatouages recouvrent le bras et la main avec laquelle il empoigne son sexe, parfait lui aussi.

Putain, même son pénis est joli ! Et personne n'a jamais dit d'un pénis qu'il était joli. S'il entendait mes pensées, il se moquerait de moi à coup sûr !

Enfin, c'est pas ma faute s'il est ridiculement parfait ! Personne n'a le corps d'une pub pour gel douche dans la vraie vie ! J'ai l'impression d'assister à un montage Photoshop qui se serait échappé de l'écran !

Il continue de faire glisser sa main sur la longueur de son sexe et je réalise que je regarde sous sa ceinture depuis un peu trop longtemps. C'est pire lorsque je le fixe dans les yeux, parce qu'il ne me lâche pas du regard, lui non plus. De plus, un petit sourire en coin à peine perceptible retrousse les commissures de ses lèvres.

J'essaye d'ignorer la chaleur qui se loge dans mon bas-ventre et la sensation douloureuse qui me donne envie de me soulager. Je mords dans ma lèvre lorsqu'un gémissement éraillé lui échappe.

— Tu vas vraiment... me rendre fou jusqu'au bout, hmm ? lâche-t-il difficilement.

Ses cheveux foncés sont trempés, ils lui collent à la peau. Sa mâchoire semble encore plus carrée que d'habitude, il se contient en serrant les dents.

— T'aimes regarder, hein ? Ça ne me dérange pas...

Le timbre de sa voix m'envoie une décharge électrique dans tout le corps et me pousse à m'adosser contre le mur. Mes jambes sont en coton, l'oxygène me manque et ça me fait tourner la tête. À moins que ce ne soit l'alcool, ou juste l'effet Maël Gellman.

À chaque fois qu'il se caresse sur toute sa longueur, des pensées honteuses m'envahissent. Je me demande soudain ce que ça me ferait si ses mains parcouraient ma peau.

La mienne se pose sur ma cuisse découverte par ma robe fendue. Je ne sais pas trop ce que je fais, mais je me touche discrètement le haut de la jambe en effectuant des mouvements circulaires, me rapprochant toujours un peu plus de là où ça palpite.

Ses yeux sur mon corps transforment le sang dans mes veines en un feu liquide. Chaque battement de cœur devient plus douloureux que le précédent. Il fait si lourd et humide dans la pièce que des gouttelettes de condensation envahissent ma peau là où elle est découverte. Mon décolleté, la naissance de mes seins, entre mes cuisses... tout est chaud et moite, et je vais sans doute mourir si je ne fais pas quelque chose tout de suite.

— Je suis sûr que t'es meilleure élève que ça, d'habitude. Tu dois sûrement être la première à participer à la fac… T'as toujours une si grande gueule, me provoque-t-il.

J'ai envie de le frapper et de lui sauter dessus à la fois. Et je vais finir par en crever.

– T'es peut-être juste mauvais professeur ? répliqué-je.

Son regard brûlant me picote partout où il parcourt ma peau et son sourire arrogant termine de m'achever. Je ferme les yeux, ma main sur le tissu de ma robe qui me semble de plus en plus fin.

– T'as pas le droit de me faire ça, dit-il dans un souffle si lourd que j'ai l'impression de sentir son haleine chaude et mentholée me caresser le visage. T'as pas le droit de fermer les yeux maintenant. Pas si tu restes…

Mes doigts courent le long de ma peau, j'ai l'impression d'être nue. Ils remontent sur mon ventre, et j'empoigne mon sein au travers de l'étoffe de ma robe. Mon téton se dresse, un gémissement m'échappe.

– Putain ! Tu vas me tuer…

Il a le souffle court, je me concentre sur le bruit de sa respiration hachée. Mes jambes sont sur le point de se dérober sous moi, la terre s'ouvre en deux et j'entame une chute vertigineuse. C'est trop tard, ni lui ni moi ne sortirons indemnes de cette expérience.

Je mords dans ma lèvre pour étouffer un nouveau gémissement tandis que mes doigts s'aventurent vers un endroit chaud et interdit. Je me caresse par-dessus le tissu, c'est ma dernière barrière, mais au fond, je crois que ça ne change rien du tout.

– Ne retiens pas les bruits que tu fais. Je veux que t'entendes à quel point t'aimes ça. Que tu n'aies plus d'autre choix que d'avouer que t'es rien qu'une menteuse…

Ses accusations me coupent le souffle. C'est à la fois douloureux et libérateur. Je cambre le dos contre le mur, une main en appui contre mon sein, l'autre sur mon intimité.

— Tu peux encore partir, mais si tu restes, tu vas devoir me regarder jouir pour toi, lâche-t-il.

Un grognement sexy s'échappe d'entre ses lèvres et me force à ouvrir les yeux. Nos regards s'accrochent, mon cœur bat la chamade, j'ai le souffle court. Les sensations sont divines et le fait que Maël me mange des yeux comme s'il allait me dévorer y est pour quelque chose. Il accélère encore les mouvements sur son sexe, qu'il tient de plus en plus fort.

Soudain, une vague de chaleur me submerge et des pulsations s'emparent de mon clitoris, qui se contracte sous mes doigts. Mes jambes se mettent à trembler et ma respiration se coupe. Un petit cri aigu s'échappe de ma bouche alors que le temps s'arrête. Je suis perdue dans des abysses de plénitude, avec la sensation de planer hors de mon corps.

— Putain, Allyson…

En dix-neuf ans d'existence, jamais mon prénom n'a été prononcé de cette façon, comme s'il était à la fois le remède et le poison. Mon cœur palpite si fort que je crains qu'il explose hors de ma poitrine. Nos regards se scellent quand il éjacule en laissant échapper le grognement le plus sexy que j'aie jamais entendu.

Mon souffle est erratique, j'ai l'impression d'apprendre à respirer sous l'eau. Il laisse retomber sa tête en arrière, de nouveau appuyée contre le mur, et il ferme les yeux, laissant l'eau rincer les dernières traces de sa culpabilité.

Je m'attends à ce qu'il m'impose une distance, qu'il pète les plombs sous le poids des regrets, mais il n'en fait rien. Il se contente de me regarder, tandis qu'un petit sourire plane sur ses lèvres.

Il coupe l'eau et attrape une serviette blanche sur le sèche-serviettes, qu'il enroule autour de ses hanches. Il ébouriffe ses cheveux mouillés, me balançant quelques gouttelettes au visage. Son air taquin ne le quitte jamais.

— Tu es… euh… nu !

Un rire rauque s'échappe d'entre ses lèvres, il penche la tête sur le côté pour m'analyser.

— T'es longue à la détente. Bien joué, Sherlock. Je prends ma douche nu, la honte !

Une rougeur humiliante s'installe sur mes joues. Je fixe mes talons pour éviter de le regarder en face, jusqu'à ce que je sente un index se placer sous mon menton pour me relever la tête.

Son souffle brûlant caresse mes lèvres gonflées d'avoir mordu dedans un peu fort, et je me consume sous l'intensité de son regard.

— Tu voulais me dire quelque chose ? demande-t-il.

Nerveuse, je me racle la gorge.

— Euh, ouais, mais... ça peut attendre. Enfin, je... je voulais te dire que... que toi et moi, on est couilles ! Je veux dire, on est cool, putain !

Ma langue a fourché, j'ai envie de m'enterrer, de disparaître de la surface de la terre, de prendre la place d'un grain de poussière qui se balade dans l'espace.

Mon menton coincé entre son pouce et son index, je me sens prise au piège. Maël pince ses lèvres entre elles pour se retenir de rire, mais il explose. Il rit si fort que son corps est secoué de tremblements, ses épaules se soulèvent à chacun de ses éclats.

Je reste interdite une seconde, puis finis par éclater de rire avec lui à mon tour. C'est un rire rauque, sans retenue, libérateur. Le genre de fou rire qui vous fait mal au ventre et chasse le malaise qui a précédé. Lorsque nos rires se tarissent, il colle son front au mien et reste silencieux une seconde.

— J'ai compris, Barbie. Y a aucun problème, OK ? Pas de malaise, me rassure-t-il.

Mes épaules s'affaissent tandis qu'il retire un peu du poids de ma culpabilité.

— Attends-moi dans la chambre, j'arrive, lâche-t-il en s'éloignant de moi pour saisir sa brosse à dents.

Je ne sais pas depuis combien de temps je patiente, allongée sur son lit à contempler le plafond tandis que mes jambes pendent dans le vide. Lorsque je sens le matelas s'affaisser à côté de moi, mon cœur loupe un battement. Il imite ma position, les mains calées derrière sa nuque.

Un long soupir m'échappe, je suis complètement vidée de mon énergie.

— J'ai préparé un *speech*. T'as envie de l'entendre ?

— Surprends-moi...

Je ferme les yeux une seconde afin de trouver le courage d'aligner mes pensées pour former une phrase cohérente.

— C'est la première fois que je jouis devant un homme. C'est plutôt une bonne nouvelle, non ?

— C'est plutôt triste, en fait, avoue-t-il.

Je l'ignore en chassant sa réflexion d'un revers de la main.

— En ce qui me concerne, je vais faire comme si rien ne s'était passé. Je suis un peu perdue en ce moment, t'es l'un des meilleurs amis de mon frère et... c'est vraiment pas correct.

Il hausse les sourcils, un peu surpris.

— Tu penses aux conséquences de tes actions un peu tard à mon goût, Lily...

— Laisse-moi finir !

— Dans quel sens ? Tu ne viens pas de finir ?

Je le fusille du regard, ignorant son petit air insolent.

— Je ne te déteste plus autant qu'au début, et ça m'arrache la bouche de te le dire, alors je ne me répéterai pas. Je ne peux pas dire que nous soyons amis, mais... c'est en bonne voie ! Et les amis ne se donnent pas du plaisir l'un en face de l'autre.

— Sérieux ?

Je lève les yeux au ciel.

— Bref, oublions ce qui vient de se passer. C'est cool ?

— Ouais, très couilles !

Je lui donne une petite tape sur l'épaule, il rit et se tourne sur le côté, la tête en appui contre sa main tatouée. J'imite sa position tandis que ses doigts se posent au creux de ma hanche.

— Peut-être que je te trouve un peu moins insupportable qu'au début, moi aussi. Juste un peu, ne te sens pas pousser des ailes ! Ensuite, il n'y a jamais eu de malaise entre nous, tu t'es monté la tête toute seule. Je suis juste un mec qui n'a pas baisé depuis un moment, j'avais besoin de me branler.

Un cri horrifié s'échappe d'entre mes lèvres.

— Tu vois ? T'es même pas capable d'entendre un homme dire des mots vulgaires sans grimacer.

— C'est faux !

— Je me branle, parfois, répète-t-il pour me provoquer.

Je ne peux cacher le dégoût qui déforme les traits de mon visage. Ça entraîne son sourire.

— Je ne vais pas faire comme si rien ne s'était passé, parce que c'était trop bon de te voir rougir pour moi.

Mes joues s'échauffent, mon cœur s'emballe.

— Mais je n'en parlerai à personne. Et je ne t'en parlerai plus non plus, parce que ça a l'air de te mettre mal à l'aise. Je te jure qu'il n'y a aucune raison de l'être. Genre... vraiment. On s'est amusés un peu, on a joui. Pas la peine de creuser plus loin ou de chercher un sens caché derrière ce qu'on vient de partager.

Je le dévisage, interdite, pendant qu'il découvre ma hanche de son toucher. La chaleur de sa main et la douceur de ses caresses m'apaisent. Chacune de ses paroles rassurantes m'aide à accepter ce qu'il vient de se passer.

Il a raison, pas la peine d'en faire tout un plat. On s'est amusés et on a joui. Rien de plus.

Alors, pourquoi ça me retourne le cœur qu'il me le dise ? Qu'est-ce que j'attends de lui, au fond ?

Je hoche la tête, forçant un sourire sur mes lèvres.

— Le salon est dans un état déplorable..., dis-je pour changer de sujet.

— Ouais... Ma femme de ménage va kiffer moyen... Je vais l'aider, demain matin, déclare-t-il.

Déterminée, j'ôte mes talons aiguilles et attrape un oreiller avant de m'étaler sur le lit.

— Bien ! Bonne nuit sur le canapé, alors !

Il me l'arrache, ma tête retombe mollement sur le matelas.

— Tu rêves, Barbie. C'est ma chambre, j'y reste !

— Mais... tu ne vas pas laisser ta nouvelle meilleure amie dormir entourée de bazar ?!

Un sourire mesquin étire ses lèvres.

— Crois-moi, Lily, je ne te regarde pas comme on regarde sa meilleure amie.

Il laisse échapper un soupir, me dévisage une seconde et dit :

— Tu peux rester, seulement si tu promets de ne pas me baiser pendant que je dors.

— Seigneur..., me lamenté-je en enfonçant ma tête dans le coussin que je lui reprends des mains.

Après un brossage de dents intense et une bonne douche, j'enfile l'un de ses longs tee-shirts imprégnés de son odeur. Il refuse de me rendre mes pyjamas confortables...

Il laisse traîner ses yeux sur mes cuisses découvertes et je tire sur le bas du tee-shirt pour cacher un maximum de peau.

— On a entraînement à dix heures, Kyllian est un lève-tard, mais il faut que t'aies quitté ma chambre avant qu'il se lève.

J'approuve d'un hochement de tête.

Bon sang, si Kyllian savait...

Je m'installe dans le lit, son corps à quelques centimètres du mien. C'est bizarre de vouloir qu'il se rapproche un peu ?

Putain...

La lumière s'éteint, nous sommes plongés dans le noir.

— Je peux te poser une question ?

— C'est déjà une question, râle-t-il.

Je me racle la gorge.

— Pourquoi tu ne sors avec personne ? demandé-je quand même.

— Pourquoi tu veux le savoir ?

— Comme ça, pour en apprendre un peu plus sur toi.

— Ma dernière relation s'est très mal terminée, je n'ai plus envie de revivre ça. Et puis, ça ne m'intéresse pas vraiment, de toute façon.

Malgré moi, je ressens une pointe dans le cœur. Je me tourne sur le côté, en position fœtale.

— Lily ?

— Mmh ?

— Tu poses des questions dangereuses, tu sais ?

Je ne réponds rien, je sais qu'il a raison, et je comprends ce qu'il sous-entend. Il faut que je me reprenne, et vite, ou mon petit cœur fragile ne tardera pas à se briser.

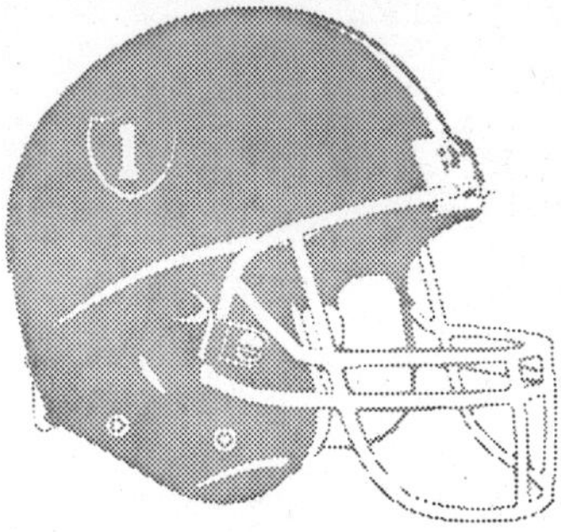

24

Maël

C'est la vibration incessante de mon réveil qui me force à émerger du sommeil sans rêves dans lequel j'étais plongé quelques instants plus tôt. Une odeur de jasmin flotte dans les airs, un poids m'écrase la poitrine et des cheveux me chatouillent le bout du nez tandis que les souvenirs de la veille s'agitent et se bousculent sous mes paupières closes.

J'ouvre les yeux pour découvrir Lily, assoupie dans mes bras. Sa bouche est entrouverte, soufflant les respirations lentes et régulières d'une personne paisiblement endormie. Sa joue est collée à mon torse nu sur lequel elle éparpille ses cheveux blonds et emmêlés.

Une vague de panique me submerge alors que je réalise qu'on a dormi dans les bras l'un de l'autre – ou plutôt, qu'elle s'est blottie contre moi pendant la nuit et que j'ai été assez négligent pour ne rien remarquer. J'aurais dû empêcher ça, et je n'ai rien fait, parce que je me sentais assez bien pour la laisser me squatter.

Il faut qu'elle sorte d'ici avant que l'un des mecs ne remarque qu'elle a passé la nuit avec moi. Mais elle a l'air si paisible quand elle dort, si éloignée de la petite peste qu'elle prétend être le reste du temps. Je suis partagé entre l'envie de la serrer dans mes bras et celle de me barrer en courant parce que ce que je ressens ne me plaît pas.

— Qu'est-ce qu'on fout tous les deux, putain ? murmuré-je, les dents serrées et les bras le long du corps pour ne pas la toucher.

Hier soir, c'était carrément chaud entre nous. La voir se caresser par-dessus le tissu de sa robe en satin était tellement différent de ce que je fais d'habitude avec les meufs. La tension qui régnait a eu raison de moi, je ne tenais plus. On est sans cesse en train de se chercher, de se toucher, tout en prétendant qu'on déteste ça. Au fond, on sait tous les deux qu'on ment, et ça me rend fou.

Elle me rend fou.

Mais je peux vivre avec ça. Je la trouve attirante, c'est le goût de l'interdit et son corps de déesse qui me vrillent les neurones. Je peux vivre avec le fait qu'elle me fasse bander, et même jouir lorsqu'elle se donne du plaisir sous mes yeux. Mais aimer le poids de son corps et la chaleur qu'elle dégage lorsqu'elle dort contre moi ? C'est au-dessus de mes forces, et ça me terrifie !

Elle papillonne des cils contre mon torse, plante ses yeux vert sapin dans les miens.

— Salut..., grommelle-t-elle d'une voix encore engourdie par le sommeil.

— Salut, répliqué-je, après m'être raclé la gorge. On dirait que t'as eu envie d'un câlin, cette nuit.

Elle ouvre brusquement les yeux et réalise ce qui est en train de se passer. Elle se décale rapidement sur le côté et je regrette de me sentir un peu au froid, maintenant qu'elle n'est plus collée contre moi.

— Merde. C'est pire que tout ! grogne-t-elle.

— Hmm. De toute façon, tu récupères le canapé à partir de ce soir.

Mon ton est sec. Il fend l'air de sa lame tranchante et aiguisée pour se planter dans son petit cœur.

C'est mieux comme ça. Je veux que les choses soient claires entre nous.

— Tu... regrettes ce qui s'est passé ? T'es fâché contre moi ? Tu me fais mal au ventre, putain !

Et juste comme ça, elle me fait fondre, et ma détermination retombe en poussière.

— Non, je ne regrette rien et j'ai aimé tout ce que j'ai vu, soufflé-je.

Elle hoche la tête, les yeux baissés sur ses orteils nus tandis que le rouge lui monte aux joues.

— C'est moins facile d'assumer quand on a dégrisé, hein ? la taquiné-je. Comment tu vis le fait d'être une voyeuse ? Pas trop dur à supporter ? T'es quand même une sacrée perverse !

Elle me fusille du regard et me balance un oreiller dans la figure. Aussitôt, je l'attrape par les hanches et lui plaque le dos au matelas. Mes doigts s'enfoncent dans ses côtes pour la chatouiller tandis qu'elle pince les lèvres pour réprimer son hilarité. Soudain, elle n'en peut plus, rejette la tête en arrière et éclate de rire. Elle tente de se défendre, mais je parviens à bloquer ses poignets au-dessus de sa tête pendant qu'elle se dandine avec la grâce d'un asticot. Alors qu'elle hurle de rire, mon cœur rate un battement.

On est cool, hein, Lily ?

Tu parles, on est putain de dangereux l'un pour l'autre !

Je me sens mieux maintenant que l'ambiance est redevenue légère entre nous. Mais mon cœur refuse de se calmer, parce que lorsque j'arrête de la chatouiller, elle ancre ses iris verts dans les miens et fixe ma bouche avec envie. Je prends soudain conscience de mon corps sur le sien, de ses cuisses nues, de ses cheveux en pagaille et de ses lèvres pleines qu'elle humidifie en y passant la langue.

Et puis, elle me repousse violemment, plaque sa main sur sa bouche et court aux toilettes où je l'entends vider son estomac.

Je ne sais pas si je dois remercier le ciel de l'avoir rendue malade au moment où j'allais l'embrasser, ou lui en vouloir de me mettre des bâtons dans les roues.

À vrai dire, je ne sais même plus comment penser.

Un peu inquiet, je m'arrête devant la porte de la salle de bains. La tête plongée dans la cuvette des toilettes, elle refuse de me regarder en face.

— Euh... ça va ?

Elle se contente de lever un pouce en l'air pour me signifier que tout baigne. Je réprime un sourire moqueur.

— T'es malade ?

— Non, j'adore vomir avant de prendre mon petit déjeuner. C'est une technique chinoise qui consiste à vider son estomac avant de commencer la journée, débite-t-elle. Évidemment que je suis malade, il y a une épidémie à l'hôpital...

Elle se remet à vomir et je recule d'un pas. Non, merci, pas envie de choper sa bactérie.

— OK, amuse-toi, alors, lâché-je avec sarcasme.

Le salon est rangé, il sent les produits ménagers et le savon. La femme de ménage a dû passer plus tôt que prévu, je m'en veux un peu de l'avoir laissée tout faire toute seule. Mes colocataires sont réunis autour de l'îlot central et me dévisagent d'un drôle d'air.

Merde ! Je vais devoir trouver quelque chose.

— La salle de bains était occupée, elle est venue dans la mienne pour vomir.

— On a entendu, dit Chris.

Alors que je contourne l'îlot pour me faire couler un café, Max brandit un rouleau à pâtisserie, place une main derrière son dos et s'exclame :

— N'avance plus ou je t'assomme !

Il est trop tôt pour ses conneries, putain ! Je fais un pas sur la gauche, il en fait un aussi. Un pas sur la droite, il me bloque le passage et n'arrête jamais de me menacer de son rouleau à pâtisserie comme on agite une épée.

— Le problème, c'est qu'elle vient de gerber ! dit Chris.

— Comment elle va ? s'inquiète Sarah.

— Comme quelqu'un qui vient de vider son estomac. Elle est encore plus désagréable que d'habitude, si tant est que ce soit possible. Je peux passer, maintenant ?

Max agite toujours son arme factice devant moi, de sorte à me bloquer l'accès. Excédé, je finis par l'attraper pour stopper ses mouvements. Il lâche l'ustensile comme s'il l'avait brûlé.

— Il est contaminé, les gars ! Brûlez ce rouleau immédiatement ! Apportez-moi des gants et un chalumeau.

— O'Donnel, grogné-je pour lui faire comprendre que s'il n'arrête pas ses conneries bientôt, je vais vraiment m'énerver.

— On a un match important samedi, et on ne veut pas chopper votre truc, à tous les deux, intervient Ted en croisant les bras sur son torse.

— Mais j'étais avec elle cinq minutes ! mens-je. Et je ne suis pas malade, putain !

Les lèvres de Ted s'incurvent en un sourire mesquin. Le message est clair, il sait.

— Tu n'es pas *encore* malade. Mais ça va venir, et je ne veux pas attraper son virus sorti tout droit des entrailles de l'enfer ! s'écrie Max.

Je me pince l'arête du nez, à deux doigts d'en coller une à chacun de mes potes. Dans un élan de désespoir, je jette un coup d'œil à Kyllian.

— Nope, j'ai horreur de la gastro. On vous fout en quarantaine.

— Mais je ne suis même pas malade ! m'agacé-je en levant les bras. Lily non plus, d'ailleurs, elle pratique une technique chinoise pour se purifier l'âme, ou un truc dans le genre...

Personne ne va croire à ce putain de mensonge. Et comme pour m'achever, Lily se remet à vomir, provoquant des grimaces de dégoût sur chacun de leurs visages.

— Si tu tombes malade, tu vas contaminer toute l'équipe à l'entraînement. T'imagines la putain de catastrophe ? me demande Chris.

— Sans oublier qu'on ne sait pas ce qu'il fait, ce virus. Si ça se trouve, tu vas te mettre à marcher au plafond et faire des 365° avec ta tête, renchérit Max, le regard complètement sérieux.

— T'es trop con. Et donc, toi, tu vas m'enfermer avec ta sœur ? T'es sûr ?

Il pouffe.

— Je n'ai pas la moindre crainte, elle peut pas te saquer, mec ! lance-t-il avant de me mettre une tape sur l'épaule. L'instant d'après, Max lui envoie un flacon de désinfectant.

Ted étouffe un rire dans son poing.

— Ouais, elle peut vraiment pas le voir, ajoute-t-il.

— Tu veilleras sur elle, hein ? me demande Sarah.

À l'entendre, on croirait que Lily vit ses derniers jours.

— Et pourquoi tu ne t'en occuperais pas, toi ? T'es pas censée être le tac de son tic, le yang de son yin et le soleil de ses nuits ?

Elle m'offre un petit sourire malicieux.

— J'aimerais bien, mais...

— Mais je lui ai formellement interdit, m'informe Max. Sarah est tout le temps collée à Kyllian, et Kyllian est tout le temps collé à moi. D'ailleurs, arrête un peu de me draguer.

Soupir général. Max enfile un gros gant de cuisine avant de se saisir du rouleau « infecté » pour me pousser vers la chambre.

— T'es le pire meilleur ami du monde. C'est décidé, c'est Ted mon préféré, annoncé-je.

— Désolé, mais à part l'entité démoniaque qui squatte ta chambre, y a rien qui m'angoisse plus que la gastro. T'en fais pas, mon pote, je prierai pour ton âme ! lâche-t-il en abaissant la poignée de la porte.

Il me pousse ensuite violemment à l'intérieur de la chambre, toujours en utilisant le rouleau. J'entends le bruit de la clef qui tourne à l'intérieur de la serrure et j'écarquille les yeux, furieux.

— O'Donnel ! Ouvre cette putain de porte !

— Désolé, mon p'tit chat... T'as une bible cachée dans le tiroir ? Un peu d'eau bénite ? Sinon, je te souhaite bonne chance avec Satan !

Furieux, je me tourne vers Lily, qui se trouve dans la salle de bains, ma brosse à dents dans la bouche.

Je vais l'étrangler !

— Je t'ai déjà dit que je te détestais ?

— Peut-être une fois ou deux, ouais. Je file à la douche. Ça te dérange si j'emprunte ta serviette ? Non ? Cool !

Elle fait coulisser la porte et j'ai envie de m'arracher les cheveux. Mais lorsque Sarah toque à notre porte, une minute plus tard, c'est la goutte d'eau qui fait déborder le vase. Les garçons l'ont enroulée dans une grosse couverture qui l'enveloppe des pieds à la tête, laissant seulement entrevoir ses yeux. Pour couronner le tout, elle tient un plateau dans ses mains cachées par de grosses moufles.

Un soupir m'échappe et un sourire nerveux retrousse le coin de ma lèvre.

— Laisse-moi deviner, Max a insisté ?

Elle hausse les épaules.

— Désolée, Maël... Mais je vous ai préparé du café. Et une bonne soupe ! Les garçons vont partir à l'entraînement et... ils m'emmènent avec eux.

Je ne peux même pas lui en vouloir parce qu'elle est bien trop mignonne dans cet accoutrement ridicule.

— Merci ma belle, dis-je en récupérant ce qu'elle a apporté.

Plus loin dans le couloir, j'entends Max murmurer des trucs du genre « Délivre-nous du mal ! » et « Viens vite te désinfecter ! ».

La porte claque, le verrou se tourne. Ils vont vraiment nous laisser enfermés toute la journée.

Comme ça, c'est sûr, je tomberai malade pour de vrai !

Mon plafond est sympa. Je n'avais jamais remarqué la petite tache de peinture dans le coin, là-bas. J'en ai marre d'être allongé dans ce putain de lit, à ne pas savoir quoi faire. Et je n'en peux plus d'écouter les jérémiades de Lily lorsqu'elle discute au téléphone. Assise par terre, elle a posé son téléphone et enclenché le mode haut-parleur.

— Je t'aime tellement. Tu me manques aussi. J'ai si mal au ventre...

— Mais putain, c'est pas possible ! Elle est à côté ! Littéralement ! Ils ne sont même pas encore partis ! m'exaspéré-je.

Pour toute réponse, elle me fusille d'un regard mauvais.

— Il est horrible avec moi, S. C'est une torture ! Il me laisse sur le carrelage froid...

— C'est du parquet..., grogné-je entre mes dents serrées.

— Et il a bu la tasse de café que tu m'avais préparée... en plus de la sienne.

J'enfouis ma tête dans mon oreiller. Je suis à bout. J'abandonne. *Qu'on m'achève, putain !*

— Oui, j'ai bu le bouillon que tu m'as apporté. Tu peux dire à Max que je l'entends et qu'il peut aller se faire foutre ? Je n'ai pas vendu mon âme au diable, il devrait le savoir, puisque c'est lui !

— J'espère que tu vas très vite te remettre. Je reviendrai te voir ce soir, OK ? Je t'écrirai toute la journée. Je t'aime, Lily. Tu vas t'en sortir. Ne pactise pas avec l'ennemi.

Je craque et me saisis du téléphone que j'arrache des mains de ma co-détenue.

— Maintenant que tu lui as fait tes adieux, commence à préparer son éloge funèbre, dis-je avant de raccrocher.

Lorsqu'elle arrête enfin de me crier dessus, ma tête est sur le point d'exploser. Ses yeux sont brillants, ses joues rouges et son corps est secoué par de vilains tremblements.

Fait chier !

Je me lève du lit pour ouvrir l'armoire à pharmacie et en sors un petit comprimé de paracétamol que je dissous dans un verre d'eau avant de le lui apporter.

— Tiens. Ça devrait calmer la fièvre.

— Merci..., geint-elle en tremblant comme si elle était à l'article de la mort. Même si je suis sûre que t'es en train de m'empoisonner...

Je lève les yeux au ciel et récupère ma place sur le lit. Elle couine comme un petit chiot qui n'a pas eu sa gamelle de croquettes, et ça me fait tellement chier que je cède :

— Allez, grimpe. On n'est plus à ça près !

Elle ne se fait pas prier pour s'enrouler dans mes couvertures, un petit sourire victorieux sur les lèvres.

Quelle comédienne !

— Alors... t'as des jeux de société, ici ?

— Non.

— Hmm, on pourrait peut-être...

— Non, merci.

Elle souffle d'exaspération. Une lueur malicieuse finit par s'allumer au fond de son regard tandis qu'elle se redresse dans le lit.

— Et si on regardait un film de Noël pour passer le temps ?

— C'est quoi le but de la manœuvre, Lily ? Faire en sorte que je tombe en dépression ou me couper les couilles ?

Sa lèvre inférieure se met à trembler, elle m'offre une moue de bébé, avec supplément regard de chien battu. Et j'essaye de résister de toutes mes forces, mais de toute façon, je n'ai rien de mieux à faire, alors...

— OK. Mais interdiction de chialer !

— Cool ! déclare-t-elle en m'offrant un immense sourire.

Ouais, super cool ! Une journée de rêve au paradis.

— Tu peux arrêter de faire la gueule ? Les amis doivent se soutenir, tu sais ?

Je laisse échapper un long soupir.

— OK, Barbie. Mets-nous ton putain de film de Noël. Je suis super excité, j'ai la queue qui frétille !

Mon ton faussement enthousiaste et l'hypocrisie qui teinte ma voix ne lui échappent pas.

— Tu promets de ne pas critiquer mon film préféré de tous les temps ? demande-t-elle en se saisissant de la télécommande, le regard sévère.

— Oui, je promets.

Maman j'ai raté l'avion.

— Tu l'as déjà vu ?

— Non, mais j'ai hâte de voir ce que j'ai manqué. Ça m'a l'air passionnant.

— C'était notre rituel de Noël, à Papa et moi. On le regardait ensemble chaque année.

Je mords l'intérieur de ma joue pour ne pas flancher. Je crois que le but de la manœuvre est de m'attendrir en me brisant le cœur, et ça marche. Avec cette moue boudeuse, Lily excelle dans l'art d'obtenir ce qu'elle désire des autres et n'en a même pas conscience.

À moins que Max ait raison. Elle est peut-être diabolique, au fond.

— À chaque fois que je regarde un film de Noël avec Sarah, elle finit par s'endormir. Et mon frère, lui, passe son temps à être sur son téléphone. Tu promets de ne faire ni l'un ni l'autre ?

Je la dévisage un instant et plonge mon regard dans ses grands yeux verts brillants. J'ai lutté de toutes mes forces, mais je finis par plier en lui tendant mon téléphone.

— Lance ce chef-d'œuvre, Lily, je t'en supplie ! J'en peux plus d'attendre !

Elle se concentre sur la télécommande et lorsque je crois qu'elle va enfin appuyer sur « Play », elle me regarde à nouveau de son regard sévère.

— C'est une étape extrêmement importante qui va déterminer si, oui ou non, on peut être amis.

— Ah bon ?

— Tout à fait. Je ne peux pas être amie avec quelqu'un qui n'aime pas *Maman j'ai raté l'avion* et qui, en plus, aime l'ananas sur sa pizza.

Sa réplique me fait rire.

Lily affectionne les films de Noël saupoudrés de neige

immaculée, de décorations lumineuses et de baisers magiques. Elle aime ce genre de trucs clichés, ultra téléphonés où tout se termine toujours bien pour les gentils. Je me surprends à rire de temps en temps devant ce film bon enfant qui a un côté rassurant.

C'est surtout ses réactions que j'attends. Elle rit lorsque les cambrioleurs se font piéger par le petit Kevin comme si elle découvrait les images pour la toute première fois, retient sa respiration lorsqu'il se fait attraper et laisse échapper une petite larme chargée en émotion quand le gamin retrouve ses parents. En outre, ça lui ressemble beaucoup de passer d'une émotion à l'autre en un temps aussi court.

J'aimerais trouver un mot capable de la définir.

— Agadorable.

— Je te demande pardon ?

— T'es un mélange de « agaçante » et « adorable ».

Ça la fait marrer.

— Alors ? me demande-t-elle quand le film joue le générique de fin.

— C'était sympa.

— Vraiment ? s'étonne-t-elle sans prendre la peine de cacher la surprise dans sa voix.

— Ouais. Je ne dis pas que c'est le meilleur film de tous les temps, mais... c'était sympa.

J'ai du mal à saisir l'émotion qui passe sur son joli visage dépourvu de la moindre trace de maquillage. Elle a noué ses cheveux en une queue-de-cheval qui balance de tous les côtés à chaque fois qu'elle bouge la tête. Elle m'offre un petit sourire et pose la tête sur mon ventre.

Je me raidis à son contact indésirable. Quelque chose se met à me brûler la poitrine.

— T'inquiète, Maël, t'es juste confortable. Et tu sens toujours bon, dit-elle.

Je ne devrais pas la laisser faire. Elle envahit mon espace

personnel et se fiche de faire éclater ma petite bulle. On ne devrait pas être blottis l'un contre l'autre et je ferais mieux de la repousser.

Je devrais faire plein de choses, en fait, comme garder mes distances avec la petite sœur de Kyllian. Mais on dirait que je suis incapable de prendre les bonnes décisions, en ce moment. Ma main se pose sur sa joue brûlante. Sa peau est douce et cette meuf est belle à couper le souffle, même quand elle est putain de malade.

— On en regarde un autre ?

— Si tu veux...

Trois films de Noël plus tard, Lily est de plus en plus haute sur mon torse. Sa tête est maintenant à quelques centimètres de la mienne et notre proximité me dérange de moins en moins. Je passe un bon moment, j'en ai presque oublié que j'étais coincé avec elle et que ce n'était pas quelque chose que je faisais de mon plein gré.

Passer du temps avec elle, c'est facile. Mais c'est dangereux, aussi. On oublie vite tout le reste et les retours à la réalité sont toujours un peu plus compliqués.

— T'aimes vraiment ça ?

— Je t'ai déjà dit que je passais un bon moment, Barbie.

— Il y a beaucoup de rebondissements dans ce film, m'annonce-t-elle en lançant le suivant. Il faut rester concentré. Tu ne t'attendras pas au *plot twist* de fin.

— Oh, mais j'en suis sûr !

— Chut, ça commence !

J'aime cette façon qu'elle a de murmurer du bout des lèvres les passages qu'elle connaît par cœur. Ça me fait sourire lorsqu'elle se cramponne aux draps, quand elle ressent une pointe d'appréhension, et je souris à chaque fois qu'elle se met à pleurer. Elle dit que je n'ai pas de cœur, je lui réponds qu'elle en a trop ! Elle s'en sert simplement de façon catastrophique.

Sarah nous apporte de nouveau à manger dans la soirée. Je

n'ai pas vu le temps passer, j'ai les yeux qui brûlent et des paysages recouverts de merde blanche plein la tête.

Elle pose mon bol de soupe à même le sol, puis revient se blottir contre moi, le visage enfoui dans mon cou. Mon bras s'enroule autour de sa taille, je me sens curieusement bien dans cette position. Le visage à quelques centimètres du mien, elle m'avoue :

— Je n'ai jamais regardé autant de films avec personne.

— Moi non plus.

Je ne sais pas trop ce que je lis dans son regard, mais ça me plaît.

— Tu me surprends un peu plus chaque jour, Maël Gellman.

Je déglutis bruyamment, saisissant le sens implicite de son aveu et ça me fait flipper. La vérité, celle qui me terrifie et me retourne les tripes, la voilà : je pourrais la regarder réagir à n'importe quel navet et ne jamais m'ennuyer avec elle.

Lorsque sa respiration devient profonde, je comprends qu'elle s'est endormie. En cet instant, je la trouve si belle que c'en est douloureux.

Et ce qui m'arrive était aussi prévisible que l'un de ces putains de films de Noël !

Et merde...

25

Maël

— Bien joué, O'Donnel. T'as su allier tactique et puissance, c'est exactement ce que je veux voir sur le terrain ! encourage le coach Hawkins.

Fier comme un coq, Max redresse le menton et bombe le torse. Quelques-unes de ses mèches châtains lui tombent sur le front.

— Merci, Coach !

L'entraîneur continue à encourager ou donner des conseils à ses joueurs. Et j'évite son regard, sachant pertinemment que je suis en train de merder.

L'eau ruisselle à grosses gouttes sur mon front. Je sors tout juste de la douche, une serviette enroulée autour de ma taille. Je sais très bien à quoi m'attendre lorsqu'il se tient devant moi, le visage sévère et mécontent.

— Tu m'as habitué à mieux, commence-t-il.

Certains de mes coéquipiers cessent de parler, ils sont interloqués par les remontrances qui se profilent, moi qui n'ai jamais grand-chose à me reprocher sur le terrain.

— T'as laissé passer des occasions en or, et t'étais mou sur tes appuis ! C'est pas ce qu'on attend d'un quarterback ! gronde-t-il d'une voix démesurément forte.

J'encaisse en pleine poire ses commentaires bien mérités, lui qui hausse toujours un peu trop le ton. Il ne discute jamais, il engueule, et je me dis que ça n'a pas toujours dû être facile pour sa fille de se coltiner ce genre de père célibataire, aigri, rendu à moitié sourd par les coups de sifflet qu'il a soufflés toute sa vie. Ça, et le fait qu'il n'a aucune pédagogie.

Toutefois, il a raison. Je suis capable du meilleur, et ce n'est pas ce que j'ai montré aujourd'hui. J'ai traîné mes pieds sur le terrain plus que je ne l'ai survolé, j'ai raté des occasions qu'un novice n'aurait pas manquées. En gros, j'étais perdu dans mes pensées et c'est quelque chose que je ne dois plus me permettre.

J'enfile un tee-shirt qui colle immédiatement à ma peau mouillée et réplique finalement d'une voix qui résonne dans les vestiaires :

— Ça ne se reproduira pas, Coach.

J'aimerais qu'on change de sujet maintenant, mais ses sourcils froncés ne me disent rien qui vaille. Il me dévisage, l'expression indéchiffrable.

— Si quelque chose ne va pas, tu peux m'en parler.

J'adorerais lui dire que tout va bien, lui offrir un grand sourire convaincant et passer à autre chose, mais je commencerais à ressembler à mon meilleur ami, et cette pensée me rend à moitié fou.

— Ça marche, réponds-je simplement.

Mes pensées dévient vers une petite blonde aux courbes sensuelles, à la langue bien pendue et à l'obsession malsaine pour les films de Noël. Ça fait presque une semaine que je ne lui ai pas parlé, et dire que c'est un hasard ou simplement dû à nos emplois du temps trop chargés serait un mensonge. La vérité, c'est que je change de pièce à chaque fois qu'elle est dans les parages et je vois bien que ça la tracasse. Ce matin, elle m'a même envoyé un SMS pour savoir si tout allait bien. La blague !

Si je l'évite, c'est parce que mon cœur s'emballe à chaque fois qu'elle est proche de moi ou que je songe à elle. Cette proximité forcée combinée à cette trêve de sexe imposée ne me réussissent pas. J'ai des pulsions déplacées, je m'imagine en train de lui arracher des cris tandis que je la goûterais avec ma langue. Et je suis encore en train de penser à ça, alors même que Kyllian est à un mètre de moi, en train de plaisanter avec Chris.

Ce soir, elle sort avec Dr. Psycho, ça ne me plaît pas.

Je passe une main nerveuse dans mes cheveux humides et mon meilleur ami me dévisage d'un drôle d'air.

— T'as un balai dans le cul, mec ? Pourquoi tu tires cette tronche ?

J'attrape mon sac de sport et le balance sur mon épaule, puis je pousse la porte des vestiaires, ignorant un Max O'Donnel de trop bonne humeur. C'est triste à dire, mais ce gars est encore plus chiant quand il ne broie pas du noir. Là, je sais qu'il ne va plus me lâcher.

— Enfin, si t'as vraiment un balai dans le cul, genre au sens propre du terme, je comprends que tu tires la tronche. Mais comme je n'ai pas vu l'ombre d'un balai...

— Max ?

— Hmm ?

— Tais-toi.

Il mord dans sa lèvre pour réprimer un sourire. Le genre de sourire à la fossette creusée qui pousse les filles à se jeter du vingtième rien que pour lui prouver qu'elles l'adulent. Et le pire ? C'est qu'il adore ça.

Il passe un bras en travers de mes épaules.

— Tu sais pourquoi je t'aime ? me demande-t-il de sa voix innocente. Parce que t'es la voix de la raison quand je fais des conneries. Et tu ne t'intéresses pas aux prénoms de celles que tu baises quand tu ne comptes pas les revoir. Tu vois où je veux en venir ?

— Non, parce que ce que tu dis n'a pas le moindre sens.

— Je te parle du succube qui te manipule, lâche-t-il en me mettant une tape derrière le crâne.

Je souffle d'exaspération. S'occuper de Max, c'est un peu

comme se forcer à faire du baby-sitting. C'est long, c'est chiant, ça crie, on ne comprend rien à ce qu'il raconte et on a envie qu'il s'endorme au plus vite.

— J'aime pas qu'on touche à ce qui m'appartient, Gellman. Et t'en fais partie. Alors, ressaisis-toi et arrête de te prendre la tête parce que t'as envie de te faire la petite sœur de Johnson. C'est physique, OK ?

Je lui offre un demi-sourire compatissant. Peut-être bien qu'il a raison. Peut-être bien qu'il se trompe.

— Mais..., reprend-il, si jamais il s'avérait qu'il y a genre... autre chose entre vous – et je te jure que je vais gerber rien qu'en vous imaginant... –, sache qu'elles ne sont pas toutes comme elle. Ta relation de merde avec Sabrina ne devrait pas t'empêcher d'en avoir des nouvelles. Enfin bon, je suis sûr que t'as juste un balai dans le cul, pas vrai ?

Mais comment fait-il pour toujours tout deviner ? Ça me tue de ne jamais rien pouvoir lui cacher. Un peu gêné, il se racle la gorge et baisse les yeux, juste avant de se ressaisir.

— Tu m'oublieras pas, hein ?

Je me fige devant la portière de ma voiture. Il me dévisage avec ce regard gris qui retranscrit un mélange d'innocence et de décadence. Un combo dangereux. Un poison mortel si on le prend de la mauvaise façon.

— Non, mec, t'es non-stop collé à mes baskets, alors je peux pas t'oublier. Et puis merde, on a toujours besoin d'un ami pour nous prévenir quand on a l'air d'avoir un balai dans le cul...

— Oh putain ! Je vais la suggérer à la page Instagram qui partage des citations motivantes ! Ils vont kiffer !

Et je ne sais pas ce qui me surprend le plus. Qu'il suive ce genre de page, ou qu'il le dise à voix haute comme si c'était génial.

C'est à ce moment-là que je réalise que Max est défoncé. Je me disais aussi qu'il souriait un peu trop fort aujourd'hui.

— T'étais où ? me demande Lily, alors que j'entre dans ma

chambre.

Merde, qu'est-ce qu'elle fait encore ici ? Son rendez-vous était censé venir la récupérer il y a une demi-heure, j'ai fait exprès de traîner à la salle pour ne pas la croiser.

— Toute la semaine, je veux dire. Tu m'évites ?

— Non, mais j'ai une vie, tu sais ? Je ne suis pas assez présent pour te mener la vie dure ? Tu t'ennuies de moi, Barbie ?

Je mens comme un arracheur de dents, ravale ma culpabilité et affiche un air indifférent qui me file la gerbe. « J'ai une vie », c'est l'excuse bidon du parfait connard qui cherche à éviter une situation de merde.

— Tu ne sors plus avec le docteur Psycho ?

Ma voix est teintée d'espoir, ça me débecte.

— Si, souffle-t-elle en fuyant mon regard. Il m'a annoncé qu'il serait en retard, donc j'ai une heure devant moi. Il opère, figure-toi. Une urgence.

— Et bah... bonne soirée ! Tu peux sortir ? J'aimerais prendre ma douche. À moins que tu veuilles jouer à « Lily et Maël se masturbent dans la salle de bains, acte deux ».

Choquée, elle ouvre la bouche, puis la referme. Ses joues se colorent de rouge, j'avais presque oublié à quel point j'adore la faire rougir.

— Pourquoi t'es si froid, tout à coup ? J'ai fait quelque chose de mal ?

Elle ne devrait pas vouloir se rapprocher de moi. Apprendre à me découvrir, me révéler ses failles et ses faiblesses... J'ai l'impression de la connaître par cœur, alors qu'on vient à peine de se rencontrer.

Là, par exemple, elle cherche ce qui ne va pas chez *elle,* alors que *je* suis celui qui agit comme un con. Elle fait toujours ça. J'ai mis un peu de temps à comprendre, mais ça y est, je la tiens. Lily n'est qu'un petit être fragile un peu froissé qui cache ses insécurités derrière une personnalité qu'elle se façonne. Parce qu'il est plus facile de se faire attaquer sur ce qu'on paraît être que sur ce qu'on cache à l'intérieur. Et moi qui n'en peux plus qu'on crache sur une image qui ne m'appartient même pas, quelle ironie !

J'ai compris comment elle fonctionnait, j'ai vu ce qui se dissimulait à l'intérieur. Je pourrais en jouer pour obtenir d'elle ce que je veux, en l'occurrence : qu'elle sorte de ma vie avant que je décide de m'intéresser à ce qui se cache réellement sous cette carapace. Je pourrais lui faire suffisamment de mal pour qu'elle décide de partir. Je remporterais la partie.

Mais la vérité, c'est que j'ai été élevé par une femme, et ma mère a bien fait son travail. Je serais incapable de la blesser, même si je le voulais vraiment. Pas comme ça. Pas en retournant ce qu'elle tente de cacher contre elle.

C'est peut-être ça, être quelqu'un de bien : avoir les armes pour détruire une personne et décider de ne jamais s'en servir. Sous aucun prétexte.

J'enferme alors les armes à double tour dans un coffre-fort que je balance à la mer, et je prie pour que personne ne le pêche un jour par accident.

— T'as l'impression d'avoir fait quelque chose de mal ? demandé-je d'un ton plus doux.

— Non, mais...

— Alors, arrête de te poser mille questions. Je suis occupé, c'est tout.

Je fais coulisser la porte de la salle de bains et l'entends faire les cent pas dans ma chambre.

— Ça te dérange que je me prépare ici ? Ton miroir est plus grand que celui de Kyllian, tu as une meilleure luminosité et euh... je n'ai pas trop envie de faire ça dans le salon.

Et si je suis quelqu'un de bien, alors pourquoi je me sens comme une merde, là, tout de suite, et pourquoi j'ai tout sauf envie de lui refuser quoi que ce soit ?

— Ouais, pas de problème.

Cette situation ne devrait même pas exister. Elles auraient dû avoir une chambre, un lit et un matelas confortable. Elles n'auraient même pas dû emménager ici, dans un premier temps. C'était gamin et immature, et si on continue à jouer le jeu, c'est parce qu'aucun de nous n'est prêt à perdre la face devant l'autre.

Une fierté qui pourrait bien finir par nous coûter cher.

Je laisse l'eau brûlante délier mes muscles noueux et douloureux. J'ai un peu trop forcé, je sens mes tendons me tirer à l'arrière des jambes. Je ferme les yeux tandis que des souvenirs s'incrustent derrière mes paupières sans que je les y aie invités.

Je n'arrive plus à la comprendre. Peut-être même que je ne l'ai jamais comprise, au fond. Je me suis fait avoir par les grands yeux de chat de la Japonaise qui cache son mal-être derrière de grands sourires.

Et je ne sais plus comment faire pour m'en débarrasser.

C'est horrible d'avoir l'impression que sa copine n'est qu'un boulet accroché à sa cheville, qu'elle nous tire vers le bas pour nous faire sombrer avec elle.

Tant qu'elle récupère un peu de mon souffle au passage...

Elle porte l'uniforme de l'école, un lycée privé de l'Upper East Side qui propose un nombre d'activités extra-scolaires impressionnant. Football américain, hockey, cheerleading... Il n'y a rien, ou presque, que notre lycée ne propose pas.

Assise dans les toilettes sur le sol glacé, elle laisse ses larmes étaler le mascara sur ses joues. Lorsqu'elle ne porte pas des couches de fond de teint, sa peau est aussi pâle que la neige.

— Tu es venu...

Sa voix est teintée d'espoir. J'ai conscience que les choses ne fonctionnent plus entre nous. Je crois même qu'elles n'ont jamais marché. Mais parfois, son sourire donnait l'impression que tout allait bien, j'avais presque oublié à quel point elle était ravagée à l'intérieur.

— Tu m'as appelé, répliqué-je.

Elle a le regard désespéré de celles qui s'apprêtent à se jeter dans le vide. Le regard qui appelle à l'aide en permanence, même lorsqu'elle joue à la reine du lycée. Quelque chose ne va pas chez elle, et elle refuse de se faire aider.

Je crois que ça a à voir avec ses parents qui ne sont jamais là. Mais elle ne dit pas ce qui ne va pas. Et comme tous ceux qui ne parlent pas, elle finit par se noyer sous ses tracas, perd la tête, et je n'en peux plus d'essayer de sauver une cause perdue.

— Regarde ce que tu me fais faire !

Elle crie parce qu'elle ne sait plus comment attirer mon attention. Pour me forcer à rester auprès d'elle.

Sabrina relève au-dessus du coude la manche bleu marine du veston de son uniforme et me dévoile des microcoupures qu'elle s'est faites à la pointe de son compas.

J'ai été horrifié les premières fois, et j'ai tellement honte de dire qu'à force, ça ne me fait plus ni chaud ni froid. Je me suis presque lassé de sa détresse constante qui ne m'écrase plus la poitrine.

— Tu veux que j'appelle ta mère ? Je peux te ramener à la maison, si tu veux, dis-je d'une voix douce pendant que je m'accroupis pour lui prendre les mains.

— Ce que je veux, c'est que tu reviennes ! Tu n'arrêtes pas de me prendre et de me jeter ! Je ne suis qu'un putain de jouet à tes yeux !

C'est à la fois vrai et terriblement faux. Ses griffes sont ancrées dans ma peau comme un rapace qui refuse de lâcher sa proie. Dès que je m'éloigne d'elle, elle trouve le moyen de me faire culpabiliser pour que je la reprenne. Une fois, elle a menacé de se suicider si je refusais de la voir. Cette fois, j'abandonne.

Ce n'est pas de l'amour, c'est de la culpabilité. Et personne ne mérite d'être aimé par pitié.

— C'est fini, Sabrina. Ça ne veut pas dire que je t'abandonne, juste que nous ne pouvons plus être ensemble...

Sa gifle s'abat sur ma joue, je pince les lèvres pour ne pas me mettre en colère. Elle a besoin de quelqu'un qui l'apaise et l'aide à vaincre ses démons, et je ne peux plus être cette personne pour elle.

— Tu devrais jeter un œil à ce qu'il y a dans mon sac, dans ce cas, crache-t-elle froidement.

Un énième stratagème, une énième combine. Et je cède encore une fois. J'attire son sac à mes pieds pour en découvrir le contenu avec horreur. L'air que contenaient mes poumons disparaît en un claquement de doigts.

Je ne suis pas prêt pour ça, putain !

Un sourire perfide naît sur ses lèvres fines, mon monde s'écroule, j'ai mal à la poitrine. Mon cœur bat la chamade, je n'arrive plus à respirer.

— Il est positif, Maël... tu vas être papa ! Et plus rien ne pourra nous séparer, lance-t-elle, une lueur terrifiante dans le regard. Fini de jouer. Fini les « je te prends et je te jette quand j'en ai assez ».

Je ravale la bile qui remonte le long de mon œsophage tandis que je m'appuie contre la paroi en verre. L'eau brûlante n'est parvenue à rien, je suis toujours hanté par son fantôme, des années après l'avoir quittée.

Le poids de la culpabilité s'abat sur ma poitrine, je serre les dents et me demande, une énième fois, comment j'aurais pu faire pour la sauver.

Elle aussi se façonnait une personnalité pour cacher sa fragilité et son âme pourrie jusqu'à l'os. Sabrina n'était pas quelqu'un de bien, mais elle aurait pu le devenir si quelqu'un lui avait tendu la main de la bonne façon.

Soudain, j'entends Lily et Sarah discuter dans ma chambre.

— Dis-moi que je fais bien d'y aller, Sarah. C'est une bonne idée, pas vrai ? Ça va m'aérer la tête.

— C'est la pire idée que t'aies jamais eue ! Bon sang, il pourrait être ton père ! Moore a trente-huit ans, Lily !

Mon sang se glace dans mes veines. La perte d'un proche est quelque chose dont on ne se remet jamais, mais Lily est si naïve par rapport au reste. Un quadragénaire et une adolescente ! Bon sang, comment peut-elle fermer les yeux à ce point ?

— Sois la voix de ma conscience, S.

— Tu devrais annuler et rester ici, avec moi. On pourrait regarder un film...

— T'es la pire conscience du monde et de l'univers tout entier ! En plus, tu n'as pas tes lunettes, tu ne verras rien du tout. Et d'ailleurs, ça en est où ?

— Quoi donc ?

— Tu avais rendez-vous chez l'ophtalmologue pour t'en faire faire des nouvelles plus adaptées, non ? C'est pour ça que t'enchaînes les migraines. Ça en est où ?

— Oh, euh... je... ils ont pris du retard. Ça ne devrait pas tarder. Mais ne change pas de sujet ! On parle de toi, là. Qu'est-ce que tu as dit à Kyllian ?

— Je lui ai dit que je sortais avec une copine de la fac qui fête son anniversaire dans un restaurant chic. Tu ne vas rien lui dire, pas vrai ?!

La curiosité est un très vilain défaut. Mais je me rassure en me disant que c'est pour sa sécurité, et elle fait n'importe quoi.

— Non, mais je persiste à dire que c'est une très mauvaise idée. Tu sais où il t'emmène ?

— Il a dit que c'était une surprise...

Je n'en peux plus de les espionner comme un gosse. Son frère n'est peut-être pas au courant, mais moi j'ai tout entendu, et l'ignorer serait la mettre en danger. J'ouvre la porte, les faisant sursauter toutes les deux.

— Tu vas sérieusement aller dans un endroit inconnu avec un mec de quarante ans que tu ne connais même pas ?!

Elle est assise en tailleur sur mon lit, dans une robe rouge qui fait ressortir son teint doré. Ses cheveux sont relevés en un chignon sophistiqué, elle tente d'atteindre le fermoir de son collier argenté.

Elle est belle. Belle à en crever. Mais c'est ce qui va finir par lui arriver.

— Qu'est-ce que ça peut te faire ? Tu n'en avais rien à foutre de moi cette semaine.

Debout face à la porte, Sarah se racle bruyamment la gorge.

— Je vais... vous laisser. Maël, je compte sur toi pour la raisonner, chuchote-t-elle.

Lily se lève en poussant un soupir exaspéré et va se placer devant le miroir, convaincue que ça lui permettra de fermer ce fichu collier.

— Laisse, je vais le faire.

En deux enjambées, je me retrouve derrière elle pour l'aider. Je fais de mon mieux pour la toucher le moins possible, mais dès lors que mes doigts la frôlent, une chair de poule se dresse sur sa nuque. J'avais presque oublié la douceur de sa peau. J'aurais aimé ne pas avoir à m'en rappeler. Mes yeux noisette rencontrent le vert éclatant des siens dans le miroir.

— Ne sors pas avec lui ce soir, soufflé-je contre son cou.

— Pourquoi ?

— Parce que je ne le sens pas.

En revanche, je respire l'odeur de jasmin qui flotte tout autour d'elle.

— Ce n'est pas suffisant, avoue-t-elle.

— Je m'inquiète pour toi.

— Tu t'en fichais, hier, réplique-t-elle aussitôt.

Si tu savais à quel point tu as tort, et avec quelle force j'ai dû lutter pour rester loin de toi...

Peut-être que lui avouer suffirait à la convaincre de rester ? Mes sentiments ambivalents envers Lily pourraient peut-être me servir ?

À moins que ça lui fasse peur, à moins que ça me tétanise.

Sa robe dos nu dévoile une grande quantité de peau que j'ai envie de dévorer. Sa voix, son parfum, l'intensité de son regard... Il y a bien longtemps qu'on a franchi les limites, aller au-delà une nouvelle fois n'y changera plus rien.

Ma main se cale sur sa hanche, je l'attire à moi. Elle inspire brusquement lorsque son dos entre en contact avec mon torse. Instinctivement, elle penche la tête en arrière pour la laisser retomber sur mon épaule. Elle me donne libre accès à son cou et je lutte un peu pour ne pas fondre sur elle.

La porte est entrouverte, n'importe qui pourrait entrer. Et pour une fois, je me demande... si j'en ai vraiment quelque chose à foutre.

— Reste avec moi, murmuré-je contre la peau fine de sa nuque, la faisant frissonner.

— Pourquoi ?

Sa voix tremble un peu. Ses joues sont colorées d'un rouge qui rappelle celui qu'elle étale sur ses lèvres, lèvres qui forment un O parfait tandis qu'elle expire brusquement. Elle tente de me fuir, je la maintiens fort contre moi.

Je dépose mes lèvres dans son cou, elle ferme les yeux en étouffant un gémissement entre ses lèvres serrées. Je ne lui fais presque rien, pourtant j'ai l'impression que l'un comme l'autre, on est sur le point d'imploser.

— Tu souffles le chaud et le froid, je n'arrive plus à te suivre, Maël Gellman.

Mes doigts se crispent sur son ventre tendu. J'agrippe une poignée du tissu de sa robe.

— À quelle température tu me préfères ?

Elle se tourne brusquement pour me faire face, son visage à quelques centimètres du mien.

— Chaud. Quand ta peau m'embrase. S'il te plaît, donne-moi une bonne raison de rester. En fait, non. Donne-moi une *vraie* raison de rester, elle n'a même pas besoin d'être bonne. Max dit que les meilleures idées sont souvent les plus mauvaises.

— Tu ne devrais pas écouter les conseils de Max, grogné-je.

— Ah non ? Il m'a déconseillé d'y aller, lui aussi.

Je laisse échapper un soupir. Sa poitrine est collée à mon torse, je la sens se soulever à chacune de ses respirations laborieuses.

— T'es un lâche, mais c'est pas grave. Je crois que je le suis aussi. J'en ai un peu marre que tu me prennes et que tu me jettes quand ça te chante.

Mon souffle se bloque dans ma cage thoracique tandis que j'enregistre ses paroles, tellement similaires à celles qui se sont échappées de la bouche de Sabrina.

Je deviens blême, interdit, tandis que leurs visages se fondent pour ne devenir qu'une seule et même personne.

Celle qui a prononcé ces mots pour la dernière fois. J'ai les jambes qui flanchent alors que je me dis qu'elle n'a jamais rien pu prononcer d'autre après ça.

— Maël ?

Je recule d'un pas, puis d'un autre, et je tombe mollement sur le lit.

— Je... Il est là, alors...

Reste ! N'y va pas !

Mais les mots restent coincés dans ma gorge qui se serre. J'ai un trou béant à la place du cœur, et putain, je n'arrive même pas à l'empêcher de partir ! Je suis tétanisé, bouffé par les regrets. La culpabilité me coupe le souffle, me fauche les jambes.

Lorsque je retrouve mes esprits, Lily est déjà partie.

Je me lève d'un bond. Fini de jouer ! J'attrape mon téléphone.

— Oui ?

Elisa a répondu dès la première sonnerie.

— Un resto avec moi, ça t'intéresse toujours ?

— Bien sûr ! En tant qu'amie, évidemment... Tout va bien ?

Non. J'ai un mauvais pressentiment, et il est hors de question qu'il lui arrive du mal. Elle est peut-être insupportable, et parfois, j'ai du mal à la cerner. Mais personne n'a le droit de toucher à un seul cheveu de Lily. Il est hors de question que je prenne le moindre risque.

Dieu bénisse les nouvelles technologies et Sarah, qui a eu la bonne idée de lui demander dans quel resto il l'emmenait !

26

Lily

Je voulais qu'il prononce les mots qui n'ont jamais franchi la barrière de ses lèvres. Je voulais me sentir importante à ses yeux, mais il a joué au jeu de celui qui cherche simplement à protéger la petite sœur de son pote. Je voulais me sentir vivante, je voulais me sentir femme et par-dessus tout, je voulais qu'il me le dise. Parce que j'ai l'impression de tout imaginer entre nous, d'être la seule à me bercer d'illusions.

Il m'a simplement regardée partir, le visage plus sombre qu'il ne l'avait jamais été. Et ce que j'ai lu dans ses yeux me retourne encore l'estomac.

Le Palace Hotel a un restaurant situé au dernier étage du bâtiment. Ses impressionnantes baies vitrées donnent sur la ville de New York et ses lumières, qui ressemblent à de toutes petites étoiles vues d'en haut. Je touche la nappe beige du bout des doigts et suis émerveillée par la douceur du tissu. Il y a un pianiste qui joue un air de jazz, un bouquet de lys peint à la bombe dorée sur notre table et les yeux d'Alexandre Moore qui n'arrêtent pas de descendre sur ma poitrine.

Mais bordel, qu'est-ce que je fais ici, avec un homme dont je n'ai rien à foutre ?

— Vous êtes sublime, me dit-il de sa voix rauque, impressionnante de maturité.

L'homme aux yeux bleus translucides qui me fait face a tout d'un gentleman. Il m'a ouvert la portière de sa voiture, puis m'a donné le bras jusqu'à ce qu'on monte dans l'ascenseur tous les deux. Il m'a guidée jusqu'à notre table et m'a tiré la chaise pour que je m'y installe. En outre, il serait le parfait partenaire pour déclencher une crise de jalousie chez Maël s'il y avait quoi que ce soit entre nous.

Enfin, c'est ce que je croyais. Ah... les illusions !

Le cardiologue m'a déjà complimentée trois fois. Une fois sur ma coiffure, une autre fois sur ma robe et une dernière sur mon parfum. Je ne m'en plains pas, j'ai passé suffisamment de temps à me pomponner pour apprécier ses remarques agréables. Cependant, j'aimerais que les hommes perçoivent autre chose que ce qu'il y a en surface. J'aimerais qu'un homme voie au-delà de mon apparence et qu'il me dise qu'il sait que je ne suis pas ce que je prétends être. Et j'aimerais lui faire assez confiance pour lui montrer qui je suis vraiment. Ou qu'on le découvre ensemble, si j'ai quelques doutes !

Pourquoi faut-il que je pense encore à lui ? Il ne me connaît pas et n'arrête pas de me surnommer Barbie. Et pourtant... il a compris si vite ce qui clochait chez moi, bien mieux que Maxwell ne l'a fait en six mois de relation.

Je n'en ai rien à foutre qu'on me trouve belle. Moi, je veux qu'on me trouve maligne, intrépide, téméraire, impétueuse, spontanée et courageuse. Je veux qu'on me trouve drôle, bienveillante, talentueuse et persévérante. Je veux que quelqu'un voie en moi tout ce qui existe, et aussi tout ce qui n'existe pas ! Je ne veux plus qu'on me raconte des mensonges qui me font du bien, je veux qu'on me fracasse avec des vérités.

Et j'en ai marre de n'être qu'une coupe de cheveux sur une robe de soirée.

— Vous n'êtes pas mal non plus.

Sourires gênés et gestes maladroits sont interrompus par un serveur qui vient prendre notre commande. Je suis tellement mal à l'aise que j'ai envie de lui demander de rester avec nous.

— Nous prendrons deux coupes de votre meilleur champagne.

Je veux qu'un mec s'enfile deux boissons au gingembre à s'en brûler l'œsophage.

— S'il vous plaît…, ajouté-je, contrant l'impolitesse du médecin qui regarde à peine celui qui s'occupe de nous.

Mes parents aussi ont toujours été aisés. Mais ils m'ont appris que ce qui se trouvait sur leur compte en banque ne faisait pas d'eux de bonnes personnes.

Vous n'êtes rien si tout ce qui a de la valeur à vos yeux se résume aux zéros qui s'alignent sur vos chèques de paye.

— Le Dom Perignon que nous servons ne se vend qu'à la bouteille, Monsieur. En revanche, nous avons un très bon…

— Eh bien, apportez-nous la bouteille, dans ce cas.

— S'il vous plaît…, ajouté-je une nouvelle fois d'un ton plus abrupt.

Il revient quelques instants plus tard avec une bouteille dudit champagne dans un bac à glaçons qu'il dépose sur un tabouret juste à côté de notre table, tandis que mon rendez-vous étudie le menu, les sourcils froncés.

— Bien, Monsieur. Je vous laisse jeter un œil au menu ?

— C'est inutile. Nous prendrons le menu numéro deux.

— Bien.

Lorsque Alexandre tend son verre pour trinquer avec moi, je me contente de porter le mien à mes lèvres en ignorant son invitation. Son visage se tord d'incompréhension.

— Un problème ?

— Ça vous arrive souvent de traiter les autres comme de la merde ?

Il écarquille les yeux sous la surprise.

— J'ai passé une dure journée. Il se peut que je sois un peu ronchon.

Je laisse échapper un soupir. De toute façon, j'ai décidé d'aller jusqu'au bout, autant essayer de passer une soirée agréable. Je vais faire l'impasse sur son comportement, parce que ça me ferait chier de donner raison à Maël aussi vite.

— Je n'aime pas ceux qui pensent avoir les autres à leurs pieds, soufflé-je.

— Qu'y a-t-il de mal à avoir le monde à nos pieds ?

— J'ai appris en grandissant que personne n'était au-dessus de personne, et que ceux qui le croient sont des idiots qui méritent qu'on leur remette les pieds sur terre.

Je devrais arrêter de parler maintenant, changer de sujet et partir sur quelque chose de plus léger, mais je suis tellement irritée que je ne peux pas m'en empêcher. J'ai les mains qui tremblent lorsque je termine – trop rapidement – ma coupe de champagne. Alexandre me ressert dans la foulée, alors que je n'ai même pas l'âge légal de boire de l'alcool.

— Dans la vie, vous êtes soit le Roi, soit le serviteur du Roi.

— L'histoire a montré que les rois qui régnaient sur leur peuple avec dédain et supériorité avaient fini décapités, balancé-je en entamant ma deuxième coupe.

Il me sourit de ses dents trop blanches et trop parfaites dans son costume sur mesure parfaitement repassé.

— Vous êtes sublime.

— Vous l'avez déjà dit.

Ce début de soirée est catastrophique. Ce qui devait être le rendez-vous galant dont rêvent toutes les femmes se transforme en dîner cauchemardesque partagé avec un homme qui pense pouvoir pisser sur le monde.

— Tiens, voilà l'exemple de quelqu'un qui a le monde à ses pieds, mais qui n'a rien fait pour le mériter, dit-il en m'offrant une grimace peu agréable à regarder.

Je dois pivoter sur ma chaise pour ne pas me briser la nuque en tentant de comprendre de qui il parle.

Mon cœur loupe un battement, peut-être même qu'il cesse tout à fait de battre. Il porte un pantalon en lin de couleur beige et un pull noir à col roulé, assorti d'un manteau de la même teinte qui repose sur ses larges épaules. La démarche assurée d'un homme qui prend ce qu'il a à prendre lorsqu'il le souhaite, il se laisse guider jusqu'à sa table par le serveur. Lorsque ce dernier leur présente leur place d'un signe de la tête, Maël lui offre une tape amicale sur l'épaule et un grand sourire qui me donne envie de me jeter par terre.

Il est avec une femme. Une femme sublime coiffée d'un carré blond assez strict et vêtue d'un tailleur trois-pièces qui moule chacune de ses courbes généreuses et met ses yeux bleus en valeur. Seins, ventre, cuisses, hanches, tout chez elle est harmonieux et arrondi. J'aurais presque envie d'y toucher, moi aussi, si je ne la détestais pas, tout à coup.

Ils rient ensemble, ça me fait comme des coups à l'estomac. Le visage du quarterback, quand je l'ai quitté, affichait un mélange de colère et de dégoût profond. À présent, il rigole et plaisante avec son rendez-vous, ce putain de sourire qui illumine son visage collé à ses lèvres.

– Maël n'a pas le monde à ses pieds, il n'est pas du genre à profiter des autres, et encore moins à les écraser.

J'ai le palpitant qui s'emballe d'une drôle de façon alors que je prends la défense d'un homme que j'aurais taillé en pièces quelques semaines plus tôt.

Alexandre Moore hausse un sourcil avant de planter ses yeux trop bleus dans les miens. Les deux coupes de champagne précédemment englouties commencent à faire leur petit effet, je sens mon visage s'enflammer et ma tête se met à tourner d'une délicieuse façon.

– Ce n'est pas ce que les gens disent... Enfin, je ne lis pas vraiment la presse-poubelle, mais j'ai déjà entendu des rumeurs à son sujet, et...

– Les articles racontent de la merde et les gens ne le connaissent pas.

– Mais vous, oui ? demande-t-il sans prendre la peine de masquer la surprise dans sa voix.

— Mon frère joue pour les Giants. Je pensais que vous le saviez.

— Et... vous êtes amie avec le quarterback de l'équipe ?

Un sourire étire mes lèvres. J'ai beau essayer de me concentrer pour garder un air sérieux, mon cerveau m'envoie des flashbacks de nos moments partagés ces dernières semaines. Et je souris comme une idiote.

— On peut dire ça, oui.

On nous apporte l'entrée. Des petites gambas dans une sauce aux figues et aux marrons, nous explique-t-on. Je ne détache pas mon regard de Maël, dont la table est proche de la nôtre, mais surtout, j'observe et analyse ses réactions face à celle qui l'accompagne. Je le regarde plonger ses yeux noisette dans ceux de la blonde aux yeux bleus et aux formes vertigineuses. Un truc se serre dans ma poitrine, me retourne les entrailles, me fait perdre la tête et l'appétit lorsque son rendez-vous aux yeux céruléens se met à rire et qu'il lui sourit tendrement. Je m'accroche à ma troisième coupe de champagne comme on s'accroche à une ligne de vie. Nos regards viennent de se croiser et mon champ de vision se rétrécit jusqu'à ce que je ne voie plus que lui.

Vous est-il déjà arrivé de vouloir vous arracher le cœur de la poitrine pour lui remettre les battements en place ?

J'aimerais lui faire éprouver ce qu'il me fait ressentir lorsqu'il broie mon cœur à distance.

Alexandre pose sa main sur la mienne et je le laisse faire en fusillant Maël du regard comme il me dévisage d'un air meurtrier.

On nous débarrasse et on nous apporte le plat. Des coquilles Saint-Jacques et du foie gras poêlé que nous dégustons avec du vin blanc. Le médecin me parle de son travail, de ses passions, de ses patients, de son talent... Je fais semblant de m'y intéresser, alors que je le trouve ennuyeux à mourir. Lorsqu'il me caresse les genoux sous la nappe, je me fige, les avertissements de Maël dans un coin de mon cerveau.

Ma tête tourne assez pour que je comprenne que trois coupes

de champagne et un verre de vin sont de trop dans mon système peu habitué. Alexandre reçoit un appel et s'excuse en disant que c'est pour le travail, avant de s'éloigner vers un coin plus tranquille. C'est à ce moment-là que Maël décide de m'envoyer des messages qu'il pianote sous la table.

[Tu devrais arrêter les frais tout de suite.]

[Jusqu'où t'es prête à aller avec lui pour me faire péter les plombs, Lily ?]

Je réfléchis pour trouver les mots adaptés et envoie :

[Tu devrais reporter ton attention sur la jolie femme qui t'accompagne.]

Sa réponse arrive presque instantanément.

[Ne fais pas ta jalouse... T'es la seule que j'ai envie de faire jouir ce soir.]

J'ai les jambes engourdies, la respiration saccadée et les joues en feu, comme si c'était le moment. Son regard est rivé sur moi tandis que je bois une énième gorgée de vin. Il me dévisage alors qu'il tape un SMS sans jamais me quitter de ses yeux sombres.

[J'aurais dû te retenir et tu n'aurais jamais dû partir. On a tous les deux tort. Prends la bonne décision et quitte le restaurant avec moi.]

[Pourquoi ? Parce que je suis la petite sœur trop naïve de ton pote ? Fiche-moi la paix. Bonne soirée.]

Il lève les yeux au ciel, repousse sa chaise et se lève, déterminé à me rejoindre. Lorsqu'il arrive à ma table, il m'écrase par sa prestance et ma détermination s'effondre comme un château de cartes. Doté d'une arrogance qui le qualifie à la perfection, il s'installe à la place de celui qui m'a laissée en plan, avachi contre sa chaise, les jambes légèrement écartées. Il se saisit de mon verre, fait tourner le vin qui se trouve à l'intérieur et hume ses saveurs avant de boire une gorgée qui humidifie ses lèvres.

— On va jouer à ce petit jeu longtemps ?

La bouche sèche, je tente de formuler une réponse pour démolir son ego démesuré, mais rien ne me vient, alors je décide de le fusiller du regard.

— J'aime bien la couleur de ton rouge à lèvres, dit-il. J'ai envie de voir le genre de traces qu'il laisserait sur ma peau si tu te décidais à m'embrasser partout. Tu penses que tu me regarderais toujours avec cet air insolent si je te prenais, là, tout de suite ? J'ai envie de tester cette théorie, aussi... Putain, comme j'ai envie de défaire ton chignon structuré et d'enrouler tes cheveux autour de mon poignet... Tu crois que t'aimerais ça ?

Son audace me fauche les jambes et me prive d'oxygène, je ne trouve rien à lui dire pour qu'il se taise.

— Qu'est-ce que tu...

— Je te l'ai déjà dit, je m'en branle de ton frère. Le problème, c'est que j'ai aimé ça. Et peut-être bien que je pense à toutes les façons dont t'aimerais ça, toi aussi. En permanence. Et je ne sais pas bien ce que je fous, mais apparemment, toi non plus.

— Tais-toi.

— Ça se voit à des kilomètres que t'as qu'une envie, c'est de prendre tes jambes à ton cou et de te barrer. Mais t'es trop têtue pour l'admettre.

Il se saisit de ma fourchette qu'il plante dans une noix de Saint-Jacques, puis il la porte à sa bouche comme si de rien n'était.

— Ton rendez-vous va se demander ce que tu fous, dis-je, les dents serrées. Ce serait dommage que tu rates une occasion de t'envoyer en l'air. Oh, mais attends... tu n'as pas le droit, t'as oublié ?

Son sourire en coin s'intensifie, une lueur espiègle naît dans son regard.

— C'est à ce point-là que tu te mens à toi-même, hein ? Ça fait un moment que ce pari ne compte plus et tu le sais. Depuis la première fois où on s'est embrassés. Et Elisa est une amie.

Ma tête me tourne, mon cœur s'emballe et le monde s'ouvre sous mes pieds.

Et ça fait mal. Et ça m'achève à la fois, qu'il dise des choses et qu'il ne les dise pas, tout ça en même temps.

— Pourquoi, Maël ?

Ses poings se serrent sur la table.

— Dans quel but ? Pour quoi faire ? Et si on baise, après, quoi ? On se serre la main et on se dit à la prochaine fois ?

Ses yeux se posent sur mes lèvres.

— J'en sais rien, putain ! Ce serait si grave que ça ?

— Oui ! m'emporté-je en élevant la voix. Ça serait dramatique, parce que je m'attache à toi et tu ne me promets que des miettes.

Les mots m'échappent et ma vérité s'abat sur lui d'un coup. Son visage se décompose, il pince les lèvres comme si je venais de le blesser. Il ouvre la bouche, la referme, baisse les yeux sur l'assiette face à lui.

À partir de maintenant, il refuse de me regarder en face.

Et ça me tue.

— T'es tellement prévisible. Je l'ai vu venir depuis le début, putain !

— Qu... quoi ?

— Tout est toujours trop sérieux avec toi. Pas une once de spontanéité, impossible de s'amuser avec quelqu'un d'aussi coincée.

Ses paroles empoisonnées atteignent leur cible. Il m'envoie à la figure ce pour quoi mon ex m'a trompée, comme si ça justifiait quoi que ce soit. Mes pires insécurités m'éclatent à la figure, ma carapace protectrice se brise en un millier d'éclats, et il piétine les derniers morceaux sans même me regarder.

— Je te ramène, décide-t-il. On rentre.

— Va te faire foutre, Gellman ! dis-je en lui retirant le poignet qu'il tient fermement entre ses doigts. *On* ne rentre nulle part. On annule tout, je ne veux plus te voir.

Une larme coincée dans le coin de mon œil roule sur ma joue. Il serre les poings et je ne comprends pas de quel droit il se met en colère alors qu'il vient de me fracasser.

Ses yeux se plantent dans les miens, j'en perds le souffle.

— On va juste faire comme si rien ne s'était jamais passé entre nous, hein ? C'est vrai qu'on est doués pour ça, tous les deux.

— Au revoir, Maël.

Il reste un instant figé, dos à moi, puis il s'en va. Et je reste là, à contempler mes regrets tandis qu'il s'éloigne.

Les contacts non désirés d'Alexandre se multiplient sous la table. Il me frôle avec son genou, m'effleure la cuisse de ses doigts et je n'ai pas le cœur de l'arrêter. En un sens, j'ai l'impression de l'avoir cherché, de lui avoir donné les mauvais signaux. Alors, je prétends que ses blagues m'amusent et lui souris en retour. Après tout, c'est moi qui me suis servie de lui pour obtenir une réaction de la part de Maël.

Au moment de régler l'addition, il me murmure au creux de l'oreille qu'il a passé une « merveilleuse soirée ». Je me sens nauséeuse rien que de sentir son haleine s'écraser contre ma joue. C'est encore pire lorsqu'il place sa main dans le bas de mon dos pour me guider vers la sortie du restaurant.

Ses contacts physiques répétés me dérangent et je me sens hypocrite de le lui dire. Il va me ramener chez moi, je peux tenir encore un peu.

Je n'ai qu'une envie, c'est de retrouver ma chambre, mes bonnes vieilles habitudes et les bras protecteurs de ma mère.

Les portes de l'ascenseur se referment derrière nous. Alexandre se tourne vers moi, les yeux rivés sur mes lèvres. Je sais ce qu'il s'apprête à faire et me prépare, le dos collé à la paroi de l'ascenseur. Sa bouche s'écrase sur la mienne. Mon estomac se retourne dans mon ventre. *Est-ce que j'ai le droit de dire non ?* Comment un adulte va-t-il prendre le fait qu'il vient de m'offrir un resto hors de prix et que je lui refuse ce qu'il veut ?

C'est juste un baiser, je ne suis même pas obligée de le lui rendre. Je n'ai qu'à me laisser faire et à fermer les paupières en attendant que ça passe.

Ses lèvres sont chaudes, mais elles sont loin d'être douces. Ses baisers sont des caresses empoisonnées qui me rendent malade et j'étouffe un sanglot lorsqu'il insère sa langue dans ma bouche.

Tout est ma faute. *Je ne suis qu'une idiote !* Je n'ai fait que lui envoyer des signaux contradictoires et je continue à le faire.

Et pourquoi je suis incapable de bouger ou de le repousser ? On dirait que mon cerveau s'est mis en mode « pause » et que je suis prisonnière d'un corps qui refuse de m'obéir. Sa main se glisse sur ma hanche et l'empoigne fermement. Si fort que j'ai l'impression qu'il y laissera la marque de ses doigts pour toujours.

Je sens un liquide chaud s'écouler de mes yeux. *Je suis en train de pleurer ?*

« Impossible de s'amuser avec quelqu'un d'aussi coincé. »

Peut-être qu'il a raison, j'en fais juste tout un plat. Ses mains empoignent mes fesses, j'ai juste envie de hurler. *Mais combien de temps l'ascenseur met-il à descendre ?* J'ai l'impression que ça fait une éternité que je suis coincée ici, avec lui.

« Ne va pas croire que je m'intéresse à toi ou que je m'inquiète hein... mais juste au cas où... nous les hommes, on a les couilles sensibles », m'a dit Max aujourd'hui. Sauf que je suis incapable de relever le genou – ou de faire quoi que ce soit, d'ailleurs.

Et s'il décidait de me ramener chez lui ? Et si je n'arrivais pas à lui dire non, je ne veux pas *? Est-ce que je le laisserais jouer avec mon corps pour de vrai parce que je suis trop faible pour réagir ?*

Un de mes sanglots meurt dans sa bouche. Il grogne de plaisir. Même mes larmes semblent lui donner une mauvaise impression.

Je suis vraiment trop conne, putain !

Alors que je crois que le calvaire ne va jamais se terminer, je remarque que les portes de l'ascenseur se sont ouvertes sur le hall d'entrée et Alexandre Moore est soudain propulsé en arrière. Je n'ai pas le temps de saisir ce qu'il se passe, je me retrouve toute seule dans la cabine et je peux enfin respirer.

La blonde qui accompagnait Maël s'approche prudemment

de moi. Je crois que je tremble, mais je n'en suis pas sûre.

— Viens, c'est terminé.

Elle passe mon bras sur son épaule et sa chaleur me rassure. Elle m'interroge du regard avant de me toucher, même si c'est pour m'aider à avancer. L'air frais s'infiltre dans mes poumons au moment où on arrive sur le trottoir. Je sors de ma léthargie lorsque le cartilage du visage de Moore craque sous les coups de poing de Maël.

Je ne comprends rien à ce qui se passe. C'est moi qui ai foutu la merde, lui a juste mal compris mes intentions. *Non ?*

— T'es malade ! s'exclame-t-il en essuyant une goutte de sang qui dégouline le long de son menton. J'en parlerai à mes avocats !

Maël éclate d'un rire cynique et revient à la charge. Les gens se rassemblent sur le trottoir, intrigués par ce qui est en train de se passer. J'aperçois des flashs lumineux, certains profitent de l'occasion pour colporter de nouveaux ragots sur la célébrité.

— Elle ne m'a pas dit « non », elle voulait ma queue autant que...

Nouveau coup porté à son visage.

— T'es aveugle et con si t'as besoin qu'elle te le dise pour le comprendre.

Les paparazzis se multiplient, Elisa me serre dans ses bras et me caresse les cheveux. Je ne peux plus la détester alors qu'elle sent l'odeur rassurante de ma maman. Elle se fiche que je tache sa chemise de mascara et de rouge à lèvres. Elle me laisse pleurer contre elle en me murmurant des paroles rassurantes.

Maël attrape le menton de Moore entre ses doigts avant de lui éclater le crâne contre le mur.

— Ose ne serait-ce que la regarder dans les yeux une seule fois, et je te défigure tellement que ta propre mère ne pourra pas te reconnaître !

Puis il attrape brusquement ma main et me traîne le long du trottoir, mais je peine à suivre le rythme de sa marche rapide. Mon cœur palpite, les bras rassurants d'Elisa me manquent.

Certains photographes continuent à nous poursuivre et les flashs lumineux n'aident pas à me sortir du brouillard dans lequel je me trouve.

On tourne à l'angle d'une rue et je reconnais sa voiture. Il m'aide à m'installer côté passager, je n'ai toujours pas dit un mot. Maël démarre en trombe pour semer les paparazzis et s'arrête un peu plus loin.

Aussitôt, il descend du véhicule qu'il contourne pour venir à ma rencontre. Il prend mon visage en coupe avec une délicatesse qui me fissure l'âme en deux.

Toute trace de colère a disparu de son regard. Il n'est plus que patience et douceur. Chacune de ses caresses est agréable sur ma peau.

— Je suis désolé… putain, je suis vraiment désolé ! Je ne pouvais pas laisser les journalistes te filmer dans cet état, je… merde ! J'étais en colère, dis-moi que je ne te fais pas peur !

Qu'est-ce qu'il raconte ? Il n'a rien à se reprocher, si ce n'est de m'avoir blessée dans ce restaurant. Pour le reste, il fait toujours exactement ce qu'il faut.

— Bébé… je t'en prie, dis-moi quelque chose. Dis-moi que tu vas t'en remettre ou je retourne là-bas pour terminer ce que j'ai commencé.

Je sors un peu du brouillard dans lequel je me trouve et parviens à articuler :

— Il a raison… Je n'ai pas… J'ai oublié de lui dire… non. C'est ma faute…

Mon corps est secoué par des sanglots incontrôlables, Maël chasse mes larmes de la pulpe de son pouce.

— Chut… tu dis n'importe quoi, Lily. Tu lui as dit non un demi-million de fois et ça, juste durant les cinq secondes où je vous ai vus. Ça tournait en boucle dans ta tête, tu n'avais pas besoin d'ouvrir la bouche, ton corps hurlait pour toi.

Ses mots me rassurent et m'apaisent, je me sens un peu moins ridicule.

— Mais, il...

— ... savait très bien ce qu'il faisait quand il a décidé de t'inviter. Tu n'as rien fait de mal, tu m'entends ?

Je hoche la tête, peu convaincue.

— Je vais bien..., dis-je du bout des lèvres. Je ne sais pas ce qu'il se serait passé si tu...

— Hey ! Tu croyais vraiment que j'allais te laisser seule ? Il ne te serait rien arrivé, OK ? Rien du tout, je te le promets.

Mon cœur vole en éclats dès qu'il dépose un baiser léger comme une plume sur mes doigts engourdis.

— Elisa ?! On l'a perdue, elle est...

Il m'offre un sourire timide à fendre les cœurs.

— Chris est venu la chercher. Tu ne l'as sans doute pas repéré.

— Tout s'est passé si vite... et si lentement à la fois. C'était comme si j'étais coincée en enfer.

Il remet l'une de mes mèches échappées derrière mon oreille.

— C'est fini. Tu peux souffler maintenant, je suis là, répète-t-il encore et encore.

Je ferme les yeux, me détends en écoutant Maël me réconforter. Il me touche partout lui aussi, mais ses caresses n'ont rien à voir avec celles du médecin. Parce qu'elles n'ont rien de pervers ou de malsain. Il me touche pour s'assurer que je vais bien, mais c'est mon cœur qui me fait mal.

— Il est tout juste vingt-deux heures, tu crois qu'on peut encore faire quelque chose de cool ? Genre, transformer ton cauchemar en un truc moins sordide ?

Je hausse les épaules, dubitative. Il m'offre un petit sourire.

— Tu veux que je te montre, à quoi aurait dû ressembler ta soirée si t'étais sorti avec un mec bien ?

— Un mec comme toi ?

Il laisse échapper un petit rire tandis qu'il s'installe au volant de sa voiture.

— Un mec comme moi, mais rien que pour toi, bébé !

Mon cœur se met à fondre aussi sûrement qu'un morceau de

beurre dans une poêle chaude.

— Qu'est-ce qu'on va faire ? demandé-je, alors qu'il démarre une nouvelle fois.

— On va remonter le temps.

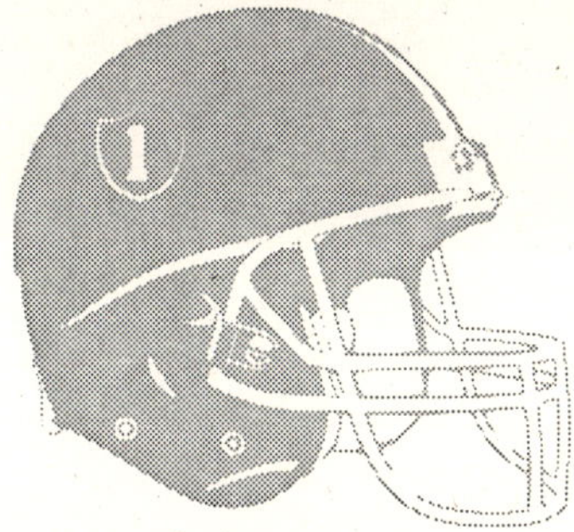

27

Lily

Je me sens comme une intruse dans ma propre chambre. Pourtant, c'est bien ici que j'ai grandi, entre ces murs crème et rose poudrés, entourée de mes romans d'amour. Mes souvenirs préférés sont rangés sur des étagères, alignés, triés de sorte que je sache toujours où les retrouver lorsque j'ai un coup de mou. L'odeur familière du parfum au jasmin que j'asperge sur mes draps m'avait manqué. Derrière ma tête de lit se trouve un mur de photos.

Tout est tellement moi, et si peu à la fois.

J'ai l'impression d'avoir fait un pas de géant et de plonger tête la première dans la vie d'adulte. J'en ai une peur bleue et en même temps, j'ai hâte de vivre un millier de nouvelles aventures. Et ça, je le dois à mes nouveaux colocataires un peu fous.

Ma mère me surprend en train de contempler une photo de Sarah et moi dans nos robes pour le bal de fin d'année, j'ai l'impression que c'était il y a une éternité.

Dans l'embrasure de la porte, elle croise les bras sur sa poitrine, un air attendri sur son visage d'ange.

— Tu rentres à la maison pour de bon ?

— Je crois, oui. J'aimerais qu'on pense à me louer une chambre étudiante, car j'ai envie de prendre mon indépendance.

Un sourire incurve ses lèvres. C'est ce qui était prévu, et puis

Papa est mort et je n'ai pas eu le cœur de quitter ma mère.

— Tu parles comme une enfant qui veut grandir trop vite. Tu as toujours fait ça.

— Je sais... Vous me trouvez chiante. Mais tu sais quoi ? Je m'en fiche, maintenant.

Un petit rire lui échappe. Elle observe ma tenue composée d'un legging noir, du gros sweat de Papa qui me descend jusqu'au bas des cuisses et d'une paire de baskets.

— Tu vas courir ? À cette heure-ci ? s'étonne-t-elle.

Je fais non de la tête, un petit sourire planant sur mes lèvres alors que je me souviens de notre dernière conversation. On va remonter le temps, c'est ce qu'il a dit, et j'aime l'effet salvateur qu'ont ses paroles sur mon cœur.

— J'ai un... rendez-vous. Avec Maël, précisé-je.

— *Le* Maël à qui tu voulais casser les dents il y a peu ? Celui pour qui tu t'es battue comme une sauvage contre cette petite peste rousse ?

Je hoche la tête et ne manque pas le petit rire moqueur que m'offre ma mère. Elle a toujours l'air de tout savoir, le genre à dire « je t'avais prévenue » rien qu'avec les yeux.

J'ignore où nous allons, ou bien ce qu'il a prévu de faire. Pas moyen de planifier quoi que ce soit ni de trop réfléchir, et je me découvre tout excitée à l'idée de plonger dans l'inconnu, parce que quoi qu'il arrive, je sais que je ne risque rien avec lui, et si cette soirée est la dernière que nous passons ensemble, eh bien, j'en profiterai jusqu'à la fin !

« Enfile quelque chose de confortable et de chaud aussi », a-t-il seulement exigé. Avec la chance que j'ai, et au vu de la tournure dramatique qu'a pris ma soirée, je m'attends quand même à tout. Si ça se trouve, on s'apprête à enterrer un corps dans la forêt et je n'en ai pas la moindre idée.

J'ai le cœur qui bat la chamade lorsque je me dirige d'un pas précipité pour lui ouvrir la porte. Il est encore vêtu de sa tenue beige et je le trouve toujours aussi beau, surtout quand il tient un bouquet de fleurs multicolores dans ses mains.

— Tu n'as pas idée à quel point c'est compliqué de trouver des fleurs à cette heure-ci.

Je hausse un sourcil, puis pouffe.

— Mon Dieu ! Ne me dis pas que tu as volé ces fleurs à un pauvre SDF.

— C'est pire que ça, en fait...

Il fait mine de regarder à gauche et à droite, pour être sûr que personne ne puisse l'entendre, puis se penche vers moi pour me faire une confidence.

— Je les ai ramassées sur une tombe.

Je me fige, mais nous éclatons de rire. Ma mère est dans le couloir, elle porte une main devant sa bouche en faisant mine d'être choquée.

— Il plaisante, Maman. Pas vrai ? Tu plaisantes, Maël ?

Sa bouche s'étire en un sourire en coin absolument irrésistible.

— Bien sûr. Bonsoir, Madame Johnson, c'est pour vous.

Et il tend le bouquet à ma mère tandis que mon visage se décompose. J'affiche une moue boudeuse qui le fait s'esclaffer.

— J'ai dit que j'allais te faire passer une bonne soirée, pas que je m'étais métamorphosé !

Lorsqu'on s'éloigne, il se glisse dans mon dos et murmure à mon oreille :

— Je me suis dit que ça faisait un bail que personne ne lui en avait offert.

Et juste comme ça, il vole un morceau de mon cœur. De toute façon c'est trop tard, je ne suis pas naïve au point d'ignorer que mon ventre se tord en deux à chaque fois qu'il est près de moi.

C'est la première fois qu'il me laisse choisir la musique dans la voiture et qu' il ne se bat pas avec moi pour tout et n'importe quoi.

— Si tu mets les One Direction, je vais craquer.

Je lève les yeux au ciel en me rappelant qu'il n'est jamais bon de vendre la peau de l'ours avant de l'avoir tué. Le Maël que je connais n'est jamais bien loin, et je crois que ça me plaît bien. Heureusement pour moi, il n'a pas besoin de le savoir.

— Mais sérieux. T'as pas vraiment piqué ces fleurs sur une tombe, hein ? demandé-je en regardant le paysage défiler par la fenêtre, et toujours sans aucune idée d'où il nous conduit.

Il secoue la tête.

— J'ai repéré un couple qui se baladait main dans la main et j'ai payé certainement le triple de ce que vaut le bouquet pour qu'ils me le cèdent.

J'éclate de rire.

— Je ne sais pas ce qu'il y a de pire... C'est le truc le moins romantique que j'aie jamais entendu.

Il m'offre un sourire en coin.

En vérité ? J'adore !

— Je sais...

— Alors... C'est quoi le but de ce... rencard ?

— Faire connaissance.

Il accélère sur la voie rapide, mais j'ai assez confiance en lui à présent pour ne plus avoir aussi peur qu'avant.

— Hmm... On va faire comme si on n'avait pas appris à se connaître en se faisant la guerre ?

Il mord dans sa lèvre pour ne pas rire quand les haut-parleurs se mettent à cracher *What makes you beautiful* des One Direction, ce qui me vaut un regard noir de sa part.

— Alors ? Vas-y, qu'est-ce qui te rend beau ? demandé-je en citant les paroles de la chanson.

— Ma taille. En général, les femmes trouvent ça sexy que je sois si grand. Mes abdos aussi, même s'ils ne sont pas aussi dessinés que ceux de Chris. Je sens toujours bon, c'est toi qui me l'as dit. Oh, et je peux te faire jouir en trente secondes.

Je le dévisage, incrédule.

— Allez ! Dis-moi quelque chose sur toi. Quelque chose d'affreusement vrai et que tu ne m'as jamais dit.

Il me dévisage du coin de l'œil, pesant le pour et le contre avant de prendre une grande inspiration.

— Tu promets de garder ça pour toi ?

Mon ventre se tord d'appréhension face à son air sérieux. Je hoche vivement la tête, impatiente d'apprendre quelque chose de nouveau sur lui. C'est à ce moment-là que je me dis que ça craint. Parce que vouloir en savoir plus et n'en avoir jamais assez d'une seule et même personne, c'est effrayant.

— À vingt-et-un ans, je suis allé donner mon sang et je n'en garde aucun souvenir parce que je me suis évanoui.

Je cligne plusieurs fois des yeux, surprise par sa révélation, et finis par éclater d'un rire qui me secoue les épaules.

— T'es pas sérieux ?!

Il hoche la tête, un léger sourire en coin sur les lèvres, comme à chaque fois qu'il se replonge dans l'un de ses souvenirs plus ou moins heureux.

— Ils ont planté un truc énorme dans ma veine, Lily. Je me suis senti partir.

— Un si grand garçon ? Et tu as peur qu'on te prenne un peu de sang ?

— Je soupçonne l'infirmière d'avoir voulu me vider de mon sang. Je suis sûr qu'elle ne pouvait pas me voir et elle a bondi sur l'occasion.

Je ris à en avoir mal au ventre et des larmes aux coins des yeux. Puisqu'on est sur les révélations anodines, je lui demande :

— Ta couleur préférée ?

— J'en sais rien. Je n'y ai jamais réfléchi.

— Tout le monde a une couleur préférée, grommelé-je. Moi, c'est le...

— Rose. Comme c'est surprenant...

— Non, c'est la couleur lilas.

— Et c'est pas rose, cette merde ?

Nous nous garons dans un parking souterrain, et je me fige face aux portes de l'ascenseur. Je n'en peux plus de ces bestioles métalliques !

— On ne peut pas prendre l'escalier ?

Maël hausse un sourcil interrogateur.

— C'est au dernier étage..., souffle-t-il. On va être en retard.

Gênée, je rougis un peu. J'espère au moins que je ne repars pas pour un dîner...

— C'est juste que... laisse tomber.

Je repense à Alexandre et à ses mains partout sur moi, à son haleine chaude et alcoolisée, à son souffle dans mon cou. J'ai soudain du mal à respirer, ma cage thoracique comme coincée dans un étau. Doucement, Maël glisse sa main dans la mienne. Le contact de ses doigts chauds sur ma peau m'électrise, je me mets à oublier tout le reste.

Ses yeux rencontrent les miens et le temps s'arrête. J'ai l'impression qu'il est capable de lire dans mes pensées et ça me soulage d'un poids. Mon cœur s'emballe lorsqu'il caresse doucement le bas de mon dos et la cambrure de mes reins. Il retrace ma colonne vertébrale en glissant ses doigts sous mon sweat sans jamais me quitter de ses yeux intenses, fiévreux et affamés.

— Vert, me dit-il après s'être raclé la gorge.

J'arque un sourcil interrogateur tandis qu'il m'offre un sourire timide.

— Ma couleur préférée, Lily. Allez viens, on va vraiment être en retard.

Et il m'attrape par la main en me traînant hors de l'ascenseur, qui débouche sur le dernier étage. Il n'y a qu'un long couloir et des portes fermées. Il ne me laisse pas le temps de poser la question qu'il se met à courir jusqu'au bout du couloir, là où se trouve un escalier en colimaçon en vieux métal rouillé.

Un sourire trône sur mes lèvres malgré l'appréhension. En vérité, je me sens euphorique et je commence à apprécier l'adrénaline qui court dans mes veines.

L'escalier débouche sur le toit, où un ciel de petites lanternes lumineuses a été installé. Des matelas, des poufs et des couvertures recouvrent le sol et font face à une énorme toile de projection. Je pivote sur moi-même et trouve le vidéoprojecteur dont un technicien s'occupe. Plusieurs couples sont allongés, en train de se bécoter, alors que le film n'a même pas commencé. Autour de moi, ça embaume le pop-corn et les boissons sucrées. L'air est tiède, juste assez frais pour qu'on se sente bien sous le plaid chaud qui nous attend. Mes yeux tombent sur l'unique double place libre, et je comprends que Maël a dû réserver lorsque je lis mon nom sur le morceau de papier cartonné.

Enfin, pas tout à fait mon nom, juste celui qu'il me donne lorsqu'il cherche à m'agacer.

— Barbie au cinéma en plein air ! m'exclamé-je, sans cacher mon émerveillement. En plus, c'est sur ma liste... mais tu le savais déjà.

Maël m'offre un petit sourire en coin derrière lequel je décèle une pointe de timidité.

— Je vais chercher du pop-corn, dit-il en se dirigeant vers le petit stand installé dans un coin.

Tout est si *cosy* et chaleureux qu'on en oublie le reste du monde. L'atmosphère, les odeurs et la bonne humeur qui planent sur ce toit me donneraient presque envie de pleurer de joie. Je me sens euphorique comme lorsqu'un orage se prépare, et que j'ai la sensation que l'électricité court dans mes veines.

Je retire mes grosses baskets et m'installe sur le matelas, emmitouflée dans le plaid qui est aussi doux que je l'avais imaginé. Maël me rejoint avec un énorme paquet de pop-corn au caramel dans les mains. Il s'installe à côté de moi et lève les yeux vers le ciel. Les petites lanternes se reflètent dans son regard et je crois que c'est là que je préfère regarder les étoiles artificielles.

Soudain, elles s'éteignent, et le générique d'un film que je connais par cœur se lance. Les noms des acteurs apparaissent à l'écran tandis qu'une douce musique de Noël s'élève dans les airs.

Cette fois c'est sûr, je vais pleurer de joie.

Maman j'ai raté l'avion, avec Maël, pour la deuxième fois...

Sauf que cette fois, je n'ai pas eu à le supplier.

Les chuchotements s'élèvent dans mon dos, les protestations aussi.

— Ce n'est pas ce qu'on est venus voir, se plaint quelqu'un.

— Ouais ! Qu'est-il arrivé au dernier *Spider-Man* ?

Les protestations s'accumulent et je surprends Maël qui mord l'intérieur de sa joue pour ne pas éclater de rire.

— Tu as changé le film... pour *moi* ?

L'émotion transperce ma voix, mais je m'en fiche. Maël se place derrière moi, les jambes de chaque côté de mon corps, pendant que je me laisse aller contre son torse. Son menton repose sur le haut de ma tête lorsqu'il chuchote :

— Ne le dis pas trop fort, je vais me faire casser la gueule...

J'ai les larmes aux yeux et un sourire béat greffé sur mon visage.

— Maël, c'est...

Le truc le plus romantique qu'on ait jamais fait pour moi. J'aimerais oser le lui dire, mais il prendrait sûrement ses jambes à son cou, effrayé par une promesse d'engagement que je ne lui demande même pas. Je décide de profiter du moment, de ses bras rassurants qui m'enveloppent et me donnent l'impression de me trouver dans un cocon. Plusieurs personnes insatisfaites se lèvent, mais étonnamment, la majorité reste pour regarder ce classique des fêtes de fin d'année.

— Comment t'as fait ? murmuré-je pour qu'il soit le seul à entendre.

— Tu serais surprise de tout ce que les gens sont prêts à faire en échange de quelques billets, m'avoue-t-il, les lèvres posées près de ma tempe.

— Vous allez vous taire, oui ? nous gronde une vieille dame ronchonne qui semble captivée par l'histoire du petit Kevin.

Moi, je la connais par cœur, et je la découvre sous une autre facette. J'ai vu ce film une bonne centaine de fois, pourtant j'ai l'impression que celle-ci est différente.

— Elle a une putain de bonne ouïe pour son âge, murmure-t-il à mon oreille, me faisant pouffer alors qu'il enfouit son visage dans mon cou pour étouffer ses ricanements.

Je penche la tête en arrière pour découvrir mon film préféré à travers ses yeux. Je veux savoir ce qui le fait sourire et ce qui le fait grimacer. Mes yeux tombent sur sa mâchoire carrée recouverte d'une fine barbe de trois jours. J'ai envie d'y passer les doigts pour tester sa rugosité.

Soudain, Maël fourre sa main dans le sachet de pop-corn duquel il ressort une grosse poignée. Sans me demander mon avis, il me l'enfonce dans la bouche et je manque de m'étouffer.

— Si j'avais su que tu préférais me mater, j'aurais gardé mon argent, bébé, déclare-t-il avec un petit sourire.

— Je ne suis pas ton bébé, connard ! le taquiné-je sur le même ton que j'empruntais le soir de notre rencontre.

Les choses ont tellement changé entre nous, j'ai l'impression que c'était il y a une éternité. Quand il était plus facile de passer pour une garce égoïste que pour une paumée en manque cruel d'attention.

Son sourire carnassier étire ses lèvres pleines tandis qu'il me renverse le sachet de pop-corn sur la tête. Surprise, j'ouvre grand la bouche avant de lui murmurer un petit « tu vas voir ! » et de le chevaucher, une jambe de chaque côté de son corps jusqu'à ce qu'il s'allonge sur le sol. Plusieurs personnes protestent face à nos bêtises, mais je m'en fiche, j'ai juste envie de lui rendre la monnaie de sa pièce. Déterminée, j'enfonce une poignée de ce qu'il reste du pop-corn dans sa bouche. On n'arrête pas de se faire réprimander, c'est peut-être pour ça qu'il prend les devants en me maintenant immobile contre lui. Essoufflée par notre bataille, je finis par dire doucement :

— C'est malin, j'ai du sucre plein les doigts, maintenant...

J'entreprends de l'étaler sur son visage, mais il saisit ma main au vol et, sans me quitter du regard, le lèche sur mes doigts. Le petit sourire satisfait qu'il affiche, son air faussement innocent et la chaleur de sa langue lorsqu'elle lape le sucre sur ma peau ont de quoi faire fondre ma petite culotte.

— C'est mieux comme ça ? demande-t-il contre la paume de ma main qu'il mordille.

Ça me surprend tellement que je geins doucement, avant de réaliser ce que je viens de faire.

— Putain, ne fais pas ça ! Ne gémis pas comme ça quand t'es sur ma queue.

Le feu me monte aux joues, j'ai l'impression de ne plus pouvoir respirer quand il me regarde de cette façon.

— Pourquoi ? demandé-je d'un air innocent qui allume un feu au fond de ses iris noisette.

Son bras encercle ma taille et, en un mouvement fluide, il parvient à nous remettre dans notre position initiale, moi entre ses jambes, mon dos contre son torse. Sa bouche est collée à mon oreille, son souffle me caresse la peau.

J'ai les jambes cachées sous le plaid et sa main se pose sur ma cuisse. Il exerce une pression qui me vole mon souffle, et ma respiration se hache.

— Parce que..., murmure-t-il contre ma peau sensible, ça m'encourage à faire des choses qu'on ne devrait pas faire tous les deux.

J'essaye de me concentrer sur le film qui se joue devant moi, mais les battements de mon cœur sont si bruyants sous mes tempes que je n'entends que ça. Il y a sa main, son souffle dans mon cou, et ses caresses de plus en plus chaudes qui remontent dangereusement sur ma cuisse.

La gorge serrée par une excitation que je ne comprends pas encore, je parviens à articuler de façon à ce que personne n'entende.

— Trente secondes, hein ? Si c'est vrai que tu y arrives aussi vite, on pourra oublier et faire comme si ça n'était jamais arrivé. Trente petites insignifiantes secondes...

Je le sens sourire contre ma peau, je me consume, vite et

fort, mais je n'en ai rien à faire. Sa main me brûle la peau, ses doigts sont aussi tranchants que des lames de rasoir et je vais finir en charpie. J'inspire brusquement lorsque je sens son index effleurer mon intimité qui pulse d'impatience.

— C'est une très mauvaise idée..., souffle-t-il.

J'approuve d'un hochement de tête et pince les lèvres tandis qu'il m'effleure une nouvelle fois par-dessus le tissu cotonneux de mon legging. J'étouffe un geignement en mordant dans ma lèvre inférieure. Soudain, je sens ses lèvres chaudes se poser sur le lobe de mon oreille et lorsque je gémis d'impatience, il l'attrape entre ses dents.

— Tu devrais m'arrêter maintenant, Allyson.

Je ne réponds rien, j'en suis tout bonnement incapable. J'ai chaud et je vais mourir s'il ne me touche pas. Discrètement, je soulève les hanches pour presser mon intimité contre sa paume. Il rit de mon impatience.

Ce sont juste quelques caresses innocentes, et personne n'y verra rien. Personne ne saura jamais ce qui s'est passé ici, ça nous appartient. Et de toute façon, je suis si excitée que plus rien n'a d'importance.

— Vas-y, compte pour moi, bébé.

Sa main se glisse doucement sous l'élastique de mon legging, j'arrête de respirer. C'est encore pire. Non. C'est encore mieux quand ses doigts frôlent mon intimité au travers du tissu de ma lingerie.

— Trente... vingt-neuf..., murmure-t-il contre mon cou tandis qu'il passe sous la dentelle, révélant ma peau nue sous sa paume. Allez, compte à ma place, je veux entendre à quel point ça devient dur de réfléchir.

J'ai besoin d'oxygène, mais j'ai encore plus besoin de le sentir. Le sentir *vraiment*. Respirer, c'est surfait, de toute façon... Et il ne me touchera pas si je ne décompte pas pour lui.

— Vingt-huit..., chuchoté-je.

L'un de ses doigts écarte mes lèvres sensibles. Je prends

soudain conscience qu'il va sentir à quel point je suis excitée et mes joues s'enflamment de plus belle lorsqu'un soupir rauque et haché s'échappe d'entre ses lèvres.

— Vingt-sept... vingt-six...

— J'espère que tu rougis parce que tu aimes ça, pas parce que tu as honte. Te sentir trempée pour moi, il n'y a rien de plus sexy...

Mon ventre se tord, c'est une exquise torture et ma tête retombe sur son épaule tandis que son autre main s'enroule autour de mon ventre pour me maintenir en place. Je ne suis pas bruyante, mais ma respiration est suffisamment saccadée pour que quelqu'un se rende compte de qui se passe. Je jette un œil aux alentours pour constater que personne n'en a rien à foutre de nous, le couple le plus proche est à quelques mètres et les voix des acteurs camouflent les bruits que Maël m'arrache.

— Vingt-trois...

Son pouce trace des cercles lents autour de mon clitoris. C'est comme s'il connaissait mon corps par cœur, comme s'il savait exactement où me toucher pour me faire dire tout ce qu'il veut entendre. La chaleur entre mes cuisses est si intense que je ne sais plus quoi faire de moi. Il est le remède à la brûlure qu'il me provoque, j'ai la tête qui tourne, je crois qu'on ne touche plus la terre ferme.

— T'arrêtes pas de compter, bébé, ou tu vas insinuer que j'ai triché, plaisante-t-il.

Au moment où il me dit ça, il cesse ses caresses, la main trop proche de mon intimité, et jamais assez à la fois. Je gémis de protestation, ça le fait sourire et ça m'agace qu'il contrôle mon corps à ce point.

— Dix-neuf...

Je crois que c'est là que j'en étais, mais je n'en suis pas certaine. Peut-être même que je balance des nombres au hasard, juste pour qu'il poursuive ses caresses.

Je ne suis plus que souffle, chaleur et brûlure. C'est trop fort et trop intense pour que je garde les pieds sur terre, trop bon pour que je réprime mes gémissements plus longtemps. La main qui encerclait ma taille remonte pour se poser doucement sur ma bouche.

— Chut... J'aime t'entendre gémir, et je veux être le seul à t'entendre. Doucement...

Il pousse un doigt en moi, je me cambre sous sa douce torture. Son pouce continue d'exercer une légère pression sur mon clitoris et sa main écrase toujours mes lèvres. Il est partout à la fois et je ferme les paupières, incapable de faire quoi que ce soit d'autre.

— T'as l'air d'être en difficulté, alors je vais t'aider à faire le décompte, murmure-t-il dans mon oreille. Neuf... huit...

Ses mouvements sont de plus en plus rapides, et l'envie irrépressible de me soulager se fait de plus en plus forte. De ses gestes habiles, il me pousse au bord d'un précipice et je suis si proche de me jeter dans le vide...

— Sept... six... Tu peux jouir pour moi, bébé... Ne démolis pas mon ego démesuré.

J'éclate en mille morceaux, saute à pieds joints dans le vide et le laisse me consumer tandis que mon corps est parcouru de frissons délicieux. Mon ventre se tord, se contracte, et je mords dans la paume de sa main pour étouffer mes gémissements incontrôlables.

Maël vient de réussir en moins de trente secondes ce que mon ex n'a pas été capable de faire en six mois de relation.

Mon souffle est erratique et les battements de mon cœur affolés. Tout ce que mon corps hurle, c'est pour lui. *À cause de lui.*

Je récupère ma respiration doucement, les joues en feu tandis qu'il me caresse les cheveux.

— C'est bien, bébé, sourit-il contre ma peau. Ça va mieux ?

Je le fusille du regard, néanmoins amusée par son arrogance.

— Je... T'as un vrai putain de don, Maël Gellman.

Il rit contre ma peau.

— « Un grand pouvoir implique de grandes responsabilités[4] », cite-t-il.

— Ne retourne pas le couteau dans la plaie. Si la vieille t'entend, elle va se mettre à chialer parce que tu l'as privée de voir *Spider-Man*.

Il m'offre un sourire adorable, et je me détends contre son torse en savourant le film que je ne verrai plus jamais de la même façon.

— Merci... pour tout. T'as été le héros de ma soirée, soufflé-je lorsqu'il se gare dans l'allée.

Son sourire est timide, ses mains crispées sur le volant qu'il refuse de lâcher. On dirait qu'il a un million de choses à dire et qu'il n'arrive pas à se décider.

— C'est *toi*, l'héroïne de cette soirée, Lily. T'as été courageuse après ce qui t'est arrivé.

Je déglutis en repensant au souvenir immonde de la langue de Moore qui forçait la barrière de mes lèvres. Le dégoût est encore trop présent dans mon esprit.

— Je suis désolé de t'avoir fait mal avec mes mots, tout à l'heure.

— Maël... c'est bon. Ce qui est dit est dit, c'est déjà oublié, préféré-je lui mentir.

— Non, c'est pas bon. Ni OK. Tu me regardais avec des yeux pleins d'espoirs. T'attendais quelque chose qui n'arrivera pas, et je pensais qu'en te faisant suffisamment de mal, tu arrêterais d'espérer.

Il a raison, c'est loin d'être OK. Mais je n'ai pas envie de me comporter comme une gamine et je veux aller de l'avant. Ses excuses devraient me soulager, mais les vérités qui se cachent derrière ses paroles me font mal à en crever.

---

4 Adage populaire, notamment connu à notre époque comme une réplique iconique du super-héros *Spider-Man*.

— Alors, tu ne me trouves pas coincée ? demandé-je pour alléger l'atmosphère pesante qui m'écrase la poitrine.

Un petit sourire étire ses lèvres, il me cloue au siège en cuir de son regard trop sincère.

— Si. Et complètement folle, aussi. Le genre de folie qu'on n'a jamais vue nulle part, et ça me plaît un peu trop. T'es bourrée de défauts, mais je les adore tous. Ça me fout une trouille bleue.

— Puisqu'on passe aux aveux et qu'on met un terme à ce pari stupide... Je crois que je ne te déteste pas tant que ça, finalement.

J'ai le regard fuyant et les joues en feu.

— T'es folle de moi depuis que t'es montée sur mes genoux en boîte.

Je lui mets une petite tape sur l'épaule, il en profite pour attraper ma main et river ses yeux dans les miens. Il se permet de me voler mon souffle, encore une fois, et je le déteste pour ça.

— Tu vois, *ça* ? demande-t-il en nous désignant tour à tour. C'est *nous*. On se livre à la seule guerre qui ne fait de mal à personne. Je ne veux plus jamais être responsable de tes larmes.

Je hoche la tête et feins un sourire comme s'il ne venait pas de me planter un couteau dans le cœur. Je n'arrête pas de regarder par la fenêtre vers la maison de mon enfance, et je n'arrive pas à me décider à ouvrir la portière. La vérité, c'est que j'ai un million de choses à lui dire, moi aussi, et qu'aucune d'entre elles ne veut dire adieu.

— On n'est pas obligés de rendre ça gênant, tu sais ? T'es... incroyable, mais je ne sors avec personne et tu mérites quelque chose d'aussi stable que tu l'es. Un truc mieux que quelqu'un que tu dois cacher à ton frère. Quelqu'un d'encore meilleur que celui qui se soucie plus de sa carrière que du reste.

Tout ce qu'il me dit est terriblement vrai et tellement douloureux. Ce n'est pas comme si j'avais prévu de l'épouser, cependant j'aurais juste aimé avoir un peu plus de temps pour le découvrir. Apprendre à connaître ses failles, ses faiblesses, son histoire. J'aurais voulu me battre un peu plus longtemps contre lui. *Ou avec lui.*

Seulement, il souffre d'un handicap sentimental aigu, et je ne suis pas prête à subir davantage. Et ce semblant d'amitié que nous avons prétendu avoir, c'était pour se voiler la face.

Alors, je hoche la tête et feins un sourire tandis que j'abaisse la poignée, le cœur en vrac.

— Merci, pour tout, dis-je une dernière fois sans me retourner.

Je sens son regard peser sur moi lorsque je m'éloigne de lui. Je mentirais si je disais que je ne ralentis pas dans l'espoir qu'il me retienne une dernière fois. Je suis persuadée qu'il reviendra sur ses paroles, et je meurs un peu plus quand je comprends qu'il ne le fera pas.

Les dernières bribes de mes espoirs s'envolent lorsque le moteur rugit dans mon dos.

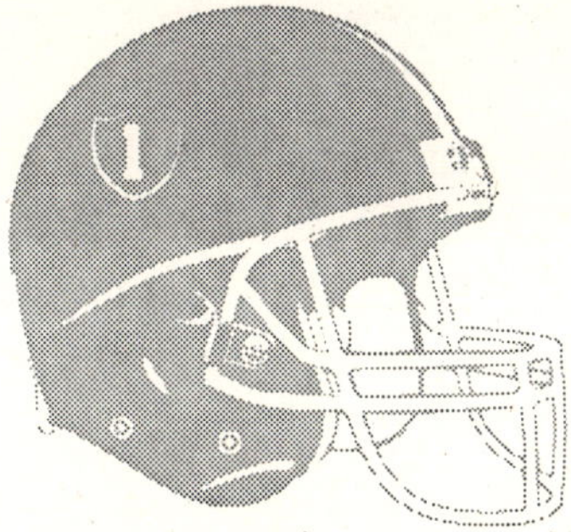

28

Lily

J'ai passé la nuit à ressasser ce qui s'est passé entre Maël et moi, et je n'ai pas fermé l'œil. Lorsque mon réveil sonne, je rêve de l'envoyer valser contre le mur.

Les rayons du soleil traversent les rideaux fins accrochés à ma fenêtre. Le soleil brille, les oiseaux chantent, mais j'ai juste envie de m'arracher le cœur pour l'envoyer s'écraser contre le mur, à son tour.

Mon téléphone est posé sur ma table de chevet, ma messagerie pleine à craquer de messages qui proviennent soit de mon frère, soit de Sarah. Ils doivent se demander où je suis et s'inquiéter à mort. Sans lire ce qu'ils m'ont envoyé, je prends le temps de leur écrire un SMS pour leur signaler que tout va bien avant de mettre mon portable en mode avion.

J'ai décidé de passer la journée à ne rien faire, le reste du monde peut bien attendre, il n'a pas besoin de moi pour tourner.

Alors que je descends les escaliers, munie de mes chaussons préférés, j'entends quelqu'un tambouriner contre la porte d'entrée. Mon cœur frappe fort dans ma cage thoracique, et je me déteste d'espérer que ce soit *lui*.

Ô combien ma déception est grande, lorsque je découvre le coach Hawkins sur le seuil. Il a son air sévère de tous les jours, je ne l'ai jamais vu esquisser l'ombre d'un sourire. Il tient un rouleau de journal dans sa main et me dévisage, furieux.

— Kyllian ne vit plus ici, dis-je simplement, comme s'il n'était pas au courant.

— Je ne suis pas là pour lui, m'apprend-il.

J'ouvre la porte pour lui permettre d'entrer, mais il reste statique, déterminé à ne pas quitter le porche. S'il comptait sur ma bonne humeur, il doit être sacrément déçu. Les mains tremblantes, il me tend le journal, tandis que je lis le gros titre à la une.

« Le célèbre quarterback de l'équipe des Giants se bat avec un inconnu pour le cœur d'une fille. »

Horrifiée, je plaque une main contre ma bouche en découvrant la photo sortie de son contexte : Maël qui colle son poing dans la figure d'Alexandre Moore. On m'aperçoit en arrière-plan, pétrifiée par ce qui est en train de se jouer sous mes yeux.

Un torrent d'inquiétude déferle en moi. Je me demande aussitôt si Kyllian a entendu parler de cette histoire et à quel point il doit être déçu que je lui aie menti. Pire encore, il va sans doute comprendre que quelque chose se trame entre son capitaine et moi, et Sarah va terriblement m'en vouloir de lui avoir caché ça.

Oh, bon sang !

— Je me demandais pourquoi mon meilleur joueur se ramollissait, ces derniers temps. Je suppose que j'ai ma réponse, crache-t-il avec dédain.

Un poids d'une tonne s'abat sur ma tête. Je me rattrape à l'embrasure de la porte pour ne pas tomber à la renverse sous le coup de ses accusations injustifiées.

— Avec cette saison qui débute, mes joueurs ne peuvent se permettre aucune... *distraction*. Sans compter qu'une bagarre, c'est un très mauvais coup de pub pour un joueur comme Gellman. Vous n'êtes pas sans savoir que ses antécédents ont déjà influencé négativement sa réputation.

Mes doigts se resserrent sur le papier qui se froisse entre mes mains tremblantes de colère. J'accuse le coup, puis analyse et enregistre ses paroles accusatrices.

— Vous ne savez pas ce qui s'est passé hier soir, je n'ai jamais voulu que...

— Peu importe, m'interrompt-il avec brusquerie. Ce qui compte, c'est ce qu'on y voit, et interrompez-moi si je me trompe, mademoiselle Johnson, mais il s'agit bien de mon joueur qui se bat avec je ne sais qui, et de votre chevelure blonde, juste là.

— Oui, mais...

— Je vous dis que je me fiche de vos explications bancales ! Ce qui m'importe, moi, c'est que cette amourette entre vous impacte négativement ses performances. Et j'imagine que votre frère n'était pas au courant jusqu'ici, je me trompe ?

Je serre le poing, furieuse contre lui. J'ai envie de l'envoyer valser contre un mur, avec mon réveil et mon cœur. C'est tellement plus compliqué que ce qu'il laisse sous-entendre, et je ne supporte pas l'avalanche de culpabilité qui m'ensevelit un peu plus profondément à chaque fois qu'il ouvre la bouche pour me déclarer coupable.

Derrière le ton bourru du coach se cachent peut-être des vérités que je refuse d'entendre. Suis-je responsable de tous les maux de Maël ? Est-ce que, finalement, cet article de presse va parvenir à semer la zizanie dans l'équipe ?

J'ai un nœud dans l'estomac.

Face à ma mine renfrognée, le coach soupire, avant de reprendre un ton plus doux.

— Je sais ce que c'est que d'être jeune et de se penser amoureux, et croyez-moi, ça n'en vaut jamais la peine. Si vous tenez à lui, à votre frère et à leurs carrières, vous ferez ce qu'il y a de mieux à faire pour eux. Laissez-les tranquilles.

J'ai envie de lui cracher un venin mortel à la figure, mais les mots restent coincés en travers de ma gorge nouée. Hawkins est parvenu à faire naître le doute dans ma tête. J'ai envie de vomir.

— De toute façon, notre amourette, comme vous dites, s'est achevée hier soir. Maël et moi ne nous fréquentons plus.

— Eh bien, mademoiselle Johnson, heureux de vous avoir fait entendre raison. Si vous le permettez, j'ai un entraînement à donner.

Je ne me fais pas prier pour lui claquer la porte au nez. Je traîne ensuite mon cœur lourd jusqu'à la petite table où Maman nous a préparé un petit déjeuner à base de viennoiseries françaises et de jus d'oranges pressées.

Évidemment, elle a tout entendu et me regarde en étalant le journal sur la table. Mes yeux se remplissent de larmes, et lorsque ma mère pose une main sur ma joue, je ne tiens plus, j'éclate en sanglots.

— Allez, mon cœur... Hawkins n'est qu'un con, tu n'as rien fait de mal.

Je renifle bruyamment, écrasant mon visage contre sa main rassurante.

— J'ai tellement mal, j'ai l'impression que mon cœur va éclater.

— C'est juste une journée grisaille, ça arrive.

C'est ainsi que mon père et ma mère appelaient leurs disputes.

— C'est carrément une tornade, Maman. Une tornade qui porte le nom de Maël Gellman.

Quand je l'ai vu pour la première fois, j'ai su que ce mec m'apporterait des problèmes. Je pensais le détester, j'étais loin d'imaginer que mes sentiments entreraient en action pour me laminer le cœur.

— Pour une fois qu'une tempête ne porte pas le nom d'une femme, plaisante-t-elle. T'as envie d'en parler ?

— Non. J'ai besoin de dormir pendant un demi-siècle pour

éviter Kyllian et Sarah jusqu'à la fin de ma vie. D'ailleurs, il faut que je me dépêche d'aller récupérer mes affaires au penthouse, avant qu'ils ne terminent leur entraînement.

Je mords dans un croissant fourré à la confiture de fruits rouges qui me dégouline sur le menton avant de s'écraser sur mon pyjama.

— Tu ne pourras pas les éviter toute ta vie, tu sais ?

— Regarde-moi essayer quand même, déclaré-je en repoussant bruyamment ma chaise.

Ma mère me dévisage, soucieuse, pendant que j'enfile mes baskets.

— Tu ne vas quand même pas y aller en pyjama ? Avec des taches de confiture, en plus !

Je hausse négligemment les épaules en contemplant la marque rougeâtre. Il va me falloir un taxi, car ma voiture est garée dans le parking souterrain de l'immeuble.

Je vais devoir utiliser le téléphone que j'avais prévu de garder éteint toute la journée.

J'ai besoin de prendre l'air, alors je décide de l'attendre sur le trottoir, mais en ouvrant la porte, je découvre Maxwell sur le point de frapper. Mon cœur rate un battement, je lui claque la porte au nez, paniquée.

L'univers m'a entendue, j'ai dû penser un peu trop fort que ça ne pouvait pas être pire. Pourquoi faut-il qu'il fasse son apparition alors que je ne pensais plus du tout à lui ? Et pourquoi aujourd'hui, quand je suis d'une humeur massacrante, incapable de mettre de l'ordre dans mes pensées ?

Après avoir pris une grande inspiration, j'ouvre finalement la porte avant de lâcher un « dehors ! » entre mes dents serrées. Hors de question que ma mère assiste en plus à cette confrontation. Et puis, elle ne lui a jamais pardonné le fait qu'il m'ait trompée, alors elle ne se gênera pas pour lui dire en face.

J'avance d'un pas rapide vers le trottoir et m'arrête un peu plus loin, là où ma mère ne peut pas nous voir ensemble. Enfin, je m'autorise à le détailler. Les mains dans les poches d'un petit pantalon en lin, il semble mal à l'aise. Ses yeux d'un bleu profond ont perdu de leur éclat, à moins que ce soit moi qui les ai toujours trouvés plus brillants que ce qu'ils étaient vraiment. Ses cheveux blonds, habituellement plaqués vers l'arrière de son crâne sont désordonnés, en pagaille sur sa tête, et je remarque qu'il a de gros cernes violets.

— T'as bloqué mon numéro de téléphone... Ça fait une semaine que j'essaye de te joindre par tous les moyens et t'étais introuvable. Je suis passé plusieurs fois, mais ta voiture n'était jamais là..., m'explique-t-il.

Je cligne des yeux. J'ai l'impression qu'il s'agit d'une mauvaise blague. Nerveux, il passe la main dans ses cheveux désordonnés.

— J'étais pas mal occupée...

— Ouais... avec Gellman, crache-t-il, dédaigneux.

— Je pensais que tu l'adorais ?

— C'était avant qu'il touche à ce qui est à moi.

Un rire hystérique s'échappe de ma gorge face aux bêtises qu'il raconte. Devant son air sérieux et abattu, je me reprends en me raclant la gorge.

— Tu n'es pas sérieux... Et Leyla, dans tout ça ?

— On a rompu, déclare-t-il en haussant les épaules.

J'essaye de me souvenir de ce qui me plaisait tant chez lui et je n'y arrive pas. Je me souviens avoir été triste de perdre un ami, mais je n'arrive plus à comprendre pourquoi. On s'entendait bien, tous les deux. Fils de bonne famille, il correspondait à l'image parfaite que je me faisais d'un petit ami. Il m'allait bien au teint, un peu comme un sac à main. Cette prise de conscience m'arrache un sourire, que je camoufle derrière une fausse quinte de toux.

Maël n'en reviendrait pas de me voir aussi indifférente face à celui qui envahissait mon esprit.

Maxwell n'est plus qu'un arbre creux et les vestiges d'un amour inexistant se sont envolés avant même que je le réalise. Le perdre n'a jamais été la fin du monde, quel dommage que je n'en prenne conscience que maintenant.

— Je suis désolée pour vous. Ça va passer..., déclaré-je en posant une main sur son épaule pour tenter de le réconforter.

Son visage se ferme, il fronce les sourcils.

— Tu me manques.

— Oh, et c'est arrivé quand ? Avant ou après que tu as décidé de me tromper ? Avant ou après ta rupture avec Leyla ?

Je ne tente même pas de camoufler le cynisme derrière mes paroles. Il y a peu de temps, je rêvais de l'entendre dire que je lui manquais, et je suis bien contente qu'il ne l'ait pas fait. Aujourd'hui, ça ne me fait ni chaud ni froid. Je n'éprouve qu'un peu de pitié à son égard.

— Quand je t'ai vue avec lui, sur la terrasse de ce restaurant. J'ai compris ce que j'avais perdu. Et je m'en suis voulu. J'ai rompu avec Leyla deux jours plus tard, quand j'ai compris que je ne pourrais plus te sortir de ma tête. En plus, elle s'est tapé Éric dans mon dos.

Je pince les lèvres pour réprimer mon envie de lui dire que le karma fait parfois bien les choses. J'aperçois le taxi jaune qui tourne à l'angle de ma rue.

— Qui est Éric ? Écoute, peu importe. Je suis pressée, là...

— Alors, quand ? J'ai besoin de te parler...

Je laisse échapper un soupir tandis que la voiture se gare contre le trottoir.

— Je ne sais pas, j'en ai pas vraiment envie.

— S'il te plaît... laisse-moi au moins une chance de devenir ton ami ! Ça sera comme au début, entre nous. On révisera ensemble à la bibliothèque.

Son ton suppliant déclenche en moi une vague de pitié que je tente de réfréner. Je sais que je vais le regretter, mais je ne peux pas m'empêcher de lui dire quand même :

— Je vais y réfléchir, OK ?

Son visage s'illumine tandis que je m'installe sur la banquette arrière.

— Débloque mon numéro ! lance-t-il pendant que je m'éloigne.

J'entre dans l'appartement avec la petite clef magnétique que m'avait prêtée Maël le temps qu'on vivait là-bas. J'en profite pour la déposer sur l'îlot central en me promettant que c'est la dernière fois que je mets les pieds ici.

Je pénètre dans le salon que je m'attends à trouver désert, sauf que ce n'est pas le cas. Une femme, âgée d'une cinquantaine d'années tout au plus, est installée sur un tabouret de bar, un verre de vin rouge à la main. Ses cheveux noirs et ondulés tombent en cascade jusqu'à frôler sa chute de reins. La couleur pourpre de son tailleur fait ressortir sa peau bronzée aux reflets caramel. Elle m'étudie d'un drôle d'air, ses yeux noisette plissés.

Mêmes yeux rieurs et même couleur, grain de peau identique et sourire coquin aux mêmes dents blanches. Ils se ressemblent tellement que c'en est déconcertant.

Faites que Max ait oublié sa MILF dans le salon et que cette femme ne soit pas la mère de Maël...

— Salut ! me lance-t-elle joyeusement.

Je lui réponds d'un sourire timide avant de me racler la gorge.

— Faites comme si je n'étais pas là, je suis juste de passage.

Elle rit doucement et son timbre de voix un peu rauque me rappelle celui de Maël.

Faites que ce soit la conquête de Max, je vous en supplie...

Pleine d'énergie, elle bondit de sa chaise pour venir me rejoindre en quelques enjambées, faisant rapidement claquer ses talons sur le sol. Elle attrape mes mains, observe ma manucure rose pâle, étudie mon pyjama froissé et taché de confiture, puis mon chignon fait à la va-vite.

— C'est drôle de voir une fille passer la porte dans le sens inverse. Elles s'enfuient toutes dès que j'arrive, d'habitude. J'en conclus que tu ne fais pas partie des conquêtes de Maxou ! Je suis la maman de Maël, mais tu peux m'appeler Mila.

Et voilà, elle confirme mes doutes, munie d'un fort accent espagnol, et m'achève d'une vérité que je craignais de voir arriver. Je voudrais disparaître en un claquement de doigts.

— Hum... Je suis Lily, enchantée.

— La fille dont tous les médias parlent ! C'est fou, si je m'attendais à découvrir la vie amoureuse de mon fils à travers les articles de la presse à scandale ! Je n'achète jamais ces déchets, mais... Bon, OK. J'ai entendu que Beyoncé et Jay-Z étaient sur le point de divorcer et j'étais curieuse... Tu te rends compte ?!

Elle laisse échapper un soupir, rive ses yeux dans les miens et ajoute :

— *Todos los hombres son iguales*[5]... Tous les mêmes, tous des petits cons ! s'esclaffe-t-elle.

J'étouffe un petit rire nerveux, le rouge me monte aux joues.

— Alors ? Dis-moi tout, mon fils ne me raconte jamais rien...

Elle s'installe sur le canapé, tapote de ses ongles manucurés l'espace vide à côté d'elle pour m'inviter à m'y asseoir. Son enthousiasme et sa joie de vivre contrastent avec mon humeur morose. Elle est lumineuse, et je me rappelle avoir pensé la même chose de Maël quand je l'ai rencontré. Sûre d'elle, charismatique, d'une beauté à faire des jaloux. Honnêtement, je lui donnerais tout juste trente-cinq ans, mais je doute qu'elle ait eu Maël aussi jeune.

---

5 « Tous les hommes sont égaux » en espagnol.

— Je suis juste passée récupérer quelques affaires...

Son visage se décompose, elle semble soudain si triste que ça me brise le cœur.

— Tu n'as même pas cinq minutes ? J'attendais que les garçons rentrent de leur entraînement... s'il te plaît ?

Résignée, j'admets ma défaite. Dès que je m'installe à côté d'elle, son sourire contagieux refait surface. Elle ne dit rien durant un moment, analysant tout ce qu'elle peut chez moi. Elle est si pomponnée, et moi, je ressemble à un cœur brisé ambulant.

— Alors... depuis quand vous sortez ensemble, tous les deux ? J'ai essayé de questionner Maxou, mais il m'a raccroché au nez ! Il va m'entendre, ce sale gosse. Je lui changeais les couches et c'est comme ça qu'il me remercie ?

Ça fait bizarre d'imaginer les deux terreurs inséparables lorsqu'ils étaient petits. Je trouve ça mignon qu'ils soient proches depuis le berceau, que la mère de Maël ait aussi été un peu la sienne. Sans savoir pourquoi, ça me réchauffe le cœur.

Mais je n'oublie pas que la situation catastrophique dans laquelle je me trouve vient tout juste de se dégrader. *Encore.*

— Comment vous êtes-vous rencontrés ? C'est récent, vous deux ? J'ai toujours voulu avoir une fille. Ou une sœur. Mais le Bon Dieu m'a envoyé un ronchon de frère et un goujat de fils qui ne me racontent jamais rien. J'espère qu'il est gentil avec toi ? Il devrait. Je l'ai bien éduqué !

Pour un peu, je sentirais presque les sueurs froides dévaler mon dos. Je sais qu'elle est en train de se monter un film, je vois la lueur d'espoir dans ses yeux et l'enthousiasme déformer ses traits, mais je suis incapable de l'arrêter parce qu'encore une fois, elle ne m'en laisse pas le temps. Son débit de parole est impressionnant. Et pour le coup, elle ressemble plus à Max qu'à Maël. Le fait qu'il ait pu lui emprunter ce trait de caractère prouve à quel point il a passé du temps en sa compagnie.

— Tu sais quoi ? Je ne veux pas te retenir trop longtemps, tu avais l'air pressée en arrivant ici. Tu me raconteras tout mercredi soir !

— Mercredi soir ? demandé-je en levant un sourcil.

— Ouais ! Maël ne t'en a pas encore parlé ? On dîne à la maison et tu es officiellement invitée chez nous.

Deux choix s'offrent à moi. Numéro un, lui briser le cœur en lui avouant qu'il ne s'agit que d'un terrible malentendu et que Maël et moi n'avons jamais été ensemble. Numéro deux : ne rien lui dire et laisser son fils s'en charger.

— D'accord, réponds-je, la gorge serrée. C'est gentil de votre part de m'inviter.

Mila frappe dans ses mains comme une gamine excitée pour exprimer sa joie.

— Super !

Je rassemble mes affaires en me disant que Maël trouvera un moyen de lui dire la vérité. Moi, je n'en ai pas le cœur.

— Je n'ai plus rencontré une seule de ses copines depuis le lycée… Je ne sais même pas s'il a eu la moindre relation sérieuse depuis Sabrina.

Je ne devrais pas poser de questions sur des sujets qui ne me regardent pas. Mais c'est plus fort que moi, je ne peux pas m'en empêcher.

— Sabrina ?

Elle hoche la tête, pensive.

— Hmm, il te parlera peut-être de la tragédie de sa vie, me dit-elle.

J'ai le cœur qui bat à mille à l'heure et l'envie de découvrir si la fille dont elle me parle est responsable du handicap émotionnel de son fils.

— À bientôt, Madame Gellman, dis-je.

— Oh, *cariña*[6], mon nom c'est Cortez. Gellman, c'était le

---

[6] « Chérie » en espagnol.

nom de son père. Et puis, madame Cortez, ça me vieillit. Appelle-moi Mila ! Oh, et... Lily ? Ne fais pas attention à ce que les gens disent. Les aigles volent plus haut que les pigeons !

Mon cœur fond pour cette adorable maman.

Pour la première fois, je suis capable de me mettre dans la peau d'une célébrité victime d'un nouveau scandale. Les notifications Instagram n'arrêtent pas de faire vibrer mon téléphone. Peut-être aurais-je dû ignorer les commentaires sous les dizaines de posts qui me mentionnent.

« C'est une fouteuse de merde. »

« Pourquoi Maël tomberait amoureux d'une femme qui joue sur deux tableaux ? »

« Je ne leur donne pas plus d'un mois, ce couple ne tiendra pas. »

« Le voir se battre le rend si sexy... »

Voilà le genre de commentaires que je dois affronter. Je réalise que si je me fais discrète quelque temps, les gens oublieront qui je suis et ma vie redeviendra ce qu'elle était, prévisible et rangée. Maël, quant à lui, doit subir ce genre de remarques désagréables toute l'année.

Et quand on parle du loup... Mon téléphone sonne et son nom s'affiche à l'écran. J'ai le cœur qui palpite et une boule au ventre qui refuse de me quitter. J'ignore ses trois premiers appels et me résous à décrocher lorsque je comprends, à son quatrième essai, qu'il ne lâchera pas l'affaire.

— Tu vas bien ? me demande-t-il aussitôt d'une voix inquiète.

— Oui, ça va...

Je l'entends soupirer à l'autre bout du fil.

— Je viens de tomber sur l'article dans le journal et je reçois des centaines de messages sur Instagram... Merde, je suis désolé que tu sois mêlée à ça. Ça va se tasser, OK ?

Je pensais qu'il m'appelait pour me réprimander, qu'il me

gronderait de ne pas avoir corrigé Mila, mais non.

Maël Gellman m'appelle parce qu'il s'inquiète pour moi !

— Maël, ça va. Merci.

— Promis ?

Un sourire naît sur mes lèvres et je tente de le réprimer.

— Promis.

— Max a proposé qu'on couche ensemble, histoire qu'un nouveau scandale fasse oublier le dernier.

Je laisse échapper un petit rire.

— Ce n'est pas nécessaire. Comme tu l'as si bien dit, ça va se tasser.

— Bien. Et maintenant, tu peux m'expliquer le bordel que t'as mis dans la tête de ma mère ?

Je mords dans ma lèvre inférieure, gênée qu'il aborde finalement le sujet.

— Tu as vu comme le temps est bizarre, aujourd'hui ? Il n'arrête pas de changer. Un coup soleil, un coup...

— Lily..., gronde-t-il.

J'inspire, expire, et prends mon courage à deux mains.

— Je n'ai pas réussi à la contredire, OK ? Elle avait l'air si heureuse que tu sois enfin avec quelqu'un... Ce n'était pas à moi de le faire, merde !

— Tu t'es fait avoir comme une débutante ! C'est juste une super comédienne !

Je m'attends à ce qu'il m'achève en me racontant comment il lui a appris la vérité, mais rien ne vient.

— Désolée que tu aies dû lui briser le cœur. J'imagine à quel point elle a été déçue.

Le silence s'éternise sans que ni lui ni moi ne disions quoi que ce soit.

— Maël ? Tu lui as dit, hein ?

— C'est vrai que la météo est super bizarre...

— Bon sang, Maël ! Tu te fous de moi ?! C'est toi qui viens de me dire que c'était une super actrice !

— Je sais, je sais… mais elle avait les yeux brillants et elle n'arrêtait pas de dire que t'étais la plus jolie fille du monde, qu'elle avait hâte de faire ta connaissance, et…

— Elle a dit que j'étais *jolie* ?

Mon sourire s'entend à travers ma voix tandis que je l'interromps. Un petit rire lui échappe.

— Parce que t'en doutais ?

Mon cœur rate un battement.

— Elle va être déçue quand elle ne me verra pas arriver, mercredi. Qu'est-ce que tu comptes faire ?

— Rien du tout. Tu vas m'accompagner à ce dîner. C'est trop tard pour refuser. C'est ta faute si on en est là.

— Qu… quoi ?! Hors de question. Je refuse de mentir à cette adorable femme une minute de plus !

Il souffle.

— Tu te pointes chez moi, tu laisses tes clefs sur le comptoir, tu récupères toutes tes affaires, tu fais croire à ma mère qu'on est ensemble et tu penses me laisser m'en tirer tout seul ?

J'ai l'impression qu'il me fait des reproches, alors qu'on était tous les deux d'accord.

— Précisément.

— Je passerai te prendre à vingt heures.

— C'est toujours non.

— Tu n'as pas le choix, Barbie.

— Si tu n'étais pas un aussi gros handicapé sentimental, peut-être que tu ne te retrouverais pas dans cette situation. C'est bien fait pour toi ! Tu n'as qu'à lui dire que je suis malade, si tu tiens tant que ça à lui mentir.

Je l'entends contenir une plainte à la limite du grognement entre ses dents.

— Moi ? C'est moi, l'handicapé sentimental ?

— Oui, monsieur.

Il rit doucement et je déteste ce que ça me fait.

— Vingt heures, mercredi soir.

— Attends…

Je souffle, pèse le pour et le contre. Il faut croire que je ne suis capable de prendre que des mauvaises décisions ces derniers temps, parce que je finis par dire :

— Qu'est-ce que je dois porter ?

— Ce que tu veux. On va chez ma mère, pas chez la reine d'Angleterre, Lily.

— Tu m'enverras l'adresse. J'irai avec ma voiture. C'est non négociable.

— Pourquoi ?

Parce que j'ai peur des décisions que je prends quand je suis avec toi…

— C'est non négociable. On se rejoindra là-bas.

— Comme tu veux.

— Bien.

— Bien.

Tout a été dit, une nouvelle bêtise est enclenchée. C'est un nouveau pari risqué, une nouvelle excuse pour nous rapprocher sans que l'un de nous ne se sente responsable. Les secondes s'écoulent, mais aucun de nous ne semble décidé à raccrocher.

— Maël ?

— Ouais ?

— Tu parles espagnol ? demandé-je en me souvenant de l'accent prononcé de Mila.

Un rire nasal lui échappe.

— J'ai peur de tout ce qu'elle a pu te dire sur moi en si peu de temps.

— Alors ?

— Ouais.

— Dis-moi quelque chose en espagnol.

— Pourquoi faire ?

— Parce que c'est super sexy ! J'ai suivi des cours au lycée, je sais un peu le parler.

Un nouveau rire s'échappe.

— Ah bon ?

— *Si ! La cuenta, por favor* !

J'ai un accent horrible, je viens de lui demander l'addition, et à mon grand regret, je n'avais jamais la moyenne en espagnol au lycée. Pourtant, il explose de rire et je me rends compte que ce petit con me manque un peu trop...

Il soupire, résigné.

— *Quiero hacerte el amor.*

— Qu'est-ce que ça veut dire ?

— J'ai envie de te faire l'amour.

Oh. Mon. Dieu.

De toute façon, il pourrait tout aussi bien avoir dit « la poubelle est jaune », cette langue est trop sexy. On finit par raccrocher tandis que je sens mon cœur s'alléger.

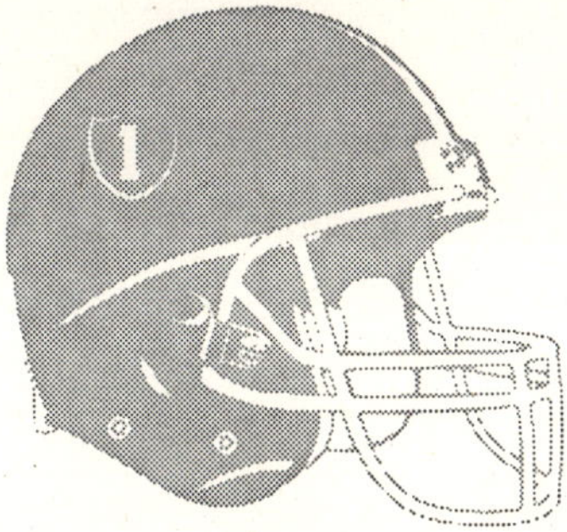

29

Maël

Je déteste ces jours, juste après qu'un scandale a éclaté, quand les rapaces dégoûtés de ne pas avoir photographié le bon moment se mettent à chercher les miettes. Creuser dans la merde serait un terme plus adapté. En ce moment même, ils doivent être en train d'épier les réseaux sociaux de Lily, à la recherche de tout et de n'importe quoi à se mettre sous la dent. En ce qui me concerne, ils n'ont plus rien à dénicher. Ils ont remué la merde suffisamment de fois pour qu'il ne reste plus rien de croustillant à dévoiler au reste du monde. Alors ils interprètent, me façonnent une image qui leur va bien, et je n'en ai plus rien à foutre de ce qu'ils peuvent bien penser de moi.

Ils peuvent aller se faire voir !

Mais Lily, elle, n'a rien demandé, et les commentaires haineux sous les photos de la dernière soirée me retournent le ventre. Heureusement, la carapace qu'elle a passé des années à se forger est assez solide pour encaisser, du moins jusqu'à ce qu'ils s'épuisent et se lassent de ne rien trouver de neuf.

Je n'aurais pas dû mentir à ma mère – peu importe l'espoir qui brillait dans ses yeux – et m'en tenir à ma décision : prendre mes distances. Néanmoins... j'ai envie de la revoir.

Putain ! L'inviter à rencontrer mes parents alors que je lui ai bien fait comprendre que j'étais loin d'être prêt à m'engager, quelle idée de génie !

Je ne dois vraiment pas avoir la lumière à tous les étages !

Ce soir-là, après avoir collé une raclée au Dr Psycho – qu'il n'est pas près d'oublier –, j'ai laissé Lily chez sa mère pour qu'elle se remette de ses émotions, puis je suis retourné au penthouse afin de passer quelques appels et modifier la séance de ciné, une nouvelle case qu'elle cocherait avec moi. Je ne sais pas pourquoi j'aime autant remplir cette liste, peut-être parce que je vis un peu ces expériences avec elle.

Kyllian était posé sur le canapé, une bière à la main. Il avait l'air un peu lugubre et il ne m'a pas regardé dans les yeux lorsqu'il a dit :

— Elle n'était pas avec une copine, hein ? Je ne sais pas ce qui me fait le plus chier. Qu'elle me mente, qu'elle te fasse plus confiance qu'à son propre frère parce que j'ai foiré, ou que toi aussi, tu me le caches.

Je n'ai rien trouvé à lui répondre. Ça m'a emmerdé qu'il m'en veuille, mais sans plus, et je n'avais pas envie de me battre une deuxième fois dans la même soirée. Alors, je me suis contenté d'attendre la suite.

— Elle regarde ces comédies romantiques toute l'année, m'a-t-il averti. Lily regarde des films de Noël de janvier à janvier.

Il a dit ça comme si c'était quelque chose que je ne savais pas déjà, et il a continué.

— Dans son journal intime, il y a trois pages complètes sur lesquelles elle a noté les noms qu'elle aimerait donner à ses enfants. Ils sont classés par ordre alphabétique et par ordre de *préférence*. Elle a une idée précise du mariage dont elle rêve, de la robe qu'elle portera ce jour-là, de la maison dont elle rêve et du chien dont elle rêve. Putain, elle a même écrit la demande en mariage dont elle rêve. Et elle m'a dit un jour que si elle trouvait la bonne personne, elle laisserait la page de son carnet ouverte à cet endroit pour être certaine qu'il ne se trompe pas en faisant sa demande.

Je n'ai pas été surpris, ça m'a même fait sourire. Prenez une amoureuse de l'amour, mélangez-la à une maniaque du contrôle, et vous obtiendrez Lily Johnson. Elle est comme ça, à structurer ses idéaux au point qu'ils en deviennent ennuyeux.

— Et tu me dis ça, parce que...

— Parce qu'elle regarde des putains de films de Noël toute l'année ! Et j'ai l'impression que vous ne jouez pas au même jeu, ma petite sœur et toi. Je sais que t'es un mec bien, mais personne ne sera jamais *assez bien* pour elle. Est-ce que t'attends de voir où ça vous mène ? Ou t'es prêt à t'engager ? Je sais qu'il se trame un truc entre vous, j'ai juste fait l'aveugle parce que j'arrivais pas à croire que tu me trahissais.

— Je ne sais pas, ai-je alors avoué. J'en sais rien, putain...

— Alors, laisse-la avant qu'il ne soit trop tard. Elle s'en remettra. J'ai pas envie de me battre avec toi, a-t-il ajouté en buvant une gorgée au goulot de sa bière.

Max est intervenu à ce moment-là, il n'a pas pu s'empêcher de se mêler à la conversation.

— Règle numéro vingt-sept du *bro code* : on ne touche pas à la petite sœur de son pote.

Je l'ai fusillé du regard et il m'a dévisagé avec son air taquin avant d'ajouter :

— Mais je suis pratiquement sûr qu'il y a une autre règle qui dit qu'on ne touche pas à la meilleure amie de sa petite sœur non plus, donc bon...

Kyllian a pincé les lèvres avant de rire et on a oublié de se faire la gueule. Avant d'aller se coucher, il m'a lancé un dernier regard.

— Ne lui brise pas le cœur, c'est tout ce que je te demande. J'étais pas là, la dernière fois qu'un abruti l'a fait, je compte pas épargner le prochain. Alors, si t'es pas certain de pouvoir répondre à ses attentes... laisse-la partir.

C'est là que ça m'a frappé. L'incertitude de notre relation, l'inconnu dans lequel on se lançait et l'aventure dont on ne connaissait pas la finalité. On n'a jamais collé d'étiquette sur notre relation, Lily et moi, et le problème, quand on ne le fait pas, c'est que chacun n'y voit que ce qui l'arrange.

Kyllian a réveillé mes pires angoisses. Je me suis remis à penser à mon ex et à sa fin tragique. J'ai eu envie de vomir. Mille questions m'ont traversé la tête, du genre : est-ce que je pourrais faire passer quelqu'un avant ma carrière ? Est-ce qu'elle n'est pas un peu immature ? Est-ce qu'elle aussi, elle va finir par perdre la tête ?

C'est comme ça que j'ai décidé de suivre les conseils de Kyllian et de la laisser partir.

Mais trois jours plus tard, je n'ai plus qu'une hâte, la revoir demain soir, quitte à mentir à ma mère. Au penthouse, la vie a repris son cours, même si on a tous un peu changé quand elles sont arrivées.

Je traîne mon cul fatigué jusqu'au salon, et je dois me frotter les yeux lorsque je repère une énorme banderole accrochée au plafond. Les lettres I.H.C. y sont gravées en majuscules. Sur le canapé, tout le monde m'attend, y compris Elisa, qui a passé la nuit dernière avec Chris. Je crois que ces deux-là s'apprécient de plus en plus, je suis content pour eux. Sarah est là, aussi. Apparemment, elle et Kyllian ont décidé de continuer ce qu'ils ont commencé. J'espère qu'il fera attention à elle, mais il a vraiment l'air sincère.

— Intervention pour les Handicapés du Cœur ! s'exclame Max en m'indiquant une place sur le canapé, face à la télé allumée.

Je remarque qu'un ordinateur portable est branché à la télé et je suis étonné que Max arrive encore à me surprendre avec ses conneries, après tant d'années.

— ASSISTANTE ! hurle-t-il, alors que Sarah se lève pour le rejoindre au centre de la pièce, télécommande à la main.

— Mon petit Maël..., commence-t-il.

— Une montagne de muscles de plus d'un mètre quatre-vingt-dix, je n'appelle pas ça petit..., souffle Elisa.

— Mon grand et costaud Maël..., reprend-il. Je t'ai préparé

un petit diaporama, parce que même si t'es un super pote, un capitaine admirable et un joueur légendaire... tu n'y connais strictement rien au cœur des femmes.

— Parce que toi, t'es un expert dans le domaine ? demandé-je, amusé.

— C'est pas parce qu'on ne peint pas qu'on ne connaît rien à l'art, pas vrai ?

Sarah appuie sur un bouton de la télécommande et lance le diaporama sur lequel mon meilleur ami a dû passer un temps fou.

Le titre m'arrache un sourire, mais le montage photo de la première image me fait carrément pouffer de rire. Max a trouvé le moyen de coller ma tête sur le corps de l'incroyable Hulk, tandis que Lily, elle, a hérité du corps d'un diable tout rouge, et il n'a pas oublié d'ajouter deux petites cornes au-dessus de sa tête.

Les aventures de Maël et Lily.

— T'as encore rien vu, mec. Il nous a pondu un sacré truc, cette fois, me dit Ted.

— Vous avez vu ses conneries avant moi ?

— Ouais..., me répondent-ils tous en cœur en tentant de masquer leur hilarité.

Max nous lance un regard noir et sévère pour nous faire taire.

— Première partie : comment reconquérir le cœur de Madame, a.k.a. Satan.

Sarah appuie à nouveau sur la télécommande pour passer à la diapo numéro deux, une liste interminable dont je discerne tout juste les petites lettres.

— Tout d'abord, parlons de ce qui plaît le plus à Lily afin de trouver des moyens de la manipuler. Je veux dire, de la reconquérir. Nous connaissons tous sa passion première, qui consiste à faire chier le monde, mais notons qu'elle s'intéresse également à...

— Qu'est-ce que tu fous, O'Donnel ? demandé-je.

Il ignore ma question et repart dans son délire.

— … tu peux toujours sacrifier des bébés chats en son nom en récitant un rituel satanique. Il paraît qu'il faut faire ça nu, dans un endroit isolé, et apporter du sel, mais je ne sais plus trop à quoi il est censé servir.

— Je ne veux même pas savoir comment t'as appris ça ni avec qui tu traînes quand je suis pas là, putain !

— Sérieux, enlevez Internet à ce gosse, c'est dangereux, dit Kyllian.

Sa dernière réplique fait rire tout le monde, sauf Max, qui conserve un air sérieux.

— Bon, je peux reprendre ?

— Si tu m'expliques pourquoi tu fais tout ça, ouais.

Il me dévisage, incrédule, comme si j'étais la personne la plus stupide au monde.

— T'es sourd ou quoi ? On va t'aider à récupérer ta meuf.

— Lily n'est pas ma meuf.

Max lève les yeux au ciel et Chris soupire d'exaspération.

— Tu crois qu'on ne vous a pas repérés depuis le début ? Évidemment qu'on a tous vu votre petit jeu, tu nous prends pour des cons, capitaine ?

J'arque les sourcils, un sourire en coin sur les lèvres. Je n'ai jamais rien pu cacher à ma deuxième famille, de toute façon.

— Moi, j'étais vraiment certaine que vous ne pouviez pas vous sentir, intervient Sarah.

— Et moi, je vivais dans le déni…, ajoute Kyllian.

— Mec, tu joues comme un débutant à chaque fois que ça ne va pas entre Barbie et toi.

— T'as la tête d'un mec qu'on vient de circoncire depuis qu'elle a quitté l'appart', ajoute Chris.

— Et Lily déprime aussi…, avoue Sarah.

Max lui met une petite tape sur l'épaule, avant de renchérir :

— Règle numéro quarante-deux du *bro code*, Sarah : ne dévoile pas ce que ton pote dit de son *crush* s'il n'est pas là pour confirmer !

Ma poitrine se serre à l'idée de la savoir triste. Comme cette fois où elle pleurait, cachée derrière les vitres teintées de ce restaurant. C'est la première fois qu'elle m'a brisé le cœur. La deuxième fois, c'est quand je me suis montré méchant au point qu'elle en a eu les larmes qui ont coulé. Je ne me suis jamais senti aussi pourri.

Bon sang, je préfère même l'entendre me crier dessus plutôt que de la voir triste.

— Je ne sais pas ce qu'il s'est passé entre vous, mais vous avez clairement merdé, me dit Kyllian.

— Attends... l'autre soir, tu m'as dit que t'avais peur que je lui brise le cœur ? Tu m'as même menacé version grand frère protecteur et toutes ces merdes !

Kyllian affiche un petit sourire satisfait.

— La preuve que j'avais raison de m'inquiéter. Tu comptes faire comment pour arranger les choses ?

— Crois-moi, on n'a rien à voir, elle et moi. C'est mieux comme ça.

— Tu te fous de nous ? Mec, c'est écrit depuis le premier jour que vous êtes faits l'un pour l'autre, lance Chris.

Je pince mes lèvres pour ne pas rire face à une telle absurdité. La première fois, je l'ai détestée aussi sûrement qu'elle voulait me voir mort. Pour pas grand-chose, d'ailleurs. Je crois qu'on avait juste besoin de concentrer notre colère sur une seule personne. J'admets avoir commencé à tolérer sa présence et peut-être que passer du temps avec elle s'est révélé plutôt « couilles », pourtant elle m'agace toujours, la plupart du temps.

— Depuis le premier jour, je n'en sais rien, je n'étais pas là, mais j'ai vu comment tu la regardais au resto. Tu n'as pas hésité à voler à son secours quand elle a eu besoin de toi, me rappelle Elisa.

— Et je ne te remercierai jamais assez pour ça, me dit Kyllian.

— Elle était en danger, j'aurais fait ça pour n'importe qui...

— Et le rendez-vous improvisé juste après pour lui redonner

le sourire, t'aurais fait ça pour n'importe qui ? insiste Elisa.

Je laisse échapper un soupir.

— ... Non. Il n'y a qu'elle pour me faire faire ce genre de trucs niais qui me donnent envie de gerber.

— Mais ça ne te donne pas envie de gerber quand t'es avec elle, insiste Ted.

Non, avec elle, tout me paraît naturel, même les trucs qui me dégoûtent chez les autres.

Elle me plaît trop, et ça m'est tombé dessus d'un seul coup.

Max m'observe de ses yeux qui en ont vu plus qu'assez. Un petit sourire étire ses lèvres pleines.

— T'as jamais été aussi proche de personne, à part moi ou Liam. Cette meuf, c'est moi avec des cheveux ! Et tu sais... il ne peut y avoir qu'un seul malheureux par couple de meilleurs amis. Et ça sera toi, quand elle t'aura passé la corde au cou, ajoute Max pour que personne ne comprenne ce qui cloche chez lui.

— Je crois qu'elle me fait péter les plombs. Qu'est-ce qui vous dit qu'elle a envie de quoi que ce soit avec moi ? demandé-je.

— Elle a mangé de l'ananas juste pour t'éviter d'être mal à l'aise, dit Sarah.

— Elle a traité de « petit connard mal éduqué » un mec qui te laissait de mauvais commentaires sur un site de paris sportifs. Elle a répondu à chacun d'entre eux en prenant ta défense. Et je le sais, parce que je l'ai vue faire de mes yeux, m'apprend Ted.

Je l'imagine tout à fait...

— Vous vous êtes bien rapprochés tous les deux, dis-je. C'est drôle, j'aurais jamais pensé que vous vous entendriez si bien. Vous venez tellement pas du même monde !

Ted affiche un petit sourire en coin.

— Elle est marrante, et c'est amusant de lui faire peur...

— Et sinon, elle a aussi organisé ton agenda ! Mec, elle y a noté tous tes rendez-vous du mois !

— Sans oublier que votre histoire a commencé avec ce compte Instagram, qu'elle n'utilisait rien que pour te harceler. Si ça, c'est pas le début d'une belle histoire d'amour..., plaisante Max.

Je ris en y repensant. Ça me paraît tellement loin.

— Et si je faisais tout foirer parce que je suis un connard qui a peur de l'engagement ? Pire, si je me lassais et que je lui faisais du mal ?

Intérieurement, mon cœur me souffle que je n'en aurai jamais assez de Lily Johnson pour toute une vie.

Max fronce les sourcils.

— Même si ça arrivait, Lily est assez mature pour ne pas agir comme Sabrina. Affronte tes démons, mec. En l'occurrence, affronte ton démon aux cheveux blonds.

— Je croyais que tu la détestais ?

Max mord dans sa lèvre inférieure pour réprimer son sourire de petit con qui n'admettra jamais qu'au fond, il l'aime bien.

— Oh, mais je la déteste ! Tu me connais, c'est purement intéressé. Le jour où je ferai quelque chose sans contrepartie, les putains de poules auront des putains de dents !

Et tout le monde sait qu'il a horreur des poules, à moins qu'elles ne soient dans son assiette.

— Ça fait beaucoup de putains là, non ? le taquine Sarah.

— Quoi qu'il en soit, c'est uniquement parce que tu joues mal que je fais ça.

Max et Lily se chamaillent comme s'ils étaient frères et sœurs. Chaque fois qu'ils se courent après, je me souviens de l'expression « qui aime bien châtie bien ». Quoi que Max en dise, je le connais suffisamment pour savoir qu'il lui viendrait en aide si elle l'appelait au beau milieu de la nuit, et qu'il n'hésiterait même pas.

— En plus, il faut bien que je fasse un effort pour m'entendre avec sa meilleure amie, si je veux épouser Sarah un jour. Pas vrai, meuf ?

Sarah lui ébouriffe doucement les cheveux. Leur relation à tous les deux me paraît si étrange. Ils sont comme l'eau et l'huile, impossible de les mélanger. Et pourtant, l'un trouve chez l'autre l'accalmie qu'il lui faut, l'autre trouve ce petit grain de folie qui lui manquait.

– Dans tes rêves, O'Donnel, dit Kyllian.

– Bon, les gars ! J'ai passé la nuit à travailler sur ce diapo, alors si on ne le regarde pas jusqu'au bout, je vous jure que je vais pleurer.

Après avoir enduré son discours et ses conseils que j'appellerais « mille et une façons tordues de récupérer une fille », il lance une petite vidéo. Des montages photos de nos têtes coupées sur des corps qui ne nous appartiennent pas défilent à l'écran sur la musique *I will always love you* de Whitney Houston. Un couple faisant un pique-nique, un couple avec des enfants et enfin… un couple de jeunes mariés qui s'embrassent. Sauf que la tête de Lily est collée sur le corps du mec en costard tandis que la mienne est sur le corps de la mariée en robe blanche.

J'éclate de rire, rapidement rejoint par mes amis.

– Quoi ? On est au XXIe siècle, les mecs ! Faut briser les codes !

C'est dans ces moments que je prie pour qu'un jour, Max combatte ses démons. Celle qui partagera sa vie aura droit à des éclats de rire à tous les repas.

– Alors ? Tu vas reconquérir ma sœur ou il faut que je te casse la gueule ? me taquine Kyllian.

– Fais gaffe, Johnson, je commence à croire que t'es amoureux de moi. Tu cherches un peu trop le contact physique et on sait tous les deux que je te briserais les os.

Il lève les yeux au ciel.

– On est invités à dîner chez ma mère, demain soir… C'est une longue histoire.

– Oh, putain ! Je peux venir ? demande Ted d'un sourire carnassier qui ne me dit rien qui vaille.

Je le foudroie du regard en retour.

– Quoi ? Il y a un truc entre Mila et moi, personne ne peut le nier. T'as vu comme elle me regarde ?

— Tu me fais peur. Reste loin de ma mère, dis-je en ricanant.

— Mmmmmhhh, Mila...

Je lui enfonce un coup de coude dans le bide et il se tord de douleur. À chaque fois que les gars ont croisé ma mère, ils n'ont pas arrêté de me faire chier après.

Au fond, ça me fait marrer.

— Mais sérieusement, tu ne vas quand même pas avoir ce genre de discussion devant ta mère et ton beau-père ? demande Chris.

Non, en effet, ça serait gênant et inapproprié.

Merde, qu'est-ce que je suis en train de foutre ?!

— Si jamais... par le plus grand des hasards, tu avais envie de la rejoindre... Elle est à l'hôpital, en ce moment même..., m'apprend Sarah.

Et voilà comment, une demi-heure plus tard, je me gare sur une place de parking en face du grand hôpital, en refoulant les centaines de questions qui se bousculent dans ma tête.

Qui aurait cru qu'une petite blonde d'un mètre soixante-dix, maniaque du contrôle et à la langue trop bien pendue réussirait à me mettre dans cet état, à mi-chemin entre le stress et l'excitation ? Je me sens comme un con, j'ai l'impression d'être dans l'un de ces téléfilms à l'eau de rose où le mec avoue ses sentiments à la fille avec laquelle il n'était pas censé finir. Et pourtant, tout le monde sait qu'ils finissent toujours par se mettre ensemble.

La secrétaire médicale lève ses yeux de son écran et me regarde par-dessus ses lunettes rectangulaires.

— Oui, c'est pour quoi ? demande-t-elle d'une voix nasillarde, après m'avoir scanné de la tête aux pieds.

J'ai un mensonge tout prêt sur le bout de langue et je suis surpris de la facilité avec laquelle je le déballe.

— Je cherche Allyson Johnson. J'ai prévu de la récupérer après le travail, vous pouvez m'indiquer où elle se trouve ?

Elle soupire, puis tape quelque chose sur son clavier.

— Vous êtes certain qu'elle travaille ?

Non, putain ! Je ne suis sûr de rien et je suis à deux doigts de partir en courant parce que les hôpitaux m'ont toujours foutu les jetons, presque autant que les relations amoureuses.

— Ouais...

— Parce qu'il n'y a qu'une seule Johnson dans tout l'hôpital, une bénévole, et elle ne travaille pas aujourd'hui.

OK, je fais demi-tour. À la prochaine ! Tant pis, j'aurai essayé...

Alors que je m'apprête à fuir, elle pousse un énième soupir et ajoute :

— Pourquoi les hommes n'écoutent-ils toujours que d'une oreille ce qu'on leur raconte ?! C'est la semaine du don du sang, ça doit être pour ça qu'elle est ici. Ça vous dit quelque chose ?

Rien que d'imaginer les grosses poches de sang et les tubes reliés à des veines, j'en ai la tête qui tourne.

— Ouais, bien sûr ! Je m'en souviens, maintenant que vous le dites... Pouvez-vous m'indiquer où ça se passe ?

Elle me dévisage avec un dédain que je ne peux pas ignorer.

— Vous n'êtes ni sur la liste des donneurs ni membre du personnel médical. Pour des raisons sanitaires évidentes, vous devrez l'attendre ici.

Ah. Donc, si je donne mon sang, forcément je porte moins de bactéries. Logique !

— Vous avez sûrement l'habitude qu'on réponde à vos caprices, mais ici, vous suivrez les mêmes consignes que le reste du commun des mortels, monsieur Gellman !

C'est bien ma chance, elle me déteste. Elle est désagréable à souhait, et même en lui offrant mon sourire le plus charmeur, je ne parviendrai pas à l'amadouer. La vieille est coriace !

Je soupire, passe une main dans mes cheveux et m'apprête à faire le truc le plus stupide de toute l'histoire des trucs stupides.

— J'aimerais donner mon sang, moi aussi. Et le plus rapidement possible, genre... maintenant !

J'ai appris plein de choses intéressantes aujourd'hui. D'abord, Max est nul en montage photo, mais on s'en serait douté. Ensuite, Lily parvient à me faire faire des trucs complètement fous. Et pour couronner le tout, les questionnaires auxquels il faut répondre pour donner son sang sont interminables. Et qu'est-ce que ça peut leur foutre de savoir si j'ai eu des relations sexuelles avec des hommes ces six derniers mois ?!

Vingt minutes plus tard, une infirmière vient enfin me chercher. Une petite brune aux mèches blondes et rousses et au sourire contagieux. Je lis son nom sur son badge : *Fall Davies*.

Ça me dit quelque chose, mais je n'arrive pas à mettre le doigt dessus.

Elle me guide jusqu'à une grande salle que je découvre en sentant mon sang quitter mon visage. Littéralement, je commence à avoir la tête qui tourne et des palpitations cardiaques tandis que je découvre les visages pâles de ceux qui se font prélever et les poches de sang transportées par les infirmiers qui courent partout, telles de petites fourmis.

— Je vais vomir...

— Mais non ! Vous n'avez qu'à imaginer que c'est du jus de fraise, me dit mon infirmière. Un concentré de jus de fraise épais et liquide !

— Ça ne m'aide pas vraiment...

— Ça n'aide jamais vraiment personne, m'avoue-t-elle sur le ton de la confidence.

Pendant qu'elle me guide vers une chaise en position couchée comme celles que l'on voit dans les cabinets dentaires, je repère Lily et, coup du destin, elle est juste à côté de moi. Je tente de me concentrer sur le vert de ses yeux et non sur la grosse aiguille plantée dans sa veine. Lorsqu'elle me remarque, ses yeux s'arrondissent.

— Maël ?! Mais qu'est-ce que tu fous là ?

— Je suis venu donner mon sang, quoi d'autre ?

Un sourire radieux illumine son visage avant qu'elle n'éclate de rire. Fall, mon infirmière sadique, s'apprête à fermer le rideau, mais Lily lui demande de ne pas le faire. Apparemment, elles se sont déjà croisées.

– C'est un grand garçon, mais il a un peu peur du sang, lui explique-t-elle.

Elle est belle, avec son aiguille dans le bras, son tube et sa poche de sang. Je vais tourner de l'œil, putain ! Ma vue se trouble, mes oreilles se mettent à bourdonner et je détourne le regard lorsqu'une seconde infirmière se charge de lui retirer l'aiguille avant de récupérer le demi-litre de sang réparti dans deux grosses poches.

Un demi-litre de sang, c'est quoi ? Genre treize pour cent dc ce que j'ai dans le corps ?

Pourquoi je m'inflige ça...

Son infirmière lui offre une brique de jus d'orange et un petit paquet de gâteaux secs auxquels elle ne touche pas. Elle se lève comme si de rien n'était et vient s'installer à côté de moi tandis que je lui fais une toute petite place sur ma chaise.

– O négatif ? s'exclame Fall. C'est le groupe sanguin le plus utile qui soit. Il va falloir que vous reveniez plus souvent, le monde compte sur vous.

Ouais, bah, ils peuvent compter sur les autres, c'est la dernière fois que je fais ça !

Mais je suis incapable de répondre, tétanisé par ce qui va suivre. Mon infirmière aux yeux multicolores prépare le matériel et sort l'aiguille d'une poche stérile.

Lily se penche vers mon oreille et murmure de son souffle chaud :

– T'entends ça, mec ? Même ton sang est incroyable. Comme si t'avais besoin d'une raison supplémentaire pour gonfler ton ego démesuré !

Avant de me torturer physiquement, mon infirmière sadique s'installe sur une petite chaise à côté de moi.

– Vous avez pris votre petit déjeuner, ce matin ?

— Ouais, réponds-je simplement tandis qu'elle coche une case du formulaire qu'elle tient entre ses mains.

— Des antécédents médicaux ?

— Non.

— Vous avez pris des médicaments ou un traitement médical ces dernières soixante-douze heures ?

— Aucun. C'est trop tard pour changer d'avis ?

Un sourire perfide étire ses lèvres, puis elle fait un clin d'œil à Lily qui éclate de rire à mes côtés.

— Pas de drogues non plus ?

— Si je réponds oui, vous n'allez pas me prélever ?

— Non. On ne peut pas prélever du sang contaminé, répond-elle.

— Oh, non... Quel dommage ! Moi qui pensais qu'un peu d'héroïne, de kétamine, cocaïne et tous ces trucs qui terminent en « ine » n'y changeraient rien... Si j'avais su, j'aurais évité de bouffer ça au petit déj...

Je tente de me relever de la position allongée dans laquelle je me trouve, mais Lily plaque la paume de sa main à plat sur mon torse pour me maintenir couché.

— Il ne se drogue pas, tu peux y aller.

Fall hausse un sourcil, puis coche une case dans son carnet.

Allez, qu'on en finisse.

— T'es prêt ? me demande Lily.

On me désinfecte l'endroit où on va me piquer d'un coton imbibé d'alcool, une goutte de sueur dévale mon visage. Ma respiration s'accélère. Peu importe la raison pour laquelle je suis ici, c'est la pire idée que j'aie jamais eue.

— Attendez !

Je crie en retirant mon bras alors qu'elle s'avance dangereusement vers moi.

Lily rit et lève les yeux au ciel.

— Ne vous inquiétez pas, vous ne sentirez rien du tout.

Mon démon blond caresse doucement ma main, glacée entre

ses doigts chauds.

— Bon garçon, ne bouge pas..., me félicite-t-elle quand je sens l'aiguille me traverser la veine.

Tout au long de la manœuvre, je fixe le plafond blanc qui a jauni avec les années.

— Vous avez menti, je l'ai sentie.

Elle pouffe, cette jolie sadique.

— Allez, je vous laisse. Je reviens vous chercher dans dix minutes.

— Dix minutes de trop..., grogné-je.

Un petit rire s'échappe des lèvres de Lily.

— C'est bizarre que je te trouve adorable ?

— Je préférerais que tu me trouves sexy...

Elle mord dans sa lèvre pour se retenir, mais échoue et se met à glousser.

— Enfin là, tout de suite, on a envie de te faire un gros câlin et de t'offrir des bonbons pour te féliciter.

Elle parvient à me faire sourire.

— Qu'est-ce que tu fais ici ? demande-t-elle.

Ah oui, j'avais presque oublié pourquoi je m'infligeais cette torture. Sauf que je ne sais même pas par où commencer et rien ne sonne juste dans ma tête alors... j'improvise.

— Il n'y a jamais eu de voleur de pyjamas.

Elle hausse un sourcil, puis feint un air scandalisé.

— Seigneur ! Où sont-ils donc passés ? Tu m'as déjà avoué que c'était toi, gros malin !

— Je les ai cachés. J'ai pensé que tu devais le savoir, révélé-je quand même.

Elle ne répond rien et me sourit d'un air adorable. Sa main se pose sur mon ventre tendu qu'elle caresse doucement en suivant la trace de mes abdominaux et dont elle s'amuse à retracer les contours.

— Tu as changé d'avis pour demain soir ?

Je secoue doucement la tête.

— Ça va être difficile de jouer la comédie alors qu'on se déteste, dit-elle avant d'aspirer sa lèvre inférieure entre ses dents.

Si je n'étais pas au bord de l'évanouissement, je crois que je l'embrasserais.

— C'est pas comme si on n'avait jamais fait semblant.

— C'est vrai..., lâche-t-elle d'une voix un peu triste dans laquelle tinte le regret.

Et moi, je découvre que parler à cette meuf me fait encore plus peur qu'une aiguille coincée dans ma veine.

Je prends une grande inspiration, m'apprête à ouvrir la bouche, quand soudain...

— Lily ?

Cette voix insupportable, je la reconnais tout de suite. Et je ne suis pas surpris de découvrir Maxwell et ses cheveux parfaitement tirés en arrière. Pendant un instant, j'espère vraiment que c'est un hasard qu'ils se retrouvent ici au même moment, mais je serais vraiment le roi des cons si je continuais à espérer trop longtemps.

— On m'a dit que t'avais terminé depuis un moment, alors je m'inquiétais, dit-il.

Et bien sûr, la secrétaire l'a laissé passer, lui. Mon ego vient de se briser tellement fort que je suis sûr qu'elle l'a entendu, elle aussi. Mon karma m'attrape avec un sourire perfide collé aux lèvres.

— J'en ai encore pour cinq minutes, je ne peux pas le laisser tout seul.

Et ça, c'est pire que tout.

— Vas-y.

Je ne savais pas à quel point il était difficile de masquer l'amertume dans sa propre voix avant aujourd'hui, et je le découvre de la plus cruelle des manières.

— Non, je... Tu détestes ça et je suis une bonne amie. Je vais rester avec toi jusqu'au bout.

J'ai envie d'éclater de rire, et de rage aussi.

Après tout ça, elle ose encore faire semblant ? Pourquoi je me donne autant de mal alors qu'à la moindre occasion, elle court se réfugier dans les bras de son ex ?

— On n'est pas amis, Lily, répliqué-je d'un ton sec qui la fait grimacer.

— T'allais me dire quelque chose...

— Il y a encore des affaires à toi chez moi. Je te les ramènerai.

Elle fronce les sourcils, son visage se fige dans la glace tandis qu'elle remet le masque de l'indifférence en place.

— Vraiment ? demande-t-elle, le ton aussi venimeux que possible.

Je hoche la tête, le regard froid. Ça la convainc de se lever et la chaleur de son corps collé au mien me manque aussitôt.

Juste avant de quitter la pièce, elle se tourne vers moi.

— T'es qu'une poule mouillée, Gellman. Et je ne parle même pas de ta peur des aiguilles.

— Attends...

Elle rive ses yeux dans les miens, mais je ne sais même pas quoi lui dire. Je suis en colère. En colère, parce que je croyais qu'il y avait quelque chose entre nous et que je me suis trompé. Pourtant, je suis surtout en colère contre moi.

Parce que si je n'avais pas eu aussi peur l'autre soir, les choses auraient pu se passer différemment.

— Tu viendras quand même demain ?

— Envoie-moi l'adresse comme prévu.

Et elle s'en va, me laissant seul avec mon ego fracturé. Et le cœur un peu, aussi... et putain, je déteste ça !

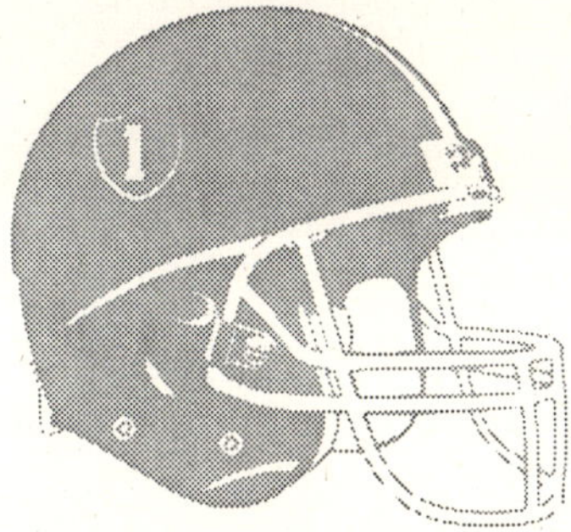

30

Lily

— Non, tu ne vas pas annuler. C'est qui cette fille ?

Assise en tailleur sur le lit de Kyllian dans sa chambre d'adolescent, Sarah me tend une photo sur laquelle il pose avec une étudiante dans son uniforme scolaire.

— J'en sais rien. Sûrement personne de bien important puisqu'il n'a pas emporté la photo avec lui.

Elle m'offre un petit sourire avant de reprendre sa conversation téléphonique.

— Elle veut annuler. Ouais... je sais... Beurk ! Bien sûr que non, elle ne veut pas se remettre avec Maxwell ! Attends, je mets le haut-parleur.

Elle pose le téléphone sur le lit à côté d'elle alors que j'essaye de mettre de l'ordre dans mes cheveux. Je parviens à les attacher en une queue-de-cheval haute, et le résultat me satisfait suffisamment pour que j'arrête d'y toucher.

— Max est *vraiment* obligé de tout savoir ?

— Sarah est ma meilleure amie, on se raconte tout !

— Et ma meilleure amie est supposée garder mes secrets pour elle, grondé-je en foudroyant Sarah du regard tout en appliquant une couche de gloss pailleté sur mes lèvres.

— Sarah, rassure-moi, tu as ta bible sur toi ?

Argh ! Je ne comprends vraiment pas ce que Sarah trouve

d'attachant chez Max. Il est arrogant, bordélique, irritant, il jacasse sans arrêt, fume, boit, se drogue aussi souvent qu'il peut et il est insupportable !

— Inutile d'insister, S. Je n'irai pas. T'étais pas là quand il m'a lancé son regard haineux. À quoi bon jouer la comédie une fois de plus ?

— C'est un handicapé du cœur qui saute sur la moindre occasion pour prendre la fuite. Le jour où il se décide enfin à parler, il te trouve avec ton ex. Franchement, tu t'attendais à quoi ? À ce qu'il te supplie à genoux ? me répond Max que personne n'a sonné.

Putain !

— Je m'attendais à un peu d'honnêteté de sa part, c'est tout.

— La vie, c'est pas un conte de fées, Lily. Si tu perds ta chaussure après minuit, c'est probablement que t'es bourrée, dit Max.

Malgré moi, un gloussement m'échappe et je le camoufle derrière une quinte de toux. Hors de question qu'il sache que parfois, il me fait rire.

— Il ne m'a même pas donné le temps de lui expliquer pour Maxwell, il m'a repoussée et m'a pratiquement demandé d'aller me faire foutre. Je le déteste !

Je commence à en avoir marre de le laisser jouer avec mon cœur.

Avec Maël, il faut s'attendre à tout, mais surtout à être déçue. Il est capable de dire que la couleur de mes yeux est sa préférée et de me détester de toutes ses forces la seconde d'après. Ce mec est d'un lunatique !

J'ai bien cru qu'il prendrait son courage à deux mains hier, j'ai pensé voir une lueur de détermination dans son regard. Une énième fois, il a nourri mon palpitant d'espoir pour me le faire avaler tout rond l'instant suivant. Et avaler son cœur, ça fait mal.

— Elle vient de dire qu'elle me déteste ?

Je reconnais sa voix, même déformée par le haut-parleur. Je n'y peux rien, mon traître de cœur s'emballe.

— Ouais, mais dans la langue de ta meuf, ça doit vouloir dire « j'ai envie de baiser », t'en fais pas.

— Elle a Maxwell pour ça. Dis-moi, bébé, il te trouve assez délurée à son goût ou il faut que je t'aide encore un peu à te façonner pour lui plaire ?

Sarah pousse un cri étranglé.

Max soupire.

C'est cruel, méchant, et c'est un uppercut en plein dans mon abdomen. Maël tient mon cœur entre ses mains et l'écrase sans une once de pitié. Jouer de mes insécurités comme ça, il n'y a rien de pire. Pourtant, je commence à le connaître, il pique avec les mots à chaque fois qu'il est blessé.

— Vous me fatiguez, souffle Max.

— C'est elle qui est fatigante, dit Maël.

J'ai la rage au ventre et un feu liquide coule dans mes veines. Il veut voir ce que c'est que d'être avec quelqu'un d'insupportable ? Pas de problème, je vais lui montrer.

— Max ?

— Ouais ?

— Dis-lui que j'ai hâte d'être à ce soir.

Je me saisis du téléphone et raccroche au nez des plus casse-pieds des Giants sous les yeux ébahis de Sarah, qui croise les bras sur sa poitrine pour exprimer son désaccord.

Je reste bouche bée face à la maison en pierre qui se dresse devant moi. Le quartier respire l'argent, chaque demeure faisant concurrence à la voisine.

Je me gare devant une magnifique bâtisse blanche, dont le patio est impressionnant. Excentrée, avec un joli jardin bien entretenu, la maison de sa maman respire l'aisance financière, mais elle est de très bon goût. C'est le bruit familier du moteur de la Bentley de Maël qui me fait lever la tête de mon portable, et lorsqu'il se gare à côté de moi, j'ouvre la portière et nous nous dévisageons sans un mot pendant quelques secondes.

Il porte un simple jean et un tee-shirt blanc qui laisse entrevoir ses tatouages et la forme tracée de ses abdominaux. Il n'a même pas pris la peine de coiffer ses cheveux sombres qui, en désordre sur sa tête, lui retombent un peu dans les yeux.

— T'as trouvé quoi te mettre, finalement, me dit-il en étirant un coin de ses lèvres, alors qu'il détaille la petite robe crème qui m'arrive en haut des cuisses.

Mes talons claquent sur le sol lorsque je le rejoins.

— Allez viens, bébé. Allons montrer à ma mère à quel point tu m'aimes, me dit-il de son arrogance habituelle.

Il attrape mes doigts et nous montons les marches du patio, mais son geste n'a rien de tendre et je suis sûre qu'il rêve de me broyer les vingt-sept os que comporte ma main. Tant mieux, j'ai envie de lui faire mal, moi aussi, et je plante mes ongles dans la chair de sa paume.

— Rentre les griffes, chaton.

Beurk.

— Tu ne m'embrasses pas pour me dire bonjour, mon amour ?

Je papillonne des cils en prenant un air innocent pour le provoquer tandis que nous atteignons la porte d'entrée, main dans la main. Il baisse les yeux sur moi, son éternel petit sourire satisfait scotché à ses lèvres.

— Non, réplique-t-il avec une indifférence telle que ça en devient insupportable.

La porte aux gravures florales dorées s'ouvre et je découvre Mila, superbement apprêtée, un rouge à lèvres carmin rehaussant son teint doré.

— Oh, vous êtes tellement mignons, tous les deux !

Elle ne sait pas que j'enfonce mes griffes dans sa chair tatouée ni qu'il est en train de me broyer la main en serrant plus fort à chaque seconde qui passe. Mais je suppose que vu de l'extérieur, on a l'air « mignons ».

Pour mon plus grand bonheur, Maël est obligé de me lâcher lorsque sa mère me prend dans ses bras afin de me saluer.

— Viens par-là, mon trésor ! s'exclame-t-elle joyeusement en étreignant ensuite son fils.

Le regard qu'il pose sur elle est d'une tendresse qui réchauffe mon cœur malgré moi, et j'ai tout à coup un peu plus de mal à le détester... Les hommes qui ne se sentent pas embarrassés d'enlacer leur mère ont un truc en plus.

— Alors Lily, dis-moi tout... Qu'est-ce que tu fais dans la vie, quelles sont tes passions ? me demande Mila en nous traînant sur le canapé du salon.

— Lily adore planifier le moindre détail de sa vie pour ne laisser aucune place aux surprises. Je suppose que c'est sa passion. Pas vrai mon cœur ?

Oh, il faut croire que je ne suis pas la seule à vouloir jouer, ce soir.

— C'est vrai. L'un de nous devait garder la tête sur les épaules, et on sait tous les deux que ce n' était pas toi et ton imprévisibilité qui alliez le faire.

Mila nous dévisage l'un après l'autre, l'air interloqué.

— Elle fait aussi de la danse classique, et même si ça ne sert à rien, elle est plutôt douée quand elle danse, ajoute-t-il avec un petit sourire qui m'agace et fait battre mon cœur à la fois.

— Je suis étudiante en médecine. J'entamerai ma seconde année après les vacances d'été.

— Wow ! Impressionnant ! Tu sais déjà vers quelle spécialité tu aimerais t'orienter ?

Je hoche la tête.

— C'est le cœur qui m'intéresse. J'ai rencontré beaucoup trop de gens qui ne savaient pas s'en servir.

Mon ton est lourd de sous-entendus, mais Maël se contente d'afficher un air arrogant pour me prouver que ça ne l'atteint pas.

— Ça sent super bon, Maman. C'est Garrett qui cuisine ?

— Quelle question ! Tu sais bien que je serais capable de rater un œuf au plat. Tu n'aimerais pas que j'empoisonne ta copine alors que c'est notre première rencontre, dit-elle, malicieuse.

Les lèvres de Maël s'incurvent en un sourire carnassier et je sais précisément qu'il a envie de lui répondre que ça ne le dérangerait pas tant que ça.

Au lieu de quoi, il dit simplement :

— Surtout pas. Je vais lui dire bonjour.

Et il se lève, dépose un baiser sur le front de Mila avant de s'éloigner vers ce que je suppose être la cuisine.

C'est vrai que ça sent bon l'ail sauté et le piment.

— Garrett ?

Maintenant que je me retrouve seule avec Mila, je suis plus à l'aise pour lui poser des questions.

— Ça fait bientôt vingt ans que nous sommes ensemble, on s'est fiancés l'année dernière. Ça me surprend que Maël ne t'en ait pas parlé. Ils sont très proches, tous les deux. Tu aimes le vin ?

Je suppose qu'elle sait que je ne suis pas en âge de boire, mais un petit verre ne me fera pas de mal. Alors, je hoche la tête et Mila réapparaît quelques secondes plus tard, deux verres de rouge à la main. Elle me tend le mien.

— Et voilà ! Ça fait si longtemps que je n'ai pas reçu de nouveaux invités que j'ai oublié comment on doit se comporter. Nos amis ont appris à se servir eux-mêmes, m'explique-t-elle en riant.

Me voilà sous le charme de Mila. Mais comment ne pas l'aimer avec ses yeux rieurs, sa bonne humeur contagieuse et son énergie débordante. Accueillante, chaleureuse et d'une beauté qui, j'en suis certaine, faisait des ravages dans sa jeunesse.

Le fameux Garrett, je suppose, apparaît derrière un mur crème. Je me retiens d'écarquiller les yeux face à sa carrure impressionnante. Sérieusement, il doit mesurer pratiquement deux mètres et peser pas loin de cent kilos. Il a un air qui me fait penser à Tony Parker, mais la peau de Garrett est plus foncée, d'un brun si profond qu'on dirait du chocolat noir. Et quelle peau éclatante ! J'ignore quel âge il a, mais il fait aussi jeune que Mila. Quel couple magnifique !

— Le dîner sera prêt dans une minute. Oh ! Euh, bonjour, s'adresse-t-il à moi d'un regard fuyant.

— Je te présente mon fiancé, déclare fièrement Mila.

— Lily, je suis ravie de faire votre connaissance, lancé-je en effectuant un petit geste pour saluer le beau-père de Maël de ma main libre.

Tout en muscles, gigantesque, Garrett pourrait en intimider plus d'un et pourtant, il cherche à poser son regard partout, sauf sur moi, et semble ne pas savoir quoi faire de ses mains. En fait, son attitude me rappelle Sarah lorsqu'elle est mal à l'aise.

— Qu'est-ce que vous nous cuisinez de bon ? demandé-je, en cherchant à le décrisper.

Une lueur s'allume dans son regard et je devine tout de suite qu'il adore se mettre aux fourneaux. Sarah est pareille. Si elle tremble un peu, il suffit de lui parler d'art pour délier sa langue de grande timide. Les passions ont ce pouvoir sur les gens réservés, parce qu'ils savent de quoi ils parlent et n'ont pas peur de se tromper.

— Des tagliatelles maison, sauce pomodoro, m'annonce-t-il fièrement.

— Vous faites vos tagliatelles vous-même ?

— Bien sûr ! Y'a-t-il une autre façon de faire des pâtes ?

— Oui, chéri. Au supermarché, ils en vendent plein ! Et il n'y a plus qu'à les faire bouillir !

Il s'est approché de nous, suffisamment pour effleurer le bras de Mila de sa grande main.

— Sacrilège ! s'offusque-t-il en lui mettant une petite tape sur le front avant de chasser son geste d'un tendre baiser qui la fait sourire.

Ces deux-là sentent l'amour à des kilomètres. La tendresse qu'ils éprouvent l'un envers l'autre me rappelle mon père et ma mère, et ça me serre un peu le cœur.

— Je meurs de faim ! Tu avais dit une minute..., geint Mila d'une moue boudeuse.

— Tu n'es qu'un estomac sur pattes.

— C'est pour ça que je t'ai choisi, lui dit-elle en riant. Pour que tu combles le trou de mon estomac !

Je tombe amoureuse de cette famille dans laquelle je me sens si bien.

Quelques instants plus tard, je me retrouve assise à table et enroule mes pâtes autour de ma fourchette. La sauce tomate est un peu épicée et les saveurs explosent sous mon palais. C'est si bon que je retiens un gémissement de pur bonheur.

— Je crois que je viens de goûter au paradis. C'est délicieux.

Garrett m'offre un sourire timide, mais je discerne une lueur de fierté derrière ses yeux noirs.

— Oh... c'est trois fois rien, dit-il, gêné.

— C'est quand même fou, qu'un mec aux dimensions d'un frigo soit aussi timide ! lance Maël au moment de s'installer à table, en bondissant pratiquement sur sa chaise, qu'il fait grincer sur le sol.

J'ai failli lui dire de surveiller ses manières, avant de me souvenir qu'on était chez *lui*. Garrett le fusille d'un regard d'avertissement qui, encore une fois, me rappelle celui que me lance Sarah lorsque j'attire un peu trop l'attention sur elle.

— Je ne suis pas *timide*, grogne-t-il.

J'adore jouer à ce jeu-là avec elle, mais maintenant que je vois Maël le taquiner, j'en ressens un pincement au cœur.

— Ma meilleure amie est tellement réservée qu'un jour, un mec a cru qu'elle était muette ! Ce n'est pas un défaut, Sarah est la personne la plus extraordinaire du monde.

Mila m'offre un sourire resplendissant tandis que les épaules de Garrett s'affaissent et qu'il se détend un peu.

— Rien à voir, Sarah est minuscule, bébé. Garrett est un grand gaillard qui pourrait littéralement t'écraser le crâne entre son pouce et son index. Et pourtant, regarde-le, tout mignon ! le taquine-t-il encore.

— C'est ton crâne que je vais écraser si tu ne t'arrêtes pas, espèce de sale gosse !

— Là, je te reconnais ! Ne l'écoute pas, c'est un gros nounours.

Mila m'offre un sourire espiègle qui m'indique que je n'échapperai pas à ses questions.

— Alors, comment mon fils et toi vous êtes-vous rencontrés ? me demande-t-elle.

Je dévisage Maël et lui lance un regard courroucé avant de reporter mon attention sur Mila.

— On s'est croisés dans le couloir de l'hôpital dans lequel je travaille. Il venait soigner une vilaine MST.

Maël me met un coup de pied sur le tibia, Mila s'étrangle avec une gorgée de son verre de vin et Garrett écarquille les yeux.

— Dites-leur de se protéger et ils rencontrent l'amour de leur vie à l'hôpital en soignant une MST ! Qu'est-ce que tu crois qu'on a manqué dans son éducation, chéri ?

La jambe de Maël remonte entre les miennes, sous la table et je bois une gorgée de vin pour chasser le rouge de mes joues qui s'enflamment à chacun de ses contacts.

— Elle ment, mais c'est parce qu'elle a honte de dire la vérité. Tu ne devrais pas, chérie, je suis content que tu te sois débarrassée de ton petit problème.

— Son petit problème ? questionne Mila, curieuse.

— Lily est une ancienne alcoolique. On s'est bien rencontrés à l'hôpital, mais c'était aux Alcooliques Anonymes. Tu sais... quand j'accompagnais Max ! Elle avait les yeux vitreux et le teint blafard, j'ai tout de suite craqué.

— *Dios mío !* Et moi qui lui ai servi un verre de vin ! Je suis sincèrement désolée, Lily.

— Ce n'est rien... J'ai appris à boire avec modération, grommelé-je, les dents serrées.

Maël mord dans sa lèvre inférieure pour ne pas éclater de rire.

Un point partout, balle au centre !

— Ouais. Enfin, quand elle ne gerbe pas ses tripes dans ma voiture.

Cette fois, c'est moi qui lui envoie un coup de pied, et bien placé. Maël se cambre en avant et me fusille du regard avant d'attraper ma jambe sous la table. Je tente de la lui retirer, mais il me sourit, l'air mauvais, tandis qu'il caresse innocemment la peau fine de ma cheville. La chaleur familière grandit dans mon ventre, comme à chaque fois qu'il me touche de ses doigts chauds.

— Je vous assure qu'il exagère.

— À peine. J'ai même des vidéos qui le prouvent sur mon téléphone. Et si on les regardait tous ensemble ?

Je lui adresse un regard mauvais, mais son sourire narquois s'intensifie. Ses doigts courent le long de mon mollet, il pose ma jambe sur sa cuisse et poursuit ses caresses tendancieuses alors même que sa mère me dévisage, attendant patiemment une réponse.

— Ne rougis pas, Lily, il n'y a pas de quoi avoir honte, me rassure Mila en posant une main sur mon épaule.

Maël en profite pour pincer doucement la peau sensible sur l'intérieur de ma cuisse, m'arrachant un petit cri aigu qui rend Mila interloquée.

— Ouais, Lily. Ne rougis surtout pas, me dit Maël avant de se tourner vers sa mère. *Perdonen a mi futura esposa, es un poco loca*[7].

Mila arque un sourcil, puis affiche un sourire qui dévoile toutes ses dents.

— *Futura esposa*, hmm ?

Maël lève les yeux au ciel.

— Tu retiens toujours ce qui t'intéresse...

— Pas d'espagnol devant ceux qui ne comprennent pas,

---

[7] « Excuse ma future femme, elle est un peu folle » en espagnol.

gronde doucement Garrett. C'est impoli !

— Désolé, s'exclament-ils d'une même voix qui met l'accent sur leur ressemblance.

À la seconde où Mila et Garrett s'échappent dans la cuisine, j'en profite pour l'interroger.

— Qu'est-ce que tu lui as dit ?

Ma jambe repose toujours sur ses cuisses, et il se met à me caresser, l'air de rien. Je hais mon corps de réagir à ses attentions de cette manière et mon souffle de me trahir.

— À quel point t'étais cool.

— Menteur, murmuré-je.

— Prouve-le, me réplique-t-il sur le même ton.

Les parents de Maël reviennent à table avec de la glace à la vanille et nous poursuivons le dîner en discutant de tout et de rien. Maël et moi avons réussi à inventer notre propre langue à la fin du repas. Et il n'y a que nous pour comprendre que mon amour signifie en vérité « va te faire foutre ! ». Chaque mot doux prononcé d'un ton mielleux est en vérité un coup de couteau planté dans le dos de l'autre.

Quant à lui, il poursuit ses douces tortures sous la table, des caresses innocentes pour me faire péter les plombs.

— Alors, tu vivais avec les garçons ? Je t'ai vue t'échapper avec tes affaires quand on s'est rencontrées.

Je hoche la tête en savourant ma bouchée de glace faite maison. Garrett est vraiment un excellent cuisinier.

— Oui, mais votre fils me faisait surtout dormir sur le canapé. Après cette vilaine infection à cause de ses rapports non protégés, il a fait vœu de chasteté, alors...

Maël s'étrangle avec sa glace et éclate de rire.

— Sérieux, bébé ? Il soupire. OK, comme tu veux...

Il regarde sa mère et Garrett tour à tour, puis s'exprime d'une voix calme et posée.

— En fait, je l'aurais bien laissée dormir avec moi, mais cette petite coquine n'arrêtait pas de vouloir me grimper dessus, alors j'ai dû prendre des mesures drastiques et l'envoyer sur le canapé.

Je me sens rougir jusqu'à la racine des cheveux et je dois me rendre à l'évidence : Maël est encore meilleur que moi à ce jeu, il n'a absolument honte de rien. Heureusement, ça ne semble pas déranger Mila et Garrett qui s'amusent comme des petits fous en comptant les points. Ces deux-là vont avoir de quoi discuter lorsqu'ils iront se coucher ce soir.

J'aide Mila à débarrasser lorsqu'elle trébuche et c'est alors que je remarque ses sublimes chaussures à talons.

— Oh, mon Dieu ! Ce sont des Jimmy Choo ?

Je n'arrive pas à masquer l'excitation dans ma voix ni mes yeux qui s'illuminent d'une lueur effrayante, celle d'une addict au shopping.

— Tu aimes les chaussures ? me demande-t-elle d'un même enthousiasme.

— Ce serait un crime de ne pas aimer celles-là.

Elle pose les assiettes sur la table et ordonne aux garçons de terminer de débarrasser tandis qu'elle me traîne par la main jusqu'à l'étage. Je découvre alors son fabuleux dressing, du genre qu'on ne voit que dans les films ou chez la famille Kardashian. Derrière de grandes baies vitrées illuminées, il y a des rangées entières de chaussures, de toutes les formes, couleurs ou marques, et pour tous les goûts ! Suffisamment pour qu'elle en porte une paire différente chaque jour.

Alors que je contemple sa collection, émerveillée, Mila m'interpelle :

— Tu vois, à la seconde où j'ai accouché, j'ai su que mon fils serait un investissement des plus rentables, plaisante-t-elle.

Je ne peux pas me retenir de pouffer plus longtemps. N'empêche, je trouve ça mignon.

— C'est agréable de t'avoir à la maison. On voit qu'il y a de l'amour entre vous, je désespérais un peu..., ajoute-t-elle.

Je suis gênée d'avoir à lui mentir, mal à l'aise qu'elle pense qu'il a de l'amour entre son fils et moi. Nous ne menons rien d'autre qu'une lutte acharnée, un combat silencieux. Tout ce qu'elle croit voir entre nous est issu de l'illusion qu'on accepte de lui offrir, et la voix teintée d'espoir de Mila me fend le cœur au point que j'ai envie de lui déballer la vérité.

— Alors... Il t'a parlé de Sabrina ? J'ai honte de dire que je l'ai évoquée volontairement l'autre jour. Je voulais que tu le questionnes et qu'il crève l'abcès.

Je retiens mon souffle en faisant non de la tête tandis qu'un soupir s'échappe d'entre ses lèvres. J'ai envie d'en savoir plus, mais je ne sais pas si j'en ai le droit. Mila semble aussi mener un combat interne pour décider si elle peut m'en parler ou non.

— Sabrina était...

— La reine des pom-pom girls, l'interrompt Maël, dont la voix rauque et venimeuse nous fait toutes les deux sursauter.

31

Lily

Adossé contre le chambranle de la porte, il a les bras croisés sur son torse et nous fusille tour à tour de son regard courroucé.

— Si tu veux questionner ma mère sur toutes les meufs que j'ai baisées, la liste est longue, tu risques d'y passer la nuit, crache-t-il, mauvais.

Mila soupire et fait face à son fils qui la dépasse de deux bonnes têtes et demie. Elle le toise, ne flanche pas une seconde et parvient à lui arracher un petit sourire attendri.

— C'est précisément pour ça que t'as fini à l'hôpital pour une MST, trésor.

Au fond, je suis certaine que Mila n'a pas cru un mot de ce qu'on a raconté, sinon elle ne s'en amuserait pas de cette façon. Je crois qu'elle est plus maligne que nous et qu'elle a compris les règles de notre petit jeu.

— Je vais me coucher, vous restez cette nuit pour qu'on prenne le petit déjeuner ensemble ? demande-t-elle, la voix teintée d'espoir.

Et je commence à comprendre les règles du sien. Mila est adorable et chaleureuse, elle n'en reste pas moins une manipulatrice hors pair, capable de faire flancher n'importe qui sous sa moue boudeuse.

— Non. J'ai entraînement tôt, demain.

— Allez ! S'il te plaît, je ne te vois jamais !

Maël soupire, détourne le regard, et finit par craquer.

— J'ai un chez-moi !

— Un trou à rats, tu veux dire ! T'es déjà entré dans la chambre de Maxou ?

— Je n'ai pas ton courage, déclare-t-il avec un sourire. J'imagine ce qui se trouve à l'intérieur et je préfère m'épargner ça.

— Il faut bien que j'y entre quand je veux lui remonter les bretelles. Tu sais qu'il m'appelle plus souvent que toi ? Il ne nous oublie pas, lui ! le taquine-t-elle sur un ton de reproche.

Maël soupire une dernière fois et finit par abdiquer.

— Très bien, mais Lily rentre chez elle. Elle a *prévu* de rentrer avec sa voiture, lâche-t-il avec dédain.

Je n'aime pas l'ordre qui se cache derrière son sous-entendu.

— Je peux réorganiser mon planning, dis-je en l'assassinant du regard. Rien n'est trop beau pour toi, mon cœur.

Le regard de Mila s'illumine tandis qu'elle frappe dans ses mains.

— Garrett prépare les meilleurs brunchs, tu vas adorer ! Oh, et... je peux vous faire monter un matelas, si vous n'aimez pas dormir ensemble. Je ne voudrais surtout pas interférer avec tes nouvelles convictions, Maël !

En guise de réponse, il lève les yeux au ciel. Sa mère me claque un bisou sur la joue, tourne les talons et s'en va.

Je me racle la gorge, soudain mal à l'aise devant l'intensité du regard du quarterback. Il me dévore littéralement des yeux, n'épargnant aucun centimètre carré de peau que dévoile ma robe. Nerveuse, je croise les bras sur ma poitrine.

— Elle t'adore, et je ne sais pas si c'est une bonne ou une mauvaise nouvelle, dit-il après un long moment.

— Elle me prend pour une ancienne alcoolique de dix-neuf ans, alors...

— Tu la penses assez naïve pour avoir gobé une seule de nos

conneries ?

Non, et ça me rend un peu triste de ne lui avoir offert que du vent, ce soir. Maël s'apprête à quitter la pièce, mais la question qui me brûle le bout de la langue finit par s'échapper d'entre mes lèvres.

— Tu vas me parler de ton ex ?

— Non.

— Tu connais tout de moi, protesté-je.

Il hausse un sourcil et me dévisage des pieds à la tête.

— C'est pas ma faute si tu parles trop.

J'ouvre la bouche, choquée. Lui, ça l'amuse toujours de me clouer le bec.

— J'étais pom-pom girl, moi aussi. Au lycée, je veux dire. J'adorais ça ! lancé-je pour l'encourager.

Ses poings se serrent et son visage est déformé par la colère lorsqu'il avance d'un pas déterminé dans ma direction. Je recule et mon dos bute contre l'une des étagères, faisant vaciller un sac à main qui manque de me tomber sur la tête. Les joues rouges et le souffle court, je déglutis, incertaine quant à la tournure des événements.

— Sabrina s'est suicidée, Lily. Mais vas-y, pousse-moi encore à parler d'elle, demande-moi quel rôle j'ai joué dans sa mort !

Sa révélation me glace le sang et vole ce qu'il reste de mon souffle. Je reste interdite, paralysée sous le ton glacial qu'il emploie pour me clouer le bec. Mon cœur bat la chamade et je dois fermer les paupières une seconde afin de me remettre les idées en place. Ses doigts chauds et rugueux qui parcourent ma mâchoire m'encouragent à les rouvrir, pour me perdre dans l'intensité de son regard, prêt à me faucher les jambes.

— Tu lui ressemblais trop, souffle-t-il contre mon visage. Physiquement, vous n'aviez rien à voir. Elle avait la peau pâle comme un clair de lune, les yeux noirs comme une âme inhabitée et des cheveux de la couleur du charbon.

Ses paroles roulent sur ma peau pour y laisser des marques

indélébiles. Je me nourris des souvenirs qu'il me partage dans un souffle chaud, empreint d'une culpabilité que je ne comprends pas encore.

— Pourtant, tu lui ressemblais, ce soir-là, quand on s'est rencontrés. Il y avait quelque chose dans ta façon de marcher, de te tenir, et même de parler qui sonnait terriblement faux. Tu te réfugiais derrière le même putain de masque que le sien, et je t'ai détestée pour ça.

J'assimile, enregistre et ne dis rien. Je l'écoute et le laisse me relever le menton avec douceur, savourant le contact de ses doigts qui me picotent la peau.

— Paradoxalement, ce que j'ai détesté chez toi est ce qui m'a plu chez elle. Avec le recul, je pense que c'est parce que sa carapace était plus brillante que ce qu'elle cachait à l'intérieur, alors que toi...

Il baisse les yeux, puis remonte sur mon visage.

— Alors que toi, tu montres le pire aux autres et n'offres le meilleur qu'à ceux en qui tu as confiance.

C'est tellement vrai que j'en tressaille, à la fois furieuse et soulagée d'un poids en réalisant à quel point il me comprend.

— J'avais pas mal de merdes à gérer quand je suis entré en terminale. Entre Max qui partait en vrille et Liam que je ramassais en morceaux, ça n'a pas été la partie la plus joyeuse de ma vie. Sabrina était une distraction, une échappatoire que Max n'essayait pas de me voler, parce qu'il ne pouvait pas la voir.

— Pourquoi... Max t'aurait-il volé qui que ce soit ? Vous êtes les meilleurs amis du monde !

— Parce qu'il est comme Sabrina, il ne supporte pas de partager ce qui est à lui, et il est prêt à tout pour le garder.

J'ai l'impression d'entrevoir une partie de son passé, et je devine que Maël a toujours été du genre à endosser les responsabilités. Le genre d'ami qui creuserait un trou en pleine forêt pour enterrer le cadavre de quelqu'un qu'il n'a pas tué. Le garçon prêt à se sacrifier pour les autres, même si ça le détruit un peu au passage.

— Elle était du style bien entourée, à avoir une copine accrochée à chaque bras. Une fille un peu moqueuse, que rien ni personne n'atteignait, en apparence. En vérité, elle était toujours seule. Sa mère gérait une agence de mannequinat, elle était constamment en déplacement et ne rentrait que de temps en temps, des cadeaux plein les bras. Son père, lui, c'était comme s'il n'existait pas, comme s'il ne la voyait pas… et ça l'a rendue folle…

— Elle réclamait trop d'attention, conclus-je.

Il secoue la tête, un sourire fantôme flottant sur ses lèvres.

— Elle réclamait *toute* l'attention et elle s'en nourrissait, mais ce n'était jamais assez pour son âme creuse. Parce que rien ne comblait le trou émotionnel laissé par ses parents absents. Elle a tout essayé. L'alcool, la drogue, les soirées… et je devais la ramasser, à chaque putain de fois, dans des états que tu n'imagines même pas. Je voulais la quitter, j'ai essayé un millier de fois, quand je me suis rendu compte que je m'occupais encore d'une cause perdue. J'avais le football, des amis avec des problèmes plein la tête, et Sabrina était devenue un boulet à mon pied.

— Tu ne l'as pas quittée, deviné-je.

Il fait non de la tête et je peux sentir le poids de ses regrets m'écraser un peu aussi.

— À chaque fois que j'essayais, elle menaçait de se suicider. Elle s'est mise à se scarifier. Au début, c'était pas grand-chose, juste quelques éraflures, mais elle a commencé à enfoncer sa lame de plus en plus loin dans sa chair. Un appel à l'aide ensanglanté que tout le monde refusait d'entendre.

— Mais pas toi. Toi, tu savais qu'elle allait mal !

— J'ai essayé de l'aider, mais j'étais jeune et con… J'ai attendu trop longtemps avant d'en parler à quelqu'un. Et putain ! Je me sentais tellement coupable chaque fois que je m'éloignais d'elle… Elle ne me laissait jamais aller bien loin, de toute façon. Elle grimpait à la fenêtre de ma chambre et s'introduisait chez moi, forçant aussi la barrière de mes draps.

Maël ferme les yeux, la mâchoire crispée par des souvenirs douloureux. D'instinct, je pose une main sur sa joue, comme une caresse censée le rassurer. Je ne sais pas si ça fonctionne, mais il me laisse faire.

— Je ne voulais pas lui donner de faux espoirs, je voulais juste qu'elle sorte de ma vie. Et en même temps, je ne pouvais pas l'abandonner. C'était comme tenir une poupée brisée entre les mains. Elle pensait que le sexe voulait dire « je t'aime », alors elle mettait tout en œuvre pour que je cède et couche avec elle.

Il pince les lèvres, comme si le souvenir lui était trop douloureux sur la langue. Comme si le dire à voix haute rendait la chose trop réelle.

— Et puis, un jour, j'ai lâché l'affaire. J'étais juste épuisé et je n'arrivais plus à la comprendre. Alors, je l'ai rejointe dans les toilettes du lycée, déterminé à ignorer sa détresse et à en finir pour de bon. J'avais tout raconté à ma mère et on avait tout organisé pour qu'elle se fasse interner. Elle était dépressive et dépendante et je... je savais plus quoi foutre avec elle, du haut de mes dix-sept petites années.

Ça semble si loin pour lui, alors que mes dix-sept ans sont encore à portée de main. Je n'ose pas imaginer tout ce qu'il a enduré à un âge où mes seules inquiétudes étaient d'accorder ma tenue à mon sac à main. Une bile acide remonte le long de mon œsophage.

— C'est là qu'elle m'a dit être enceinte. Elle m'a montré son test de grossesse positif et mon monde s'est écroulé.

Ses doigts se resserrent sur ma mâchoire et je le laisse faire tandis que je m'imprègne de ses souvenirs sombres tachés de sang. Sa main glisse doucement sur ma gorge, j'en ai le souffle coupé. Il serre à peine sa prise, mais de toute façon, ça fait un moment que je ne peux plus respirer.

— Je l'ai détestée tellement fort que j'ai voulu qu'elle crève, alors qu'au fond de ses yeux, on voyait qu'elle était déjà morte depuis longtemps.

Je déglutis, sa prise se desserre et il se penche à mon oreille.

— Tu voulais des raisons pour me traiter de connard, en voilà une bonne. Quand elle s'est suicidée le lendemain, j'ai été sou-la-gé, souffle-t-il en détachant chaque syllabe, me glaçant le sang.

Une larme chaude roule sur ma joue et vient s'écraser sur mes lèvres. Parce que c'est terrible, et en même temps, je ne peux que me mettre à la place d'un adolescent qui a l'avenir devant lui et qui le voit s'écrouler comme un château de cartes, simplement parce qu'il a tenté de sauver la mauvaise personne.

— Tu n'es pas un connard ! lâché-je. Qu'est-ce que tu lui as dit, quand elle t'a annoncé que t'allais être papa ? Je sais que tu ne l'as pas repoussée !

Ses yeux tombent sur les miens, mouillés de larmes. Il les chasse de son pouce et ferme les paupières comme si ça lui faisait du mal de me voir triste.

— Je lui ai dit que je serais là pour elle, quoi qu'elle décide de faire. Que je ne l'abandonnais pas, que je l'accompagnerais et que j'assumerais si jamais... elle décidait d'aller jusqu'au bout. Et je lui ai aussi dit qu'elle devait se faire aider, qu'elle n'avait plus le choix et qu'on ne pouvait plus être ensemble. Que c'était fini pour de bon, mais qu'elle pourrait toujours compter sur moi.

Il m'offre un sourire triste avant de poursuivre :

— Mais tout ça, c'était du vent. Le lendemain de sa mort, sa copine m'a appris que le test de grossesse lui appartenait. Sabrina s'en était servi pour me manipuler... encore une fois.

J'ai la tête qui tourne et les jambes qui flanchent tellement que je dois me rattraper à son épaule. D'instinct, il place sa main derrière mon dos pour me soutenir et je réalise que c'est ce que Maël fait à chaque fois que quelqu'un tangue près de lui : il le soutient. Je me perds dans la profondeur de son regard et j'ai l'impression d'ajouter quelques pièces manquantes à son puzzle. Malheureusement pour mon pauvre cœur, rien de ce qu'il m'a raconté n'a aidé à me le sortir de la tête. Il est encré dans ma peau comme les tatouages qui décorent la sienne.

— C'est pour ça que tu refuses de t'engager ? Parce que t'as peur que l'histoire se répète ?

Il ne répond rien, et son souffle chaud dans le creux de mon cou couvre ma peau de frissons.

— Ouais, et j'aime un peu trop le sexe, avoue-t-il d'un ton plus léger qui contraste avec le tragique de l'histoire qu'il vient de me raconter.

— Tu n'as rien à te reprocher. Il y a des gens malades qui refusent d'être aidés, ce n'est pas ta faute. Ta poupée était cassée avant de tomber entre tes mains, et peut-être même que t'as recollé quelques morceaux. Mais ça n'aurait jamais pu suffire et tu le sais, au fond. T'es juste quelqu'un de trop bien pour laisser les gens tristes se noyer dans leurs larmes.

J'ai dit ça d'un seul souffle, maintenant j'ai besoin de prendre une grande inspiration pour le retrouver. Enfin, je lui ai dit la vérité, ce que je pensais de lui et ce qui me rongeait les os tant c'était difficile de mentir. Derrière ses grands airs de mauvais garçon, Maël n'en a jamais été un. Il porte le visage des gueules d'anges fracassées qui l'ont accompagné tout au long de sa vie, certains l'accompagnent d'ailleurs toujours.

Son regard a changé, son souffle est encore plus chaud qu'auparavant et j'ai l'impression que son visage s'est rapproché du mien tandis que je reprenais mes esprits.

Ses yeux tombent sur mes lèvres, et je sais que je ne ferai rien pour l'en empêcher. Mon cœur bat la chamade, je ne suis qu'une poupée de chiffon soutenue par la seule force de ses bras qui m'enveloppent d'une chaleur réconfortante. Ses lèvres frôlent les miennes, j'inspire brusquement, choquée par ce que je ressens lors de ce faux contact. Son petit sourire insolent ne me dit rien qui vaille.

— Ça aurait pu être cool, toi et moi..., souffle-t-il contre mes lèvres. Si seulement tu ne t'étais pas comportée comme une garce.

Et d'un coup, il me relâche. Je n'ai plus d'appuis, je perds l'équilibre et tombe sur les fesses tandis qu'un rire nasal lui échappe et qu'il s'enfuit du dressing. Sonnée, je mets un moment à me redresser sur mes deux jambes et à sortir de la pièce.

Tout est si grand, et il y a tellement de portes que je ne sais pas à laquelle toquer. Heureusement, il ferme à double tour, me guidant vers celle qui, je suppose, cache sa chambre. Du moins, celle où il a grandi.

— Tu te fous de moi ?! demandé-je en tentant d'abaisser la poignée. C'est quoi ton putain de problème, tout à coup ?

— C'est toi, mon putain de problème ! Toi, qui restes coincée dans ma tête alors que je ne t'ai rien demandé, bordel !

Je mords dans ma lèvre inférieure pour retenir un rire face à son ton boudeur.

— Tu te comportes comme un gamin !

— J'ai le droit, je suis dans ma chambre d'ado, réplique-t-il avec un sourire dans la voix.

Je laisse échapper un soupir, exaspérée, et m'adosse contre la porte fermée.

— J'ai du mal à croire que t'aies donné ton sang aujourd'hui.

— J'ai du mal à croire que tu baises avec un mec qui ressemble à ton frère.

Un cri étranglé s'échappe d'entre mes lèvres. Heureusement, il me semble avoir entendu Mila dire que leur chambre se trouvait au rez-de-chaussée.

— Si tu m'ouvrais cette putain de porte, je pourrais peut-être t'expliquer, dis-je en empruntant le même ton de petit con insolent qu'il emploie à longueur de temps.

— Tu ne me dois rien, souffle-t-il après quelques secondes. Merde, je commence à ressembler à Max ! C'est juste que, t'imaginer avec lui me rend barge. Maintenant, laisse-moi bouder dans mon coin et dors dans le couloir.

— Tu me fais chier, mec ! Tu sais quoi, t'as raison. Je ne te dois rien !

— Lily ! gronde-t-il.

Et je le trouve adorable, alors je mords l'intérieur de ma joue pour qu'il ne m'entende pas glousser.

— Ouvre-moi pour qu'on discute.

Pas de réponse.

— Alors quoi, tu vas faire le mort ici pour toujours ?

Toujours rien.

— T'as des seins incroyables…, chuchoté-je.

Un petit rire lui échappe et traverse la porte pour venir me réchauffer le cœur.

— T'as piqué ma réplique, bébé…

La vie, c'est compliqué. Pas étonnant que certains décident d'abandonner en cours de route !

— Je suis humaine, et bourrée de défauts. Alors, quand mon ex s'est pointé la bouche en cœur pour me dire que je lui manquais juste après que tu m'as jetée, je n'ai pas résisté à ressentir une pointe de satisfaction. J'avais besoin que quelqu'un conduise à ma place pour donner mon sang, et j'ai bondi sur l'occasion pour tirer un avantage de lui.

— C'est tout ?

— Non. Il en a profité pour me dire à quel point je lui manquais, encore, et j'ai compris mon erreur. On ne sera jamais amis lui et moi, c'est terminé. J'ai passé tellement de temps à le regretter, et il était enfin là, à me dire tout ce que je voulais entendre. Et tu sais à quoi je pensais ?

— À votre avenir ensemble ? À quoi ressemblerait votre future maison ? À comment il te demanderait en mariage ?

— Je lève tellement les yeux au ciel que je me froisse un muscle, mec, sache-le. Je pensais à toi ! À toi et ton insupportable tendance à fuir ce qui t'effraye. Je pensais à ce que t'étais sur le point de me dire, à l'hôpital, et à ce que tu ne dis jamais.

Le silence s'éternise, je laisse retomber l'arrière de mon crâne contre le bois de la porte.

— Tu lui as dit qu'il ne te toucherait *plus jamais* ?

C'est plus fort que moi, j'ai un sourire idiot collé aux lèvres.

— Peut-être... Ou peut-être que je l'ai laissé me prendre dans sa voiture, qu'il m'a fait jouir comme personne et que j'ai adoré ça... Peut-être que...

Maël ouvre la porte d'un coup sec, et comme j'étais adossée contre elle, je manque de m'effondrer, mais il me rattrape, puis... me laisse de nouveau tomber par terre.

Pour la deuxième fois, merde !

— Aïe...

Sa bouche s'étire en un sourire en coin, alors que je me redresse sur mes deux jambes en scannant sa chambre du regard. Tout est dans les tons gris, une petite salle de bains est attenante. Je repère une photo, encadrée sur un coin de son bureau. Je reconnais Max et Maël, comme l'ange et le démon. Ils n'ont pas plus de quatre ans sur cette photo et ils portent tous les deux un sac à dos, peut-être qu'il s'agissait de la rentrée des classes. Max tient une banane devant sa bouche pour se créer un sourire tandis que Maël éclate de rire, dévoilant de petites canines blanches.

Je fonds, putain !

Ce *petit con* est allongé sur le dos, les bras derrière la tête. Il fixe le plafond, l'air songeur.

— Raconte-moi encore, dit-il. Viens, explique-moi à quel point ton ex te fait du bien.

Je déglutis, sentant mes joues de petite menteuse s'échauffer.

— Sois pas timide, Lily, me provoque-t-il en tapotant la petite place à côté de lui.

J'ai tout juste le temps de m'approcher qu'il attrape mon bras et me jette sur son lit. En une fraction de seconde, je me retrouve sous lui, écrasée par le poids de son corps, les bras au-dessus de la tête. Ma réaction doit être amusante, parce qu'il rit doucement, sans jamais cesser de me manger du regard.

— Dis-moi quelle façon il a trouvée pour que tu cries son horrible nom, murmure-t-il au creux de mon oreille.

Je tressaille, lui lance des éclairs avec les yeux tandis que son sourire en coin s'intensifie. Ses lèvres sont si proches des miennes que je pourrais mordre dedans. Lorsque je tente de le faire, il recule pour revenir frôler ma bouche de la sienne l'instant d'après. Je veux enfoncer mes ongles dans son dos, lui dévorer la bouche et lui faire ravaler son petit ego. J'ai envie de lui dire tout ce que je pense, et tout ce qui le ferait partir en courant.

Prendra-t-il la fuite si je me montre honnête avec lui ? Vaincra-t-il ses démons et ses peurs ?

J'ai le palpitant en roue libre et le feu au ventre.

Ses lèvres effleurent les miennes, je savoure cette douce torture. J'avance pour l'embrasser, il recule. Il ne me laisse jamais le toucher, et je meurs un peu à l'intérieur. Malgré son arrogance insupportable et son air trop sûr de lui, je le sens durcir contre moi. Je veux le provoquer encore un tout petit peu, le forcer à me dire ce qu'il ressent.

— Peut-être que tu te trompes. Peut-être que Maxwell m'a fait jouir, mais ça ne te plaît pas, alors tu te persuades que c'est faux, dis-je pour l'énerver.

Néanmoins, ça ne marche pas. Maël me scanne, une lueur brûlante dans le regard.

— Peut-être. Peut-être aussi que tu n'es qu'une petite menteuse..., répète-t-il.

Il passe sa langue sur ma lèvre inférieure et tout mon corps s'embrase, s'enflamme, se consume pour lui. Il baisse les coudes, penche sa tête sur moi, s'approche de mon oreille et murmure tout contre ma peau sensible :

— Tu ne jouis que pour moi...

Un gémissement s'échappe de ma bouche.

Il ricane.

— Pour si peu, bébé ?

Et voilà. Il décide de me laisser en plan, se redresse dans le lit et me libère de l'espace pour respirer.

32

Lily

J'ai les jambes qui tremblent sur le matelas, le cœur qui frappe un million de fois trop fort contre ma cage thoracique, les joues brûlantes, et je le dois à Maël.

C'est l'effet Maël Gellman, celui qui s'entoure de cœurs brisés.

Assis sur le bord du lit, il semble perdu dans ses pensées. Les souvenirs qu'il vient de débloquer n'ont pas encore quitté sa tête, j'imagine qu'il a du mal à penser. Chaque fois qu'il me regarde, c'est pour détailler mon corps, et chaque fois que ses yeux se posent sur moi, j'ai l'impression de le sentir me toucher. L'air est devenu trop épais pour s'infiltrer dans mes poumons trop étroits. Les murs de la pièce se rapprochent et menacent de me compresser. Il ne reste que lui. Lui et ses cheveux en bataille, son regard torturé et son sourire en coin trop parfait lorsqu'il me surprend en train de le mater.

— Il faut qu'on parle, murmuré-je d'une voix étranglée.

Partagée entre l'envie d'écouter mon cœur et celle d'écouter ma tête, qui me soufflent des messages contradictoires, je tranche. Cette discussion, c'est maintenant ou jamais. Je ne supporte plus d'être coincée avec lui dans cet entre-deux indéfinissable, et je pense qu'il ne le supporte plus non plus.

— Tu ne fais que ça, tout le temps..., souffle-t-il avant de passer une main dans ses cheveux désordonnés.

J'ai besoin de lui faire face, alors je me lève du lit et viens me caler debout entre ses jambes, les deux mains sur ses épaules, qui se tendent à mon contact.

— Peut-être parce que tu ne me donnes jamais les bonnes réponses ?

— Qu'est-ce que tu veux savoir ?

J'aimerais que tu me dises si je peux compter sur toi, si toi et moi ce n'est que du vent ou l'espoir vain que je nourris dans ma tête, si un jour ou l'autre, je vais me réveiller avec le cœur brisé, si je ne te plairai plus quand je serai fracassée. Je veux savoir si je suis ton style, si toi aussi t'as aimé rire avec moi à en avoir mal au ventre, si tu penses à moi avant de dormir et quand tu te lèves, le matin. Je veux savoir ce que t'attends de l'avenir et si tout ça t'effraye autant que ça me terrifie. Je veux savoir si t'as envie de me toucher partout, comme si t'en avais jamais assez. Je veux savoir si t'as envie de moi, pas dans ton lit, mais dans ta vie...

Mais je ne suis pas assez courageuse pour poser les questions qui m'importent vraiment, alors je lui demande :

— Pourquoi être venu à l'hôpital, tout à l'heure ?

J'ai besoin qu'il me dise où on en est, où est-ce qu'on va, et tant pis s'il me crève le cœur au passage.

— Pour faire un don du sang, Lily. Paraît que ça sauve des vies...

Il esquive, *encore*.

Pourtant, Maël a toujours été d'une honnêteté brusque, tranchante parfois, quand il ne mâche pas ses mots. Il est la personne la plus honnête que je connaisse... jusqu'à ce qu'il se mente à lui-même.

— OK, Mère Teresa. Je ne te crois pas.

— Pourquoi être venue, ce soir ?

— Parce que tu me l'as demandé.

Et je suis tellement forte pour mentir jusqu'à m'en convaincre, moi aussi.

Il hausse un sourcil, mord dans sa lèvre inférieure et relève ses yeux fiévreux sur moi.

— T'as jamais été très obéissante, pourtant.

— C'est parce que tu ne demandes jamais de la bonne façon.

— Grimpe sur mes genoux, et prouve-le-moi, dans ce cas...

Le souffle court, je parviens à l'interroger :

— Pourquoi je ferais ça ?

— Parce que j'en ai envie.

Son honnêteté me désarçonne, je ne suis plus certaine d'avoir la bonne réponse à lui offrir. Il vient de verser de l'essence entre nous et joue avec une allumette qu'il fait tourner entre ses doigts, menaçant de nous faire exploser parce qu'il aime jouer avec le feu.

Et je crois que moi aussi.

J'obéis. Je place un genou de chaque côté de ses hanches, il se laisse retomber le dos contre le matelas. Son tee-shirt dévoile un peu de son ventre et quelques-uns de ses abdominaux qui se serrent au contact de mes doigts.

Son avant-bras tatoué est replié sous sa nuque pour lui soutenir la tête, sa main libre agrippée à ma hanche. Dans cette position, son érection frotte contre ma lingerie fine et il en est pleinement conscient.

— Tu rougis, Lily. On dirait que t'as envie que je te fasse des choses. C'est pour ça que tu ne réponds plus à ton grand frère depuis qu'il a découvert la vérité sur nous ? Parce que t'as honte de lui dire ce que t'attends de moi ?

Mes ongles s'enfoncent dans la peau mate de son torse lisse.

Comment sait-il ? Comme ose-t-il ?

— C'est bizarre la vie, parfois... On croit vouloir quelque chose et finalement, tout change. Comme toi, qui voulais simplement retrouver ton grand frère et qui finis perchée sur la queue de son pote.

Pour appuyer ses dires, il soulève le bassin pour me faire sentir son imposante érection. Ses paroles sont crues, mais je ne m'en offusque plus depuis longtemps. J'ai appris à manier les armes qu'il me tend, à éviter les coups qu'il me donne lorsqu'il est effrayé. Et cette discussion le terrifie autant que moi.

— Je sais que tu n'es pas venu à l'hôpital juste pour jouer les bons samaritains. Tu voulais me parler.

J'insiste, mais il est presque aussi têtu que moi.

— Pourquoi t'es restée ce soir, Lily ?

Il se redresse, en appui sur ses coudes, puis sur ses poings lorsqu'il se rapproche de mon visage, et je perds mon semblant d'assurance.

— Il n'y avait ni pari ni *bucket list*..., souffle-t-il contre mes lèvres.

Je plante mes ongles dans son dos, à travers son tee-shirt. Tellement fort que je laisse certainement des sillons rougeâtres sur sa peau. Et j'ai honte de dire que ça me plaît un peu...

— Pas de case à cocher..., poursuit-il. Tu veux savoir ce que je pense ?

Je crois que je hoche la tête, mais je n'en suis pas certaine, vu comme il me donne le tournis.

— Je pense que t'es restée pour les mêmes raisons qui m'ont poussé à venir à l'hôpital. Et t'es aussi lâche que moi, achève-t-il contre mes lèvres.

J'ai la respiration pantelante, le cœur battant, et je crois bien qu'il ne reste plus que nous au monde. Là, tout de suite. Juste lui et moi dans cette chambre, son cœur qui bat fort contre le mien, son odeur partout autour de moi et sa main au creux de mes reins pour me faire défaillir.

— Tu n'es qu'un abruti de sportif indécis.

— Et toi, une petite danseuse psychorigide.

Ses doigts glissent le long de ma colonne vertébrale, déclenchant des frissons délicieux que je peine à lui cacher. Il empoigne ma queue-de-cheval blonde, tire doucement dessus pour me forcer à pencher la tête en arrière, et je le laisse diriger. Je ne fais pas mine de résister pour sauver ce qu'il reste de ma fierté, je n'en ai plus rien à foutre. Je ne sens que ses lèvres contre mon cou, qui articulent dans un murmure :

— J'en ai assez de faire semblant qu'il n'y a rien entre nous.

— Dommage que tu ne sois qu'un trouillard..., soufflé-je.

Ses lèvres frôlent le point sensible sous mon oreille, il y dépose un baiser, aussi léger qu'une plume, aussi chaud que le brasier de l'enfer, et quelque chose flambe dans mon bas-ventre.

— Et toi une coincée..., susurre-t-il à son tour, ses lèvres courant le long de ma mâchoire.

Je ne suis qu'une poupée de chiffon entre ses mains, sur le point de perdre le peu de self-control qu'il me reste. Il me fuit, cherche à me faire mal, à me déstabiliser, mais je ne flancherai pas. J'ai décidé d'affronter mes peurs, mes sentiments et de me battre. Et je l'affronte alors même qu'il plante ses yeux marron – que le manque de luminosité fait paraître noirs – dans les miens. Il me fixe sans ciller et je lui retourne la pareille. Pour une fois, je lui renvoie le même regard effrayant, et je suis prête à ne plus bouger de là pour l'éternité, jusqu'à ce que l'un de nous décide de parler.

— Je te déteste, finis-je par dire d'une voix éreintée.

C'est un mensonge auquel il ne croit plus. Preuve en est, le coin de sa lèvre se soulève pour m'offrir son sourire arrogant.

— Et je suis fou de toi.

Ses lèvres s'écrasent sur les miennes tandis que tout éclate à l'intérieur de moi. Un maelström d'émotions déferle dans tout mon corps lorsque sa langue pénètre ma bouche. C'est presque violent, la manière dont il me cherche et me torture de ses baisers chauds, et j'en perds le souffle.

Je me retrouve soudain allongée sur le dos, lui sur moi, ses lèvres scellées aux miennes tandis qu'il explore mon corps de ses mains habiles, expertes. Les papillons s'envolent dans mon ventre, le feu s'embrase entre mes jambes et je dois mordre dans sa mâchoire parce que je sens qu'il m'en faut plus et que rien ne sera jamais assez.

Je suis fou de toi.

Ça tourne en boucle dans ma tête comme la mélodie qu'il me faut pour m'encourager. Ma robe est soulevée au-dessus de mes hanches, son souffle brûlant est partout sur moi, nos respirations erratiques s'entremêlent, nos cœurs battent à l'unisson pour exprimer ce qu'on ne parvient pas à se dire.

Un grognement s'échappe de sa bouche pour venir mourir sur la mienne lorsque je mords et aspire sa lèvre inférieure.

Jamais on ne m'a embrassée comme ça. Jamais je n'ai ressenti ça de toute ma vie. Et je me demande s'il éprouve la même chose ou si je suis la seule que notre étreinte bouleverse à ce point.

— Une fois pour me sauver la mise, une autre pour te faire taire... Et ce baiser, il est pour quoi ?

Je suis à bout de souffle lorsqu'il s'attaque à ma gorge.

Je le sens sourire contre ma peau, et j'en veux plus. Plus de dents, plus de mains dans mes cheveux, plus de gémissements et plus de peau, bon sang !

Qu'est-ce que cette robe fiche encore sur mes épaules ?!

— Tu parles toujours... tellement... trop..., dit-il en ponctuant chaque mot de baisers dans mon cou. Si je t'embrasse, en bas, tu sauras maîtriser tes gémissements pour que ma mère ne devine pas que j'ai rompu mes vœux d'abstinence ? plaisante-t-il.

Respirer, c'est surfait. L'oxygène aussi. Il peut bien tout me prendre, ce petit con arrogant.

Baisers précipités et caresses désespérées font battre mon cœur à un rythme insoutenable. J'attrape le bas de son tee-shirt et l'envoie valser au-dessus de sa tête. Seul le clair de lune illumine son torse et ça me désespère qu'il soit aussi parfait. Absolument parfait. Alors, je me mets à penser aux dizaines et aux centaines de filles toutes mieux gaulées les unes que les autres, toutes celles qui sont passées dans son lit avant moi, qui ont senti ses doigts, sa langue... et tout à coup, je ne suis plus aussi certaine de ce que je m'apprête à faire. Pas parce que je n'en ai pas envie, mais je me demande si je finirai par être à la hauteur ou si je le décevrai.

Essoufflé, il arrête tout et me dévisage, la tête penchée sur le côté tandis qu'il récupère sa respiration. J'ai les joues rouges, je les sens s'échauffer, et je place mon bras en travers de mon visage pour qu'il ne voie pas ma gêne. C'est juste du sexe pour lui, mais c'est tellement intime pour moi...

— Lily, tout va bien ? Tu veux... qu'on arrête ? Hé ! Regarde-moi...

Il tire doucement sur mon bras et je souffle. Un soupir qui trahit absolument tout ce que je ressens.

Je pose ma main sur son torse, son ventre, ses abdominaux tracés. Son jean tombe bas sur ses hanches et du bout des doigts, je retrace le V que forment ses muscles noueux. Ses épaules montent et descendent au rythme de sa respiration saccadée. Il me laisse explorer son corps, une lueur espiègle et intriguée dans son regard noisette.

— T'es une putain de pub pour gel douche ambulante, Gellman ! C'est pas toi, le problème.

Un petit rire lui échappe et c'est le son le plus sexy au monde. Il m'offre un petit sourire attendri.

— Je suis morte de trouille, avoué-je.

Il a l'air taquin que je lui connais bien quand il attrape le tee-shirt qui repose sur le lit à côté de lui. Doucement, sans un geste brusque, il me le met sur les yeux et je me retrouve aveugle, mais consciente de son souffle qui se rapproche de mon oreille.

— C'est ce qui se passe là-dedans, le problème, murmure-t-il en tapant sur ma tempe de son index. Tout le reste est parfait, bébé.

Et je fonds pour lui aussi sûrement que la neige fond au soleil. Ses mains sont douces, elles sont parfaites partout où il me touche. Il se dirige vers l'intérieur de mes cuisses et ce sont soudain ses lèvres brûlantes qui me font cambrer le dos.

— Parfaite, chuchote-t-il contre ma peau.

Je le sens ensuite sur mon ventre, et il remonte vers l'un de mes seins, qu'il dévoile en soulevant ma robe. Sa langue frôle mon téton, qui durcit à son contact. J'en frémis.

— Parfaite ici aussi…, souffle-t-il.

Il fait finalement descendre mon string le long de mes jambes que je soulève pour lui faciliter la tâche. Lorsque sa bouche frôle mon point sensible, je ne peux réprimer le petit son plaintif qui m'échappe. Je suis tellement impatiente que je me tortille et ça le fait rire, avant qu'il ne me maintienne les hanches de ses bras forts.

— Reste tranquille, t'es parfaite ici aussi, dit-il avant de me mettre un grand coup de langue.

Je mords si fort dans ma lèvre inférieure que le goût métallique du sang envahit ma bouche. Une chaleur grandit et se propage dans mon ventre tandis qu'il me taquine de sa langue experte.

— Ne me… fais pas venir… trop vite, dis-je entre deux gémissements que j'étouffe en maltraitant mes lèvres abîmées.

Le tee-shirt glisse de mes yeux et un instant, je garde les paupières fermées, savourant ses caresses. À chaque fois que je me rapproche un peu trop du précipice, Maël ralentit, et c'est comme s'il avait fait ça un millier de fois avec moi, comme s'il me connaissait déjà par cœur.

— Tu peux ouvrir les yeux, tu sais ? Maintenant que tu t'es vue à travers les miens, tu n'as pas envie de savoir ce que ça me fait, quand tu jouis sous ma langue ?

Je pourrais avoir un orgasme rien qu'en me concentrant sur ses mots. Il est tellement bon, tellement parfait, et je ne sais plus comment je m'appelle lorsqu'il me regarde dans les yeux alors qu'il lape mon clitoris. Encore, et encore, et encore, et je ne sais pas combien de temps ça dure, mais j'ai l'impression que c'est trop court. Je me rapproche du vide et je n'ai nulle part où me raccrocher, alors j'empoigne ses cheveux sur lesquels je tire doucement, puis j'éclate en mille morceaux. Le temps s'arrête, mes oreilles sifflent et un sentiment de plénitude m'envahit tandis que ma tête retombe en arrière.

Il dépose de petits baisers sur mon intimité trempée.

— Tu me rends complètement fou... Allyson. Et je ne vais jamais m'en remettre, admet-il doucement alors que je récupère mon souffle.

J'en veux plus. Je le veux. Maintenant. D'un geste de la main je le pousse et monte à califourchon sur lui, fais passer ma foutue robe au-dessus de ma tête. Son érection est chaude et dure à travers son jean et je me frotte sans vergogne en profitant de la vue canon sur son torse.

— Je garderai cette image de toi qui te frotte à ma queue dans ma tête à chaque fois que j'irai me branler, plaisante-t-il. Sérieux, t'es une putain de déesse.

Je déboutonne son pantalon, il n'émet aucune protestation.

Dans ses yeux, j'ai l'impression d'être la femme la plus sexy du monde et je ne me suis jamais sentie aussi désirée.

Il soulève les hanches pour m'aider à le lui ôter.

Il ne porte plus que son caleçon, je caresse son érection à travers le tissu et ma main libre se dirige vers mon intimité trempée par ce que nous venons de faire, tandis que je me caresse là où c'est encore sensible.

— Tu me rends dingue, bébé. Tu vas me faire jouir dans mon calbute si tu continues à me regarder comme ça...

Je baisse son sous-vêtement et découvre sa virilité. Énorme, dure, impressionnante. C'est la première fois que je la vois d'aussi près et je déglutis en la prenant dans ma main. Je n'arrive pas à en faire le tour.

Je ne vais jamais réussir à la prendre tout entière.

Ce n'est mathématiquement pas possible, pas vrai ?

J'augmente la pression, puis serre son sexe entre mes doigts, dans un mouvement lent, de haut en bas. Son gémissement rauque m'encourage à poursuivre. Une goutte de liquide pré-séminal s'échappe de son gland, et dans un élan de bravoure, je me baisse pour la lécher. Son sexe tressaute dans ma main et tout à coup, il me renverse sur le dos, inversant nos positions.

— Fini de jouer, on fait ça à ma manière.

— J'ai fait quelque chose de mal ?

Je m'inquiète de l'avoir ennuyé. Il étire sa bouche en un sourire rassurant.

— Non, au contraire... Cinq secondes de plus et je terminais dans tes mains. Et j'ai envie de te prendre, si tu me laisses faire.

Ma bouche s'assèche, mon souffle se coupe. Son visage est penché au-dessus du mien, il observe chacune de mes réactions tandis qu'il me caresse.

— T'es trempée pour moi...

Je ne sais pas d'où il sort le préservatif qu'il enroule sur son sexe, mais je lui suis reconnaissante de ne pas me mettre dans l'embarras en me demandant de le faire pour lui. J'aurais certainement paniqué, et on y aurait encore été demain.

Je soulève les hanches, impatiente.

— S'il te plaît, Maël...

— Tu me rends fou quand tu gémis mon nom, putain !

Son sexe cogne à l'entrée du mien.

Il le prend dans sa main, l'attrape à la base et caresse mon sexe avec son gland tandis que frissons et gémissements de plaisir franchissent la barrière de ma bouche sans que je puisse les arrêter.

Il appuie sa queue dans mon entrée et je me fige en sentant sa grosseur.

— Attends...

Il ne bouge plus, mord dans sa lèvre en concentrant tous ses efforts pour s'arrêter et je ne doute pas que ça doit être affreusement difficile pour lui.

— Ça ne rentrera jamais..., dis-je dans un souffle.

Un petit sourire satisfait se dessine sur ses lèvres tandis qu'il m'embrasse. Doucement, sa langue chaude et humide me fait gémir de plaisir. Je le sens d'ailleurs dégouliner entre mes jambes.

Il va vraiment falloir que je m'hydrate, parce que je ne crois pas que ce soit humain de mouiller comme ça.

– On va faire en sorte que ça rentre, me promet-il de son timbre rauque.

Et il s'enfonce. Doucement. Centimètre par centimètre. Et mon sexe s'étire pour lui, le serre et palpite, alors qu'il s'enfonce encore jusqu'à ce qu'il ne puisse plus, me prouvant ainsi que je me suis trompée.

Je pourrais mourir maintenant, parce que je viens de connaître la meilleure chose au monde. Il vient tout juste de frapper contre ce point sensible en moi, et je sais que je ne pourrai plus jamais m'en passer.

Un grognement lui échappe alors qu'il bute contre mon col.

– Tu vois, bébé... Tu la prends tellement bien.

Il va me tuer. Il est trop bon.

– Mmmh.

Il exécute un va-et-vient si lent que c'est de la torture.

– Maël... plus... vite... s'il te plaît... J'en veux plus... Je te veux... tout entier.

– T'es tellement serrée pour moi... Je te jure que je vais jouir trop rapidement si tu continues à... bouger comme ça, halète-t-il.

Il se retire d'un coup, me faisant grimacer.

– T'es trop bonne, putain. J'ai l'impression d'avoir quinze ans, là. Attends... parle-moi de la danse.

– Quoi ? dis-je en rigolant.

– Il faut que je me calme avant de te jouir dessus.

Je ris.

Il m'embrasse et je serre son corps brûlant, couvert d'une fine couche de transpiration.

– Hmm, je croyais que t'étais du genre à durer des heures et des heures..., le taquiné-je.

Il me foudroie du regard, mais sa bouche s'incurve en un sourire espiègle.

— Ta chatte est trop bonne, bébé, j'y peux rien.

Comment peut-il être aussi à l'aise en disant ce genre de choses ?

— OK, Lily. On va y aller vite et fort, comme ce que je ressens pour toi. C'est OK ?

Oui.

Je n'ai pas besoin de le lui dire, il comprend en observant mon visage, en écoutant le bruit de mon cœur et en sentant mon souffle erratique, que je le veux autant que lui. Vite et fort, comme ce qui nous est tombé dessus.

Ses lèvres se retroussent, et il ajoute :

— Fais-moi savoir si c'est trop pour toi...

Enfin, il s'enfonce si fort que j'en ai le souffle coupé.

Il me pénètre brutalement, rapidement, et je gémis à chaque coup de reins qu'il me donne. Ses yeux sont trop intenses lorsqu'il me regarde. Tout à coup, sa main vient s'enrouler autour de ma gorge et il écarquille les yeux en se rendant compte de son geste, puis la retire comme si je venais de le brûler.

— Désolé, bébé, je me suis emballé.

J'attrape sa main, la replace exactement là où elle était. Personne ne m'a jamais baisée comme ça. Vite et fort. Passionné et... un peu sauvage.

Comme ce que je ressens pour toi, moi aussi...

— J'aime bien quand tu t'emballes..., avoué-je d'une petite voix déformée par le plaisir et l'excitation.

Il arque les sourcils et mord dans sa lèvre comme s'il n'arrivait pas à y croire, mais il laisse sa main, serre un peu mon cou et continue à me pénétrer de plus en plus vite, de plus en plus fort. Les sensations sont divines.

Une vague de chaleur naît à l'intérieur de mon ventre, mes membres se mettent à trembler, il resserre encore sa prise autour de mon cou et... je ne sais pas quel neurone il a réussi à griller dans mon cerveau, mais j'adore ça.

— Putain, Lily...

J'ondule des hanches contre lui, parce que je sens mon orgasme se préparer.

Je suis proche. Je n'en reviens pas de me sentir si près de l'extase au lit avec lui, encore. Et il y parvient à chaque fois qu'il me touche.

Il me fixe droit dans les yeux en caressant mon clitoris pendant que sa main maintient toujours mon cou.

— Maël... c'est... tellement... bon !

Je ferme les yeux lorsque l'orgasme monte en moi.

— Regarde-moi quand tu jouis, bébé.

Et sur ces mots, j'ouvre les yeux en gémissant mon plaisir, et je jouis entre ses mains expertes, mon sexe se contractant encore et encore autour de lui.

Il s'enfonce une nouvelle fois, encore plus profondément alors que je ne pensais pas que c'était possible, et il explose à son tour.

Il s'écroule sur moi et mord dans mon épaule tandis que nous récupérons notre souffle.

— Aïe, ris-je.

Il relève la tête, rive son regard au mien et dépose un doux baiser sur ma bouche, son sexe toujours enfoui en moi.

— Maël, il faut que tu te retires..., dis-je en gloussant tout en lui assénant de petites tapes dans le dos.

— Hors de question. C'est mon nouvel endroit préféré, j'y reste.

Je pouffe et bouge des hanches pour essayer de le faire... sortir de là. Il n'a de cesse de me dévisager, un petit quelque chose que je n'avais encore jamais remarqué dans les yeux.

— À moins que tu sois partante pour un deuxième round, je te conseille d'arrêter de te tortiller comme ça quand ma bite est encore à l'intérieur de toi, bébé.

— Maël !

— OK, OK.

Après s'être débarrassé du préservatif en mimant une moue dégoûtée qui m'amuse beaucoup, il s'allonge à côté de moi, se tourne sur le côté et me balance :

— Bonne nuit.

— Quoi ?!

Il éclate de rire.

— Je plaisante, Lily. Viens par-là que je te câline.

Je croise les bras sur ma poitrine, fronce les sourcils d'agacement, mais il m'attire contre lui et dépose un million de petits baisers dans mon cou en me chatouillant.

Doucement, il m'aide à m'allonger et je pose ma tête sur son torse. Il sent le gel douche, le sexe et Maël. Mon nouveau mélange d'odeurs préféré.

— Je rêve ou t'es en train de me renifler ?

Il pouffe lorsque, la tête nichée dans son cou, je le respire exagérément.

— Espèce de psychopathe. J'aurais dû te prévenir que ma bite te rendrait transie d'amour.

— Maël !

Mais un truc dans ma poitrine se réveille, et je crois qu'il a raison. Pas pour le coup de la bite... pour *l'autre truc*. Le truc qui le ferait partir en courant si je lui disais maintenant. Je reste allongée contre lui, me laissant bercer par sa respiration régulière.

— Tout va bien ? finit-il par me demander.

J'ai envie de lui dire que « oui, on ne peut mieux », mais je viens de prendre conscience d'une chose qui me fait aussi peur que ça me rend heureuse.

— On devrait aller se rincer, dis-je finalement.

Il me force à incliner ma tête pour le regarder en face et semble m'étudier avec attention en fronçant les sourcils.

— Lily... Sérieux, je t'ai fait mal ?

Quelque chose se brise à l'intérieur de moi, et renforce mes sentiments pour lui.

— Non. Le sexe était... parfait. Vraiment.

Et je dépose un petit baiser sur ses lèvres.

— Euh… de rien ? Bébé, tout va bien ?

— Hmm.

Quelques secondes plus tard, j'oublie complètement l'idée de prendre une douche parce que je commence à m'endormir contre lui. Cette journée m'a épuisée.

Je le sens déposer un baiser sur mes cheveux, puis gentiment, il me pousse sur le côté.

— Si jamais tu te réveilles, je vais prendre une douche. Ne crois surtout pas que j'ai pris la fuite.

— Gngng.

Je grogne un truc incompréhensible, à moitié perdue dans le sommeil.

Et ça le fait rire.

— Il faudra vraiment qu'on parle, parce que je crois que je n'ai plus envie de te laisser partir. Genre… jamais.

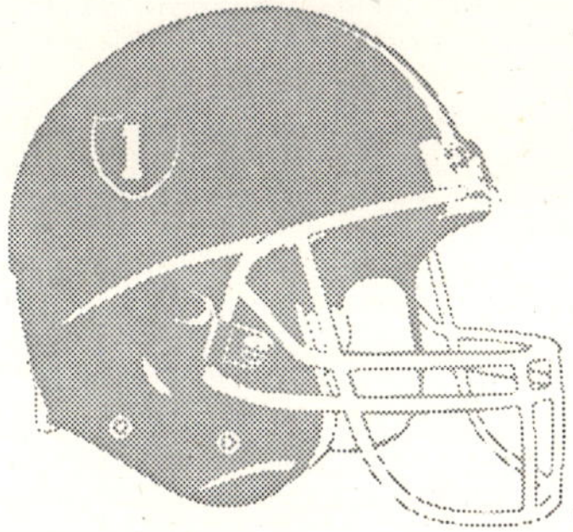

33

Maël

Je me considère comme plutôt patient. À vrai dire, il en faut beaucoup pour réussir à m'énerver. Mais qu'on me dise comment vivre ma vie, qu'on s'en prenne aux personnes à qui je tiens, c'est le genre de choses qui me mettent dans une colère noire.

La journée avait pourtant bien commencé. Je me suis réveillé aux côtés de ma petite blonde préférée – ou détestée selon les jours –, de la bave sur le torse, et on s'est chamaillés comme des enfants jusqu'à ce qu'elle éclate de rire dans mes bras sous l'assaut de mes chatouilles.

Ma mère n'a pas cru une seconde à nos conneries. On a bien été obligés de lui dire la vérité, ou du moins une partie de la vérité, sur notre relation, que nous avons décidé ensemble de ne pas nommer pour le moment.

Lily m'a simplement dit : « On va s'amuser, jouir, et puis on verra. » Même si ça m'a fait rire et que je trouve amusant qu'elle reprenne mes expressions, je crois qu'elle a eu peur de me faire fuir en me disant ce qu'elle pensait vraiment.

Je ne peux pas lui en vouloir.

Là, tout de suite, je roule au-delà des limitations de vitesse, le cœur battant et les nerfs à vif, avec l'envie d'exploser la tête du coach Hawkins contre l'un des casiers.

J'ouvre la porte si violemment qu'elle frappe contre le mur

lorsque j'entre dans les vestiaires où plusieurs paires d'yeux me dévisagent, intrigués.

— Où est Hawkins ?

— Bonjour à toi aussi, capitaine ! lance l'un de mes coéquipiers.

— Ouhlà... quelle mouche t'a piqué, ce matin ? réplique un autre.

— Il était avec sa petite emmerdeuse de première, je vous parie ce que vous voulez que c'est elle qui l'a mis dans cet état, plaisante Max.

Malgré le sang qui bout dans mes veines et la colère irrépressible que je ressens depuis que Lily m'a avoué ce qu'avait fait le coach, mon meilleur ami parvient à m'arracher un sourire en coin.

— Crois-le ou non, O'Donnel, c'est pas elle.

Ted hausse un sourcil, puis un sourire carnassier vient étirer ses lèvres lorsqu'il pose son avant-bras sur mon épaule.

— Dis-moi à qui je dois casser la gueule.

— Tu te bats pour moi maintenant, Greyson ? réponds-je, amusé.

— Toujours prêt à me battre, mec.

Croyez-moi, vous n'avez aucune envie de vous retrouver sur la liste d'ennemis de Ted Greyson. Je l'ai vu à l'œuvre, une fois. Ce gars est une putain de machine de guerre.

— Le coach a eu la brillante idée de se pointer chez ma...

Ouais... ma copine. J'ai le mot sur le bout de la langue, et ça me surprend qu'il me vienne aussi facilement. Toutefois, je ne sais pas ce qu'elle est. Ce qu'*on* est. J'étais tellement énervé ce matin que je n'avais que le coach Hawkins en tête et je suis parti avec l'idée d'en découdre.

— Chez Lily, reprends-je, après un raclement de gorge. Hawkins s'est permis de lui demander de me laisser tranquille, lui mettant dans la tête que je jouais mal à cause d'elle et qu'elle impactait mon jeu de façon négative.

— Il a fait chier Lily ? s'étrangle Max.

Je hoche la tête.

— Euh... C'est qui, Lily ? demande Théo, un autre de mes coéquipiers.

— Ma petite sœur, et personne ne fait chier ma petite sœur.

— À part nous, dit Max.

— Ouais, j'aime bien cette gamine. Elle est tarée, lâche Ted.

— Alors, on fait quoi ? On lui casse la gueule ? demande Chris.

Je viens de réaliser à quel point Lily s'est immiscée dans ma vie sans que je me rende compte de rien. Petit à petit, elle a tissé des liens avec mes colocs, qui se sont attachés à elle d'une manière ou d'une autre.

— Je crois qu'il mérite une bonne leçon, pas seulement parce qu'il s'en est pris à Lily, mais aussi parce qu'il doit comprendre qu'on ne lui appartient pas, que notre vie privée nous regarde et qu'une situation comme celle-ci ne doit jamais se reproduire.

— Qu'est-ce que vous foutez encore dans ce putain de vestiaire ? Quelqu'un veut bien m'expliquer pourquoi mes joueurs ne sont pas en train de tout donner sur le terrain ?!

— Faut qu'on parle, Coach ! déclaré-je.

Hawkins fronce les sourcils avec son air agacé habituel. Il se demande sûrement pourquoi ses joueurs dociles se mettent à lui faire un cinéma, ce matin. Lorsqu'il remarque sa fille, assise sur les genoux de Max, son expression se durcit dangereusement.

— Qu'est-ce qu'Ashley fout ici, avec vous ? s'étrangle-t-il.

— Respire, Papa ! J'suis pas venue tourner un porno, si c'est ce qui t'inquiète, réplique-t-elle avec cette impertinence qu'elle porte comme une seconde peau.

Je peux presque entendre son cœur battre dans sa poitrine parce que son père est en colère contre elle. Et pour Ashley, un père en colère, c'est toujours mieux que rien du tout. Elle utilise Max, attrapant sa main pour la poser sur sa cuisse, avant de river son regard noir dans les yeux de son paternel, qui est sur le point d'exploser.

Regarde-moi, Papa. Gronde-moi, fais quelque chose, semble-t-elle lui dire silencieusement.

Je me racle la gorge bruyamment pour que le coach reporte son attention sur moi.

— On vous trouve pas investi à cent pour cent dans vos entraînements, en ce moment…

— On dirait que vous avez la tête ailleurs, ces derniers temps, continue Ted.

— On dirait que vous avez quelque chose dans la tête, et ça impacte grandement vos capacités, renchérit Kyllian.

Max, qui tient toujours Ashley sur ses genoux, se penche pour murmurer au creux de son oreille.

— Ou quelque chose dans votre lit…, le provoque-t-il.

Hawkins nous dévisage un à un, l'expression meurtrière. Je ne l'ai jamais vu aussi rouge de colère.

— On s'inquiétait pour vous, Coach ! Et pour nous, aussi. Avec cette saison qui débute, on ne peut pas se permettre d'avoir des entraînements médiocres, expliqué-je d'un ton faussement innocent.

— Qu'est-ce que ça veut dire, exactement ?!

— Ça veut dire que si vos capacités en tant que coach ne reviennent pas à la normale, on va devoir vous remplacer.

— Je te demande pardon ?!

— Vous inquiétez pas, Coach ! On vous aime trop pour ça. Mais comme on s'inquiétait pour vous, on a appelé la seule personne capable de nous dire ce qui se tramait dans votre vie, éclaircit Max.

Le coach hausse les sourcils, les poings serrés pour s'empêcher de péter un câble.

— Ashley nous a dit que vous voyiez une femme. Comment t'as dit qu'elle s'appelait, déjà ? demande Ted en plantant ses yeux dans ceux d'Ashley.

— Line ! Elle s'appelle Line, affirme-t-elle malicieusement.

— Et alors ? Qu'est-ce que vous insinuez ?!

— Ashley a accepté de nous donner son numéro. Du coup, on s'est dit qu'on allait lui passer un petit coup de fil tous ensemble… histoire de lui remettre les idées en place, ajouté-je.

— Espèce de petits…

— Faites attention aux mots que vous choisissez pour désigner vos meilleurs joueurs. Sans nous, vous n'êtes rien, renchérit Max.

— Comme vous êtes devenu médiocre depuis que vous la fréquentez, on s'est dit qu'on allait vous aider à mettre fin à votre relation, pour le bien de l'équipe, vous voyez ? dit Kyllian.

Hawkins explose de rage tandis que je vois le sang faire battre sa tempe.

— Vous n'appréciez pas qu'on se mêle de votre vie privée, Coach ? demande Kyllian en prenant une voix de petit garçon innocent.

— J'aimerais pas qu'on se mêle de la mienne non plus, renchérit Chris.

— Vous avez de la chance, on aurait pu être une bande d'enfoirés capables de toquer à sa porte pour la convaincre de vous laisser tomber…, achevé-je en lui décochant un sourire en coin.

Je vois la lumière qui passe dans ses yeux lorsqu'il comprend où je veux en venir. Son regard se rive au mien, ses épaules montent et descendent en rythme avec sa respiration saccadée.

— Tentez encore d'interférer dans notre vie privée et on vous prouvera qu'on ne plaisante pas. On n'hésitera pas à vous remplacer. Pas vrai, les gars ?

— Ouais, me répondent-ils tous en chœur.

Je me lève du banc sur lequel j'étais assis, puis fais quelques pas dans sa direction en le surplombant de toute ma hauteur.

— Vous en prendre à ma copine, c'était une très mauvaise idée.

Je me rends compte de l'énormité qui vient de m'échapper et réalise que, finalement, le mot ne me dérange pas tant que ça. En fait, il me plaît beaucoup et ne me donne même plus envie de m'enfuir en courant. Un à un, Lily a défoncé tous les murs que j'avais érigés.

Hawkins bredouille quelque chose qui ressemble vaguement à des excuses, je n'y crois pas une seconde. Au moins, il a compris qu'il devait se mêler de ce qui le regardait s'il ne voulait pas subir de répercussions.

— On peut s'entraîner, maintenant ?! Et commencez par me faire quinze tours de terrain, bande de mollassons !

Alors que nous rejoignons la porte qui mène vers l'extérieur, Kyllian accroche mon regard. Notre amitié en a pris un coup, craquer pour sa petite sœur n'était pas l'idée du siècle. Bien qu'il ait compris, je suppose que ça doit lui faire bizarre, surtout qu'elle ignore ses SMS et appels incessants. C'est drôle, comme les rôles se sont inversés.

— Ne la lâche pas, OK ? Elle est insupportable parfois, mais je te jure que quand elle disparaît, c'est pire que tout, me souffle-t-il, le regard au loin.

— Elle va revenir, mec, t'es tout pour elle.

Je tente de le réconforter, et j'y crois vraiment. Il y a tant de choses dont on n'a pas encore parlé, elle et moi, je suis presque sûr que si elle ne lui répond pas, c'est parce qu'elle a honte et ne trouve pas quoi lui dire.

Je me surprends à penser qu'on trouvera ensemble.

— T'es la meilleure chose qui lui soit arrivée, me dit-il avant de quitter les vestiaires. T'es un type bien, Gellman.

Max est encore le dernier à rejoindre les autres. Ses yeux sont rougis et j'ignore si c'est dû à ses insomnies ou une conséquence de tout ce qu'il s'enfile. Assis sur le banc, il tente de se lever et titube un peu, ne supportant plus le poids de son propre corps.

Deuxième option, c'est ce que je craignais. Le sourire qu'il m'offre me retourne le cœur, et je ne crois pas qu'un sourire vrai ait cet effet.

— Allez, mec. Encore un petit effort, l'encouragé-je.

J'ai tant cherché à lui venir en aide que je ne trouve plus les mots. À l'instar de Sabrina, il se laisse pourrir, et chaque jour son regard gris perd un peu de son éclat.

— Elle a réussi à te jeter un sort, hein ? Je t'avais pourtant dit qu'elle était diabolique et dangereuse.

— Ouais...

Il rive ses yeux tristes à déchirer une âme en deux aux miens.

— Alors... toi et moi contre le monde, c'est terminé ? Après toutes ces années, tu te débarrasses de moi ? Fallait bien que tu jettes les déchets aux ordures à un moment donné... C'est Maël et Lily, maintenant ! lance-t-il d'un ton faussement joyeux.

— Tu rigoles ? T'es mon âme sœur, mec. T'as oublié ?

Un sourire qui n'atteint pas ses yeux apparaît sur son visage. Le même faux sourire auquel tout le monde croit. Celui à la fossette qui fait craquer les nanas.

— C'est pas grave, tu sais ? Je t'en veux pas... Tu peux pas veiller sur moi toute ta putain de vie. C'était logique que tu finisses par me remplacer.

— Écoute-moi bien, O'Donnel. Si tu crois que j'en ai bavé avec ton sale caractère depuis qu'on est tout petits pour te laisser tomber maintenant, t'es un grand malade.

Max est un grand malade, mais pas comme on le pense. Plutôt dans le genre qui se laisse crever et qui refuse de soigner sa plaie purulente. Il a besoin de moi plus que jamais, et s'il y a bien une chose dont je suis certain, c'est que lui et moi, c'est pour la vie. Et si ça lui fait du bien, je suis prêt à le jurer sur le *bro code* ! Aucune femme ne parviendra à nous séparer, et de toute façon, c'est pas du tout le genre de Lily.

— Je suis le roi des égoïstes. J'peux pas perdre mon frère, tu comprends ?

Je hoche la tête.

Un sang différent, mais une seule âme. Il est mon frère. Celui qui ne montre jamais ses faiblesses, qui cache ses failles derrière un humour décalé et qui ne parle jamais de ce qui ne va pas aux autres.

L'ambiance est devenue écrasante, je suis soulagé lorsqu'il arbore son visage de bonne humeur et qu'il lance :

— Allez ! Faut qu'on rejoigne les autres et qu'on se « bouge le cul sur le terrain », nous encourage-t-il.

Une chevelure noire aux mèches rouges qui empeste les problèmes à des kilomètres me bouscule tandis que j'arrive à l'extérieur.

— Je t'ai pas remercié, pour tout à l'heure, commencé-je.

Je la détaille. Sa brassière de sport laisse tout le loisir d'admirer les petits tatouages qui marquent la peau de son ventre et de ses bras.

Elle hausse les épaules.

— Je ne l'ai pas fait pour toi. *Girl power*, mec. Je supporte pas qu'un homme dise à une femme ce qu'elle doit faire, en particulier si cet homme est mon père.

Je hausse un sourcil.

— Lily t'a traitée de poupée gothique la première fois qu'elle t'a vue, mais je suis sûr qu'elle appréciera le geste.

— Je sais pas ce que t'en penses, mais ça sonne comme le début d'une grande histoire d'amour entre elle et moi. Surveille ta copine, me provoque-t-elle en claquant une grosse bulle de son chewing-gum sous mon nez.

Elle rit, et je remarque à quel point elle a l'air innocente quand elle se laisse aller. Ses couches de maquillage, ses vêtements courts, son apparence extravagante, ses tatouages et l'air de *bad girl* qu'elle tente de se donner n'enlèvent rien au fait qu'Ashley est encore une gamine, au fond, et je l'aime bien, cette gosse au cœur brisé.

— Et puis... je ne loupe jamais une occasion d'emmerder Fred Hawkins. Bon, je te laisse, à plus !

J'espère qu'elle trouvera quelqu'un capable de décrypter son cœur. Elle le mérite.

Je cours à m'en faire brûler les poumons depuis une vingtaine de minutes. Hawkins a décidé de nous montrer son mécontentement et l'épuisement de mes coéquipiers, dont les protestations n'ont plus rien de murmures discrets, se fait ressentir.

— Gellman ! crie une petite voix agaçante que je reconnaîtrais entre mille.

Je ne sais pas ce qui me surprend le plus. Le fait qu'elle traverse le terrain en diagonale pour venir me rejoindre, ou encore qu'elle porte mon maillot de foot par-dessus un cycliste noir, de grosses baskets blanches et une casquette dans laquelle elle a coincé sa queue-de-cheval blonde.

Je crois que le maillot qui porte mon nom et le numéro 21 l'emporte haut la main... Ma mâchoire est sur le point de se décrocher, putain ! J'ai d'ailleurs arrêté de courir, plusieurs de mes coéquipiers me passent devant en grommelant.

Elle flotte dans mon maillot, mais le cycliste galbe son cul d'enfer. Je surprends d'ailleurs le regard de Ted se promener sur ses formes lorsque Lily passe à côté de nous.

— Regarde devant toi quand tu cours, Greyson ! l'avertis-je.

— C'est quoi encore, ce bordel ? s'exclame Hawkins.

— Faites comme si je n'étais pas là, Coach ! Bonjour, Coach ! réplique-t-elle joyeusement tandis qu'elle pose une main sur mon torse pour reprendre son souffle, cambrée en avant comme si elle venait de courir un marathon.

Ses grands yeux verts rencontrent les miens, mon cœur rate un battement sous sa paume. Elle me sourit d'un petit air malicieux, et si elle me le demandait, je me mettrais à genoux.

— Bah alors, ne t'arrête pas de courir, mec ! Bouge-moi ces jolies petites fesses, chantonne-t-elle en se mettant à trottiner pour m'encourager à la suivre.

Je lui emboîte le pas à petites foulées pour qu'elle puisse me suivre tout en me mordant l'intérieur de la joue pour réprimer le sourire béat qui trône sur mes lèvres.

— Tu m'expliques ? demandé-je, tandis qu'elle expulse l'air de ses poumons comme s'ils lui faisaient mal.

— Cent dollars, putain ! C'est ce que j'ai dû dépenser pour ce maillot.

Les joues rougies, le souffle court, elle poursuit sa course, incapable d'abandonner quoi que ce soit du moment qu'elle l'entreprend. Je ralentis encore, l'obligeant à freiner à son tour pour lui permettre de reprendre sa respiration.

Rien à foutre de cet entraînement aux allures de vengeance.

— Tu sais que j'ai plein de maillots à la maison, t'avais qu'à demander ou te servir, proposé-je naturellement.

Et je réalise les sous-entendus qui se cachent derrière une phrase aussi banale. Comme le fait que je me sois tellement habitué à sa présence que le penthouse est aussi devenu « sa maison ».

— Je t'ai rendu les clefs, je te rappelle.

— Il va falloir qu'on remédie à ça.

Apparemment, je viens aussi de décider qu'elle pouvait aller et venir comme elle le souhaitait. C'est fou ce qu'un cul galbé et quelques cheveux blonds sont capables de faire à un cerveau comme le mien.

— Tu... tu n'es pas fâché contre moi ?

— Pourquoi je serais fâché, Lily ?

— Ce matin, quand je t'ai dit pour le coach Hawkins, t'avais l'air tellement énervé. J'ai pensé que tu m'en voulais d'altérer ton jeu.

Je suis tellement surpris que je m'arrête, la forçant à en faire de même.

— C'est ce que t'as cru ?

— Oui... Je voulais te prouver que je pouvais être une super... amie, et t'encourager... Alors, je me suis dit que porter un maillot ridicule et assister aux entraînements était un début pour te prouver que je ne suis pas un poids ou un frein dans ta carrière et...

— Mec, si tu l'épouses pas, je le fais, lance Ted quand il nous double pour la deuxième fois.

J'entends vaguement le coach nous réprimander parce qu'on bloque le passage.

— Je vais me faire punir à cause de toi, bébé.

— Mais... alors...

— J'étais furieux contre Hawkins, parce qu'il s'en est pris à toi. J'ai jamais pensé que t'étais un frein à quoi que ce soit. Je me suis demandé si le fait de songer à toi influençait mes capacités, c'est vrai. C'est un peu le cas, quand tu me rends fou.

— Alors... j'ai dépensé cent dollars... pour rien ?

J'éclate de rire.

— C'est ça que tu retiens ?

— Tu me dois cent dollars... et une journée shopping.

Je hausse un sourcil.

— En quel honneur ?

— Eh bien, j'ai décidé de profiter des avantages à avoir un copain plein aux as.

Décharge électrique dans tout mon corps.

C'est normal de se sentir comme ça ? Merde ! Je crois que ça me plaît.

Cependant, elle interprète mal ma réaction. Elle doit sûrement penser que je viens de prendre peur parce que je me suis figé, mais c'est pas le cas. Du tout. Elle rougit immédiatement et baisse les yeux sur ses pieds.

— Enfin... Je ne voulais pas... Merde. Ne fuis pas. Ça m'a échappé.

Je la force à relever la tête pour me regarder dans les yeux en posant ma main sur sa joue. Elle mord dans sa lèvre inférieure pour masquer sa gêne.

— Tu peux profiter de mon compte en banque quand tu veux. Ça ne me dérange pas d'avoir une copine matérialiste, si c'est pour s'offrir des maillots à mon nom, la rassuré-je d'une voix douce.

Elle rive ses grands yeux verts aux miens et son sourire

s'élargit sans qu'elle parvienne à le contrôler. Ses joues sont toutes rouges d'avoir couru, quelques mèches de cheveux s'échappent de sa queue-de-cheval.

Elle est tellement belle... J'ai à la fois envie de la montrer à tout le monde parce que je suis trop fier d'elle, et aussi de la cacher parce qu'elle est à moi.

— Ça ne marchera jamais, me dit-elle en riant.

— On va sûrement s'entretuer.

— Je mettrai des cacahuètes dans ton milkshake, chéri.

— Ça m'a tout l'air d'un crime passionnel ça, bébé.

Je meurs d'envie de l'embrasser, et c'est ce que je fais. Avec un besoin irrépressible de la sentir tout contre moi, je pose ma main dans son dos pour la rapprocher et écrase mes lèvres sur les siennes. J'ai l'impression de crever de l'intérieur, mais de la plus exquise des façons.

— Tout le monde nous regarde, murmure-t-elle contre ma bouche lorsqu'elle se détache.

— Tant mieux. Comme ça, personne n'osera s'approcher à moins de trois mètres.

— Je ne te savais pas si possessif, plaisante-t-elle.

— Seulement avec les choses qui comptent pour moi.

Mais en le disant, ça sonne faux. Lily ne compte pas seulement pour moi. En un temps record, elle est devenue l'une des personnes les plus importantes au monde.

Je peux assurément dire que je tuerais pour elle, s'il le fallait.

Peut-être que je devrais attendre encore un peu avant de partager cette pensée avec elle. Elle me prendrait sûrement pour un fou.

Le coach nous rappelle encore à l'ordre. Cette fois, il ordonne à tous ses joueurs de rappliquer et Lily me suit, déterminée à participer à l'entraînement.

Hawkins la laisse se joindre à nous, sûrement parce qu'il sait qu'il ne peut rien refuser aujourd'hui, après ce qu'il lui a fait.

Si je la trouvais canon, je le regrette. Elle vient de se transformer en vrai petit dictateur, réprimandant mes joueurs comme du poisson pourri. Encore plus sévère et directive que le coach Hawkins, mais ça nous fait beaucoup rire. Je le surprends lui-même en train de camoufler son demi-sourire lorsqu'il la voit expliquer à Théo comment positionner ses jambes. Ce dernier la dévisage avec un regard qui ne laisse aucun doute sur ses intentions, et j'ai envie de lui défoncer la mâchoire lorsqu'il lorgne sur les jambes de ma copine.

C'est tellement bizarre de le penser...

— Regarde-la dans les yeux ou je te les crève pour que tu ne puisses plus jamais rien voir, réplique Ted d'un ton qui se veut sans appel.

À croire que Lily n'a pas seulement conquis mon cœur, mais aussi celui de mes colocataires.

Lorsque le coach propose un exercice qui ressemble vaguement à la balle aux prisonniers et qui n'a strictement rien à voir avec le football américain, je comprends qu'elle l'a séduit, lui aussi. Parce que les entraînements sont toujours très sérieux et scrupuleusement préparés, mais aujourd'hui, ça ne ressemble à rien.

Et pourtant, je ne vois que des sourires sur les visages de mes coéquipiers et je réalise en même temps que le coach qu'il s'est trompé, Lily ne sera jamais rien d'autre qu'un shooter au gingembre dans ma carrière.

Le reste de « l'entraînement » qui n'en est plus un se termine dans la joie et la bonne humeur. Lily grimpe sur le dos de son grand frère. Apparemment, ils ont fait la paix.

Et lorsqu'elle éclate de rire, je sais que je suis foutu. Je suis en train de tomber amoureux de cette blonde trop directive et un peu cinglée.

34

Sarah McCartney
The Bucket List

Oscar Wilde a dit un jour : « Vivre est la chose la plus rare au monde. La plupart des gens se contentent d'exister. » C'est à la fois la citation la plus vraie et la plus terrifiante que j'aie eue à affronter.

Qu'est-ce qui nous rend vivants, au fond ?

Un cœur qui bat ? Des poumons qui se gonflent en inspirant les vingt-et-un pour cent d'oxygène que contient l'air qui nous entoure ?

— Si tu ne leur avoues pas tout, tu vas leur briser le cœur, Sarah, me dit Ted de sa voix grave et mesurée.

De tous les géants musclés qui vivent dans cet appartement luxueux, Ted est celui qui m'impressionne le plus. Ce n'est pas tant l'air de mauvais garçon qu'il se donne, ni les tatouages qui recouvrent la quasi-totalité de son épiderme, mais le fait qu'il détienne mon plus vilain secret qui fait de lui mon pari le plus risqué.

— Je veux juste profiter de mon été avec mes amis. Tu n'arrêtes pas de me rappeler que ça a une durée limitée, et tu gâches mon plaisir. Maintenant, permets-moi de passer, s'il te plaît.

Je ne faisais jamais attention au temps qui passait, avant. Ça m'importait si peu. J'en tire une leçon de vie qui laisse une saveur âcre sur ma langue. On ne se soucie vraiment que des choses que l'on s'apprête à perdre.

L'horloge me nargue de son tic-tac incessant et le temps me coule entre les doigts comme l'eau que l'on tente de retenir dans le creux de nos mains.

Je fais un pas sur la gauche, mais le joueur baraqué à la peau métisse en fait de même. Je tente une dérobade par la droite, et soupire de résignation. Ted Greyson est une armoire à glace qui gaspille mon précieux temps, et sa salive par la même occasion.

— T'as le cœur de Kyllian Johnson entre les mains, Sarah. Celui de ta meilleure amie, Lily. Putain, t'as même conquis celui de O'Donnel. T'éprouves pas le moindre remords à leur mentir ?

Ça, c'est la question qui vaut des millions ! Je suis ravagée par les regrets, fléaux de mon existence. Ce n'est pas ma faute si on m'a menti toute ma vie en me racontant que tout problème trouvait sa solution. C'est tellement cruel lorsqu'on se prend la vérité en pleine poire... Certains problèmes restent simplement des énigmes insolubles pour toujours.

Alors, parfois, je me dis qu'il vaut mieux un mensonge qui fait du bien plutôt qu'une vérité empoisonnée.

— Viens voir, bébé ! On me voit à la télé ! s'enthousiasme Max depuis le salon.

Ted me lance un dernier regard menaçant, avant de se décaler pour me laisser passer à contrecœur.

Max a les cheveux décoiffés aujourd'hui, il a l'air encore plus perdu que d'habitude dans son ensemble de jogging gris qui rappelle la couleur de ses yeux. Une fossette creuse sa joue tandis qu'il me dévisage, avant de me faire asseoir à côté de lui en tirant sur la manche de mon pull à col roulé. Je concentre mon attention sur la campagne de pub pour la marque Calvin Klein qui passe à l'écran. Les prises du mannequin au regard froid sont effectuées en noir et blanc, accentuant le tracé de ses abdominaux et du joli « V » qui se dessine sur son bas-ventre. Je rougis, un peu gênée, alors que Max m'envoie un petit coup de coude dans les côtes.

— Pas mal, hein ?!

— Oui, ça me donne envie d'acheter des tas de caleçons, bien joué ! Je me suis toujours demandé ce qu'ils vous mettent sur le corps pour que vous ayez l'air si... *luisants* ?

Il hausse les épaules.

— On plonge dans une friteuse géante avant chaque tournage !

Un petit rire s'échappe d'entre mes lèvres, j'en oublierais presque le temps qui passe trop vite. Je voudrais que ces instants durent pour toujours, ceux où l'on rit sans se soucier du reste, en occultant le fait que demain n'existe peut-être pas.

— Tu vas bien, meuf ? me demande-t-il en penchant la tête sur le côté.

— C'est vrai, ça ! T'as l'air carrément maussade. Tu veux peut-être nous parler de quelque chose ? provoque Ted, qui se roule un joint sur la table basse.

Le papier à rouler glisse entre ses doigts en produisant un crissement que Lily qualifierait sûrement d'insupportable. Lorsqu'il lèche le bord de la feuille, il plante ses yeux perçants dans les miens, comme une menace silencieuse qui me fait tressaillir.

— Non, ça va. J'ai un peu mal au ventre, mens-je.

— Ah ouais ? Sûrement tous ces mensonges que t'as du mal à digérer..., insiste-t-il.

Le regard de Max passe de Ted à moi tellement de fois que je crains qu'il ne se déboîte la nuque. Soudain, il écarquille les yeux comme s'il venait d'avoir la révélation du siècle.

— Oh, bordel ! Vous couchez ensemble dans le dos de Johnson. Putain de merde, le blondinet va jamais s'en remettre !

J'écarquille les yeux à mon tour, sentant le rouge me monter aux joues. C'est encore pire lorsque je repère Kyllian, qui hausse les sourcils face à la fausse supposition de Max.

— Non, non ! Jamais de la vie ! Je te jure, Kyllian, il ne s'est rien passé... Oh, bon sang... pourquoi me faites-vous toujours ça !

Vous me mettez dans l'embarras…

Max éclate de rire et Kyllian vient déposer un petit baiser sur mon front.

— Sarah, crois-moi, je le saurais si tu partageais le lit d'un de ces tarés.

Je déteste le sourire en coin de Max lorsqu'il s'apprête à me faire chier.

— D'ailleurs, vous en êtes où tous les deux ? Vous avez *sauté* le pas ? Est-ce que votre relation est un peu plus *profonde ?* Je dois en avoir d'autres, mais là, rien ne me vient. Vous vous êtes envoyés en l'air ?

Je le déteste un peu parfois, au moins autant que je l'adore. Le problème, c'est qu'il n'a aucun filtre et que rien n'est capable de le faire rougir. Rien du tout, pourtant j'ai essayé, une fois, en lui posant un nombre incalculable de questions indiscrètes. J'ai fini par être plus mal à l'aise que lui.

— Argh ! Vous avez le temps, les jeunes ! lance-t-il finalement. N'empêche, si tu ne te dépêches pas un peu, Sarah pourrait bien finir par nous demander, à Ted ou moi.

Ted souffle la fumée de son joint en direction du plafond avant de le proposer à Max. Celui-ci fixe la cigarette avec envie, mais finit par refuser d'un signe de la tête et boit un peu d'eau, les mains tremblantes.

— Crois-moi, ma belle, t'as pas les épaules pour me gérer. Et t'as surtout pas envie de jouer aux jeux tordus de Max pour ta première fois, finit-il par dire, comme si j'envisageais sérieusement la possibilité de coucher avec l'un d'entre eux.

J'aimerais disparaître…

— C'est vrai, bébé. Vaut mieux sauter le doux et gentil Kyllian. Ou Chris, mais je crois que cet abruti tombe amoureux d'Elisa.

La vérité, c'est que tous ces garçons un peu fous se sont fait une place dans mon cœur. Vivre avec eux, ça a bouleversé mon petit monde. Avant de les connaître, je laissais ma timidité me ronger de l'intérieur, et la seule avec qui j'étais moi-même, c'était

Lily. Mais les joueurs des Giants n'en ont rien à faire que vous soyez timide. Ils se promènent à moitié nus, vous parlent ouvertement de leurs plans cul et vous tirent les vers du nez, même si vous n'en avez pas envie.

Ils me font vivre toutes les couleurs de l'arc-en-ciel à la fois, et quand je les vois se chamailler, rire, raconter des anecdotes et me considérer comme leur petite sœur, je ne peux m'empêcher de les considérer comme ma famille.

Ce pari entre Maël et Lily a été la meilleure chose qui pouvait m'arriver. Sans ça, je n'aurais pas pu me rapprocher de Kyllian et apprendre à connaître toutes les nuances de son âme.

— Tu devrais ranger ta chambre, Sarah... On ne distingue même plus la couleur du sol ! me gronde Maman.

Je parcours la pièce du regard, et aussi dingue que ça puisse paraître, je me sens bien dans mon bordel. Contrairement à ce que pensent mes parents, je sais exactement où se trouve chaque objet. Par exemple, sous ce petit tas de vêtements dans un coin de la pièce, il y a ce yo-yo en plastique que j'ai gagné à la fête foraine l'année dernière.

Toutes les choses que la plupart des gens considèrent comme des babioles sans importance sont rattachées à un souvenir précis, et même si ma mère souhaite que je m'en débarrasse, je ne le pourrai jamais.

Sur ce bureau croulant sous le poids de mes dessins qui s'entassent, il y a un petit carnet multicolore que Lily m'a offert pour mes dix ans. Je caresse sa couverture du bout des doigts, sous son regard interrogateur.

— Je vais ranger, t'en fais pas.

Elle semble vouloir dire quelque chose, mais se ravise en m'offrant un petit sourire tendu, puis tourne les talons. On pourrait la croire froide, mais je sais qu'elle a juste du mal à s'exprimer sur ce qu'elle ressent. Elle a été éduquée avec l'idée que les enfants doivent maintenir une certaine distance vis-à-vis de leurs parents et elle a perpétué la tradition avec moi.

Je ne me rappelle pas l'avoir déjà entendue me dire qu'elle m'aimait, pas plus que mon père, d'ailleurs. Pourtant, je n'ai jamais douté de leur amour, je me suis faite à l'idée que mes parents n'étaient pas très démonstratifs.

On pourrait croire qu'il est facile de dire je t'aime. Au fond, il suffit d'assembler quelques lettres dans le bon ordre pour former une phrase, mais certaines personnes, comme mes parents, sont dyslexiques du je t'aime.

C'est pas si grave.

Il existe mille et une façons de dire je t'aime sans avoir besoin de prononcer le moindre mot.

Lily m'a montré qu'elle m'aimait quand elle m'a offert ce carnet. « Si tu n'arrives pas à dire ce que tu ressens, tu peux l'écrire. Ce qu'il y a de cool avec les carnets, c'est qu'ils ne te jugeront jamais », m'a expliqué cette gamine de dix ans à la tignasse blonde et à l'énergie inépuisable que je lui ai toujours enviée.

J'ai toujours été si timide et renfermée. Chaque jour, je voulais exprimer un millier de choses que ma bouche n'avait pas le courage de prononcer. J'ai donc écrit dans ce carnet toutes ces choses que je voulais dire et que je ne disais pas. Tout ce que je voulais faire, mais que je ne faisais pas. Toutes les mains que j'aurais aimé tenir, tous les je t'aime que j'aurais aimé exprimer.

Des rêves inaccessibles, neuf ans d'actes manqués, des centaines de milliers de paroles bloquées dans ma tête, voilà de quoi est composé ce carnet. Sans m'en rendre compte, j'ai passé presque une décennie à écrire une liste de choses à faire que je repoussais encore et encore par manque de courage.

La *bucket list* d'une fille avec si peu de cran qu'elle n'en cocherait jamais la moindre case.

— Tu fais de la lecture, Potter ?

Je sursaute et rougis comme une gamine qui vient de se faire attraper en flagrant délit. J'ai beau me sentir bien dans mon bazar coloré, je suis toujours un peu embarrassée lorsque Kyllian Johnson entre dans ma chambre sans prévenir.

— Qu'est-ce que tu fais ici ? demandé-je en refermant mon carnet.

Il claque la porte derrière lui, se fait une place sur mon lit en écartant les peluches et me pique mon carnet sous mes yeux ébahis.

— Rends-moi ça ! dis-je d'un ton autoritaire que je ne me savais pas capable de prendre. S'il te plaît..., ajouté-je plus doucement en culpabilisant.

Kyllian est bien plus grand que moi. Lorsqu'il lève le bras au-dessus de sa tête debout sur mon lit, je sais que je suis vaincue, qu'il ne me rendra pas mon carnet tant qu'il ne l'aura pas décidé. Je fronce les sourcils d'agacement et croise les bras sur ma poitrine.

— Tu sais, je suis un sale gosse et je n'aurai aucun scrupule à lire tes pensées les plus intimes, alors tu peux arrêter ton cinéma.

J'en reste bouche bée. Sous le choc, abasourdie par sa méchanceté soudaine. Lui qui est toujours si doux et gentil avec moi.

— Tu aimerais aller en Asie ? dit-il en ouvrant une page au hasard.

Je hoche la tête, ne comprenant pas trop ce qu'il fabrique, ni pourquoi il se montre si distant avec moi tout à coup alors que pas plus tard qu'hier soir, il avouait être amoureux de moi. Mon cœur se met à palpiter à l'intérieur de ma poitrine, mes mains deviennent moites et une boule se forme dans ma gorge.

Il me fusille de son regard vert perçant et je dois m'appuyer au mur pour garder l'équilibre. Il incline la tête sur le côté et, d'un ton impitoyable, lit une page de mon carnet.

— « J'aurais aimé tenir la main de Kyllian aujourd'hui, il avait l'air triste et abattu. J'aurais aimé lui demander pourquoi. » Tu avais des pensées bien sombres, Potter. T'avais quel âge ?

— Dix ans... Tu veux bien me le rendre, maintenant ?

Il m'ignore.

— « J'aimerais dire à Lily que parfois, elle est épuisante, que je n'arrive pas toujours à la suivre partout. » On est d'accord là-dessus, Lily est fatigante, complète-t-il avec un petit sourire qui n'atteint pas ses yeux.

Ce sont les pensées d'une gamine innocente et j'ai l'impression qu'il me les dérobe.

Son regard se radoucit lorsqu'il rencontre mes yeux. Peut-être y lit-il tout le chagrin qu'il me cause. Sur ma joue, il pose sa main chaude et rugueuse.

— Je t'interdis de pleurer, Sarah, déclare-t-il d'un ton sans appel. Tu parlais beaucoup de moi, là-dedans, ajoute-t-il plus doucement. C'est flatteur. Un peu flippant, mais flatteur.

— Qu'est-ce que...

Il continue à feuilleter mon carnet.

Impuissante, je le vois tourner les pages, lire mes pensées les plus secrètes. À mesure qu'il avance dans sa lecture, les réflexions de la gamine se font plus profondes, ses espoirs plus grands alors qu'elle grandit. Les années défilent, le courage lui manque. Parfois, Kyllian rit un peu en me citant certains passages, mais ce sourire s'efface rapidement.

— Tu aimerais voir la grande muraille de Chine. Monter au sommet de la tour Eiffel. Visiter la cité de Pompéi...

Hochement de tête, car je suis incapable de parler.

— Tu voudrais faire de la plongée sous-marine dans la mer des Caraïbes... Te déguiser pour le Carnaval de Rio.

Quand je n'étais qu'une gamine, je notais des choses simples, je désirais des choses simples. En grandissant, je me suis rendu compte que de toute façon, je ne faisais jamais rien de ce que je voulais, alors je me suis autorisée à rêver plus grand.

— Tu voudrais posséder ta propre galerie d'art...

J'ai écrit ça il y a quelques mois.

— C'est fou, rien de tout ça n'est en rapport avec les études de médecine que tu as entreprises. Tu ne rêves pas vraiment de devenir médecin...

C'est alors que je crache une vérité venimeuse.

— J'ai pris médecine pour suivre Lily. Je ne me voyais pas poursuivre des études sans elle.

— À trop compter sur elle, t'as oublié de compter sur toi, m'assène-t-il sans l'ombre d'un remords. C'est quoi ce carnet, Sarah ?

— Des objectifs. Des cases à cocher. Des rêves inaccessibles... Tu me fais du mal.

— Bien. Tu me fais du mal aussi.

Ses paroles sont aiguisées, ses mots si tranchants que j'ai l'impression d'en mourir.

— Tu peux m'expliquer ce que tu f...

— J'ai eu une discussion intéressante avec Ted Greyson, hier soir.

Je me fige.

Je ne respire plus.

Je crois que je viens d'oublier comment on fait, d'ailleurs.

On ne devrait pas avoir à penser à respirer. Pourtant, si je ne me force pas à prendre une grande inspiration, je vais mourir asphyxiée.

— La première fois que t'es venue à la maison, je t'ai prise pour une hallucination. T'avais un collant rouge, une jupe bleue, un tee-shirt vert et de grosses lunettes qui te mangeaient le visage, commence-t-il avec un petit sourire, comme s'il se rappelait le bon vieux temps. T'étais si petite, si colorée, si... *bizarre*. Et tu ne disais pas un mot. J'avais douze ans, toi six, et je n'avais jamais vu personne comme toi. Maman m'a expliqué que ta famille n'avait pas les mêmes moyens que nous, que tes parents s'habillaient avec ce qu'ils pouvaient, qu'ils récoltaient des vêtements dans des associations. Tu ressemblais à un puzzle dont on aurait assemblé les pièces dans le mauvais ordre.

Il referme le carnet et me le rend. Sa main effleure la mienne, j'ai l'impression qu'il me brûle.

— Ça m'a fendu le cœur. Je me rappelle avoir demandé à mon père de me donner de l'argent pour que je puisse t'acheter des vêtements. J'étais un gamin privilégié et je n'avais jamais manqué de rien, alors je voulais partager avec toi. Mon père m'a dit que c'était une bonne idée et on a passé la journée à remplir des sacs de fringues à ta taille. Il m'a dit que ça mettrait sûrement ta famille dans l'embarras si on te les donnait directement, alors on a simplement déposé les sacs devant ta porte.

Je me rappelle très bien avoir trouvé les sacs en rentrant de l'école. Mes parents m'ont dit qu'ils avaient fait du shopping pour moi.

— C'était toi...

Il hoche la tête.

— J'avais toujours peur que tu manques de quelque chose, alors je glissais des gâteaux dans ton sac à dos quand tu venais à la maison.

— J'ai toujours pensé que c'était Lily...

— Lily te protégeait à l'école, quand les autres filles se moquaient de toi. Moi, je faisais en sorte que tu aies toujours de quoi manger, que tu aies quelque chose à te mettre sur le dos. Au fond, j'ai toujours senti que j'avais besoin de prendre soin de toi.

— Kyllian...

Mon cœur frappe contre ma cage thoracique. L'émotion me noue la gorge.

— Je me souviens encore quand mes parents nous ont emmenés au cinéma. C'était une première fois pour toi, parce que tu n'avais pas les moyens de t'offrir ce genre de luxe. Je m'étais dit que ta vie devait être triste, mais t'avais jamais l'air abattue. Tu irradiais le bonheur tout le temps, t'étais heureuse avec tes crayons de couleur, t'avais besoin de pas grand-chose.

Il sourit tendrement.

J'ai envie de m'arracher le cœur et de lui offrir.

— Pourquoi tu me dis tout ça ? Pourquoi maintenant ?

Son regard se durcit.

— J'étais là quand t'as perdu ta dernière dent de lait, quand tu recevais tes bulletins et que tu t'en vantais auprès de nous, quand t'as eu ta première peine et quand t'as fait ton entrée au lycée... Je t'ai vue grandir, Sarah. Je t'ai vue évoluer et j'ai toujours veillé à ce que tout se passe bien pour toi.

Il prend une grande inspiration, rive son regard dans le mien.

— T'as toujours été là, en fait. J'aurais jamais pensé tomber amoureux de la copine timide de ma petite sœur, et pourtant... En quelques semaines, tu t'es immiscée dans ma tête, tu m'as arraché tous mes secrets et tu m'as fait voir le monde comme tu le vois, alors que je te repoussais tant au début. À en croire ce carnet, tu m'as toujours porté un grand intérêt. Moi, je pensais que t'avais juste le béguin pour le grand frère de ta copine. Je suis bête et je m'en veux, parce que je ne me suis pas demandé pourquoi tu te rapprochais de moi subitement, alors même que t'as toujours rougi quand je t'adressais la parole, avant. Pourquoi, tout à coup, t'as pris ton courage à deux mains ? J'aurais dû trouver ça louche, mais j'étais trop égoïste pour regarder autre chose que mon nombril.

Vivre est la chose la plus rare au monde. La plupart des gens se contentent d'exister.

— Tu sais, je te déteste un peu, là, tout de suite. Maintenant que j'ai lu ton carnet, je connais un peu tous tes secrets, tes désirs les plus refoulés... Comment te sentirais-tu si je partais à tout jamais en les emportant avec moi ?

— Je...

Mais il ne me laisse pas le temps de parler.

— T'apprécierais sûrement pas. Pourtant, c'est ce que tu me fais. Tu t'invites dans ma tête, tu me voles mes secrets, tu me fais croire que je peux être heureux avec toi, tu me laisses te dire que je suis fou amoureux de toi et tout ça pour quoi, Sarah ? Pour que tu finisses par m'arracher le cœur ?

Je sens la bile remonter le long de mon estomac alors que la culpabilité semble m'attraper par les épaules pour m'ensevelir.

— Et le pire, dans tout ça... c'est que je suis même pas le seul à qui tu comptais arracher le cœur. On va faire une petite liste, OK ?

— N... non...

— D'abord, il y a tes parents, bien sûr. Ma mère, qui te considère comme sa propre fille. Ensuite, il y a Lily, qui ne se remettra jamais d'un truc pareil. Il y a Chris, Ted et Maël, qui se sont tous attachés à toi... et puis, il y a Max O'Donnel, qui tient tellement à toi que parfois, je me demande s'il n'est pas un peu amoureux, lui aussi. Tu comptais nous briser le cœur sans aucun remords ?

C'est en goûtant mes larmes sur mes lèvres que je me rends compte que je suis en train de pleurer.

Il faut à tout prix que quelqu'un m'apprenne à respirer.

Il me foudroie de son regard sévère.

— T'es pas courageuse du tout, t'as raison. T'as même pas le cran de te battre pour vivre, ou juste de demander de l'aide à ceux qui tiennent à toi quand t'en as besoin. T'es qu'une petite peureuse doublée d'une égoïste.

— Non... Je... j'essayais de trouver une solution. Je te le jure... Ne me déteste pas, je t'en supplie...

Il soupire, passe la main dans ses cheveux et je vois ses yeux se remplir de larmes, mais il les ravale pour cacher ses sentiments et ça termine de me briser le cœur.

— Comment je fais pour ne pas te détester, Sarah ? Hier soir, je te demandais de ne jamais me quitter et tu m'as regardé dans les yeux en me promettant le monde, alors que tu savais... Putain ! Tu m'as menti sans éprouver un seul regret. Comment je fais pour ne pas te détester alors que t'as choisi de mourir ?

Ses mots me coupent le souffle. J'ai l'impression qu'un millier de poignards s'enfoncent dans mon estomac tant ça fait mal.

Il y a deux mois, je me rendais à l'hôpital pour de simples vertiges. « Sûrement un problème d'oreille interne », m'a-t-on dit, alors que je m'installais dans le tube pour passer une IRM. Il s'avère que je n'ai pas de problèmes d'oreille interne, mais une tumeur de la taille d'une pistache en plein dans le cerveau. « Si on n'opère pas, elle va continuer à grossir, affectera votre parole, vos capacités à marcher, et petit à petit, vous ne serez plus capable de faire quoi que ce soit. Alors vous finirez par en mourir, mais si on opère tout de suite, vos chances de vivre une vie normale s'élèvent à 85 % », m'a-t-on annoncé.

La réalité n'est pas aussi simple. Je suis une étudiante en médecine sans assurance maladie parce que ça coûte trop cher, et mes parents sont pauvres et endettés. Où aurais-je pu trouver les moyens de me payer cette intervention ? Si je leur en avais parlé, ils se seraient mis dans une misère pas possible et je ne voulais pas endosser cette responsabilité.

À la question : combien de temps me reste-t-il à vivre si je choisis de ne rien faire du tout, on m'a répondu : « Six mois, un an... peut-être moins, tout dépend de l'évolution de la tumeur. »

J'ai dû prendre une décision, et j'ai décidé que je laisserai le destin se charger de moi. Être un fardeau pour quelqu'un est une idée qui m'est absolument insupportable. Je me suis dit que c'était pas si grave de mourir jeune, tant qu'on avait vécu. J'ai fait le point sur ma vie et je me suis rendu compte qu'Oscar Wilde avait raison : la plupart des gens se contentent d'exister.

En feuilletant ce carnet rempli d'actes manqués, d'occasions jamais saisies, de paroles restées bloquées à jamais dans ma gorge sans que j'ose les prononcer, j'ai réalisé qu'on ne pouvait pas changer le passé, mais l'avenir lui, ou le peu qu'il me restait, j'étais capable d'en faire quelque chose. Puisque jusqu'ici je m'étais laissé porter par la vie plus que je ne la maîtrisais, j'ai décidé de la prendre en main et de commencer à vivre.

Il y a des centaines de cases que je ne pourrai jamais cocher, parce que le temps me file entre les doigts, mais je me suis dit : profite de ton été comme si c'était le dernier, Sarah, car c'est probablement le cas.

J'ai rédigé une *bucket list* pour ma meilleure amie. Une dont elle pourrait cocher les cases, une qui lui ferait du bien parce qu'elle commençait à se laisser exister, elle aussi. Je voulais la voir vivre. Je voulais soigner le cœur de Kyllian, qui m'avait toujours paru si triste. Je voulais savoir ce que ça faisait d'avoir des amis sur qui compter, de rire et de pleurer pour un tout, pour un rien.

J'ai décidé de vivre ces « six mois, un an, ou peut-être moins » qu'on m'avait promis.

Je me rends compte que j'ai replié mes genoux sur ma poitrine pour enfouir ma tête à l'intérieur et étouffer mes sanglots. Les bras forts et rassurants de Kyllian s'enroulent autour de moi.

— Pourquoi tu pleures, Sarah ? C'est ce que tu voulais, non ?

Il est cruel, mais je suppose que quelque part, je l'ai mérité.

— Dis-le.

Je renifle et rencontre son regard suppliant.

— T'es pas une putain de martyre, Sarah. Pourquoi tu te sacrifies ? Parce que t'as pas d'argent ? Ou parce que t'as plus envie de vivre ? Dis-le !

C'est alors que la vérité m'échappe, et tout à coup je me sens plus légère, comme si le fardeau de mes mensonges s'en allait avec cette simple vérité.

— J'ai pas envie de mourir, avoué-je dans un sanglot.

Soudain, le regard de Kyllian se radoucit. Il me serre encore plus fort dans ses bras, m'embrasse les joues, m'embrasse le nez, le front, m'embrasse partout où mes larmes ont coulé et il chasse la peine avec chacun de ses baisers.

— T'es qu'une idiote.

Je ne sais plus quoi dire, j'ai perdu l'usage de la parole à la minute où mon cœur s'est brisé.

Je me rappelle à peine comment respirer.

— Heureusement, t'es assez maligne pour t'être fait des amis qui valent des millions sur le terrain et qui se feront tous un plaisir de payer pour réparer tes bêtises.

— Qu... quoi ?

Il m'offre un petit sourire.

— Ted m'a tout avoué. Comment il t'a surpris à l'hôpital il y a une semaine, avec des clichés de ta tumeur dans les mains. Il m'a dit que tu l'avais supplié de ne rien dire, mais Ted n'est pas du genre à laisser mourir ses amis. Il a passé ses journées à se renseigner, à partir seul à la recherche du meilleur neurochirurgien du pays. Quand il l'a trouvé, il est venu me voir et m'a tout raconté. Je suppose que je lui dois tout. J'ai dit que je prendrais tous les frais médicaux en charge, mais il a insisté pour participer. On s'est tous réunis hier soir, et évidemment, tout le monde a été très investi. On veut tous payer pour te réparer, Sarah, et maintenant que t'as décidé que tu voulais vivre, t'as plutôt intérêt à nous laisser faire ça pour toi.

C'est comme une bouffée d'oxygène, un coup de défibrillateur ou une piqûre d'adrénaline. Je pourrais éplucher le dictionnaire que je ne trouverais pas les mots nécessaires pour exprimer ce que je ressens, là, tout de suite.

Il y a mille et une façons de dire « je t'aime », et Kyllian Johnson connaît chacune d'entre elles.

— Ne pleure plus, petite tête malade. On va prendre soin de toi, dit-il en me caressant les cheveux, alors que je sanglote dans ses bras. Il n'y a pas de honte à demander de l'aide à ses amis quand on a besoin d'eux.

— Lily est... Oh, mon Dieu... Max ? Mes parents ?

J'essaye de formuler des questions, mais rien n'a de sens. Pourtant, j'ai l'impression que Kyllian n'a pas besoin que je mette les mots dans le bon ordre pour me comprendre.

— Tes parents sont au courant. Lily s'est effondrée et s'en veut beaucoup, tu lui dois des excuses. Max... Putain, Sarah ! Max était dans un état d'énervement que je ne lui avais jamais connu.

— Vraiment très, très énervé. Bon sang, tu plaisantais pas, c'est le bordel, ici !

On se retourne tous les deux vers la voix de Max qui entre dans ma chambre. Aussitôt, je me détache de Kyllian et saute dans les bras de mon meilleur ami.

— Y a le Dr. Brain qui t'attend dans le salon, bébé. Tu te rends compte ? La probabilité pour qu'il s'appelle Dr. Cerveau, franchement...

— Max...

— Mmmh..., dit-il en m'enlaçant encore plus fort.

— Des amis comme vous, c'est encore plus rare que de gagner au loto.

Il rit, puis me dépose doucement sur le sol. Kyllian est déjà debout derrière moi et me tient la main.

— Tout le monde t'attend en bas.

— Me lâche pas la main...

— Jamais.

Et je sais, à ce moment précis, que j'ai décidé de vivre. Dans tous les sens du terme. Que je suis reconnaissante pour tout ce que mes amis font pour moi, et que je ne pourrai jamais leur dire à quel point je les aime. Mais par-dessus tout, je suis heureuse et je me sens plus vivante que jamais.

— Allons enlever cette pistache de mon ciboulot.

Ça les fait rire...

35

Maël

Les néons blanchâtres, l'odeur du désinfectant et les pièces aseptisées me rappellent à quel point les hôpitaux sont tristes à en crever.

— Je dis juste que si jamais ça se passe mal...

— Tout va bien se passer, Ted a menacé de tuer le chirurgien si jamais il t'arrivait quoi que ce soit, la rassure Kyllian.

— Il a fait quoi ?!

Sarah est allongée dans ce lit d'hôpital et attend qu'on vienne la chercher pour l'emmener au bloc. Je sens le cœur affolé de Lily dans la paume de sa main moite qu'elle presse contre la mienne. Les larmes aux yeux, elle se retient de pleurer et se la joue Max O'Donnel, à coups de grands sourires pour que son amie ne voie pas qu'elle est sur le point de craquer.

Putain de merde.

Je serais prêt à me déguiser en ourson en peluche si ça pouvait la faire rire.

Kyllian n'arrête pas de jeter des coups d'œil agacés sur le cadran de sa montre.

— Ils avaient dit sept heures, il est sept heures dix ! Et je dois leur confier ta vie ?

— Tu es nerveux, lui dit-elle avec un petit sourire.

— Quoi ? Non !

— Tu ne tiens pas en place.

Kyllian cesse de faire les cent pas, prend une grande inspiration, s'accroupit à côté de son lit et lui saisit la main tandis qu'il expire.

— Kyllian, je...

— Tais-toi.

Elle rit.

— Mais je ne t'ai pas encore dit que je...

— Je t'interdis de me le dire maintenant. T'as pas le droit. Pas comme si t'allais mourir aujourd'hui, putain !

Kyllian et Lily sont sur le point de craquer, Chris se ronge les ongles, Ted a les épaules encore plus contractées que d'habitude et Max... déteste les hôpitaux encore plus fort que moi. Il lutte de toutes ses forces contre les démons qui lui ravagent le cerveau, et comme à son habitude, sourit un peu plus fort pour que personne ne remarque ce qui court sous sa peau.

Il fait beau, aujourd'hui. C'est une belle journée pour se faire découper la boîte crânienne.

Le Dr. Brain nous a parlé des risques. On a bien insisté pour qu'il n'en omette aucun. L'opération doit durer huit heures.

Dans le pire des cas, Sarah pourrait mourir sur la table d'opération. Dans un scénario tout aussi catastrophique, elle se retrouverait paralysée à vie, branchée à une machine. Autant dire : morte. Du coup, on se met à relativiser en se disant que si jamais elle perdait l'usage de ses jambes, la vue ou qu'elle ne pouvait plus jamais parler... ça serait pas aussi grave que les scénarios précédents.

— Putain ! Je veux juste récupérer ma copine en un seul morceau, c'est trop demander ? s'exclame Kyllian en tirant sur sa tignasse blonde.

Sarah lui offre un sourire amusé. Ça fait drôle de la voir sans ses grosses lunettes, prête à se faire ouvrir le crâne. Elle fait signe à son petit ami de se rapprocher et lui glisse quelque chose d'inaudible à l'oreille.

— Putain, Sarah ! Ça va pas ?

La brunette éclate de rire.

— Bah quoi ? T'auras plus jamais envie de moi si je me transforme en légume...

— C'est moi qui vais te transformer en légume si t'arrêtes pas tes conneries. Merde !

Elle lui caresse ensuite les cheveux, et je lis dans le regard de Kyllian tout l'amour qu'il lui porte. Je l'ai su tout de suite, à la minute où Sarah a mis les pieds à *l'Empire*, qu'il finirait par craquer pour elle.

— Ils vont te réparer, Sarah. Ils vont te réparer et moi, je serai là, à ton réveil. On profitera de l'été tous ensemble et ensuite, on fera le tour du monde.

Ses yeux s'écarquillent sous la surprise.

— Qu... quoi ?

— On ira au sommet de la tour Eiffel, on nagera avec les putains de poissons dans la mer des Caraïbes et je te raconterai pourquoi j'étais un garçon capricieux qui croyait porter toute la misère du monde sur ses épaules. Je te laisserai me tenir la main et je cocherai de l'autre toutes les cases de ta foutue liste dans ton putain de carnet.

La main de Lily se resserre sur la mienne. Une larme roule sur sa joue, et je sais que si elle la chasse, c'est parce que tout ça la détruit. Elle imagine son frère et sa meilleure amie la quitter, mais elle ne comprend pas pourquoi. Je pose ma main à plat dans le bas de son dos et l'attire doucement à moi tandis que son mascara tache ma chemise.

— Personne n'a besoin de savoir pourquoi tu pleures, ne t'inquiète pas.

Elle me lance un regard brillant et me serre fort dans ses bras avant d'éclater en sanglots.

— Je suis on ne peut plus sérieux, reprend Kyllian. On ouvrira une putain de galerie d'art et je te laisserai même me peindre nu si ça te chante.

Elle éclate de rire.
— Tu dis beaucoup « putain ».
— Peut-être parce que je suis putain de nerveux, Sarah.
— Mais tu disais que...
— J'ai menti. J'ai jamais été aussi inquiet de ma putain de vie. T'as intérêt à t'en sortir. Tu vas te réveiller et tu vas me dire les trois petits mots que tu as envie de me dire et que je rêve d'entendre.
Le raclement de gorge de Chris leur rappelle que le reste du monde existe.
— On vient juste faire un bisou, le médecin attend devant la porte, nous informe-t-il.
Il s'approche du lit et dépose effectivement un baiser sur le front de la jeune femme.
— Tâche de garder toutes tes facultés, j'ai pas oublié que tu m'avais laminé au sniper sur *Call of Duty* ! Tu me dois une revanche.
Elle hoche la tête. Chris quitte la salle après un dernier clin d'œil à l'intention de Sarah.
Je m'approche de la petite brune avec précaution, son sourire s'illumine dès qu'elle me remarque et elle m'ouvre les bras. C'est une gamine courageuse et pleine de vie qui mérite d'être connue. Tandis que je resserre mon étreinte, elle murmure à mon oreille :
— Si jamais il m'arrive quelque chose, prends soin de mon rayon de soleil pour moi.
Rien que de l'envisager, ça me tord le ventre en deux, mais je sais qu'elle partira au bloc plus tranquille si je lui certifie, alors je hoche la tête et mords dans ma lèvre inférieure.
— Tu peux me dire ce que tu me dis toujours... pour le courage ?
— Vas-y, bébé, t'es une bombe ! répliqué-je sans la moindre hésitation.
— La dernière fois que tu m'as dit ça, c'était pour m'inciter à

aller voir Kyllian en boîte.

— Ouais, je t'ai dit de lui arracher le cœur. Bien joué, ajouté-je en levant ma main devant son visage pour qu'elle la frappe avec la sienne.

Je retourne auprès de Lily, qui tente de réprimer ses larmes.

Ted est à genoux devant le lit de Sarah. C'est un petit con arrogant qui n'en a pas grand-chose à foutre de ce qu'on pense de lui, mais face à la brune, il semble vouloir se faire tout petit, comme s'il avait peur de la blesser.

— Te sens pas obligé de me faire un câlin..., lui dit-elle doucement. Je sais que t'es pas très tactile.

Un rire nasal lui échappe. Il semble hésiter à la toucher, mais finit par poser sa main tatouée sur la sienne.

— Sarah McCartney, tu mets les plus grands gaillards à genoux, j'espère que t'es consciente de ton superpouvoir.

Elle rit.

— Merci, Ted. Pour tout. T'es un peu le héros de mon histoire, au final.

Le sportif se racle la gorge. Il est vraiment peu à l'aise avec les démonstrations d'affection.

— Tu me remercieras lorsque tu te réveilleras tout à l'heure. Hésite pas à rêver de moi quand tu seras endormie, balance-t-il avant de quitter la chambre à son tour, esquissant un petit sourire en coin.

Max semble sur le point de péter un câble. Il serre les poings, contracte sa mâchoire, se passe une main dans les cheveux et serre à nouveau les poings. Il déglutit alors que Sarah le prend dans ses bras en se redressant dans le lit.

— Ça va aller, O'Donnel...

Mon meilleur ami ne dit pas un mot, il se contente de la prendre dans ses bras. Je crains que cette fois, même Max ne parvienne pas à masquer sa nervosité en faisant le clown. L'émotion transperce son regard tandis que Sarah lui caresse affectueusement le dos.

— Je ne peux pas te laisser faire des conneries tout seul, Max. Tu serais capable de détruire la planète. Il en va de mon devoir de protéger l'humanité de ton cerveau cassé !

— C'est une promesse ? demande-t-il d'une voix enrouée, déformée par l'émotion.

— Tu ne m'as jamais raconté comment un doigt dans le cul avait réussi à te faire monter au septième ciel, je ne peux pas partir sans cette information.

Le sourire en coin qu'il lui offre n'atteint peut-être pas ses yeux, mais la tendresse dans son regard est bien présente. Je ne sais pas ce qu'il lui murmure à l'oreille, mais je pense savoir à quoi ça ressemble. À quelque chose qui lui demande un effort surhumain, qui le pousse à puiser dans ce qu'il lui reste de forces pour parvenir à la faire sourire.

Et ça marche à tous les coups.

Sarah n'a pas conscience de l'obsession de Max pour elle. Ça n'a rien d'un sentiment amoureux, et ça serait peut-être mieux. À travers sa passion pour l'art, sa timidité et son calme olympien, elle lui rappelle sa maman lorsqu'elle était jeune, avant que son père ne la brise en mille éclats irréparables. Il projette son image sur Sarah et se promet de la protéger, une manière de rattraper ce qu'il pense avoir manqué. Quant à elle, elle apprécie Max comme tous ceux à qui il montre ses bons côtés.

— Pas sûr que Johnson soit pour les doigts dans le cul, cependant.

Kyllian le fusille du regard.

— Sors d'ici, O'Donnel.

— Ouais, chef !

D'un pas rapide, il quitte la chambre sans un regard en arrière. Il fait vite, comme lorsqu'on arrache un pansement.

Lily fond en larmes dans les bras de Sarah, incapable de se contenir une minute de plus. Je ne saisis pas le début de leur conversation que je surprends à la moitié.

— Avoir peur de mourir, ça te fait réaliser un paquet de trucs, et si j'ai fait médecine, c'est uniquement pour être avec toi.

— Mais, S... c'est aussi ton rêve... de devenir médecin, non ?

Sarah prend le visage de Lily en coupe entre ses mains et sèche ses larmes de ses pouces.

— C'est *ton* rêve, chérie. Ça a toujours été ton rêve de comprendre la mécanique du cœur, et je sais que tu seras une cardiologue d'exception. Peut-être même que tu répareras le mien un jour. T'es la meilleure amie du monde, mais je ne peux pas toujours me cacher dans ton ombre.

— Je ne veux pas te faire de l'ombre, S. C'est moi qui ai besoin de toi, supplie-t-elle entre deux sanglots.

— T'es un soleil, Lily. Tu brilles fort, même quand tu ne le veux pas, et moi... j'ai besoin de briller un peu aussi, de savoir ce dont je suis capable sans toi. Il faut que je prenne mes propres décisions, que je fasse mes propres choix.

Lily éclate en sanglots, puis serre fort Sarah dans ses bras.

— Je comprends... Je te jure que je comprends, S. Mais putain... Si mon abruti de frère te fait le moindre mal... Je voulais qu'on emménage ensemble, toi et moi.

— Tu veux quitter ta mère ? demande Sarah.

— Oui. Il est temps que je m'émancipe. C'était ce qui était prévu avant la mort de Papa et... et je crois que je vais le faire. Ça va être dur si tu n'es pas là, mais... File réaliser tes rêves, je t'attendrai, achève-t-elle en forçant un sourire.

— On en parlera quand je me réveillerai, OK ?

Lily hoche vivement la tête.

Dr. Brain se racle la gorge en entrant dans la salle. Ses cheveux blonds sont en bataille sur sa tête, il porte sa blouse blanche et un masque chirurgical. Ses lunettes rectangulaires lui confèrent un air sérieux, mais ses yeux sont rieurs et lui donnent l'air sympathique.

— Comment va ma petite patiente préférée ?

Lily le foudroie du regard, son mascara dégouline le long de ses joues.

— Je vais bien, merci docteur. Prête à me faire triturer le cerveau.

Ma copine s'éloigne de sa meilleure amie et pointe un doigt accusateur sur le torse du médecin.

— C'est notre petit trésor que vous avez là, lance-t-elle d'un air sévère. S'il vous plaît, ramenez-la en un seul morceau, parce que je n'y survivrai pas, ajoute-t-elle d'une voix plus douce.

Un sourire se lit dans les yeux du Dr. Brain, qui semble touché par la petite sœur de Kyllian.

— Je vais faire de mon mieux, mademoiselle Johnson, je vous le promets. Et puis... un certain Ted Greyson, dont je suis pourtant le plus grand fan, a menacé de m'attacher dans une cave si jamais il lui arrivait quoi que ce soit, dit-il en riant, l'air tendu.

— Il plaisantait, s'empresse de dire Sarah.

— Bien sûr... Je préfère ne pas prendre de risques. Prête, mademoiselle McCartney ?

Il y a trois choses dans cette salle d'attente qui me tapent sur les nerfs.

D'abord, cette horloge murale qui n'arrête pas de faire tic-tac, tic-tac, alors que les minutes me paraissent s'écouler comme des heures.

Ensuite, il y a ce vieux monsieur, le seul à partager notre espace, qui n'arrête pas de cracher ses poumons. Je suis à deux doigts de lui enfoncer du sirop pour la toux au fond de la gorge.

Et enfin...

— Putain, mais comment tu peux penser à baiser dans un moment pareil ?! s'énerve Lily.

— Ça s'appelle du sexe anti-stress. Tu devrais essayer, ça te rendrait sûrement moins chiante. Ensuite, c'est elle qui m'a fait un clin d'œil, réplique Max.

— Qui a pensé que c'était une bonne idée d'emmener ces deux-là ? grogne Ted en se massant les tempes.

— Max veut sauter toutes les infirmières, alors je dirais que c'est lui qu'on n'aurait jamais dû emmener.

— Sarah est ma meilleure amie, faut t'y faire.

Lily le foudroie du regard alors que le pauvre homme sur sa chaise s'étouffe dans une toux grasse et dégueulasse.

Je ne vais jamais tenir huit heures comme ça.

— O'Donnel... Sarah est *ma* meilleure amie.

— T'es jalouse ? Tu me prends Maël, mais tu ne peux pas me laisser Sarah ?

Lily se dirige vers lui d'un pas furibond et je crains le pire pour Max en voyant la lueur qui s'allume dans ses yeux.

— Alors c'est ça, le problème ? Tu serais pas un peu amoureux de Gellman ?

— Peut-être bien que je l'ai baisé avant toi, réplique-t-il, un sourire mesquin au bord des lèvres.

J'écarquille grand les yeux et interviens avant que ça dérape.

— Putain, ça suffit ! Continuez comme ça, et Ted vous envoie faire un tour à la morgue.

— T'entends, Max ? Ça suffit, le provoque Lily.

Je la fusille du regard.

— Tous les deux, vous êtes ridicules. J'ai l'impression d'être à la garderie, vous vous comportez comme des enfants. Sarah est là-dedans, en train de se faire opérer d'une putain de tumeur ! Y a des chances qu'elle ne s'en sorte même pas, et vous êtes là à vous quereller pour de la merde ! Vous pensez que Sarah a envie de voir ses deux meilleurs amis se hurler dessus et se balancer des insultes au visage ? Alors, comportez-vous comme des adultes !

Je parviens à leur clouer le bec, du moins pendant un temps. La vérité, c'est qu'on est tous sur les nerfs et si Lily et Max ont du mal à se supporter en règle générale, c'est encore pire en situation de stress comme maintenant.

Deux heures passent sans que personne ne dise rien.

Pas de nouvelles de Sarah, mais comme on dit, « pas de nouvelles, bonnes nouvelles ». Du moins, c'est comme ça que je me rassure.

Une infirmière en tenue blanche passe à côté de nous en nous offrant un sourire.

— Mais, c'est pas vrai ! Je t'ai vu lorgner sur son cul comme un gros dégueulasse !

Lily accuse Max une nouvelle fois, qui grogne d'agacement.

Il prend une grande inspiration et rive ses yeux dans ceux de Lily.

— Suce-moi, Johnson.

Kyllian est parti chercher des cafés, alors il n'assiste pas à cette scène. Ted et Chris lancent des éclairs avec leurs yeux en direction de Max, et moi... moi, je ne sais plus lequel des deux je dois remettre à sa place. Il faut dire que Lily est particulièrement emmerdante aujourd'hui, et Max... fidèle à lui-même, vient de montrer à quel point il sait être méchant lorsque plus rien ne va.

Elle lui assène une gifle si forte que le bruit du claquement résonne dans la salle d'attente. La scène se joue au ralenti sous mes yeux. Max attrape la main qui vient de le gifler en la pulvérisant d'un regard noir.

Avant que je ne puisse me lever pour mettre un terme à ces conneries, mon meilleur ami attire ma copine à lui, et la serre si fort dans ses bras qu'elle étouffe un petit gémissement et fond en larmes en lui rendant son étreinte. Max lui caresse le dos, les cheveux, et l'incite à caler sa tête sur son épaule tandis qu'il la prend sur ses genoux, comme une maman cajole son bébé.

— Ça pue la merde, les hôpitaux, je sais, murmure-t-il sans jamais cesser de la caresser. Ça fait du bien d'avoir quelqu'un à détester dans ces moments-là, hein ? Tu peux y aller, Lily. On sera cette personne l'un pour l'autre.

J'en perds mes mots, je ne trouve rien à dire et reste planté là, à regarder ces deux grands cons se faire un câlin, alors qu'ils se battaient il y a moins d'une minute.

— J'en peux plus, c'est le monde à l'envers ici, je me casse, dit Ted.

— Tu vas où ? demandé-je, avec l'envie furieuse de prendre

l'air, moi aussi.

— À la chapelle de l'hôpital, prier un coup. Quelqu'un veut m'accompagner ?

— T'es croyant ? s'étouffe Kyllian, qui débarque avec des tasses de café.

Ted pouffe comme s'il s'agissait d'une mauvaise blague.

— À situation désespérée, mesure désespérée...

— Je viens avec toi, lance Chris.

Je pousse un long soupir.

— J'arrive.

— Pourquoi pas, souffle Kyllian en enfonçant les mains dans ses poches. Vous restez là, Tic et Tac ? demande-t-il à l'intention de Max et Lily, qui n'ont pas bougé d'un poil.

Ils hochent la tête sans se séparer des bras l'un de l'autre et c'est officiel, j'ai pénétré dans une dimension parallèle où ma copine et Max s'apprécient.

— On préfère rester ici, au cas où on aurait des nouvelles. Allez-y, on bouge pas, sanglote Lily.

Max doit vraiment être très inquiet parce qu'il ne fait aucun commentaire sur le fait que nous nous rendions à l'église.

— Et maintenant, on fait quoi ? demande Chris.

Assis sur un banc en bois, éclairés par la lumière qui pénètre les vitraux multicolores, on dévisage tous la statue de la Vierge Marie face à nous.

— L'un d'entre vous est déjà allé à l'église ? demandé-je.

— Ma grand-mère est hyper catholique, j'ai fait ma première communion, explique Kyllian.

— Alors, on fait quoi ? répète Ted.

— Mec, j'en sais rien, putain... C'était ton idée !

Ils me dévisagent tous comme si je venais d'insulter leur mère.

— Quoi ?

— T'as juré..., dit Chris.

— Dans une église..., chuchote Ted.

— Merde... Putain !

J'abandonne, parce qu'il vaut mieux que je me taise.

— On devrait peut-être juste prier en silence, finit par suggérer Chris.

— Ouais, bonne idée !

Le silence est maintenu pendant environ trente secondes avant que Ted se mette à pouffer de rire.

— Qu'est-ce qu'il y a de drôle ? questionné-je.

— Je suis en train de demander de l'aide à un saint alors que j'ai un joint coincé dans la poche.

— Vaudrait peut-être mieux... qu'on se confesse, dans ce cas, dit Chris. Seigneur, pardonnez-moi, car j'ai péché... un paquet de fois. Mais maintenant, je vous jure que c'est du sérieux avec Elisa. Je ne veux que son petit cul, et aucun autre.

J'éclate de rire, suivi des autres.

Il se racle la gorge, en se rendant compte de ses conneries.

— Enfin, je veux dire, après le mariage et tout ça...

Finalement, on se tait et on finit par apprécier le calme qui règne dans la chapelle. Ni tic-tac d'une horloge qui nous nargue ni vieux croulant qui s'étouffe dans ses crachats. J'espère juste que Max et Lily ne se seront pas entretués à notre retour.

Après quelque temps, Ted décide d'aller fumer son joint et Chris semble penser que c'est une bonne idée de le faire devant l'hôpital parce qu'il l'accompagne.

— Tu prendras soin d'elle quand je serai loin ? Je peux compter sur toi ?

Je laisse échapper un rire nasal.

— Je ne pourrais pas rester loin de cette meuf, même si tu me le demandais. Je l'ai dans la peau, avoué-je.

Ma réponse semble le satisfaire, il hoche la tête, pensif.

Quand on rejoint la salle d'attente, Max et Lily sont assis l'un à côté de l'autre. La tête de Lily repose sur son épaule alors que la sienne repose sur sa tête.

Ils sont tous les deux endormis.

— Sont-ils pas mignons comme ça ?

Je dégaine mon téléphone et prends une photo, parce que personne ne me croira sur parole.

— Je vais la faire encadrer et l'accrocher dans l'entrée rien que pour faire chier Max !

Le Dr. Brain entre dans la salle d'attente. Aussitôt, mon cœur rate un battement. Ted se lève d'un bond, les yeux menaçants rivés sur le médecin.

Je commence à croire qu'il a vraiment prévu de lui faire du mal si jamais il nous annonçait une mauvaise nouvelle. Max et Lily sont à présent bien réveillés et ils se tiennent la main, si fort qu'ils doivent se broyer les os. Quant à moi, j'essaye de conserver mon calme, analysant les expressions faciales du docteur en espérant qu'elles me révèlent un indice sur l'état de Sarah.

J'ai l'impression qu'on entend l'écho de nos battements de cœur désordonnés.

Dr. Brain se racle la gorge.

— Tout s'est bien passé.

Nous soupirons tous en chœur de soulagement.

— Vous pourrez lui rendre visite d'ici une heure ou deux en salle de réveil. On vous tiendra au courant. Pas plus d'une personne à la fois, et il faudra être très calmes. Il est trop tôt pour dire si l'opération a causé ou non des dommages...

Il croise le regard de Ted qui lui lance des éclairs, puis il se racle la gorge, mal à l'aise.

— Mais je suis sûr que vous retrouverez la même Sarah que celle que vous avez quittée.

36

Lily

— Je vous promets de vous rappeler si quelque chose se libère, me dit la gentille secrétaire avant de raccrocher.

C'est le quatrième refus de la semaine, le dix-septième depuis que je me suis lancée à la recherche d'un appartement ou d'un logement étudiant. À un mois de la rentrée, j'ai conscience de m'y prendre un peu tard, mais ces nombreux refus commencent à peser lourd sur mes épaules. Chambres universitaires, colocations, sororités, appartements hors de prix, j'ai épluché toutes les annonces du Web et des petits journaux.

En attendant de trouver quelque chose, je vis avec les garçons, au penthouse. Si j'accepte de passer au-dessus de la vie de débauche qu'entretiennent Ted et Max, c'est uniquement parce que c'est provisoire et que j'ai promis un été de rêve à Sarah avant qu'elle ne parte faire le tour du monde.

— Alors ? me demande Liam lorsque je la rejoins à la table du café.

— Tu vois bien qu'elle tire la tronche ! Bien sûr qu'ils lui ont refusé sa chambre, réplique Ashley, que je foudroie du regard.

— T'as vraiment pas de chance... C'est quoi... la quinzième fois qu'on te répond par la négative ? demande Sarah en me tendant un chocolat chaud Starbucks supplément chantilly.

— Dix-sept..., grogné-je entre mes dents serrées.

— À croire que personne ne veut de toi, princesse, me provoque Ashley en buvant une gorgée de son café aussi noir et amer que l'âme qui l'abrite.

— On va te trouver quelque chose avant mon départ, promis, m'assure Sarah.

Mais ton départ me noue l'estomac, ma chérie.

Il y a un mois, mon monde s'effondrait en apprenant la tumeur qui a bien failli me prendre ma meilleure amie. Je suis passée par un tas d'émotions, toutes noyées sous la peur de la perdre à tout jamais. Une fois le risque de sa mort écarté, je me suis vite rendu compte que la culpabilité était toujours là.

J'aurais dû remarquer que quelque chose avait changé chez elle.

Elle voulait soudain vivre trop vite, sans se soucier des conséquences, alors que Sarah n'a absolument jamais été du genre irréfléchie..

Trop absorbée par mes petits problèmes, mon job, la danse et Maël, je suis complètement passée à côté. C'est Ted Greyson qui lui a sauvé la vie, et je n'ose même pas imaginer ce qui serait arrivé s'il n'avait pas découvert le secret qu'elle aurait emporté dans sa tombe.

Résultat ? Elle me punit en partant faire le tour du monde avec mon frère. Comme une enfant qui a besoin de couper le cordon, Sarah me renvoie mes erreurs au visage, et je ne peux même pas lui en vouloir.

« Je t'aime, mais j'ai besoin d'air. J'ai besoin d'exister sans toi. »

— Allô, la Terre ! Y a quelqu'un ? T'as l'air toute triste, c'est ton tatouage qui te fait bobo, princesse ?

— Tu la fermes jamais, hein ? lancé-je à Ashley, qui lève son majeur en l'air pour me provoquer.

Sarah m'oblige à compléter ma *bucket list* avant son départ. Comme je veux passer le plus de temps possible avec elle, je ne rechigne pas à relever ses défis. Tant que je la fais sourire, ça me va. Même si cela signifie que je dois me coltiner Ashley au passage, qui est absolument insupportable.

« Se faire tatouer sur un coup de tête. »

Après deux longues heures d'hésitation, j'ai finalement opté pour un petit éclair de la taille d'une amande dans le creux du poignet. Un premier et dernier tatouage symbolique qui représente mon amitié avec Sarah, puisque ce dessin me fait penser à la cicatrice d'Harry Potter, surnom dont mon frère l'affuble depuis sa plus tendre enfance.

Très profond et recherché, je sais.

Je sors la liste de ma poche et en coche la case. Ashley lorgne sur la feuille avec une moue dubitative tandis qu'elle mâche son chewing-gum si bruyamment que j'ai envie de lui enfoncer au fond de la gorge.

— Mouais... C'est pas vraiment sur un coup de tête, si tu prends deux heures à te décider...

J'ai envie de l'ignorer, mais elle forme une grosse bulle avec son chewing-gum qui éclate dans mes oreilles.

POC !

— L'une de vous m'explique ce qu'elle fait ici ?

— À qui t'aurais tenu la main dans les montagnes russes, sinon ? Tes propres copines ne supportent plus tes airs de *drama queen*...

Je la foudroie du regard, comme à chaque fois qu'elle m'adresse la parole. C'est la première fois que je passe du temps avec elle pour de vrai, et je la déteste. Elle est méchante, passe son temps à se moquer de moi, me traite de bébé ou de princesse et lorsqu'elle se tait, elle mâche du chewing-gum et fait des bulles. J'en viens presque à regretter les conneries de Max.

Presque.

Ce matin, on a coché trois cases. Le tatouage, c'est fait. Monter dans un manège type montagnes russes, fait également. Ashley n'a pas menti, j'ai tellement pleuré et tremblé dans la file d'attente que Liam et Sarah ont refusé de monter dans le wagon à mes côtés. Ashley a été forcée de s'asseoir avec moi et si je ne l'aime pas, je n'ai eu aucun scrupule à lui arracher le bras lors de la première descente.

Bien fait !

Oh, et on a commencé la journée en regardant un porno. Ouais... Un bon vieux film de cul au scénario clairement inexistant. Donc, regarder un porno, c'est fait aussi, sous les yeux ébahis des garçons qui ont bien failli faire une syncope en nous trouvant toutes les quatre en train de mater une orgie sur leur écran plat.

Là, on fait une pause café.

— Arrête de mâcher comme une vache !

Elle mord dans sa lèvre inférieure pour s'empêcher de rire, et se met à mastiquer encore plus fort, rien que pour m'agacer.

— Tu vois, princesse, c'est pour ça que tu ne trouves pas de logement. Personne ne veut de toi. T'es imbuvable.

Elle.

Me.

Met.

Une.

Pichenette.

Sur.

Le.

Nez.

— Non, mais tu te fous de moi ?! Qu'est-ce que tu me veux, à la fin ? Qu'est-ce que je t'ai fait ? Pourquoi t'es si méchante ?

Des habitués mécontents que je vienne interrompre leur tranquillité se retournent sur leur siège pour me fusiller du regard.

Peu impressionnée par mon éclat de voix, Ashley croise les bras sur sa poitrine, cligne des paupières, fait éclater une énième bulle et finit par hausser les épaules avec nonchalance.

— Tu ne m'as rien fait, t'es juste facile à agacer, dit-elle avec un petit sourire satisfait.

— Tu devrais l'envoyer se faire foutre. Elle t'aime bien, sinon elle ne te parlerait pas. Fais comme si elle n'existait pas, c'est ce que je fais quand elle est trop chiante, intervient Liam.

Je doute réellement qu'elle m'apprécie. En fait, je doute même de ses capacités à tolérer quelqu'un tout court.

— Eh bien, Ashley... Va te faire foutre !

Elle me fait un clin d'œil.

— Pardon..., me sens-je obligée d'ajouter.

Elle lève les yeux au ciel.

— Qu'est-ce que Maël dit de tes recherches infructueuses ? demande Sarah pour changer de sujet.

— Oh, il est très investi. Je pense que lui non plus n'a pas envie que je tombe sur l'une des conquêtes traumatisées de Ted et Max, une fois que Kyllian et toi serez partis.

Aussitôt ces paroles prononcées, je sens un nœud se former dans ma gorge, alors je bois une gorgée de chocolat chaud sucré pour que personne ne remarque sur mon visage que le départ de ma meilleure amie m'attriste plus que je ne l'admettrai jamais. Mais Ashley Hawkins penche la tête sur le côté et me scrute avec un air intrigué.

Elle a le genre de regard perçant qui vous cloue sur place. Elle me dévisage et j'ai l'impression qu'elle voit tout ce qui se trame dans ma tête. C'est très désagréable.

— Comment ça, *très investi ?* demande Liam.

— Eh bien, il m'a aidée dans toutes mes recherches, on a épluché le Web ensemble. Je l'ai même surpris en train de noter des numéros de téléphone.

Liam et Ashley échangent un regard.

— Ouais... Naaan. Ce mec est dingue de toi, ça m'étonnerait qu'il ait envie que tu partes. Ça doit être le seul à te supporter vraiment, d'ailleurs, ne peut-elle s'empêcher de répliquer.

— Lily, je crois que mon meilleur ami sabote tes plans, dit Liam.

— Qu... quoi ? Pourquoi ferait-il un truc pareil ?

Ashley soupire, comme si je l'exaspérais vraiment.

— Parce qu'il n'a pas envie que tu partes. T'es sourde ? Je viens de te le dire. Et aveugle en plus, parce qu'à l'évidence, tu te rends pas compte de grand-chose...

— Vous croyez vraiment qu'il aurait pu... *saboter* mes plans ? demandé-je en reprenant les mots de Liam, sentant la colère monter en moi.

— Chérie... dix-sept refus ? Ça fait un peu beaucoup, non ?

— Vous n'allez pas accuser Maël ! C'est l'un des mecs les plus gentils que je connaisse... Vous n'avez aucune preuve, lance Sarah, qui tente de le défendre.

Moi aussi, j'ai du mal à croire qu'il me fasse ça. D'autant plus maintenant que je connais son passif avec Sabrina. Me contrôler de cette manière serait tellement loin de ses convictions.

— C'est pas parce qu'il fait partie des gentils qu'il ne foire jamais rien. Faut pas laisser passer ça. Un homme qui se permet de contrôler la vie de sa copine ? Beurk. Dans son dos, en plus ? Double beurk, balance la peste, carrément investie.

— Il doit y avoir une explication rationnelle. J'arrive pas à y croire.

— Wow... T'as vraiment confiance en ton mec, poursuit Ashley.

Je n'ai pas envie de me mettre à douter de lui sans lui laisser d'abord le bénéfice du doute.

— Je ne sais pas ce que je ferai s'il est réellement responsable.

Et je le pense. Je ne crois pas pouvoir le supporter. Maël et moi, on commence tout juste une relation, et ce n'est pas la direction qu'une relation saine est supposée prendre. S'il s'imagine décider de choses aussi importantes à ma place, qu'est-ce que ça annonce pour la suite ?

Je dois en avoir le cœur net.

— Alors... Tu vas le confronter ce soir ? À la soirée au coin du feu ? me demande Liam.

Je hoche la tête.

— J'espère sincèrement qu'on se trompe, dit Ashley.

Elle a l'air tellement sincère que ça me déconcerte, sur le moment. Heureusement, cette fille ne laisse jamais tomber son masque de garce bien longtemps.

— Je suis certaine que Maël n'a pas saboté tes plans. Ça ne lui ressemble pas du tout, persiste Sarah, qui lui voue une confiance aveugle.

On reste silencieuses en buvant nos boissons chaudes. Liam finit par rompre le silence.

— Et toi, pétasse, t'en es où dans ta recherche de coloc' ?

Ashley se fige imperceptiblement sur la banquette.

Elle se racle la gorge et regarde Liam comme si elle avait envie de l'étrangler.

— Je ne suis tombée que sur des mecs bizarres, hors de question qu'ils foutent un pied dans mon appart'.

Sarah la dévisage avec son air de gamine qui prépare quelque chose. Je lui fais un non de la tête que j'espère subtil, mais elle m'ignore.

— Quelle coïncidence extraordinaire... Lily cherche un appartement, et toi une coloc' !

J'ai envie de me fondre dans le sol, de disparaître, de me téléporter loin d'ici, tout ce qui me permettrait d'éviter les moqueries ou le sarcasme terrifiant d'Ashley. Je m'attends à ce qu'elle éclate d'un rire cynique, qu'elle envoie balader Sarah méchamment, et presque à ce qu'elle me frappe, en fait...

Mais elle ne fait rien de tout ça. Elle me dévisage de la tête aux pieds, et je suis certaine qu'elle voit que je rougis, parce qu'elle ne peut s'empêcher d'esquisser un sourire mauvais.

— Non, dit-elle simplement.

— Mais pourquoi ?

Sarah persiste, et j'ai envie de l'étrangler.

Elle soupire avant de river ses yeux aux miens.

— Parce que Lily n'est pas intéressée, et pour être honnête, moi non plus. Pas vrai, princesse ?

Je hoche la tête, silencieuse. À vrai dire, je n'en suis pas certaine. J'ai vraiment besoin de mettre les voiles. Certes, vivre avec Ashley ne serait sûrement pas l'idéal, j'aurais peur de me faire assassiner dans mon sommeil, mais... je suis désespérée !

— Oh, putain ! C'est pas vrai, t'es en train d'y réfléchir sérieusement, là, ou je rêve ?

Je me racle la gorge, mal à l'aise.

— C'est sûr que ça serait pas la meilleure solution. Je préférerais m'installer seule, mais puisque je m'y prends sur le tard, je suppose que provisoirement, en attendant de trouver autre chose...

Je ferme les yeux, prête à me prendre une remarque déplacée ou à l'entendre éclater de rire. Mais, encore une fois, elle n'en fait rien. Elle soupire, passe la main dans ses longs cheveux bruns parsemés de mèches rouges et tend la main vers moi.

— Donne-moi ton téléphone.

Je cligne plusieurs fois des paupières, sous le coup de la surprise.

— Pour que j'y entre mon numéro.

Liam écarquille les yeux, semblant ne pas croire à la scène à laquelle elle assiste. À vrai dire, j'ai du mal à y croire, moi aussi.

— Tu vas mettre les choses au clair avec ton mec ce soir, et j'espère de tout mon cœur que tu vas trouver un appartement. Si tu ne trouves rien, ça sera provisoire. On est d'accord ?

Je hoche la tête.

— Attends... tu espères de tout ton cœur ? Lequel ? la taquiné-je.

Elle m'offre un sourire en coin, qu'elle ne peut s'empêcher de réprimer.

— Celui qui vient de t'offrir la charité. Alors, ne me pousse pas à bout, princesse.

Je lève les yeux au ciel, mais elle ne s'en formalise pas. En fait, Ashley ne s'offusque jamais de grand-chose. Je crois qu'elle est juste désagréable avec le monde qui l'entoure de façon naturelle. J'ai passé ma journée à lui renvoyer les piques qu'elle me lançait, et je crois que j'en ressors plus vexée qu'elle. Mais je dois dire que c'est agréable de plaisanter avec quelqu'un comme elle, qui ne prend jamais rien au sérieux.

— Euh... Vous vous détestiez pas, il y a cinq minutes ? demande Liam, amusée.

— Les ennemies de mes ennemies sont mes amies.

— Maël est ton ennemi ? demande doucement Sarah.

— Les hommes *en général* sont mes ennemis, Sarah. À mort les pénis, tout ça, tout ça...

— T'as pourtant pas l'air d'avoir de problème avec les pénis, quand tu te tapes toute l'équipe, lâche Liam.

— C'est ça le problème, pétasse... C'est ça, le problème.

— Moi, j'ai pas ce problème, réplique Liam.

Et elles éclatent de rire ensemble.

La soirée *au coin du feu* est une soirée étudiante organisée par une fraternité dont j'ai déjà oublié le nom ridicule. Puisqu'aller à une soirée étudiante est l'une des cases à cocher sur ma liste, que les garçons raffolent de ce genre d'événement dont le seul intérêt est de se saouler à mort et que Sarah voulait le découvrir par elle-même, nous voilà.

L'emplacement est plutôt sympa, je dois dire. On est dans une grande forêt, des feux de bois sont allumés un peu partout, des étudiants assis autour. Des petites lumières ont été installées sur le chemin que nous empruntons. L'ambiance pourrait être féerique s'il n'y avait pas tous ces gobelets rouges abandonnés sur le sol, ces gros tonneaux de bières et cette musique assourdissante.

Sarah et Liam ont déjà rejoint les garçons, Ashley et moi sommes à la traîne. Étrangement, on discute beaucoup. J'apprends qu'elle a deux ans de plus que moi et qu'elle va à la fac, elle aussi. Elle a obtenu sa licence en physique chimie et ça me surprend.

— Qu'est-ce que tu pensais que je faisais de ma vie ? me demande-t-elle.

— J'en sais rien... Que tu dirigeais un cartel de drogue, que t'étais la chef d'un gang de motards... enfin, quelque chose dans ce goût-là.

Elle éclate de rire.

— C'est ce que je fais la nuit, ça ! Ne dis à personne que t'es au courant pour ma double vie.

Je me surprends à rire avec elle.

Les gens se retournent sur son passage, certains la connaissent et viennent la saluer. Elle est très appréciée et ça aussi, ça m'étonne. Ceux qui ne la connaissent pas se retournent quand même, parce qu'il faut le dire, elle attire le regard, et je suis sûre qu'elle aime ça.

Ses longues cuissardes en cuir noir, son collant résille de la même couleur, sa mini-jupe assortie aux bottes, son blouson en cuir et son mini haut qui laisse entrevoir son nombril piercé lui donnent une allure rock'n'roll qui lui va à merveille. Ses cheveux naturellement ondulés lui arrivent jusqu'au bas du dos. Ses mèches rouges sont la seule touche de couleur apportée à sa tenue et son maquillage noir, un smokey-eye, lui va à ravir.

Ça me rappelle que je l'ai traitée de « poupée gothique », la première fois que je l'ai vue, et c'est carrément horrible de ma part de l'avoir affichée comme ça devant tout le monde. J'en ai le cœur serré, parce que je commence à l'apprécier.

Malgré moi, parce que c'est toujours une horrible garce.

— Ashley...

Je la retiens par le bras alors qu'on s'approche du groupe pour les rejoindre. Elle le retire vivement, comme si je venais de la brûler, et je ne comprends pas bien son geste.

— Je voulais m'excuser.

Elle hausse un sourcil interrogateur.

— De t'avoir insultée, la dernière fois. Je ne le pensais pas. T'es une très belle fille et...

— Euh… T'es en train de me draguer, là ?

Argh ! Insupportable.

— Même pas en rêve. Bref, j'étais jalouse. Excuse-moi. On y va ? m'empressé-je de dire parce que je me sens honteuse.

Ses yeux s'arrondissent comme des soucoupes. Elle ouvre la bouche, la referme et j'apprécie d'avoir réussi à lui faire fermer son clapet.

— Jalouse… *de moi* ? Sérieux ? Pourquoi ?

Je serre les poings et me décide à être honnête avec elle.

— T'es entrée dans l'appartement de Maël et t'as attiré tous les regards. Tu marchais avec une assurance que j'aurais aimé avoir. T'es sûre de toi, tu ne mâches pas tes mots, tu te fous de ce que les gens pensent ou disent de toi… Bref, je crevais d'être *comme toi.*

Voilà, c'est dit, on peut repartir sur de bonnes bases.

— T'es très bien comme t'es, crache-t-elle, comme si les mots lui écorchaient la bouche.

— Mais t'as pas arrêté de me traiter de princesse, de bébé ?

— J'ai pas dit que c'était une mauvaise chose. Tu devrais pas perdre ton innocence, c'est cool. Encore moins crever d'envie d'être moi, personne ne souhaite se retrouver dans ma peau, crois-moi, dit-elle, les yeux dans le vague.

Je suis sur le point de répliquer, mais elle ne m'en laisse pas le temps.

— On devrait les rejoindre, ton mec s'impatiente. En plus, si ça se trouve, il va passer un mauvais quart d'heure. Alors, à moins que t'aies envie de me *pécho*…

Elle me rappelle un peu Maël, sur ce coup, à esquiver les conversations trop sérieuses en jouant de l'humour.

Mais elle a raison, j'ai un mec à affronter. Je dois découvrir si, oui ou non, il essaye d'avoir sur moi ce contrôle que je ne risque pas de lui laisser.

37

Lily

Maël ne me remarque pas tout de suite lorsque je le rejoins. Assis sur le sol, son bras tatoué de l'épaule jusqu'au bout des doigts repose négligemment sur ses genoux relevés.

Il porte un simple tee-shirt noir qui moule son corps musclé. Le feu se reflète dans ses yeux, leur donnant une lueur orangée.

Il me fait penser à un démon ou un ange déchu. Mon mec est beau à se damner...

Mon mec... Entre ses entraînements intensifs, l'opération de Sarah qui nous a tous chamboulés et l'annonce de son départ, il faut dire qu'on n'en a pas vraiment reparlé depuis ce fameux jour où je l'ai rejoint sur le terrain.

Assaillie par la culpabilité, j'ai passé mon temps libre avec mon amie, ou avec Kyllian, et le reste à rechercher un logement. Ça laisse peu de temps pour discuter, et il faut dire que notre relation est pour ainsi dire... en pause. Peut-être qu'il a changé d'avis, qu'il n'a plus envie d'être avec moi, peut-être qu'il est juste patient et compréhensif et comprend tout à fait que je fasse passer ma meilleure amie en priorité.

Max raconte une blague qui le fait rire, ce son se répercute jusque dans mon ventre. Je m'installe à côté de lui, imitant sa position. Son regard croise le mien, il m'offre un petit sourire en coin.

— Bonsoir, O'Donnel. Au revoir, O'Donnel, lancé-je en faisant un signe de la main pour le faire déguerpir.

Max n'aurait pas lâché l'affaire aussi facilement, si une étudiante n'était pas en train de le dévorer du regard telle une énorme part de gâteau et qu'elle n'avait rien mangé depuis une semaine. Il part la rejoindre.

— Tu viens de chasser Max, là ? demande Maël, amusé.

Je hausse les épaules.

— Il faut qu'on parle, toi et moi.

Il mord dans sa lèvre inférieure tandis qu'il fait griller un chamallow dans le feu.

— T'es énervée. Plus que d'habitude, je veux dire.

— La secrétaire des admissions a téléphoné.

— Ah ouais ?

— Ils n'ont plus de place pour moi, apparemment.

— C'est pas si grave, je suis sûr qu'une place va se libérer en cours d'année, me dit-il, le ton confiant.

Je laisse échapper un long soupir de frustration. Son air innocent, ses petits sourires en coin, j'ai envie de les lui faire ravaler.

— Tu vas faire comme si c'était un heureux hasard ?

Il hausse un sourcil interrogateur.

— J'emménage avec Ashley. Donne-moi ce chamallow !

Il ôte le bonbon du bâton de bois, j'ouvre la bouche, persuadée qu'il va me le donner, mais il l'enfonce dans la sienne, me foudroyant du regard tandis qu'il lèche ses doigts.

— Ashley ? Ashley Hawkins ?! demande-t-il, hébété, en enfonçant à nouveau son bâton dans le feu pour griller un autre chamallow.

— Ouaip.

Il laisse échapper un petit rire.

— Ashley, la fille du coach que tu ne peux pas encadrer ? Cette Ashley-là ? insiste-t-il en la pointant du doigt.

Cette dernière est avec un garçon, un peu plus loin dans la

forêt. Le regard qu'il porte sur elle ne laisse aucun doute face à ses intentions. Pourtant, c'est Ashley qui donne l'impression d'être une lionne tournant autour de sa proie. Si elle le veut, elle l'aura, ça ne fait aucun doute.

— Ouais.

— C'est une mauvaise idée.

Évidemment, je n'ai encore rien décidé. Pour le moment, j'essaye de savoir si Maël m'a oui ou non mis des bâtons dans les roues.

S'il est coupable, il joue l'innocence à la perfection.

Je suis énervée et frustrée de ne pas obtenir de réponses à mes interrogations silencieuses. Je lui arrache le bâton des mains, puis enlève le chamallow en me brûlant les doigts. Le bonbon est si fondu qu'il coule le long de mes lèvres et de mon menton quand je l'enfonce dans ma bouche.

Maël me dévisage et mord l'intérieur de sa joue pour réprimer un rire. Il m'attrape brusquement par la nuque, m'attire à lui et passe sa langue sur mon menton, puis remonte sur ma bouche, aspire mes lèvres, enfonce sa langue, et moi, j'ai l'impression que le sol devient mou, que le monde se met à tourner autour de moi, que des papillons s'envolent dans mon ventre.

Personne ne m'a jamais dévorée comme ça.

Puis il se détache de moi.

— C'est le meilleur chamallow que j'ai mangé de ma vie. En fait, je ne les mangerai plus jamais autrement que sur tes lèvres insolentes.

— C'est dégoûtant...

Il m'offre un petit sourire satisfait en murmurant d'une voix cassée :

— Ouais... mais t'aimes ça.

Il faut que je concentre tous mes efforts pour garder les pieds sur terre. Je dois me rappeler pourquoi je suis énervée et pourquoi on doit avoir cette conversation tous les deux, parce que là, tout de suite, j'ai vraiment très envie d'autre chose.

— Tu ne vas pas vivre chez Ashley.

— Pardon ?

— Vous allez vous entretuer. Autant rester avec nous.

Je serre les dents et pose enfin la question qui me brûle les lèvres. Je dois en avoir le cœur net.

— Maël, est-ce que tu sabotes mes plans ? Es-tu responsable des dix-sept logements qui m'ont été refusés cette semaine ?

Il se raidit légèrement avant de retrouver sa nonchalance habituelle. Quatre secondes s'écoulent durant lesquelles il passe sa langue sur ses lèvres, fronce les sourcils, puis ouvre la bouche.

— Ouais...

Je ne sais pas à quoi je m'attendais, au fond. Peut-être que j'espérais me tromper, peut-être que je gardais l'espoir qu'il nie tout en bloc, qu'il s'excuse, ou qu'il affiche au moins une mine désolée, mais non.

Tout ce qu'il m'offre, c'est un air détaché, et pas l'ombre d'un remords dans son regard.

Une colère sourde s'empare de moi.

— Comment ça, « ouais » ? Tu ne vas même pas me fournir d'explications ? Combien de temps tu pensais continuer comme ça avant que je le découvre ? C'est quoi ton délire, tu penses pouvoir contrôler ma vie sous prétexte qu'on est ensemble ?

Il me foudroie d'un regard sévère, comme si j'étais la méchante de l'histoire, et moi, je n'arrive pas à croire qu'il ait fait ça. Pas après tout ce qu'il m'a dit à son sujet. Du moins, pas comme je le connais...

— La perspective de rester vivre avec moi est si terrible que ça ? C'est si horrible d'être *avec* moi ?

— Oui, mens-je.

Emportée par la colère qui monte en moi et déborde par tous les pores de ma peau, j'ai envie de le blesser autant qu'il vient de le faire. Outre le fait qu'il sabote ma recherche de logement et s'octroie des droits qu'il n'a pas, j'ai l'impression de m'être trompée sur lui. Et mon cœur se brise un peu.

Les flammes se reflètent dans ses yeux.

— Qu'est-ce que tu vas faire, dans ce cas ?

— J'en sais rien. Ce que je sais, en revanche, c'est que je ne peux pas accepter d'être avec un mec qui pense pouvoir me contrôler à sa guise.

Son expression est si douloureusement triste que j'ai l'impression de l'avoir poignardé en plein cœur. Je ne le supporte pas, alors je détourne le regard, tombant sur celui de Max, qui affiche un sourire satisfait en nous regardant nous disputer.

— T'es en train de me quitter ? demande-t-il, la tête penchée sur le côté, le ton calme et posé.

Comment peut-il se montrer aussi calme alors que mon sang s'est transformé en acide, empoisonnant mon cœur à chaque fois qu'il pompe un peu de liquide ? On dirait qu'il a oublié comment avoir mal, tout à coup, et ma colère redouble.

J'aimerais qu'il s'excuse, qu'il réagisse, qu'il rampe à mes pieds pour ce qu'il a fait. Si les rôles étaient inversés, il ne l'aurait pas supporté, et cette injustice me retourne les entrailles.

— Je crois bien, ouais, craché-je, les dents serrées, le cœur au bord d'un précipice, prêt à entamer sa chute mortelle.

Maël est énervé, déçu et triste. Je lui connais bien ce mélange d'émotions, il a du mal à les maîtriser. À chaque fois qu'il s'est retrouvé dans cet état, il m'a balancé des paroles empoisonnées pour me faire du mal.

Je me prépare à encaisser.

Lorsqu'il se lève, je crois qu'il va me laisser seule. Au lieu de quoi, il me tend la main pour m'aider à me relever sur mes deux jambes.

— J'ai envie de te faire du mal, bébé, parce que t'es tellement... *tellement* injuste, là, tout de suite.

— Quoi ? C'est l'hôpital qui se fout de la charité ?!

Un rire nasal lui échappe. Il tient fermement ma main dans la sienne, m'attire plus loin dans la forêt. Il marche si vite que je dois cavaler pour tenir le rythme.

— Qu'est-ce que tu fabriques ? Tu me fais peur, putain !

Il s'arrête si brusquement que je percute son dos. Lorsqu'il se tourne vers moi, il est en colère, triste, et... *autre chose*. Une émotion que je n'arrive pas bien à définir.

— Je te fais peur ? demande-t-il d'une voix bien plus douce.

Évidemment que non. Peut-être que je ne devrais pas avoir autant confiance en lui. Peut-être que je devrais avoir peur de ce qu'il pourrait faire à mon cœur, justement, mais ce n'est pas le cas. En fait, j'ai dit ça uniquement pour qu'il s'arrête...

Je fais non de la tête.

— Bien.

Il me pousse, encore et encore, jusqu'à ce que mon dos percute le tronc d'un arbre mort. Mon souffle se coupe sous la violence du choc.

— Et là ?

Encore une fois, je fais non de la tête.

Il laisse glisser sa main le long de mon bras, doucement, caresse le bout de mes doigts des siens. Il poursuit sa caresse, descend plus bas, suis la courbe de mes hanches, froisse le tissu de ma robe et la fait remonter sur ma cuisse.

Je peine à déglutir, mon cœur bat à cent à l'heure.

— Et là ?

Je suis toujours incapable de prononcer le moindre mot, je lui fais signe que non.

Il caresse l'intérieur de ma cuisse nue sous ma robe et je sens son souffle erratique contre ma joue.

Je ne pense qu'à son parfum, sa chaleur, sa colère et son corps musclé qui forment une barrière entre moi et le monde.

Ses doigts s'aventurent plus haut, caressent le tissu satiné de mon string. Mon souffle se coupe.

Je me fige en entendant des gens rire et discuter, ils ont l'air si proches... Mais Maël ne semble pas s'en offusquer, parce qu'il continue de me torturer, et moi je ne bouge pas, me laissant faire, telle une poupée de chiffon entre ses mains expertes.

— Maël, qu'est-ce que tu fais ?

Je le sens sourire contre ma peau.

— Je refuse que tu me quittes, mais je suppose que je n'ai pas le choix...

Il passe sa main sous l'élastique de ma culotte, caresse mon clitoris du bout des doigts, un gémissement m'échappe, et moi j'ai oublié de réfléchir. Il sourit de plus belle contre ma joue, je laisse retomber ma tête sur son épaule, m'appuyant de tout mon poids contre son corps parce que mes jambes se mettent à trembler, et que s'il s'en allait, je m'effondrerais sur le sol.

Bon sang, ce n'est ni le moment ni l'endroit pour être excitée par lui...

— Je peux pas te forcer à rester avec moi, je peux pas te faire changer d'avis, je peux pas non plus décider de l'endroit où tu vas vivre...

Son doigt s'enfonce en moi, d'un coup. Un gémissement rauque s'échappe de ma gorge serrée par toutes les émotions contradictoires que je ressens.

— Mais je peux te faire crier mon nom au moins deux ou trois fois, si tu me laisses faire, dit-il avec un petit sourire satisfait. On doit pouvoir cocher une dernière case ensemble, toi et moi. Un dernier combat, bébé.

Soudain, il tire sur l'élastique de ma culotte et se baisse alors qu'il la fait descendre sur mes mollets, puis mes chevilles. Je lève un pied après l'autre, lui permettant de m'ôter mon sous-vêtement. Il fourre mon string dans la poche de son pantalon et, tandis qu'il se redresse, embrasse l'intérieur de ma cuisse d'un baiser brûlant qui fait naître un brasier dans le bas de mon ventre.

J'ai oublié comment respirer, j'ai oublié que n'importe qui pourrait nous surprendre contre cet arbre...

Tout ce dont je me souviens, c'est de son nom, que je laisse glisser sur mes lèvres dans un gémissement quand il mord ma clavicule et colle son érection à mon ventre.

— Lève ta jambe, bébé, murmure-t-il contre mon oreille.

Et je m'exécute, parce que je suis faible et que j'ai envie de lui si fort que je me consume.

Mais rien de tout ça n'est normal, rien n'a de sens...

Il la soulève, sa main maintenant l'arrière de ma cuisse alors que mon dos se colle au tronc d'arbre.

Je cherche ses lèvres, mais il ne me les offre jamais.

— Sors ma bite, si tu la veux.

Je ne réfléchis pas, ouvre sa braguette et son sexe jaillit, dur et épais. Je passe mon doigt dessus, lui arrachant un gémissement rauque.

— Capote, dans ma poche.

J'y glisse ma main, attrape l'emballage. Pourquoi me laisse-t-il tout faire ? Pourquoi ne se débarrasse-t-il pas de ce sourire satisfait ?

Pourquoi est-il si sexy quand il est énervé ?

— Tu me veux, bébé ?

— Oui.

Putain, oui. Aide-moi, bordel !

— Tu ne souhaites plus être avec moi, mais tu veux que je te prenne ?

Et j'ai tellement honte, tellement, tellement honte de le vouloir si fort.

— Alors, fais-le toute seule.

J'enroule le préservatif autour de son sexe. Je me débrouille comme je peux, sous son regard de braise qui m'analyse et ne loupe pas un seul de mes mouvements.

Il m'offre un sourire quand je termine et ondule des hanches contre lui, mon sexe cherchant à rencontrer le sien, mais dans cette position, je ne maîtrise pas grand-chose.

Ses mains s'agrippent plus fort à mes cuisses.

— Soulève ta robe pour moi, bébé.

Et je le fais avant qu'il ne s'enfonce dans mon intimité. Fort, si fort que je vois des petites étoiles lorsque je ferme les paupières.

– Je n'arrêterai pas tant que tu n'auras pas joui et crié mon nom.

Je déglutis.

– Il y a... des gens... qui vont... nous entendre, lâché-je, tandis qu'il me pénètre plus fort contre cet arbre.

– Oui, bébé. Alors, accroche-toi, on va faire vite avant qu'ils ne viennent voir ce que je te fais, et à quel point c'est terrible d'être avec moi, me provoque-t-il.

Il me déteste.

Il me veut.

Voilà ce qu'il me dit.

Il me prend plus rapidement, et je m'accroche à ses épaules, je mords dans son cou pour étouffer mes gémissements.

Il empoigne mes fesses, si violemment qu'il y laissera pour sûr la marque de ses doigts. Je le griffe et malmène sa peau que je serre entre mes dents, sentant la tension d'un orgasme monter en moi.

Je ne sais pas ce qu'on fabrique, mais on ne se fait pas l'amour, ça ressemble plus à une guerre.

Enfin, celle-ci ne se terminera pas dans un bain de sang, elle finira dans l'extase. Un orgasme que lui seul semble pouvoir m'offrir.

Mon cerveau a peut-être fondu, je fais n'importe quoi. Parce que ce mec me rend dingue. Parce qu'il me fait du bien et il me fait du mal, parfois. Parce que je suis en colère contre lui. Parce que je refuse qu'il contrôle ma vie de cette façon, mais je me rends à l'évidence, je ne peux pas le quitter.

J'en suis tout bonnement incapable.

Parce que je n'ai jamais été amoureuse de ma vie.

Parce que je pensais savoir ce que c'était que d'aimer quelqu'un à en crever.

Mais je me trompais.

Parce que Maël m'a fait tomber si violemment que je crains

de ne jamais pouvoir me relever. Et je suis prête à tout lui pardonner parce que je ne suis pas forte et déterminée comme Ashley. Parce que je l'aime, de toutes mes forces, et ça me dévaste de ne jamais le lui dire, de garder les mots cadenassés dans mon cœur, de peur qu'ils ne le fassent fuir.

Il plaque sa main contre ma bouche lorsque je jouis pour étouffer un cri qui meurt dans sa paume. Je scande son nom, mes yeux se révulsent et il vient en moi à son tour.

Il pose son front couvert de sueur contre le mien. Je suis pantelante et je tremble de tout mon corps lorsqu'il me repose au sol. J'ai du mal à croire que je tiens encore sur mes deux jambes.

Rapidement, il referme sa braguette, pose sa main contre l'arbre et me surplombe de toute sa hauteur.

Il redresse mon menton de son index, plonge son regard dans le mien, puis dépose un baiser, léger comme une plume, sur mes lèvres.

— J'ai menti. Je ne veux jamais te faire du mal, Lily. Je ne veux pas que tu me quittes, non plus. S'il te plaît, ne gâche pas ce qu'il y a entre nous.

Je hoche la tête, reprends mon souffle comme je peux.

Ce mec est trop intense, je crains d'y laisser quelques plumes. Pourtant, Maël est doux, gentil, bienveillant, il me fait rire et me traite si bien.

Je ne comprends pas son comportement, je ne peux pas croire qu'il ait fait ça et ça me chamboule.

— Pourquoi ?

Il me regarde comme si je lui brisais le cœur.

— Je sais pas, bébé. Tu crois que tu pourrais me pardonner si je t'achetais un appartement à toi toute seule ?

En plus, il est complètement fou.

Il baisse la tête, laisse reposer son front contre le mien, nos peaux collées l'une contre l'autre..

— Tu étais d'accord pour dire que cohabiter avec vous était une mauvaise idée... Je ne te comprends pas...

Il laisse échapper un rire nasal.

— Tu vas me prendre pour un fou...

— C'est déjà le cas..., le taquiné-je.

— OK, alors tu vas me prendre pour plus fou que je ne le suis vraiment. Tiens-toi bien, bébé, parce que j'arrive pas à croire ce que je vais te dire...

Je pouffe un peu.

— T'es la meuf la plus bizarre que j'aie jamais rencontrée.

Euh...

Il sourit timidement.

— Avec tes grands airs de madame je-sais-tout, tes listes de courses prévues une semaine à l'avance, ton agenda si bien organisé... D'ailleurs, t'avais pas planifié de te faire baiser contre un arbre ce soir, hein ? On peut cocher orgasme dans un endroit insolite, non ? Sinon, j'ai plein d'autres idées...

— Maël, putain !

Il rigole.

— Pardon, je suis stressé. Tu cries toujours, pour tout, mais surtout pour rien. À la moindre complication, tu dis que ton univers s'effondre, que c'est la fin du monde... Avec toi, oublier de sortir les poubelles est une catastrophe planétaire. T'es dans l'excès des sentiments, et ça me terrifie...

Est-ce qu'il me fait des reproches ou est-ce que...

Oh. Mon. Dieu.

— Pourtant... j'ai jamais été aussi complice avec personne. Tu m'as retourné le cerveau en un temps record. Tu me fais perdre mes moyens, et à chaque fois que je joue un match, t'es la seule personne que je cherche dans les gradins.

Je vais perdre l'usage de mes jambes. Je vais m'effondrer.

S'il le dit, je vais...

— T'es incroyablement douce avec les gens que t'aimes, bienveillante, t'es dévouée à la bonne cause, tu veux faire le bien partout... et Lily, sérieux, ça va te paraître dingue, mais je suis sûr et certain que t'es faite pour moi, qu'on ne se séparera jamais.

Je vais défaillir. Je vais mourir.

— J'ai lu quelque part… qu'un couple dont l'un est allergique à l'ananas et l'autre en raffole est fait pour durer.

J'éclate de rire. J'éclate d'amour.

Il reprend mes expressions, il me connaît par cœur.

— Je te jure Lily, tu me…

Je l'interromps.

— Je t'aime.

— Laisse-moi finir, je… Attends. Quoi ?

Ses yeux s'écarquillent sous la surprise, et ça me fait rire. On dirait qu'il ne se souvient plus comment parler.

— Je t'aime, répété-je.

— Merde, Lily… J'allais y venir. J'étais censé terminer mon discours, te l'avouer le premier. Tu m'aurais embrassé et tu me l'aurais dit en retour et… C'est comme ça que ça se passe toujours dans tes putains de films de Noël !

Je ris encore.

— On peut refaire la séquence, si tu veux…

Il sourit, fait non de la tête, passe sa main derrière ma nuque, me rapproche de lui et dit tout contre mes lèvres.

— Non, je changerais rien. J'aime notre histoire comme elle est. Je t'aime comme t'es, un peu folle et avec tous tes défauts. Bordel, je suis fou amoureux de toi, Lily.

Et il m'embrasse.

Et je n'ai jamais été aussi heureuse de toute ma vie.

Et je suis persuadée que c'est celui que je veux pour le restant de mes jours. Est-ce que je m'emballe un peu vite ? Sûrement… mais tant pis. Je suis prête à prendre le risque.

Il se détache de moi, me regarde – non, *m'admire* – comme si j'étais la plus belle chose au monde.

— Mais… ce que tu as fait…

Il grogne.

— Tu vas vraiment gâcher ce moment, hein ? s'amuse-t-il. On peut pas se remettre à baiser ?

Je lui assène une tape sur l'épaule.

Il prend une grande inspiration et pousse un soupir résigné.

— Je voudrais t'avoir en permanence près de moi, me disputer et me réconcilier tous les soirs. En fait, je voulais te dire que ça ne me ferait même pas peur d'emménager avec toi, et tant pis si tout le monde pense que c'est trop tôt. Y a pas de règles pour ces choses-là, non ? Mais je ne peux pas...

J'ai le souffle coupé.

— Je voudrais vraiment... mais je ne peux pas, parce que...

— ... Parce qu'il veut pas me laisser seul.

Je sursaute, Maël se raidit, et Max sort de sa cachette.

— T'es là depuis quand ? demandé-je d'une voix étranglée.

— Je vous ai pas vu baiser, vous inquiétez pas.

— Comment tu sais qu'on a... Tu sais quoi ? Je veux pas le savoir. Qu'est-ce que tu fous là ?

— Je voulais voir jusqu'où Maël irait pour me défendre. S'il me couvrirait jusqu'au bout.

Mon petit ami se passe la main dans les cheveux, trahissant sa nervosité.

— Tu lui as rien dit. Tu répares mes conneries, comme d'hab. Comment t'as su que c'était moi ? demande Max.

— Je t'ai entendu au téléphone, ce matin. Tu parlais à la secrétaire de la résidence universitaire. J'ai fait le lien.

Je ne comprends rien à ce qui se passe.

— Tu me laisses avec elle cinq minutes ?

Maël me regarde, attend mon consentement. Ce n'est pas un manque de confiance envers Max, mais il se soucie avant tout de mes états d'âme, et mon cœur fond pour lui.

— Vas-y, je te rejoins.

Le rouge me monte aux joues lorsque Max pose son regard vénéneux sur moi. Je ne devrais pas me sentir gênée, mais de toute évidence, il sait ce qu'on vient de faire et j'essaye de remettre de l'ordre dans mes cheveux, ce qui semble l'amuser.

— Je suis désolé. C'est moi qui ai fait foirer tes projets.

Oui, je crois que je l'ai compris, mais ça n'a aucun sens. Max me déteste, pourquoi voudrait-il me voir rester chez lui ?

— Ne crois pas que j'aime t'avoir à la maison. C'est pas le cas.

— OK, Max.

— C'est juste que... Merde ! Je voulais qu'une dispute éclate entre vous, et que vous vous sépariez, dans le meilleur des cas.

— Max, c'est horrible...

— Ouais. J'ai jamais prétendu être un type réglo. Bref, de toute évidence, c'est mort pour la dispute, vous avez réussi à arranger ça, dit-il avec une moue amusée.

Mais ses yeux sont tristes, si tristes que ça me fend le cœur, et j'ai envie de le prendre dans mes bras.

— Je me suis dit, que tant que t'étais avec nous, puisque j'arrive pas à vous séparer, Maël resterait avec moi. J'avais peur qu'il parte... avec toi. Je me trompais, mon pote est trop fidèle, il ne me laissera jamais tomber, même s'il est amoureux. Et je suis trop égoïste pour le laisser partir.

Je déglutis difficilement. Max est tellement immature, mais aussi tellement perdu. Et tellement, tellement triste. Il s'accroche à Maël comme à une ligne de vie. Je crains le pire pour lui si un jour il venait à le perdre.

Je m'avance vers lui, prudemment. D'un geste compatissant, je pose ma main sur son avant-bras. Il fixe ma main un instant, puis plonge son regard dans le mien.

— Je ne veux pas te voler ton meilleur ami. Il est à toi, OK ? Il t'aime plus que moi, et je ne veux pas que ça change.

— Vraiment ? demande-t-il d'une petite voix, pas très sûr de lui, ce qui ne lui ressemble pas.

Je hoche la tête.

— Vraiment. Maël a assez d'amour pour tout le monde, et son cœur est assez grand pour nous abriter tous les deux. Ça me dérange pas que tu conserves la première place.

Max s'esclaffe.

— Arrête tes conneries, putain ! Tu me parles comme à un

enfant.

— Tu te *comportes* comme un enfant.

— C'est vrai. Comment je peux me faire pardonner ?

Je fais mine de réfléchir, mais j'ai ma petite idée.

— Tu ferais quoi pour te faire pardonner ?

— Si t'essayes de me convaincre de te prendre contre un arbre, sache que moi, je ne suis pas intéressé.

Je m'étrangle presque.

— Merde ! Qu'est-ce que t'as vu au juste ?

Il rit et joue des sourcils pour m'emmerder.

J'espère qu'il a déduit plus qu'il n'a vu ou entendu, mais... je n'en suis pas certaine et, putain, Max est capable de s'être caché derrière un arbre et d'avoir regardé toute la scène !

— Je ferais n'importe quoi, OK ? Je veux juste... qu'on oublie à quel point je tourne pas rond.

— Comment tu t'y es pris, au fait ? Pour qu'on me refuse absolument tout ? demandé-je, sincèrement intriguée et un brin admirative.

Il hausse les épaules.

— J'ai juste parcouru toutes les annonces et payé une blinde pour qu'ils te refusent si jamais tu te pointais en donnant ton nom. J'ai dit que t'avais des antécédents de pyromanie aussi, et crois moi, peu de gens acceptent de loger une pyromane chez eux.

Je le foudroie du regard, prête à lui bondir dessus. Avec ce genre de rumeurs à mon sujet, c'est sûr que je vais me retrouver coincée avec Ashley.

Elle va être ravie...

— Hey ! Ça va... C'est pas si grave, me dit-il.

— Je viens de réfléchir à ta punition. Sois prêt, demain, huit heures.

38

Maël

Il y a deux mois, je pensais que la meilleure façon de commencer la journée était d'enfouir sa bite dans la gorge d'une femme.

J'avais tort.

— Bonjour, me dit Lily d'une petite voix endormie en se serrant contre moi.

Voilà la meilleure façon de commencer la journée : dans les bras de la personne que vous aimez.

La meilleure pipe au monde ne pourrait rien y changer.

Les yeux à moitié clos, ma petite amie me grimpe dessus. Elle porte mon tee-shirt et rien d'autre, elle n'a besoin de rien de plus, de toute façon.

— T'es content de me voir, on dirait...

Je ris. Ses cheveux blonds chatouillent mon torse tandis qu'elle dépose une traînée de baisers chauds et mouillés dans mon cou, puis descend vers mon torse, la ligne centrale de mes abdos. Lorsqu'elle arrive à l'élastique de mon caleçon, elle rive ses yeux verts dans les miens et m'offre une petite moue taquine.

Oh, bordel !

— Tu te souviens quand tu m'as dit que je parlais trop ?

— Tu parles *toujours* trop, bébé.

Elle étouffe son rire dans mon caleçon. Comment peut-elle

être à la fois mignonne et bandante ?

Elle tire sur l'élastique, je soulève les hanches pour lui faciliter la tâche. Elle saisit mon sexe à sa base, me dévisage en mordant dans sa lèvre. Cette meuf a ma bite et mon cœur entre ses mains.

— Je vais occuper ma bouche, histoire d'arrêter de te casser les oreilles, bébé.

Oh, putain.

Elle enroule ses doigts autour de ma queue, les yeux plantés dans les miens, passe sa langue sur mon gland et l'engloutit presque entièrement tandis que je laisse échapper un gémissement rauque.

Je retire ce que j'ai dit, finalement, je n'avais pas tort.

Ça reste la meilleure façon de commencer la journée, et si elle me réveille comme ça chaque fois qu'elle partage mon lit, je pourrais bien finir par l'épouser.

— Putain, Lily ! C'était trop bon.

Elle s'essuie la bouche, m'offre un petit sourire satisfait et se lève du lit.

— Où tu vas ?

J'aimerais lui rendre la pareille, en fait… et j'étais bien dans son lit, loin de tout le reste.

— Réveiller Max avec un bisou.

J'écarquille les yeux et éclate de rire.

— T'es dégueulasse.

Elle quitte la chambre, me laissant avec ce nœud dans l'estomac. Pas dans le genre douloureux comme lorsqu'elle menace de me quitter, plutôt dans le genre super agréable, comme un câlin autour de mon cœur.

J'arrive pas à croire que je pense vraiment ce type de conneries, qui me rappelle à quel point je suis amoureux de cette petite diablesse.

Je crois que Max n'a pas songé aux conséquences de ses engagements lorsqu'il a dit à Lily qu'il ferait n'importe quoi pour se faire pardonner. Il aurait mieux fait de grommeler des excuses, mais cet idiot en est juste incapable. Il n'a aucune idée de ce qui l'attend, le pauvre ! Et Lily est déterminée comme jamais.

— Alors, on part quand ?

Je sursaute et renverse mon café brûlant.

— Putain, Greyson ! m'exclamé-je en posant une main sur mon palpitant.

Ted est mort de rire. Ce mec adore prendre les gens par surprise et je suis sûr qu'il n'aurait aucun scrupule si un jour l'un de nous faisait une attaque.

— Lily m'a dit ce qu'elle comptait faire à Max, on veut pas manquer ça.

— « On » ?

Il hausse les épaules.

— Ben ouais, toute la bande...

— T'as rien de dangereux de prévu, aujourd'hui ?

Ted vit à cent à l'heure. Je ne sais pas quand il trouve le temps de se reposer, ni comment il fait pour assurer autant aux entraînements en dormant si peu.

— Rien qui vaille O'Donnel et la punition de taille qui l'attend.

Et quand on parle du loup...

— Je vais t'arracher les cheveux. Non, tu sais quoi ? Je vais te raser le crâne. Viens par-là, espèce de garce !

Lily court autour du canapé, poursuivie par Max dont les cheveux et le visage sont recouverts d'un truc gluant et visqueux.

— Au secours ! hurle-t-elle, en se cachant derrière moi.

Elle passe ses mains autour de mon corps et se sert de moi comme d'un bouclier pour se protéger de Max.

— Écarte-toi, Gellman. Je vais exorciser ta meuf.

Il lève alors un gros tube de lubrifiant devant mes yeux ébahis, et je comprends qu'elle l'a réveillé en lui renversant la bouteille dessus.

Quelle peste !

J'attrape ses mains, les détache rapidement de mon corps et la pousse dans les bras de mon pote après avoir jaugé son expression amusée – il a pris la blague avec humour.

— Traître ! m'accuse-t-elle.

— Désolé, bébé, faut assumer tes conneries, parfois.

Max la maintient fermement contre lui d'un seul bras en vidant la moitié du tube de lubrifiant dans ses cheveux. Lily hurle et se débat entre deux éclats de rire, et ça m'amuse, moi aussi. Soudain, elle vole le tube des mains de Max, parvient à se défaire de son emprise et me dévisage, un sourire victorieux sur les lèvres, alors qu'elle s'approche dangereusement de moi.

— N'y pense même pas...

— C'est rien, bébé... Juste un bon masque hydratant !

Après m'avoir poursuivi dans tout l'appartement, elle est parvenue à me bloquer contre un mur, et je suis moi aussi visqueux et répugnant. Ted se tient le ventre pour contrôler son hilarité.

— Ça te fait rire, Greyson ? lui lance Max.

Les yeux de Ted s'assombrissent.

— Jamais de la vie, O'Donnel.

Max et Lily s'échangent un regard complice et se dirigent vers Ted, qui se met en position d'attaque. Il a une force équivalente à l'incroyable Hulk donc ils n'ont aucune chance, sauf si...

Ouais, je me joins à leurs enfantillages et attrape le bras droit de Ted pendant que Max lui maintient le gauche. Il se débat si fort qu'il manque de nous faire tomber, mais on tient bon.

— Dépêche-toi, on ne le retiendra pas très longtemps, prévient Max.

Lily ne perd pas une seconde, elle lui asperge le visage et les cheveux. Ted pourrait nous clouer au sol en moins de temps qu'il n'en faut pour leur dire, mais comme nous, il rit trop pour tenter de faire quoi que ce soit.

Sarah, Kyllian et Chris, sûrement réveillés par le boucan, entrent dans le salon et nous dévisagent, stupéfaits.

— Lily ! Cours chercher des munitions, ordonne Max.

— Tout de suite.

Je me demande ce que mon pote fait avec un stock de lubrifiant aussi impressionnant, parce que Lily revient avec trois flacons différents. En fait, non, je ne veux pas savoir pourquoi il a besoin d'autant de produits.

Sarah ouvre un placard, s'empare du sachet de farine qu'elle nous balance dessus, la poudre nous colle à la peau à cause du lubrifiant. Kyllian se saisit de la bouteille de caramel liquide tandis que Chris nous balance des œufs au visage.

Bonjour le gaspillage alimentaire...

Vingt minutes plus tard, on se tient le bide à force de rire, nos mâchoires sont douloureuses et on est complètement essoufflés. Mon appartement est un véritable capharnaüm, mais je crois que ça en valait le coup, à en juger par les sourires béats de mes amis. C'est le matin le plus heureux qu'on ait partagé tous ensemble, et je me dis que Sarah et Lily sont la meilleure chose qui nous soit arrivée.

J'avais encore tort, les batailles de lubrifiant sont la meilleure façon de commencer la journée.

— Vite, on va être en retard ! Tous à la douche ! hurle Lily.

Je laisse les autres se battre pour savoir qui aura accès à la salle de bains le premier tandis que j'observe Ted, dont la moue amusée s'est transformée en un rictus sombre et un peu triste.

— Tout va bien, mec ?

Il hoche la tête et m'offre un petit sourire en coin.

— J'ai jamais eu de famille, mais je crois que c'est ce qui s'en rapproche le plus. Foire pas tout, mec.

C'est certain, je la garde avec moi pour toujours.

Nous nous retrouvons, Chris, Ted, Kyllian, Lily, Sarah et moi devant le conservatoire de danse pour assister à la punition de mon meilleur ami.

— Oh non, Lily... Quelle torture... Pitié, ne me mets pas dans la même pièce que toutes ces danseuses dont les leggings épousent leurs fesses rebondies ! ironise Max.

— Tu riras moins plus tard, mec, tu riras moins plus tard... répond Lily.

Pour l'instant, pour des raisons tout sauf honorables, Max semble enchanté à l'idée d'assister à un cours de danse classique. Le pauvre... Irina, la prof de Lily, nous accueille dans sa salle de cours avec un grand sourire. Elle serre la main de Max avec entrain.

— Merci d'avoir accepté de jouer les gros bras aujourd'hui. Elles vont être ravies.

— Oh, mais c'est un sacrifice que je suis prêt à faire, lance-t-il d'une voix séductrice. Qu'attendez-vous de moi, exactement ?

Irina fronce les sourcils, mord dans sa lèvre pour se retenir de rire, puis hoche la tête. Ted pouffe aussi à côté de moi.

— Tu es musclé, et je suis certaine que tu leur feras profiter de l'expérience à fond. On ne fera rien de très compliqué, juste quelques portés et des pas de danse. Elles ne devraient pas tarder... Tiens, les voilà !

On se retourne tous d'un même mouvement vers l'entrée de la salle. Dix personnes entrent. Ce sont effectivement des femmes qui viennent suivre un cours de danse, et effectivement, elles portent des leggings. Mais on ne peut pas dire qu'elles ont le « cul rebondi », puisque ce sont des femmes dont la moyenne d'âge frôle les soixante-dix ans.

— Je te présente mes élèves. C'est avec elles que tu danseras aujourd'hui.

L'une des vieilles dames aux cheveux blancs comme neige s'approche de Max. De ses doigts tremblants, elle caresse son bras alors qu'il se fige. Son visage se décompose en comprenant qu'il a été dupé et nous explosons tous ensemble d'un rire moqueur.

— C'est tellement ferme... Ça fait longtemps que je n'ai plus touché un homme de cette fermeté !

Max se racle la gorge, visiblement mal à l'aise et agacé.

— Doucement, mamie...

Les autres se rapprochent de lui, l'encerclent, le touchent et le palpent en faisant des commentaires que je trouve un peu cochons pour des femmes de cet âge-là, mais c'est à mourir de rire.

— Ça fait des mois qu'Irina me bassine avec cette histoire. La maison de retraite paye une journée découverte de la danse aux résidentes intéressées, explique Lily à Max.

— Je ne trouvais pas de volontaires pour effectuer les portés. J'étais désolée de ne pas pouvoir leur faire vivre l'expérience à fond, tu vois ?

Max s'esclaffe, avant d'afficher un air inquiet.

— Attends, mais c'est pas dangereux ? Je veux dire, ça se déboîte super vite à cet âge-là, non ?

Son commentaire provoque l'hilarité générale, même au sein des danseuses aux appareils auditifs et aux couches-culottes.

— Ne t'inquiète pas, on va y aller doucement.

— Heureusement que je ne suis pas venu seul, dans ce cas... dit-il d'un ton mesquin.

Aussitôt, toutes les têtes se retournent vers nous. Je me fige, de même que Chris, Kyllian, et Ted.

— C'est parfait ! s'exclame Irina en frappant dans ses mains. Cinq grands gaillards pour dix élèves. Faisons des groupes de trois. Les filles ? Choisissez vos partenaires.

Je crois n'avoir jamais vu Lily comme ça. Elle essuie une larme qui perle au coin de son œil tandis que deux vieilles dames se rapprochent de moi d'un air menaçant.

— C'est hors de question..., grogné-je.

— Allez... Madeleine et Rose ont très envie de danser avec toi..., me supplie Lily de ses grands yeux brillants.

Je laisse échapper un long soupir.

— Fais ça pour moi, ajoute-t-elle.

— J'aurai quoi, en échange ?

Je la taquine parce qu'en vérité, j'ai déjà craqué. Il n'y a pas grand-chose que Lily ne serait pas capable de me faire faire.

Pour toute réponse, elle m'offre un clin d'œil.

— Oh, putain ! Ils se parlent avec des voix de bébé, les gars. Ils prennent des voix d'enfants quand ils se parlent. On a perdu Maël, se scandalise Max.

Et c'est ainsi que Madeleine et Rose me tripotent durant tout le cours de danse tandis que mes amis subissent à peu près le même traitement, et contre toute attente, on passe un excellent moment à s'amuser tous ensemble.

La punition de Max se retourne contre nous, mais ça en vaut la peine, quand on a mal aux mâchoires à force de rire.

« Je n'ai jamais eu de famille, mais je crois que c'est ce qui s'en rapproche le plus. », m'a dit Ted. Je crois qu'il a raison : quelle bande de petits veinards on fait tous, d'avoir trouvé une famille en cours de route quand on était perdus.

— Alors ça y est, tu t'es finalement mis à la porte tout seul, taquiné-je Kyllian.

— Ouais, enfin... faut remercier Sarah pour ça.

— Et tes grands rêves de remporter le Super Bowl ?

Il chasse mon idée d'un revers de la main.

— Si mon père était encore là, je suis sûr qu'il me féliciterait d'avoir eu la fille.

— Pas de regrets ? Tu n'as pas l'impression d'abandonner tes espoirs ?

Il pince les lèvres, son sourire se reflétant dans ses yeux verts qui ressemblent tant à ceux de Lily.

— J'abandonne pas mon rêve, affirme-t-il, je l'emmène avec moi.

J'entends un reniflement disgracieux derrière moi, remarque Max qui pleure comme un enfant, à genoux devant Sarah à qui il agrippe la jambe.

— Pleure pas, O'Donnel, je reviens dans un an, le taquine

Kyllian.

— Va te faire foutre, Johnson. Tu peux te barrer dix ans si tu veux, mais ramène-moi Sarah. Un an. Pas un jour de plus.

— Allons, allons... On se fera des FaceTime tous les jours ! le rassure-t-elle en lui caressant les cheveux.

— Promis ?

— Promis, Max. Je vais t'acheter plein de souvenirs, je te ramènerai des porte-clefs de chaque pays, d'accord ? Et puis... t'as bien des vacances de temps en temps, rien ne t'empêche de venir nous rejoindre !

— Je viens tout de suite, je vais faire mes valises !

Sarah rit à ses conneries.

Ted et moi, on s'est réveillés aux aurores pour les aider à mettre leurs bagages dans le coffre de la voiture de la maman de Kyllian. Accessoirement, c'est aussi la maman de Lily, alors j'essaye de faire bonne impression. Chris dort chez Elisa, il leur a souhaité bon voyage hier soir, parce qu'on a fait une soirée de départ qui s'est transformée en grande tragédie pour Lily. Max, lui, s'est levé pour faire son cinéma. Avery les attend dans la voiture pour nous laisser le temps de leur dire au revoir.

— Bon, eh bien... je crois qu'on va y aller, m'annonce Sarah.

On leur a dit bon vent cette nuit. Quatre heures du matin, c'est trop tôt pour les adieux déchirants.

Lily a emménagé chez Ashley il y a deux semaines. En général, elle passe tout son temps au penthouse, mais là elle a préféré dormir dans son nouvel appartement, elle n'aurait pas supporté de regarder les deux amours de sa vie s'enfuir, valises à la main.

Sauf que... Les portes de l'ascenseur s'ouvrent sur une Lily essoufflée, échevelée, cernée et les joues pleines de larmes.

— Merci, mon Dieu, vous n'êtes pas encore partis...

Elle se jette au cou de son frère, et Sarah se joint à cette étreinte. Elle les serre si fort que Kyllian pousse un grognement de douleur.

— Vous allez tellement, tellement, tellement me manquer, pleurniche-t-elle.

Sarah a les larmes aux yeux, Lily pleure carrément à chaudes larmes.

Ils partent faire le tour du monde, bon sang, pas à l'abattoir ! C'est génial ce qui leur arrive, Lily et Max sont de piètres amis. Ils devraient leur montrer leur soutien au lieu de pleurer comme des gamins ! À croire que ces deux-là sont incapables de se réjouir du bonheur des autres si ce n'est pas dans leur intérêt. Deux gros égoïstes, qui se donnent en spectacle et s'accrochent chacun à une jambe de Sarah en pleurant.

Kyllian soupire, jette un regard à sa montre et me lance un regard suppliant, l'air de dire : « Aide-moi, mon pote ! On va louper notre avion. »

Ted observe Max et Lily d'un œil amusé.

— Mec, t'as conscience que ta meuf est la version féminine de Max ?

Putain de bordel de merde ! Il a raison…

C'est en les voyant s'accrocher à la jambe de Sarah comme une moule à son rocher que ça me frappe.

— Oh, merde…

— Ouais… comme tu dis.

Je décroche tant bien que mal les deux amours de ma vie des jambes de Sarah, alors qu'ils pleurent parce qu'ils laissent partir les leurs…

Sarah dévisage Ted, semble hésiter un moment. Elle mordille sa lèvre inférieure et finit par dire :

— Je sais que t'es pas du genre câlin et tout…

Elle fonce sur Ted et le serre fort dans ses bras. Il se raidit une seconde, mais sa bouche s'étire imperceptiblement d'un petit sourire en coin. Attendri, il finit par l'envelopper de ses gros bras. S'il le voulait, il pourrait la réduire en poussière d'une étreinte un peu poussée.

— Tu vas me manquer aussi, petite chose, lui dit-il.

Elle lui sourit de toutes ses dents, lui chuchote un « merci de m'avoir sauvé la vie, tu seras toujours mon héros » et lui claque un bisou sur la joue, avant de tourner les talons.

Le joueur à la confiance inébranlable vient de me prouver que j'avais tort, il est capable de rougir !

Sans se préoccuper plus longtemps des jérémiades de Max et Lily, Sarah et Kyllian entrent dans l'ascenseur.

Mon ami m'adresse un sourire, et avant que les portes de l'ascenseur ne se ferment, il exige :

— Prends soin de ma petite sœur, mec. Et toi, Lily, prends soin de mon insupportable capitaine...

Lily court dans mes bras, s'effondre en pleurant alors que je lui caresse les cheveux.

— Ça va aller, bébé...

Elle renifle dans mon tee-shirt, son corps parcouru de violents sanglots.

— J'ai le cœur au bord du gouffre, geint-elle d'une petite voix qui parvient à faucher un morceau de moi.

Contrairement à ce qu'elle croit, son monde n'est pas en train de s'effondrer. Sa meilleure amie et son grand frère partent vivre une expérience unique, et au lieu de s'en réjouir, elle a « le cœur au bord du gouffre ». Si sa réaction me paraît démesurée et légèrement égoïste, je ne peux pas dire que ça me surprenne. Après tout, Lily a toujours été intense avec les personnes qu'elle aime. Si elle n'avait pas insisté à ce point pour que son frère arrête de me fréquenter, elle ne serait jamais entrée dans ma vie.

Lily est à Sarah ce que Max est à moi.

Sarah tient à Lily comme on tient à une sœur, et je tiens à Max comme on tient à un frère. Mais nos meilleurs amis nous aiment de manière obsessionnelle et quelques fois un peu flippante, alors ils se montrent étouffants sans même le vouloir. Contrairement à Lily, qui comprendra en gagnant en maturité, je ne crois pas que Max soit un jour capable de réaliser qu'on peut-être loin des yeux, et proche du cœur à la fois. Pour lui, c'est tout ou rien, et je me demande parfois comment mon meilleur pote réagirait s'il n'avait pas traversé l'enfer quand il était gamin.

N'importe quelle femme aurait pris la fuite, ou m'aurait demandé de choisir, de m'éloigner de mon meilleur ami, chose que je ne ferai jamais, mais pas Lily. Parce que Lily le comprend, peut-être même mieux que je ne le comprendrai jamais.

— Heureusement que t'es là... t'es mon meilleur ami, en fait, dit-elle en déposant un petit bisou sur mon nez.

— T'inquiète pas, bébé, je vais te donner tellement d'orgasmes cette année que tu n'auras plus la tête à être triste, la taquiné-je en la serrant dans mes bras.

— C'est une promesse ?

— T'en doutes ?

Elle rit, et c'est le son plus adorable du monde qui se répercute directement dans mon cœur.

— Oui, j'en doute... Et si tu me prouvais le contraire, maintenant ?

Je la soulève et l'emmène dans ma chambre à coucher.

— À vos ordres, chef !

Peu importe si elle veut du sexe, se battre avec moi ou pleurer toute la journée dans mes bras. Je ferai tout mon possible pour la rendre heureuse.

— Alors voilà ! C'est ainsi que ça a débuté, entre elle et moi. Il suffisait de réunir dans une même pièce le grand frère un peu absent, l'étudiante psychorigide et le quarterback plus que parfait.

Les yeux écarquillés, ma mère et Garrett m'écoutent terminer mon récit. Cette fois, je leur ai raconté l'histoire de notre rencontre, la vraie ! Enfin, à quelques détails près... À leurs côtés, Lily lève les yeux au ciel, comme elle a l'habitude de le faire quand je l'agace.

— Tu peux remercier Sarah. Sans sa *bucket list*, je n'aurais jamais trouvé le courage de mettre un pied dans ce club, et tu n'aurais pas eu la chance de connaître mon incroyable personnalité…

— C'est vrai ! Je serais resté un petit con arrogant et toi, une maniaque du contrôle. Mais, attends une minute… Tu l'es toujours !

Lily bondit du canapé pour m'attaquer, nous entamons une course-poursuite dans le salon de mes parents qui nous dévisagent, hilares. Bientôt, nos éclats de rire rejoignent les leurs.

En vérité, notre histoire a commencé avec un homme émotionnellement paumé, intrigué par une femme aux yeux verts et au cœur un peu brisé. Elle m'a fait un vilain geste du doigt, m'a demandé de cocher des cases et a fini par me dire qu'elle était amoureuse de moi.

Et c'est ainsi qu'elle se poursuit : avec deux amants comblés et une *bucket list* bien remplie.

Épilogue

Ted Greyson
Lendemain matin.
Jour de match.

Allez, putain ! Je t'attends !

L'odeur nauséabonde de bois humide et de transpiration qui imprègne les vestiaires m'agresse les narines. Mes coéquipiers sont euphoriques, comme à chaque fois que nous nous apprêtons à jouer un match important face à des supporters déchaînés dans les gradins.

Je t'en prie, viens !

Théo se ronge les ongles, Alex récite dans sa tête une prière silencieuse et Maël trépigne d'impatience, lui qui ne vit presque que pour ça. Je pensais que c'était le cas pour moi aussi, mais rien ne me vient. Ni stress ni excitation. Pas même une toute petite étincelle pour secouer ce qui sommeille en moi.

Mais elle n'arrive plus depuis longtemps. Je me demande à quel point je vais encore devoir repousser mes limites, si je vais même réussir à trouver de nouveaux subterfuges pour...

Ressentir quelque chose.

— Je te dis que je ne peux pas jouer les couilles pleines ! Ça ne m'est jamais arrivé, un truc pareil !

Voilà précisément une éternité que Max O'Donnel me fait chier avec ses conneries. Je sens le début d'une migraine battre sous mes tempes.

— Qu'est-ce que tu me racontes, putain ?! T'avais qu'à te branler ce matin ! finis-je par répliquer face à son air insistant.

Il me fusille d'un de ces regards noirs dont lui seul détient le secret.

— Figure-toi que je ne fais ça que sous la douche, Greyson. Et *qui* accaparait la salle de bains, ce matin ? Lily ! L'espèce de succube qui appartient à mon meilleur pote ! s'époumone-t-il.

Mes intentions envers Max alternent régulièrement entre l'envie de lui enfoncer mon poing dans la figure et celle de me fendre la poire avec lui. Il faut dire qu'il a un sacré paquet de conneries en stock ! Je l'aimais bien, avant qu'il ne me colle aux baskets comme un vieux chewing-gum, car il se sent délaissé par son meilleur ami. Depuis que Maël Gellman se tape Barbie, Max a décrété que je le remplaçais.

— Ma branlette porte-bonheur ! Comment je fais pour jouer, sans ma branlette porte-bonheur ?! répète-t-il.

— Tu pouvais pas avoir un putain de bracelet comme les autres pour te porter chance ?

Curieux et intrigué, cet abruti attachant penche la tête sur le côté.

— T'as un bracelet, toi ?

— Non, parce que je n'ai pas besoin de grigri, de magie vaudou ou d'une putain de branlette pour savoir que je suis un bon joueur !

J'ai conscience que ma mauvaise humeur me rend exécrable et qu'il n'y est pour rien. C'est pourquoi j'ajoute d'un ton qui se veut encourageant :

— Et toi non plus, t'as pas besoin de ça.

Max, mon coéquipier et colocataire d'un an mon aîné, agit la plupart du temps comme un adolescent hors de contrôle. Mais bon, j'imagine que comme nous tous, il cache un truc sordide derrière ses comportements immatures.

Lorsqu'il m'offre une moue boudeuse, je sais que je vais me

farcir ce sale gosse toute la journée. Il s'apprête d'ailleurs à me dire quelque chose quand la porte des vestiaires s'ouvre à la volée sur le coach qui semble remonté.

La mine sévère, Hawkins s'exprime enfin :

— Contrôle anti-dopage. Vous allez tous y passer, ces enfoirés viennent au pire moment. Alors, s'il y a quelque chose que je dois savoir, dites-le maintenant !

La voilà enfin, l'étincelle que j'attendais. Elle naît dans ma poitrine et se transforme rapidement en brasier ardent avant de couler dans mes veines sous forme de feu liquide. Une sueur froide dévale ma colonne vertébrale et de petits picotements chatouillent le bout de mes doigts.

Tu m'avais tant manqué, ma chère amie l'adrénaline...

J'ai toujours excellé dans l'art de me sortir des situations compliquées. Mais cette fois, je ne trouve aucune issue.

Je suis fait comme un putain de rat !

En bon capitaine, Maël nous questionne du regard, Max et moi. La lâcheté ne fait pas partie de la liste de mes défauts, et de toute façon, mentir ne ferait que retarder ce que les analyses diront pour moi.

La suspension me pend au nez et il n'y a rien que je puisse faire pour l'éviter.

— Désolé, les gars, avoué-je. Je crois que vous allez finir la saison sans moi...

Les visages déconfits de mes coéquipiers me font marrer.

Comme s'ils ne savaient pas que je fume de l'herbe !

Je n'ai jamais touché aux drogues dures, je suis bien placé pour savoir ce que peut engendrer une addiction à cette merde. Moi, c'est à l'adrénaline que je me shoote ! Mais il est devenu difficile de me faire ressentir quoi que ce soit, ces derniers temps.

Et je me souviens que Max touche parfois aussi à de sales drogues. Je l'interroge du regard.

— Étonnement, je suis *clean*... annonce-t-il.

C'est bien, je suis content pour lui. Il a suffisamment

d'emmerdes comme ça.

— Comment on va faire sans toi ? me demande-t-il.

Je hausse les épaules en laissant échapper un rire nerveux.

— Faut croire que j'aurais dû enfiler un putain de bracelet, en fin de compte !

À suivre, l'histoire de Ted...

Remerciements

Alors voilà, nous y sommes : mes premiers remerciements. Enfin, pas tout à fait les premiers. Pour ceux qui m'ont découverte sur Wattpad, vous vous souvenez peut-être des dizaines de pages sur lesquelles je vous exprimais ma gratitude à base de « mercis » copiés puis collés des centaines de fois ?

J'aimais beaucoup le concept, parce que je ne le dirai jamais suffisamment.

Je viens d'ouvrir un livre à la dernière page pour apprendre des plus grands et rédiger un machin professionnel, mais je vais juste le dire avec le cœur.

Merci à Maryline d'avoir passé des nuits à lire mes corrections et réécritures. Nos nuits blanches furent laborieuses, mais on a bien ri ! Tu es mon âme sœur.

À Marina, merci d'avoir cru en moi et en mes histoires depuis le tout début, tu es mon moteur.

À Camille, pour tous les « reading dates » que tu m'as offerts, et tous ceux que tu continueras à m'offrir. Tu as été le sucre qu'il me manquait durant mes nuits blanches.

Merci à toi, Emmy. Merci d'être la petite sœur que j'adore embêter et qui m'adore en retour. (Surtout quand mes répétitions et fautes d'orthographe te font « saigner des yeux » !)

À Célia, qui est tombée amoureuse de Maël comme personne d'autre, merci de l'aimer autant, je te dédie ce tome.

À Kay, qui a fait tant de TikTok sur ma trilogie que j'en suis tombée amoureuse à travers tes vidéos. Je te veux dans mon équipe, meuf !

Merci à Océane, sans qui je n'aurais peut-être pas collaboré avec cette merveilleuse maison d'édition. Merci de m'inspirer et de me faire rêver avec ta plume.

À Jenn, pour m'avoir fait rire en m'aidant à trouver des photos dans la banque d'images, et pour m'avoir accueillie dans l'équipe avec la plus grande bienveillance.

Chiara, Jade, je ne vous oublie pas. J'ai pensé que vous préféreriez votre petit mot dans le tome deux, qui est votre préféré. Alors, on se revoit là-bas aussi !

À Plumes du Web, à toute l'équipe, merci !

Caro, j'ai vraiment ri en découvrant tes petits commentaires, surtout pour un certain « lape » devenu « lave ». J'adore quand tu me dis ce qui n'est pas sexy ! Merci pour ton professionnalisme et tes commentaires toujours pertinents.

À mon grand-père, qui m'a donné le goût de l'écriture.

Merci à vous tous, à tous ceux que je n'ai pas pu citer, car la place me manque, mais le cœur y est.

À toute la communauté Wattpad, sans qui rien n'aurait été possible.

Et à vous, qui m'avez lue jusqu'au bout !

Vous êtes tout pour moi, n'oubliez jamais.

Allez, une dernière fois :

I love you all,
As always...

Alice

Profitez d'offres exclusives et d'infos en avant-première en vous inscrivant à notre newsletter :
www.plumesduweb.com/newsletter

Retrouvez toute l'actualité de Plumes du Web
sur notre site et sur les réseaux sociaux :
www.plumesduweb.com

www.facebook.com/PlumesduWeb
www.instagram.com/plumesduweb
twitter.com/PlumesduWeb
www.tiktok.com/@plumesduweb

ET

Découvrez dès maintenant de nouveaux horizons
avec six autres histoires de nos collections

COLLECTION
RUBIS

COLLECTION
ONYX

JENN GUERRIERI

TAINTED Hearts

Romance contemporaine (3 tomes)

Élève à la section danse de la Juilliard School, un prestigieux conservatoire situé à New York, Ally Owen compte bien atteindre son plus grand objectif : réussir le concours d'entrée pour intégrer le corps de ballet de l'Opéra de Paris. Ambitieuse et motivée, elle veut mettre toutes les chances de son côté pour réaliser ce rêve qui la berce depuis l'enfance. Mais ça, c'était avant de croiser la route du célèbre groupe de rock, les Chainless.

Le quotidien d'Ally bascule quand elle s'attire par mégarde les foudres du chanteur principal, Chester Hanson : un homme à l'allure aussi froide que tranchante, connu des médias pour ses nombreuses dérives. Flirtant entre les frontières du déraisonnable et de l'immoralité, le rockeur côtoie un monde sans code. Un univers aux antipodes de celui de la danseuse, qui elle, doit se plier à la discipline la plus stricte.

Tout les oppose. Et pourtant, ils vont entamer ensemble un jeu dangereux, initié par Chester. Chantage, manipulation, provocation, haine... jusqu'où mènera cette collision de deux cœurs écorchés ?

ILSA MADDEN-MILLS

Dear Ava

Romantic Suspense

Les riches et populaires Sharks règnent sur la prestigieuse école de Camden Prep.

Il fut un temps où je voulais faire partie de leur monde... jusqu'à cette fameuse nuit, jusqu'à cette fête où tout a basculé. Celle où je me suis réveillée dans les bois, sans aucun souvenir. Seule et démunie.

Mais désormais, je suis de retour. Et je ne les laisserai plus m'atteindre. Ils ne parviendront pas à me détruire.

Pourtant, la dernière chose à laquelle je m'attendais, c'était de recevoir une lettre d'amour anonyme de l'un de ces types. Pitié ! Je déteste chacun de ces enfoirés pour ce qu'ils m'ont fait.

La question est, quel Shark est mon admirateur secret ? Knox, le quarterback balafré ? Dane, son frère jumeau ? Liam, le connard de service ? Ou Chance, l'ex qui m'a larguée... ?

Mais surtout, lequel d'entre eux est responsable de ce qu'il s'est passé cette nuit-là ?

OCÉANE GHANEM

SANGLANTE ÉTERNITÉ

Romantic Thriller

Jusqu'à la folie, au-delà de la mort...

Cette année, Gabriella Cruz se l'est juré : elle arrête les bêtises et se concentre sur les études, parce que si elle loupe encore une fois ses examens, son père lui coupera les vivres et elle devra rentrer au bercail. Plutôt mourir pour elle qui a toujours rêvé d'être criminologue !

Et ce n'est pas Gabriel Del Vecchio – son meilleur ami et accessoirement l'homme idéal – qui mettra à mal ses bonnes résolutions. Beau, intelligent, parfait... à un détail près : c'est un véritable bourreau des cœurs. Gabriella sait très bien qu'elle doit arrêter de fantasmer sur lui car il s'est montré très clair : ils sont amis et amants... mais c'est tout !

Pourtant, tout bascule lorsqu'une série de meurtres atroces et pervers frappe le campus.

L'enquête la fascine, les secrets l'engloutissent. En qui peut-elle avoir confiance ?

Au jeu du chat et de la souris, Gabriella prend des risques, quitte à y laisser son cœur... et sa vie !

EMILY MCINTIRE

HOOKED

La Série Never After

Dark Romance

Il veut se venger, mais il la veut plus encore...

James a toujours eu un seul objectif : détruire son ennemi, Peter Michaels. Lorsque Wendy, la fille de Peter, âgée de vingt ans, se présente dans son bar, il y voit un moyen de parvenir à ses fins : séduire la fille et l'utiliser pour sa revanche. C'était le plan parfait, jusqu'à ce que tout s'effondre...

Alors qu'il se trouve obligé de débusquer le traître qui sévit dans son propre camp, la vengeance de James se complique encore lorsqu'il commence à voir en la jeune femme plus qu'un simple pion dans son jeu.

Wendy a vécu cloîtrée la majeure partie de sa vie à cause d'un père riche et distant, pourtant une simple soirée avec des amis débouche sur une histoire d'amour intense, addictive, avec le sombre et inquiétant James. Même si elle sait qu'il est dangereux, elle ne parvient pas à se défaire de son attirance envers lui. Et tandis que leur relation s'intensifie et qu'elle en apprend davantage sur le monde dans lequel il évolue, elle ne sait plus si elle tombe amoureuse de l'homme qu'on appelle James, ou du monstre connu sous le nom de Hook...

S.L. BOROWSKI

RED for You

Romance contemporaine

« Bienvenue au RED, le cabaret le plus branché de Bethnal Green. Ici, oubliez tous vos petits tracas du quotidien, et laissez-vous tenter par vos désirs les plus inavouables. Succombez à la tentation et évadez-vous dans un univers de paillettes et de courbes sensuelles. »

Moi, je suis la plus jeune recrue du club, et je me fiche du clinquant. Je ne veux qu'une chose : danser. C'est ma seule raison de vivre. Personne ici ne connait mon passé. Pas même moi. Le spectacle que j'offre chaque soir, teinté de cette innocence qui semble attirer plus d'un regard, n'est qu'une illusion, mais camoufle plutôt bien mes phobies et mes hantises. De toute manière, il n'y a qu'une seule paire d'yeux que je cherche à capter : celle de Rowan Ford, patron du club, plus mystérieux encore que moi. Et si j'ai toujours été très attachée à mes secrets, je ne peux cependant pas m'empêcher de vouloir démasquer les siens. Au risque de perdre complètement l'esprit.

« Prêts pour la soirée de votre vie ? Alors entrez, et n'oubliez pas : la réalité n'a pas sa place, au RED Cabaret. »

ONCE UPON A TIME... IN Scotland

MILY BLACK

Romance contemporaine

Un road trip en Écosse, les Highlands sous la neige. Un rêve...

... ou pas !

Être influenceuse voyage n'est pas de tout repos, et Cassiopée en sait quelque chose ! Alors que la période des fêtes commence, elle s'apprête à partir en Écosse avec sa cousine. Malheureusement, Nadège, aidée de ses parents, a bien l'intention de s'approprier le compte Instagram de la jeune femme, les milliers d'abonnés et les partenariats qu'elle a obtenus à force de ténacité.

Après avoir supporté les caprices de cette dernière lors de leurs précédents voyages, voilà que Cassiopée doit se battre pour garder ce qui lui appartient !

Pour lui gâcher son séjour, sa cousine invite son voisin de siège dans l'avion à partager leur voiture pour un road trip dans les Highlands. Cela aurait pu être une bonne idée si l'homme en question n'était pas mystérieux, séduisant et diablement antipathique...

Les fêtes de Noël promettent d'être mouvementées...

Imprimé en France par
CPI Bussière
en avril 2023
N° d'impression : 2070226
Dépôt légal : mai 2023